南遊記 外三種

山右歷史文化研究院 編

上海古籍出版社

圖書在版編目(CIP)數據

南遊記：外三種／山右歷史文化研究院編．—上海：上海古籍出版社，2016.12
　（山右叢書．初編）
　ISBN 978-7-5325-8302-7

Ⅰ.①南… Ⅱ.①山… Ⅲ.①古典詩歌—詩集—中國—清代②古典散文—散文集—中國—清代 Ⅳ.①I214.91

中國版本圖書館 CIP 數據核字(2016)第 274588 號

南遊記（外三種）
山右歷史文化研究院　編
上海世紀出版股份有限公司
上海古籍出版社　　出版
（上海瑞金二路 272 號　郵政編碼 200020）

　（1）網址：www.guji.com.cn
　（2）E-mail：guji1@guji.com.cn
　（3）易文網網址：www.ewen.co

上海世紀出版股份有限公司發行中心發行經銷　上海中華商務聯合印刷有限公司印刷
開本 700×1000　1/16　印張 44　插頁 5　字數 513,000
2016 年 12 月第 1 版　2016 年 12 月第 1 次印刷
印數：1—400
ISBN 978-7-5325-8302-7
I·3129　定價：128.00 元

如有質量問題，請與承印公司聯繫

目　録

南遊記

〔清〕孫嘉淦　撰

馬山明　點校

點校説明 ……………………………………	三
序張百齡 ……………………………………	七
叙祁塸 ……………………………………	八
重刊《南游記》序程喬采 ……………………	九
南遊記 ……………………………………	一〇
跋汪庚 ……………………………………	三四
跋常贊春 ……………………………………	三五

㐆齋詩文集
附石州年譜

〔清〕張穆　撰

李晉林　時新　點校

點校説明 ……………………………………	三九

序 祁寯藻 …… 四一
序 何秋濤 …… 四三
序 吳履敬 …… 四五

月齋文集卷一

經説 附禘考二篇 …… 四七
　"爻法之謂坤"解 …… 四七
　《舜典》王肅注考 …… 四七
　"二十二人"解 …… 四八
　昆侖虛異同考 …… 四九
　《允征》序義 …… 五四
　《淇奥》正義糾謬 …… 五五
　"隰則有泮"解 …… 五六
　青衿"城闕"解 …… 五七
　《正月》"瞻烏"義 …… 五八
　"淮有三洲"考 …… 五九
　"上帝甚蹈"義答趙伯厚 …… 六〇
　"鬻商"解 …… 六一
　釋《媒氏》文争義 …… 六三
　"瓦屋"考 …… 六四
　"簹勤"解 …… 六五
　"成"即古"稱"字説 …… 六五
　"棧"字説 …… 六六
　沾、沁疑義 …… 六七
　"陽冰"説答祁叔穎尚書 …… 六七

月齋文集卷二

論 附書後一篇 …… 七八

楚論 …………………………………………… 七八
海疆善後宜重守令論 …………………………… 七九
弗夷《貿易章程》書後 ………………………… 八一
紀事 …………………………………………… 八三
俄羅斯事補輯 …………………………………… 八三
頌 ……………………………………………… 八七
資敬延祺之頌并序 ……………………………… 八七
贊 ……………………………………………… 八八
潛丘像贊 ………………………………………… 八八
銘 ……………………………………………… 八九
宋紫端研銘 ……………………………………… 八九
太平有象研銘 …………………………………… 八九
壽序 …………………………………………… 八九
方牧夫先生壽序 ………………………………… 八九
日照許肅齋先生壽序 …………………………… 九一
外姑劉太宜人壽序 ……………………………… 九二

月齋文集卷三

書 ……………………………………………… 九六
復謝阮芸臺相國書 ……………………………… 九六
與祁叔穎樞密書 ………………………………… 九七
與陳頌南先生書 ………………………………… 九八
復徐松龕中丞書 ………………………………… 九八
與徐仲升制軍書 ………………………………… 九九
與直隸某方伯書 癸卯八月過保定 ……………… 一〇〇
序 ……………………………………………… 一〇一
《西域釋地》序 ………………………………… 一〇一

《説文解字句讀》序 … 一〇一
《程侍郎遺集初編》序 … 一〇三
《使黔艸》序 … 一〇五
《漢石例》序 … 一〇六
《落颿樓文稿》序 … 一〇八
《癸巳存稿》序 … 一〇九
重刻《元遺山先生集》序 … 一一一
重刻吳才老《韵補》緣起 … 一一二
書《蒙古源流》後 … 一一三
校正《元聖武親征錄》序 … 一一四
《蒙古游牧記》自序 … 一一五
《魏延昌地形志》自序 … 一一六

題詞 … 一一八
　《鏡鏡詅癡》題詞 … 一一八
　《元朝祕史譯文》鈔本題詞 … 一一八
　《亭林年譜》題詞 … 一一九
　《潛邱年譜》題詞 … 一一九

補遺 … 一二〇
　《〈王會〉篇箋釋》序 … 一二〇

月齋文集卷四

跋附記一篇 … 一二四
　沈果堂鈔《尚書古文疏證》五卷本跋 … 一二四
　書《吳侍御奏稿》後 … 一二五
　《少谷山人尺牘》跋 … 一二五
　《廣洗心詩》跋 … 一二七
　《黃忠端與喬柘田尺牘》跋 … 一二八

跋富川令秦公徇忠遺筆 …………………………… 一二九
漁洋艸稿跋 …………………………………………… 一三〇
黃孝子《萬里尋親圖》記 …………………………… 一三〇
《虢季子白盤文》跋 ………………………………… 一三二
《竟甯鴈足鐙銘》跋 ………………………………… 一三四
《鄐君開通褒余道題字》跋 ………………………… 一三五
《百石卒史孔龢碑》跋 ……………………………… 一三六
延熹《封龍山碑》跋 ………………………………… 一三七
青主先生手評《曹全碑》跋 ………………………… 一三九
舊拓《孔宙碑》釋文并跋 …………………………… 一四〇
《魏張黑女墓誌》跋尾 ……………………………… 一四二
《北齊李清報德像碑》跋 …………………………… 一四三
舊拓《醴泉銘》跋 …………………………………… 一四五
明拓《李思訓碑》跋 ………………………………… 一四五
宋拓《張長史尚書省郎官石記》跋 ………………… 一四六
宋拓柳誠懸書《左神策軍紀聖德碑》跋 …………… 一四六

月齋文集卷五

碑銘 …………………………………………………… 一五〇
　誥授振威將軍太子太保四川提督齊勇毅公神道碑
　　銘并序 ……………………………………………… 一五〇
墓誌銘 ………………………………………………… 一五一
　誥授光禄大夫河南山東河道總督贈太子太保渾源
　　栗恭勤公墓誌銘 …………………………………… 一五一
　誥受光禄大夫太子少保兩廣總督高平祁恭恪公墓
　　誌銘 ………………………………………………… 一五四

誥贈奉政大夫左春坊左贊善候補東河縣丞外舅趙
　　　君墓誌銘 ………………………………………… 一五七
　　揀選知縣李君墓誌銘 ……………………………… 一五八
　傳 ……………………………………………………… 一五九
　　高要蘇封君家傳 …………………………………… 一五九
　　誥授振威將軍太子太保齊勇毅公家傳 …………… 一六〇
　行述 …………………………………………………… 一六四
　　例授奉政大夫翰林院編修記名御史顯考曉汸府君
　　　暨顯妣王宜人李宜人行述 ……………………… 一六四
　　先兄補庵府君行述 ………………………………… 一六九

月齋文集卷六

　祭文 …………………………………………………… 一七四
　　亭林先生祠落成公祭文 …………………………… 一七四
　　亭林先生生日公祭文 ……………………………… 一七四
　　公祭栗恭勤公文 …………………………………… 一七四
　　公祭祁恭恪公文 …………………………………… 一七六
　　公祭蘇封翁文 ……………………………………… 一七六
　　祭任太素先生文 …………………………………… 一七七
　　祭伯兄文 …………………………………………… 一七八
　　祭三兄文 …………………………………………… 一八〇
　哀詞 …………………………………………………… 一八二
　　靜濤張君哀詞 ……………………………………… 一八二

月齋文集卷七

　事略 …………………………………………………… 一八五
　　故内閣學士前倉場侍郎會稽莫公事略 …………… 一八五

月齋文集卷八

事輯附碑銘一篇、墓誌銘一篇 ……… 二〇一
先大父泗州府君事輯 ……… 二〇一
附錄 ……… 二二四
誥授奉政大夫翰林院編修記名御史張君配王宜人
李宜人合葬碑銘元附 ……… 二二四
補菴張君墓誌銘原附 ……… 二二六

月齋詩集卷一

五言古詩 ……… 二三〇
丁酉人日，春海年丈約偕蔡友石年丈、吳荷屋中丞、梅伯言郎中同游海王邨，阻雪不果，乃移尊龍樹院。登高賞雪，談讌竟日，月午方歸，詩以紀之，凡四十韻以下丁酉 ……… 二三〇
寶賢堂研詩并叙 ……… 二三一
五月下旬，初抵江陰，春圃侍郎邀偕同幕諸君游君山，晚讌存雪亭，即送許蓮西大令歸里以下戊戌 ……… 二三二
妙相禪林 ……… 二三三
海州試院臨發，同硯諸君分貺佳製，寫此奉酬并寄仙露、理初兩先生 ……… 二三三
秋篷坐雨次漁莊韻泰州道中 ……… 二三四
送漁莊三兄歸里，并寄呈家兄述懷 ……… 二三四
十一月二十九日渡廣陵江，阻風，偕同人登浮玉絕頂，分韻得浪字 ……… 二三五
悼婦篇十二月十三日，君亡四十有九日矣。雲黑如盤，鐙寒雨晦，拉雜書此，寫畢，不復能省視也 ……… 二三五

庚子二月,喜三兄叔正至都相探,越八十日仍謀返里,賦詩相送,聊以寫其患難離別之懷。口所不能言者,詩更不足以達之也 …………………… 二三六

七言古詩 …………………………………………… 二三八

趙倢伃玉印歌,效昌谷體以下二首在丁酉前 …………… 二三八

瀛既承程丈恉作玉印歌,又思篆文四,獨趙字內含雀頭,得非飛燕狡獪,隱寫其名邪,乃復作此詩 …… 二三八

向湯海秋農部求鄧石如篆書《弟子職》以上二首似在戊戌前 …………………………………………………… 二三八

分宜之敗,不敗于徐階,而敗於藍道行。有感其事,詩以美之 …………………………………………… 二三九

漫河道中阜城縣屬,以下戊戌 …………………………… 二三九

留贈紫琅試院古桑,兼懷祁六太史幼章 ………… 二四〇

題湯雨生將軍貽汾。《太夫人唅釵圖》戊戌八月通州試院 ………………………………………………………… 二四〇

附:湯太夫人元詩并節汪孟文夫人跋 ………… 二四〇

報恩寺塔 …………………………………………… 二四一

四松庵庵側陶雲汀建惜陰書院,中肖晉太尉長沙桓公像,蓋隱自寓也 ……………………………………………… 二四一

隨　園 ……………………………………………… 二四二

京口行 ……………………………………………… 二四二

己亥正月三日江陰大雪,登樓曉望,分得雨字 …… 二四二

己亥冬十二月送許印林歸日照 ………………… 二四三

吳誦芬舍人齋中觀菊庚子 ……………………… 二四三

辛丑八月津門題勞介甫勳成。《霜林覓句圖》介甫李郁巡檢時駐葛沽監鑄礮 ………………………………… 二四四

題徐樹人太守《登太白樓圖》,即送作郡蜀中壬寅後 …… 二四四

漢河閒獻王君子館塼歌爲仙露同年賦以下五首失年月，
　似在己亥後 …………………………………………… 二四五
鄒雅存《芝田養秀圖》雅存欲歸田課子，姚伯昂爲寫此圖
　…………………………………………………………… 二四五
丁雲朋《羅漢》，爲孟星槎題 ………………………… 二四五
吳縣章氏雙節吟吳縣學生章佶、章倬，佶婦王歸佶二十五日而
　寡；倬婦潘歸倬十一年亦寡，生二子安誼、安止。以安誼後佶，而
　安止未及冠殤，於是王有子，潘乃無子。潘不懟，命俟安誼生子，
　子安止奉倬祀 ………………………………………… 二四六
題王太宜人貞孝册子歙王子懷茂蔭農部之祖母 ……… 二四六
題吳荷屋中丞《度仙霞嶺圖》以下二首代人作 ……… 二四七
題趙蘭友太守《同舟測海圖》 ………………………… 二四七

月齋詩集卷二

五言律詩 ………………………………………………… 二四九
　春圃五兄惠盆梅賦謝以下二首在丁酉戊戌間 ……… 二四九
　立春日送硯屏小銅鑪與念慈賢姪 …………………… 二四九
　通州道中喜逢俞理初孝廉以下二首戊戌 …………… 二四九
　十一月淮安試院雨 …………………………………… 二四九
　苗先路同年《寒鐙訂韻圖》以下二首失年月 ……… 二四九
　和張曉山舍人夢中得句元韻 ………………………… 二五〇
　攝山棲霞寺以下二首戊戌 …………………………… 二五〇
　題宋劉右宗十八尊者卷，得晨字 …………………… 二五〇
　無賴南征，柔牽北邁，感懷述德，凡五百言，留別春
　　圃侍郎、幼章太史己亥 …………………………… 二五一
　失題失年月 …………………………………………… 二五二
七言律詩 ………………………………………………… 二五二
　題胡褐公《金陵勝蹟》畫册丁酉 …………………… 二五二

送尹實夫年丈觀察蜀中四首以下五首在戊戌前 …………… 二五三
讀錢南園侍御《文存賦》，憶何子貞同年曾許以侍御
　　真墨相惠，久未踐諾，即寄此詩索之 …………… 二五三
獻縣紀文達公故里以下十三首戊戌 ………………… 二五三
舟次高郵，有懷賈惠人先生名亮采，故平定知州 ………… 二五三
送蓮西大兄歸里，用春圃侍郎《登君山送別》元韵
　　………………………………………………………… 二五四
病起書懷，時蓮西俶裝襄發，即以奉柬 …………… 二五四
如皋舟中 ……………………………………………… 二五四
送趙君心園歸壽陽，用春圃五兄韵二首時心園遭兄喪，
　　議葬事，故次章及之 ……………………………… 二五四
徐州試院寄懷，次叔穎《校射》韵二 ……………… 二五五
除夕雨二首 …………………………………………… 二五五
題蔡小石《冶春》第二圖二首一名《填詞圖》，湯雨生畫 … 二五五
和東萊侯瘦鶴《留別》元韻，辛丑九月十四日 …… 二五六
壬寅春二月，薇卿六兄以事至都，不數日遽歸。賦
　　此奉餞，竊附淵路贈言之義云爾 ………………… 二五六
和鄭朗如《大理梅花》元韻六首失年月 ……………… 二五六

五言絕句 ……………………………………………… 二五七
蔡小石行看子二首戊戌 ……………………………… 二五七

七言絕句 ……………………………………………… 二五七
題吳荷屋中丞《石夢詩畫册》，即用元韻二首丁酉 … 二五七
宿遷道中三首戊戌 …………………………………… 二五七
題陳淮生戶部《金門宦隱圖》二首辛丑四月十九日 … 二五八
題鄒雅存先德《天空息鶴》遺照以下八首失年月 …… 二五八
題牛師竹觀察《松陰課子圖》四首代祝蕭畦閣學作 … 二五八
失題二首 ……………………………………………… 二五九

月齋詩集卷三

題呂堯仙編修《古塼文拓本》癸卯七月初四日 ………… 二六〇
述懷感舊六十韻,爲老友安丘王冊山先生壽七月初七日
　………… 二六〇
題程震北葆。《秋燈課子圖》甲辰五月初六日夏至 ………… 二六一
題廬陵王氏兩世孝録 ………… 二六二
爲朝鮮貢使李滿船尚迪。題其師金秋史正喜。所畫
　《歲寒圖》,即奉簡秋史。秋史慕中朝儀徵相公之
　學,故別署阮堂云乙巳正月二十五日 ………… 二六三
追和趙蘭友觀察《歸田留別同官》元韻十首二月初六日
　………… 二六三
平津侯鏡歌,爲呂西邨世宜作三月二十七日 ………… 二六四
有强以楊忠愍《雁蹟》屬題者,爲舉舊聞告之二首五
　月五日 ………… 二六五
自題大理石畫六月初四日 ………… 二六五
張仲遠大令屬題其姊婉紃。《肄書圖》 ………… 二六五
古寺尋秋圖 ………… 二六六
送陳頌南給事還晉江五首丙午元日 ………… 二六六
李寄雲恩慶。侍御《平谷山莊圖》 ………… 二六七
顧南雅《畫梅》爲子貞題 ………… 二六八
題叔穎尚書近作詩卷 ………… 二六八
朝鮮李景淑時善。王孫持滿船書來謁,將歸索贈 ………… 二六八
王蓬心山水,爲子貞同年題,即用卷中汪韓門陸筱
　飲韻 ………… 二六八
方正學《仁虎圖》閏五月二十三日 ………… 二六九
李寄雲摹黃鶴山樵《聽雨樓圖》 ………… 二六九

孔繡山憲彝。《青天騎白龍圖》丁未三月 …………… 二七〇
繡山室人朱葆瑛虹舫侍郎之女。臨曹全碑 …………… 二七〇
至人行奉訓魏象伊先生即次《怪石行》原韻 …………… 二七〇
讀《元秘書志》箋書贈何願船比部四首時願船爲余校是
　　書甚覈 ……………………………………………………… 二七〇
丙午夏，頌南將歸，潘公子季玉集同人餞之右安門
　　外誠氏園。穆以小恙不至。頌南詩先成，一時和
　　者甚衆。季玉因繢圖以永其事。越一年，偶見此
　　圖，不勝懷人之感，乃次而和之 ……………………… 二七一
題張受之辛。《空齋畫靜圖》，用東坡墨妙亭詩韻，同
　　子貞太史 ………………………………………………… 二七一
伯韓侍御將歸桂林，出其尊人韞山大令詩墨屬和，
　　即以賦別 ………………………………………………… 二七二
九日送朱伯韓侍御歸里 ……………………………………… 二七二
題萬年少《秋江別思》卷子，即用亭林贈萬詩韻 ……… 二七三
魏春松成憲。觀察《官舫侍膳圖》，應篠珊農部屬十二
　　月二十一日 ……………………………………………… 二七三
爲篠珊農部題胡褐公金陵畫册，適楊子言亦以石濤
　　畫册屬題，故牽連及之二十二日 …………………… 二七四
爲楊言子題石濤畫册，即用册中子貞書元章題《居
　　然海野圖》詩韻十二月二十六日 …………………… 二七四

月齋詩集卷四

丁未九日，顧祠《秋禊圖》，分韻得燕字，戊申元日補
　　作 ………………………………………………………… 二七六
爲魏篠珊題香光《青山白雲》書畫卷子香光自題云："白
　　雲青山兒，青山白雲父。"別紙書多勸人念佛語。三月十二日 ……… 二七六

題《乞畫圖》用子貞韵_{五月初八日辰刻} ………… 二七七
子貞疊韻示答，仍用元韻酬之_{初八日未刻} ………… 二七七
隆慶龍香御墨石綠餅，應潘季玉屬 ………………… 二七七
乞子貞畫竹兼約晚酌，用山谷《謝黃斌老送墨竹》詩
　　韻_{六月五日} …………………………………………… 二七八
約魯川晚酌論文，仍用前韻 ………………………… 二七八
魯川賜和拙詩，獎飾溢量，復次前韻酬之_{六月初六日} … 二七八
獨夜和戴筠帆_{十九日} ………………………………… 二七八
爲李寄雲題大癡《江山勝覽圖》，用卷中唐肅詩韻_二
　　_{十日} …………………………………………………… 二七九
追題王海門_{大淮。}《撫松圖》 …………………………… 二七九
題汪筱珊_{藻。}《六橋煙雨》卷子三首 ………………… 二七九
追題蔡友石年丈《春明揖別圖》，應小石少司成屬 …… 二八〇
題宋芝灣觀察與池篔庭、戴筠帆手札及所作十三詩
　　艸稿，應筠帆屬_{宋有《紅杏山房詩文集》} ……………… 二八〇
戴筠帆《味雪齋圖》 …………………………………… 二八一
讀道園自題《戴笠圖》詩有會，即次其韻復題《煙雨
　　歸耕圖》後四首 ……………………………………… 二八一
栒堂師側室王氏徇節詩 ……………………………… 二八二
潘玉泉《養閒艸堂圖》 ………………………………… 二八二
苗先路同年《寒鐙訂韻圖》，即送游沛南_{九月二十日} …… 二八三
沈匏廬_{濤。}《河朔訪碑圖》，用東坡《墨妙亭》詩韻_匏
　　_{廬著有《常山貞石志》二十四卷} ………………………… 二八三
自題小棲雲亭_{并序} …………………………………… 二八三
輓劉茉雲_{傳瑩} ………………………………………… 二八四
十二月初五日，子貞五十初度，出所藏宋芝山贈覃
　　溪學士"延年益壽"瓦當文拓本示坐客。即席用
　　翁詩韻奉祝_{乾隆壬寅，翁五十} …………………………… 二八四

孔繡山《韓齋把卷圖》························· 二八五
孫芝房鼎臣。編修《尊人采芝圖》················· 二八五
戴筠帆《峏山載筆圖》二十四日····················· 二八五
子貞七疊延年益壽瓦詩韵見示，依次奉酬己酉正月十
　一日·· 二八六
追懷文友，三疊前韵二十三日······················· 二八六
二月初六日大雪曉起，子貞以所題吳冠英儁。《春水
　歸帆圖》來屬題。子貞凡十疊前韵矣，余亦四疊
　奉和·· 二八七
五疊前韵，乞鹿牀侍郎爲寫《小樓雲亭第二圖》······ 二八七
唐㭼《武梁祠畫像》歌三月十二日··················· 二八八
喬鶴儕水部買得吳伯榮中丞《羅浮蝶》卷子屬題，即
　用卷中宋芝灣觀察韵。爾來京師所稱太常仙蝶
　者，頗往來貴人家，干索酒餌，非復前日之高致
　矣。因題此卷感慨係之六月十三日················ 二八九
八月十一日夜夢子貞，夢中知其爲夢也，曰"不可不
　記以詩"。詩成十六句而覺，復作四句足之········ 二八九
題孔繡山《韓齋雅集圖》，次元韵九月初七日········· 二九〇
陳萼庭士棣七十壽······························· 二九〇
附詞·· 二九〇
　百字令題子貞手摹《煙雨歸耕圖》，次竹垞元韵　戊申········ 二九〇
　百字令自題《煙雨歸耕圖》，仍用竹垞原韵··········· 二九一
　百字令追題四十一歲小照，仍用前韵·············· 二九一
　百字令題子貞《煙雨歸耕圖》，仍次前韵············ 二九一
　百字令題王鹿屏吏部家勳《扁舟歸養圖》··········· 二九一
　百字令黎月樵《江鄉歸櫂圖》，仍用《歸耕圖》原韵··· 二九二
跋吳式訓·· 二九三

石州年譜

序蔡侗 ······ 二九六
石州年譜張繼文 ······ 二九七

西北之文

〔清〕畢振姬　撰

傅惠成　點校

點校説明 ······ 三七三
序西北之文傅山 ······ 三七七
畢堅毅先生傳牛兆捷 ······ 三八〇

西北之文卷一

論 ······ 三八三
　原心 ······ 三八三
　心學危微精一 ······ 三八六
　易簡而天下之理得 ······ 三九〇
　嚴父莫大於配天 ······ 三九二
　圖書疑 ······ 三九七
　圖書解 ······ 四〇一

西北之文卷二

議 ······ 四〇六
　救荒議上 ······ 四〇六
　救荒議下 ······ 四〇九

讀鹽鐵議 …………………………………… 四一一
　　禁銅改鑄議 …………………………………… 四一七
　　律吕 …………………………………………… 四二一

西北之文卷三

　議 ……………………………………………… 四二七
　　治河議一 ……………………………………… 四二七
　　治河議二 ……………………………………… 四三二
　　治河議三 ……………………………………… 四三六
　　河決議 ………………………………………… 四四一
　　河西 …………………………………………… 四四四
　　明史 …………………………………………… 四五〇

西北之文卷四

　贊書後 ………………………………………… 四五七
　　蔡忠襄公傳贊 ………………………………… 四五七
　　督師孫公傳贊 ………………………………… 四五七
　　張簡貞公傳贊 ………………………………… 四五八
　　讀吳世家 ……………………………………… 四六〇
　　孔子弟子傳論後 ……………………………… 四六二
　　書楓仲刺客傳論後 …………………………… 四六四
　　書《翟方進傳》後 …………………………… 四六六
　　書《溫嶠傳》後 ……………………………… 四六七
　　書《劉文靜傳》後 …………………………… 四六七
　　書《僕固懷恩傳》後 ………………………… 四六八
　　書周侯《水陸圖》後 ………………………… 四六九
　　書戴楓仲《講楞嚴經叙》後 ………………… 四七三

忠列杏園楊先生瘞誌餘 …………………… 四七四

西北之文卷五

辨二首疏三首記七首 …………………… 四七七
大風稽疑 ………………………………… 四七七
良鄉武成王廟辨 ………………………… 四七九
乞致仕疏 ………………………………… 四八一
開光疏 …………………………………… 四八二
薦亡疏 …………………………………… 四八三
重修沁州廟學記 ………………………… 四八八
重修三壇記 ……………………………… 四九〇
劉侯建三嵕廟記 ………………………… 四九一
漢前將軍廟記代戴楓仲 ………………… 四九四
韓王山玉女池記 ………………………… 四九五
重修敬一亭記 …………………………… 四九七

西北之文卷六

記四首序四首 …………………………… 五〇〇
新城按察司獄記 ………………………… 五〇〇
得義祖祠記 ……………………………… 五〇二
伯方社倉約記 …………………………… 五〇四
射圃關帝廟記 …………………………… 五〇六
明保德二彌王太史遺集序 ……………… 五〇八
西河遺教序 ……………………………… 五一〇
皇輿表序 ………………………………… 五一二
擬監古輯覽序 …………………………… 五一五

西北之文卷七

序九首 ………………………………………… 五二〇
- 理學備傳序 ……………………………………… 五二〇
- 戴補嚴程墨選序 ………………………………… 五二三
- 廣東鄉試錄序 …………………………………… 五二七
- 雲中詩鈔序 ……………………………………… 五二九
- 市王牛子制義序 ………………………………… 五三一
- 賀漢清李少司馬例進一品序 …………………… 五三三
- 送計百周公卓異守太原序 ……………………… 五三六
- 賀計百周公祖卓異守太原序 …………………… 五三八
- 《治泫略》序 …………………………………… 五三九

西北之文卷八

序十首 ………………………………………… 五四三
- 送張子遊太學序 ………………………………… 五四三
- 教諭劉佑君先生成進士序 ……………………… 五四四
- 壽總憲魏環溪先生 ……………………………… 五四六
- 己未壽再彭閻先生序 …………………………… 五四九
- 十月問壽少司馬李公 …………………………… 五五一
- 祝少司馬李公鄉居六十有三序 ………………… 五五三
- 闔邑鄉紳公祝武公文 …………………………… 五五四
- 壽澤守官公祖 …………………………………… 五五六
- 壽澤守金公祖 …………………………………… 五五八
- 再壽唐安壺山陳君珽序 ………………………… 五六〇

西北之文卷九

行狀一首志銘九首墓表一首 ………………… 五六三

明邱大將軍磊行狀代 …………………………… 五六三
奉政大夫耀州知州程公暨宜人合葬墓誌銘 ………… 五六六
給事中張公合葬墓誌銘錄《續垂棘編》 ……………… 五七〇
知縣張晦之墓誌銘 …………………………………… 五七二
岢嵐州學正李公暨史孺人合葬墓誌銘 ……………… 五七六
推官舉人李君墓誌銘 ………………………………… 五七八
雪訪王君墓誌銘 ……………………………………… 五八一
署岢嵐州學正兼兩王君墓誌銘 ……………………… 五八三
户部司務陳壺山墓表 ………………………………… 五八五
焦母王氏祔葬墓誌銘 ………………………………… 五八七
支離石銘 ……………………………………………… 五八九

西北之文卷十

文六首書十一首 ……………………………………… 五九一
　捕風文 ……………………………………………… 五九一
　祭二先王先生入名宦文 …………………………… 五九三
　祭父祀鄉賢文 ……………………………………… 五九四
　奉主祠堂告祖文 …………………………………… 五九五
　祭屈大夫文 ………………………………………… 五九六
　公祭待贈孺人鄭太母田氏文 ……………………… 五九七
　上三省李部院 ……………………………………… 五九九
　上三省李制台 ……………………………………… 五九九
　與鹺使張丹漪 ……………………………………… 六〇一
　答張青州伯將 ……………………………………… 六〇一
　與張恒之子婿肇暶 ………………………………… 六〇二
　與劉父母寶生 ……………………………………… 六〇三
　上白護軍公祖 ……………………………………… 六〇四

與徐督學公祖 …………………………………… 六〇五
　　送張九如年台 …………………………………… 六〇五
　　答巢令王天章 …………………………………… 六〇六
　　與邱荆石父母 …………………………………… 六〇七

西北之文卷十一

書十首 ……………………………………………… 六〇八
　　答澤守官公祖 …………………………………… 六〇八
　　與潼商道胡戴仁 ………………………………… 六一〇
　　答雲南道李公祖 ………………………………… 六一二
　　與河東道李公祖 ………………………………… 六一二
　　答載楓仲廷栻 …………………………………… 六一三
　　答戴楓仲 ………………………………………… 六一四
　　與曲沃劉佑君佐世 ……………………………… 六一六
　　與魏蔚州書 ……………………………………… 六一六
　　與魏無偽孝廉 …………………………………… 六二二
　　庚申上總漕林北海 ……………………………… 六二三
郭跋 郭象升 ……………………………………… 六二五
馬跋 馬　駿 ……………………………………… 六二七

梅崖文鈔
附梅崖詩話

〔清〕郭兆麒　撰

于紅　莫麗燕　點校

點校說明 …………………………………………… 六三一
梅崖先生小傳 同治陽城縣誌 …………………… 六三三

梅崖文鈔

楚成王論 …………………………………… 六三四

論郤克 ……………………………………… 六三四

伍胥論 ……………………………………… 六三五

季友論 ……………………………………… 六三六

韓信論 ……………………………………… 六三七

陳平論 ……………………………………… 六三八

李廣論 ……………………………………… 六三九

申韓優於老莊論 …………………………… 六四〇

申生荀息論 ………………………………… 六四一

太宗納武氏論 ……………………………… 六四一

小智論 ……………………………………… 六四二

論鬼 ………………………………………… 六四三

保陽菊記 …………………………………… 六四三

穆家峪登高記 ……………………………… 六四四

遊白龍潭記 ………………………………… 六四四

妹停傳 ……………………………………… 六四五

仲兄傳 ……………………………………… 六四五

田秀厓傳 名克岐，見《六硯草堂詩集》註 …………… 六四六

楊西筠先生傳 ……………………………… 六四六

呂益齋先生傳 ……………………………… 六四七

田楚白墓誌銘 ……………………………… 六四八

賈漢奎墓誌 ………………………………… 六四九

王母柳恭人合葬墓誌銘 …………………… 六五〇

朱觀察碑 …………………………………… 六五一

書文文山集後 ……………………………… 六五一

書顏氏家訓後 …………………………………… 六五二
書趙武靈王事 …………………………………… 六五三
讀衛世家 ………………………………………… 六五三
跋蘇子瞻手書醉翁亭記刻石爲祁暉吉 ………… 六五四
題沈梅村雜憶詩後《有正味齋集》有送沈梅村序一篇 … 六五四
爲方野橋題内照 ………………………………… 六五四
爲王立夫書先人千文墨本後 …………………… 六五五
感昭君事 ………………………………………… 六五五
書王涯事 ………………………………………… 六五六
跋祁怡亭記先人遺像册 ………………………… 六五六
書昌黎答陳商書後 ……………………………… 六五六
書湘潭羅沄谷拜墓詩後 ………………………… 六五七
書所聞 …………………………………………… 六五七
書昌黎上宰相書後 ……………………………… 六五八
傷晚菊 …………………………………………… 六五八
原夢 ……………………………………………… 六五八
人鬼辨 …………………………………………… 六五九
水喻爲馴仲論文 ………………………………… 六五九
對醫者言 ………………………………………… 六五九
自題小像 ………………………………………… 六六〇
秃筆銘 …………………………………………… 六六〇
布被銘 …………………………………………… 六六〇
告外祖母陳太孺人墓文 ………………………… 六六一
告主文 …………………………………………… 六六一
祭城隍文 ………………………………………… 六六二
瘞秋海棠文 ……………………………………… 六六三

梅崖詩話 ………………………………………… 六六四

南 遊 記

〔清〕孫嘉淦　撰
馬山明　點校

點校説明

孫嘉淦（1683—1753），字錫公，又字懿軒，山西興縣人，歷康熙、雍正、乾隆三朝。前人評價説："嘉淦初爲直臣，其後出將入相，功業赫奕，而學問文章亦高，山西清代名臣，實以嘉淦爲第一人。"

康熙五十二年，孫嘉淦中進士，時年30歲。雍正繼位後，年届不惑的孫嘉淦上書勸誡三件事：親骨肉、停捐納、罷西兵。當時雍正爲了穩定地位，先後翦除自己兩弟及其勢力，手段殘酷，不遺餘力。孫嘉淦的上書，引起滿朝轟動，皇帝震怒。幸虧雍正老師朱軾求情，説："嘉淦誠狂，然臣服其膽。"而雍正也對孫嘉淦説真話的膽識表示佩服。從此，孫嘉淦名聲鵲起。

乾隆繼位後，擢升直言敢諫的孫嘉淦爲左都御史，兼吏部侍郎，專管監察。這期間，孫嘉淦給皇帝上了篇絶代諫論《三習一弊疏》。其大意是："人君耳習於所聞，則喜諛而惡直"，"目習於所見，則喜柔而惡剛"，"心習於所是，則喜從而惡違"，這三種習慣形成後，就會産生喜小人而厭君子的弊病，希望皇帝"預除三習，永杜一弊"，不要自以爲是。乾隆帝看後表示采納，把孫嘉淦升爲刑部尚書，并總理國子監事。1753年，孫嘉淦卒，享年71歲。

《南遊記》是孫嘉淦中進士、授館職後，"遂丁母艱，加以荆妻溘逝，穉子夭殘"，爲境所困，"駕言出遊，以寫我憂"之作。從北至南，遍遊十多個省、百餘郡縣。清人對《南遊記》評價甚高："所謂天生偉人，其氣焰本領必有大過人者。觀其登涉所至，隨筆鋪叙，隨筆點染，隨補隨來，一絲不亂，横空竪議，截然而止，胸中嚴氣正性，人心世道，隨所感觸，不能不吐。忽而遷固謹嚴，忽而徐庾新豔，此千古之奇文、至文，不得僅賞其模山範水已也。"（張百齡序語）

通覽《南遊記》，確實是一篇大氣磅礴、情景交融之佳作。

一、腹有千秋　胸蟠萬里

從北到南，作者遊歷名勝景點近二百處，凡所經歷山川民物、形勝阨塞，與帝王之所都，聖賢之所處，英雄之所爭，莫不了然於心，訴諸筆端，具有豐富、深刻的歷史內涵和博大、深厚的文化底蘊。文章重點描寫的泰山、曲阜、杭州、蘇州、桂林等地自不必說，凡所歷之地，都無不寫出其歷史典故，使人過目不忘。同時，文中許多段落，并不直敘歷史，而是信手拈來，點到爲止，如"望恒岳於曲陽，訪金臺於易水，仰伊祁於慶都，思軒轅於涿郡。"其中提到的地名、人名，無不和當地歷史文化息息相關。

二、記叙生動　議論精彩

《南遊記》記叙遊覽，詳略得當，脈絡清晰，恰如一幅清代萬里江山長卷畫圖，隨着作者的行旅，徐徐展出，令人眼花瞭亂，應接不暇。如寫泰山、曲阜之遊："既至絶頂，又有高峰擁蔽。舉頭天外，俯視寰中，浩浩茫茫，四無涯際。見道旁石上刻四大字，曰：仰之彌高。"作者在曲阜拜謁孔廟後，浩然長歎："高山仰止，景行行止。雖不能至，然心向往之。"作者以山喻聖，以聖譬山，其追思仰慕先師之情，躍然紙上。

作者在記叙的同時，亦不時有的放矢，議論風生，或抨擊時弊流俗，或追慕聖賢哲人，或評論市井風氣，議論深刻、精彩。

三、比較分析　探求規律

《南遊記》在記叙名勝古迹中，較多地采用了比較分析的方法，對各地山川景物特點作了精彩描述。如把東岳泰山與南岳衡山進行比較，把中岳嵩山與泰山、衡山、華山進行比較，把揚子江、錢塘江、黄河進行比較，甚至把畫圖與實景作比較："向觀畫圖，恐西湖不如畫，今乃知畫不足以盡西湖也。"用畫圖之不足，反襯西湖之美麗，令人印象深刻。此外，作者對南方各地的民俗風尚，也都一一進行比較，加以評論。

在比較分析的基礎上，作者對全國山川河流形勢作了總體概括：天下大勢，水歸二漕，山分三榦，河出崑崙，江源岷蜀，始於西極，入於東溟。大河以此，水皆南流；大江以南，水皆北注。太行九邊，是爲北榦，五嶺衡巫，是爲南榦，岷嶓華嵩，是爲中榦。岱宗特起，不與嵩連，亦中榦也。同時，以傳統的"五行"説，對燕、秦、三晉、齊、魯、吳、越、楚南、閩、粵、粵西、黔、蜀等地的山川河流特點作了比較分析。

本次點校所依版本，除《山右叢書初編》本（簡稱"《山右》本"）外，尚有：嘉慶十一年守意庵精刻本（簡稱"守意庵本"），光緒景山書屋刻本（簡稱"景山本"）。三者之間無大差異。故爲尊重《初編》原貌，仍以《山右》本爲底本，以"守意庵本"和"景山本"爲參校本。

原書卷前有"興縣孫嘉淦撰"字樣，今已刪去。

序

　　孫文定公，正色立朝，以沉毅之識，行廉悍之才，政事卓然，彪炳中外。顧起家興縣，縣爲山右僻邑。憶先大夫於乾隆丁丑、戊寅間宰嵐邑時，曾于役斯土，因得鈔錄文定公《南遊記》一册。《南游記》者，蓋文定館選後宅憂時所作，觀其引喻"駕言出遊，以寫我憂"之旨，已有鬱勃不可一世之概，至上溯宣聖之天倫缺陷，矻矻窮年。所謂天生偉人，其氣燄本領必有大過人者。觀其登涉所至，隨筆鋪叙，隨筆點染，隨補隨來，一絲不亂，橫空竪議，截然而止，胸中之嚴氣正性，人心世道，隨所感觸，不能不吐。忽而遷固謹嚴，忽而徐庾新豔，此千古之奇文、至文，不得僅賞其模山範水已也。余童時一再讀之，所遊之地，既未身親，文字亦茫然不解，藏之篋中，垂四十餘年矣。邇來宦遊楚越諸國，繼撫兩粵，自西徂東，凡山川所歷，與記中風景，今昔不殊，而年顧向老，更歷漸多，觸境生情，感慨係之。若鬈齡大夢，始覺恨不能於過庭時，發端問難耳。嗚呼！文定文章、經術固所景行不至，即此游戲筆墨，作者以永慕而寫其殷憂，讀者以故篋而生其永慕。古今人同不同，未可知也。意有所愜，不敢獨秘，輒付小史錄而梓之，佳處稍加圈點，以豁閱者之目，其不敢濫作旁批者。昔人閱宋元人圖畫，紙白板心，氣韻獨絕，惟四旁賞鑒印章太多，竟似絕代彼姝而務其面。今雕刻善本，亦猶是也。知言者，其會之。

　　嘉慶乙丑仲夏，菊溪百齡序於嶺南節署之位思堂。

叙

协揆孙文定公，为吾山右伟人，官总宪时，上《三习一弊疏》，至今中外传诵。总制直隶，开五百八十支河，使沟水通道，道水通河，河水通淀，交注递洩，无所滞留。其风节政事，多类此。公举康熙五十二年进士。此《南游记》乃授馆职、丁内艰后，出游所作，浩浩落落，凡万余言。腹有千秋，胸蟠万里，山川民物，形胜阨塞，与夫帝王之所都，圣贤之所处，英雄之所争，莫不注之于目，而会之于心，形之于论，而宣之于笔。盖其所见者大，故其揽之也博，其所蓄者深，故其言之也切，其所得又有出乎山水之外者。是则公之游，无非公之学也。斯帙传自菊溪督部，曾开雕于羊城，多历年所，版本渐少流布。余忝为公之乡后进，爰谋于程晴峯中丞，属权广州太守菊人刘君，重付剞劂，以永其传。顾读者览其文词，而推其意义，即其一端，而想其大礼〔一〕，知一代伟人，虽游观篇翰，具有真际，非苟焉而已也。是为叙。

道光二十四年，岁在甲辰仲春月，高平后学祁㝛识。

校勘记

〔一〕"礼"，疑当作"体"。

重刊《南游記》序

　　昔子長氏以文雄於漢京，往往取江山之助，故歷叙其西至崆峒，北至涿鹿，東漸於海，南浮江淮，又上會稽，探禹穴，窺九疑，適魯，觀仲尼廟堂、車服、禮器，至低徊不能去。此子長之遊，即子長之文也。

　　山右孫文定公，文章勳業，照灼人耳目，固無論已。即其所撰《南游記》一篇，其氣概實足以囊括宇宙，開拓心胸，而非尋常觀玩，如《徐霞客遊記》之類所可倫比也。故必有子長之學問、境遇，而後有子長之遊，成子長之文；亦必有文定之襟期、經濟，而後有文定之游，成文定之記。孟子曰："誦其詩，讀其書，不知其人可乎？"讀《南游記》，不已想見文定之爲人耶？此篇百菊溪制府嘗刻於粵東，河南鄂中丞郵書來粵購求時，傳本已罕。祁竹軒宮保謀於余，屬劉菊人太守，重付剞劂，以廣其傳。若夫文章之臣麗〔一〕，議論之宏深，最足益人神智，宜覽者自得之。

　　時道光甲辰仲春月，撫粵使者新建程矞采謹序。

校勘記

　　〔一〕"臣麗"，疑當作"巨麗"。

南遊記

遊亦多術矣：昔禹乘四載，刊山、通道以治水；孔子、孟子周流列國，以行其道；太史公覽四海名山大川，以奇其文。他如好大之君，東封、西狩以蕩心；山人、羽客窮幽極遠以行怪；士人京宦之貧而無事者，投刺四方，以射財。此遊之大較也，余皆無當焉。蓋余之少也，澹於名利，而中無所得，不能自適，每寄情於山水。既登第，授館職，跑繫都門，非所好也。己亥之夏，以母病告假歸省。其秋，遂丁母艱，罔極未報，風木餘悲。加以荊妻溘逝，稺子夭殘，不能鼓缶，幾致喪明。學不貞遇，爲境所困，欲復寄縱〔一〕山水之間，聊以"不永懷"而"不永傷"焉。《詩》云"駕言出遊，以寫我憂"，此之謂也。

庚子秋，束裝策蹇，東抵晉陽。繫舟石室之山，懸甕難老之泉，柳溪汾晉之水，圓通白雲之觀，浮沉其中者累月。東出故關，道井陘，過真定，歷清苑，觀背水於獲鹿，食麥飯於滹沱，望恒岳於曲陽，訪金臺於易水，仰伊祁於慶都，思軒轅於涿郡。已而北走軍都，臨居庸，登天壽，東浴湯泉，遂至漁陽。上崆峒，下玉田，涉盧龍，懷孤竹，浮沉其中者又累月。家世塞北，今到遼西，三邊風景，約略相同。時值冬暮，層冰峨峨，飛雪千里，叢林如束，陰風怒號，不自知其悲從中來也。因而決計南行，返都中治裝。適吾友李子景蓮，不得志於禮闈，遂與之偕。

辛丑二月二十四日出都，此則吾南遊之始也。都中攘攘，緇塵如霧。出春明門，覺日白而天青。

過盧溝橋，至琉璃河。盧溝者，桑乾也。琉璃河者，聖水也。南有昭烈故居，又有酈道元宅，注《水經》之所也。南至白溝，昔宋遼分界之處。

南至雄縣,有湖,一望煙水瀰漫,極浦桅帆,雲中隱現,亦河北巨觀也。

過任邱,有顓頊氏之故城。

南至於河間,九河故道,漫滅不辨。滹沱、易、清、衡漳、潞、衛、高、交、淇、濡皆經其境以入海。府南曰獻縣,昔河間獻王之都。

南出阜城,至景州。景州,古條地,周亞夫封於此。有董家里,仲舒下帷之所也。

東至德州,入山東境,州城臨運河,船桅如麻。

南至平原,昔博徒、賣漿、毛公、薛公,以及東方生、管公明,皆奇士,今得毋有存焉者乎?平原君廟內,有顏魯公碑,惜匆匆過,未見也。

東南至齊河。自涿州背西山而南,七日走九百里,極目平疇,至齊河,始見山。齊河水清,抱縣城如碧玉環,石橋跨之。兩岸桃柳,新綠嫣紅,臨水映發,為徘徊橋上者移時。

南四十里曰開山。遂入山,途中矯首,欲望東岳,而適微雨,雲山歷亂,時於雲外見高峯,以為是矣。曾不數里,又有高者。午後見一峯甚高,怪石突起,煙嵐擁護,謂必是矣。已而川勢東開,山形北轉,遠而望之,更有高者。蓋余從泰山之北來,午前見背,午後見臂,至泰安州,始當其面,而又值雲封,故終日望而未之見也。

次早,欲上,土人云:"不可。山頂有娘娘廟,領官票而後得入。票銀人二錢,曰香稅。"夫東岳自有神,所謂娘娘者,始於何代,功德何等?愚民引夫婦奔走求福,為民上者,既不能禁,又因以為利。不得已,亦領票。得票欲上,土人又云:"不可。山之高四十里,窮日乃至其巔。茲向午,已遲。且天陰,下晴,上猶陰;下陰,上必雨。雨濕風冷,請以異日。"

因而觀城中之廟。廟去城之南門二百步許，而以北城爲後垣。一城之中，廟居大半焉。階墀多古柏，云漢武東封時所植。東墀有碑，其文曰："磅礴東海之西，中國之東，參穹靈秀，生同天地，形勢巍然。古者帝王登之，觀滄海，察地利，以安民生。祝曰泰山，於敬則致，於禮則宜。自唐加神之封號，歷代相沿至今。曩者，元君失馭，海內鼎沸，生民塗炭。予起布衣，承上天后土之命，百神陰祐，削平暴亂，正位稱職，奉天地，享鬼神，以依時，統一人民，法當式古。今寰宇既清，特修祀儀。因神有歷代之封號，予起寒微，畏不敢效。蓋神與穹同始，靈鎮一方，其來不知歲月幾何，神之所以靈，人莫能測，其職受命於上天后土。爲人君者，何敢與焉？懼不敢加號，特以東岳之神名其名，依時祭神，惟神鑒之。洪武三年六月二十日。"可謂辭嚴義正矣。

廟中望山頂，如屏風中掛白練，問之人，曰："南天門也。"因與景蓮約，起二更，奮力急趨，雞鳴至其巔，可觀滄海日出也。如約起，遙見火光明滅，高與星亂。至，則皆貧民男女數千，宿止道旁，然炬以丐錢。教養失而民鮮恥，可慨已！山足曰紅門，紅門以後，路皆石階，時聞階旁潺潺有水聲。四更，至迴馬嶺，階級愈峻，如行壁上。雞鳴，至玉皇廟，謂至頂矣，導者笑曰："甫半耳。"因少憩。黎明，緣澗水，度石橋，見兩峰對立，中有瀑布，時宿雨初晴，朝光澄澈，山嵐護石，松翠浮空，瀑流飛響，清心韻耳。磴道從西峰上，有碑，題曰"五大夫松"。碑下仰望，見兩峰之頂，高插煙霄，心中竊擬，謂此山巔也。攀登久之，迴首遐眺，見松山頂在我足下。昨所望見諸峰，在松山下；齊魯數千里之山，又在諸峰下，蓋已飄飄凌雲矣。不意峰迴路轉，更見高峰。天門之峰，無點土，亦無寸草，石脈長而廉隅四出，駢植、疊累，皴若蓮菊。磴道直上十里，乃城中所望若白練者。蓋吾從碑下望松山，似高於城中望天門。今於此地望天門，實高於碑下望松山。道旁石上刻四大字曰"仰之彌高",其信然矣。磴列鐵柱,中貫鐵索,援索而登,抱柱而息,比磴道盡,反無所見。蓋下望天門,乃其絕頂。既至其上,又有高峰擁蔽焉。紆迴[二]攀躋,見所謂娘娘廟者,在秦觀峰下,正殿五間,而三門皆有銅柵,門內金錢,積深二三尺,堂上有三銅碑,明末大璫所鑄,餘無可觀。東廡簷下,石柱中斷,余坐其上而休焉。俯視有字,拂拭辨之,則李斯篆也。其文曰:"盛德丞相臣斯、臣去疾,御史大夫臣德昧死言:'臣請具刻詔書金石,刻因明白矣。臣昧死請。'制曰:'可。'"筆法高古秀勁,非漢、晉人所能及。廟後石壁,高十餘丈,唐摩崖碑在焉。崖西洞中,有泉,甘冽。崖後上里許,登秦觀峰,乃泰山之頂也。舉頭天外,俯視寰中,浩浩茫茫,四無涯際。東見青營[三],負山阻海。北顧塞垣,橫亙萬里。河朔諸州,星羅棋布。循太行而西,中州之沃衍,咸陽之阻隘,皆可指數。黃河由華陰走兗,徐灣,環若衣帶。嵩山二室,如兩卷石。淮陽之間,一望平蕪,登泰山而小天下,果不誣也。峯巔有殿,庭中石崛起,意古者金泥玉檢之文,皆封於此。門前石表,始皇所建,高二丈餘而無字。日觀在東,月觀在西,高皆與秦觀等。古蹟名勝,不可徧睹。薄暮遂下,至松山而少憩。回思三觀,如在天上。又下,見朝陽洞,石穴幽邃。又下,見水簾洞,流水蔽巖。下至山麓,見一巨人,與之并立,翹足伸手而不能摹其頂。古者長狄在齊魯之間,豈其遺種與!

次早,由泰安趨曲阜。曩在山上,視泰安城如掌大,汶水一綫,環於城外,徂徠若堵,蹲於汶上。出泰安城,不見水與山也。行五十里,見大河廣闊,乃汶水也。又五十里,見崇山巍峨,乃徂徠也。相去百里,而俛視不過數武,其高可想矣。

徂徠之西曰梁父,對峙若門。從門南出,平疇沃衍,泗水西流。孔林在泗水南,洙水在孔林南,曲阜在洙水南,沂水在曲阜南。孔林方十餘里,其樹蔽天,其草蔽地,至聖墓有紅牆環立,牆中草樹愈密,修榦叢薄,側不容入,而景色開明,初無幽陰之氣。至聖墓產蓍草,碑曰"大成至聖文宣王墓"。西偏小屋三間,顏曰"子貢廬墓處"。東南有泗水侯墓,正南有沂國公墓。牆東南有枯木,石欄護之,子貢手植楷也,旁有楷亭。其北,有駐蹕亭〔四〕,人君謁墓更衣之所。門外有洙水橋。橋南高阜一帶,闢其東南爲門,門距曲阜城可二里。道傍植柏,行列甚整,蔽日參天,皆數千年物也。入曲阜之北門,路東有復聖廟,廟前有陋巷。巷南折而西,則孔廟之東華門也。廟制如内廷宮殿,而柱以石爲之,蛟龍盤旋,乃内廷所無。至聖與諸賢皆塑像,石刻至聖像有三。車服、禮器,藏於衍聖公家。聖公入覲,不可得觀。殿南有亭,顏曰"杏壇",古杏數株。時值三月,杏花正開。壇南有先師手植檜,高三丈餘而無枝,文皆左紐。紐貢〔五〕之楷,雖不腐而色枯,此則生氣勃發焉。大門内外,豐碑無數。南有高樓,曰奎文閣。閣南門下,漢、魏之碑十餘,皆額尖而有圓孔。門外有水,上作五橋。橋南有門,門外有柵。自殿庭至柵内,蒼松古柏,虬龍蟠屈,不可名狀。泰安漢柏,又不足道矣。吾於是奮然興也。夫孔子者,天所篤生以教後世者也。考其生平,三歲喪父,七歲喪母,中年出妻,晚年喪子〔六〕,夫哀死而傷離,寧獨異於人哉!今觀《志學》一章,七十年内,日進月益,不以遇之窮而少輟其功,蓋其自待厚而所見有大焉者矣。余乃戚戚,欲以身殉,何其陋也!《詩》有之曰:"高山仰止,景行行止。"雖不能至,然心向往之。

  曲阜東南,有九龍山,其南曰馬鞍山。兩山之間,松楸茂密者,孟林也。林南爲鄒縣,縣南有孟廟,廟左有宣獻夫人祠,夫人者,孟母也。

  滕縣在鄒南,地平曠,可以行井田。滕南有嶧山,始皇刻石其上。嶧東有陶河,過陶河,至邳州。下邳,乃子房擊秦後潛匿之所。又，項籍者，下相人也。下相，在邳州。昔曹操決水灌吕布於下邳，今其城在山，不可灌。予嘗徘徊其地，求下邳、下相之故城，及圯橋進履之所，而土人皆無知者。

邳南有落馬湖，黄河所溢也。湖南曰宿遷，宋人遷宿於此。又南曰桃源，黄河之北岸也。河自出三門，走平陸，無高下阻激之所，而馳波跳沫，淘湧〔七〕澎湃，其猛鷙迅疾，天性然也。南至清江浦，黄河南曲，運河北曲，兩河之間，不能一里，而運低於黄數十丈，河性衝突，設有不虞，淮陽其爲魚矣。

淮安城西有韓侯釣臺。當淮陰未遇時，忍飢釣魚城下，誰過而問之？及其雲蒸龍變，向之落魄，皆爲美談。英雄成敗有時，若此類湮没而不稱者，可勝道哉？

淮安南曰寶應，寶應南曰高郵，地多湖，四望皆水。高郵以南，始見田疇。江北暮春，似河北之盛夏，草長成茵，麥秀成浪，花賸餘紅，樹凝濃緑，風景固殊焉。

南至於揚州。揚州自古繁華地，當南北水陸之衝，舟車輻輳，士女游冶，兼以鹽商聚處，僭擬無度，流俗相效，競以奢靡，此其弊也。城内無可觀。隋宮、迷樓、二十四橋之勝蹟，今皆不存。瓊花觀内，止餘故址。城北有天寧寺，謝東山之别業也。其西偏曰杏園。余嘗寓杏園之僧舍，竹樹蓊鬱，池臺清幽，想見王謝風流。杏園東曰虹橋，園亭羅列水次，遊人椊酒船於其中。虹橋之北，則蜀岡也。歐陽文忠公建平山堂於其上。堂右，有大明寺井。昔張又新作《煎茶水記》謂：楊〔八〕子江中，冷泉第一，惠山石泉第二，虎邱石井第三，丹陽寺井第四，揚州大明寺井第五。即此是也。

東至於泰州。昔韓魏公知泰州，夢以手捧日者再，今其州堂猶顔曰"捧日"。

南至於瓜州，遂渡江，楊子江闊而清，含虛混碧，上下澄鮮，金、焦在中，如踞鏡面。金山四面皆樓閣，環繞層累，靚粧刻節[九]。遠望焦山，林木青蒼。土人云："焦山山裹寺，金山寺裹山。"惜余未上。於焦止見山，於金止見寺而已。

過江，由小河入山，至鎮江府。鎮江，古京口，四面阻山，形格勢禁，以臨天塹，實南北必爭之地。孫仲謀始都此，築城名曰鐵甕，府城其遺也。

南至於丹陽，聞有練湖而未見。

東南至常州，古延陵地，吳季子之所居。俗在三吳爲淳樸。

自丹陽西，見山綿亘百餘里，至無錫，曰九龍山。其南峯曰惠山。惠山之東，曰錫山，峯巒皆秀麗。登惠山，飲石泉，清冽而甘且厚。下視無錫，羣山拱峙，衆水環流。名酒、嘉魚、菱藕之藪，樂土也。昔泰伯擇居於此。惠山之南曰夫椒，夫差敗越之所也。夫椒之南曰陽山，越敗夫差之地也。

陽山以南，羣峯列峙，巍然而葱鬱者，靈巖、穹隆、支硎、元墓、上方諸山也。靈巖之東，樹林陰翳，有秀出於樹中者，虎邱也。虎邱南六七里，蘇州城也。姑蘇控三江、跨五湖而通海。閶門內外，居貨山積，行人水流，列肆招牌，燦若雲錦，語其繁華，都門不逮。然俗浮靡，人誇詐，百工士庶，殫智竭力，以爲奇技淫巧。所謂作無益以害有益者與！虎邱小而奇，外望一土阜，而中有洞壑。路旁巖下有泉，曰憨泉。泉側有石，中裂若劈，試劍石也。曲折而上，一大磐石，平鋪數百步，"千人坐"也。四圍奇峰，峭拔若削。北闢一壑，中有清池，劍池也。劍池之西，又闢一壑，窈窕幽奇，而亦有池，虎邱石井也。劍池之東，有亭，可中亭也。亭下池上，大刻"虎邱劍池"，顏魯公書也。又刻"生公講堂"，李陽冰篆也。登虎邱而四望，竹樹擁村，菱荷覆水，濃陰沉綠，天地皆青。然賦稅重，民不堪命焉。靈巖秀而高，上有西施洞。山巔有寺，館娃宮之故址也，門據橫石，內闢清池，殿西有巖，流泉四出，回廊曲檻，周於巖上。又有二池焉，其青爽幽奇，令人樂而忘反。絕頂石上刻曰"琴臺"。登琴臺，臨太湖。太湖周八百里，包衆山於其中，水清色白，長風一吹，波與山同，七十二峯，乍隱乍現於銀濤雪浪中，滴翠浮青，宇内奇觀也。

南出吳江，由籃溪[一〇]至浙東。嘉杭之間，其俗善蠶，地皆種桑，家有塘以養魚，村有港以通舟，麥禾蔚然，茂於桑下。静女提籠，兒童曬網，風致清幽，與三吳之繁華又别矣。

出籃溪至塘棲，夾河左右，遠望皆山。西南一帶，尤高大而青蒼者，則西湖上之諸峯也。南至武林門，棹舟竟入城中。出候潮門，至江口，一望浩渺，大不減楊子，而色與黄河同，則錢塘江也。錢塘、西湖之勝，自幼耳熟，既見江，急欲至湖上。居人曰："遊西湖者，陸轎而水船。"余曰："不然。江山之觀，一入轎船，則不能見其大。且異境多在人迹罕至之處，轎與船不能到也。"因步行，登萬松山而望西湖，一片空明，千峰紫翠，冠山爲寺，架木作亭，樓臺煙雨，綺麗清幽。向觀畫[一一]圖，恐西湖不如畫，今乃知畫不足以盡西湖也。過松嶺，渡長橋，至南屏。南屏之山，怪石攢列，下有古寺，所謂"南屏晚鐘"也。北曰雷峯，有塔，高而色紫，所謂"雷峯夕照"也。西曰蘇隄，從南抵北，作六橋以通舟，植梅柳於其上，所謂"蘇隄春曉"也。隄西有園亭，引湖爲沼以蓄魚，所謂"花港觀魚"也。隄東有洲，旁有三塔，影入洲中，所謂"三潭印月"也。潭北有亭，翼然水面者，湖心亭也。亭北突起而韶秀者，孤山也。山上紫垣繚繞者，行宮也。其東，直抵杭城者，白隄也。蘇隄縱而白隄横，孤山介兩隄之間焉。其西有岳武穆廟，廟外鐵鑄秦檜夫婦，而其首爲人擊碎。嘗讀史至國家興亡之際，不能無疑於天也。當武穆提兵北伐，山東、河朔豪傑響應，韓常内附，兀朮外奔，使其予秦檜以暴疾，假武穆以遐年，復神州而返二聖，至易易耳。而顧不然。待其人之云亡，邦國殄瘁，易代而後，乃復祀武穆而擊檜，豈天心悔過，而假手於人，以蓋前愆耶？抑天終不悔，而人奮其力，與天爭耶？人之言曰：善惡之報，不於其身，必於其子孫。今聞秦氏盛而岳氏式微，此又何説焉？使天不好善而惡惡，人之好惡之心，何由而生也？天之好惡，既與人同，胡爲誤於其身，復誤於其子孫，而終不悔耶？嗚呼！此其故聖人知之矣。昔者聖人之作《易》也，君子長而小人消，曰泰；小人長而君子消，曰否。運之有否泰，數也，天之所不能違也。非小人得志而害君子，則運不成。故萬世之人心，好君子而惡小人者，天之理之常。一時之氣運，福小人而禍君子者，天之數之變。萬物之於天，猶子之於父，臣之於君也。龍逢、比干，其君不以爲忠。申生、伯奇，其父不以爲孝。孝子不敢非其親，忠臣不敢懟其君，而於天又何怨焉！廟西有墳，內有二塚：武穆王與其子雲也。墳南，亭臺臨湖結搆，朱欄碧檻，與綠水紅蓮相掩映，所謂"麯院風荷"也。初在南屏望湖，路人指曰：高而頂有墖者，南高峯也。其遥與高同者，北高峰也。兹由岳墳而西，道出北高峰下，路旁皆山。蒼松翠栢，蔽岫連雲。林中徐步，忽見清溪，白石磷磷，落花沉澗，鳥語如簧。心中恍惚，冀有所遇。沿溪深入，見一村落，酒簾樹間，棚茶[一二]竹下。路西有坊，題曰"飛來峯"。過坊而西，乃見奇峰特峙，流水環周，洞在山腹，橋當洞口。度橋入洞，巖壑空幻，石骨玲瓏，乳泉滴瀝，積而成池。洞頂怪石，如古樹倒垂，雲霞横出，孔穴貫串，八達四通，或巨或細，或暗或明。出洞西行，溪邊巖下，石皆奇秀，卓立林間者，往往與松竹爭長。山側有放生池，池上有冷泉亭。高峯插天，修篁蔽日，流泉、清池，環亭左右。盛夏正午，冷若深秋。亭北有寺，扁曰"雲林"，未暇入也。過寺而西，小園、别墅，布置佳勝，縱目流覽，忘其路之遠近。幽林密箐，曲折其中，有時仰望不見天日，心中驚疑，不知誤入何境，欲一借問，而山深無人。林開，企望，見一僧度嶺而去，因亦至其嶺上。天風南來，微聞鼓樂之聲，尋聲覓路，忽見一片瓦礫，屋壞，牆存，土焦，石黑。路聞人語云："天竺，新遭回禄。"見此，乃悟身在天竺峯也。當是時，日將暮，予見天竺寺既已燒殘，又四圍幽壑、深林，不類人境，懼其爲虎豹之窟穴，山魈、木魅所往來，因返，復至飛來峯下，尋前所見村落而歇焉。次早，復至飛來峯，不入洞，而登其巔，遠望旭日出海，江潮湧金，曉霧成霞，山嵐抹黛，景色變幻，林密怪奇，自疑此身或恐飛去。昔韓世忠忤秦檜，解官，携酒日遊西湖，建翠微亭於飛來峯上。惟斯人也，而後稱斯山也。下飛來峯復至冷泉亭，問所謂靈隱，乃知扁"雲林"者，即是也。時值四月八日，寺於此日齋僧，遠近僧來者甚衆。本寺住持，披法衣，上堂講經。其大和尚曰帝輝，年可九十餘矣，巍然據高座。首坐二人，侍者八人，其下行列而拜跪者，可三百衆。比邱與比邱尼咸在。其威儀俯仰，皆嫻謹，獨惜所講，無所發明，即成書而誦之，其下不必盡聞，聞者不必盡解，徒聽侍者拜云則拜，起云則起而已。嗚呼！佛法入中國，千餘年矣，愚民絕其父子之天性、飲食男女之大欲而爲僧，自宜求成佛，而佛又必不可成，不成佛而徒自苦，奚取於爲僧？且此堂上堂下，說法聽法諸衆，非不自知照本諷誦、隨人跪起之不可以成佛，然而必爲此者，蓋有所不得已也。貧無所養，不能力作，因削髮而爲僧。而天下之愚夫愚婦，非爲殿宇莊嚴、戒律威儀以聳動之，不能發其信心而得其布施，故此濟濟而楚楚者，名爲學佛，實爲救飢計也。井田久廢，學校不興，彼既無田可耕，又不聞聖人之道以爲依歸，窮而無所復入，其爲僧，無足怪也。歐陽子曰："佛法入中國，乘吾道之廢缺而來。"韓子曰："明先王之道以道之，鰥寡孤獨廢疾者有養也，則亦庶乎其可也。"飛來峰之東南，有三天竺；再入，有中天竺；再入，爲上天竺：乃昨所睹燒殘者，男女雜糅，猶在瓦礫場中燒香也。出天竺而南，至于忠肅公之墳，陽明先生題其門曰："赤手挽銀河，君自大名垂字〔一三〕宙；青山埋白骨，我來何處哭英雄"。于墳之南，南高峰也。峰南，度一嶺而西，石壁嵯峨，下有巖洞，陶復陶穴，曰石屋。西上里許，有水樂洞，兩洞并列，一有水，而一無。從無水者入，與有水者通，其水塞洞，砰磅訇磕，而至洞口即入地，從不流出洞外，亦一奇也。又西上烟霞嶺，極目皆山，幽深奇偉，更過於靈隱、天竺之間。問之人，云："此中名山、古刹甚多，屈指不能數其名，累月不能窮其境。"吾始知吾之足力不能徧至也，而遂還。次日，同年蘇耕餘，載酒船相邀。予以湖上之景未徧觀也，與之出清波門，城下多柳，而白隄多橋，所謂"柳浪聞鶯"、"斷橋殘雪"也。循白隄，復至孤山，入行宮。行宮之制甚奇：複閣重廊，周廻相通，鑿石爲基，削巖成壁，引水成池，植花成徑〔一四〕。橋水，磴山，至於後宮。殿在山上，舍〔一五〕巖石於殿中，注清泉於座下。一室之中，而山水之觀畢具。左右高樓，近挹湖光，遠吞山色，如登玉霄金闕，而望十洲、三島之仙蹤也。放鶴亭在行宮東北，古梅，巨石，清雅不羣。惜亭殊巨麗，不似當日處士風流。下亭，復登舟，遶孤山之背，至昭慶寺而還。於湖中之景，不能十一，而已暮矣。予益信轎與船之不能遠到，而遊西湖者，未盡見西湖也。

留數日，遂渡江而東。錢塘江中，亦有兩山，彷彿金、焦，遥望海門，屹然對峙。惜時非八月，不能觀大潮。渡江至蕭山，蕭山有湘湖，産蓴絲、嘉魚。旱，則引湖水以漑田；潦，洩於海。風景似西湖，而有用過之。

蕭山東，則山陰道上矣。千巖萬壑，大者奇偉，小者佳麗。山下皆水，大溪小港，經緯繡錯。

東至白鶴浦，有小山，舟人指曰："禹戮防風氏之所也。"泛舟入山陰城，登臥龍山。出城，至於鑑湖。昔明皇賜賀知章鑑湖一曲，後遂指此一曲爲鑑湖。其實蕭山、會稽、山陰三縣之水，皆鑑湖也。嘗登山而望之，三縣桑田，其平如砥，想皆滄海所變。水在其中，渟滿不流，而色清若鏡，故曰鑑湖也。由鑑湖欲遊吼山。鑑湖之水無波，故舟多夜行，夢中不知泊於何處，但聞雨聲徹夜不絕。天明，起視，初無雨，舟在巨潭，四圍皆山，并無來路，不知舟何以得至潭中。潭南巖上，乳泉亂滴如簷溜。東峯有洞，水滿其中。西峯怪石超出，長垂下注，若巨象舒鼻以飲潭水。其北竹林茂密，樓閣清幽。曉夢初醒，疑非塵世。舟人語曰："此所謂曹溪。東有洞者，獅山。西如鼻者，象山。有樓閣者，石匱先生之書院也。"登樓四望，見樓後之山尤高峻，怪石森列，有如臺者，如柱者，如首戴笠者，如巨人立者，所謂吼山也。下樓棹舟，由獅山之洞中，曲折行數百步而後出，如漁郎自桃源歸也。吼山有空明菴，門前流水，門內清池，朱樓碧瓦，倒影池中。高巖峭壁，卓立樓後。瀑泉飛灑，常如驟雨，其奇不減曹溪也。吼山返棹，乃謁禹陵。禹陵之山，高圓若塚，衆峯環拱，有如侍衞。陵側有菲泉，泉東有廟，廟旁有碶〔一六〕石亭，相傳葬禹時所用石，高五六尺，圓如柱，端有圓孔，似孔廟之漢碑。記曰："公室視豐碑，三家視桓楹。"碶石似楹，蓋葬碑也。由禹陵至南鎮。南鎮者，會稽山也。其最高者，曰鑪峯。其下有廟，爲歷代祭告之所。自南鎮迴舟，夜泊山陰城外，月幾望矣，氣霽雲歛，月白江清，天水相涵，空明一片，人在舟中，身心朗徹，如琉璃合，恍然若有所悟。黎明，至於蘭亭。今之蘭亭，非昔之蘭亭矣。擇平地而建亭，中立大碑，御書右軍《序》於其上。亭前累石成渠，以爲曲水。崎嶇踦踏，初無遠致，且不可以流觴。左右各鑿一池，以爲是鵝池與墨池也。亭西里許，曰天章寺，而亦非舊矣。然此皆人爲之者，故有廢興。若所謂崇山峻嶺，清流激湍，則依然在。蓋山陰之水不流，惟蘭渚湍急，潺潺於茂林脩竹之間，風致又別也。返城中，登蕺山，下有寺，乃右軍之舊第。其南，有題扇橋。山上有書院，劉念臺講學於此。予棹舟在山陰道上三日夜，有山皆秀，無水不清，迴環往復，不辨西東，登蕺山，乃瞭然。蓋紹興之西南皆山，而東北近海，吼山在東，蘭亭在西，禹陵、南鎮在其南，北有梅山，下有梅市，梅福之所居也。遠望南鎮之西，有高於南鎮者，曰秦望，始皇帝刻石於此。又，禹穴，非禹陵也，禹藏書於宛委之山，曰禹穴。又，會稽有陽明洞，道書云"第十一洞天"，而余皆未至。遊人憚於登陟，舟所可至者，至之。若高遠幽深，神聖仙靈之遺迹，則懼而不果去。抑吾在紹興，凡三望海：登下方山望海，登禹穴，登蕺山皆望海，第見茫茫沙草而已，實未嘗見水，吾猶悵然，以山海之奇未盡探也。

由紹興復返杭州，登鳳凰山，一名紫陽山，昔高宗南渡，廣杭域〔一七〕，包此山於苑内，以爲遊觀之所。左江右湖，登臨彷徨，致足樂也。

自杭州溯浙江，至於富陽。富陽之山，雄壯似燕、秦諸塞，而青翠過之。富陽以南，川勢漸窄，兩山對峙，一水中流，羣峯倒影，上下皆青。出桐梓關，勢漸開，遠近布列，山皆妍媚，桐君山陡立江岸。其南，内拓開一平原，石壁環峙，如天生城闕，則桐廬也。阻山臨水，居民在山水之間，瓦青牆白，纖塵不染。其清華朗潤，令人神恬。

南至鸕鶿原。山勢怪持〔一八〕，峰巒岔湧，密峙，駢植，束江流如一綫。入原口，轉而西，則富春也。南北皆山，其中皆水，不餘寸土。兩釣臺在北山下，石峰直起而頂方，旁有子陵祠。凡釣臺左右之山，其巔皆有流泉，錦峰縹緲，上入高青，怪石崢嶸，下臨沉碧，瀑流噴薄，墮玉飛珠，澗水層波，調笙鼓瑟，高山流水之觀止矣。嘗憶陶隱君語云："高峰入雲，清流見底。兩峰石壁，五色交輝。青林翠竹，四時具備。曉霧將歇，猿鳥亂啼；夕日欲頹,沉鱗競躍。實慾界之仙都。"惟此地足以當之。西至於嚴州,高山四塞,大水環周,可稱天險。

南入橫溪,至於蘭谿。自杭州至蘭谿,四百餘里,岡巒綿亘,雄於富陽,清於桐廬,奇於富春,秀於蘭谿。人在舟中,高視遠眺,不能坐臥,偶値偃仰,兩岸之山,次第從船牕中過,如畫圖徐展。舟行之樂,無踰於此。

蘭谿南曰金華。川勢大開,極目平疇,遠望崇山,煙雲繚繞,摩天礙日。傳聞其上有朝真、冰壺雙龍之洞,乃王方平叱石成羊之所也。

西過龍游,至於衢州。凡西安道上之山,岡巒華簇,而滑瘦如削,煙嵐高潔,刻露清秀。

西南至常山。多楓桂,雲眠樹間,山橫雲上,高薄深林,令人有小山《招隱》之思。

西至玉山。復登舟,至於廣信,爲江西界。山形粗猛突兀,橫亘直豎,緣河羅列者,皆一石特起,方圓平直,各自爲象。

西至弋陽。有龜峰山,衆峰直起如笋。有青山頭,峰頂皆圓,有如人首,或冠,或冕,或蠎,或頎,或光如僧,或寰如妓。寺隱叢篁,泉出古洞,椶櫚、芭蕉,延滿嚴[一九]谷。奇險幽秀,兼而有之。

西北至貴溪。見天然橋,一石橫兩峰之巔,下空若洞,亦奇境也。聞貴溪有鬼谷山,鬼谷子之所居。又有象山,陸子靜讀書其上,嘗曰雲山泉石之奇,目所未睹。問之人而不知,知有龍虎山張真人而已。

西至安仁,地平曠。南至瑞洪,遂入鄱陽。自安仁以西,四望不見山。至瑞洪以南,四望并不見樹,短草黃沙、煙水雲天而已。湖水甚濁,波濤皆紅。

出湖,入章江,至南昌,登滕王閣。章江南來,渺瀰極目,彭蠡北匯，煙波萬頃。東望平疇，天垂野闊。連峰千里，西列屏障。所謂"西山暮雨，清浦朝雲，霞鶩齊飛，水天一色"，蓋實錄也。南昌阻風，泊舟於生米渡。次晷，渡江，幾至不測。語曰："安不忘危。"又曰："千金之子，坐不垂堂。"余自維揚登舟，過楊子，泛吳淞，涉錢塘，溯桐溪，經鄱陽，在舟數月，僥幸無恙，習而安焉。設非遭此，遂安其危而忘垂堂之戒也，豈可哉！

南至於豐城，觀劍池。

西入清江，至臨江府。城東有闔皁山，昔張道陵、丁令威、葛孝先，皆居此。

西過新喻，山尤多。分宜之山清而秃[二〇]，袁州之山奇而雄。

至蘆溪，乃陸走，過萍鄉，復登舟。徑醴陵，出淥口，至湘江，入湖南境。右江風俗，勝於三吳、兩浙，男事耕耘，兼以商賈。女皆紡織，所出麻泉[二一]、錦[二二]葛、松杉、魚蝦、米麥，不爲奇技淫巧，其勤儉習事，有唐、魏之風。獨好詐而健訟，則楚俗也。湘江之水清而文，兩岸之山秀而雅。草多茅管，扶疏猗靡，皆有蕙薄叢蘭之致。每當五嶺朝霞，三湘夜雨，或光風轉蕙，皓月臨楓，吟《離騷》、《九歌》、《招魂》之句，如睹澤畔之憔悴也，如逢芰衣荷裳之芳澤也，如聞湘靈、山鬼之吟嘯悲啼也。

南至衡州，謁南岳。凡岳鎮，非獨形偉，其氣盛也。向登泰山，鬱鬱葱葱，靈光焕發。渡江以來，名山無數，神采少減焉。兹見南岳，乃復如睹泰山，連峰爭出，高不可止。複嶺互藏，厚不可窮。石壁插青，流泉界白。氣勃如蒸，嵐深似黛。頂在雲中，有若神龍，其首不見，而爪舒鱗躍，光怪陸離。火維地荒，天假神柄，應不誣也。衡山七十二峰，其最大者五：芙蓉、紫蓋、石廩、天柱、祝融。南岳廟在祝融峰下。謁廟後，望五峰，其頂皆在雲中。登舟南行數日，無時不矯首。古語云："帆隨湘轉，望衡九面。"予九面望而卒未嘗見其頂，始歎衡山之雲之難開也。

西次祁陽。見唐亭，元次山之所建。

西至於永州。自右江至衡陽，數千里間，土石多赤。一望紅原綠草，碧樹丹崖，爛若繪絢。至零陵，山黑而石白，天地之氣一變。城下瀟江，北合於湘。瀟西之山皆幽奇，柳子厚多記之。

西入湘口，水愈清，兩岸之石，玲瓏奇峭，不可指數。所謂"少人而多石"，其信然與！

西至於全州，爲粵西形勝之地。湘山崔嵬，高踞俯視。衆山環拱，諸水會同山下。有光孝寺，無量壽佛示寂之所，云肉身在墻內，予入而諦觀之，不似也。

南至於興安。有陽海山，半山有分水嶺，山脊流水，可以泛舟，至嶺而分。其北流者，爲湘江；南流者，爲灕江。一水而相離，故曰湘、灕也。《志》云：臨賀、始安、桂陽、揭陽、大庾爲五嶺。《水經注》云："湘水出零陵始安縣。"然則興安者，始安也。

予自長沙溯湘江，至永、全，挽舟直上，如登峻阪。山腰廻舟，轉入灕江，下桂林，如建瓴。源泉混混，咫尺分流，而北入北海，南入南海，其嶺之高可知矣。灕江初分，屈曲山間，別鑿一渠以通舟。秦伐南越，史錄[二三]鑿此。漢戈船將軍出零陵，下灘水，於此置斗斛，猶聞也。諸葛武侯續修之。渠上有武侯祠，祠後有伏龍山。山石多怪，玲瓏槎枒，連峰疊嶂，皆如米顛袖中之物。伏龍以西，羣峰亂峙，四布羅列，如平沙萬幕，八門五花，江爲遊騎，縱橫其中。前有高峰，曰馬頭山，卓立俯視，如大將秉巨纛以出令也。

南過靈川，至於桂林。粵西高大中丞，予業師也，留署中過夏。時時跨馬出遊郊坰，負郭山水之勝皆見之。城中屹立者，曰獨秀山，高數百丈，下有石室，頂通光耀。其東北曰伏波山，高峭與獨秀等。巖中懸石，下垂如柱。其西有疊彩巖，石紋華麗。

巖腹有洞，冷風日夜不休，曰風洞。迎風而入，曲折崎嶇，漸覺光明，忽然開敞，身入樓閣，戶牖軒豁，欄檻廻環。開戶一望，水天無際，山林窈冥。蓋灕江從城北來，兩岸之山，怪怪奇奇，向在舟中未盡見也。茲入洞內，黑走山腹，忽〔二四〕睹世界，皆成異境，舟泛銀河，人至天台，亦若是矣！城南有劉仙崖，石洞如屋，內刻張平叔贈桂林白龍洞劉真人歌，道鉛汞之術甚詳。城西有七星巖，上有棲霞洞，石階直下數百級，頂上石紋如波，中有鯉魚長丈餘，頭目鱗尾皆具。洞後深黑，秉炬走數百步，冷氣迫人，同行者懼，遂偕出。聞土人道其中之景甚怪。王荊公云：「世之奇偉瑰怪、非常之觀，嘗在於險遠，而人之所罕至焉。故非有志者，不能至也。有志矣，不隨以止也。然力不足者，亦不能至也。有志與力，而又不隨以怠，至於幽暗昏惑，而無物以相之，亦不能至也。然力以至焉，於人爲可譏，而在己爲有悔，盡吾志也，而不能至者，可以無悔矣。」吾甚悔吾之未盡吾志，而隨人以止也。其東有龍隱洞，清流從洞中出，而入江。江中有山，輪囷若象鼻舒江中，舟行鼻內。江岸山上有洞，直透山背，以通天光，望之，圓明如滿月。《志》稱"濱江三洞，水月最佳"者是也。茲行也，在桂林之日爲久，猺、苗、土、獞、蚺蛇、山羊、錦鷄、孔雀、黑白之猿，荔枝、佛手之樹，黃皮、白蠟之林，芭蕉之心，長大如椽，天雨之花，其紅射日，可謂見所未見。獨其俗兇悍褊小，嗜利好殺。天地之靈，鏡於物而不鏡於人〔二五〕，何哉？予以六月初旬至桂林，七月暑退，登舟返棹。曩之至也，雲峰吐火，稻穗湧波，荷蕊綻紅，江流漲綠。署中偃仰，曾幾何時，而稻禾全刈，木葉半黃，雲白天晶，涼風簫瑟。回思江南暮春，鶯飛草長，西湖梅雨，花落鳥啼，有如隔世。王右軍云：「向之所欣，俯仰之間，已爲陳迹。」亶其然矣。

　　過全州，復入湘。山寺有匾，曰"再來人"。予嗒然而笑。夫佛再出世，猶吾再入寺也，而何怪焉！

過衡州，登合江亭。湘水南來，蒸水北至，兩江合處，一峰特起，曰石鼓山，上有武侯祠。向讀韓詩，註云："合江亭旁，有朱陵洞。"登其上而不見，返舟，問榜人，云："洞在亭下，當事者封其路，遊人往往不得至焉。"在舟又望南岳，霧隱雲封，終不能見其頂。江山之於人，如友：或不期而遇，或千里相訪而不值，何哉？

北至於湘潭。有昭山，昭王南征至此。

北至於長沙。城東有雲母山。《列仙傳》云"星沙、雲母，服之長生"者也。城北曰羅洋山，城南曰妙高峰。湘江在城西。水西有岳麓山。志曰"衡山七十二峯，廻鴈爲首，岳麓爲足"，是也。其巔有道鄉臺。昔鄒志完謫長沙，守臣溫益逐之，雨夜渡湘，宿於此，後張敬夫爲之築臺。朱子題曰"道鄉"，道鄉者，志完之別號也。聞志完初謫時涕泣，其友怒曰："使志完居京師，得寒疾，不汗，五日死矣，獨嶺南能死人哉？"由今觀之，向與志完同時在京師者，皆已湮没，而志完以謫，特傳，亦可以知所處矣。道鄉臺下，有岳麓寺碑，李北海所書也。凡地之美惡，視乎其人，不擇地而安之，皆可安也。予過五嶺，泛三湘，望九疑，歷百越，皆古遷客、騷人痛哭流涕之所，入而遊焉，瘴花善紅，蠻鳥能語，水清石怪，皆有會心。比及長沙，山林雅曠，水土平良，已如更始餘民，復睹司隸雍容，賈太傅乃不自克，而抑鬱以死。語云"少不更事"，太傅有焉。

北過橘州。昔范質夫南謫，夫人每罵章惇。過橘州舟覆，公自負夫人以出，徐曰："此亦章惇爲之耶？"予性褊，服膺范公以自廣，今過其地，想見其爲人。

北至於湘陰，有黃陵廟，二妃之所溺也。其東，有汨羅江，屈子之所沉也。過黃陵，入洞庭，浩浩蕩蕩，四無涯涯[二六]，晚見紅日，落於水内。次早，見炬火，然灼水面，漸望漸高，乃明星也。吾遊行天下，山，吾皆以爲卑。水，吾皆以爲狹。非果卑與狹也，目能窮其所至，則小之矣。物何大，何小，因其所大而大之，則莫不大。因其所小而小之，則莫不小。蘇子瞻曰："覆杯水於地，芥浮於水，蟻附於芥，浮然〔二七〕不知其所濟。少焉，水涸，蟻即徑去，見其類，出涕曰：'幾不復與子相見！'豈知俯仰之間，有方軌八達之路乎？計四海之在天地之間也，猶杯水也，舟猶芥也，人猶蟻也，吾烏知蟻之附芥，不以爲是乘桴浮海耶？其水涸而去，不以爲是海變桑田耶？四海雖廣，應亦有涯，日〔二八〕力不至，則望洋而歎，因所大而大之耳。"今在洞庭，吾目力窮焉，即以洞庭爲吾之海，可也。自湘陰洎〔二九〕於磊石，又泊於鹿角，又泊於井岡，皆在湖中。時近中秋，天朗氣清，所謂"長煙一空，皓月千里，浮光耀〔三〇〕金，静影沉璧〔三一〕"者，吾見之焉。

北至巴陵。岳陽樓在巴城上，而今不存矣。予登其址而望焉，見君山秀出。其東，曰扁山，又東，曰九龜山，皆在湖中。城南，曰白鶴山。其側有天岳嶺，上有吕仙亭，亭前有岳武穆廟。昔武穆尅期八日，平楊么於洞庭，居人德而祀之，廟貌巍然，據湖山之勝。夫岳陽爲純陽三過之所，宋滕子京重修之，范文正公作記，蘇子美書，邵竦篆額。當其盛時，仙靈之所往來，賢士大夫所歌詠，今皆爲荒榛、蔓草、頽垣，文墨之士無論矣。純陽有仙術，亦不能留其所愛。武穆蹇蹇，雄羆於羅，徒以忠義之性，結於人心，而遺蹟獨存。然則人之不死，固自有道矣。在巴陵阻風五日，所謂"陰風怒號，濁浪排空，薄暮冥冥，虎嘯猿啼"者，吾又見之焉。

北出涇河口，入岷江。西北一望，荆、襄、漢、沔，沃野千里，似燕、趙兩河之間，洋洋乎大國之風也。江南岸爲臨湘、嘉魚、蒲圻之境，連延皆山。赤壁在嘉魚，雄峙江滸。其上有祭風臺。昔蘇子瞻賦赤壁於黄州，武昌之下游也。考之史云："劉備居樊口，進兵逆操，遇於赤壁。"則當在武昌上游。又，"操敗後走華容。"今嘉魚與華容近，而黄州絶遠，然則周郎赤壁，斷在嘉魚無疑也。

北至荆口，兩山對峙，東曰驚磯，西曰大軍。驚磯，有達摩亭，乃折葦渡江之所。北曰沔口。沔水，又名滄浪，靈均遇漁父於此。沔口之北，西曰漢口，漢陽府也。東曰夏口，武昌府也。埤山爲城，塹江爲池。武昌城内包三山，漢陽城内有兩湖，黄鶴樓與晴川閣，距兩城之上相望也。漢陽城外有大別山，下有鎖穴，乃孫吳鎖江之處。予嘗登大別之巔，以望三楚，荆、衡連鎮，江、漢朝宗，遠水動蜀，高樹浮秦，水陸之衝，舟車輻輳，百貨所聚，商賈雲屯。其山川之雄壯，民物之繁華，南北兩京而外，無過於此。然沱、潛、漢、沔之間，瀟、湘、沅、澧之際，江漂、湖匯，民多水患，盜賊乘之。楚俗慓輕，鮮思積聚，山藪、水泇，流民鳩處，其人率皆窳龐雜而難治，亦可慮也。

北入孝感應山。山接九宗，澤連雲夢，峯高野闊，氣勢沉雄。

北出武勝關。崇山峻峻，連延千里。右列方城，左擁穆陵，所謂冥阨之塞。《淮南子》云"山有九塞"，此其一也。

北至於信陽。信陽，古申國，東鄰息。申、息者，楚之北門也。又東鄰蔡，昔桓公侵蔡，蔡潰，遂伐楚，非上策也。由蔡至郢，崇山大小不可勝計。所謂"方城爲城，漢水爲池，無所用衆"，非虚語也。能伐楚者，莫如秦。出武關，下漢川，則撤荆、襄之藩籬。出三峽，下夷陵，則扼鄂、岳之要害，故秦并六國，亦地勢然也。

北過確山，至遂平，有楂枒山，唐李觀及吴元濟戰於此。

北至西平，有溵水。昔光武敗王尋於昆陽，多殺士卒，溵水不流，即此也。

北至於葉縣，爲沈諸梁之封邑。其北有黃城山，下有沮、溺故里，子路問津處也。

北渡汝水，至襄城。其南有首山。汝、蔡、潁、許之際，平疇沃衍，而首山雄峙其中。史稱天下名山八，三在夷狄，五在中國，皆黃帝所嘗遊，首山其一也。昔黃帝問道於崆峒，遂遊襄城，登具茨，訪大隗。崆峒在郟鄏，而具茨在新鄭，與首山相望也。襄城，鄭氾地，周襄王出居於此。

西至禹州，大禹之封邑。

北至告城〔三二〕，古陽城地也。臨潁水，面箕山，負嵩岳，左成皋，右伊闕，崇山四塞，清流瀠洄。其高平處，有周公測影臺，巨石屹立，高可七尺，下方五尺，上方三尺。《周禮·大司徒》：「以土圭之法測土深，正日影，以求地中，日南影短，日北影長，日至之影，尺有五寸。」即此也。

北至登封。介嵩山太、少二室之間。太室之巔，櫛比若城垣。少室之峯，直起若臺觀。雖無岱宗、衡、華之高奇，而氣象雍容，神彩秀朗，有如王者，宅中居正，端冕垂紳，以朝萬國，不大聲色，而德意自遠。中岳廟在太室之南，少林寺在少室之北，羣峯圍繞，界隔塵寰，水石清幽，靈區獨闢。時值深秋，白雲紅葉，翠柏黃花，點綴巖岫，天然圖畫。岳陽、黃鶴，極江湖之浩渺；靈隱、少林，盡山岳之奇麗。睡常入夢，醒猶在目，非筆舌所能傳也。在寺中問達摩遺蹟，僧云：「寺西四五里，深山之中，有古石洞，乃九年面壁之處，至今洞中猶有達摩影。」而予未之見也。

出嵩山，渡洛水，至偃師。道中見田横、計遠〔三三〕之墓。北有緱山，子晉升仙之所也。北上北邙，望見洛陽。昔孟堅《兩都》、平子《二京》諸賦，道洛陽之形勝甚悉，而予未暇觀，至今猶耿耿焉。

由孟津渡河，至孟縣。孟縣者，河陽也，周襄王狩於此。

北渡沁水，上太行。太行之上，首起河內，尾抵薊、遼，碣石、恒山、析城、王屋，皆太行也。修坂造雲，崇岡礙日。路皆青石，鏡光油滑，實天下之至險。登太行而四望，九州之區，可以歷指：秦、晉蔽山，吳、越阻水，青、齊負海，燕、趙沿邊，中原平土，正在三河。周、魯、宋、衛、陳、鄭、蔡、許、鄧、宿、杞、邾、沈、虞、邢、虢，《春秋》所書諸國，以及夏、殷、東漢、北宋、五代梁、唐之故都，皆在於此。總挽九州，閫閾華夏，土田肥美，物產茂實，所謂天下之中也，地之腹也，陰陽之所會，風雨之所和也。過太行而北，則吾山西境矣。

　　總而計之，天下大勢，水歸二漕，山分三榦，河出崑崙，江源岷蜀，始於西極，入於東溟。大河以北，水皆南流。大江以南，水皆北注。漢南入江，淮北入河，雖名四瀆，猶之二也。太行九邊，西接玉門，東抵朝鮮，是爲北榦；五嶺、衡、巫，西接峨嵋，東抵會稽，是爲南榦；岷、嶓、華、嵩，是爲中榦；岱宗特起，不與嵩連，亦中榦也。北方水位，故燕、秦、三晉之山色黑，而陂陀若波；東方木也，故齊、魯、吳、越之山色青，而森秀若林。楚南、閩、粵，峯尖而土赤；粵西、黔、蜀，石白而形方。天有五行，五方應之。江性寬緩，河流湍急，焦白鄱紅，洞庭澄清，其大較也。斯行也，四海濱其三，九州歷其七，五岳睹其四，四瀆見其全。帝王之所都，聖賢之所處，通都大邑，民物之所聚，山川險塞，英雄之所爭，古蹟名勝，文人學士之所歌詠，多見之焉。獨所謂魁奇磊落、潛修獨行之士，或伏處山巔水湄，澗迹漁樵負販之中，而予概未之見。豈造物者未之生耶？抑吾未之遇耶？抑雖遇之而不識耶？吾憾焉。然苟吾心之善取，則於山見仁者之靜，於水見智者之動，其突兀洶湧，如睹勇士之叱咤，其淪漣娟秀，如睹淑人君子之溫文也。然則謂吾日遇其人焉，可也。抑又思之，天地之化，陰陽而已。獨陰不生，獨陽不成，故大漠之北不毛，而交、廣以南多水。文明發生，獨此震旦之區而已。北走胡而南走越，三月而可。至崑崙，至東海，半年之程耳。由此言之，大塊亦甚小也。吾以二月出都，河北之地，草芽未生，至吳而花開，至越而花落，入楚而栽秧，至粵而食稻；粵西返棹，秋老天高，至河南而木葉盡脱，歸山右而雨雪載塗。轉盼之間，四序環周。由此言之，古今亦甚暫也。心不自得而求適於外，故風景勝而生樂；性不自定而寄生於形，故時物過而生悲，樂寧有幾，而悲無窮期焉。吾疑吾之自立於天地者，無具也。宋景濂曰："古之人如曾參、原憲，終身陋室，蓬蒿没户，而志意充然，有若囊括於天地者，何也？毋亦有得於山水之外者乎？"孟子曰："萬物皆備於我矣。"老子曰："不出户，知天下。"非虚言也。爲地所囿，斯山川有畛域。爲形所拘，斯見聞有阻礙。果其心與物化，而性與天通，則天地之所以高深，人物之所以榮悴，山河之所以流峙，有若獨照而數計焉。生風雲於胸臆，呈海岳於牕几，不必耳接之而後聞，目觸之而後見也。然則自兹以往，吾可以不遊矣，然而吾乃無時不遊也已。

校勘記

〔一〕"縱"，疑當作"蹤"。

〔二〕"逈"，據守意庵本、景山本當作"迥"。

〔三〕"青營"，疑當作"青熒"。

〔四〕"享"，據守意庵本、景山本當作"亭"。

〔五〕"紐貢"，據守意庵本、景山本當作"子貢"。

〔六〕"七歲喪母，中年出妻，晚年喪子"，景山本作"二十四歲喪母，晚年喪妻與子"。

〔七〕"洶湧"，據守意庵本、景山本當作"洶湧"。

〔八〕"楊"，據守意庵本、景山本當作"揚"。

〔九〕"節"，據守意庵本、景山本當作"飾"。

〔一〇〕"籃溪",疑當作"蘭溪"。

〔一一〕"畫",據守意庵本、景山本當作"晝"。

〔一二〕"棚茶",據守意庵本、景山本當作"茶棚"。

〔一三〕"字",據守意庵本、景山本當作"宇"。

〔一四〕"惺",據守意庵本、景山本當作"幄"。

〔一五〕"舍",據守意庵本、景山本當作"含"。

〔一六〕"硿",疑當作"窊"。下同。

〔一七〕"域",據守意庵本、景山本當作"城"。

〔一八〕"持",據守意庵本、景山本當作"特"。

〔一九〕"嚴",據守意庵本、景山本當作"巖"。

〔二〇〕"禿",據守意庵本、景山本當作"秀"。

〔二一〕"泉",據守意庵本、景山本當作"臬"。

〔二二〕"錦",據守意庵本、景山本當作"綿"。

〔二三〕"錄",據守意庵本、景山本當作"祿"。《新唐書》卷一百十八《李渤傳》亦作"祿"。

〔二四〕"忽",據守意庵本、景山本當作"忿"。

〔二五〕兩"鏡"字,據文義當作"鍾"。

〔二六〕"涯涯",據守意庵本、景山本當作"涯涘"。

〔二七〕"浮然",據守意庵本、景山本當作"茫然"。

〔二八〕"曰",據守意庵本、景山本當作"目"。

〔二九〕"洎",據守意庵本、景山本當作"泊"。

〔三〇〕"耀",據《岳陽樓記》當作"躍"。

〔三一〕"壁",據守意庵本、景山本當作"璧"。

〔三二〕"告城",疑當作"告成"。

〔三三〕"計遠",據守意庵本、景山本當作"許遠"。

跋

　　菊溪夫子，亟稱於庚曰：吾有奇製一帙，髫時授之先大夫者，盍爲鑒閲而評識之？顧徧覓篋中，無所得。甲子六月，曝書之辰，命小胥於巾箱敗簏中逐一搜括，已而得之，簡斷編殘，字迹完好。庚受而卒讀，未覺蹶然興也。男子墮地，即志四方，名山大川，本吾胸次，揆之親殁遠遊之義，亦固其所獨念。文定公以天地名物之任，寄之五岳四瀆之遊，而其遺稿適出諸菊溪夫子先人之手，澤蓋山川，英傑之靈爽，寔式憑之。夫子平昔瓣香於文定，其息息相感之故，無非本忠孝大原，以流露於文字語言之際。作是記，藏是記者，均非偶然也。庚讐校既竟，會夫子先期入覲。郵寄京師，請梓之，又以乘傳出都，未果。庚思是書之刻，殆不可緩，乃謀之臨川李秋屏農部，即北溟李學士之從父，淹雅而多才者，覈其字畫，離其句讀。嶺南固長於開雕，今而後，公此奇製於天下，度士大夫争手一編，以先睹之爲快。夫子非阿私，賤子亦豈好事哉！庚遊既倦矣，將歸家山，得此刻足以自豪，且可以學宗少文之澄懷觀道矣。夫子既自作序，復命庚跋其緣起。庚曰：庚何功？乃農部之功。不負夫子亟稱於庚之初志也。遂并識之。

　　乙丑閏夏初吉，錢唐汪庚謹跋。

跋

癸酉秋，觀興縣新印孫文定公《南遊記》，寫印荒率，校勘簡陋，意未爲善也。曩昔僑寓北平，見長庚氏重翻百文敏刻本，書式精良，殊爲悅目。顧吾晉弇陋自安，未見有圖爲一刻者，惜哉！頃與白君雲軒談及，蒙允任刊資，校勘簡定，惟愚是任。因前見張君貫三藏有祁恭恪刻本，仍翻百刻者，然後歎前此見聞之陋，而妄爲置論也。於是假之張君，影寫付印，其行式悉準祁公之舊，不敢妄行更移。蓋於以徵文定意量之宏、恭恪篤故之雅。此一書也，而兩賢固相得益彰已。夫此記特取祁本者，因家刻附於奏議，不免傖俗。百刻雖佳，然加以圈點，又似墮評選詩文之故習。魏氏源略加刪削，以入《經世文編》，亦有圈點，然在《文編》固應爾爾。近江氏南楚有印本，則分節提行，眉目清晰，第出以平常鉛印，茲爲保存。前民舊籍，計寧從遺置也。記同年牛君，在魚官芮城，嘗取此記付鉛印，以貽多士，愚代爲校字。今乃特印精本單行，俾吾晉兩賢精神，煥然共見。而白君之尊重鄉賢，張君之不吝珍籍，均有可稱。而愚竊以校錄之役，得附名於編，是抑重爲可幸者乎？張君謂記中"三過風景"，"過"當爲"邊"之誤；"見唐亭"，"唐"當爲"廌"之誤，可謂精識。乃遍徵諸本，訛誤相沿，豈習焉而不察乎？爰不避顓，輒而改之。并徵得文定公遺像，製版冠首，則讀其書者，兼識其人，尤爲快舉歟！惟興縣本首揭文定公傳，僅據方志，不免疏陋。清李元度氏撰《先正事略》述公行實，較爲詳盡，因重恭恪原書，未敢攟錄，且本書不少流傳，無庸更攟也。書既成，聊識印書之由於末云。

中華民國二十二年秋，榆次常贊春子襄并書於歲寒室。

㐆齋詩文集
附石州年譜

〔清〕張穆　撰

李晉林　時新　點校

點校説明

　　清代張穆所撰《月齋詩文集》流傳至今的本子，有清咸豐八年壽陽祁氏刻本、民國五年青陽吴氏刻本、民國二十六年《山右叢書初編》鉛印本三種。青陽吴氏刻本與壽陽祁氏刻本實屬一版先後兩次印刷者，《山右叢書初編》鉛印本但依祁氏刻本再次排印，末新附《石州年譜》。今文集八卷、詩集四卷以祁氏刻本（簡稱祁本）爲底本，以《山右叢書初編》鉛印本（簡稱"《山右》本"）爲校本。民國《山右》本新附《石州年譜》則以《山右》本爲底本，所涉編年引證詩文復以祁本、《山右》本爲校本。此外，凡該書引文有牽及其它經史子集材料者，并據以參校。

　　還需要説明的是，爲保證反映底本及校本文字原貌，特確定以下校勘細則：

　　一、凡遇底本與校本之間有古今、通假、繁簡、異體字并用關係者，率以底本爲準，而後對同類例證較爲疑難者均於正文首例出現之處酌作校勘記，其餘概皆從略，請讀者參照理解；

　　二、以校正底本和校本文字的衍、脱、訛、倒、異文爲主，此類問題統以校勘記形式標出；

　　三、文中所涉及的重要史實、地名、人名、年代及引用材料等有訛誤者，寫出校勘記；

　　四、避諱的缺筆字和顯係刻誤的字，一般逕改不出校記。但某些關鍵避諱之處，亦有校記説明；

　　五、祁氏刻本行文格式，凡遇"列聖"、"今上皇帝"、"祖宗"、"皇天"、"皇上"、"聖祖"、"特恩"、"奉諭"、"欽差"、"恩準"、"嚴旨"、"朝廷"等等字樣，均另行頂格以示尊崇。此次排版不再頂格，格式全依新例。

六、原書文集、詩集每卷之首有"平定張穆"字樣，《石州年譜》卷首有"族姪張繼文編輯、鄉後學蔡侗審訂"字樣，今刪去。

七、《石州年譜》原在文集、詩集中間，今調整到詩集之後。

序

　　道光閒有以文學名都下者，曰平定張石州先生。其爲人豪放朗銳，極深研幾，於經通孔氏微言大義，精訓詁篆籀，於史通天文、算術及地理之學，議論穿穴今昔，鎔冶四庫百氏，颷舉泉涌，座客率撟舌不得語。海內名儒咸想望風采，躡屩納剌、載酒問奇者，幾無虛日。顧石州不自撓屈，有以所著書或詩古文辭進者[一]，無問其人位望，有不可於意，即指疵纇口齦齦辨，折角陷堅，不遺餘力，以是慕名而來者或稍稍引去。然其於學深博無涯岸，遇奇士，雖素出己下，輒折節推之。旌德呂文節侍郎嘗言：“爲文不經石州訶斥訂正，未可示人。”晉江陳頌南給事直聲震天下，獨俯首石州，曰：“令斯人著獬豸冠樹立，過吾輩遠甚。”《語》云：“不知其人，視其友。”石州之没，知與不知皆爲嘆惜，豈無自而然哉？

　　余於石州，同鄉姻戚也，交最深，且忝一日之長，故知石州事最詳。石州少孤，依母黨莫寶齋先生居，即喜觀儒先學案諸書，言之甚悉。及長，程春海司農許其得漢學淵源，既而司農見其所爲文，驚曰：“東京崔、蔡之匹也。”蓋其學不專主一家，而皆能得其精詣。涉歷世故，益講求經世之學，於兵制、農政、水利、海運、錢法尤所究心。然性剛負氣，鋒穎逼人，世方貴圓孰頓美，欲矯之以厲俗。或微諷之，不恤也。既以優行貢成均，待銓知縣。歲己亥應順天鄉試，携瓶酒入，監搜者呵曰：“去酒。”石州輒飲盡，而揮棄其餘瀝。監者怒，命悉索之，破筆硯，毀衣被，無所得。石州捫腹曰：“是中便便經笥，若輩豈能搜耶？”監者益忿，乃摭筆囊中片紙有字一行，謾曰：“此懷挾也。”送刑部，讞白其枉，然竟坐擯斥，不復得應試。於是僑居宣武城南，閉户著書，益肆力於古。阮文達公見其撰述，歎爲天下奇作。

夫以石州之才，百未一試，用微訾斥，終身不振。年不及下壽，子又夭，其遇極古今之窮，誠可哀已。説者多以石州比柳子厚，其因擯斥而研精文學則同。然石州使氣忤時貴，乃君子之過，轉不獲如子厚之出守遠郡，得稍試於治民，其所遇不更酷哉！子厚身後得裴觀察爲營歸葬之資，文集則編於劉賓客，其得大著於世則以昌黎韓子實表章之也。今石州之歸葬亦賴同人襄助，其遺稿則屬之何子貞太史及何願船比部。願船既撰石州墓誌，復爲補輯《北魏延昌地形志》、《蒙古游牧記》二書成帙，又以子貞檢出之詩文雜稿，屬其門人吳子肅、子迪昆季裒輯繕寫。諸君子綴緝之勤，誠不減劉賓客之高義，其表章之力抑豈出昌黎下哉？石州於余兼直諒多聞之益，其没也，余方奉使甘肅不及見，心常歉然，以刊布遺書爲己任，而時勢艱難，友朋聚散，久之未就。今距石州之没已十閲寒暑，幸賴諸賢克篤風義，相與有成，而余亦遂得醵金付梓，以踐宿諾，謂非衰年之一快也歟？然迴憶與石州銜杯酒，論古今，析疑辨難，聲情如昨，又不覺淚潛然下也。《地形》、《游牧》二書，余既序之，其文、詩集先刊就，復爲縷述其生平，以質世之知石州者[一]。

咸豐八年歲在戊午八月，壽陽祁寯藻序。

校勘記

〔一〕"者"，《山右》本作"慕"。

序

平定張石州先生，博學君子也。旅食京華二十餘載，生平沈酣典籍，擷英摘華，發爲詩古文辭，雄深奇肆，迥絶流輩。又工於艸隸，每書所作，世人識與不識皆爭寶藏之。道光己酉冬，先生殁於京師，諸故人檢視遺篋，得所箸書曰《魏延昌地形志》、《蒙古游牧記》者，皆未削藁，以屬余編次。其詩文雜箸甚多，强半塗乙叢殘，乞何子貞編修爲勘定。編修旋以艱歸，歲壬子復出，即視學四川，於先生稿未遑點勘，併以示余。次年，余赴安徽幕府，將出都，携《地形志》、《游牧記》二稿於行篋，其詩文稿則以付先生弟子吳子肅、子迪昆仲。嗣余以省親還閩，越數載復至都門，則子肅昆仲已取殘帙斷紙排比迻謄，復請子貞删定，勒成文集八卷、詩集四卷，乞余序之。

余惟先生篤志儒先，淹貫四部，當世名流咸相傾挹。曩者，旌德吕文節公推先生爲直諒多聞之友，且爲余言："石州挐經似賈長頭，考史似劉子元，譚地理似酈善長、王伯厚，論治體似陸敬輿、白居易，行誼卓絶、文詞瑰偉則似蕭穎士、徐仲車。"此非阿其所好，蓋天下之公言也。

或疑先生年未逾五十，詩文非出己意别擇，慮其中或有未定之稿，與夫偶然涉筆不欲自存之作，今裒而刻之，恐不足以盡先生之長。余曰：先生著述宏富，身後散佚頗多，謂不足盡其長似也，而疑此集之不必刊行則非也。夫昔之文人，若曹子建、謝康樂、柳子厚、蘇子美輩，年皆不及中壽，而詩文卓然名家，千古不朽。其爲壽也大矣！集之名始於東漢而盛於齊梁，今所傳屈宋馬班諸集皆後人纂成，不必其手自編次，奚獨疑於先生之集哉？且先生一介寒士，而以流通古籍揚扢前賢自任，其於師友著述表章尤不遺餘力。若俞氏理初、沈氏子敦皆同志之友，先生嘗鈔其所著《癸巳存稿》、《落颿樓稿》藏篋中，及其人殂謝後，悉爲謀諸有力者校梓傳世。又程春海侍郎爲生平知己，莫寶齋司農爲婚姻尊行，二公勝流顯宦，賓客盈門，而身没以後，詩文奏議零落殆盡。先生百計搜羅，付之剞劂。其篤於風義如此。今先生是集，亦賴友朋弟子掎摭成編，而又得壽陽祁相國爲之釀金開雕。先生九原有知，亦可稍慰生平坎壈之志矣。豈非特具識鑒，取友必端，報施之理良非偶然哉？至其《地形志》、《游牧記》二書，余爲補綴繕録，別有記敘，兹不復贅云。

　　光澤何秋濤謹序。

序

　　昔人嘗謂才人文士少達而多窮，理誠有之。然或窮於禄位而達於名稱，或窮於生前而達於没後，一得一失，孰與孰奪，有莫知其所以然者。夫使才人文士而豫知其不達，將必斂手投筆，莫敢有作。抑使碌碌無奇享庸人之福者豫知身後之名，必不能與才人文士争烈也，又且將媿惡歆羨焉。然而趨於彼者既役役而莫知自返，而博學好修之士，亦必使精神才力悉敝於殘編斷簡之中，至於困厄摧折而終不自悔。其性然與？其造物者有所斟酌損益於其閒而使之各不自覺與？竊於先師朜齋居士有深慨焉。

　　師少負不羈之才，兀岸豪縱，有不可一世之概。稍長，博覽多識，益鬱其英氣，發爲文章，望之者咸料其將决巍科、登臺閣也。顧乃偃蹇淪落，旅食有年，卒且遭誣謗，被屈抑，一蹶而不能復起。噫！亦可謂窮矣！而師之學與識，乃因以益進。既已息意仕宦，閉户讀書，百家之學無不洞其原委。尤長於輿地、小學，異域山川，瞭若指掌，諸經説同異，有問難者應答如流。文字之交徧海内，詩酒之會冠京師，世之所謂窮達者，固已漠然置之。天不降年，年四十餘嗣續未立，遽抱瘵疾不起。凡平日所箸書多未竟業，倉卒閒諸友人取殘稿數十裦存以待梓，餘并不可復檢。悲夫！何其窮之至於斯乎？

　　師既殁，所箸書稿輾轉歸於子貞世丈及願船先生處，越三年詩文襍稿始歸余兄弟，餘悉爲願船先生携出都。又越四年丁巳季春，貞丈再入都，聞詩文稿編成已久，與緗芸世丈議始有刊行之志，因商之壽陽相國，遂釀金鳩工。又越四月，願船先生由閩北上，携師所撰《蒙古遊牧記》、《延昌地形志》及《説文屬》并殘稿數種，浮舟於洪波海霧中，行李盡棄，獨與書俱達。時貞丈尚未去，方圖覓丹齋遺書，聞其已至，相與歡慰，以爲殆從天而降也。《游牧記》末四卷尚未排比，《地形志》夏州以後未得艸稿，皆賴願船先生編校綴緝，約略完善，與詩文集可相繼付梓，師之精心卓詣未墜於地，後學之士得有所尋繹沾丐焉。嗇於位而豐於名，屈於前而伸於後，固曰事之適然，要亦理之不爽也。師初於吾舅氏處識敬兄弟，數面後即許列爲弟子，且召子迪躬自督教之，請業質疑，昕夕無間，偶妄有所作，輒蒙過許，以爲有可造就。二年中非惟冠婚喪祭之事賴師營庀，即子迪之日用瑣屑一衣一飯之閒，亦皆體念周至，不啻子弟。噫！追憶吾師相待之厚，今日之所得盡力者，僅此讐校編訂之勤，不自禁其感媿涕零也。尚何言哉？

師既久不得志，以姻戚鄉里特蒙壽陽相國提挈周贍，情誼甚篤。丁未、戊申以後，親舊之士如程春海侍郎、俞理初孝廉、沈子惇先生、徐星伯太守并已前逝，陳頌南侍御、蘇賡堂給諫、趙伯厚贊善、許印林廣文又先後出都。所與比鄰款洽者惟子貞世丈，而深敬服緗丈之爲人，其推許樸學則願船先生爲最。今師歿將十年，而畢生精力所注卒賴此數君以傳於世，豈師之生前固已逆料及此邪？抑亦氣誼之相投有不期而自合者也？詩文集刊既竣，《遊牧記》、《地形志》亦可於數月畢事，敬既喜於觀成，且感諸君之厚誼，以子迪前序於刊刻緣起有未及詳也，復爲識之。至於師沒世之後爲達爲窮，不敢定論，留以待後學之自辨云。

咸豐八年戊午季春五日上巳，門人吳履敬赴慈仁寺丹齋祠堂公祭歸謹識。

月齋文集卷一

經說 附禘考二篇

"爻法之謂坤"解

"效法之謂坤"。《正義》以前本，"效法"皆作"爻法"。《釋文》出"爻法"注，云："蜀才作效。"蜀才，世傳爲王弼後人。馬融不改字而訓效爲放，上聲[一]。放義同效，是王學所從出。韓康伯注"效坤之法"，其義與蜀才同，則申明王學耳。案：爻也者，效天下之動者也。效字自是爻字確詁，然以效詁爻則可，以效改爻則不可。知者《易》卦之象乾盡之，《易》象之變坤盡之，通其變遂成天地之爻。虞、陸本。三百八十四爻立，而乾坤之蘊盡焉。《易》蘊不外乾坤，乾坤之用妙於坎離。坎離成，既濟定，《易》無餘事矣。是故"爻法之謂坤"者，所謂兩地而倚數也。周流六虛，八卦成列，所謂爻法也。下章"聖人有以見天下之賾，而擬諸其形容，象其物宜，是故謂之象"，申言成象之謂乾也；"聖人有以見天下之動，而觀其會通，以行其典禮，繫辭焉以斷其吉凶，是故謂之爻"，申言爻法之謂坤也。改爻爲效，其義淺陋，《繫辭》之本恉不如是矣。

《舜典》王肅注考

《舜典》傳，王肅注也。今以陸氏《釋文》考之，亦不盡合。按：《釋文》"上帝"，王云："天也。"今傳云："遂以攝告天及五帝。"則是以"上"爲天，以"帝"爲五帝，與王不同；"禋音因"，王云："絜祀也。"馬云："精意以享也。"今傳云："精意以享謂之禋。" "輯五瑞"，王訓"合"，馬訓"斂"，今傳亦訓"斂"。"同律度"，王云："律，六律也。"馬云："法也。"今傳云："法制。"則是多取馬訓；"藝祖"，傳云："藝，文也。"馬、王云："禰也。"則皆不合；"教冑子"，王云："冑子，國子也。"馬云："冑，長也。教長天下之子弟。"今傳云："冑，長也，謂元子以下至卿大夫子弟。以歌詩蹈之舞之，教長國子中、和、祇[二]、庸、孝、友。"則是裒聚二義以成文；又"《槀飫》"下，《釋文》云："衆家經文并盡此，惟王注本下更有'《汩作》、《九共》，故逸[三]。''故'亦作'古'。"按此四字陸氏校文。今本亦無此六字。

案：陸氏《序録》云："元帝時，豫章内史枚賾奏上孔傳古文《尚書》，亡《舜典》一篇，購不能得，乃取王肅注，從'慎徽五典'以下[四]分爲《舜典》篇以續之。後范寧變爲今文集注，俗間或取《舜典》以續孔氏。"又臧氏琳云："姚方興僞造孔傳，齊朝未嘗行用。至隨[五]初購求遺典，劉炫復以姚書上之，并於姚書'協于帝'下又撰'濬哲文明，温恭允塞，元[六]德升聞，乃命以位'十六字及孔傳。"然則今本之仍題孔氏傳者，乃劉炫所改。其注雖仍取王肅，然一亂於范寧，再亂於姚方興，三亂於劉炫，故裒粹不一，而亦非王肅之舊也。

"二十二人"解

舜咨二十有二人。鄭康成曰[七]："十二牧，禹、垂、益、伯夷、夔、龍、殳斨、伯與、朱虎、熊羆，二十二人，皆月正元日格于文祖所敕命。"馬融曰[八]："稷、契、皋陶皆居官久，有成功，但述而美之，無所復敕。禹及垂以下皆初命，凡六人，與上十二牧、四岳，凡二十二人。"謹案：康成數殳斨、伯與諸人，而不數稷、契、皋陶，既嫌輕重失倫。且殳、斨當爲二人，而康成誤合爲一，知皆非也。馬融數稷、契、皋陶，兼數四岳，於情事合矣，但未分析著之，則九官、十二牧、四岳合之得二十五人，浮於所咨者三人，抑又何也？蓋嘗反復考之，而知禹、稷等九人中當有兼四岳者三人，其四岳一人蓋彭祖也。《大戴禮·五帝德》云：“堯舉舜、彭祖而任之。”《史記·五帝本紀》云：“禹、皋陶、契、后稷、伯夷、夔、龍、垂、益、彭祖，自堯時而皆舉用，未有分職。”舜命九人而不及彭祖，則彭祖惟爲四岳，不兼他官，可知矣。《國語》〔九〕：“共之從孫四岳佐禹。祚四岳國，分爲侯伯，賜姓曰‘姜’，氏曰‘有呂’。”則伯夷者，堯時爲四岳，舜命爲秩宗，仍兼岳也。鄭以崇伯鯀爲堯時八伯，禹嗣崇伯，《周書》亦稱"崇禹"〔一〇〕，其宅百揆而仍兼岳，如周公爲太宰仍分陝也。《大傳》紀孔子曰〔一一〕"昔者舜左禹右皋陶"，則皋陶爲右相，仍兼岳也。

昆侖虛異同考

古今之説昆侖者五：于闐也，肅州也，大荒也，青海也，西藏岡底斯也。

于闐之説，肇自漢武。《史記·大宛列傳》曰：“張騫使西域，還爲天子言：‘于寘之西，水皆西流，注西海；其東則東流，注鹽澤。鹽澤潛行地下，其南則河源出焉。多玉石。鹽澤去長安可五千里。’其後騫死。漢使窮河源，河源出于寘，其山多玉石，采來，天子按古圖書，名河所出山曰昆侖云。”〔一二〕按：鹽澤，即《漢書》所云“蒲昌海”，《山海經》所云“泑澤”。于寘東流之水，爲今塔里木河，東至哈喇沙爾城，東南入於羅卜淖爾，即鹽澤也。水既入淖爾，潛行地下，又東南千五百餘里至青海巴顏哈喇山麓，伏流始出，騫所謂河源也。武帝按古圖書，名于寘山曰昆侖。其山蜿蜒磅礴，直抵衛藏，古圖書之言本無差謬，特不可遂以于寘山爲昆侖耳。或者以昆侖出玉，意惟于寘足以當之。原武帝初意，不過因騫言河源地多玉石，故發使探玉産何地，以決河源所在，非以有玉無玉斷其是昆侖、非昆侖也。且此論刱自張騫，非古圖書所有。《爾雅》中、下二篇，多後人附益，見張揖《廣雅》序。《九府章》曰："西北方之美者，有昆侖虚之璆琳、琅玕焉[一三]。"此産玉之説，始見於傳記者也。《淮南子》因之，采其文入《墜形訓》。晉代僞《允征》因之[一四]，曰："火炎昆岡，玉石俱焚。"并羼其辭於古經，而昆侖産玉之説深入人心矣。《戰國策》："蘇秦爲齊上書説趙王曰：'今魯句注禁常山而守，三百里通於燕之唐、曲吾，此代馬胡駒不東，而昆山之玉不出也。此三寶者，又非王之有也。'"然則趙亦有出玉之昆山在其境內，但非枚氏所及知耳。夫《山經》所志有玉之山，所在皆是，何獨昆侖？則據此以定昆侖者，非也。

　　《漢書·地里[一五]志》燉煌郡廣至縣有昆侖障，金城郡臨羌縣西北塞外有弱水、昆侖山祠。此肅州昆侖之説也[一六]。按：《志》所謂祠蓋如[一七]今岳廟曰"障"。障，隔也，山之小者，初不以當河出之山。東漢延光中，燉[一八]煌太守張璫上書，請以酒泉屬國吏士二千餘人集昆侖塞，擊呼延王。李賢即引前志之昆侖障證之，張守節《史記正義》云"肅州，即小昆侖，非河源出者"，皆不迷謬。而畢氏沅、郝氏懿行用以説《山海經》之昆侖，夫《山經》方位錯互至不足據，乃引班《志》證成之，是以不狂爲狂也。且《經》[一九]明云"河水出焉"，如畢、郝所説，則是昆侖反居積石上游西北千餘里矣。况肅州亦安有熊熊魄魄、方八百里、高萬仞如是大山也哉？後魏昭成帝時，馬岌上言："酒泉南山，即昆侖之體。"刪丹西河，名曰弱水。《禹貢》："昆侖在臨羌之西。"即此明矣[二〇]。按岌此論本康成《書注》。夫體之云者，由本而枝，由枝而幹，脈絡通貫之謂也。如太行八陘，隨地異名，均謂之太行云爾。今考岡底斯脈分二支[二一]：一支直東趨，爲張騫所稱南山；一支過和闐西北趨環二千里，統名蔥領。蔥領又東趨爲天山，迂回置，北至巴里坤而止。以其與昆侖同體，故即假昆侖之名名酒泉南山，特用以證《禹貢》則舛。知者酒泉郡乃漢武所置，若昆侖主山實在此郡，豈有舍其域中別指于寘者哉？則所謂昆侖在肅州者，不足辨也。

　　《漢書·律厤[二二]志》曰："黃帝使泠[二三]綸自大夏之西，昆侖之陰，取竹之解谷。"《水經注》引《外國圖》云："從大晉國正西七萬里，得昆侖之虛。"此大荒昆侖之説也。按：張華《博物志》曰："張騫度西海至大秦國，西海之濱有小昆侖。"殆即班、酈之所謂昆侖矣。然曰小昆侖，別乎大昆侖而言也。華雖未實指大昆侖之方，要亦不以此當河出之山。《爾雅》曰："三成爲昆侖邱[二四]。"善長曰[二五]："東海方丈，亦有昆侖之稱。"海外尤多大山名曰昆侖，何不可者？而脈水尋原，自有主名。後人求其山不得，乃推而遠之。太荒之外，此又不足深辨者也。萬季野、胡東樵引《大荒經》、《水經》證爲海外之昆侖，《河源紀略》已詳辨之，兹不及。

　　杜君卿云[二六]："吐蕃自云昆侖山在其國中西南，河之所出也。"夫唐代吐蕃之境，北際松涼，南及嶲茂，地方萬有餘里。彼謂昆侖在其國西南，原非妄語，而君卿據之以説昆侖則誤。何者？君卿所據者，命使往來之吐谷渾也，是即劉元鼎紫山之説耳。《唐書·吐蕃傳》曰："河之上流，由[二七]洪濟梁西南行二千里，水益狹。其南三百里三山，中高而四下，曰紫山。古所謂昆侖者也，彼曰悶磨黎山[二八]。"按：洪濟梁在今河州之西北，唐積石軍地也。紫山，今庫爾坤山。巴顏哈喇山、阿克塔沁山、巴爾布哈山三山并峙，總名庫爾坤山。元鼎特窮極青海之境而止。元人近指大雪山爲昆侖，則更在紫山東南千餘里矣。大雪山，番名亦耳麻不莫喇，今名阿木柰瑪勒占木遜[二九]，實大禹導河之積石山也。夫以昆侖在吐蕃，蓋自古及唐始有地名可稽，惜又爲元鼎諸人所詿，異説滋繁。戴氏震《水地記》亦仍此誤。然張騫稱鹽澤潛行地下，其南河源出焉。今羅布淖爾之水實溢出於青海之境，河既更有上源，則崑崙必不在青海明甚。而齊氏《水道提綱》顧依違其辭，是不達也。

《水經注》引釋氏《西域記》《括地志》、《通典》、《通考》、《通志》皆從此轉引。曰："阿耨達大山，其上有大淵水，宮殿、樓觀甚大焉，即崑崙山也。"阿耨達山，即今西藏之岡底斯山，在後藏達克喇城東北三百餘里，直青海西南五千五百餘里。其山四支，北出者曰僧格喀巴布山，與和闐之尼莽依山南北聯岡。尼莽依，《水經注》所謂仇摩置也，黃河初源實出於此。綜而論之，漢武名于闐山爲崑崙，已確知崑崙之在西南。吐蕃自言崑崙在其國西南，已確知崑崙在今衞藏。而藏地自古不隸版圖，漢唐命使無至其域者，故沈霾湮鬱以至今耳。康熙間龕定西藏，聖祖仁皇帝諭謂岡底斯爲衆山水之根，於是地志家轉相鉤考，崑崙眞山始軒露於世。太史公譏張騫等烏睹所謂崑崙，洵哉其未之睹也。詳見徐氏《西域水道記》。或曰："古稱崑崙皆主西北，故《溝洫志》載齊人延年之言曰'河出崑崙，經中國，注渤海。是其地勢西北高而東南下也'云云。今岡底斯遠在西南，得無與古説戾歟？"曰：《禹貢》敘崑崙而不言爲河所自出，《禹本紀》言河出崑崙而不詳其山在何方，延年上書在漢武末年。大約爲西北之説者，皆既窮河源之後之論也。《爾雅》、《山海經》、《淮南子》、《説文解字》、《水經》。彼見武帝指于闐山爲崑崙，于闐在西域南，西域在中國西北，故紛紛云爾也。然古説崑崙在西南者，其徵亦有二：一徵之《史記·封禪書》，《書》曰："濟南人公玉〔三〇〕帶上黃帝時明堂圖。明堂圖中有一殿，四面無壁，以茅蓋，通水，圜宮牆〔三一〕爲複道，上有樓，從西南入，命曰崑崙，天子從之入，以拜祀〔三二〕上帝焉。"陸賈稱黃帝巡遊四海，登崑崙山，起宮室於其上。夫惟實至崑崙，圭方定位，故明堂西南之門命曰崑崙也。黃帝正名百物，必不誣矣；一徵之《穆天子傳》，《傳》曰〔三三〕傳中地里〔三四〕爲妄人所亂，故詳說之。："戊寅，天子西征，騖行至於陽紆之山，河伯無夷之所都居，是謂河宗氏。河宗柏夭，逆天子燕然之山。癸丑，大朝於燕然之山，河水之阿。"陽紆者，《周禮·職方氏》〔三五〕："冀州，藪曰陽紆。"蓋在今山陝之交，而地頗近北。或據《爾雅》郭注謂在右扶風汧縣，及《淮南》高注謂地近華陰在今陝州閿鄉縣者，非也。何以明之？以下文河宗及燕然之山揆之，《史記·趙世家》《正義》曰："河宗在龍門之上流嵐、勝二州之地。"唐嵐州，今嵐縣地。唐勝州，今鄂爾多斯右翼後旗，黃河南流處也。燕然之山，即班固爲竇憲刻石勒功之山，《寰宇記》曰："在振武軍金河縣近磧。"金河故城，在今歸化城南。《水經注》於《傳》文前後憒不加察，《河水》開端即引此《傳》以證河水所出之陽紆陵門山，而斥高注之非，慎矣。且即其所引《淮南子》"禹治洪水，具禱陽紆"之文證之，具禱乃治水之始事，禹治水始冀州，《書》曰："既載壺口。"壺口，龍門上口，在今吉州西南。陽紆、龍門，界殆毗連，故《周禮》以爲冀州藪也。蓋循河而北，出塞及大漠之磧矣。"己未，大朝於黃之山。柏夭乃乘渠黃之乘，爲天子先，以極西土。乙丑，西濟河，爰有溫谷、樂都，河宗氏之所游居。丙寅，用申八駿之乘，以飲於枝洔之中，積石之南河。"〔三六〕乙丑上距己未七日，濟河，越河關而南也。黃山，《山海經》郭注曰："始平槐里縣有黃山。"槐里，今西安府興平縣也。溫谷、樂都，疑即《西羌傳》之大、小榆谷。枝洔之中，疑即《唐書》所謂黃河九曲之地，楊矩奏請爲金城公主湯沐之所也，地在今西寧府西南塞外。則由今西安出河州，渡河而西南征矣。"丁巳，西南升缺文之所主居。或引此《傳》證之實昆侖之說，於此句刊去"南"字，省改其文曰："西行，遂宿昆侖之阿。"大謬。戊午，遂宿於昆侖之阿，赤水之陽。辛酉，升昆侖之邱，以觀黃帝之宮，而封豐隆之葬。"〔三七〕計自乙丑濟河，至戊午始宿昆侖之阿，凡五十四日。此五十四日之中，高策八駿，日行百里，已不下五千餘里。略以由興平至積石南河七日程準之。或者穆王當日真至今之衛藏，故《水經注》於引釋氏《西域記》"阿耨達大山"下，復引此《傳》證之，曰"即阿耨達宮也"。要之，積石已在西南，更由積石而西南行。《傳》又曰："自河首襄山以西南，至于舂山、珠澤、昆侖之邱。"則《傳》所謂昆侖者，必非肅州、青海，和闐亦無緣，遂抵大荒之外，章章矣。胡東樵疑昆侖有二：一在西南，爲黃河之所出；一在西北，爲弱水之所環。不知弱水之所環者，即班《志》所稱昆侖障、昆侖山祠，馬岌所稱酒泉南山也，二而一者也。

又按：《禹貢》以昆侖與析支、渠搜竝舉。古析支地在今青海和碩特前頭旗、南左翼中旗、土爾扈特南前旗及察[三八]漢諾們罕喇嘛游牧處，渠搜在今蘭州北長城外河套地。準以《禹貢》涼州之域，渠搜在涼州西北，析支在涼州西南，昆侖又在析支西南，在《禹貢》統爲西戎矣。則康成謂《禹貢》昆侖非河所出者，又非也。夫使禹時昆侖之名已多岐互，豈應於河源大山反昧標識哉？

《允[三九]征》序義

《夏本紀》："帝中康時，羲、和湎淫，廢時亂日。允往征之[四〇]，作《允征》。"《書》序同。案：羲、和世掌天官，分布其官屬子姓於四方，以實測治厤，敬授民時。廢時亂日，蓋置閏僭忒、寒暑易序及日辰星紀乖離紊次之流。其人本屬王官，隸在京師，嗜於酒德，不共厥職。黜退之可也，誅殛之可也，湎淫非叛逆之比，何至以師臨之？且羲氏、和氏自堯舜以來未嘗命爲侯伯，享有國土，今往征之，將極之何所？反復推之，兩"征"字蓋本只作"正"。"允往正之"者，往嵎鐵、南交、柳谷、幽都之地，更事推筴，辨其星土物候，以正當時治厤之失理，而董之爲授時出政本也。而《允征》之書，亦即《小正》之倫，與《堯典》相爲表裏。《左傳·襄十四年》師曠引《夏書》曰："遒人以木鐸徇於路，官師相規，工執藝事以諫。"此十八字，或真即出於《允正》。繹下文師曠曰"正月孟春，於是乎有之"語意，則"正月孟春"不止此一條可知，其篇例亦分月紀事如《小正》可知。然則，《允正》乃夏之《大正》歟？漢儒既以無師説亡其篇，僞孔習爲誓誥之詞，改"正"爲"征"，以便其狂誕之言，而不思其事爲理所必無也。《書》序、《史記》諸"征"字，皆後人從僞孔改之。裴駰

《集解》即引安國《傳》爲説，可證也。

孔沖遠《堯典正義》謂康成注《禹貢》引《允征》云："厥篚元黄[四一]，昭我周王。"案：郭璞注《爾雅·釋詁》："釗，見也。"引《逸書》曰："釗我周王。"釗、昭音同，蓋即此文。更以《孟子》論湯武事證之，知康成斥爲"允征"，必是誤記。蓋周王之周，可以比傅於忠信爲周之義，而"大邑周"之稱，則非岐周莫屬。既大邑周爲岐周，則周王必非夏王甚明，故趙邠卿直斷東征爲道周武王伐紂時事。而許君《説文·匚[四二]部》"匪"字下引"實元黄于匪"[四三]，亦明箸曰《逸周書》也。趙、許皆與康成同時，其説符於《孟子》，學者所當取信矣。

《淇奥》正義糾謬

太史公曰[四四]："載籍極博，猶考信於六藝。"此史公讀書之法，亦千古讀書之法也。乃如《衛康叔世家》，史公誤取襍書載[四五]："周宣王四十二年，釐侯卒，太子共伯餘立爲君。共伯弟和有寵於釐侯，多予之賂。和以其賂賂士，以襲攻共伯於墓上，共伯入，釐侯羨自殺。衛人因立和爲衛侯，是爲武公。"是説也但折衷於《柏舟》之詩，而其妄立破。此爲作《正義》者言之，史公時《毛傳》未出也。何者？古者子事父母總拂髦，親没，則不髦。故《既夕禮》云："既殯，主人脱[四六]髦。"《喪大記》云："小斂，主人脱髦。"今此詩兩言"髧彼兩髦"，則共伯卒於釐侯之前甚明。《正義》曰[四七]："武公立五十五年。《楚語》云：'昔衛武公年九十有五矣，猶箴儆於國。'則未必有死年九十五以後也，則武公即位四十一二以上。共伯是其兄，則又長矣。"是已明知《世家》之説與小序蚤死之義不符，舍《史記》而從小序可也，乃曲爲之説曰："謂蚤死不得爲君，不必年幼。"又曰："其妻蓋少，猶可以嫁。"嘗怪其作繭自縛，執而不通，乖折衷六藝之義。殿本《毛詩注疏考證》：

"臣光型按：武公立於宣王十六年，卒於平王十三年，在位五十五年，其立之年已四十餘歲矣。共伯爲武公兄，既云早死，則其死之年僖侯猶在，故猶著兩髦，非既葬去髦後追本而言也。孔疏信《史記》之言，其説非是。"及後讀《淇奥》正義，乃悟孔氏諸人曲護《衛世家》之説，凡以媚其時君也。按：《詩序》："《淇奥》，美武公之德也。"《正義》曰："《世家》云武公以其賂士，以襲攻共伯而殺兄篡國。得爲美者，美其逆取順守，德流於民，故美之。齊桓、晉文皆篡弑而立，終建大功，亦皆類也。"是分明有建成、元吉之獄在其胸中。求之古書，適有此誣罔之史與之相應，因不惜曲筆深文以遂其非聖逢君之惡。不然，逆取順守之意豈宜加諸《淇奥》之詩？齊桓、晉文之事豈可以例武公之聖哉？尤異者，《氓》之詩曰："士之耽兮，猶可説也。"《鄭箋》云："士有百行，可以功過相除。"是言也與篡立之事初無干涉，而《正義》無端扯入曰："齊桓、晉文皆殺親戚篡國而立，終能建立高勳於周世，是以功除過也。"隱欲湔雪其君之惡，詎有是言乎？真所謂欲蓋彌彰也。觀此而《淇奥》正義之專爲太宗而發，益信曲學阿世，禍流宗社，作此疏者可謂無忌憚之極矣。是用昌言排之。

"隰則有泮"解

《氓》首章曰："送子涉淇，至于頓邱。"末章曰："淇則有岸，隰則有泮。"《箋》："泮讀爲畔。"按：此詩首末皆指淇水發興，頓邱既屬地名，不應末章獨取阪下溼之隰〔四八〕以立言，而茫無所斥。淇水出河内共北山，東至黎陽入河。黎陽，今濬縣地。頓邱在淇水南，今大名府清豐縣西南二十五里，漢頓邱縣地也。竊意"隰"當作"濕"，"濕"古"漯"字。大河之支流禹、厮二渠，漯其一水，出東郡東武陽，武陽故城在今曹州府朝城縣東南。縣名武陽者，《水經注》云〔四九〕："漯水，戴延之謂之武水。"水北曰陽，故名。頓邱在淇南，漯在淇北，南北相望百數十里遥耳。尋此詩致誤之由，緣後人改"濕"爲"潔"，而以"濕"爲燥溼字，"溼則有泮"嫌於不詞，轉改作"隰"。《春秋·襄公八年》："鄭人侵蔡，獲蔡公子燮。""燮"，《穀梁》作"濕"，亦緣"燮"與"隰"音同。《穀梁》本作"隰"，後訛從水讀如"溼"，知"濕"之本音其失久矣。不知上平曰原，下平曰隰，《公羊》文。其爲廣衍之區。則一"隰則有泮"於義荒矣，故知"隰"爲"濕"之訛也。祁叔穎侍郎曰："《詩》例以'山'與'隰'對舉，如'山有榛，隰有苓'，'山有扶蘇，隰有荷花'之類皆是，未有以'水'與'隰'相對成文者。"此證甚明。

青衿"城闕"解

小序："《子衿》，刺學校廢也，亂世則學校不修[五〇]焉。"夫學校廢，則士荒於嬉，事有固然。然何爲必在城闕也？按：《說文》："闕，門觀也。""毀，缺也。古者城闕其南方謂之毀。"以其繫乎城而言則曰毀，擊乎城上之臺觀而言則曰闕，義蓋相因。《公羊·定十二年》何休注云："天子周城，諸侯軒城。軒城者，闕[五一]南面以受過也。"然則城闕乃鄭國宮城之闕耳。知者環郭之城四面皆有門，不得僅闕南方一面也。惟何休强爲天子、諸侯分別其制，則大不然。諸侯之城既闕其南面矣，豈有天子反實周四面、不留一門以通出入乎？故宮城闕其南面，天子、諸侯制從同同。《秋官·朝士[五二]》注："王五門，雉門爲中門。雉門設兩觀，與今之宮門同。"其有關於學校何也？《禮·王制》曰："小學在公宮南之左。"又下文養庶老于下庠、左學，養國老于東序、東膠[五三]。鄭注曰："下庠、左學，小學也，在國中王宮之西[五四]。東序、東膠，大學也，在國中王宮之東。"公宮、王宮皆指宮城而言，以故王太子、王子、羣后之太子、卿大夫元士之適子、國之俊秀，得皆就學於此。《地官》[五五]："師氏居虎門之左，以三德、三行教國子，凡國之貴游子弟學焉。"注："虎門，路寢門也。王日視朝於路寢門。"學校廢而士無常業，惟見挑達往來於城闕而已。然此猶初廢，未全廢之時也。故詩人思之曰："一日不見，如三月兮[五六]。"浸假秉蕑贈藥在城闕者，且游衍於溱洧之上，而鄭之學校乃真廢矣。難曰："是則信矣。《傳》云：'乘城而見闕。'《箋》云[五七]：'但好登高以候望爲樂。'何也？"曰：《爾雅·釋宫》："觀謂之闕。"觀有臺，謂之觀臺。分至啓閉，太史登以眡雲物祲祥者也。以其距學近而往來便，故廢學之人得時乘城而候望焉。《正義》不達古制，乃曰[五八]："闕是人君宫門，非城所有。城之上别有高闕，非宫闕也。"析一事而二之，語殊不瞭，是於毛、鄭之義尚未會通也。

《正月》"瞻烏"義

《小雅·節南山》："不自爲政，卒勞百姓。"《箋》云："昊天不自出政教，則終窮苦百姓。欲使昊天出《圖》、《書》，有所授命，民乃得安。"斯誼也，乃兩京大儒相授之微言。《正義》謂："《圖》、《書》者，即《中候》說堯、舜及周公所授《河圖》、《洛書》是也。王肅難鄭，劫之曰[五九]：'禮，人臣不顯諫。諫猶不顯，況欲使天更授命？詩皆獻之於君，以爲箴規。包藏禍心，臣子大罪，況公言之乎？'王基，康成弟子也[六○]，理之曰：'臣子不顯諫者，謂君父失德尚微，先將順風喻。若乃暴亂，將至危殆，當披露下情，伏死而諫，焉得[六一]風議而已哉？'是以《西伯戡黎》祖伊奔告於王曰：'天已訖我殷命。'古之賢者切諫如此。幽王無道，將滅京周。百姓怨王，欲天有授命。此文陳下民疾苦[六二]之言，曲以感悟[六三]，此正與祖伊諫同皆忠臣殷勤之義，何謂非人臣宜言哉？肅不譏《尚書》祖伊之言，而怪家父邪？"穆案：伯輿之論讜矣。然古人立言類稱天命，以警戒人君，所謂善則得之，不善則失之。著於《詩》、《書》者，其文蓋不一而足。而《正月》"瞻烏爰止，于誰之屋"二語尤深切著明，惜《傳》、《箋》皆未見及耳。蓋烏者，周家受命之祥也。《春秋繁露·同類相動》

篇引《尚書傳》言："周將興之時，有大赤烏銜穀之種而集王屋之上者，武王喜，諸大夫皆喜。周公曰：'茂哉！茂哉！天之見此以勸之也，恐恃之。'"《思文》箋曰："武王渡孟津，白魚躍入王[六四]舟，出涘以燎。後五日，火流爲烏，五至，以穀俱來。此謂貽我來牟。"凡此皆古文《泰誓》之言，周之臣民所相傳以熟者。至於幽王之時，天變疊見，訛言朋興，大命將墜。故詩人憂之，曰："昔我先王受命之赤烏，我瞻四方，不知將復止於誰之屋？"以著天心不饗，周宗將滅也。其意亦即康成"昊天出《圖》、《書》，有所授命"之義，而即用本朝之事以明之，爲詞尤迫。"天命不私一姓"，古之恒言。豈若邪臣媚子面謾是工，諱盜賊不言，諱水旱不奏，坐視其君之阽危而不顧者哉？何後世王肅之紛紛也？

"淮有三洲"[六五]考

　　三洲，《箋》、《疏》皆無明文。《傳》曰："淮上地。"亦約略言之。按：三者，數之成也。凡一、二之所不能盡者，則約以三概詞也。水中可居曰洲，淮上之洲不一，曰三，虛數也。幽王流連淮水之上，自春徂秋，既非一時。此義本《集傳》。則泝流上下，亦必非一地，殆如煬帝錦帆隨所沿歷矣。三洲，今亦不能確指其地，然厓略尚粗具於《爾雅》及《水經注》，有可考者。《爾雅·釋丘》："淮南[六六]有州黎丘。"《注》："今在壽春縣。"其曰"有州黎丘"者，《釋丘》惟此句爲變文。明此黎丘乃水中之洲，與黎陽之黎丘不同。見《呂氏春秋》。邢昺以"州黎"二字連文，殊爲不辭。壽春，今鳳陽府壽州地也。《水經·淮水》篇注："淮水又東爲安風津。水南有城，故安風都尉治。淮中有洲，俗號關洲，蓋津關所在，故洲納斯稱焉[六七]。"又一條曰[六八]："淮水於淮浦枝分，歷朐縣。逕朐山西，山側有朐縣故城。東北海中有大洲，謂之郁洲。《山海經》所謂'郁洲山在海中'者也[六九]。"安風，班《志》屬六安國，故城在今潁州府霍邱縣西南一百三十里。朐，屬東海郡，故城在今海州南。鬱州，在州東北十九里，一作鬱洲。山南，宋時青、冀二州皆僑治於此。據之，則由淮西南而東北，淮由淮浦縣東北入海。三洲厓略亦具矣。或者以鬱洲太遠爲疑，按秦始皇三十五年於朐縣立石海上以爲秦東門，班《志》作"以爲秦東門闕"〔七〇〕。其地在今海州南二里，俗名馬耳峯。則其地亦縱情游覽者所必至矣。至或改《序》，説幽王爲穆王，以就善長周穆所會之文，則信酈亭固不若尊西河也。

《淮水》篇引蔣濟《三州論》。一清按："蔣子通作《三州論》，本詩人'淮有三洲'之義，言水淺也。"

"上帝甚蹈"義答趙伯厚

昨承過齋頭，見蘭兒讀《詩》至《菀柳》篇下，問曰："'上帝甚蹈'，《荀子》作'甚神'〔七一〕，康成改'蹈'爲'悼'，二者孰是？"倉猝未有以應也。既而思之，"甚神"、"甚蹈"蓋師傳異本，其義則不甚相遠。康成改"蹈"爲"悼"，則殊覺未安。且以上帝爲幽王，與它詩之稱上帝者不一例，尤未安也。謹案：毛公訓"蹈"爲動，動猶神也，蓋即變動不居之義，所謂"天難諶斯"〔七二〕者也。首章"上帝甚蹈，無自暱焉"，若曰："王無以天爲可恃，天固甚無常也。而可恃其親暱，謂天獨私於一姓乎？"次章"上帝甚蹈，無自瘵焉"，蓋怨王之憚於悔過也，又歆之曰："王無謂天心難回，天固甚無常也。但能悔過自新，則天心復饗王矣。奈何甘自暴棄以取病乎？"忠臣善於牖進其君如此。而康成訓"瘵"爲接，是又欲改"瘵"爲"際"也。大凡《箋》所改字，反復尋繹，皆毛義爲優，此亦其一也。《詩》無達詁〔七三〕，不知亦可備一解否？幸教之。

"翦商"解

《魯頌·閟宮》次章"后稷之孫，實維太王[七四]。居岐之陽，實始翦商。"《傳》："翦，齊也。"《箋》："翦，斷也。太王自豳徙居岐陽，四方之民咸往歸之[七五]，於時而有王迹，故云是始斷商。"《正義》："'翦，齊'，《釋言》文。齊即斬斷之義，故《箋》以爲斷，其義同也。太王居岐之陽[七六]，民咸歸之，是有將王之迹，故云是始斷商，言有滅商之萌兆也。"案：《説文·止部》："歬，不行而進謂之歬。從止在舟上。"《刀部》："前，齊，句。斷也。從刀，歬聲。"《羽部》："翦，羽生也。一曰矢羽。從羽歬聲。"三字截然不同。自歬字不行，隸變前爲歬以代歬，復變翦爲前以代前，於是凡進導之訓皆歸之前，齊斷之訓皆歸之翦，而翦之本訓不行。凡經傳所有翦字，皆假借用之。《爾雅》"金鏃翦羽"、"骨鏃不翦羽"，乃《説文》"一曰"義。《爾雅》："翦，勤也。"乃進義之引申，段氏曰："翦之言盡也，謂盡力之勤也。"陳奐曰："齊商，勤商。"義本相通，皆由不知翦、勤之翦當作歬。是歬義也。翦，齊也，斷也，斬也，滅也，皆一義之引申，是前義也。二義亦截然不同，而後人往往混合爲一，經解因之岐出矣。今案："實始翦商"之"翦"，當爲"踐"。《玉藻》："凡有血氣之類，弗身踐也。"注："踐，當爲翦，聲之誤也。案：當云聲之轉。翦，猶殺也。"《書正義》引鄭注《成王政序》"遂踐奄"云[七七]："踐，讀曰翦，滅也。"《説文·戈部》："戩，滅也。"引《詩》"實維戩商"[七八]，戩、翦聲通，故皆有滅義。鄭注《周禮·翦氏》云[七九]："翦，斷滅之言也。《詩》云：'實始翦商。'"楊慎訓"戩商"爲福商，惠氏《九經古義》已駁之。《史記·孝文紀》："自當給喪事服臨者，皆無踐。"《集解》引服虔云："踐，翦也。謂無斬衰也。"《漢書·文帝紀》注引伏儼同。皆謂借踐爲翦，古字通用。既可借踐爲翦，則亦可借翦爲踐，如此經"翦商"之當爲"踐商"是也。毛、鄭二君惟泥前之本訓説之，故曰齊曰斷，然是以勢言之。故《箋》云"於時而有王迹，是始翦商”，《疏》云"'是始翦商'言有滅商之萌兆"，未即以闇干天位歸獄陰謀也。朱子乃踵成其義，曰："太王之時，商道寖衰而周日强大，季厤[八〇]又生子昌有聖德，太王因有翦商之志。"以莽、操之心上誣古聖，朱子之過未始非毛、鄭有以啓之。夫太王方以避狄難率親屬而西，室家艸刱，規模粗具，岐陽而外，尺土皆非已[八一]有，不可謂强大。外寇未平，遽饗神器，赤子在抱，妄希符命，此又莽、操所知其不可者。曾謂太王而有是乎？後儒覺其不安，因援翦、勤之訓以解之，曰至於太王實始勤商云爾。是其用意優矣，而不知勤乃恝義，乃於太王之事亦不合。何者？《緜》詩詠太王居豳，歷敘契龜作廟、築門宜社之績。史遷本《詩》意作《周本紀》，不過曰"於是古公乃貶戎狄之俗，而營築城郭室屋，而邑別居之。作五官有司。民皆歌樂之，頌其德"而已。《索隱》此下注曰："即《詩·頌》云'后稷之孫，實維太王。居岐之陽，實始翦商'是也。"案：《索隱》引"實始翦商"句，乃連而及之，《本紀》初無此義。假使太王有翊[八二]戴王室之勳，周公敢没其祖功不録哉？蓋周至王季始大，至文王而其勤益著，故《皇矣》美周斷自王季。《太平御覽》引《竹書紀年》有[八三]"季厤來朝，王賜地三十，玉十穀，馬八匹"事，《後漢書·西羌傳》注引《竹書》有[八四]"周公季厤伐西落鬼戎，俘二十翟王。伐無余之戎，克之。命爲殷牧師"事，《西羌傳》注又引《竹書》有周人伐燕京之戎、伐始呼之戎、伐翳徒之戎三事。今本《竹書》皆分年繫之公季厤，不敢據也。而《汝墳》、《四牡》皆文王勤商之實迹也。然則踐商何義？曰：踐，履也。踐商者，踐商之朝也，義同踐阼之踐。溯周自后稷封邰，不窋失官，竄居戎狄之閒。夏商之際，屬籍之不通於天子也久。公劉涉渭取材，復脩后稷之業，周道用興，然居戎狄之閒如故。其後慶節居豳，稍稍内徙，而朝貢不達於天子也。直至太王始脩職覲踐商之朝焉，故《魯頌》述武王克商，而推本言之曰"后稷之孫，實維太王。居岐之陽，實始翦商"也。今本《竹書》"武乙三年"有"命周公亶父賜以岐邑"之文，古書未見引用，未敢據以爲朝商之證。下文"至于文武，纘太王之緒"，則孔子所謂"三分天下有其二，以服事殷"，《周書·程典解》所謂"合六州之侯，奉勤於商"〔八五〕，《中庸》所謂"武王纘太王、王季、文王之緒"是也。"致天之命〔八六〕，于牧之野。無貳無虞，上帝臨汝。敦商之旅，克咸厥功"，則《大明》之詩所謂"篤生武王。保佑命爾，燮伐大商。殷商之旅，其會如林。矢于牧野，維予侯興。上帝臨汝，無貳爾心"是也。通繹古書，更無太王陰謀伐商之迹。自故訓不明，而古聖人之橫被誣罔也，又千餘年於此矣。亂賊生心，或至援斯以爲口實。經誼不明，其禍烈哉！

《考工記·鮑人》："則是以博爲帴。"注："鄭司農云：'帴讀爲翦，謂以廣爲狹也。'元〔八七〕謂帴者，如倩淺之倩，或者讀如〔八八〕羊豬箋之箋。"入"翦商"解。

陳奐曰："齊者，正也。翦謂之齊，齊謂之正，此一義之申。'實始正商'，言周家有正商室之功。"訓案：此三十三字，草稿批於書眉，無可廁入，今附於末。

釋《媒氏》文爭義

《媒氏》："中春之月，令會男女。于是時也，奔者不禁。"汪氏中釋之曰："會，讀若司會，其訓計也。三十不取，二十不嫁，雖有奔者不禁焉。非教民淫也，所以著之令以恥其民，使及時嫁子取婦也。"愚按：《詩·摽有梅》首章："求我庶士，迨其吉兮。"《箋》："我，我當嫁者。庶，衆。迨，及也。求女之當嫁者之衆士，宜及其善時。"三章："求我庶士，迨其謂之。"《傳》："不待備禮也。三十之男，二十之女，禮未備則不待禮會而行之者，所以蕃育人民〔八九〕也。"《箋》："謂，勤也。女年二十而無嫁端，則有勤望之憂。不待禮會而行者〔九〇〕，謂明年仲春不待以禮會之也。

时礼虽未备，相奔不禁。"按此即"奔者不禁"确诂，毛、郑盖皆据《周礼》以说《诗》。然则此奔者皆有夫家之女，父母之命，媒妁之言，早有定议，所谓当嫁之衆士是也。按《媒氏》"奔者不禁"下文云："若无故而不用令者，罚之。司男女之无夫家者而会之。"则此奔者为有夫家之女，其文甚显[九一]。特因嫁取过时，不责备礼，速成其夫妇之道，故曰奔耳。此奔字不惟与"淫奔"之奔别，即与"奔则为妾"之奔亦不同。范氏《穀梁·文十二年》注引"奔者不禁"云："奔者不待礼聘，因媒请嫁而已矣。"曰请嫁，则前此有言，可知其为非妾，亦可知会谓礼会，请期、醮子、亲迎、御轮诸礼是也。媒氏以令会之，有过时者礼皆从省，促遽成昏，如相奔赴然，即"迨其谓之"之义。《汉书·食货志》："力耕数耘，收获如寇盗之至。"亦谓促遽之甚，如避寇盗然。非谓收获之时，必有寇盗也。与"奔者不禁"，皆古人形容之言。夫使奔为淫奔[九二]，是明明教民淫矣。亦既教之，乃曰"耻之"，曾谓《周官》有此令典哉？汪氏于是乎失言。

"瓦屋"考

《春秋·隐八年》："宋公、齐侯、卫侯盟于瓦屋。"《传》[九三]："齐人卒平宋、卫于郑。会于温，盟于瓦屋，以释东门之役。"杜注："瓦屋，周地。"《疏》[九四]："瓦屋既阙，知是周地者，会盟不得相远。温是周地，知瓦屋亦周地。"《彚纂》[九五]："今开封府洧川县南二十里瓦屋里是其地。"江氏[九六]曰："瓦屋里在洧川南，其地在新郑之东，当为郑地，非周地也。"瀛按：《方舆纪要》"开州敛盂聚"条下引《志》云："州西南又有地名瓦屋头，即《春秋·隐八年》宋公、齐侯、卫侯同盟处。"开州，春秋时卫地也。然观"冬，齐侯使来告成三国"，则齐欲攘平难之名，斯盟必不独在卫地。尝闻之徐松坪瀚年丈曰："陈留训导学宫，建于县之瓦屋里，疑即春秋之瓦屋也。"邑無志，徐之先德曾官於此。按陳留，春秋時留邑也。《漢書·地理志》孟康注曰："留，鄭邑，後爲陳所并，故曰陳留。"其地居宋之西北、鄭之東北、衛之東南，意當時擇三國適中地定盟，以明渝平之意。而鄭怨宋、衛深，卒不至也。若洧川，則迫近鄭都，諸侯麇至，主人深匿不出，宋、衛其讎也，獨不懼挑齊侯之怒乎？於情事爲不協矣。

"篲勤"解

《爾雅》："篲，勤也。"郭《注》："篲，未詳。"邵氏《正義》云："篲，當作菁。《泰》'初六'〔九七〕云：'以其彙。'《釋文》云〔九八〕：'古文彙作菁，鄭注云勤也。'"穆按：《曲禮》〔九九〕："國中以策彗卹勿。"鄭注："彗，竹帚。卹勿，搔摩也。"《説文》："彗，埽竹也。從又持甡。按：甡乃象彗之形，不從兩生。篲，或從竹。㔼，古文彗從竹習。"然則篲自有本義，不當引假借之菁以證篲。篲之初義爲埽竹，引申之則爲馭馬之竹帚。猶之策之初義爲馬箠，假借之則爲箸書之方策爾。得訓爲勤者，篲，灑埽之事，弟子之職也。御，亦六藝之一。策彗，御者所執也。古文從竹習，習，勤也。邵氏之説支矣。郝氏《義疏》無説，然曰"謂通作菁"〔一〇〇〕，則亦用邵説矣。

"成"即古"稱"字説

成，《説文》在戊部，解云："就也，從戊丁聲。𢦩，古文成從午。"穆案：戊象六甲五龍相拘絞，既不得其義。戊承丁象人脅，亦不得其形。而成之何以從戊，段、桂諸君亦未有議及之者。今案王復齋《款識》書内摹宋孝宗賜洪邁《父癸鼎》，此器亦見《宣和博古圖》及薛尚功法帖，以摹之俱小失其形，故不引。右側有文作𢧵，釋云立戈形。近海鹽吴東發云此古文成字。案：東發謂爲古文成字，良是。然云："朩，準之象也。丨，繩之象也。〔〕，所以權之也。《考工記》所謂'可水、可縣'之象也。"則義有未安，故不從。案：成字是也。嘗於收弆家見古《己卣》上有文作𢦏，蓋與器其文一反一正，此蓋也。而"方成"古成、城一字。《朱仲子寶尊》"成"作"𢦏"，尤其顯證。此文即許君古文從午所由訛。實則即古之稱字，當未制稱字之前，稱止作成。其正名則謂之衡。蓋純乎象形之字：一，象衡之平；左側之十，權也；右側之石，繫物之繩及鉤也；〔〕，衡端之兩毫也；中央一丨，殆象所衡之物。此作丨，亦或作十，明其無定形也。《左氏傳》引《書》"'地平天成'，稱也。"[一〇一]稱，衡也。《説文》訓"銓"乃動字。衡，静字也。引申之，則訓爲"服之不稱"之"稱"。《莊子·大宗師》篇"成然寐"，陸氏《釋文》："成，如字。"引李云："成然，縣解之皃。"成然即稱然，此古稱字之僅[一〇二]存者。人之寐也，無所係著如稱然，《釋文》"縣解"下引向云："無所係也。"故曰稱然寐也。然則謂成"從戊"者，乃許君望文之誤解。曰"就也"，亦成字引申之義，而非本義。本義當如《爾雅》、《穀梁》訓曰"平也"[一〇三]。毛公《詩傳》、鄭君《禮》注同。平、成同部相訓，於六書爲轉注也。古款識書中成或作𢦏、作𢦏、作𢦏、作𢦏，皆𢦏之省變。小篆務取整齊，竟合〔〕丨爲丁。許君既似丁爲丁，故似其外廓爲戊，而不思戊義之與成無關也。由此推之，戊果從戈作𢦏，右側之丨爲何字，更不可解。則必與人身之脅形不肖，然亦必不從古文成之𢦏。蓋制字之本義，其失傳也久矣。案：六甲五龍相拘絞，必戊字之真形確詁，惟其文失傳，故人莫得其解耳。

"棧"字説

《公羊傳》曰："奄其上而棧其下。"[一〇四]《周禮·喪祝》注引之[一〇五]。"棧其下"，謂以竹木布於地也。《王莽傳》曰："四牆其社，覆上棧下。"師古注曰："棧謂以簀蔽之也。下則棧之，上則覆之。"《高帝紀》注曰："棧即閣也，今謂之閣道。"此棧道義也。《説文》："棧，棚也。竹木之車曰棧。"段氏曰："謂以竹若木散木〔一〇六〕編之爲箱，如柵然。"取其能容物，故役車謂之棧車。以上段説。而今人囷積褻貨之所亦名曰棧房也。《管子》"傅馬棧"〔一〇七〕取褻叢艸木之義，《莊子》"編之皁棧"〔一〇八〕則仍取棚義。今韻分棧道、棧閣之棧上聲，叢棧之棧去聲，已屬多事。而注家又別白不清，義愈晦矣。

沾、沁疑義

沾水出壺關，而沾縣治乃在今樂平、和順之間，縣氏、水名不應治與水遠不相涉，疑舊治本在今潞安府城左右，後移治於此也。又考清漳水，《淮南子》云〔一〇九〕："出褐戾山。"《水經》曰〔一一〇〕："出少山大要谷。"《説文》〔一一一〕："清漳出沾山大要谷。"或疑脱"少"字，非。沁水，《水經》曰〔一一二〕："出謁戾山。"而沁水亦名少水。《戰國策》："秦正告韓曰：'我起乎少曲，一日而斷太行。'"少曲，少水之曲也。疑褐、謁本一字，揭〔一一三〕戾、謁戾本一山，即《漢志》所云〔一一四〕"羊頭山也，沁水出焉"。羊頭山，一名謁戾山，一名少山，故沁水得被少水之稱耳。疑後人既移沾治，并移謁戾、少山之名於沾，其實清漳自出大要谷，與謁戾、少山皆無關也。

"陽冰"説答祁叔穎尚書

承詢《海賦》"陽冰"之義。案：李善注曰："言其陽則有不冶之冰，其陰則有潛然之火也。《晏子春秋》曰：'陰冰凝，陽冰厚五寸。'《説文》曰：'冶，銷也。'"注語本極分明，而或猶不達者，由未省注中二"其"字，即其、其，海也。昔俞君理初嘗爲穆校《文選》，批二語於書眉曰："水北曰陽，南曰陰。"據之則"陽冰"、"陰火"云云者，猶言北海有不冶之冰，南海有潛然之火耳。以南海、北海詁陰、陽二字，不惟實事實情，并注二"其"

字亦軒然呈露矣。《晏子》陰、陽二字，亦正作南北解，但不謂海耳。又李注所引《晏子》二語在《内篇·襍上第五》，而"陰冰凝"乃作"陰水厥"，其文曰："陰水厥，陽冰厚五寸者，寒温節，節則政刑〔一五〕平，平則上下和，和則年穀熟。"《太平御覽》引之，亦作"陰水厥"〔一六〕。厥，當作瘚。《説文》："厥，發石也。從厂欮聲。"引申爲語助詞。"瘚，逆氣也。從疒從屰、欠。"〔一七〕隷體厥、瘚不分，故世人多見厥、少見瘚也。高誘注《吕覽》曰："厥，逆寒疾也。""陰水厥"之義正如此，蓋時已沍寒，水流澌溮，冰將成，而不得即名爲冰也。然則今注本作"陰冰凝"者，乃并《素問》未讀之人，嫌厥字不詞奮筆妄改也，而顧千里諸人亦未經校出。唐李陽冰字少温，其義即取諸《晏子》。

壬寅十一月，尚書以擬唐林滋《陽冰賦》課庶吉士，多不得解，實則林滋先未省陽冰之義也。

壽陽祁世長校字

校勘記

〔一〕"丄"，《山右》本作"上"。"丄"，亦作"上"。

〔二〕"祗"，《山右》本同。《尚書正義·舜典》孔安國傳作"祇"，於義當以"祇"爲是。

〔三〕"逸"，《山右》本作"亦"。《尚書正義·舜典》注下唐陸德明音義、《經典釋文·尚書音義·舜典》此處均作"逸"，於義當以"逸"爲是。

〔四〕"乃取王肅注"，從"慎徽五典"以下，《經典釋文·序録》引文作"乃取王肅注《堯典》，從'慎徽五典'以下"云云。《山右》本引文同祁本，均闕"《堯典》"二字，義遂難明。

〔五〕"隨"，《山右》本同。於義今當作"隋"。

〔六〕"元"，《山右》本同。《尚書正義·舜典》原文作"玄"而闕末筆，蓋皆乃避清聖祖康熙玄燁諱，故當作"玄"。

〔七〕"鄭康成曰"，此處張氏所引鄭康成語屬意引。《尚書正義·舜典》"惟時亮天功"下"鄭玄云：'自"咨十有二牧"至"帝曰龍"，皆月正元日格於文祖所勑命也。'"康成，鄭玄字。

〔八〕"馬融曰",此處馬融語見於《史記·五帝本紀》裴駰《集解》。

〔九〕"《國語》",其下引文見《國語·周語下·太子晉諫靈王壅穀水》："其在有虞,有崇伯鯀,播其淫心,稱遂共工之過,堯用殛之于羽山。其後伯禹念前之非度,釐改制量,象物天地,比類百則,儀之于民,而度之于羣生,共之從孫四岳佐之……祚四岳國,命以侯伯,賜姓曰'姜',氏曰'有呂'。"因此段言禹事,故張氏改"之"爲"禹",字句略有出入。

〔一〇〕"《周書》亦稱'崇禹'",此《周書》當指《逸周書》。《逸周書·世俘解》："乙卯,篰人奏《崇禹》、《生開》三鍾終。"

〔一一〕"《大傳》紀孔子曰",其下引文見漢伏勝《尚書大傳·書序傳》："子曰:'參,女以明王爲勞乎?昔者舜左禹而右皋陶,不下席而天下治。'"

〔一二〕"張騫使西域,還爲天子言",非《史記·大宛列傳》原句,屬張氏概括引首之文。其下所引語句基本爲原文,而又爲片段間引,"其東則東流……其後騫死……天子按古圖書,名河所出山曰崑侖云。"《史記·大宛列傳》作"其東水東流……自博望侯騫死後……天子案古圖書,名河所出山曰崑崙云"。"則",當作"水"。

〔一三〕"璆琳、琅玕焉",此句出《爾雅注疏·釋地·九府》。《淮南子·墜形訓》曰："西北方之美者,有昆侖之球琳、琅玕焉。""璆",引作"球"。

〔一四〕"僞《允征》因之",其下引文見《尚書正義·胤征》："火炎崐岡,玉石俱焚。"祁本、《山右》本作"允",阮本篇題"允"作"胤"而闕末筆,均爲避清世宗胤禛諱改。故"允"當作"胤"。

〔一五〕"里",《山右》本同。於義當作"理"。

〔一六〕"此肅州昆侖之説也",《山右》本作"此蓋肅州昆侖之説也"。

〔一七〕"所謂祠蓋如",《山右》本作"所祠蓋謂如",於句不詞,"謂"與"祠蓋"誤倒。以祁本爲是。

〔一八〕"焞",《山右》本作"淳",誤。

〔一九〕"《經》"即"《山經》",其下文字見於《山海經·西山經》。

〔二〇〕"後魏"至"明矣",此段文字見於《史記·司馬相如列傳》中《大人賦》"西望崑崙"條下張守節正義所引《括地志》,略有出入。其中

《括地志》所引《禹貢》"崑崙在臨羌之西",見《尚書正義·禹貢》"織皮崑崙"下引陸德明音義:"馬云'崑崙在臨羌西'。"

〔二一〕"今考岡底斯脈分二支",《山右》本此句脫"脈"字。

〔二二〕"厤",《山右》本作"曆"。

〔二三〕"泠",《山右》本作"冷",誤。

〔二四〕"昆侖邱",《爾雅注疏·釋丘》:"三成爲崑崙丘。""邱",乃避孔子諱而改"丘"爲"邱"。

〔二五〕"善長曰",其下文句見於《水經注》卷一《河水》。

〔二六〕"杜君卿云",其下文句見於《通典·古雍州下·風俗》。

〔二七〕"由",《新唐書·吐蕃傳》作"繇"。

〔二八〕"彼曰悶磨黎山",《新唐書·吐蕃傳》作"虜曰悶摩黎山"。

〔二九〕"木",《山右》本作"本",誤。大雪山,《清史稿·地理志》稱爲"阿木尼麻禪母孫山"可證。"柰",《山右》本作"奈"。

〔三〇〕"王",《史記·封禪書》亦作"王",多用作姓氏。《山右》本作"玉",誤。

〔三一〕"牆",《史記·封禪書》作"垣"。

〔三二〕"祀",《史記·封禪書》作"祠"。

〔三三〕"《傳》曰",其下引文見《穆天子傳》:"戊寅,天子西征,鶩行至于陽紆之山,河伯無夷之所都居,是惟河宗氏。河宗伯夭,逆天子燕然之山……癸丑,天子大朝于燕□之山,河水之阿。"字句有出入。"謂",作"惟"。"柏",作"伯"。

〔三四〕"里",當作"理"。

〔三五〕"《周禮·職方氏》",其下引文見《周禮注疏·職方氏》:"河內曰冀州,其山鎮曰霍山,其澤藪曰楊紆。"鄭玄注:"霍山在彘,陽紆所在未聞。""陽",亦作"楊"。

〔三六〕"己未"至"南河",其下引文見《穆天子傳》:"己未,天子大朝于黃之山……伯夭……乃乘渠黃之乘,爲天子先,以極西土。乙丑,天子西濟于河□,爰有温谷、樂都,河宗氏之所遊居。丙寅,……用伸八駿之乘,以飲于枝洔之中,積石之南河。"字句微有出入。"於",作"于"。"申",作"伸"。

〔三七〕"丁巳"至"之葬",其下引文見《穆天子傳》,此處作"丁巳,天子西南升□之所主居……戊午,遂宿于昆侖之阿,赤水之陽……辛酉,天子升于昆侖之丘,以觀黃帝之宫,而封□隆之葬。"字句亦有出入。

〔三八〕"察",《山右》本作"審",誤。

〔三九〕"允",《史記·夏本紀》作"胤"。寔祁本、《山右》本亦爲避清世宗胤禛諱改,故"允"當作"胤",本篇下同。

〔四〇〕"允往征之",《山右》本作"允征之",以《史記·夏本紀》、《尚書正義·胤征》文校對,脱"往"字。

〔四一〕"厥篚元黄",《尚書正義·堯典》此處作"厥匪玄黄"。"篚",爲"匪"今字。"元",爲避清聖祖玄燁諱改。故"元"當作"玄",凡此下同。

〔四二〕"匚",《山右》本作"匸",誤。"匪"字見於匚部,不見於匸部。

〔四三〕"實元黄于匪",《説文解字·匚部》"匪"下,引文作"《逸周書》曰:'實玄黄於匪。'"

〔四四〕"太史公曰",其下引文見《史記·伯夷列傳》:"夫學者載籍極博,猶考信於六藝。"

〔四五〕"《衛康叔世家》",史公誤取褋書載:其下引文見《史記·衛康叔世家》:"二十八年,周宣王立。四十二年,釐侯卒,太子共伯餘立爲君。共伯弟和有寵於釐侯,多予之賂。和以其賂賂士,以襲攻共伯於墓上,共伯入,釐侯羡自殺。衛人因葬之釐侯旁,謚曰共伯,而立和爲衛侯,是爲武公。"文句有出入。

〔四六〕"脱",《儀禮注疏·既夕禮》作"説"。下例《喪大記》同。"説",通"脱"。

〔四七〕"《正義》曰",其下引文見《毛詩正義·鄘風·柏舟》正義:"言共伯者,共謚,伯字。以未成君,故不稱爵。言早死者,謂早死不得爲君,不必年幼也。《世家》武公和簒共伯而立,五十五年,卒。《楚語》曰:'昔衛武公年九十有五矣,猶箴儆於國。'則未必有死年九十五以後也。則武公即位四十一二以上,共伯是其兄,則又長矣。其妻蓋少,猶可以嫁。"文句有出入。

〔四八〕"隰"，《山右》本作"濕"。據下文"竊意隰當作濕"，以及《爾雅注疏·釋地》"下溼曰隰"、"陂者曰阪，下者曰隰"文，則《山右》本作"濕"乃誤。

〔四九〕"《水經注》云"，其下引文見《水經注》卷五《河水》："又東北入東武陽縣東入河。又有漯水出焉，戴延之謂之武水也。"文句有出入。

〔五〇〕"修"，《毛詩正義·鄭風·子衿》小序作"脩"。

〔五一〕"闕"，《春秋公羊傳注疏》何休注此處作"缺"。

〔五二〕"士"，《山右》本作"土"，誤。《周禮注疏·秋官》有《朝士》。

〔五三〕"又下文養庶老于下庠、左學，養國老于東序、東膠"，此爲概括之語，原文見於《禮記正義·王制》。

〔五四〕"王宮之西"，鄭注此段文句見《禮記正義·王制》："下庠、左學，小學也，在國中王宮之東；東序、東膠，亦大學，在國中王宮之東。"祁本、《山右》本均作"西"，誤。

〔五五〕"《地官》"，其下引文見《周禮注疏·地官·師氏》："師氏，掌以媺詔王。以三德教國子：一曰至德，以爲道本；二曰敏德，以爲行本；三曰孝德，以知逆惡。教三行：一曰孝行，以親父母；二曰友行，以尊賢良；三曰順行，以事師長。居虎門之左，司王朝。掌國中失之事，以教國子弟。凡國之貴遊子弟學焉。"文句內容、順序等有出入。

〔五六〕"一日不見，如三月兮"，語出《毛詩正義·鄭風·子衿》。"月"，《山右》本作"秋"，誤。"一日不見，如三秋兮"，語出《毛詩正義·王風·采葛》，非出自此篇。

〔五七〕"《箋》云"，其下引文見於《毛詩正義·鄭風·子衿》鄭玄箋。毛傳云："乘城而見闕。"箋云："國亂，人廢學業，但好登高見於城闕，以候望爲樂。"引文略有脱失。

〔五八〕"乃曰"，其下引文見《毛詩正義·鄭風·子衿》正義："如《爾雅》之文，則闕是人君宮門，非城之所有，且宮門觀闕不宜乘之候望。此言在城闕兮，謂城之上別有高闕，非宮闕也。"有出入。

〔五九〕"王肅難鄭，劫之曰"，《毛詩正義·小雅·節南山》"不自爲政，卒勞百姓"句下，此處正義作"王肅以爲"。"難鄭，劫之曰"，屬張氏所增變通之語。

〔六〇〕"康成弟子也"，正義無此五字，蓋屬張氏所增解釋語。

〔六一〕"得"，正義作"待"。

〔六二〕"苦"，正義作"怨"。

〔六三〕"悟"，正義作"寤"。

〔六四〕"王"，《毛詩正義·周頌·思文》鄭玄箋此處作"于"。《尚書正義·周書·泰誓》下正義引武帝時董仲舒對策云："《書》曰：'白魚入于王舟，有火入于王屋，流爲烏。周公曰：'復哉！復哉！'"祁本、《山右》本均作"王"，誤。

〔六五〕"淮有三洲"，見於《毛詩正義·小雅·谷風之什·鼓鍾》。

〔六六〕"淮"，《山右》本作"准"，誤。

〔六七〕"故洲納斯稱焉"，《水經注·淮水》此處作"故斯洲納稱焉"。

〔六八〕"又一條曰"，其下引文見《水經注·淮水》"又東至廣陵淮浦縣入於海"條，原文曰："淮水於縣枝分，北爲游水，歷朐縣與沭合。又逕朐山西，山側有朐縣故城……東北海中有大洲，謂之郁洲，《山海經》所謂'郁山在海中'者也。"字句有出入，且"郁洲山"作"郁山"。

〔六九〕"《山海經》所謂'郁洲山在海中'者也"，《山海經·海內東經》，此處原文作"都州，在海中。一曰郁州。""洲"，作"州"。又，無"山"字。

〔七〇〕"班《志》作'以爲秦東門闕'"，《漢書·地理志》"東海郡"條下曰："戚，朐，秦始皇立石海上以爲東門闕。"張氏誤增"秦"字。

〔七一〕"《荀子》作'甚神'"，《戰國策·楚策·客說春申君》："孫子爲書謝曰：'癘人憐王，此不恭之語也……由此觀之，癘雖憐王可也。'因爲賦曰：'寶珍隋珠，不知佩兮……嗚呼上天，曷爲其同。'《詩》曰：'上天甚神，無自瘵也。'"張氏"《荀子》作'甚神'"云云，恐誤涉"孫子爲書謝曰"，而以"《詩》曰'上天甚神，無自瘵也'"爲《荀子》語。此"孫子"即荀卿。元吳師道《戰國策校注》於"《詩》曰：'上天甚神，無自瘵也。'"下注曰："按：'《詩》曰'以下，《荀子》無之。二句乃《菀柳》之辭。"

〔七二〕"天難諶斯"，見《毛詩正義·大雅·大明》篇。"諶"，作"忱"。

〔七三〕"達詁"，《山右》本"達詁"下誤增一"之"字，於義未妥。

〔七四〕"太王"，《毛詩正義》此處《傳》、《箋》、《正義》均作"大王"。大，古"太"字。

〔七五〕"咸往歸之"，"往歸"，阮本作"歸往"。

〔七六〕"太王居岐之陽"，《正義》作"大王之居岐陽"。

〔七七〕"'遂踐奄'云"，其下引文見《尚書正義·蔡仲之命》正義："鄭玄讀踐爲翦，翦，滅也。"

〔七八〕"實維戩商"，《説文·戈部》"戩"字下云："戩，滅也。從戈晉聲。詩曰：'實始戩商。'""維"，作"始"。

〔七九〕"鄭注《周禮·翦氏》云"，其下引文見《周禮·秋官·大司寇·翦氏》："翦，斷滅之言也。主除蠱蠹者。《詩》云：'實始翦商。'"

〔八〇〕"季厤"，《山右》本作"季歷"。

〔八一〕"巳"，《山右》本作"己"，當以"己"爲是。

〔八二〕"翊"，《山右》本作"翌"，誤。

〔八三〕"《太平御覽》引《竹書紀年》有"，其下引文見《太平御覽》卷八十三《皇王部》："武乙即位，居殷。三十四年，周王季厤來朝，武乙賜地三十里、玉十瑴、馬八匹。"字句有出入。

〔八四〕"《後漢書·西羌傳》注引《竹書》有"，其下引文見《後漢書·西羌傳》注："武乙三十五年，周王季伐西落鬼戎，俘二十翟王。"又"太丁二年，周人伐燕京之戎，周師大敗。"又"太丁四年，周人伐余無之戎，克之。周王季命爲殷牧師"。又"太丁七年，周人伐始呼之戎，克之"。又"太丁十一年，周人伐翳徒之戎，捷其三大夫"。文句有出入。祁本、《山右》本誤將"余無"倒作"無余"。

〔八五〕"《周書·程典解》所謂'合六州之侯，奉勤於商'"，《逸周書·程典解》："維三月，既生魄，文王令六州之侯，奉勤於商。""合"，作"令"。

〔八六〕"命"，《毛詩正義·魯頌·閟宫》作"届"。

〔八七〕"元"，《周禮注疏·冬官考工記·鮑人》鄭玄注此處作"玄"，即鄭玄自稱，乃避清聖祖玄燁諱改。

〔八八〕"如"，鄭玄注此處作"爲"。

〔八九〕"人民",《毛詩正義·召南·摽有梅》三章此處毛傳作"所以蕃育民人也"。

〔九〇〕"不待禮會而行者",鄭玄注此處作"不待禮會而行之者",祁本、《山右》本均脱"之"字。

〔九一〕"則此奔者爲有夫家之女,其文甚顯",《山右》本"女"、"其"二字誤倒。

〔九二〕"淫奔",《山右》本作"奔淫",二字倒誤,當以"淫奔"爲是。

〔九三〕"《傳》",其下引文見《春秋左傳正義·隱公八年》:"齊人卒平宋、衞于鄭。秋,會于温,盟于瓦屋,以釋東門之役。""會于温"上脱"秋"字。

〔九四〕"《疏》",其下引文見作"瓦屋既闕,知是周地者,以其會于温,盟于瓦屋,會盟不得相遠。温是周地,知瓦屋亦周地也"。張氏引文有脱失。

〔九五〕"《彙纂》",即《欽定春秋傳説彙纂》,清康熙三十八年敕撰。

〔九六〕"江氏",指江永,撰有《春秋地理考實》。

〔九七〕"初六",《周易正義·泰》:"初九:拔茅茹,以其彙,征吉。"按:泰卦坤上乾下,陰爻稱六,陽爻稱九。泰卦第一爻爲陽爻,"初九"爲是。祁本、《山右》本均作"初六",顯系張氏誤記。

〔九八〕"《釋文》云",其下引文見《經典釋文》"彙"字下,此處原作"古文作茼……鄭云勤也"。

〔九九〕"《曲禮》",《禮記正義·禮記·曲禮上》此處原文作"國中以策彗卹勿驅"。祁本、《山右》本均脱"驅"字。

〔一〇〇〕"謂通作茼",《爾雅義疏·釋詁》"勞、來、强、事、謂、翦、篲,勤也"條下云:"謂者,《釋名》云:'謂,猶謂也。猶得敕不自安,謂謂然也。'《廣雅》云:'謂,使也。'役使義亦爲勤也。《詩》:'迨其謂之。''謂之'何哉?遐不謂矣。《箋》竝云:'謂,勤也。'通作彙。《易·泰》,《釋文》:'彙,古文作茼。鄭云勤也。'"張氏引郝氏文句及文意均有出入。

〔一〇一〕"地平天成,稱也",《春秋左傳正義·僖公二十四年》此處原文作"《夏書》曰:'地平天成。'稱也"。

〔一〇二〕"僅",《山右》本作"僅僅"。

〔一〇三〕"《爾雅》、《穀梁》訓曰'平也'"，按《春秋穀梁傳注疏》正文和《爾雅注疏》正文、注疏均無訓"成"爲"平也"之語。僅《春秋穀梁傳注疏·桓公二年》"此成矣，取不成事之辭而加之焉"條下范寧《集解》有云："案：《宣四年》：'公及齊侯平莒及郯。'《傳》曰：'平者，成也。'然則成亦平也。"訓"平者，成也"之例，三見於《春秋穀梁傳注疏》宣公四年、十五年和昭公七年正文。《爾雅注疏》正文未見此釋，注疏中亦僅兩次引《穀梁傳》"平者，成也"之語。

〔一〇四〕"《公羊傳》曰：'奄其上而棧其下'"，此句張氏云出自《公羊傳》，然遍檢《公羊傳》未見有此文。考原句實出自《周禮注疏·地官司徒·媒氏》"凡男女之陰訟，聽之于勝國之社；其附于刑者，歸之於士"文下鄭玄注，注文原曰："陰訟，爭中冓之事以觸法者。勝國，亡國也。亡國之社，奄其上而棧其下，使無所通。就之以聽陰訟之情，明不當宣露。"蓋張氏誤記出處所致。《公羊傳注疏·哀公四年》正文曰："六月，辛丑，蒲社災。蒲社者何？亡國之社也。社者，封也。其言災何？亡國之社蓋揜之，揜其上而柴其下。""奄"，作"揜"。"棧"，作"柴"。

〔一〇五〕"《周禮·喪祝》注引之"，《周禮注疏·春官宗伯·喪祝》："掌勝國邑之社稷之祝號，以祭祀禱祠焉。"鄭玄注："勝國邑，所誅討者。社稷者，若亳社是矣。存之者，重神也。蓋奄其上而棧其下，爲北牖。"

〔一〇六〕"木"，《說文解字注·木部》"棧"下，此處作"散材"。

〔一〇七〕"《管子》'傅馬棧'"，見於《管子校證·小問》篇。

〔一〇八〕"《莊子》'編之皁棧'"，見《莊子集解·外篇·馬蹄》，原文曰："連之以羈縶，編之以皁棧，馬之死者十二三矣！"祁本、《山右》本均脫"以"字。

〔一〇九〕"《淮南子》云"，其下引文見《淮南子·墜形訓》："清漳出揭戾。"

〔一一〇〕"《水經》曰"，其下引文見《水經注·清漳水》："清漳水出上黨沾縣西北少山大要谷"。

〔一一一〕"《說文》"其下引文見於《說文解字·水部》"漳"字下。

〔一一二〕"《水經》曰"，其下引文見《水經注·沁水》："沁水出上黨涅縣謁戾山"。

〔一一三〕"揭",祁本、《山右》本同。依上文當從木作"楬",疑刻寫而誤。

〔一一四〕"《漢志》所云",其下引文見《漢書·地理志》:"羊頭山世靡谷,沁水所出。"

〔一一五〕"政刑",《晏子春秋集釋·内篇諫上》此處作"刑政"。

〔一一六〕"《太平御覽》引之,亦作'陰水厥'",《太平御覽》實作"陰冰凝"。清盧文弨《晏子春秋拾補》亦云:"《御覽》'水'亦作'冰'。"王念孫《讀〈晏子春秋〉雜志》云:"《文選注》及《御覽》皆作'陰冰凝',自是舊本如此。"張氏此語或另有所據,亦或誤記。

〔一一七〕"瘚,逆氣也。從疒從屰、欠",《説文解字·疒部》:"瘚,屰气也。從疒從屰從欠。""逆",作"屰"。"屰",古"逆"字。

弇齋文集卷二

論 附書後一篇

楚 論

楚，大國也。先敗於吴，後亡於秦，其故可知也。伍員之言曰[一]："楚執政衆而乖，莫適任患。若爲三師以肄焉，一師至，彼必皆出。彼出則歸，彼歸則出，楚必道敝。亟肄以罷之，多方以誤之。既罷，而後以三軍繼之，必大克之。"楚於是始病。白起之言曰[二]："楚王恃其國大，不恤其政，而羣臣相妬以功，諂諛用事，良臣斥疏，百姓心離，城池不修，既無良臣，又無守備。故起得引軍深入，多倍城邑，發糧焚舟以專民，掠於郊野，以足軍食。楚人自戰其地，咸顧其家，各有散心，莫有鬥志。是以能有功也。"嗚乎！觀二人之言，夫豈特楚哉？項羽不任屬良將，東西奔命，卒力敝於漢。唐元宗[三]席全盛之勢，怠荒武事，一旦河朔犯順，朞月之間潼關不守。金人敗盟，舉朝震動，暮夜渡河，亂無行列，一卒莫之守也。俺答入寇，勤王之師徧列郊坰，閫部指揮任其飽掠，莫敢陧其歸也。隋用高熲之策以平陳，周用王朴之計以蔚唐。故國家之敗，由於莫適任患。莫適任患，由於諂諛用事。苟有良臣，則孫權傾國不能取合肥，羊祜乘釁不能取江陵。苟無良臣，則陰平委[四]之鄧艾，大峴棄之劉裕。《詩》曰[五]："天之方懠，無爲夸毗。"夸毗，體柔也。體柔之人，其不肎[六]爲國任患也久矣。君子是以太息於囊瓦、上官之徒，而伍員、白起之謀，百世下之人主讀之，其可寒心而慎思保[七]邦之術哉！

海疆善後宜重守令論

漢宣帝有言曰[八]："與我共治天下者，其唯良吏二千石乎！"爰躬自引問，璽書獎勞有功，賜金封爵，遇公卿缺輒得超任。光武初即大位，未遑他務，先封前密令卓茂爲太傅、褒德侯，明章承之。每下詔書，多嘉循吏。故西京之盛盛於元康、神爵之間，東京之盛推建武、永平焉。明宣宗命大臣各舉所知出典劇郡，各賜勑書[九]得便宜從事，是以得況鍾、莫守愚諸人，明之治亦未有如宣德者也。由是觀之，守令者，國家之根本而培養元氣者也。守令賢，故民附，民附則知親上。守令賢，故民肅，民肅則知畏上。民親且畏，則法立而令易行，賦稅不期足而自充，奇衺不期絕而自遠。於是乎民和而天降之福，則風雨時，草木茂，年豐人樂而嘉祥應。何則？民以君爲心，君以民爲體，而守令者中握之機樞也。人雖感患大病，胃氣不傷則必愈。天下雖有大變，民心不散則不危。一方守令賢則一方安，天下守令賢而天下安矣。

今國家重熙累洽，垂二百年。噗吉利一海外禽獸國耳，狂噬三年而海寓爲之驛騷，帑藏爲之耗竭。今縱能如當事者所云可以帖耳受撫，而虎狼在戶，反復莫必。師屢挫辱，既無得氣之兵。民困徵輸，并無可籌之餉。萬一他日卒然有變，可不爲深懼乎？今之計國是者，徒纖悉於微芒之利，粉飾乎訓練之名，不知民財已竭，豈能供上之求？廩給不充，豈有可練之卒？至於徵無可徵，餉無可餉，而一切苟且之政將行。唐代宗德宗、金宣宗、明神宗之弊不深可懼乎？方今良法美意，事事有名無實，譬之於人，五官猶是，手足猶是，而關竅不靈，運動皆滯，是以當極盛之時而不及四期已敗壞至此。嗚呼！豈非庸臣尸素、當職謬享太平之福，至於紀綱暗紊、萬事暗隳所貽之隱憂乎？今欲求韓、白之才，何能倉卒遇也？即有桑、孔之智，豈能旦夕奏效也？所恃者自列聖以至今上皇帝愛民如子之仁，元氣深厚耳！

夫重士必食士之報，愛民必食民之報。自漢以來，民之安居樂業、蕃衍休養未有盛於我朝者也，是以粵東屢遭逆夷之毒而忠愛不衰，義檄義旗相繼而起。閩省廈門逆夷畏民驅逐，遁不敢居。即江蘇素稱孱弱，而沿海沿江之民亦間有殺賊自效者。此真祖宗積累之厚，皇天眷佑之深，所當乘[一〇]其機而利用之也。然則，欲治今日之天下，則莫若固未散之人心。欲固未散之民心，則其要歸於擇守令，而海疆之善後卒亦無以易此焉。何也？今之所患者漢奸，而漢奸皆内地之民也。守令賢則必善行保甲，民愛守令如父母，則糾察易而密，奸民何所容乎？其善一矣。今之所患者雅片，守令賢則民聽其訓誨，父戒子，兄勉弟，以共遠於鴆毒。而吸食之徒且不容於家庭，不齒於鄉里，不待嚴刑峻法而習惡可消。其善二矣。今之所患者無兵，守令賢則各鄉皆可團結，一旦有事，荷耰鋤者皆兵也，不勝調發萬萬哉？其善三矣。民皆爲兵，何憂於餉？其善四矣。熟其地利，悉其險易，則街衢之間、阡陌之地皆可掘溝爲險，設伏無形。其善五矣。撫其傑黠，使爲商賈，犁其心，潰其腹。其善六矣。教化既行，則民效醇儉，而外洋淫巧之物將日漸不行，省民間金錢之耗而風俗日美。其善七矣。商漁奸販，必有魁傑爲之首。守令賢，則能知其蹤迹，廣爲招致，使爲我用，大則將才，小則精卒也，如是而綠營鈍弱之兵可以汰。其善八矣。化奸爲良，鹽稅日益，可以裕國。其善九矣。潛驅默率，使民由之，而不知干城腹心壯於無形。内地不擾，逆夷不疑。其善十矣。此與練兵勇，修礮台，空談守禦，卒爲夷人所禁而不得施者，功相萬也。愚故曰："治今之天下，莫要於擇守令，而海疆之善後尤莫要於此也。"難者曰："沿[一一]海七省，縣亙幾七千里，安能盡得賢守令而任之？"應之曰："天生人才，惟生大才不數。今欲朝廷求賢，而曰必如管、樂、蕭、韓、岳飛、王守仁諸人，誠知其難也。若守令，則凡實心爲國爲民者，即是良吏。以天下之大，而不能擇數十人乎？特患不求之耳。"曰："求之，而督撫不以實應，奈何？"曰："今督撫保舉，十九皆趨走便習之人，海疆則趨走便習者之畏途也。非忠心愛國之人決不願往，非胸有把握而洞曉事體之人決亦不敢往。其願往敢往者，則必漢章所稱悃愊無華之吏矣[一二]。夫悃愊無華之吏，今之督撫所遺也。而海疆之令下，則趨走便習之人必共舉平日督撫所遺者，以爲己脱避之地矣。而悃愊無華者，有忠君愛國之心，又能通曉事體，亦無不樂於膺薦，以思一展布。愚故曰選守令於他地，則保者或不公。選守令於海疆，則保者必多實。又況内外臣工各有耳目，又何必專恃督撫哉？雖然，愚猶願國家寬其處分，授之便宜，俾之真能展布而勿掣其肘也。一不如條例焉而有罰，一事擅焉而有罰，督撫藩臬，一婦四姑，重重令壓，時恐得罪。又況繁簡不均，動輒更調，民情未習，瓜代已聞。雖有善心，終無表見。則漢、明二宣賜書勑久任超擢之意，其亦當取法乎！嗚呼！由海疆善後而慎擇守令，由海疆守令而推之天下，朝廷復以誠意體之，上下交欣，歡若一體，百廢並修，百利並舉，則是國家何憂乎無財？何憂乎無將？奚恥而不恤？奚敵而不服乎哉？"

弗夷《貿易章程》書後

弗蘭西五口貿易章程，内有大可慮之事三，而最甚者爲沿海立禮拜寺公然行其所謂天主教者。案：天主教自明萬厤間利瑪竇入中國，久欲以此惑衆。明政雖不綱，而其時士知節義，講壇林立，一二夷人之口豈能奪數百年惇詩説禮之心？我朝定鼎，政教修明，但資其天算小術，彼亦以一藝自安，故邪説久不行。今乃明與要約，聽弗夷習教授徒，誑惑愚民，何也？或謂天主教與白蓮教等，白蓮教蔓延北方，其極熾不過如林清祝現止矣，何能爲？

是大不然，白蓮教殆古五斗米、喫菜事魔之類，爲之首者即至愚無教之民。州縣官但出一示禁之，輒伏不敢動，無高官顯秩之人爲之包庇，其黨雖衆，而勢則孤也。今揆弗夷情勢，儼然與中國立大，方且要索挾持，不畏我皇上，何況羣有司哉？沿海之民有入其教者，倚敵國爲逋逃主，負隅自雄，誰敢過問？且白蓮教率斂財入己，故愚民之稍不愚者，即不爲所惑。而天主教則捐斥金錢，轉予習教之人。民即不愚，恐一時飢寒念切，且謂不妨偶一習之也。既已習之，能不爲所用乎？又況犬羊之性荒忽無常，萬一敗盟兆釁，凡兵船所泊之處，下一令曰習天主教者不殺，當此之時，試問從者衆乎？不從者衆乎？僅愚民從之邪？將不愚者亦從之邪？民從之不可問也，兵從之更不可問，挾兵威以鼓其邪説，假邪説以償其大欲，土崩瓦解旋至立效。恐自古謀人國下人城者，無此速且易矣，然此必至之勢也。前者逆英破鎮江，有儼然儒巾而上書夷酋甘心作賊者，有爭具牒狀乞爲賊充里長者，人心敝壞至今日已極。我官民久已畏夷如虎，何況加以天主教之扇誘乎？故曰最爲可慮也。《明史》稱[一三]："佛郎機强，與呂宋互市，久之見其國弱可取，奉厚賄，乞地如牛皮大，建屋以居。王不虞其詐許之，其人乃裂牛皮，聯屬至數千丈，圍呂宋地，乞如約。王大駭，然業已許諾，無可奈何。其人既得地，即營室築城，列火器，設守禦具。已，竟乘無備，襲殺其王，據其國，仍名呂宋，實佛郎機也。"今章程内載："五口地方凡弗蘭西人，房屋間數、地段寬廣不必議立限制，俾弗蘭西人相宜獲利。"與《明史》所稱乞地如約事放佛相似，假如祖其故智，肆行吞占，恐立制之初華夷已不能相安。章程末載："別國所定章程不在弗蘭西條款内者，弗蘭西不能限以遵守。惟中國將來如有特恩曠典、優免保佑，別國得之，弗蘭西亦與焉。"是其抗税搆禍冀獲漁人之利之志已隱躍言外，譸張狡展，難以逆料。凡此皆事之至可慮者。甲辰十一月初九日私記。

紀　事

俄羅斯事補輯

黟俞君正爕箸《俄羅斯事輯》，顛末僂詳，瀛𢣷讀而嘉之。既得文清公松筠《綏服紀略圖詩》，注載西北兩邊情形頗悉。其述俄羅斯事有足補俞君之闕者，因條列而文綴之，箸於篇。蓋文清駐劄庫倫，經紀通市事閱八年，聞見既真，紀録自備矣。題曰"補輯"，凡俞君所已詳者，不復徵也。道光十九年正月，江陰學使署書。

俄羅斯地瀕北海，於古無述。蓋有內外旗、蒙古限之，無由與中國通。內旗者，科爾沁等四十九旗，札薩克王公是也。外旗者，喀爾喀七旗，札薩克王公是也。外旗居內旗之外，俄羅斯又居外旗之外。其地東西北三面距海，東西廣，南北狹，自東而西黑龍江、庫倫、烏里雅蘇台、科布多四屬八十二卡倫。又科布多屬極西，卡倫曰"和尼邁拉呼"，由此渡額爾齊斯河至輝邁拉呼一帶，卡倫均與俄羅斯連界。其國法：夫死傳妻，母死傳子，國主及部長皆然。女曰"哈屯汗"，男曰"察罕汗"。"哈屯"，華言"夫人也"。"察罕"，華言"白也"。

乾隆五十八年，大西洋英咭唎國王遣使朝貢畢，尚書松筠奉命送至海上，其正貢使曰瑪噶爾呢，駐牧俄羅斯久。松筠訪之，曰："現在之哈屯汗本西洋女，前哈屯汗之外孫女也。其表兄襲位，娶爲妻，生一子。汗死，子幼，遂代立。所生子今已三十餘，後將傳之於子。又死，即傳子婦，舊俗如此。"俞君曰："嘉慶十年，今汗遣使來，至邊議禮。今汗者，始以男汗治矣。"

其國都曰"莫斯克瓦"，有理事公廨曰"薩那忒如直"。哈屯汗在位，遇事即由薩那忒申文，達理藩院轉奏。其辦事大頭目曰"包費窩特"，守邊大頭目曰"固畢納托爾"，管兵頭目曰"咭那喇爾"。其薩那忒公廨辦事大頭目曰"薩那托爾"，曰"雅固畢咭那喇爾"，曰"瑪約爾"，曰"哩咭斯塔喇托爾"。頭目多西洋人，其服食、房舍亦與西洋不異。其俗不甚事種植，近國都地氣候頗和，而水多田少，惟魚是食。魚有毒，大黄能解之，特派頭目專司收買，散給屬下官賣濟衆。舊與西洋及青海等處通市，其與中國通市之所曰"恰克圖"，距莫斯克瓦西北數千里，爲土謝圖汗、車臣汗、札薩克圖汗、三音諾顔四部卡倫適中之區。迤東二十八卡倫，土謝、車臣兩部設。迤西十九卡倫，札薩克、三音部設。商民於此建立木城，俄羅斯亦於對面建設市圈，萬貨雲屯，居然一都會矣。

欽差大臣駐劄庫倫以控制之，治土謝圖汗部。庫倫者，蒙古語"城圈"也。地有喇嘛木柵如城，故名，距恰克圖八百里有奇。庫倫南十餘里有山曰"汗山"，綿亘高聳，艸樹如畫。山北有河曰"圖拉"，源出庫倫東北冐特衣山，曲折流二千餘里，北入色楞格河，由恰克圖西側入俄羅斯拜噶勒淖爾，復東南流至黑龍江入東海。恰克圖迤東車臣汗部屬十四卡倫，沙甸平坦。迤西多山，林木蓊鬱，往來以色楞格河爲津要，連岡而東。迤南至衮圖達壩罕，其間俠溝叢樹，陀隥天成，足資防禦。其附屬回部四，曰"布哩雅特"，曰"哈哩雅特"，曰"哈木尼罕"，曰"素瑪爾"，皆奉黄教。俄羅斯恐其内附，每卡設本國數人羈絆之。其北鄰曰"空喀爾"，俞君曰："乃其西南屬國。"亦回種也。相傳空喀爾國最大，以銅爲城，東、西門距若干程，非也。空喀爾居海島中，恃水爲險，自以爲有銅城之固，猶華言"金城"云爾。其禮節以脫帽去裘爲至敬，頭目人謁其汗則用之。輸誠極服，則以指扣眉，如中國之投拜矣。其性樸弱，知信睦，初見中國人恐爲笑，故示倨大，應答模棱。及我駐劄大臣開布誠意，而夷情懽帖矣。

康熙二十七年，喀爾喀全部内附。二十九年，黑龍江忽稱有羅叉犯界。索倫〔一四〕土語呼俄羅斯曰"羅叉"，非美名也。義見俞集。聖祖仁皇帝命副都統薩布素率兵進勦，奪其雅克薩城。羅叉遁，嗣乃屢肆悉擾。守邊大臣移檄詰之，皆不報。會有附近俄羅斯之西洋霍蘭國朝貢入京，兵部欽奉諭旨："以俄羅斯哈屯汗係婦人，巢穴距邊地遠，其如何搆釁必不知情。疊發檄諭，必其守邊頭目畏罪阻隔。繕敕書交霍蘭使臣帶回轉達。"俄羅斯得書回奏："羅叉犯界事，哈屯汗絶不知。奉到敕書，嚴飭邊界，永不滋事。"復申請遣人進京學習國書，俟通曉文理換回，遇事以清文兼俄羅斯及西洋字馳奏，可免舛誤。聖祖允其請，爲特開俄羅斯教習館。其後在京學習之人迭次更換，在京、在途照料官員，理藩院均派家道殷碩者隨時酌需賞賚，周其困乏。此俄羅斯所以感恩知義，永遠向化也。

世宗憲皇帝登極，因其地毗連喀爾喀，應與定界以杜争端，而於在邊貿易者約束亦便。雍正五年，欽派尚書大臣察畢那、特古忒、圖麗琛三人前往勘定，設卡倫五十九所。極東十二卡倫，就近屬黑龍江將軍統轄，輪派索倫兵戍守〔一五〕。迤西卡倫四十七所，以喀爾四部屬下下蒙古，按其游牧遠近，每卡設章京一員率兵携眷戍守，俄羅斯於對面一體安設。兩界適中隙地，蒙古語曰"薩布"。薩布處所皆立"鄂博"，鄂博者，華言"石堆"也。間遇叢林，鄂博難立，即削大樹刊識。時庫倫尚未派駐防大臣，凡此卡倫，總令喀爾喀王丹津多爾濟統轄。并議定條規，互相偷盜者，事主呈報，跴緝審明，罰賠治罪。不獲，即令不能嚴緝之卡倫追賠。彼此貿易，兩無權稅。自此沿邊人衆，咸知約束矣。先是民夷交易無定所，畺界既正，相度得恰克圖地，設立市集，派理藩院司員三年一換，駐劄總理，此開關通市之始也。喀爾喀丹王薨，其孫宰桑多爾濟嗣先職，整頓卡倫，益完善。繼以夷務繁，乾隆二十七年欽差大臣同桑王協辦，此庫倫駐劄之始也。二十九年，因附近卡倫互有遺失馬匹數逾千，而俄羅斯又輒捏報，奉旨閉恰克圖。俄羅斯懼，三十三年〔一六〕懇請開關。欽差庫倫大臣慶桂同喀喇沁貝子瑚圖靈阿會議章程，合詞以恭順緣由入奏，恩準通市如舊。四十四年，恰克圖有應會審夷犯延宕逾期，庫倫大臣索林立命閉關，奏請罷市，得嚴旨申飭。改派尚書博濟清阿馳傳，同土謝圖汗徹登多爾濟悉心察辦。俄羅斯悔罪，重懲夷犯。四十五年，奉旨準其仍前市易。四十九年，有庫倫商民赴烏梁海游牧貿易，路經布哩雅特被劫。駐劄大臣勒保偵知盜首，檄行額爾口城固畢納托爾拉木巴捕盜會審。拉木巴既緝獲首犯，遣其咭〔一七〕那喇爾送赴恰克圖，并例罰貨物，加倍呈繳。勒保等方擬明法示衆，咭那喇爾妄意案已完結，擅取犯鞭責，鉗耳鼻發遣。勒保檄詢，拉木巴仍以結案爲辭。奉旨行文薩那忒索之，并治固畢納托爾等罪。薩那忒覬事速了，蒙飾如前。高宗純皇帝震怒，切責之，旋撤恰克圖市。俄羅斯益懼，將僨事之拉木巴調回，別派頭目駐防募緝遣犯，訖不獲，申文籲卹，遵旨斥駁。五十四年，有衞勒千巡兵齊巴克等出卡緝賊，遇哈哩雅特打牲數人。我兵盤詰，哈哩雅特恐被捕，遽發銃，齊巴克傷斃。駐劄大臣松筠飛檄索賊，至五十五年春，其新派固畢納托爾色勒裴特搜獲正犯二從犯一，先後縛送，聲請前犯已無蹤迹，懇收現獲之犯示衆辦理，并結舊案。於時又有薩麻林喇嘛詐書事，詳見俞集。薩那忒具實稟覆，薩麻林伏法。五十六年，奉旨訂期會議，仍前通市。時閉關久，夷民恟怵，聞檄令會議，色勒裴特由額爾口以馬駕飛車馳來聽命。松筠等宣敷威德，推誠曉誡。色勒裴特頻以指叩眉，曰："大皇帝是天，大皇帝是天。"議定開關通市如初，俄羅斯永遵條教，邊竟綏和。是皆我列聖深任厚澤漸被無疆，大臣仰奉廟謨寬嚴並用，故雖洪荒未賓之蠻夷，莫不輸誠愛戴也。

頌

資敬延祺之頌 并序

道光[一八]二十六年，太歲游兆頓牂，夏四月二十一日丙午，今禮部尚書固始祝公七皷[一九]壽辰，皇帝體兒[二〇]耆臣，寵以"資敬延祺"之額，大賚珍異，恩禮有加。於是朝紳閨彥，各抒其瑰藻，緯以實行，介景福而誦劭德也。穆等以年家子登堂介問，義不容虛，恭繹資敬之文，用紀延祺之實，爲頌十章，章十二句。詞曰：

維帝庸賢，維賢淑世。綜覈教條，覃思康濟。邦禮命掌，曷援曷繫？俞公淵忱，夕惕若厲。政舉其綱，行矜其細。才老愈成，密勿無替。其一

月陽在圉，鶉火昏中。天使銜詔，宵出曾穹。丹筆四名，異貝十重。爲公引年，典碩禮崇。公拜稽首，奉盈駉駉。鼎銘永寶，三命滋恭。其二

公家瀕淮，閒正寢邱。清芬世德，克纘弓裘。早聲橫序，見賞名流。平步詞垣，譽滿方州。巍科清望，并代匹儔[二一]。抗手作家，蔑[二二]矣揚劉。其三

揚劉文章，多士楷則。金支翠旌，風欞動色。頻持英簜，頻分闈棘。提衡桂林，三載銜軾。振之飾之，扶而植之。莫不矜奮，莫不急敕。其四

翱翔翰林，甲子再期。以敘進階，浹陟防司。學士最久，璁珮倭遲。兼權太學，直講經帷。長身秀臚，帝稔公儀。既稔其儀，

用大其施。其五

卿班歷轉，遲回承弼。銀臺烏臺，漸崇厥秩。奏書定讞，講若畫一。無纖介壅，無纖介失。執法峩峩，天聽允塞。信公素行，不欺闇室。其六

初攝少馬，小試其端。婁決疑獄，匡正刑官。吏撓銓法，公不可干。度支繼領，吏無敢謾。臧帑蠹叢，早發其奸。益殷嚮用，俾總鷹冠。其七

昔公建言，際時多事。海爛民逋，寇熒將帥。粉痍[二三]餘黎，抒軸匪易。洗兵何策？活民何計？密疏宵聞，醇膏朝沛。十郡萬戶，環拜公賜。其八

陰德及人，其家熾昌。公得天厚，既固而強。裵鼓三嚴，趨對明光。玉珂緩控，書笏審詳。羔裘私第，寒畯升堂。談宴雍容，不忘矜莊。其九

辛彥達禮，羣僚額手。閒閒晚節，望齊山斗。公性樂易，雅相人偶。賓筵陳戒，何問薪槱？天題在霄，謨訓世守。跂公台鼎，願公壽耇[二四]。其十

贊

潛丘像贊

潛丘嘗寫禮堂，寫定傳與其人二圖，以己像爲康成像。故今爲潛丘寫照，略仿蓬萊閣康成像，倩江陰吳儁精意摹之。

先生初生，參議獎其兒之[二五]文也。疏眉明目，先生亦自比於漢之經神也。追放儀容，以鄭儀閭，庶幾能得其真也。晉水懸流，縣曼遠波，愧未足步武後塵也。

銘

宋紫端研銘

戊申秋日，偶過海王邨，得此舊研，惜左右側爲俗士所中傷，因鎸斯銘：

六經之文而變亂於瞀儒，連城之璧而紐繫於屠沽。惟此研材，紫豔琳腴。英華有奭，正色其濡。何時落儈父之手！而鴈名蚓迹，刻畫無完膚。拭之濯之，重用歎吁。摩之煣〔二六〕之，助我箸書。噫！古聖遺經，隻誼難誣。卞和寶璽，缺角争摹。苟真鑒之有人，曾何傷於德充之符？

太平有象研銘

早夜矻矻，詩禮津津。丹與鉛，性所親。生不願封萬戶侯，願諸公致治太平，我永爲太平之民。

壽 序

方牧夫先生壽序

在昔明經之士，莫不重有家法。家法非一家之私言，即師法也。晉唐以下，師法乖異，人自爲說，不復考古。於是學者不解師法何事，乃以儒業相承、一門世守者名之曰"家學"，子弟族姓至援是爲榮辱。故今人之重家學，幾與晉魏重門閥等。徽州山盤水交，實産魁儒。本朝婺源江氏始以樸學爲後進倡，一時從游卓然深造有稱於世者三人：曰東原戴氏，曰槃齋金氏，其一則晞原方先生也。槃齋撰述，未竟而歿。東原抗心自大，晚頗諱言其師。而晞原先生終己命爲江氏之徒無異詞，且即本江氏之學以衍爲家學。長子蒼崖〔二七〕先生，仲子牧夫先生，皆能鬱其菁英，以績學能文章聞一時。穆先大父注《陸宣公翰苑集》成，出宰歙，將墨諸版，引其邑之學人程讓堂、汪稚川、在湘及晞原先生程校得失。時先生之學既成矣，然猶於先大父執弟子禮，從受古文法，大父謝不敢居也。晚築道古齋，延讓堂老人爲二子師，凡老人箸述今裒入《通藝録》者，半教授蒼崖、牧夫兩先生時所纂，故方氏家學、師法皆冠絶徽州。牧夫先生年二十，文藻經腴已斐然在人口，阮儀徵相國督學浙中，慕其學，因以商籍補仁和學生員。相國劇賞之，開經籍纂詁局，高才生分經注子史，人纂一書，先生則與錢唐何夢華、武進臧在東總司編校事。以儀徵擇士之嚴，知先生之見知非偶然也。其學於諸經注義，莫不貫弗〔二八〕，而尤邃於《易》。蒼厓先生亦治《易》，主京房。先生於卦象爻辰、消息飛伏旁推交通，大恉類惠棟之《周易述》。而兼闡九師，襮而不越，則先生書似過之。方本巨室，世尚義，好推解，及先生昆仲交加廣，來游於歙者莫不滿所欲去。嘗慨先友子孫竈或不煬，各舉數千金畀之，生平所焚責券不可闐數。一二市儈推見古風，又從而偵〔二九〕到憣校之，因是家頓落，饔飱至不給，意豁如也。養母、箸書，絶意仕宦，惟懇懇以家學古訓教諸子。諸子擩染漸習，各有成。長君印生遂聯翩入翰林，騰聲藝苑，鍵戶人海中，洒然若不識人世菀枯事，則又有得於先生之處，富若貧者矣。端蒙大芒落之夏六月爲先生七十誕辰，其邑之官京師者，羣以祝釐之詞屬之穆，謂歙先大父之桐鄉也，故交子姓率有孔李之舊，印生又與穆至契，其敢以不文自藏？竊惟師法之不講也久，江氏當雍正、乾隆之際，振刷而紹明之，六書九數，分其一二端輒成佳士，百餘年來亦稍復衰矣。賴先生飫聞緒言，承絶學靈光，翯然推其家學、師法，以教鄉人而繇世德，其澤固未有既乎？若夫更推先生之教於乘輅乘節之區，本家學爲師法，是又先生所重有望於印生者也。試即以穆之言券之。

日照許肅齋先生壽序

鄭司農誡子益恩曰[三〇]："吾家舊貧，爲父母所容，游學周、秦，往來幽、并、兗、豫，獲覲在位通人，處逸大儒，咸從捧手，有所受焉。"夫容者，寬假之詞也。縱[三一]使游學不責以養，蓋司農以學成歸美於親云。吾友日照許君印林之尊甫肅齋先生，幼貧嗜讀，嘗牧犢巖隴間，手一卷，忽不覺牛之逸也。既廩於庠，以不逮養遂廢科舉，而好古劬書，耄而益勤。平居敕教諸子，但爲説經訓大義，不以梯榮相苛。故印林得覃意古學，廣師取友，以底於有成。先生之學不規規於漢宋門户，求是而止，好治《詩》，爲《説詩循序》廿九篇，又爲《大學講義》、《學庸總義》若干篇，它經亦多所考説。承學者，掇巍科游翰苑如鴈行相屬也。印林幼承庭誥，復以專精許鄭，受知於高郵王文簡、道州何文安及蕭山勞揆師。是三公者，今代之在位通人也。文安諸公子皆喜與印林游，而長君子貞與相契尤深。當文安視學浙中，子貞挽印林偕校藝之暇，購訪祕鐫，拨[三二]拓石墨，每偏有所獲，互相矜賞，比歸惟載書帖四五大籠而已。先生顧而忻然曰："老見異書，勝汝之以禄養也。"故印林雖寒畯，而藏弆之富乃不下萬籤，一時處逸大儒相與上下議論，證成箸述。穆至無似，亦幸獲聞緒論。竊嘗羨歎先生家庭之樂，前惟潛邱之事，飲牛叟[三三]近之。然閻氏世席厚貲，而先生家無儋石，則難能也。江鄭堂覃思高密，以父母宋五子書别輯《宋學淵源録》，亦與先生橋梓爲近。然江父兼好佛理，而先生壹意儒書，則醇粹過江氏遠矣。康成自稱年過四十，乃歸供養，假田播殖，以娛朝夕。印林五六年來不上公車，假館必於鄰壤，近復買山龍湫之左，種松萬本，結茅其中，奉春秋杖履吟眺。其諸真鄭君之徒也與！太歲祝犁作噩上元後二日，爲先生八十壽。先是數月，印林以校刊《説文義證》客淮上，馳書京師，屬穆爲文而子貞書之，曰："兩君皆瀚平生至交，而吾父所心許也。敢以爲請。"爰不辭僭越，直書其事，以爲引罦之助云爾。

外姑劉太宜人壽序

國朝儒學之興，常州最盛。其能通知七十子大義、以前漢經師爲師者，惟年丈劉申受禮部，而禮部之學又本於其外王父莊宗伯公。穆讀禮部遺書多未憭，嘗以不得親炙爲恨。嗣與妻兄伯厚贊善同居，乃稍稍得聞緒論，用以通知禮部之義。伯厚，禮部甥也。外姑太宜人，少禮部一歲。母莊太恭人，以宗伯公愛女閨閣之中并承家學。當禮部及太宜人幼時，太恭人即口授以《楚詞》、古賦、古樂府、諸經正文，故不獨禮部之學遠有尚緒。太宜人今老矣，每當含飴弄孫，朗誦諸書，竟卷不訛一字，鼓舞頓挫，一唱三歎，有味乎其諷之也！外舅子述贈公，以高才生早有令名，未大厥施。伯厚傳舅氏學，通敏不滯，旁薄上下之論，多唐以來諸儒所未喻。人聞之，或駭不信，蓋七十子之大義之乖也久矣。既通籍，授職編修。值廷試翰詹，奏賦雅馴，上特拔之，進官贊善。又越四年壬寅，迎養太宜人京寓，穆始得以館甥之禮拜堂下，宣髮兒齒，閫門之範粹然。惟趙氏承恭毅公餘業，家故寒，伯厚少孤，至無以自存，今幸得禄以養矣。而薑桂之性不工進孰，甘旨之奉時或不豐腆，太宜人顧而俞之曰："昔我顯考中書君，當父兄赫奕之際，以文章被知遇，不難立致通顯。而獨恬於進取，抱介石之貞，行意以老，天下至今高之。吾豈以汝之速化爲能養邪？"以故伯厚益得肆力於學，閉户人海中，研精讀史，於古今治亂得失之原條比而究析之，時獲一義，喜逾除官。穆寡交游，未識當世士夫中若此刻厲者更有幾輩也。兹屆太宜人六旬晉九誕辰，穆誼[三四]當奉斝謀所以侑觴者。嘗覽潘岳《閒居賦》，羨其依仁里，奉板輿，怡拙家園，恂恂色養，殆所謂孝乎？惟孝施於有政者與？及究其本末，乃在迎拜車塵之後，不得志，藉閒居以抒其憤拙者，固如是邪！安在其能資忠履信，以進德修辭立誠以居業也？伯厚信拙矣，勉乎哉！揚恭毅之清芬，闡莊、劉之絶學，太宜人承家教子之素志也。敢援古人養志之義爲伯厚勗，即敬爲太宜人壽，尚矗然而進一觴乎！

道州何慶涵校字

校勘記

〔一〕"武員之言曰"，其下文句見於《左傳正義·昭公三十年》。

〔二〕"白起之言曰"，其下文句見《戰國策·中山策·昭王既息民繕兵》，其中部分文字有差異，其原文曰："楚王恃其國大，不恤其政，而羣臣相妬以功，諂諛用事，良臣斥疎，百姓心離，城池不修，既無良臣，又無守備。故起所以得引兵深入，多倍城邑，發梁焚舟以專民，以掠於郊野，以足軍食。當此之時，秦中士卒，以軍中爲家，將帥爲父母，不約而親，不謀而信，一心同功，死不旋踵。楚人自戰其地，咸顧其家，各有散心，莫有鬥志。是以能有功也。"祁本、《山右》本"糧"，《戰國策》作"梁"。"疏"，此作"疎"。"故起"下，脱"所以"二字。"軍"，此作"兵"。"發糧"，此作"發梁"，宋鮑彪注："梁，橋也。""發"通"廢"，"發梁"，乃拆毁橋樑。此處疑張氏誤記。"掠"上脱"以"字。

〔三〕"唐元宗"，即唐玄宗。

〔四〕"委"，《山右》本作"妻"，誤。

〔五〕"《詩》曰"，語出《毛詩正義·大雅·板》。

〔六〕"肎"，《山右》本作"肯"。"肎"，古"肯"字。

〔七〕"倸"，《山右》本作"保"。"倸"，同"保"。

〔八〕"漢宣帝有言曰",《漢書·循吏傳》:"與我共此者,其唯良二千石乎!"張氏意引,"良"下衍"吏"字。

〔九〕"勑",《山右》本作"刺",誤。

〔一〇〕"乘",《山右》本作"秉"。於義以"乘"字爲妥。

〔一一〕"沿",《山右》本作"鉛",誤。

〔一二〕"漢章所稱悃愊無華之吏矣",語出《後漢書·肅宗孝章帝紀》,原文曰:"安静之吏,悃愊無華,日計不足,月計有餘。"

〔一三〕"《明史》稱",其下引文見《明史·列傳·外國四》,文字差異約略數處,原文曰:"時佛郎機强,與吕宋互市,久之見其國弱可取,乃奉厚賄遺王,乞地如牛皮大,建屋以居。王不虞其詐而許之,其人乃裂牛皮,聯屬至數千丈,圍吕宋地,乞如約。王大駭,然業已許諾,無可奈何,遂聽之,而稍徵其税如國法。其人既得地,即營室築城,列火器,設守禦具,爲窺伺計。已,竟乘其無備,襲殺其王,逐其人民,而據其國,名仍吕宋,實佛郎機也。"

〔一四〕"索",《山右》本此處作"素",形近而誤。

〔一五〕"戍守",祁本、《山右》本均作"戌",誤。於義當作"戍"。

〔一六〕"三十三年",《山右》本作"二十三年",以前後行文年代比次,實誤。當以祁本爲是。

〔一七〕"咭",《山右》本作"吉"。

〔一八〕"光",《山右》本作"先",誤。

〔一九〕"䄎",《山右》本作"秩"。"䄎",同"秩"。

〔二〇〕"皃",《山右》本作"兒",誤。"皃",古"貌"字。

〔二一〕"尟",《山右》本作"鮮"。"尟",亦作"鮮"。

〔二二〕"蔇",《山右》本作"葜"。"蔇",同"葜"。

〔二三〕"枊痍",《山右》本作"痍枊"。

〔二四〕"耇",《山右》本作"考"。依該首詩韻押上聲"有"部審之,"考"在上聲"晧"部不類,當以"耇"字爲是。

〔二五〕"之",《山右》本作"子"。以文法審之,當以"之"爲是。

〔二六〕"叜",《山右》本作"葜"。

〔二七〕"崖",《山右》本作"崔",誤。

〔二八〕"貫弗",《山右》本作"弗串","貫"誤作"弗"。"弗",通"串"。

〔二九〕"偵",《山右》本作"偵",誤。

〔三〇〕"鄭司農誡子益恩曰",此處引文見《後漢書·鄭玄傳》,文字有出入,原文曰:"吾家舊貧,不爲父母昆弟所容,去廝役之吏,遊學周、秦之都,往來幽、并、兖、豫之域,獲覲乎在位通人,處逸大儒,得意者咸從捧手,有所受焉。"祁本、《山右》本均脱"不"字。

〔三一〕"繼",《山右》本作"從"。"從",古"繼"字。

〔三二〕"搂",《山右》本作"搜"。"搂",同"搜"。

〔三三〕"宎",《山右》本作"叟"。"宎",同"叟"。

〔三四〕"誼",《山右》本作"誼",誤。

息齋文集卷三

書

復謝阮芸臺相國書

相國太老夫子閣下：穆夙攬鴻文，心儀古學，積思願見者垂二十年。雖久承獎借，曲荷招徠，終以潢潦細流難語河海之大，望門卻步，誠自量也。客秋維舟邗上，手數袟之鄙言，梯良訊以請見。區區之懷，止覬一通名氏，得接芳輝，酬其私淑之願而已。何圖撝光旉〔一〕，婁命升堂，巨集函書，分頒重疊，比諸家令之謁伏生，中郎之接王粲，以古況今，幾欲過之。穆麋鹿之性，本憚冠裾，猥因朋友從臾，抱關薄游淮浦，性資迂直，不工昵人，故所如既多不合，頃復爲部員援案相繩，其議竟格。藉臧君之善沮，畢虞氏之箸書，既我良多，於人何怨？況復假此因緣，親聆指授，益堅其生平學古之念。南游之量，飽滿無餘，所得不既多邪？歲杪，從子貞太史處奉到手書，并賜撰《延昌地形志序》。一得之愚，信心實難。及經拈出輙用，自詫只此一端已足，千古人間美福知不可多占也。穆年交四十，正古人斐然有作之時，此後歲月足珍，誓當於飢寒蕉萃之中勉圖樹立，副函丈期望之雅。少作經生，頗有所述，而零章碎句，多無足采。曾輯有《說文屬》一書，觕舉綱要，亦未脫稿，擬於《地形志》卒業後，踵成此作，更乞弁言。嚮往之私，與日俱積，肅函鳴謝，無任神馳。附呈虢伯盤跋尾五紙，祗希鑒定。齊侯罍舊拓及新摹本，并望惠賜。數番感甚，伏頌春祺！惟爲道增護不莊。甲辰正月三日。

與祁叔潁樞密書

叔潁五兄尚書閣下：一昨於相識處得浙士獻潤峯將軍書一通，即携稿來奉閲，書意曲折，盡勢計慮，亦似周密，不知將軍曾采納否？出師已四閲月，攻勦之計未聞，想此生言亦未必售也。近來詣闕獻書者紛然，各竭其愚以應聖人之求。聖度淵深，誠未敢仰測。竊揣當軸者，早目笑置之也。天下大矣，庸必無婁敬、王猛其人出爲世用？但恐酒美幟高，如韓子所譏耳。今日下詔，明日必有應詔之人，其應者必擁瘇曲拳而可笑。如此五六輩後，逆料天下人才不過如是，來即揮之。揮不數人，其不才者固不來，其才者亦竟不來。即來，亦毅然揮之不顧矣。何則？不揮者其勉强，而揮者其所習慣也。以求始，以揮終，昌言於衆曰："天下無才，誰敢執其咎？"然而天下事何堪如此敗壞也？夫今日獻書之人，未知果志切同仇邪？抑歆於利禄邪？志切同仇者，尚矣。彼歆於利禄者，亦惟若某輩可從而議其後耳。國之大臣，不當以此責天下士也。即如今日軍前所調之官，有人人知其庸録無能、不足供驅策者，而朝廷皆如所請與之，豈不以杜庸才之倖進恐并真才自靖之路而杜絶之哉？十月後，挾策以進者不一人，自一張鴻發交將軍外，其餘皆置不報。前日閩生之來也，衝寒歷險，間關六七千里，僅蒙傳諭釋放，免其看押。夫使此生不嬰憲網[二]，不遭寇燹，亦安往不得其貧賤？乃甘受看押之辱，更邀釋放之恩哉？某非謂閩生之策必有可采，惟念凡類此者皆宜詳其然否，究其蹤蹟，明發綸言，分別處置，俾人知聖天子求才既切，旌別又嚴，庶幾真才漸出，出亦有爲世用之望焉。嘗見今代御史論事有洞達事理、通知體要者，亦有塗附舊例、毛舉細故者，其言襍然不一。上皆俛可其奏，特旨報聞。是以每有敷陳，未甘緘默。鄙意獻書一節，宜略推此意待之。昨因讀浙士書，有感於中，惟閣下相愛之深，遂以奉告。舊疾舉發，不克詣談，謹遣書以聞，貰其狂瞽而進教之，幸甚千萬！十二月二十二日。

與陳頌南先生書

頌南先生閣下：先生以直諫聞天下，天下仰望風采，以一瞻顏色爲幸。即如敝鄉人士，素木强，不工酬應，今且籲[三]爲先容通刺[四]相謁。盛名難副，詎可不力自振厰慰天下仰望之心乎？竊見先生年來日以招呼名士爲事，苟有聞於世，必宛轉引爲同類，從無閉戶自精、讀書味道之時。穆蒙不棄，不四五日輒示過，乃不聞以新知相貺，所談者皆泛泛不關痛蛘之言，何以自了？深爲先生懼之。當今天下多故，農桑鹽鐵，河工海防，民風士習，何一事不當講求？先生富有藏書，經學既日荒廢，治術又不練習，一旦畀以斧柯，亦不過如俗吏之爲而已。古今必無徼倖之名臣循吏也，願稍斂徵逐之迹，發架上書，擇其切於實用者一二端，窮原竟委，單心研貫。一事畢，更治一事。然後於朋友中明白事理如印林、伯厚比者，相與討論之，如此則取友自然不濫。它日出而宰世，亦不至貿貿而行，令人有言行不相顧之疑也。度今天下更無以直言貢執事者，過承厚愛，故敢竭其狂瞽，惟亮詧[五]千萬。甲辰六月十八日。

復徐松龕中丞書

松龕先生閣下：臘杪得手書，深戡注存，感謝，感謝。示讀大箸《瀛寰志略》已刻前三卷，考據之精，文詞之美，允爲海國破荒之作。近數十年來，惟徐星翁《西域水道記》有此贍博，拙箸《蒙古游牧記》非其倫也。第三卷述五印度及印度以西各國，摭實證虛，一一精辨。論波斯事火，更覺古義可寶。因悟《景教流行中國碑》，景者，丙也。丙納音火，唐人諱丙，故曰"景教"，景教即火教。向疑大秦人自尊此教，與儒、佛鼎峙爲甲乙丙三教者，非也。論恒河即安額河，雷翥海即鹹海，亦於拙箸《水經注表》有關，當即掇入敝帚之中。惟謂《水經注》稱"嬀水入雷翥海"語頗失檢，酈亭於西域各國悉仍《漢書·西域傳》文，故此"安息國城臨嬀水"[六]一句，亦即孟堅本文，無入雷翥海之説也。其入雷翥者，乃自蔥嶺分支河水所合之蜺羅跂禘水，非嬀水也。而嬀水在唐爲烏滸河，烏滸河南有吐火羅國，未稔今爲何族。大約校訂地説，必須挍檢羣書，互相診脈。穆以憂患餘生，病肺氣逆，旁無子弟代事抽尋，偶摘一端，未必適中窾要耳。再就膚末之事而言，本朝輿圖必應那居亞細亞圖之上，尊説不必更動，即已脗合。春秋之例，最嚴内外之詞，執事以控馭華夷大臣而談海外異聞，不妨以彼國信史姑作共和存疑之論。進退抑揚之際，尤宜慎權語助，以示區别。至周孔之教不宜重譯，正如心之精神不涓於藏府，倘有邪氣攻心，則盧、扁爲之色變。前明徐、李止緣未洞此義，遂爾負謗至今。即如達賴[七]、班禪號稱佛子，然國家止藉以控制蒙古，而布達拉、札什倫布之制必不容蔓延於内地郡縣也。其餘文字正俗，無關著述大體，更不瀆陳。後七卷更不知若何精博，急思快讀。何日梓竟？寤寐跂之。恃愛狂言，惟亮詧千萬。

與徐仲升制軍書

自海氛不靖以來，措置乖張，莫可究詰。如穆輩者，身未至海上，目不睹夷艘，乃從而議其後。不獨當局者目爲書生迂謬，即穆輩劫於衆口，亦頗疑或者民心真不可恃，虎鬚真不可編。今古異變，一孔之見何敢堅執也！春季荷手書，已有必當示以限制之議。嗣於午橋禮部、叔穎大農處，敬聞威信昭回，抗身面虜，張弛曲折，動合機宜。視侯官昔年，雖操縱有剛柔之異，其一以民心爲本則先後若合符節。而犖犖大才，集思廣益，錯布裕如，當圭爵崇褒，詔騰中外，無不翕然稱快，蓋不特爲執事一身一家喜而爲天下喜也。至區區之意，竊謂此番舉動，其爲壯國威者猶末[八]，而所以振十餘年頹靡之人心者，其功甚鉅。人心振，則何敵不摧？斯亦箸書述事之光也。尚望永其德心，持以不伐，擴韓、范之茂績，廩淵谷之虛衷，用慰籲望之私，益廣芻蕘之采。倚畀方殷，恐有資於底柱者，不僅羊城一隅也。乘子貞太史文輅之便，附書肅賀，極叩摯愛，不以頌而以規，定蒙亮詧。京寓鄙況，垂問可悉，更弗宂陳。

與直隸某方伯書_{癸卯八月過保定}

頃迂道晉謁，感承拂拭。深談之下，輒思妄有所陳。竊惟今日因籌備乏術思爲反本之論，一二賢達頗以畿輔水利爲言，而水利之興先須請帑，國用支絀，議必不行，不行則亦徒爲美談而已。穆以爲未議水利，先須去水害，水害去即水利也。去水害之要，昔人"收攝野潦，俾有所歸"二語足以盡之。即收攝野潦之法，亦非議疏議築未能奏功盡善，則姑請就其簡易者而試行之。莫若通飭沿驛州縣於大道兩旁逼近民田者，浚溝補樹，移土培塗，此有乾隆間孫文定、方恪敏成案可循。且舊渠尚未淤没，竝非新起鑪竈。夫亦水利之一端，所謂未能快其匈鬲，且先利其咽喉也。昨過定興，見新任縣令於邑之名人古蹟各刻一石，表之道旁。穆雖未知其人信能通曉吏事及實心爲民與否，要其好名好事，則無疑也。責以此事，則定興一縣之路溝修矣。直隸一省，料如此州縣尚不乏人。上游果擇而任之，優加獎屬，乘此三時之暇，可以不日而觀厥成，其有益民田水利實非小補。水有所歸，不至害稼，利一；夏秋間，行旅不爲水阻，利二；車馬不能繞越踩躪禾麥，利三；伏莽之盜多匿影田中，溝之寬者可制其竊發，利四；蝗蝻或生，易於捕埋，利五。其浚之也，即以本田之民完其本段[九]之工，必樂趣事，稍有攤派，爲費亦少，故愚謂此事尚可行也。倚裝草草，未及條議其詳。憶《經世文編》"水利門"內載有數文，檢閱而放行之，正不竢穆之覤縷也。冒昧之愆，尚祈鑒宥。不宣。

序

《西域釋地》序

《西域釋地》，姻丈祁鶴皋先生戍所箸書之一也。天山南北疆域山川，條分件繫，考古證今，簡而核矣。至喀什噶爾、烏什、庫車之譯名與欽定《新疆識略》不同者，先生成書在丁卯、戊辰間，傳聞異詞早登簡札，非誤也。巴顏喀喇山之即古昆侖也，欽定《河源紀略》有定論矣。先生以非所身親略之，而於蔥嶺之南北兩支星宿海之潛源重發，則縷擘焉。昔人爲輿地之學者，每云目驗得之，是書亦猶是義爾。頃者，先生令子叔穎侍郎寫定遺書，先以此本開雕，屬瀛爲校定體例，因綴數言，弁諸卷首。道光十有六年丙申八月初吉序。

《說文解字句讀》序

居今日言《說文》，必衆稱曰"段[一〇]、桂"。桂書卷袠大，傳鈔梓校皆不易，能有其書者少。段書行世垂三十年，苟取讀之，無不人人滿其欲去，實則瑕瑜所在，夫自有真讀者。以無主之匈，浮游遇之，不獨攻爲妄攻，即守亦妄守。安丘王貫山先生初治《說文》，段書尚未行，融會貫通，既精既熟，乃得段書而持擇其然否，以語人，多駭不信。而先生之學則因以益密，精神所獨到往往軼出許君之前，本古籀以訂小篆，據遺經以破新説，瓜分豆剖，衢交徑錯，於諸言《説文》者得失，如監市履豨而況其肥瘠也。生平精詣所萃在《説文釋例》一書，標舉郵畷、扶翼表襮之功，視段、桂爲偉。穆每用夸於人曰："貫山之於《説文》，如亭林之於音韻，後有作者補苴焉、匡救焉可矣，必無更能過之者也。"先生齒長於穆二十年，而強顧拂飾之，引以爲友，久益親。需次都門，課授多暇，竊請曰："古人箸書，將使不知者知之。則今人注書，亦將使不讀者讀之。桂書邇頗有大力者謀爲刊行，工既勾矣，以有所撓而罷。段書多逞臆武斷〔一〕，不便初學。曷更釐爲善本，以詒世之治許學者乎？"先生諾之。於是仍取資段、桂及所箸《釋例》，翦枝存幹，日課一紙，始一終亥，再期乃畢，顔其尚曰"句讀"，以爲是初學之讀本云爾。夫許君追原制作文字之初恉而説之解之，宜乎學許君之學者亦必推本其所以如此説如此解而擺繹疏通之。宋元人好訾《説文》，今人好尊《説文》，尊之者之愈於訾不待辯，要其爲皮傅破甑之學則一，何也？《説文》經六朝人之迻寫，唐明字科試人之割裂，李陽冰諸人之變亂，徐鼎臣合集書正副本、羣臣家藏本之改定，幾於百孔千瘡。而時賢乃銖銖比垪，一似親炙洨長而得其手定之本也者，獨非惑歟？《句讀》之纂也，先生以七事相諗，曰："《説文》正文九千三百五十三，今溢六十二文。重文千〔二〕一百六十三，今溢百十三文。嚴可鈞《議》删重文，未删正文。不知此蓋《説文》續添中字，《字林》中字，後人屚入也。故删正文之有據者，一也。一字兩見大徐，率目在後者爲重出。審部居，定去畱，如'否'爲'不'之孳育，'吁'爲'于'之孳育，二也。前人引《説文》多坿益於《説文》之外，牝牡驪黄都所不計，故或得其義而失其詞。今即詞以求其義之所主，三也。許君説形、説義、説音，皆歸一貫。今人或自爲説，如'蔑'，人血所生，因字從鬼也，引者訛作地血，或遂欲據改之。則好奇而不顧其安，四也。許君所引經文，字體句限多異今本，固有訛誤增加，而其爲古本者甚多。今人或疵瑕之，不潛心也，五也。説解有許君剏始者，如后、身、倗、愃諸字，前無古人。其實故訓固然援經義以表許君之識，正前人之誤，六也。《爾雅》、《説文》互爲表裏，而景純作注乃適得《爾雅》誤本而曲爲之説。如葤曰須葖，即《釋草》之'須葤葖'，葤須雙聲，葤葖疊韻，短言之爲葤，長言之爲須葖，《雅》文誤倒耳。翰曰天雞，即《釋鳥》之'鶾天雞'，既屬羽翰之翰，何緣更入《釋蟲》？'鶾'，即《曲禮》之'翰'，音鶾，則《字林》所誤載。今則本許義以正郭本郭説，七也。然非先正其句讀，則或裦莚不成句，闕佚不可句。凡讀者所深諱不言，皆不讀者之話柄矣。或問：'許書句讀，古無知之者乎？'曰：'否。"禔，安福也。"李善注《難蜀父老》引云："安也。""璧，瑞〔一三〕玉環也。"慧苑《華嚴音義》引云："瑞圭。"范應元注《老子》引云："瑞玉也。""疐，礙不行也。"徐鍇《袪妄篇》引云："礙也。""宙，舟輿所極覆也。"《爾雅·釋詁》疏引云："舟輿所極也。"唐宋人蓋皆知之。'故但指引一句，今人反疑爲挩佚而据增焉，謬也。"書成，先生出宰鄉寧，瀕行，以《句讀》之作發端於穆，屬即條列緣起弁之書首。昔王景文在太學與九江王阮齊名，阮曰："聽景文談，如讀酈道元《水經》，名川支渠貫穿周帀，無有閒斷，咳唾皆成珠璣。"穆研思酈注有年，曾未得其脈水甄山之奧，而傾倒先生箸書，則較阮殆又過之。敢即以阮之頌景文者頌先生，世有讀其書者，乃知蒙之不阿也。道光二十有四年冬十有一月朔日序。

《程侍郎遺集初編》序

先大父宰歙，徧交其邑之名儒，而春海程公之考蘭翹學士以僅子從。公後肄業斗山亭，特爲大父賞拔。學士家極寒，大父召入署，躬督教之，衣食視諸子。不數年，諸經註疏皆精熟，爲文灌辟精粹，試必冠曹。舉乾隆丁酉拔貢，入成均，連掇巍科，儤直内庭，聲望斐然。顧艱於嗣，晚乃誕公。公丰儀玉暎，父母珍若連城。七歲就傅，每日讀書不過二時，而寒燠晦霾、氣候乖舛皆輟課。曹顧厓少宰，大父庚寅分校南闈所得士也，時官侍講，先君子從之游，與學士同邸。每抱持公，問以書，不能答，則徧[一四]檢奧僻不經之字相詰難，蓋好奇不羣幼性爾也。比學士卒於山東學政任所，高宗純皇帝特簡歆人之官清要者，俾往經紀其喪，因以少宰嗣司校事。少宰延先君子同往，至則爲庀其行篋，握公手送之登車，年十有一矣。已而先君子會試入都，見學士舊僕訊以門戶近況，則言公子發憤力學，入邑庠，大被宗師賞異，出應試小賦，名寫綺麗，歎爲絶倫。逮乙丑再赴禮部試，公亦偕計吏來京師，風雅淹博，輦下共推爲才子。又越七年，遂與先君子同舉進士，入翰林。公嘗贈穆詩曰："君祖授我嚴，獎誨若子姓。君嚴我同譜，欣契挫其敬。"蓋實録云。公負奇氣，博觀强誦，於經訓、史笈、天象、地輿、金石、書畫、壬遁、太乙、脈經、格學，莫不窮極要眇，究析發皇之，而精神所到，冠絶一時。卓然可傳於後者，則其有韻詩文也。詩初好温、李，年長學厚，則昌黎、山谷兼有其勝。又際會清宴，無金革流離之事傷其耳目，故形之篇詠者率排奡妥帖，力健聲宏，琅琅乎若鸑鳳之嘯於穹霄也。穆於癸巳之春初侍公直園，情好之洽久愈摯，不三五日必召過飲，投巾振袂，談議交錯，寒士之被禮者殆無與比。嘗請公自訂其詩，公曰："吾詩險而未夷，能飛揚而不能黯淡。思力所及者，腕每苦其不隨。更讀書十年，殆可相質耶？"嗚呼！孰意所業之遂止於斯歟？丁酉夏，穆將歸應鄉試，行有日矣。公置酒相餞，扇[一五]過午，拳拳不放別。乃穆甫出都門，公遽感暑疾，久不瘳。祁叔穎尚書日往省，沈頓之頃尚以穆試事爲念，遺言乞儀徵相國銘其墓而尚書書之。次年，穆將南游，迂道入京師哭公。子儀孝廉以遺稿相授，塗乙潦艸，首尾多不完，或篇題殘挩，乙酉以前之作竟無一字存，疑公尚有清本藏之別笥，子儀未檢獲也。謀更事捒采成完袟，荏苒未遑，而子儀又以措交庫款赴粵東，卒於劉仲寅觀察署中。觀察名晸昌，公視學貴州所拔貢生，公歿後，所以賙恤其家者有加。子儀卒，命其弟送柩返歙，買山營壙，并葬公及金夫人兩世三棺。其孤孫嫠婦之寄寓京師者，則祁尚書爲經營擁樹之。觀察又議以幼女妻子儀之子，而娶其女爲己子婦，迎公全家入黔，相依以久。嗚呼！師恩友誼，人有同情。當公賓客填咽之時，詎知身後巨卿乃此兩人哉？穆幼聞先君子之所以稱公者，長而公之相待略如大父之待其先德，知己之感，永永弗諼也。儀徵志文，久已刊行。今年春，尚書念公雖葬而臨終相託之意不可孤，屬穆爲購石材，書丹勒之，并刻其遺集，曰："以此爲初編，續有裒錄，補梓易耳。"穆即恐殘斷之稿并歸蒿落，又懲夫嫁名僞譔者之厚誣公也，爰偕公門人何編修紹基，排比爲賦一卷，詩四卷，又凡稿艸之失題者及詩餘、試帖共爲一卷，碑志、哀誄、駢儷、襮箸之文五卷，總題曰《程侍郎遺集》。而敘其緣起如此，以詶公知兼志余痛云。道光二十五年三月既望序。

《使黔艸》序

古人之文之詩之書，所以能造極詣微隨其才大小卓然自成一家者無它，各本學問識力所到而正出之、奇出之、迂迴出之，務肖其性情，無所謂法而法自立，無所謂格而格自高。自摹擬規放之說興，於是學者不事讀書養氣，壓飫性情，而矯揉造作，尋聲覓響，詡詡然曰："此於古爲某家，此於古爲某格。如此，則爲文爲詩爲書。不如此，則非文非詩非書也。"嗚呼！操是說也，天下寧復有真文、詩、書邪？優孟衣冠，縱復一一似之，吾固將舍旃而古人與居，亦復何苦敝有用之聰明材力，爲是傀儡之戲邪？雖然，建九成之臺〔一六〕毫無憑籍，一木一石，躬自營運，非積數十年之力固不能舍古人而獨成，其爲我則何如摹擬規放者之取徑捷、託地高、見信於人速也？然則，世之甘於逐人嚬笑以爲喜慍者，乃便於空心高腹之祕計，夫又何怪其然乎？穆能爲是説而行不逮，故藏其言於心，未敢輒以語人，獨數數與子貞同年論之。子貞之才，涵演莽蒼，足以達其學問識力而與性情日厚。今天下何太史書布滿屋壁，無人不矜賞鄭重之。至其搆一文根節磊落，製一詩〔一七〕真氣坌涌，世或不知而穆獨傾倒無已者，誰無性情，獨讀子貞之文、詩，如見子貞之性情。夫學至能發抒其性情，而學乃可蘄其日進矣。一日，客有誇子貞庖饌之精者，穆應曰："子貞之饌無它謬巧，只是本色而已。子貞之文、詩、書亦無它高妙，只是本色而已。"座客頗鎮其言。既而思之，本色者何？真而已矣。真者何？不事矯揉造作，自寫其性情而已矣。至於工拙高下，當待天下後世知言者品評之，非吾所能臆定也。子貞生平所作詩往往失其稿，此《黔中艸》三卷以寫有净本，且日月先後甚完，無事整比，先付諸梓，請益當世之有真性情者。刻既成，謂穆不可無言，穆唯唯而久無以應，因它日答客之言，乃引而申之如此。時道光二十八年四月立夏節後一日。甫由上斜街移寓門樓胡同，與子貞西塼〔一八〕老屋相距僅百步，可時相見，爲穆潦倒中一快意事，因并識之。

《漢石例》序

文生於義，不生於例也，義洽而例自立焉。故不獨《春秋》有例，若《易》若《詩》若《書》無不有例。其例即定於聖人精義之心，非有所比擬景傅也。爲文必當明例，碑志又文字之最謹嚴者，其例尤不可不講。元潘景梁、王止仲、明黃太冲遞有所述，然取法不越昌黎,是謂昌黎以前金石之文皆獵語也,先河後海,豈其然乎?古人劃鍾範鼎,義專褒顯,面人儷事不患本末不審,故款識流傳類皆礨括行能,文質究宣,但主銘勳,不關記事。變金爲石,其義猶是,其例亦當猶是。秦漢以來,矩矱具存,可覆驗也。自昌黎一變而爲述事,後世史籍踳午,往往足資考證,故各家文集碑志尤爲可貴。昌黎之功誠亦不細,然不得因後掩前,反疑古人渾噩爲不達也。朱竹垞嘗謂:"墓銘莫盛於東漢。鄱陽洪氏《隸釋》、《隸續》,其文其銘體例非一,宜用止仲之法舉而臚列之。"竹垞既未有成書,錢唐梁氏《志銘廣例》、吳江郭氏《金石例補》、嘉興馮氏《金石綜例》搜采較博,舉例尚疏。至長洲王氏《碑版廣例》,雖上取秦漢,下訖中唐,其恉乃主於摧毁漢人,專以文章正統與韓、歐,其言曰:"漢碑版之在世亦多矣,或奥而磧,或枝以蔓,雖或得焉,其所得嘗不敵其所失。"又曰:"漢碑版不皆出於文士,乖離析亂,人率其臆,未嘗有例也。"噫!古人物勒工名,一器且不苟作,何有旌功寫德託垂千億,乃曾不得一文士爲之操觚乎?晚近尚欺心之學,且有專標柳子厚、馬少監、張子野、黃夢升諸文以爲碑志正宗者,是并韓、歐之例可廢,何論漢也?吾友寶應劉君楚楨,始本竹垞之意,壹以東京爲主,傅以經術,加之博證,纂爲《漢石例》六卷。蓋惟深通漢學,故能得其大義,義舉而例亦因之俱舉。文章家既讀潘、王之書,即何可不進以此箸也?楚楨爲端臨先生從子,少與儀徵劉孟瞻齊名,號"揚州二劉"。作令畿南,迭更盤錯,時遣人持券告貸京師,而一錢不以累民。比官元氏,貧愈甚,循聲亦愈起。訪獲縣境古碑甚多,其尤著者則延熹《封龍山碑》,自來金石家皆未見也。靈石楊君墨林及弟子言,雅好金石,讀君書喜且寶之,因請刻入《連筠簃叢書》中,而以校勘之事屬余。余既獲交孟瞻,又獲交楚楨,故樂序行其書。楚楨又箸有《寶應圖經》,精博與孟瞻《揚州水道記》埒，"二劉"之目，豈虛譽哉？道光二十九年三月初六日序。

《落颿樓文稿》序

穆與子惇交，以談藝深相契也。及子惇殁且十年，讀其與鄞王膝軒大令書曰："垚於知名之士不敢妄相投契，必求其有性情者乃與訂交。故兩載留京，僅得平定張碩洲一人。"然後知余之不見棄於子惇以此。余無似，不足辱良友知，然子惇取友之義則嚴矣。子惇以道光十五年入京師，館徐星伯先生家，先生數爲言其地學之精。越一年，乃相遇於道州何子貞同年所，即承以《〈長春西遊記〉'金山以東'釋》見示，并讀其《落颿樓文稿》，此所刻前二卷是也，由是往來遂密。又越四年，而子惇遘瘵疾卒於會邸。時子貞扶文安公柩歸里，穆朝夕守護醫藥，比視含斂，殯棺野寺，哭奠成禮乃去。至始終經紀其喪，則星伯先生一人而已。先是歲壬辰，文安公視學浙江，子惇以《庸蜀羌髳微盧彭濮考》爲文安所首拔。未幾，文安召還朝，新城陳碩士侍郎繼之，又以《尚書古文考》、《毛詩古音考》爲侍郎所賞。歲甲午，遂以優行貢成均，時年三十有八矣。程春海侍郎嘗讀《西游記》，擬爲一文疏通春廬宗丞跋所未盡，及見子惇跋，歎曰："地學如此，遐荒萬里猶目驗矣。我輩觕材，未足語於是也。"又嘗與張淵甫孝廉論禮服，往復詰難，百辯益堅，淵甫瞠不知所答也。子惇留京師，爲桐城姚伯卬[一九]總憲校《國史地理志》，寓内城，閒旬出相訪，則星伯先生爲臺羊炊餅召余共食，劇談西北邊外地里以爲笑樂。余嘗戲謂："子惇生魚米之鄉而慕羶者麥，南人足不越關塞而好指畫絕域山川，篤精漢學而喜說宋遼金元史事，可謂三反。"子惇聞而軒渠，以爲無以易也。作字模範鍾王，而偏旁點畫必斵合於六書。當道州、新城視學浙江時，日照許君印林皆在幕中。印林嘗爲余言，鎖院得子惇卷如辨古金款識，淺學者或不能盡識，輒傳觀以爲奇寶。至爲賦頌駢儷之文，則又精雅似六朝小品，蓋其多藝如此。性沈默，每當衆論鋒起，拈髭靜聽，若都不解，及客退而發其乖違，斷斷不少叚借。故於一時才士，子惇既少所許可，人亦或畏且忌之，不甚内交也。庚子十月，忽手録所譔《漳南滹北諸水考》見貽，其意懨懨然若有所諄屬者。未及一月而子惇病且死矣，垂殁猶力疾檢施北研《遺山詩箋》初印本相付。北研者，烏程老儒，孰於金元掌故，子惇所嘗從問業也。兹余爲靈石楊氏衷刻叢書，爰取子惇遺稿合以子貞所藏前二卷，都爲一編，付梓問世。嗚呼！自子惇死，余多得金元遺文，每恨不能起我良友共讀之。偶有纂述，至山回水互診脈俱窮之際，益思得如子惇者助我，而至今未一遇。乃星伯先生卒亦且二年矣，寡聞之慨，其有既哉？道光二十九年閏四月序。

《癸巳存稿》序

《癸巳存稿》者，黟俞君理初於道光十三年編刻。平生所爲文題曰《癸巳類稿》，而以未刻者總寫成袠，緣其初名，存以備散佚云爾。先是壬辰冬，理初館新城陳碩士侍郎所，爲校顧氏《方輿紀要》。穆一再過之，頗多請益。理初賞之曰：“慧不難，慧而能虛，虛而能入爲難。”因與訂交。然理初年長於穆者倍，穆禮事之，尊爲先生，不敢與齒也。越年春，儀徵太傅主會試，命下，諸鉅公輒相與賀曰：“理初入彀矣。”闈文出，穆爲效寫官之役，經義策問皆折衷羣言，如讀唐人正義、馬氏《通考》而汰其繁縟也。榜發，竟報罷。已而知其卷在通州王菉原禮部房，禮部固力薦之，而新安相國深嫉迂誕之學，絅束置高閣，儀徵初竟未之見也。後十年，穆謁太傅於邗上，太傅爲述此事，猶挖掌[二〇]太息有餘恨云。禮部既得理初，則大喜，延入邸中，索觀所箸書，爲醵金付雕，於是天下始得讀所謂《癸巳類稿》者。向使理初倖獲一第，其自爲謀亦不過刻書而止，所惜者國家失此宏通淹雅之材耳。理初足迹半天下，得書即讀，讀即有所疏記，每一事爲一題，巨册數十鱗比行篋中，積歲月證據周徧，斷以己意，一文遂立。讀其書者如入五都之市，百貨俱陳，無不滿之量也。然細字密書，厶增乙跨，稿草襞積，猝不可讀。當議刻《類稿》之時，發篋攤書几上，屬日照許君印林及穆爲檢之，擇其較易繕寫者得如干〔二一〕篇，分類排次，以付梓人，前所刻十五卷是也。及《類稿》既竣，賣其書稍有餘貲，乃覓鈔胥爲寫未刻之稿，又得尺許，即今所刻是也。理初方年二十餘，負其所業北謁孫淵如觀察於兖州時，觀察既爲伏生建立博士，復求左氏後裔。理初因作《左丘明子孫姓氏論》、《左山考》、《左墓考》、《申裼難》篇，觀察多采其文以折衆論。而理初陳古刺今之識亦由是日益堅，故其議論學術與觀察恒相出入也，顧以家貧性介，知其學者寡。奔走道塗四十年，縞紵餘潤不足贍妻孥，年逾六十猶不能一日安居，遂其讀書箸書之樂也。歲戊戌〔二二〕，以公車在都。穆自西來，將南游，暫事羇栖，與朝夕見，殆將百日始別去。而理初留滯會邸，至十月碩士侍郎之公子淮生假以資斧，乃得南歸，復相遇於泰州道中，因與偕謁祁叔穎學使。學使厚攷之，約其春初復來。己亥正月，理初果相訪於江陰。未市月，余隨輶車北渡，歷試徐、海諸郡，遂由淮安入都。而理初留江陰縣署，爲學使校寫《三古六朝文目》及此《存稿》副本。七月，學使邀赴金陵，言於制府，聘掌惜陰書舍教。惜陰書舍者，陶文毅所特設以課諸生古學也。地據城北高阜，江流一綫浮浮目前，致爲幽勝，修脯所入亦較優贍。余聞之喜，以爲此足抵理初晚節菟裘矣，乃次年五月遂卒於書舍中。書生薄祜，至於此極，可爲系歔矣。其年冬，學使還朝，余從得《存稿》副本。又越六年丙午，刻入楊氏叢書，放《類稿》例，亦釐爲十五卷。中多引申未竟之作，不復刪。惟《積精篇》纏纏萬餘言，爲理初極用意之作，穆以爲非後學所能遽解也，則汰去之。夫以理初之學之年核其箸録歲月，多在小子未生以前[二三]，顧不以爲弗類，忘年折節，引爲同志，此意何可忘也！至其學行本末，則程春海侍郎[二四]兩序詳言之，兹不復綴云。道光二十九年五月二日夏至節序。

重刻《元遺山先生集》序

《遺山先生集》，中統嚴氏初刻本不可見。今行世者，惟宏治中李叔淵本及康熙中華希閔本，而華本即從李本翻出，猶一本也。《詩集》單本較多，惟毛氏汲古閣本盛行。南昌萬廷蘭本係從全集摘出，故於曹益甫所增之八十餘首概從闕佚。而元黄公紹選本，穆又未之見也。近烏程施北研氏孰於金源掌故，有《遺山詩文箋》極精博。《詩箋》初梓，吾友沈子惇即以相贈，近亦印行，《文箋》仍鬱未出也。遺山世籍平定，靖康末始遷居秀容，故文字中稱平定爲鄉郡，生平踪蹟往來於平定至孰。吾家陽泉山莊，即詩所詠"栖雲道院"。山莊東北一里而遥有土岡斗上，中央宛宛若盂，俗名圍窪。迤西馮氏舊塋，香亭石柱刻有遺山《弔馮大來副使詩》。大來者，遺山往來陽泉時東道主人也，計亦磊落丈夫，而其名爵則州志已失網羅，蓋文獻之放失也非一日矣。穆生也晚，未獲從耆舊釣游，而劉覽羣書遇有鄉邦故實，輒一一疏記，以助桑梓雅談。遺山尤夙所慕仰，登涌雲樓，拜楊、趙、元、李四賢桌主，流連企歎。每思論其世，考其出處文章，與吾黨之彦一盱衡之，而利禄移人，帖括熒目，其足與甄討及此者不數覯也。内相文獻楊公，勳業軼於滏水，數理不媿欒城，而炳炳箸述今遂無一字留貽，謂非州里後進之辜與？遺山幸以能詩，故其文得附以傳，然已不能家有其書。李叔淵雖稱得善本於儲静夫太僕，而訛文脱簡仍不勝乙，今爲鈎考金、元史及同時各家集，它若《元文類》、

《金石例》、《金文雅》、《山西通志》諸書，缺者補之，誤者訂之，如無可據校，概從闕疑。《續夷堅志》世行寫本二卷，余秋室氏釐爲四卷，手書刻之大梁。《樂府》五卷，阮太傅《研經室外集》載有提要而《文選樓書目》初無其名，聞漢陽葉氏有寫本，數從相假，檢未獲也。嘗擬都爲一集繡梓，版存冠山書院，而京華旅食，囊橐蕭然，乃節嗇備書餘貲，歲刻數卷。始丙午二月，訖庚戌四月，首尾凡五年工始告竣。《附錄》一卷、《補載》一卷，儲氏、華氏、施氏遞事增輯，穆續有采獲并屬入之。遺山一家之業，其存於今者約略備矣。其爲遺山譔次年譜者，有翁氏、凌氏、施氏三家，翁、施書皆有刻本。凌氏成書在翁、施之先，未梓行，有序載《校禮堂集》中，漢陽葉氏錄有副本，幸得假鈔。因并刻三譜集後，各存其真，不相攙和，放汪立名《長慶集》并存新舊兩譜例也。至近日坊肆有新刻《遺山集》本，乃某太守從臾書賈據華氏本刻之蘇州者，舊缺《御史張君墓表》、《陽曲令周君墓表》、《鄧州新倉記》各半葉，葉各三百餘字，此本皆補完之，微勞亦不可沒云。道光三十年五月序。

敬案：師此文作於己酉四月，文中雖稱庚戌四月云云及末題三十年五月，實豫擬也。又《遺山新樂府》，師已續於劉寬夫太守處假得康熙間華氏刻本，手校付梓，未獲畢工，今樣本僅存，所假刻本不知歸何所矣。癸丑正月，劉燕庭方伯爲敬言家有汲古閣舊藏元板《遺山集》，當有《樂府》，許於病痊後檢出相假，已竟不獲如願，是中統嚴氏本今尚有存者。謹識於此，以俟續成師志者云。

重刻吳才老《韵補》緣起

才老，孟子所謂豪傑之士也。北宋以來，學者溺於憑虛弔詭之風，實學不講久矣。才老獨能不囿習俗，奮然訂古音，疑僞書，爲後學闢榛莽，啓涂先軀。蓋自才老後緜緜延延又五六百年，至我聖清而後，亭林、潛丘相繼挺起，盡才老未盡之業，《詩》《書》古經昭然若日月復明也。穆雅好顧、閻之學，嘗爲兩先生撰次年譜，以明祈嚮。既念椎輪大輅，才老翼經之功不在毛公、伏生下，惜乎好其學者寡。《書裨傳》、《詩補音》既久佚不傳，《韻補》雖有刻本，而荒蕪潦艸未愜雅觀。老友河間苗先路篤志顧學，慕才老之書歎未獲見，歲丁未秋始從道州何子貞太史假得之，鍵戶謝客，手自繕錄，寢食俱廢。穆聞而嘻曰："先路之好，亦余之夙好也，曷即刻入楊氏叢書以廣其傳乎？"子貞因爲捜借各家刻本、寫本及大興劉侍御所藏汲古閣景宋本，大抵訛謬踵仍，各家本、毛本皆不足據，誤亦略同。幸才老所引之書，今日十九俱在，精意讎對，尚非難事。據明陳鳳梧序，正德間道州何方伯天衢嘗刻於河南，未知即世所行刻本否？方伯爲子貞族祖，今此書之刻，其崇題又適自子貞發之，斯文靈貺萃於一宗，曠世不昧，亦一奇也。書後附入亭林《韻補正》及謝氏《小學韻補考》，以完一家之學。刻既竣，先路大喜曰："不意垂老猶及見《韻補》精本，死不恨矣。"摹印數十袠，綑載歸河間。從此几案《音學五書》外，又增《韻補》一種，樂何如也！道光二十八年五月日長至題。

書《蒙古源流》後

此書但詳順帝以下汗之子孫，而太祖諸弟子孫不及也。汗之子孫亦但詳汗及鄂爾多斯、巴爾斯博囉特二支，而達延汗其餘諸子不及也。其中寫之最詳者爲阿勒坦汗及庫圖克圖徹辰鴻台吉二人，而餘人亦不及也。然汗之傳位世系，則已較然明白。鄂爾多斯之所以獨詳者，以汗即卒於八白室前，鄂爾多斯則爲汗守禦八白室之人也。然考《明史·韃靼傳》，其爲邊患甚者大約亦不過此三支。其東部炒花，則太祖諸弟子孫。所謂土蠻，則又達延汗諸孫之南徙近邊，今爲内札薩克、敖漢、奈曼、巴林、札魯特、克什克騰、烏珠穆沁、浩齊特、蘇尼特諸部是也。明人治邊，尚不乏才。至於紀覼源流、審正名字，則殊艸艸。如達賚遜之爲打來孫，庫圖克圖汗之爲虎燉兔王子，猶不過譯字之變，不爲訛舛。最可笑者，巴爾斯博囉特之衮必里克爲鄂爾多斯濟農，濟農職名也。明人譯濟農曰吉囊，不爲失也，乃不以爲官號，而以爲人名。及衮必里克之子嗣爲濟農，以爲不應父子同名，則曰吉囊子吉能，亦可謂不考[二五]之甚矣。今據此書表出，而後《明史》言蒙古事者乃略皆可讀。暇當更爲大事表，以著其勦撫之略，而有明一代蒙古事乃可考云。

校正《元聖武親征録》序

《元聖武親征録》，予始見於徐星伯太守處，相傳爲錢竹汀宮詹藏本輾轉鈔得者。繼又借得翁正三侍郎家藏本。予乃鈔存徐本，而以翁本校之，點勘一過。其書久無讀者，收藏家付之鈔胥，聽其訛謬，如行荆棘中，時時牽衣絓肘。又如捫藓讀斷碑，上下文義相綴屬者可一二數。以屬友人觀之，不終簡輒棄去不顧。顧願船獨爲其難，取而詳校之，嘗自言一字一句有疑，十日思之不置。每隔旬餘，輒以校本見示，加箋證數十條。越數旬，又如之。其始就原本題記行閒眉上，字如蠅頭，蓋十得其五六。繼復黏綴稿艸，鉛黃錯襍，迺十得其七八。近則補正益多，手自迻謄，一再讀之，令人開豁。較之原本，廓清之功比於武事矣。昔太史公纂述藏之名山，極鄭重也。而所望於後世者，惟好學深思、心知其意之人。蓋天下文人多，學人少，不得學人，則著述之事幾乎息矣。如願船之所爲，豈非史公之所願見而不可得者哉？固非徒是書資其考證也。

《蒙古游牧記》自序

　　我皇清受天眷命，統一天下。薄海內外，悉主悉臣。治道之隆，登三咸五。而北戴斗極，西屆日所入，廓疆畛三萬餘里，靡不服屬奔走，禮樂朝會。賦役法制，條教號令，比於內地。盛矣哉！古未嘗有也。然內地各行省府廳州縣皆有志乘，所以辨方紀事，考古鏡今。至於本朝新闢之土，東則有吉林卜魁，西則有金川衛藏，南則有臺灣澎湖，莫不各有纂述，以明封畛而彰盛烈。獨內外蒙古，隸版圖且二百餘載，而未有專書。《欽定一統志》、《會典》雖亦兼及藩部，而卷帙重大，流傳匪易。學古之士尚多懵其方隅，疲於考索，此穆《蒙古游牧記》所爲作也。蒙古以畜牧爲業，不常厥居，且譯語多岐無從考證，地理家紀載闕如。職是之故，不知史稱匈奴隨逐水艸，然各有分地。居東方者直上谷以東，居西方者直上郡以西，而單于庭直代、雲中，此即今四十九旗所居之地。可知北方部落大小相維，略如郡縣之制，自昔已然。本朝因而區畫之，一命之吏必請於朝，一石之粟必輸於官，疆理之法盡美盡善。由是臣喀爾喀，平準噶爾，降杜爾伯特來、土爾扈特，城烏里雅蘇台、科布多、塔爾巴哈台，以莅治之。北守庫倫，西守伊犁，以控制之。形勢既得，中外永安，用以綿億萬年無疆之盛治。《周官》重"體國經野"，《孟子》言"行仁政必自經界始"，豈不諒哉？今之所述，因其部落而分紀之。首敘封爵功勳，尊寵命也。繼陳山川、城堡，志形勝也。終言會盟、貢道，貴朝宗也。詳於四至八到以及前代建置，所以綴古通今、稽史籍、明邊防，成一家之言也。致力十年，稿艸屢易，凡國家豐功偉烈[二六]見於方略諸書者，罔不敬錄而闡揚之。其近年興建，則又詢諸典屬，訪諸樞垣，以蘄精詳而備討論。閱者手此一編，亦足以仰窺聖神功化之萬一矣。昔吾鄉祁鶴皋先生著有《藩部要略》一書，穆曾豫讎校之役，其書詳於事實而略於方域，兹編或可相輔而行。異時爲輿地之學者，儻亦有取於斯也夫！

《魏延昌地形志》自序

魏收書初出，即重爲世所詬厲。其《地形志》，近代始稍稍攻之，然特議其綰籍不斷，自太和雍、秦郡縣多所脱漏而已。至於《志》之巨謬及收之本恉，未有顯言者也。考拓跋氏肇基恒、朔，遷鼎洛陽，兩地宏規，最宜晐備。此如頌周京者，知稱豐、鎬，必溯邠、岐。美漢業者，既尊三輔，敢略沛、豐？龍興虎視，根本重地，未可率爾也。乃收《志》司州洛尹，分析畸零；盛樂平城，全歸寄治。數典忘祖，悖孰甚焉？而其本恉，則正以貢諛東魏，張貢諛高齊之本。首鄴，孝靜都也。次定次冀，甸服也。以形勢論，即應西敘潁、洛，東條兖、濟。乃横廁并州於其閒者，晉陽，高歡之行臺也。觀太原郡"晉陽"注下特書曰："出帝永熙[二七]中霸朝置大丞相府，武定初，齊獻武王止[二八]置晉陽宫。"自古地家無此變例，然而收之本恉顯然明白矣。且收雖云據永熙綰籍，而分併建革一以天平、元象、興和、武定爲限，則收是《志》純乎東魏之志而已。武定六年，魏遣兵略江淮，取梁二十三州。七年，取梁青州及山陽郡淮陰。越一年，而高洋篡[二九]魏。此收《志》前二卷所以始於魏尹終於沿邊新附諸州也。其弟[三〇]三卷雍、秦以下諸州地入西魏，不關於高，遂挩[三一]失蹖駁，不可闓數。徒以書綜全魏，不得不旁及關西，聊充卷袟爾。杜君卿曰："魏收史所載州郡是東魏静帝武定中，其時洛陽以西及關中梁、益之地悉屬西魏，收猶總而編之。"穆初讀《水經注》，即謀博徵典籍，撰爲義疏。黟俞君理初教之曰："是當先治《地形志》。"取而讀之，苦其蕪亂。大興徐丈星伯嘗敏[三二]以收《志》分卷之由，亦茫無以對。單心鉤稽，退寫爲圖，圖成，始怳然曰："此非北魏之志也。"而自來談拓跋畺域者，率以是志斠其里到，遇有收所失載之郡縣若建陽、長松之類，輒以爲後人羼亂，傎矣！於是更事排纂，勒爲此志。建置斷自延昌者，按《初學記》引《括地志》云："魏孝文帝都洛陽，開拓土宇。明帝熙平元年，凡州四十六、鎮十二、郡國二百八十九矣。"熙平者，延昌四年之後一年。《通鑒》"梁天監十年"下云："是時[三三]梁之境内有州二十三、郡三百五十、縣千二十二。"是後州名浸多，廢置離合，不可勝紀。語本《隋書·地理志敘》。魏朝亦然。梁天監十年者，魏之永平四年，延昌改元之前一年也。豈不以孝文奠宅京之烈，宣武撫全盛之業，元魏畺里斯其極哉？熙平以後增改頗多，孝昌之際淪亡遂甚，仍一一附見條下，俾一朝沿革有所考焉，而盛衰之感繫於此矣。恒、代以北，晉末棄諸荒徼，郡縣不立，魏設重鎮制之，士馬騰强，所由盛也。孝明改鎮爲州，易都將以刺史，漸用削弱，國遂不支，尤一代廢興所關，故臚敘特詳，以示鑒戒之義。三代以來，山川、古蹟，班、馬兩志甄錄已多，收書或繁或嗇，絕無條理，今亦不復盜襲前修以炫耳目。而古籍遺文有涉及魏事者，則畢加搜討，不惜觀縷。典實既陳，隘塞輶具，亦考古所必資矣。晉自永嘉以後，羣胡襍族，版蕩中原，凡五代十六國攻守戰伐之蹟，皆魏人席卷之先驅。而晉、隋地志紀載缺如，撲以漢詳秦制之例，亦此志所應薈萃也。《隋志》、《通典》、《元和志》、《寰宇記》、《通鑒》注株引既多，差互不免，必鑿然有徵，始用據補。餘并附存案語，以竢達者，不敢臆決也。又此志雖以魏事爲本，鄙意則并欲爲世之讀酈注者通其徑術，故凡中尉所條例，每不憚其詞之煩。西北陂塘堰澤，尤有心經世者討論所必先，兹并考其興廢及現今情形，庶後來者有所取法焉。昔沈約敘《宋·州郡志》曰："地理參差，其詳難舉，實由名號驟易，境土屢分。或一郡一縣，割成四五。四五之中，亟有離合。千回百改，巧厤不筭[三四]，尋校推求，未易精悉。"夫由今日訂延[三五]昌之籍，視休文撰大明之書，去古彌遠，難應倍蓰，尋校無憑，矧云精悉？然以刊收志之謬，補《魏書》之闕，或亦談拓跋疆域者所不廢云爾。道光二十一年重光赤奮若孟陬良日譔。

題　詞

《鏡鏡詅癡》題詞

乙未冬初，晤浣香於銀灣客館，從之學算，圍鑪溫酒，無夕或閒。一日，夜深月上，出自製遠鏡，相與窺月中窅眹[三六]，黑點四散作浮萍狀，懽呼叫絕。浣香因爲説遠鏡之理，旁喻曲證，亹亹不竭。次日復手是書見示，穆讀而憙之，以爲聞所未聞，倩胥録副藏之篋衍。逮丑寅之交，海孼鴟張，或頗詫其善以遠鏡立船桅上測內地虛實，惜無能出一技與之敵者。穆因從臾當事，延浣香幕中，以所録副本爲券。當事既不甚措意，未幾撫局大定，議亦遂寢[三七]。甲辰春，浣香復來京師，靈石楊君墨林耳其高名，禮請爲季弟子言師，兼謀刻所箸論算各種。穆曰："是無宜先於《鏡鏡詅癡》者。"因稍爲畫定體例，附《火輪船圖説》於後。嘗念天下何者謂之奇才，實學即奇才也。一藝之微，不殫數十年之講求則不精，屠龍刻楮，各從所好。精神有永有不永，而傳世之久暫視之。浣香雅善製器，而測天之儀、脈水之車尤切民用。今老矣，有能奇其才者，乃知所學之適用也。道光二十六年丙午秋八月朔日題。

《元朝祕史譯文》鈔本題詞

《永樂大典》十二先"元"字韻中，載《元朝祕[三八]史》一部，八册，十五卷，不詳譔人名氏。其卷次亦《大典》約爲區分，本書蓋都爲一袟也。每段前列蒙古語附以譯文，此所鈔者其譯文也，外間更無傳本。錢竹汀詹事《元史氏族表》，首所列蒙古諸姓全據此書而不箸書名。聞徐丈星伯云，程春廬京丞曾手録一通，於所箸《〈元史〉西北地理考》中斐引之，今《地理考》爲人竊去，所鈔《祕史》亦遂不可蹤蹟。穆於辛丑之秋幸緣守藏吏獲觀寶笈，爰假寓功臣館逐寫數種以出，《祕史》亦其一云。

《亭林年譜》題詞

謹案：本朝學業之盛，亭林先生實牖啓之。而洞古今，明治要，學識該貫，卒亦無能及先生之大者。聞儀徵阮相國、桐城胡雒君虔嘗爲先生撰次年譜，惜未之見。大興徐先生松鈞稽詩文集，依年排纂，寫有定本，屬爲釐正。會何太史紹基自金陵來，携有上元車明經守謙號秋舲。所輯譜，互用勘校，車氏差詳。蓋車本之崑山吳廣文映奎，號銀帆。而吳又本之先生嗣子衍生也。道光二十三年，穆與太史刱議，匄[三九]貲爲先生建祠堂於京師慈仁寺西偏。既考，太史謂穆曰："先生蹤蹟甚奇，學者或不盡知。子盍[四〇]比而敘之，以詒後進乎？"爰綜兩譜之異同，傅以各書所紀，語務求詳，事期覈實。世之景行先生者，尚其有考於斯。歲在昭陽單閼五月朔日識。敬案：此篇據先生校改本録存，與刻本小異。

《潛邱年譜》題詞

癸卯夏，穆改訂《亭林年譜》既卒業，念國朝儒學亭林之大、潛邱之精皆無倫比，而潛邱尤北方學者之大師。因取杭大宗、錢曉徵所爲傳及劄記、疏證諸書，排次歲月，爲《潛邱年譜》，將以詒吾鄉後進，興起其嚮學之心。討論月餘，稿艸牏具。是年秋，南游江淮，過山陽訪丁儉卿舍人，訊以潛邱遺事。儉卿出所箸

《山陽詩徵》、《柘塘脞録》見示，頗多采獲。漢陽劉茉[四一]雲學正見之，爲修改十餘條。葉潤臣舍人好爲詩，凡國初人集有與潛邱相涉者，輒來相告，增補加密矣。洎交光澤何願船比部，復以此譜相諗。願船爲析疑彌罅，又不下數十事。於是壽陽祁尚書嘉其用力之勤，欲遂墨諸版，與顧譜並行。憶戊戌冬襄校淮安，見閻氏之應試者今尚多有遺容、志傳，必世守焉，不可當吾世而失之也。屬同年何子貞編修致書學使者張筱浦侍郎，行文淮安學官，向閻氏後人索之。越數月，得學使復書，則復申所撰《行述》、世宗憲皇帝祭文輓詩巋然俱在，意潛邱之靈實默相焉，爲之意愜者累日。爰與願船更事討論，密又加密。蓋自刱始以迄今日，凡五易稿而後寫定此本，雖罣漏仍不免，然於潛邱束身力學之大綱約略具矣。學者儻循潛邱讀書之法，研證經史，勉成實學，而不蹈標榜聲譽、苟簡自封之習，是則區區舉似前賢[四二]之微意也。夫整比再三，勉徇尚書之意，付之梓人，因述其緣起如此。道光二十六年十二月識。

補　遺

《〈王會〉篇箋釋》序

　　《周書》爲百篇之餘，著録於子駿《七略》、孟堅《藝文志》，非出於汲冢，而讀者多懵其源流。至《王會》一篇，紀成周之盛，名物制度足補墳典、邱索之闕。自許、鄭注經皆所援引，尤可寶重。願船比部精心孳[四三]矹，博稽詳校，成《箋釋》一書。觀者咸服其賅博精深，擬諸裴氏之注《三國》、酈氏之注《水經》，而余謂其過人處在於訓詁、地理二端，尤爲得未曾有。蓋先秦古籍深奧難通，願船能疏通而證明之，如"赫薱"之義足補浟長，"亢唐"之訓足匡司農，"邛邛"、"距虛"之爲二獸足糾景純，豁然若晦之見燎，釋然若冰之方泮。其他冊穿經術，宏益良多，定宇、召弓有所不逮。至若《禹貢》方域、《春秋》地名，古人所稱絕學。而商周國名，曠無考證。《路史》之流，患在無稽，不足依據。願船獨能一一求其所在，不爲鑿空之談，如區陽、西申、規規、禺氏[四四]之類，每樹一誼，堅確不移。使讀史者上下千秋，縱橫萬里，可以燭照數計，不誠爲稽古之快事哉！昔閻潛邱精考證之學，嘗云讀書必尋源頭，手一書至檢數十書相證，侍側者頭目爲眩，而潛邱精神涌溢，眼爛如電，其所著述屹如長城，堅不可攻。故杜于皇贈閻詩有云："不貴子博觀，貴子秉確識。吾子必自愛，如子實難得。"余曩謂斯語非潛邱不足當之，亦非于皇不能言之，至今日可轉爲願船贈矣。因題於簡耑，以志忻慕。時戊申二月望日。

受業歙縣徐景軾校字

校勘記

〔一〕"崋"，《山右》本作"菙"。"菙"，同"崋"。

〔二〕"網"，《山右》本作"綱"，當以"網"爲是。

〔三〕"籲"，《山右》本作"龥"。"龥"，古"籲"字。

〔四〕"刺"，《山右》本作"剌"，誤。

〔五〕"詧"，《山右》本作"察"。"詧"，古"察"字。

〔六〕"安息國城臨嬀水"，《水經注》卷二"河水"條下云："又西逕安息國南，城臨嬀水。"《漢書·西域傳》"安息國，王治番兜城……臨嬀水。"文字略有出入。

〔七〕"即如達賴"，《山右》本"即如"前復有"今"字，系承上"負謗至今"衍，誤。

〔八〕"末"，《山右》本作"未"，誤。

〔九〕"叚",《山右》本作"叚",誤。

〔一〇〕同上。凡此下同。

〔一一〕"以有所撓而罷。叚書多逞臆武斷",《山右》本"罷"、"叚"文字誤倒。

〔一二〕"千",《山右》本作"十",誤。

〔一三〕"瑞",《山右》本作"端",誤。

〔一四〕"徧",《山右》本作"偏"。"偏",通"徧"。

〔一五〕"屚",《山右》本作"漏"。"屚",古"漏"字。

〔一六〕"臺",《山右》本作"台"。"臺",亦作"台"。

〔一七〕"製一詩",《山右》本"製"上有"造"字。

〔一八〕"塼",《山右》本作"磚"。"塼",同"磚"。

〔一九〕"印",《山右》本作"卬",誤。"卬",古"昂"字。

〔二〇〕"挈",《山右》本作"挈"。"挈",亦作"挈"。

〔二一〕"干",《山右》本作"千",誤。

〔二二〕"戍",《山右》本作"戌",誤。

〔二三〕"未生以前",《山右》本"以"下脱"前"字。

〔二四〕"程春海侍郎",《山右》本於"程春"下誤衍一"前"字。

〔二五〕"考",《山右》本作"老",誤。

〔二六〕"烈",《山右》本作"略"。

〔二七〕"永熙",《魏書·地形志二上》此處作"太昌",并出《校勘記》曰:"諸本'太昌'作'永昌'。楊(指清楊守敬)校:'孝武帝改元太昌,非永昌也。此"永"爲"太"之誤。'按《北史》卷六《齊本紀》上稱:'并州平,神武以晉陽四塞,乃建大丞相府而定居焉。''并州平'在太昌元年七月,見卷一一《出帝紀》。這裡'永'乃'太'之訛,楊說是,今改正。"《魏書·出帝平陽王紀》亦載中興二年夏四月出帝即位,改中興二年爲太昌元年,其年秋七月并州平,冬十二月改太昌爲永興,以與太宗明元帝年號雷同,尋改爲永熙元年。又《北史·齊本紀上》中"置大丞相府"事正繫聯於永熙元年七月下,原文曰:"爾朱兆大掠晉陽,北保秀容,并州平。神武以晉陽四塞,乃建大丞相府而定居焉。"則石舟先生所見或別本也。

〔二八〕"止",《魏書·地形志二上》此處作"上",亦出《校勘記》

曰："南本以下諸本'上'作'止',獨百衲本作'上',按《北史·齊紀》上武定三年正月丁未記'神武請於并州置晉陽宫'。'上'作'上請'解,今從百衲本。"故當以"上"爲是。

〔二九〕"纂",《山右》本作"篡",誤。

〔三〇〕"弟",《山右》本作"第"。"弟",亦作"第"。

〔三一〕"挩",《山右》本作"脱"。"挩",古"脱"字。

〔三二〕"敂",《山右》本作"扣"。"敂",亦作"扣"。

〔三三〕"時",《山右》本同,《資治通鑒·梁紀三》此處作"歲"。

〔三四〕"厤",《山右》本作"歷",誤。當以"厤"或"曆"爲是。"筭",《山右》本作"算"。

〔三五〕"延",《山右》本作"廷",誤。

〔三六〕"窅眹",《山右》本同。按:當作"窅朕",凹凸之狀。典出《漢書·禮樂志》:"窅窊桂華。"唐顏師古注引蘇林曰:"窅音窅朕之窅。"眹,亦作"睒",以目示意。朕,則有突出之義。

〔三七〕"寑",《山右》本作"寢"。"寑",同"寢"。

〔三八〕"祕",《山右》本作"秘"。"祕",同"秘"。

〔三九〕"勼",《山右》本作"鳩"。

〔四〇〕"盇",《山右》本作"蓋"。"盇",古"蓋"字。

〔四一〕"茱",《山右》本作"茉",恐誤。

〔四二〕"舉似前賢",《山右》本作"舉前似賢",文字誤倒。

〔四三〕"研",《山右》本作"研"。"研",亦作"研"。

〔四四〕"禺",《山右》本作"禹",誤。

舁齋文集卷四

跋 附記一篇

沈果堂鈔《尚書古文疏證》五卷本跋

此本五卷，凡四册，第三卷仍缺。每册前有"果堂小印"，第六十二篇書眉又有朱筆批云："余已通之於《周官》禄田考矣。"故定知爲沈果堂鈔本也。其第二册無篇第之數，據果堂跋鈔自顧陶元家，第五卷則借惠定宇本補足。餘三卷標題之次，與今刻本略同，間有改定及亞一格引申之文。率是刻本演而愈多，辨日加密，良工不示人以樸，觀此可以推見潛丘讀書之心矣。第二册以今本校之，自第十七題至第廿八題，沈鈔本同。以下言"古人文字多用韻"篇，今本爲第七十四。言"古人字多假借"篇，今本爲第七十五。而鈔本第五卷又皆有之，次亦與今本同。言"《書》小序"篇，今本爲第一百五。言"《書》大序"篇，今本爲第一百七。言"朱子未及疑安國《傳》"篇，今本爲第一百十四。言"馬公驌疑古文"篇，今本爲第一百十五。言"孔安國從祀"篇，今本爲第一百廿八。蓋全書規模約略已具，此後但觸類引申，錯綜整比之耳。第五卷，沈鈔無最後"論《詩》小序"十餘條，即張山來叢書所載《毛朱詩説》也。而多"又案"一段，知第五卷之成潛丘年五十三歲，有倩閩謝生寫照事。道光廿七年十月，穆爲潛丘作生日，子貞初得此本即據以入詩，穆亦據補入年譜中。又今刻本於東歸過馬公驌靈壁署事，皆作己丑。沈鈔本内夾一籤云："此書淮揚刻本已毀，近日又有刻之者。"案：穆所見三四本，皆近刻也[一]。穆案：順治己丑，潛丘方七歲，而公驌自康熙丁未移官靈壁，癸丑冬卒於任所，是年適潛丘自鞏昌東歸，意猶及相見，遂定"己"字爲"癸"字之訛。及檢此鈔本，乃作己酉，是潛丘應山右鄉試歸來時事也，當即據此改定。又世但知潛丘字百詩，據刻本第十七篇兩出"閻若璩"之名，沈本皆作"閻瑒次"，是又字瑒次也。凡此皆典實之極可喜者，移校既畢，爲記其後歸之。廿九年正月廿一日識。

書《吳侍御奏稿》後

壽陽祁叔穎侍郎謀梓鄉先生《吳侍御奏稿》，而瀛遐任校讎之役。工既竣，或告曰："侍御丁勝國末造，不畏彊禦，忠悃擋擋，直哉！獨惜其抨擊長山過當，令千古下與覺斯、鼎延、道直輩同類而共議之也。"余應之曰："是不足爲侍御累。夫長山固賢者，然侍御不嘗賢之乎？當是時，奄黨餘燄集矢長山，或誣以使朝鮮滿載貂蓰歸矣，袁宏勳。或誣以納田仰賄用爲四川巡撫矣，田時震。流言藉藉，皆緣賄起。市有虎，曾參殺人，聽爲熒[二]矣。至改勑書一案，長山明言都中神奸狄姓詭詆慶臻千金，兵部揭又明有長山批西司房語，則空穴之風實非無因而來。昔盧陵之於龍圖武襄也，晉原之於潞國也，眉山之於伊川也，兩賢或相阨矣，後世不以損其名。況長山曖昧之迹本有不能解免者乎？大抵好爲攻訐者，明代之習氣也。喜於醜詆者，諫官之習氣也。習氣未融，斯不免於逞臆而不顧。然以視低首下心，伈伈睍睍，任人庤[三]爲啞御史，不敢一置可否，一則立仗之馬也，一則䯄駕之駿也，孰良孰駑，必有能辨之者。"既答客，爰次其語以爲奏稿後跋。道光十有六年九月朏識。

《少谷山人尺牘》跋

右《鄭少谷尺牘》三十二則，卷首徐惟起隸書"谷老筆札"

四字。案：惟起嘗從臾鄧道協刻《少谷全集》，并爲作序，有云："余曾得《少谷尺牘》，盡授道協，彙爲全集。"此卷內雨打桑苎園一、喪祭未畢二、謝柱敝廬三、亡室宅兆四、文潔藥物五、讀百竹書六、青墅堂七。茆竹筆帖，寫在紙末接縫中，集別爲一條、伯固竟死八、此紙前日九。此二帖牽連在《哭伯固詩》後，集別爲二條、見佳作十、數日不面十一、禮生事十二、閱相者多十三、不敢入城十四諸帖，今刻入全集第十九卷者是也。然亦頗有刪潤，不盡原文矣。少谷與候官高瀄、傅汝舟友善，卷中多與宗呂即石門、木虛即濟川、濟子之帖。宗呂，瀄字。木虛，汝舟字也。又有拉徵明書碑、題太湖卷、胥門面話三帖，則正德六、七年以戶部主事榷稅滸墅關時事也。少谷旋乞病歸，築艸堂於南湖金鼇峰下，卷中所稱湖上皆指南湖言。青墅堂、桑苎園、明水閣、少谷柴門望雲亭，則隱居幽勝處別署也。又一帖云："告中不敢入城，只欲游張公洞。"案集中《游張公洞詩》屢見，五古三篇、五、七律各一篇。惟五古一篇云："北游費歲月，東歸朕幽賾。豈不念窮路？黃鵠有羽翮。"詞意與在告合，當即此時作，蓋在正德八年也。少谷初受詩法於徐昌谷，故帖有"再三尋《迪功集》不見"語。集又有《〈迪功集〉跋》云："此本余得諸其家藏選本，其子手鈔者。今所行於洛陽者，李獻吉多爲更定。"云云。疑此本即漁洋所稱自訂三百首之本，毛稚黃亦稱《迪功集》是所自選，風骨最高。而獻吉更定者爲今行百八十二首之本也。少谷又與太白山人孫一元爲詩友，時稱孫、鄭，故有"促裹太初漫稿"之帖，并爲作序載集中。又集有《與歐陽崇道書》云："西禪再挹尊範。"此卷有"素翁約會西禪帖"，殆即一事也。《哭伯固詩》"葵藿居同志"，"居"，集作"雖"；"諫書經濟業，吾道帝王師"，集作"終爲諫議鬼，竟失帝王師"。集又有《祭伯固文》。伯固者，即同諫東巡之黃鞏也。少谷以氣節著，以詩名，又雅以草法自負，晚遇陽明，復有志學道。其才清曠，所學皆未可量，而天不假年，造詣止此，甚可惜也。子貞典試貴州，塗出武陵，有來請業者以此卷爲摯。越五年，乃付工裝飾，而屬余爲記卷尾。道光二十八年十一月冬至前七日識。

《廣洗心詩》跋

右黃石齋、楊伯祥兩公《廣洗心詩》墨蹟。案：黃公於崇禎十三年五月因解學龍保薦被逮繫獄，至十四年十二月獄始解，十五年二月出京赴辰陽謫所，將取道至餘杭大滌山，故舟泊龍江，《漳浦集·大滌三記》云"余[四]以解綱至白下，買舟將出長沙"是也。先是楊公爲武陵所搆貶秩歸里，黃公獄起詞連楊，並逮治之，此時方由清江本籍北上，故得於旅次相會也。龍江在江寧府西儀鳳門外，明設戶部鈔關於此。時杜濬以副榜[五]貢生肄業南雍，近刻《茶邨詩鈔》有一題曰："出城至靜海寺，喜黃石齋、楊機部兩先生皆寓其中，黃先生留飲，同楊先生至夜。余辭去，留詩爲別。"詩第四句云"憂天同賦洗心詩"，即此事也。黃公遂由此至大滌，出臨安，過富春，將赴謫所。六月，行抵九江，病瘧留阻西林寺。病閒方事更定《易象正》而賜環之命至，此詩寫於七月廿一日，正留阻西林時所作也。楊公詩後跋云："壬午閏月被赦歸，再泊龍江。叔奇見唁，以石齋先生書《廣洗心詩》索余續其後，又爲補和十三章云云。"案：是年閏十一月，黃、楊相會當在春夏之交，而楊至十一月乃被赦歸者。蓋黃雖見釋，而楊獄未結，仍逮之，至京乃被赦也。第十三章，黃公系於寫册時補作，故楊亦至十二月方補和。案《漳浦集》辛巳冬先作五言律《洗心詩》十二章，故此曰《廣洗心詩》。

跋云：諸本寫者多誤，或扇頭傳訛，當以此正之。今案：刻本第六章，墨本作其八，第七章作其六，第八章作其七，第十二章作其十，第十章、十一章作其十一、其十二，此次序之不同者。

其二，"不因"，刻本作"不愁"，"絶壁"作"絶壑"，"拈晬"作"認晬"，"儒生"作"儒書"，"動闌"作"滿闌"。凡五字。其四，"晴得"，刻本作"乾得"，"珠泡"作"珠湧"。凡二字。其五，"汙尊"，刻本作"腰鎌"。凡二字。其六，"亦塵"，刻本作"入塵"，"抱甕翁"作"鏡底翁"。凡三字。其七，"細羽"，刻本作"共羽"。凡一字。其八，"龍鱗"，刻本作"龍麟"，此字當係校者之誤。"寧知"作"應知"。凡二字。其九，"收竹"，刻本作"消竹"。凡一字。其十，"自平"，刻本作"甚平"，"但覺"作"但使"，"酹浩"作"分浩"，"何堪"作"何愁"，"滯深"作"未深"，"滂沱揮灑爲蒼生"作"吕梁洪底度蒼生"。凡十字。其十一，"藏密"，刻本作"藏蜜"。凡一字。其十二，"未當"，刻本作"不當"，"貝葉"作"寶藏"，"流徽"作"餘徽"，"妙竅"作"七竅"，"與人"作"與君"。凡六字。總凡三十二字，校其義意，信當以墨本爲定。惟第十三章"義文"，刻本作"羲皇"，"鐲鏤"作"屬鏤"，"於掌"作"如掌"，凡三字，當是墨本在前耳。史稱楊公勤學嗜古，聲動館閣，觀此册詩律書格謹嚴深穩，與漳浦實未易伯仲，惜未得機部《兼山集》一檢訂之。子貞同年藏漳浦瓌蹟夥矣，機部書則僅見此册，故不惜重價購得，而屬穆爲考其情事，繫之册尾云。道光二十六年九月立冬日識。

《黄忠端與喬柘田尺牘》跋

此册第三書，蓋指救錢龍錫事。時爲崇禎三年十二月，先生方自浙江主考還京。集中於救錢第一疏下，附倪鴻寶語云："黄子將抗疏時，聞者皆危慄，而黄子獨以爲惟我皇可以忠言，慨然叫閽。"與札中所云"聖明如此，吾輩雖蒙罪所甘"，其言正合。又案：龍錫因定逆案，爲羣小側目。《明史稿》錢傳云[六]"時麗名逆案者方日爲翻案計，而周延儒以會推内閣不與，怨龍錫抑己。

温體仁亦方與東林爲難，遂相聚合謀借袁崇焕以及龍錫，因龍錫以及諸異己者。《明史》删此數語。乃指龍錫爲逆黨，更立一案，與前案偶"云云，札中所云"不知彼有覘者，是何肝腸，誤我明主"，正指此翻案諸公矣。先生以十二月十三日具疏，十八日奉旨詰問，上第二疏。二十七日又奉旨詰問，上第三疏。此札以情事推之，蓋在上第一疏後，故云："小疏上五六日矣，尚未下，不審何如也？"

跋富川令秦公徇忠遺筆

歲丁未九月，李寄雲侍御得無錫秦公徇忠遺筆出見示，屬爲考其名字。檢謝修《廣西通志·職官表》，順治間知縣無氏秦之人。秦瀾曾官平樂縣知縣，表亦不載。《宦績傳》於死李定國之難者，止紀孔有德、李懋祖、周永緒、沈倫、涂起鵬、尹明廷諸人，而於所殺羈管營盤諸姓名十不一二具也。檢禮部祠祭司則例，昭忠祠自四品以下與陣亡兵丁同科，秦官知縣，故亦無專位。最可怪者，曾於敞肆覓得金匱、無錫新志，亦復缺軼不載。新修《一統志》率據州縣解到文案，故於國史館册檔檢之亦不得也。頃借得王豫所輯《江蘇詩徵》，秦字韻内收秦瀾紫回五言絶句一首，小傳下引《江蘇詩事》。又值小峴先生令子緗業應試來都，訊以富川父子遺事，乃知富川公名華鍾，字元發，寄籍蘇州，補吳縣學庠生，由歲貢授富川縣知縣，於順治十年八月十二日徇李定國之難，年五十有八，恤贈按察使司僉事，世襲恩騎尉。又紫回既殁，遺孤二歲，妾諸氏守節撫孤，即陳樹蓍[七]跋所稱藝公者，時諸夫人年八十餘矣。猶及見孫雄飛成名，爲請旌於朝。雄飛字旦初，號曉林，乾隆甲戌進士，户部主事，官至江西布政使。贈紫回如其官，諸氏亦贈夫人，人謂忠孝節義萃於一門云。《詩徵》載紫回絶句"千里流泉紅，百里新鬼哭。彳亍不得前，哀哀主扶僕"，當是扶富川公柩東還時作也。忠孝大名，必無湮没之理。即余捘考此事，亦足信其不誣矣。儻有據紫回所述被難本末申送史館，并行文廣西入祀平樂名宦祠，其有關激勸亦豈淺鮮哉？是所望於有世教之責者。道光二十九年穀雨日記。

漁洋艸稿跋

右漁洋文、詩、尺牘、艸稿一册，葉丈東卿收得之，出以相示。案：《半部集》及《送方位齋》以下七詩皆依次編入《蠶尾集》中。《半部集》序署康熙辛未，詩有"冬日下直戲作"。"下直"，集作"部署"，自注"兵部督捕署在西"，則當係庚午冬日。漁洋於是年七月遷兵部右侍郎，年五十七，故詩曰"五十形空壯歲徂"也。札稿中有云："尊大人傳，久已脱稿。"又云："此傳文生於情，於尊大人生平有似頰上三毛之意。"以稱謂及情事推之，當謂所作《汪蛟門傳》。蛟門，漁洋弟子，故於其子直稱爲尊大人。札尾又有"索惠刻集"之言，《蠶尾文》所載傳數篇，惟蛟門有著作耳。又一札云"承委《文襄公神道碑銘》"，當謂紫恒靳公，集中有《靳文襄墓誌》是也。惟札云"神道"，集作"墓誌"，似不相應。然玩所作志文，自是碑體，非志體，達於文例者自能辨之。末三稿爲致其鄉官之札，殆即修《新城縣志》之崔黍谷耶？内一札云："治佐計七年，無所短長，徒以區區冰蘗之操，受知九重，擢總臺憲。"案年譜云："時捐納方開，多相緣爲奸利，山人一無所豫，戒司官凡關捐納事，勿以一呈一稿至前。在户部七年，皭然如白圭振鷺，舉朝皆能諒之。"與此札云云如出一吻也。擢總憲爲康熙二十七〔八〕年戊寅，漁洋年六十有五矣。道光二十六年夏閏月二十一日觀并記。

黃孝子《萬里尋親圖》記

孝子滇黔山水畫册，據石衣老人跋蓋百有餘葉。鮑氏《知不足齋叢書》附入《尋親紀程》後者二本：一本前有王奉掌隸書"咫尺萬里"四字，凡十葉；一本名《岵屺圖》，前有無款隸書"神留宇宙"四字，案：《紀程》，孝子於麻哈葛鏡橋對案[九]削壁上見鐫此四字。凡十二葉。

此本前有戴南枝隸書"萬里尋親圖"五字，凡八葉。內《關索嶺圖》，《叢書》所載兩本皆寫之。《金馬碧雞圖》，"咫尺萬里"本寫之，題詞皆略同意。百餘葉中，其最險最勝之境必屢屢寫之，不止此二圖也。此本今爲高平祁子和公子所寶，余幸獲寓目，留案上者一年。暇日以孝子自撰《紀程》及歸元恭所爲《傳》核之，《大龍壁圖》是順治九年壬辰二月由五陵溪開道出洪江關、上桃子巖後所經歷也，地在沅、靖、粵西之界，題曰："大龍壁擁寨萬竹，塞險，得獨木舩[一〇]渡大溪，三道磧岸臨於怒江之上，幾至漂没，援筆志幸。"案：《紀程》又曰"山中叢篁古木，陰森蔽日，有異花紅紫間出，有異鳥悲鳴不絶，殘葉盈尺，落花相襯，如層褥"云云，爲此圖所不詳也。"度關索嶺，力竭而踣，有老僧出茶噉之，時已交四月上旬，嶺連峯橫絶，北兵布滿山谷。孝子下嶺後，突爲騎士縛去"，蓋最所悸心之事。金馬碧雞，則滇中最勝之境，故屢屢寫之不已矣。此三葉，皆孝子未抵大姚前所經涉也。

既遇父白鹽井，謀歸，慮無資斧。歸元恭述石衣老人之言曰："乙酉秋，滇中猶鄉試，我分房校士，得門生八人，當以累之。"案：《聖安本紀》："宏光[一一]元年二月初八日，點用雲南、貴州試，差徐復儀、林志遠等，南都以五月亡。"此事無究竟，以傳證之，知蒼黃中星軺遠駕，猶得舉行試事也。孝子以六月初持父書詣諸門生家，南逾楚雄。此本有《烏龍洞圖》，題曰："烏龍洞隸楚雄府，南去四十里，山徑險僻，樵牧罕覯，懸崖石如絫卵[一二]，松蘿若倒裁，下有巨洞，噴瀑作濤聲，洶洶有一瀉千頃之勢。土人云：'昔有烏龍從洞中飛出。'今雲氣勃勃，余過石梁，不禁股慄，猶恐或躍在淵也。"還歷大理府鄧川州時已九月秋[一三]，故《烏邨石屋圖》題曰："過大理，逾峻嶺，歇烏邨石屋玀玀家，其畜牧種植風景頗稱樂土。且見樹頭黃柑赤柹離離可愛，真似別有洞天。"柑柹成熟，足明時屆深秋矣。鄧川在大理北，白鹽井西南，題曰："歷鄧川州道上，懸崖萬仞，澗深水浚，勢如萬馬奔騰。苗獠據險，度索尋橦以通往來。余過其下，不禁股慄神搖。迨今漫筆成圖，猶爲危悚。"案：《紀程》於鄧川但云"懸崖垂垂，如欲墮人頭上"，不紀苗獠度索尋橦之事，題詞語足相補。此三葉又孝子在滇時往來諸門生家所經涉也。

初孝子下關索嶺，登江西坡，過普安州，上雲南坡，比送二親還，於癸丑正月廿[一四]二日復下雲南坡。圖有題詞曰："下雲南坡，磴道迂回，石筍林立，不可名狀。松杉夭[一五]矯翼路，余躑躅輿前，嚙膝飲喘，下瞰雲海茫茫然，憶來時則喜多於懼矣。"款題"丙申夏孟"，距下坡時四更寒燠矣。渡烏江，入遵義界，出老子關，沿江南行，則二月十二日也。題曰："播州烏江老子關，即古牂柯境，昔賢所謫處也。煙嵐瘴癘，波濤險惡，往返歷者幾爲懭悷，豈尋常恐怖邪？"此二葉則孝子歸塗所經涉也。

册舊無次第，余爲排比其先後如此。考證之次，如身左右孝子而親其艱險，同其忻快也。嗚呼！豈弟[一六]之思鬱爲煙雲，彼徒以倪、黃妙筆相賞者，豈可謂之知畫理哉？張浦山《畫徵續錄》稱"嘗於汪念翼齋頭見一册"，未知即此三本中之一本否？計世間當有十數册，深人尋繹明發之懷，子和更博訪之。太歲丁未四月二十七日記。

《虢季子白盤文》跋

此盤與焦山《無專鼎》，皆周宣王時物也。《無專鼎》云："惟九月既望甲戌。"甘泉老友羅君次球，以四分周術推得爲宣王十六年己丑之九月十七日。癸卯秋，穆南遊邗上，出此盤相證，更以次球之術演之。盤首云："惟十有二年正月初吉丁亥。"據李淳風《五經算術注》云："周術上元丁巳至魯僖公五年丙寅，積二百七十五萬九千七百六十九算。"案：僖公五年上距宣王十二年一百六十二年，應減一算，爲一百六十一。以減積年，得周術上元丁巳至宣王十二年乙酉，積二百七十五萬九千六百八算外。盈元法四千五百六十去之，餘八百八爲入。紀年如蔀法七十六，而一得積蔀十命，甲子一、癸卯二、壬午三、辛酉四、庚子五、己卯六、戊午七、丁酉八、丙子九、乙卯十。算外得甲午，蔀其不盡之四十八即爲入，蔀年是宣王十二年乙酉。入甲午，蔀四十八年，以章月一百三十五乘之，得一萬一千二百八十。如章法十九，而一得五百九十三爲積月，不盡十三爲閏餘是年閏十一月。以蔀日二萬七千七百五十九乘積月得一千六百四十六萬一千八十七。如蔀月九百四十，而一得一萬七千五百一十一爲積日，不盡七百四十七爲小餘，以六十去積日餘五十一爲大餘，命起甲午算外，得周正建子月即正月爲乙酉朔，其丁亥乃月之三日也。焦山之鼎有月日而無年，得此盤相證，其代益顯。而次球推策之精亦因之愈著，爲之快絶。至盤文與《小雅·六月》皆紀宣王北伐時事，《六月》曰[一七]"侵鎬及方，至於涇陽"，此寇之來路。"薄伐玁狁，至于太原"，此寇之去路。太原之非今陽曲，金仁山已知疑之，亭林、百詩、東樵遞相綜覈，其義愈明。然顧、胡謂太原即北魏原州今固原州地，而百詩又疑之曰："秦中地以原名者不可勝計，不能確指何地。"則仍無定論也。今案：此盤文曰："博伐㺊狁，于洛之陽。"班《志》[一八]："洛水出北地歸德北蠻夷中。"《括地志》："洛水出慶州洛源縣白於山，在今慶陽府合水縣北二十里。洛水出山東北，流經唐洛源城，而東南流至洛川縣南、中部縣東與沮水合，自是以後洛兼沮稱，不名洛矣。"以地望診之，寇之來也至於涇陽，蓋及今平涼、鎮原之界而止。周之禦寇也于洛之陽，蓋駐軍今合水、安化二縣境。王師、敵壘相距在百里內，其地廣平，即《詩》所謂"太原"矣。顧、閻諸君之論，亦以此盤證之，義始大明。又《詩》主歸美宣王，故但述戎車旆旟之盛。盤主銘子白之功，故詳艫折首執醜之數、獻馘酬庸之典，皆足補經文所未備。《六月》，《正義》曰："《經》云：'至於太原。'是宣王德盛兵強，獫狁奔走，不敢與戰，吉甫直逐出之而已。《采芑》、《出》[一九]亦皆言執訊獲醜，此無其事，明其不戰也。"蓋望文生義，以此盤證之，知《正義》之說爲不然矣，其有功於《經》甚大。盤出陝西鳳翔縣，重今權四百七八十斤，銘鑴於腹，四隅有環。自古重器若斯之鉅者蓋尟，陽湖徐君爕鈞令關中購得之，今載歸毘[二〇]陵矣。

《竟甯[二一]鴈足鐙銘》跋

此鴈足鐙始著於厲太鴻《樊榭山房集》，江都馬半槎裕家物也。其誤刓"省中"二字，聯合之曰"首山"，翁學士《兩漢金石記》已辨之。然學士亦祇見拓本，字經土[二二]繡、氈蠟難顯，故於"竟甯"下"元年寺工二"五字、"守"下"令尊"二字，皆云殘蝕。又訛"霸"從"虍"，"中"云"似中"，未見原器，因生是葛藤矣。此鐙後歸歙巴予籍慰祖家，汪容父爲予籍審定其文，作釋文六百餘言，載《述學》外篇。然據云首六字漫漶，日中拭水視之，乃可辨。"考"下從彑作"考"。案：此文筆法全是小篆，非分隸，不得援隸以釋篆，即漢隸"考"字亦止作"考"，不作"考"。此則明明從"屮"從"彐"，且無斜捩，不得直刓作"考"。更以元康二年鐎斗文證之，必應作"考工"亦無疑。此則明系工人誤書作"寺"，亦不得因當作"考工"，并此誤文而亦云不誤也。此鐙今又歸歙程木菴洪溥家，木菴與海寧六舟僧善。六舟摹拓之工一時無兩，又善剔剚古彝器款[二三]識，嘗因游黃山主木菴家，爲木菴剔此鐙文，於是自厲翁以來所疑爲殘蝕漫漶者，一旦軒豁紙上，纖毫畢見。六舟亦頗自詫，作《剔鐙圖》，徵海内詩人歌詠之。此本即六舟所手拓，窅眇向背，宛如界畫，信可珍祕也。道光癸卯，木菴之子守恭需次入都，以拓本徧貽[二四]同好。余分得數紙，爲紀其顛末如此。

《鄐君開通襃[二五]余道題字》跋

右題字，自晏袤釋文已有舛誤。馮魯川比部所藏舊本最爲清朗，得據以證諸家之誤。第七行"部掾治級"，"治"字拓本左傍分明作"二"，《廣韻》"冶"下云："又姓[二六]。《左傳》衛大夫冶廑。"此"冶級"正其族裔矣。《禮器》碑陰有任城兀父治真。"史𥳑茂"，舊釋作"苟"，非隸法，從"包"之字無作"𠚍"者，而"𠂤"字則往往併作"日"，非日月字也。以後"𥳑寺"之"官"字照之，其爲"管"無疑也。第八行"韓岑弟典功"，作"弟"字難解，諦視拓本作"𦬒"，乃"等"字也。更以後"官𦬒"之"寺"字照之，其文愈明。後見《隸篇》摹入竹部等字，先得我心矣。第九行"楊顯將相用"，"用"下更無字，翁氏跋尾作空一格，非。"相"晏釋作"隕"，誤。魯川本木傍上截尚約略可尋，是"相"字也。"將"字則全然漫滅，魯川本左角餘橫直二小畫，決非"將"字筆勢，其爲何字，殘剝不可知。然"將相用"義實難通，疑"囗相"亦守丞姓名，"用"字屬下"始作橋格"爲句也。第十一行"卅三下"，晏"卅三"誤"廿二下"，脱釋一字。諦視泐痕疑是"所"字。更以後十四行"所"字照之，是此筆勢也。此石刻今存百二十三字，兼泐字數之。此後尚有"四器用錢百四十九萬九千四百餘斛粟。九年四月成就，益州東至京師，去就安隱今俗穩字。"三十二字，近代金石家皆未之見，不知是原石損蝕，抑拓工偷減也。翁正三學士云："字畫古勁，因石之勢而縱橫長斜，純以天機行之。此實未加波法之漢隸也。」最爲道得此石刻妙處。余亦謂近代分書，惟伊墨卿太守稍能窺此祕奧，然天趣竭矣。己酉七月初八日識。

《百石卒史孔龢碑》跋

碑云：「春秋饗禮，財出王家錢，給犬酒直。」「犬」，或誤仞作「大」。翁氏《金石記》云：「似是'犮'字，蓋即'發'字，既省'發'爲'犮'，又省'犮'爲'犬'耳。」穆案：翁氏論書最[二七]多迂謬，此尤支離可笑。蓋偶有見於艸法之"犮"與正書之"犮"[二八]其形相似，不知"發"已變而作"犮"，又省何筆而作"犮"？以形而論，但移左肩之點於右肩耳。且"犮"本從"犬"而丿之，何爲省其丿而仍作"犬"？既作"犬"而仍讀爲"犮"，又轉而讀爲"發"乎？夫酒，酒也。犬，牲也。犬酒，猶之乎牛酒、羊酒云爾。乙瑛請以王家錢給犬酒直者，不敢仰給大官也。所以止云犬酒者，比諸羣小祀之牲，不備物也。《禮》宗廟之牲犬曰羮獻，而五祀之牲門用犬。《周官》[二九]：「犬人掌凡祭祀共犬牲。」魏高堂隆曰[三〇]：「案舊典薦新之祭，大夫以上將之以羔，或加以犬，不備三牲也。」用犬之義，其來遠矣。下文太常既據故事祀先聖師，「河南尹給牛羊豕雞□□各一」，雞字據《隸釋》。《漢隸字原》尚摹有此字，然劉球《隸韻》已不收，知其磨滅久矣。此如今日案牘之引例。而下云「請……出王家錢給犬二字今亦闕酒直」，則第如乙瑛請，未嘗加給牛羊豕雞諸牲也。觀建寧二年史晨奏書，仍以無公出酒脯之祠爲言，是并犬酒之禮亦不久即廢。直至晉太始三年，詔太學及魯國備三牲以祀孔子，而春秋饗禮之典乃代有加矣。又朱竹垞、吳山夫皆謂杜佑訛百石卒史爲百戶吏卒，案《通典·吉禮·孔子祠》篇引元帝尊孔霸爲褒成君[三一]，平帝封孔均爲褒成侯，光武繼封均子志，和帝徙志爲褒亭侯。今本《通典》"亭"訛"尊"。初未及置百石卒史事，何由致訛？惟於漢事下，繼以魏事云：「黃初二年，以孔子二十一代孫議郎羨爲宗聖侯，邑百戶，奉孔子祠。令魯郡修舊廟，置百戶吏卒守衛。"案：此"百戶"字，碑作"百石"。杜氏當本亦作"百石"，作"百戶"者，鈔胥涉上"百戶"字而訛。此"百戶"字、"吏卒"字，明明有《孔羨碑》可證，與孔龢事何涉？蓋由不知"百石卒史"與"百石吏卒"迥別，故瞥見此四字，更不審檢上文，而以不狂爲狂也。翁氏并疑魏碑"吏卒"字爲"卒史"之訛，而引亭林所考"百石卒史"事證之。案：卒史者，有秩之人。漢代例以士人爲之，流品極清，如兒寬、黃霸之倫是也。吏卒，則府史胥徒之屬，庶人在官者，故任以守衛廟皃[三二]之事，非孔龢以明經高第典主禮器比也。且曰"守衛"，則非一二人可知，而此如干人者方將援據案牘[三三]，仰餼於朝。焉有煌煌詔書，大書深刻，而於此等文字乃誤而不棨者乎？翁氏亦可謂不善疑矣。然則魯人百戶之稱，自當屬之《孔羨》。孔尚任并稱此爲"百戶碑"，斯大誤耳。詔書選年卅[三四]以上、經通一藝之人掌主禮器者，遵用左雄議令郡國舉孝廉例也。自乙瑛請立百石卒史，後見於《韓勑碑》有"守廟百石，孔恢聖文"，見於《史晨後碑》有"守廟百石，孔讚皆繼"，孔龢而掌領其事者也。又孔龢師孔憲，字仲則，亦見《韓勑碑》陰。

《爾雅》："蚾，蟴蚚。"郭注："今江東呼爲黃蚚。"即此發皇也。臧玉林曰："案犮、發聲同，古人多通用。故《爾雅》作'蚾'，《周禮》注又作'發'。"據《說文》"蟜"爲正字，蚾、發并聲近，叚借字。改《百石卒史碑》跋前數行。

延熹《封龍山碑》跋

元氏有漢碑六，宋以來箸錄家止得其三，《白石神君》也，《無極山》也，《三公之碑》也。至乾隆甲午而《祀三公山碑》出，元氏令陝西王某訪得之。又越五十年餘年而《三公山神碑》出，吳子苾飭打碑人訪得之。又越十餘年至道光二十七年而《封龍山碑》出，皆歐、趙、洪、陳諸人所未見也。《封龍碑》，宋人《天下碑錄》有其目，云在獲鹿縣南四十五里山上。丁未冬十一月，寶應劉君念樓宰元氏，始訪得之於縣西北四十五里之王邨，命工昇至城內文清書院，而首以拓本見詒。碑凡十五行，行廿六字，文詞完整，刻畫如新，唯末二行上缺一角，最後十餘字稍有模糊難辨處耳。案：獲鹿之南，正當元氏之北山，固跨據兩縣之交也。封龍之名始見於《趙世家》，而山之名則至北魏《太宗紀》始箸。碑云"北岳之樊援，三條之別神"，與《祀三公山碑》所云"三條別神，迥[三五]在嶺西"、《白石神君碑》所云"居九山之數，參三條之一"，其儷詞之意約略相同。蓋三公、封龍，正當太行折北之處，翼戴恒山，百里而近，上下苞絡，通爲北條，班、馬舊說正是如此。洪文惠引《尚書正義》證之，不誤。翁覃谿乃以爲別有事實，或又疑爲崇飾之詞，皆非也。碑文言封龍"與三公、靈山協德齊勳，國舊秩而祭之，以爲三望"，又言"三靈合化"，三即三公，靈即靈山。三公山在元氏西七十里，靈山在元氏西北三十里，當時蓋以三公爲邑主山，而封龍、靈山配食，故三公之碑額以封龍君、靈山君夾書兩旁。洪氏謂揭其神於額旁者，即是配食三公之祠。而王邨舊有三公廢祠，元米惠迪撰祠碑云"魏孫該《神祠賦》云'元氏西界有六神祠，吾觀其一，然皆以三公題額焉'"是也。言"歲貞執涂，月紀豕韋"，執涂即執徐，歲陽爲辰，豕韋即娵訾，北方元武宿十月見於南方，謂請祀之時爲延熹七年甲辰十月。"大吏郎巽等"，則其時令長也。念樓篤好漢學，箸有《漢石例》六卷，余爲刻入《連筠簃叢書》中。其宰元氏也，值歲歉，時遣人告貸京師，而一錢不以累民。然則此碑之出，雖謂天所以獎進循良也，亦實錄歟！

青主先生手評《曹全碑》跋

　　右《曹全碑》無陰，碑中朱筆評注、圈抹及前後題跋，皆青主先生筆也。余於己酉七月得於京師厰[三六]肆中，魯川比部藏有碑陰舊拓本，因從乞得之，續裹於後，都爲一册。據先生自記云："乙巳冬，郃陽范年家寄來。"先生生於萬厤[三七]三十四年丙午，至此乙巳爲康熙四年，年六十矣。潛丘徵君嘗述先生語云："謝承《後漢書》，余家有之，永樂間揚州刻本。初郃陽《曹全碑》出，曾以謝書考證，多所禆，大勝范書，以寇亂亡失矣。吳山夫《金石存》亦引割記此條。"案：碑出萬厤初，是此本之前先生尚有初得考證之本，當因寇亂一併亡失，故此本但論書法佳醜及小小文義，不復考證碑事也。其論"遂訪故老商暈""暈"字云："'暈'字不解何聲、義，以文義看來，即是商量之'量'字。《說文》'量'字從曰從重，曰從曏省聲。必於從曏，亦太迂遠無義。此從曰從童，翻覺妙於從曏之省矣。"云云。案：此說非也，"商暈"是人名，"老"其秩也。先生從文義推之，當由未見碑陰故耳。碑陰第二列第一行云："縣三老商量伯祺五百"，即碑所云"故老商暈"也。"暈"字從童不從童，從童亦不合。然則碑之作"暈"，當由書人偶省一筆，隸法多從便，遂不復改。其時正當鄉壁虛造之時，固不得執許君之例繩之矣。碑中"悉以薄官"，朱書旁注"簿"案："'薄'正字，'簿'俗字，經典'簿'字皆淺人妄改也。""咸蒙瘳悛"，朱筆旁注"拔"案："'悛'是'悛'字，即後世之'痊'字也。《老子》[三八]'不知牝牡之合而朘作'，一本'朘'作'全'，是其證。隸體凡從'夋'之字皆作'夋'，或作'叟'。此但中畫之上筆勢小作停頓，非有異也。宋振譽、牛空山釋作'快'，尤爲不詞。"又"閔搢紳之徒不濟"，先生記云："'不濟'字今俗常言，漢有之矣。"余嘗見先生手札《謝爲人處方》云：

"本領原不濟。"是先生用俗言,即用此碑"不濟"字,以俗言爲雅言矣。至翁覃溪學士論"咸曰君哉""咸"字内口上一畫是彎曲倒折之筆,今石泐而其傍二小直畫不可見,遂成二小橫畫。余嘗臆其説迂謬,今以此國初拓本照之,亦分明是二小橫畫,并無彎曲之痕。翁氏論書往往妄生葛藤,此亦一端也,并附著之。處暑前二日識。

舊拓《孔衷碑[三九]》釋文并跋

君諱衷,字文禮。□此"孔"字缺,其不缺者,蓋以意推之。子卄世之孫,泰山都尉之元子,北此字舊缺,翁釋作"也",吳生曰:"以新舊數本諦審之,確是'北'字,下一字當是'海'字,謂弟融爲北海相也。"穆案:盧抱經謂此碑之立當在中平元年黨禁既解之後。據此則融爲北海相在董卓既行廢立之後,在郡六年,建安初乃移青州刺史。然則碑之立蓋在獻帝初平、興平之際矣。□□□□□。此當爲"北海相之元兄"六字,"之元"二字左半殘畫尚隱隱可辨。卋是"世"字,舊缺。叺[四〇]厂□□ 口翁作"□",吳生曰:"是'君'字也。"繼德前葉,清和挺歊,固天匸是"所"字,舊缺。□□□□幽讚□□卮此"治"字,亦半泐。冢此"家"字,亦半泐。業《春秋糺》,懷祖先生云是"經"字。綜核舊釋作"極"、作"枚"皆誤,懷祖先生云是"核"[四一]字也。□蔦藉靡遺衆琦务眇爲淵爲林博通舊釋作"學",蓋拓本模胡,以意定之。多□此字缺,舊釋作"識",蓋"博"下一字既釋作"學",此字遂以例推之。案:《孔融傳》云:"性好學,博涉多該覽。"與此碑語正相類也。□人此"人"字左掠已泐,故舊釋皆缺。匪勞是匸"以"字半泐。□□之徒自此"自"字泐,餘中四平畫,故舊釋皆缺。遠□來靡不川流"靡不川流"四字,舊釋作"歷衣州郡",絶無義義可尋,此舊釋之最謬者。鱗浮二舊釋作"雲",疑非。集"集"字餘半。冖猶觀山采玉□丁此"水"字左半二筆尚顯。□朱此"珠"字,左半亦泐,舊釋皆缺。故□丞巾吳生云:"此'希'字之下三垂筆也。"舊釋皆缺。世之名□□加此"嘉"字,舊釋皆缺。之與舊釋作"與",吳生云:"'與'字上半不應如此之短,以上名字推之,是'譽'字也。"□□□□州□□□此缺字,《金石圖》作"高"。□个此"孝"字之殘畫。廉□之此"從"字,翁圖不誤,《萃編》始竟摹作"之"。事　□□广‑□擅名遂翁釋作"之"。表"遂"、"表"二字舊釋皆缺。〻之□爵固辟逡舊釋作"峻",今諦審之是"逡"非"峻",下一字當做"遁"。□叺〔四二〕□辷□□□□援□此缺字舊釋作"爲",今"無"字。弓□□亠夫□厈此"矣"字上半甚顯,舊釋皆缺。覽事此"事"字,舊釋皆缺。□圖□□元節所過夷□□桀即"豪傑"之"傑",舊釋作"桀"。案:"人"是字頂泐痕,若如舊釋,不應一碑之中此字獨長。肭舊釋作"骨"必誤,諦審殘畫,或是"股"字也。栗莫敢藏匿君感舊釋缺,《金石存》作"念"亦非。□□业□方□□遂□危阝是"險"字,舊釋缺。濟渡窮厄後會事覺□□□□臨難引負此字舊缺。案:負猶伏也,《論衡‧物勢篇》曰:"非而曲者爲負。"各爭授命□辟此字舊缺。□□乃此字舊缺。□□□□□□□喪子英产物丂卝人似是"若人"二字。靡□不懷仁必二字甚明白,舊釋皆缺。有勇臨難目舊釋缺,疑是"相"字。□□□□□□□□□彐□□尚凱右半舊釋皆缺。有若口此"君"字,舊缺。□□□丐當是"乎"字,舊釋皆缺。魯相汝南陳府君卓此"悼"字之右半,舊釋皆缺。□□之遇二字舊缺。□傷□士□此字泐,以文義推之,當是"之"字。□串此"患"字上半,舊釋皆缺。乃□□植舊釋缺。碑昭不示一當是"不"字。□□□此"辟"字,微波榭本殘畫尚約略可尋。曰:

　　　　□□□□□德又此"攸"字右半殘畫,舊釋皆缺。隆仁此字舊缺。名"名"字上半舊缺。奮牛、翁皆釋作"舊",誤。燿□此字以義推之,當是"如"字。雲如乚此"龍"字右半,舊釋缺。□□□□□□□□□磐□□逢□懷祖先生云是"此"字。百乚懷祖先生云是"凶"字。仁風既激舊釋作"敷",誤。□義□公此字舊缺戢□□□□丁□□頌懷祖先生云:"'頌'讀若'容'。"□□□與一□□□□□□□表入〔四三〕當是"令"字。終。此字舊缺,此第十四行之首四字也。以微波榭本數之,此下尚有七行,殘畫隱隱,疑多可識,惜無精於推測者辨仞之矣。

　　此碑於雍正初年出土,此本即初出土時拓本也。以《金石圖》、《金石存》、《兩漢金石記》各家所録校之,此本殘字多出於舊者凡四十餘，其足補完舊缺者尚十有六字。殘畫賸墨行間，躍躍然若皆有文義可尋，苟得精心推測者反復求之，其足補完舊文者必不止十餘字已也。兼以拓手精勻，筆鋒腴潤，亦可謂斯碑之寶笈矣。爰復寫定其文，以備好古者審覽云。

敬案：己酉秋日，師得微波榭舊拓《孔衮碑》，重定釋文，跋尾甚悉，此本不知今歸何所。謹據草稿録存，文多殘蝕，俟他日訪獲元本，當爲補訂。敬又嘗得此碑初拓本，其第四行"集"字全存，第五行"孝廉"上有"高察"二字，皆覃溪所未見也。舍弟子迪，又據《後漢書·陳蕃傳》子逸"官至魯相"，及《左傳正義》、《史記索隱》引《魯國先賢記》靈帝末陳蕃子陳子游爲魯相，考知碑中汝南陳府君即太尉子，名逸，字子游也。惜不能重質於吾師，附書篇末，以識感云。

《魏張黑女墓誌》跋尾

黑女，南陽白水人。案：光武中興，有白水真人之讖。然是鄉名，善長注"沔水"曰"白水北有白水陂，其陽有漢光武故宅，基址存焉，所謂白水鄉也"是也。後魏亦無此縣名，《地形志》襄州北南陽郡有白水縣，乃孝昌中僑置。曰北南陽，别乎此故南陽而言也。此南陽郡，《地形志》屬廣州，州係永安中置，太和中當屬荊州，然黑女卒於太和十七年，次年始改魯陽鎮爲荊州，在遷洛之前一年。黑女以中書侍郎第四品上階出爲鄉郡太守，邊城陂塞，蓋領之鎮將矣。魏收所述皆東魏之制，郡領南陽、埌城二縣而無白水之名，殆已省併。余撰《延昌志》，即據此碑補之，與《張猛龍》碑陰魯郡之弁，均爲吾書難覯之堅證也。新平郡，《地形志》有二：一屬涇州，涇州神慶中置；一屬南鄭州，南鄭孝昌後僑置。此爲涇州屬郡，今陝西邠州其故治也。黑女遠祖和，稱曰"遠祖"，恐非魏人，再核吏部尚書秩從第一品下。祖具，中堅將軍秩第四品上。父，盪寇將軍秩從第七品。黑女以父爲蒲阪令，遂家於斯，葬於斯，則其父之有惠政於蒲可知，是又晉乘所當蒐〔四四〕采者矣。建中鄉孝義里，余亦據以載入《延昌志》，安得後魏文字如此志者百千種，以光敝尋乎？巨禄即鉅鹿，後魏石刻多并增金於鹿旁，然從無作此二字者，亦異聞也。《志》首云："出自皇帝之苗裔。"古人於上古之君乃稱皇帝，《吕刑》"皇帝清〔四五〕問下民"是也。此則借"皇"爲"黄"，《世本》黄帝第五子揮始作弦，爲張氏受姓之始，故周殷皆稱爲中葉。《莊子》書凡稱"黄帝"者，古本多作皇帝，尤其明證。張猛龍，亦南陽白水人。其云"翁鬱於帝皇之始"，與此志稱皇帝例同，蓋爾時譜諜之學如此。此志何子貞同年得之沛南市上，筆法之妙，爲自來魏石所不逮，信奇蹟也。

《北齊李清報德像碑》跋

此碑在平定州東四十里石門口，磨崖，正書，三十行，行四十一字。曹秋岳《古林金石表》始箸録，謂之《石門口寺碑》。《寰宇訪碑録》有此碑目，而行下地名則缺之。案：碑爲鄉郡鄉縣李清報趙郡李憲、李希宗父子二公之德而造。李憲，《北齊書》無考。希宗，爲文宣皇后之父，見后本傳。北朝自魏太武造新字，其見於石刻者，臆書破體不可殫舉。此碑爲燕州釋仙書，書法嚴整古拙，是北碑正派，而其人不通文語，動筆輒誤，非爾時書體然也。如造像人李清，首行作"李清"，第三行"以禮待青"、"青德乏故賢"，二名俱無水傍，此必有一誤。憲官"兖雍七兵尚書、陽冀定五州刺史"，魏、齊間河北諸州無置陽州之事，反復推究，"陽"蓋"易"字之訛。若第五行"簡易可久"、第二十九行"騋駒易往"，"易"皆作"易"，則由魏、齊間"易"、"易"二字率不分别也。又此僧自署燕州，考魏太和中曾分恒州東部置燕州，孝昌中陷，天平中於幽州軍都城置東燕州。北齊州廢，置東北道行臺。此僧究生何時，所產何地乎？古人列銜書郡、書縣，無書及州者，故潁陽并券豫州，宋孟人疑其偽，然似[四六]不可執以例此僧也。柏人，《漢志》以下無異文，即北齊李渾諸人傳亦作趙郡柏人，《元和志》曰："後魏改柏人爲柏仁。"《隋志》襄國郡柏仁，校者仍據漢魏地志改"仁"爲"人"，今此碑正作柏仁，可以訂校者之妄矣。又云"永寧鄉陰灌里人也"，兼詳其鄉里之名，蓋放《史記·高祖本紀》之例。清以文靜、文簡薦拔得奉朝請，感其德，至於"去家五百里就邢邬開榆交式"，磨崖刊石，造此像碑。"邬"，疑"邸"字。邢邬，謂井陘。開榆，謂榆關也。鄉郡爲今遼州武鄉，去吾州石門口正五百里，往來晉陽、鄴中所必經，故碑云"萬里莨途，百州路側"也。首行年月日，鄉郡李清言，是奏書朝廷之式。而銘曰"爰有宗人，老成夙惠"，則製銘者別是一人。碑中壞字，如"扶"作"扶"，"朽"作"杉"，兩見。"標"作"榍"，"盡"作"葢"，"質"作"筫"，"猶"作"猏"，"嗣"作"嗣"，"葭"作"葭"，"梁"作"樑"，"序"作"厗"，"徽"作"䡾"之類甚多。凡魏、齊間習見俗書概不出。又有訛文，如"負土城墳"當作"成墳"，"石槨䡾炭"當作"䡾灰"，"職二三界""職二"二字不解，"惟此公二"當作"二公"。"瞬息二不留"，次"息"字二點當是"之"字，讀碑者以小字正書二點之下。又有脱文，如"波輪迴，星流電滅""波"下脱一字，"戶改詞曹，門通德""門"下脱一字，"功大造，推心弘濟""功"上脱一字，"滄海爲原"下當脱一句，"火垂燎於華想"脱"華"字，"淵寶丘平"脱"丘"字，讀碑者以小字注之。又碑首"天保六年歲次乙亥七月己卯朔一日庚辰"，"一日"上當有"越"字。考之《本紀》，是文宣頓軍白道，率輕騎五千，北追茹茹時也。又銘文"惟彼調御"句，"彼"字下忽空一格。草率若此，蓋不僅《張遷》"既且從敗"之比矣，此古人所以并重察書也。此碑自來無考訂及之者，以吾州石刻更無鉅於此，故詳悉著之。

舊拓《醴泉銘》跋

《醴泉銘碑》題一行，銜前後二行，文二十三行，行五十字，末一字宋拓本已全然漫滅，二十行"烏"字、二十一行"泉"字，雖尚明顯，然神氣支離，已經拓工開鑿矣。第四十九字則萬厤間縣令所鐫去也。趙子函、林同人俱云近被惡令鑿損三十餘字，并第五十排。歸獄此令，尚違其實。此吾家舊藏本，每四十八字後輒鐫去二字，其爲既經萬厤縣令鐫殘後拓本無疑。松齋知引子函語，乃云"此本尚未增損一字"，殊爲失檢。當是明季葉極佳拓本，楮墨妍妙，僅遜宋拓一等耳。余獲見宋拓本〔四七〕二：一爲南海吳荷屋中丞所藏，丁酉春酒邊匆匆一觀，未暇審正，後歸粵商潘氏；一爲杭州梁太史敬事所藏，有王孟津題簽名印，然非翁學士所稱陳寶党氏本也。戊申十二月借觀二日，筆情豐腴，神采煥發，似較吳藏本尤勝。此本舊斂一葉，爰以油牋摹補於後，復摹第四十九排，存字二十餘，以備參證。念此本歸吾家八九十年矣，直至今日始稍悉其底裏，然則實事求是，談何容易也。道光二十八年十二月十二日識。

明拓《李思訓碑》跋

亳州梁松齋大令以善學北海書名世，先伯考永豐君實從受筆法，故吾家松齋書最多。其臨《思訓碑》者亦不下十數册，先君子分得一册，今尚存，然非松齋得意書也。嘗見伯考家此碑百衲本，云是聚精拓數十紙逐字審擇翦裴者，伯考身後書帖散失，百衲本不知飄墮何處矣。又嘗見吳瀹齋中丞所藏王弇州本，紙墨精古，云是唐拓，表袚較今本厚殆逾倍，惜未以它本一校之也。此本雖殘蝕已多，然尚未經磨洗，如"人之儀形"下"固以爲"三字、"夫人"下"寶氏"二字、"竹崗紀事"之"崗"〔四八〕字皆完好清朗，其爲明拓無疑。筆情逎美，猶可尋其向背轉掣之神。如"宋昌心腹，二登厥官"，洗碑者誤於二字之頂增多一橫畫，箸錄家遂仞作"三"字，雖專精北海如松齋，亦臨作"三"，知其所見本皆不逮此矣。弇州本世無兩，此本在天壤間當亦如麟鳳耳。己酉霜月皇極之日識。

宋拓《張長史尚書省郎官石記》跋

長史此書運筆頗生，結體近拙，縣鋒直下，神骨黝然。有唐書家，無論孰爲優劣，要是自抒新意，不相蹈襲，必欲溯其真源，意殆在魏、齊間乎？細繹筆妙，又信爲魯公所自出，特魯公變而益奇耳。刻法向背往來，一一不失，尤非明以來工人所能望見。戲鴻堂本似即從此摹出，而點畫部位全然乖謬。若近日上元蔡氏所刻，直俗書僞託不足入論也。翁學士於此帖有數跋，展轉支離，令人目[四九]眯。總之，以世法相繩，寧有合處邪？匏廬先生真賞絕代，以鄙論爲何如？戊申十月識。

宋拓柳誠懸書《左神策軍紀聖德碑》跋

甲辰四月初三日，大雨，子貞同年宴客於家，穆與焉。宴戲，子愚出此册屬客，各書近箸，穆無有也。次日，適印林爲借得潍陳氏所藏柳誠懸《神策紀恩碑》，即《庚子消夏記》所據以入錄之本也。自題首"皇帝巡幸左神策軍"至"來朝上京嘉其誠"凡二十六葉，第二十葉下文不相屬，顯有脫佚。此册語亦未完，以文義推之，當尚有一册。册猶是宋裝，第一葉有"秋壑圖書"、"翰林國史院官書"條記、"晉府圖書之印"、"研山齋北平孫氏"、"北平孫澤"、"安儀周氏珍藏"、"古香齋"諸印，末葉印亦略同，而押[五〇]角則"賈似道"長字方印也。副葉有"蕉[五一]林收藏"、"梁清標印"、"儀周鑒賞"、"張氏蓉舫"諸印，跋有"怪君何處得此本，上有桓元寒具油。柿葉齋主人"題字。又一葉有金字題曰："洪武六年閏十一月十八日收。"承澤跋是用黑行書箋寫，後人沾連册尾，較《消夏記》亦略不同。穆以油素雙鉤，得四十餘字，主人索取急，不及多展翫[五二]也。聞將重摹上石，竊意非深知書理，不能得其紆和之致。穆極意研尋，不過僅存形模，況更經匠石之雕琢乎！子愚以爲何如？初五日書。

靈石楊普校字

校勘記

〔一〕"皆近刻也"，《山右》本作"所監近刻也"，衍"所"字，"皆"誤作"監"。

〔二〕"榮"，《山右》本作"縈"。

〔三〕"席"，《山右》本作"斥"。"席"，同"斥"。

〔四〕"余"，《山右》本作"解"，誤。

〔五〕"榜"，《山右》本作"杜"，誤。

〔六〕"《明史稿》錢傳云"，《明史·錢龍錫傳》云："時羣小麗名逆案者，聚謀指崇焕爲逆首，龍錫等爲逆黨，更立一逆案相抵。"此段文字與文集中引文相異，張氏所見乃萬斯同《明史稿》本也。

〔七〕"著"，《山右》本作"耆"。

〔八〕"二十七"，當爲"三十七"之誤，二十七年歲次戊辰，三十七年方歲次戊寅。且上述庚午爲康熙二十九年漁洋山人五十七歲，至康熙三十七年始六十有五矣。

〔九〕"對案"，《山右》本同。疑當作"對岸"。

〔一〇〕"舩"，《山右》本作"船"。"舩"，同"船"。

〔一一〕"宏光"，當爲"弘光"，乃南明福王朱由崧年號，以避清高宗弘曆諱改。

〔一二〕"絭卯"，"絭"，《山右》本作"纍"。"絭"，同"纍"。

〔一三〕"秒"，《山右》本作"杪"。"秒"，亦作"杪"。

〔一四〕"廿"，《山右》本作"甘"，誤。

〔一五〕"兏",《山右》本作"天",誤。

〔一六〕"豈弟",《山右》本此二字空缺,僅以□□標出。

〔一七〕"曰",《山右》本作"日",誤。

〔一八〕"班《志》",其下引文見《漢書·地理志》:"鶉孤,歸德,洛水出北蠻夷中,入河。"文句有出入。

〔一九〕"《出》",《山右》本同。兩本"出"下均脫"車"字。《詩經·小雅》有《出車》篇,所言亦征伐獫狁、執訊獲醜之事。

〔二〇〕"毘",《山右》本作"毗"。"毘",同"毗"。

〔二一〕"甯",《山右》本作"寧"。"甯",以避清宣宗道光帝旻寧諱改。

〔二二〕"土",《山右》本作"士",誤。

〔二三〕"欵",《山右》本作"欵"。"欵",同"款"。

〔二四〕"貽",《山右》本作"貼",誤。

〔二五〕"褧",祁本、《山右》本同,均誤,應作"褒"。乃因"褒"字中段右旁"呆(bǎo)"字,上"口"草寫類"マ"字,刻板稍忽即形近"禾"字,故誤。下篇《〈百石卒史孔龢碑〉跋》"褧"字同此,皆應作"褒"。

〔二六〕"又姓",《鉅宋廣韻》上聲"馬"韻"冶"字下作"亦姓"。

〔二七〕"最",《山右》本作"夌",誤。

〔二八〕"夌",《山右》本闕,作空格。

〔二九〕"《周官》",其下引文見《周禮注疏·秋官·犬人》,原文曰:"犬人,掌犬牲。凡祭祀共犬牲。"

〔三〇〕"魏高堂隆曰",其下引文見《通典·禮九·吉八·時享》:"魏初高堂隆云:'按舊典,天子諸侯月有祭事。其孟則四時之祭也,三牲黍稷,時物咸備。其仲月季,月皆薦新之祭也。大夫以上將之以羔,或加以犬而已,不備三牲也。'"文句有出入。

〔三一〕"褧成君、褧成侯、褧亭侯",三"褧"字,皆應作"褒"。

〔三二〕"皃",《山右》本作"兒",誤。

〔三三〕"牘",《山右》本作"贖",誤。

〔三四〕"卌",《山右》本作"册",誤。

〔三五〕"逈",《山右》本作"迴"。"逈",同"迴"。

〔三六〕"斂",《山右》本作"斂",誤。

〔三七〕"厤",《山右》本作"歷"。

〔三八〕"《老子》",其下引文見《老子道德經》五十五章,原文作"未知牝牡之合而朘作"。祁本、《山右》本"不"均應作"未"。"朘",王弼本作"全"。

〔三九〕"孔褱碑","褱"字中段右旁之"子",亦即"呆"字,故"褱"同"褢"。"褱",《山右》本皆作"襃",誤。下同。

〔四〇〕"叺",《山右》本作"以"。

〔四一〕"核",《山右》本作"陔",誤。

〔四二〕"叺",《山右》本作"以"。"辶",《山右》本作"爻"。

〔四三〕"亽",《山右》本作"今",誤。

〔四四〕"蒐",《山右》本作"蒐",誤。

〔四五〕"清",《山右》本作"送",誤。

〔四六〕"似",《山右》本作"以",誤。又《山右》本"以"下脫"不可執以"四字,以□□□□標出。

〔四七〕"本",《山右》本作"未",誤。

〔四八〕"藺",《山右》本"藺"下"字"上誤衍"第"字。

〔四九〕"目",《山右》本作"日",誤。

〔五〇〕"押",《山右》本作"狎",誤。

〔五一〕"蕉",《山右》本作"焦",誤。

〔五二〕"翫",《山右》本作"玩"。"翫",亦作"玩"。

碑　銘

誥授振威將軍太子太保四川提督齊勇毅公神道碑銘并序

道光二十四年三月十四日，四川提督新野齊公以巡練賢勞，卒於馬邊行臺。遺疏入，上軫悼蓋臣飾終之典，恩禮有加。越一年，其孫偉謁選京師，匄爲家傳上之史館，復以麗牲之文更相諉誶。按狀：公諱慎，字三企。年二十以武學生投伍，轉戰川楚間，首尾十有二年。初拔補倒馬關經制，外委洊升易州營把總、大名協左營千總、陝安鎮標、右營守備，皆遥領未受事。嘉慶十年，升紫陽營都司，始涖任。十二年，升陝安鎮標、左營游擊。十八年，浚滑之役敘功，公爲多，賜號健勇巴圖魯，換二品頂戴。十九年三月，補神木協副將。六月，升西安鎮總兵。道光元年，授甘肅提督。八年，調直隸，已復調甘肅。十七年，調四川。二十年，調雲南，冬復調四川。公馭士嚴而有恩，汰老羸，以羨饟津潤材武，更捐禄俸佽之，賞罰必信。故隸麾下者，雖無事皆瞿然振厲，如當大敵，號爲節制之師。而公獧介之操，尤爲中朝士大夫所敬仰。二十二年正月，命爲參贊大臣，率親兵馳赴廣東，獨公以無功不爲軍士請一錢賞。仁宗睿皇帝嘗襃〔一〕之，曰："實心辦事，實力練兵。"皇上更申獎之，曰："操守清廉，訓練認真。"以捦渠烏什，詔續像紫光閣，製贊曰："忠誠報國，捦勦出力。"御筆改題强謙巴圖魯。卒年七十，賜諡勇毅。揆以行實，皆應銘法。銘曰："菿矣齊公，奮迹南陽。以定制突，以健搏猖。捨必其渠，鍼必其王。橫戈躍馬，威名孔揚。軍中一時，竝名瑜普。中忱膠柔，惟楊忠武。蹙賊道口，忠武杖公。公微忠武，罔與成功。艚車有截，逆燄立挫。螯弧先拔，摧無不破。衷甲入關，轉戰三才。老箐深林，昏昕往來。忠忘其劬，勤忘其茶〔二〕。勇忘其私，銳忘其捷。餘烈所恢，青海涼山。裸〔三〕番而嬰，綴鼓而擐。惜哉晚遘，將將非人。忠武云亡，公力亦單。威名孔揚，淵淵四部。馘龍厲爪，纏頭安堵。蠢兹鯨鯢，跋浪雷壽。壯士吞聲，將軍失箸。推公藎抱，耿耿南雷。摸椿三嚴，碧火夜灰。淬其老謀，壓以背嵬。謂寇不殄，金石其開。"

墓誌銘

誥授光祿大夫河南山東河道總督贈太子太保渾源栗恭勤公墓誌銘

公諱毓美，字含輝，別署樸園，渾源州人。曾祖英，祖德本，考渥，皆贈如公官。年十七，受知於學使者戈仙舟先生，補州學生員，食廩餼。會稽莫公繼戈任，拔充辛酉科選貢，實嘉慶五年也。七年，朝考二等，改知縣，分發河南，歷署溫、孟、安陽、河內、西華諸縣事，几案明允，所至有績。重浚安陽萬金渠，民尤利之。二十年，補寧陵縣。河決睢，治當頂衝，公親履四鄉，勘減沙壓地畝額賦，請蠲緩課，蒔木縣榆棗，興築城郭，以工代振，民困藉稍蘇。旋丁父憂，服除，仍赴河南，即署淇、修武縣事。河再決馬營口，委勘災，因留辦大工總局協放淤工程，積勞加升銜。道光元年，補武陟縣。縣負沁面黃，隄庫薄不足捍大波，公至則加子埝，畫增築大隄策。已而沁決韓郱，公議韓郱之隄激水逆行故數敗，若導沁由漫口歸故道，改建新隄，雖需帑較多而城邑永安，酌汰防汛工員數亦適均，或徙縣治寧郭驛，計尤便。大吏以經費有常，未允也。三年，升光州知州。四年，升汝寧府知府。五年，調開封，剖判敏幹。又於其閒興修貢院號舍萬閒，經營庀度，三載乃究。九年，升河南糧鹽道，調開歸陳許道。十年，授湖北按察使，定讞獄章程，行水保甲，江溢辦振，定煮粥條規，皆可法。十二年，授河南布政使，革屬邑供應浮費，於司庫收支總簿外增正、襍、捐、寄四散册，勾稽無隱。十四年正月八日，兩護巡撫印務，奏撤桐柏縣，重設查鹽公廠。十五年，授東河河道總督。公久歷河干，得諸目驗，知失事必在無工處所。北岸自武陟至封邱，串溝錯出，與大河通氣，伏、秋兩汛，巨浸杳然。其閒衡家樓、馬營工婁漫溢，糜財病民阻運，所關尤鉅。是年七月，陽武汛〔四〕迤上灘，水由十七堡南張庵界循舊順隄河直達封邱，汛西圈堰前〔五〕歸河。又張庵之北舊有月石土壩，本以攔護串溝，後因民田病潦，掘斷之，架木兩端，導水從封邱入河，積久分溜亦漸〔六〕大。公慮萬一張庵溝尾下移，由壩口進注，則陽武以東隄愈危重，因駐節壩前，堵合斷流。次日大風雨，外河內灘盛漲聯絡，賴壩口先閉，隄根停淤，對岸萬家恃以安枕。既乃乘小舟由舊順〔七〕隄河曲折探量，勘得陽武支河分溜北駛，湍悍幾敵大河，兩汛〔八〕向未儲備秸石，無高厓可倚築壩，而進水之口日益闊。憶前浚賈魯河，及武陟城隍，見塼經泥沙融結，堅不可入斧鑿，故於開歸道任即捐俸購塼，議將代埽。及是遂令收買民塼，抛壩六十餘道，挑溜而南，水維頓緩。十六年二月，復勘得陽武三堡迤下支河又分兩股，乃略仿塞決之法，先於原陽越隄築挑水壩，從南股抽溝，北岸築迎水壩，格之口門。將合溜，忽抛涌，當是時咸以爲無可展手足矣。公飭急採大柳，撥巨艦二，倒排口門，借舵作樁，緯以竹纜，繫大柳其上，殺溜罩淤。然後分路進埽，力截北股仍挽歸南，復於間段拋築壩朵，支河距隄遂皆在七、八里外矣。先是在布政使任，祥符三十二堡串水潰隄，料物萃於黑岡，公乘傳往視，僉曰："是非公責，且可以無工解。"不聽，命速築柳壩殺其勢，或匿笑亦不顧，指麾興築至七十餘丈，水漸涸，上游串溝儘力抵塞，決竟復合。凡此皆所謂杜患於將萌者也，微公，漫溢之案且數生。公既灼見埽壩得力，因連疏請以稭料碎石之款酌辦磚，大恉謂：以隄束水，土功乃其根本，築隄宜兼築壩，堤猶身，壩其四肢也。前人用卷埽法，竹絡、木囷、塼石、柳葦，同爲治河工料。自鑲埽法興，始專以稭料爲正則，而溜趨靡常，鑲埽陡立，最易激水之怒。溜勢上提，埽之上首必須加鑲。下坐，埽之下首又須接鑲。片段日長，防守日難。稭質鬆嫩，不三四年即歸朽爛，機〔九〕宜偶舛，輒成口岸。夫治河不外以土克水，先河臣黎世序用石之始，奏稱〔一〇〕石爲土之剛者。臣謂鍊土爲塼，塼實土之堅者。石性滑，易於流轉，仍不免引溜啟深。塼性澀，與土相膠，拋壩卸成坦坡，即能挑遠溜勢。況每方塼價六兩，石價自六兩至十三兩無定科。豫省碎石產自土山，形質本脆，及采運到工，堆砌嵌空，查驗〔一一〕不易。塼隨地皆可燒造，尺塼一方以千計，平鋪高疊〔一二〕，舉目可瞭。又較量輕重，塼重嘗培過石三分之一有奇。以一方碎石之價，可購兩方之塼，而拋一方之塼，又可抵兩方碎石之用，是用塼較之用石省帑更多也。或謂塼壩〔一三〕與水爭地，不知埽工必先築土壩，後乃加鑲，隸埽朽脫胎〔一四〕，壩隨埽墊，有壩名無壩實，大溜轉偪隄根。塼壩則無須埽護，即師築土壩之意而不泥其法。臣履任之初即試行拋築，杜新工，護舊工，五年之間樽節掃〔一五〕費已百五十餘萬兩，斯實效也。公每有陳奏，輒蒙嘉允。工員大不便，旁人亦刱聞此議，倡浮言相梗。賴上信公，深決其言必可行，後卒如所請，許之。試行之始，公終日立泥淖中，塼甫出，水勢尚動搖，即率先屹立壩頭，隨時與廳員營弁講求治策，於工之將生未生無不豫謀抵禦。然其深意，不惟節省經費已也，將以埽工所節之費移而培大隄，大隄固則漫溢之患可永除，宣房萬福。所以爲國家計者甚至，奈何未竟其施而殂[一六]也？河標、黃運兩營兵專事樁埽，城守兵雖習弓馬技藝，陳勢亦非所嫺。公惟濟寧地界，曹、兗宵小時竊發，操防未可忽，因增演三才速戰諸陳勢，捐造銃礮、刀矛、旗識、鉛丸、火藥，躬自教練。又設義學五所，令兵丁子弟讀書其中。二十年正月，京察特旨交部議敍。二月十七日，巡工至鄭州胡家屯，夕食感奇疾，昀厥，漏加子遽卒，年六十有三。遺疏入，上震悼咨惜，晉宫銜，賜卹加一等，諭祭葬，予諡恭勤。柩旋，豫民繞紼攀號，亘千里不絶。於是濟寧州奉木主入大王廟，及任城書院、寧陵縣祀於三賢祠及吕新吾祠，公嘗重刻吕子書故也。襄城縣祀湯公祠，祥符、寧陵、西華、武陟、原武、陽武、安陽諸縣或橛[一七]祀名宦，建專祠。仁賢之實，其生被之民而歿令人思也又如此。配吴夫人。子男二：公卒之日，長子烜已由刑部郎中截取知府記名，乃推恩賜；次子燿，進士。孫男三：國華，國賢，岱齡。以二十年月日葬鄉原。公與先君子同受知於會稽莫公，穆又與兩公子相善也，謹撮敍其政事、議論尤大者，内之幽扃。銘曰：

帝任之嫥，公肩之力。財殫牽茭，慮沈鍊墼[一八]。五載試行，厥功已豐。北流不復，永式栗公。

誥受光禄大夫太子少保兩廣總督高平祁恭恪公墓誌銘

公諱墳，字竹軒，一字寄庵，系祁氏，高平縣孝義里人。曾祖斯滄，國學生。祖杲，工部員外郎。考汝奨，嘉慶庚申科舉人，中書科中書。公年十四，補縣學生員。時學使者戈仙舟太僕教士嚴，稍扞格輒衆辱之，試高平，得公卷則大驚，謂不可伍於衆，獨揭一榜標異之，贈以詩，如曲江之遇鄴侯也。嘉慶元年，年二十，成進士，改刑部主事。展轉郎官越三十年，至道光四年乃外授河南糧鹽道，五年擢浙江按察使，六年擢貴州布政使。九年拜刑部右侍郎，尋授廣西巡撫。十三年調廣東，十八年拜刑部尚書。二十年，逆夷犯廣州，明年正月大兵會剿，公奉命往辦糧臺事務，塗次改授兩廣總督，防夷籌海，嘔血酸辛。又越三年，公不還矣。公自主事升員外郎、郎中，皆坐辦秋審處開館，增纂則例爲纂修官，每持一議，廉平周浹，老於文法者不能奪。兩逢京察，列上考，皆奏留不使去。嘉慶十八年，承辦教匪逆案凡數十百起，特旨獎勞，賜大緞。嘗隨葆齋那[一九]公、仙舟帥公、果亭成公、文文敬公，數讞獄山西、直隸、湖南、廣西諸省。道光五年，武康徐蔡氏獄婁經勘治未結，正臬司至自引決。上以公代往鞫之，遲又久，端題開豁，得其旁證，冤乃雪。其内召爲侍郎也，有挾怨燒殺一家數命者，司員以誤遺火種、風烈延燒爲詞。公不答，徐取日記小册示之曰："某日之夕，星斗燦明無風，君爲囚地，獨不爲一家數命地邪？"卒擬抵。其不爲世俗之仁，又如此。公爲人循循姁姁，若不敢少縱，而旌節所涖，輒能得其邦之魁才賢士，以爲己用而比有功。江華猺叛，蒼梧猺應之，由大貴山龍井村出道石墟，謀奔江華。公既豫調軍將，塞與長塘接壤之姑婆桂嶺諸山口，用舉人陸錫璞、吳元德策，先撫其猺之良者，授同知易中孚兵，俾便宜行事。中孚聞叛猺已出道石，窮追及之於芳林渡，相持一晝夜，痛剿之，禽殺殆盡。公用是晉太子太保銜。潮州普寧縣爛匪聚衆肆劫，莫敢誰何。公用同知姚柬之策，出不意，進圍塗洋賊巢，立縛其渠正法，禽黨羽四百數十人，行旅以安。在總督任，用學正曾釗策，設險師子洋，北遏夷舶闖入。用監生樊封策，屯田虎門海壖[二〇]百六十餘頃。逆酋百麥擾三元里，民怒磔之。公因用訓導黃培芳、拔貢余廷槐策，檄諭屬縣團練南海、番禺、順德、東莞、花縣、龍門、從化、清遠土著民爲七社，不費官帑〔二一〕一錢，而輪戍〔二二〕虎門諸臺二千人有奇，聽調五萬人有奇，建倉儲穀十萬柘〔二三〕有奇。公自通籍後，一典廣西學政，一充順天鄉試同考官，所拔士多通達治體，以吏績著稱。晚更患難，益知惟才爲足恃，因上變通考試遴選真才之疏，大意欲放唐宋制科爲五目：曰博通史鑑，曰精熟韜鈐，曰製器通算，曰洞知陰陽占候，曰熟諳輿圖情形。不分文武、已未仕及攻舉業與否，果屬通才，皆許以名上聞，詳試錄用。其鄉、會試第三場亦放此五目，略如元人經疑之式設問，破格收之。議寢，不行。二十三年冬，病劇。次年正月得告，因竢代，未即行，五月二十八日薨，年六十有八。遺疏入，命照尚書例賜卹，諡恭恪，諭祭葬。子之銓、之鏐，皆以本官儘先選用。配楊夫人，生子五：之鈐，辛卯科舉人，福建沙縣知縣，後公八月卒；之銓，戶部員外郎；之鐔，國學生，殤；之鏐，候選知州；之鑠，癸卯科舉人。女二：適刑部員外郎張楫、陝西邠州知州韓鈐。孫男九：惇、悰、愷、懌、寶書、遐齡、長齡、鳳鳴、太平。二十六年十月初二日，之銓等將扶公柩葬於祖原之次，請銘。銘曰：

公才精練，少而卓然。雪沈啓竇，定讞若神。星軺往來，楚粵晉燕。仲山將明，恩意廣宣。遂以明刑，受兩朝知。拔之郎署，置之監司。開府粵嶠，跨越東西。妖巢墮落，絕其桃梯。際會多難，有柎斧柯。側身兩間，仰天奈何？敵情叵測，民情悅和。民情則和，公髮日皤。匪維髮皤，歐血云多。變生何常，得才則平。公履所交，豪雋心傾。垂歿一疏，彪彪丹青。大星宵賁，萬士吞聲。我銘公藏，言薙其纖。龍鶱螭屈，賜碑共瞻。泫水洄洄，縣壺巉巉。鑴詞遂室，證史何慙！

誥贈奉政大夫左春坊左贊善候補東河縣丞外舅趙君墓誌銘

君諱學彭，字子述，武進趙恭毅公五世孫也。恭毅長子侍講公熊詔生兩浙江南都轉鹽運使侗敫，都轉生刑部郎中繩男。刑部公二子：長懷玉，世稱味辛先生；次球玉，以孫振祚官贈儒林郎、翰林院編修，君之考也。穆爲趙氏壻，距君殁垂二十年，未獲一親言論，然時時以君素行諮於所識。武陽之人，皆君之舊游至戚也。安邑知縣劉君承寬曰："先禮部少治《春秋》，爲胡毋氏之學，人罕達者。君一見獨通知科旨，會學使者案臨，即抒其義於應試之文。學使者奇賞之，拔置第一，補縣學生。先禮部爲諸生，貧甚，館穀所入率舉以付君。君爲營置生産，家賴以小康。先禮部題君遺照曰'吾家待子行'，謂此也。"宗人府丞吳公孝銘曰："子述内行修飭而意涉[二四]恢奇，年未三十，秋試輒偃蹇失期，旅橐常不充。及走探之，乃見其盛召賓客，爲歡讌，若重有所規畫者。時以吏事自急救，迄亦未得一展也。"開封知府董君基誠曰："子述嘗爲我言其志趣，而深有意乎馬伏波之爲人。與人交，氣誼諄固。急貸絫數百金，未嘗索署券，曰：'無令後人破我交情。'人以此號君爲俠。"陝西山陽知縣周君儀暐曰："嘉慶末年，君以縣丞籤發東河。蘭陽之役，姚亮甫中丞夜出視工員勤惰，見君領且寒，慰之曰：'才不可恃。此爲腥羶地，有才者尤當慎。'君對曰：'學彭，先恭毅裔。職雖卑，家法不敢踰。'中丞解衣衣之，曰：'李制軍世傑即由丞倅起家，君勉之矣。'因以屬周觀察以煇。觀察延君幕中，賓主雅相得。及君遘疾疫殁，觀察哭之慟，以百金購良材斂之，且飭屬廳厚俠之。"需次一年，而獲上信友如此，非有實行動人不能也。穆既習聞諸君言，已讀味辛先生《亦有生齋集》題君遺照及祭文，其言有足與諸君相補者，略曰："子述爲先刑部府君鍾愛，又爲吾弟家督[二五]，賴揹門戶。其容豐，其性醇，才又能肆應，於理皆宜得壽。"又曰："諸姪之中，汝性尤慧，年裁舞勺，已通諸經。既冠，余服官京師，汝代吾之職，深得大父歡心，先意承志，服勞罔倦，戚黨嘖嘖，不聞人言。"嗚呼！宗族稱孝，鄉黨稱弟，君可謂不愧士行矣。卒以道光元年七月初四日，年四十三。配劉氏，誥封太宜人，文定公女孫，申受先生之妹，安邑令承寬姑母也。道光二十七年二月十九日卒，年七十一。子男二：振祚，乙未進士，左春坊，左贊善；振禋，嗣弟學佺[二六]後。女子四人：長字刑部主事青陽王元林，未昏守貞；次適平定張穆；次適工部員外郎太谷賈世行；次適同邑巢廷翰。孫男二人：忱，恕。振祚卜葬得吉壤，囑穆爲製銘。銘曰：

聖清名臣，恭毅首出。循聲清德，世載勿失。君才騰異，又邁良時。鬱有其抱，未窒厥施。蘭陽小試，疾來如風。有子繼起，經術愷深。君抱其攄，九京破涕。我銘不私，用式奕世。

揀選知縣李君墓誌銘

君諱曰茂，字子才，改字子勉[二七]，別署怡山。李氏爲平定巨戴，金元來代有箸人。自君曾大父始，徙居州西十五里之大陽泉鄉。鄉人耕作冶染爲業，不省讀書何事。已而先泗州府君致政，卜築鄉之白氏山莊。先君子繼起有聲，鄉人始漸覺讀書足慕，而君之先德亦於是時稍稍以研桑阜其家而教子以讀書。鄉塾冬烘，課授猥屑，君顧能自振拔，不假熏沐，早以文筆有譽人口。有白先生續五者，闇學工醫，與先君子雅善，見君所業賞異之，陰用相質。先君子咨歎曰："後進中未見其比也。"君因是與穆諸兄交契。爲文負聲，薦藻典而不靡。癸酉、丙子間角藝者，魁杓所指，無不以君爲稱首，乃連躓文場。丁大艱，齒髮加壯，翻然曰："奈何以帖括自封？"則取孔、賈《正義》及近儒經說，窮際尚委，手自纂眘，天文、輿地、樂算、禮綱一一通貫，久之經術之華爛然充實，而文體亦因以益醇。鄉居寡合，所朝夕見者愚兄弟數人外，惟白先生之子鈍之，交最久而密。山莊當谷口，差饒竹木池臺之勝，故尤無日不相尋於柏堂梧墅間。穆年十九，奉母旋里[二八]，無可考鏡，輒以文謁君。君爲開判疑滯，刮摩潤色，不因其椎魯席遠也。比服除，同試於學使者，君率占高等，與愚兄弟屬屢後先，如是者又幾及十年。至道光乙未乃獲舉於鄉，而君年則四十有九矣。申、戌、子、丑四試禮闈不第，甲辰春入都，感末疾，未與試歸。兩越月遂不起，六月初六日也。初娶張氏，無出。再娶趙氏，子男二：惺吉，恒吉。女二：嫁牛芝田、劉鳳山。孫男二：家楣，家彥。以其年十一月初九日，葬桃水南先塋之次。先期惺吉以書來請銘，銘曰：

剛者易訧，君守則柔。華者不實，君葆其質。在昔城南，運南張君。稱君淳懿，古之善人。玉美不雕，金段益純。善氣所開，娓娓恂恂。胡不銀艾？終老鄉關。胡不壽耉[二九]？中路摧殘。惟君於蒙，誼兼師友。泉扃永鍵，銘桼不朽。

傳

高要蘇封君家傳

道光二十三年春，有白氣自天西南隅絶九州殊域，直埽參旗，經五六十日不滅。於是御史高要蘇君賡堂抗疏數千言，大旨以時政乖迕歸過宰輔，而勸上敕命善任，使下罪己之詔，開直諫之門。語切至，多所指斥。上覽奏動容，特旨嘉獎。當是時，蘇御史直聲聞天下。先是賡堂由編修轉御史，念封君熙亭先生年且七十，久曠省侍，將假歸養。封君馳書止之，曰："吾許汝仕，即不私汝身。汝以翰林歸可，今爲言官，未有一言補於時，輕去負國，非吾望也。"穆忝與賡堂以道義相琢磨，封君手蹟嘗親見之。當海疆[三〇]事起，賡堂既多所敷陳，已乃綜二十餘年時事得失，旁魄而論之，感天譴，寤主心。其言皆它人所難言，惟封君實佑啓之。未幾，封君卒於里，賡堂以憂歸。服既闋，緘所自爲墓誌，屬穆爲文附家乘後。案志，君諱燦舉，字耀揚，號熙亭。少孤，育於世父。世父老而貧，任力以養，敬禮無缺。訓子嚴，言規行矩，不少寬假，惟聞請買書則喜，交遊有賢俊則加喜。家中匱，猶質田以資游學。自奉刻苦，不廢施予，昏喪貸負，率歸其券。佃戶溫甲匱穀，願隸子於家償逋租食，而遣之不疑。道光十三年秋，縣境被水，賡堂方罷第歸，命粥裵倡振以澹族人。蘇氏始遷祖宋教授某有祀田，久蕩失，力興復之。手録教授以下世次行事爲家諜，未成，遺命賡堂踵成之。不惑風水禍福，誠卜兆望祖塋，勿徇葬師營遠地。賡堂兄弟率教惟謹，以二十四年十二月葬於丹陵坊後鳳觜礀，去其考墓迤東百八十步。地爲蘇族以裔霖孫[三一]數十家公產，感封君德，讓以葬也。配李恭人，生廷魁，賡堂其字，乙未進士，刑科給事中。繼娶羅恭人，生廷鈞，候選訓導。君以廷魁官封贈如其階，卒年七十有二。

論曰：封君沮子歸省，且責之言。夫言之讎與否，不可逆計也。愛其子，俾之學，欲爲名臣有所樹立，不饗竊于時也。當賡堂上封事時，頗有以親老禍叵測慫之者，不知賡堂正以此成其親志，伏青蒲，飛白簡，不爲親戚所譙訶，可多得哉？可多得哉？

誥授振威將軍太子太保齊勇毅公家傳

公系齊氏，諱慎，字禮堂。曾祖世有，祖琦，父清柱，世籍南陽新野縣。公幼魁碩，父奇其貌，教以挽強據鞍。十九歲入邑庠，爲武學生，乾隆五十八年也。於時川、楚教匪起，連陷郡縣，鏖午螳爛不恒，而襄陽賊且合隊攻樊城，蔓延鄧州、新野間，鄉里震恐。大府攻撲不暇，下教所屬，責之團練。父於是畀公裘一馬一，諭曰："能爲國殺賊立功名，吾願慰矣。"嘉慶元年，公遂率練勇入伍，隸慶將軍成麾下，嘗追剿逆匪於襄陽縣之葉家店、鎮安縣之大中溪、寧羌州之馬黃溝、廣元縣之流沙坡、略陽縣之曹家山、竹溪縣之雞骨梁、襄陽府之灣門岡、平利縣之平溪河。首尾十二年，由楚而陝而蜀而復楚，枕戈蓐馬，不啻百戰，所到必生擒其渠，斬馘不可勝計。而淬厲其氣，亦遂以勇名聞天下，被先帝知，一時自楊忠武公外無其倫也。經略額侯薦其材武，每簿上功，輒奏予升階。比三省教匪平，已洊官游擊，開府陝安鎮，戴孔雀翎，屹然負海内望矣。忠武公與公雅契，十八年浚滑之變，首檄公赴援。十月，師抵新鄭，遇賊道口河，忠武公揮兵直前蹙之，公繼進，賊氣奪退入巢。次日，公獨要賊衛河西岸，蹂之。賊掠中市所，率騎截其歸路。賊渡河將南竄，復由衛河驅至道口東，與官兵夾擊之，毀浮橋，扼賊西突，遂奪道口巢，敗桃園援賊。兵進，次滑，駐營未定，城西北門出賊萬餘來劫，激兵再戰，相持竟夜。遲明，城內復出賊二千與外合，躍馬橫衝之，陣中斷，乃大奔潰。已而遇賊陽武縣之延州集，有賊目乘車來，手發一銃斃之，餘衆譁而北。賊入新鄉，戰牛市，立摧破之。首逆李文成、劉國明屯司寨爲負隅勢，建策由淇縣大廟山右入，直下擣之，鏖戰白土岡，仰攻司寨，冒矢石毀其寨垣，縱火焚硐樓，無得脫者。計自道口接仗，至此大小十有三戰，凡手縛著名賊目七十餘人，生擒二千餘人，斬首五六千級，救出被脅難民萬有餘口，奪獲旌幟、軍械、牛馬無筭，敘功最諸將，恩加健勇巴圖魯號，疊賜佩飾、銀幣。十二月，進圍滑城，擊殺百餘人，擒九人，首逆黃興宰在焉。城轟陷，手幟先登，自日出比日昳，生擒又二千餘人，擊殺無算。滑縣平，奉旨先換二品頂戴，以副將升用。岐山三才硤[三二]股匪作亂，擾及寶雞、隴州，復偕忠武入關。十九年正月，由蟄屋、郿縣進兵，及賊於伯陽嶺，苦戰一晝夜，殲首從四千餘人。進追至二十四壩都督河，更迭大創之，關隴肅清。奏補神木協副將，晉授西安鎮總兵。二十三年，調陝安。道光元年，擢甘肅提督。二年二月，西寧插帳番擾河北，公率本標兵出扁都口，由庫庫諾爾西北進至葉瑪圖，一戰於烏蘭哈達，再戰於哈錫格山梁，再戰於落它灘，生擒三十六人，擊殺二百餘人。餘賊向克克烏蘇遁，大軍抵雪山口，番衆率老弱乞免死放還河南，誓不敢復渡北岸，遂班師。上嘉其蕆事神速，獎賜佩飾，交部從優議敘。三年正月，恩賚長矛二，高麗刀二，厄魯特鳥銃、自來火鳥銃、雙箭鳥銃各一，仍襃[三三]其平番勞績云。六年秋，喀什噶爾不靖，長文襄公調公赴阿克蘇總理營務，充翼長。行抵庫車，聞父喪，文襄爲請假七日成服，俟軍務竣補行守制。奉上諭："齊慎急公圖效，著傳旨嘉獎加恩，賞銀二百兩，由河南藩庫提取交該提督家中爲治喪費。"十一月，派防禦烏什喀倫。有奇里克部布魯特助逆抄掠，公蹤蹟得之，於松樹林、佳噶賴、阿勒坦克、烏玉布拉克諸要隘戰，屢捷，生擒三百餘人，擊殺九百餘人，并手縛其比庫圖魯克，張格爾所倚以擾烏什者也。七年六月，移駐哈蘭圭喀倫外之倭胡素魯，遏賊內犯。有自回部逃歸者，言回人讋公威名與忠武公等，忠武公美髯，回人稱曰"哈薩諳班"，而稱公爲"皷龍諳班"。皷龍，華言虎也。回部平，遵旨回籍守制。八年九月，假滿入覲，改授古北口提督。繪像紫光閣，御筆更題"強謙巴圖魯"號，贊曰："新野武庫，滑縣擊賊。提督兩省，忠誠報國。烏什防邊，擒剿出力。大頭目誰？庫圖魯克。"十二年二月，骽疾作，奏請開缺調理。奉上諭："齊慎前在楚省軍營，兩受矛傷。滑縣首先登城，石傷尤重，實爲奮勇出力。在直隸提督任內，整飭營伍，訓練操防，俱臻妥協。茲因傷濕復發，一時未能就痊。著允所請，準其開缺回籍，安心調理，一俟病痊，即來京另賞差使。”歸未旬，河南巡撫奉廷寄委員慰問。十三年四月，在籍拜甘肅提督之命。十七年，調任四川，因舊疾復發，請假。奉上諭：“四川提督統轄全省營務，最關緊要。齊慎操守清廉，訓練認真，朕所深知，是以調補。著毋庸限以假期，即於途次安心調理，準其緩程赴任，以示體恤。”秋，抵蜀，雷波夷蠢動，力疾提軍前進，入大、小涼山，攀箐覓〔三四〕路，短刀索戰，寸步之外，懸厓剌天，忘疾之在身也，凡搜擒夷匪將二千計。十二月，撤師出山，得旨優敘。十八年，調任雲南。冬，復調四川。二十年，嘆〔三五〕夷犯順，虎門失守。公奏請赴剿，奉硃批“忠勇可嘉”。二十一年二月，上既授奕山靖逆將軍，則命公爲參贊大臣，馳赴廣東。公至，無可措手者，率所領川兵五百駐扎省西北六十里之佛山鎮防禦奸匪，撫夷之議，獨不會銜。十二月，崇陽民變，奉命仍作爲參贊大臣馳往剿辦，中塗聞崇陽亂平，回本任。未幾，復奉命赴浙江，會同揚威將軍辦賊，公駐軍寧波城北。三城未復，而逆夷破乍浦，犯松江，陷寶山，陳忠愍公死之，夷艘入江。公不勝忿懣，請率所部兵遄行赴援，奉硃批“如此奮勇，必能仰邀天神佑助”。六月，抵鎮江，則軍資器械無所取給，而鎮道大員昌言避寇，疏劾之。逆夷既得鎮江，不守，以二三大船塞南北江口，領大隊赴江寧，要索金錢、馬頭，務滿欲。公無可如何，激厲親兵夜驀入鎮江城，殺其留守夷人。夷疑且畏，不敢復居城內。事竣，仍回本任。二十四年三月初十日，卒於馬邊行臺，年七十。遺疏入，奉上諭：“四川提督齊慎，服官四十餘年，歷次軍務，無不在事馳驅，戰功卓著。自簡任四川提督以來，訓練操防，尤屬認真。方資倚畀，遽爾溘逝，殊堪軫惜。著施恩賞，加太子太保銜，照提督例賜卹。任內一切處分，悉予開復。伊孫候選知縣齊偉，於服滿後送部引見。所有應得卹典，該衙門察例具奏。"旋蒙諭祭葬，賜諡勇毅。子重義，戶部主事。孫：偉，倬，健。

論曰：近五十年，名將皆崛起於三省教匪之會。汾陽西平，功成身泰，如楊忠武尚矣。餘頗有以智術才略博五等賞者，而晚節不終，爲世僇笑，殆天奪其鑒耶？獨公氣沈志定，不戁不悚，南雷之節，炳于丹青。然或百戰而不挫其鋒，或束手而無所用其武，抑遭會有幸有不幸也。忠武請老，上從容問："異日如有軍務，武臣中誰可繼卿者？"忠武奏："齊慎材任將帥。"嗚呼！英夷之變，使忠武尚在行間，公之功名不且與川、楚、浚、滑等烈哉！

行　述

例授奉政大夫翰[三六]林院編修記名御史顯考曉汧府君暨顯妣王宜人李宜人行述

府君諱敦頤，字復之，號曉汧，姓張氏，先大父季子也。府君乾隆三十七年生於合肥縣署，大父授以《孝經》、《爾雅》，并爲講解故訓，大義輒能領會。七歲，隨大母陳太宜人自壽州歸，行輿中不廢讀書。歸里，受業於州學博竇亭年先生洇，先生固大父弟子也。府君穎悟絕人，先生作《天馬說》贈之，所以獎許之者甚至。年十四，應童子試，默十三經。學使戴文端多方難之，府君矢口孰誦如流水，并屢折文端之誤。文端因是不懌，謂學官曰："此遠到才，不可令其速化。待吾科試，更覆試之。"旋丁嫡祖母杜恭人憂，五十五年服闋，茹古香尚書得府君卷，訝其經義紛綸，曰："必老宿也。"首拔之。及覆試，訝文與年不相副，面試之，文才半，尚書挈視，歎曰："古文作手也。"先是大父自泗州請養歸，府君遂承庭訓，見聞日擴。及是研讀益劼，鍵戶夜誦，恒至達旦，積勞咯血，醫家以爲難治。府君泣曰："吾死，吾父母將何以爲情？"養疴獅子山，繙方書得導引訣，日夕靜坐調息，期年疾盡除。五十八年，丁大父憂。自大父之以終養歸也，府君復受學於大父者八年。及是遂奉大母命，入京師，執贄於程蘭翹[三七]、曹顧崖先生。二先生皆大父江南所得士，而府君之從顧崖先生游者爲最久。嗣顧崖先生督學山左，約府君同行閱卷，所刻試牘率府君筆也。府君數載游學，每臘必歸省，春出冬返，歲以爲常。嘉慶二年，歲試高等，食廩餼。五年，學使莫寶齋先生選拔茂才異等，令讀書晉陽書院。甫半載，七冠其曹，嘗署其文尾曰："三晉多才，對此皆當頯首。"秋捷於鄉，寶齋先生攜入都，館於其家。七年，罷禮部試歸。丁大母憂。大母之疾也以患氣瘵，府君扶持抑搔，目[三八]不交睫者數月。比歿，哀毀骨立，祭葬盡禮，無不及情，亦不敢過情也。八年，汾西令重慶鄒君樹賡延課其子。十年，會試歸，金公應琦巡撫山右，泚任過州，邀府君至署課其幼孫，并諮以地方利病。平定在晉省東界，例食解鹽，顧地寫遠，向就食長蘆，以非公也，屢爲關胥所梗。府君請於中丞曰："吾來時，州民淡食久矣。今一郡之民僉曰長蘆便，而顧強遏其欲，必令衝露霧，犯艱險，膠循舊例，其懟[三九]人情也實甚。公爲國家宣化，苟有不便，得以上聞，盍少貸之以舒民命？"中丞於是通檄直隸，揭示關門，令無阻遏，州人至今便之。初府君受中丞聘以憚煩辭，中丞固強而後可[四〇]，至是益厭其擾。十一年，太平令顧公玉書延主太平書院，府君忻然諾之。至，嚴立課程。諸生居院中者，質疑辨難，昕夕不倦。每升講，諸生立堂下，面剖其優劣，人以是益發憤，次科獲雋者六人。十六年，成進士，殿試二甲十六名，欽點翰林院庶吉士。甲戌，散館一等，授職編修。二十年，充治河方略館纂修。所纂《治河方略》一書，原稿條目頗舛，府君殫心鉤考，秩然劃然。旋充武英殿纂修。二十一年秋，充直省鄉試磨勘官。二十二年，充殿試收掌官。七月，保送御史，引見記名。二十三年二月，大考二等。五月初十日，欽命福建正考官，副之者中書舍人陳君詩。府君有《紀恩詩》三章，云："傳來天語詔書榮，閩越星軺督使程。鉅省人文衡不易，中材[四一]委任職非輕。幾番楮費三年刻，四十丹還九轉成。自注：余鄉、會九試。切莫恃才輕閱過，倍加詳慎答皇誠。""出都車馬轉庚郵，聖主恩深未易酬。幸有頭銜能卻暑，敢誇眼繡似澂秋。金鍼度本青箱續，自注：先君庚寅分校江南。珊網疏防赤水投。但得有才歸實用，此行庶不負虛求。""閩洛文章理學全，羣英輩出仰前賢。心香一瓣人爭奉，衣鉢兩家吾愧傳。自注：莫寶齋、何弨甫兩師先是俱典試閩中。筆有奇光騰劍壁，胸無成見忘魚筌。最防銅臭鑽營巧，關節深宜鎖鑰堅。"《途次奉酬舍人詩》有曰："所願異時公校閱，菲才慎莫損聲名。"行抵杭州，忽感受暑風，未甚也。七月十一日，至嚴州府建德縣屬之大洋。早辰猶送客出艙外，西刻痰涎上壅，竟致不起。時吾州張君去非，先大父弟子也，適宰是邑，實親視含斂云。府君天性和易，終身無疾言遽色，事大父母克盡其孝。身嘗佩小册，凡大父母命無小大悉書之，後每檢閱猶零涕不置。處兄弟無爾我分，與人交事事處下。晚年尤究心於理學，几上置黑白豆，分記念之善惡，如趙叔平事。夏月戒家人勿以熱湯傾地，恐傷物命。烈風雷雨，雖中夜必披衣起坐。遇貧乏，解推無吝意。嘗自都中歸，見清水河邊有露殣未掩，爲質物市棺以葬。府君生平行事，大率類此。距生於乾隆三十七年十一月二十八日子時，享壽四十有七。不孝等匍匐扶柩歸，以嘉慶二十四年九月二十六日暨顯妣王宜人安葬於洄嶺祖塋之次。

原配顯妣王宜人，康熙癸巳進士、陝西榆葭道諱凝孫先外祖繩祖公女，十四歲歸府君，大母愛之如女。大母中年持佛，不茹葷酒，吾母潔治素饌，廿餘年無少懈。及病，侍湯藥，動息扶將，晝夜未嘗去側。大母彌留時，持母手而泣曰："願他日有子婦[四二]，如汝夫婦之事予。"自大母歿，府君家居日鮮，吾母屏當家政，中間屢治婚喪無不井井，姻家誕育事禮數必周，每質衣珥爲問遺費，以是府君無內顧憂。甲子，大伯母攜兩兄從先伯於江右，而以姊、嫂及姪遺吾母，母撫育教誨如己子女，蓋七年猶一日也。癸酉冬，先二伯患傷寒，不孝開遲[四三]亦染是疾，甫愈，尚未彌月，忽中夜伯病危，吾母促令入城備衣衾，曰："汝兄等昏迷，無所措矣。將諉之誰哉？"後料理喪葬，又吾母實左右之。母性儉約而篤於周急，甲戌冬之京師，風雪中有老嫗率子女行，母見之惻然，即舉橐中衣物賜之。或葬娶無資，輒脫簪釧以助。邨中夫婦沾惠者，至今猶稱善人難再得也。持家久，積勞成心疾，時發時止。乙亥，在京寓疾又作，醫藥罔效，至七月初五日竟舍家人而逝。秋，府君命扶柩歸，停於內寢，方謀葬事，而府君又見背矣。嗚呼痛哉！吾母生於乾隆三十八年十一月初五日辰時，享壽四十有三。生子四：長不孝開遲，國學生，取歲貢生李公名萬女；次不孝晉遲，廩膳生，娶州庠生黃公士鵬女；次不孝麗遲，州庠生，娶戊戌進士、詹事府左春坊左庶子祁公韻士女；次不孝瀛遲，廩膳生，娶候銓訓導劉公濤女。女二：長適壬子解元、廣西藤縣知縣任公質淳子，庠生，名模靖；次適候補知府、原貴州鎮寧州知州楊公文楷子，詹事府主簿，名煦。孫男四：長孝芬，開遲出；次孝祈，晉遲出；次孝敉、孝瞻，麗遲出；俱幼未聘。孫女六：開遲出者三，晉遲出者二，麗遲出者一，俱幼未字。

　　繼配顯妣李宜人，浙之山陰人。外祖諱廷良，寶齋先生舅氏也。母幼端靜，外祖父母甚鍾愛之。年十八，隨寶齋先生眷北發至京師。歸府君時，先母已棄養三年矣。不孝等垢裾敗絮壅塞盈笥，吾母初至即爲瀚濯縫紉，一如先母生時。甫一載，遽遭府君凶變，吾母聞訃，誓欲身徇，撫膺呼天，悲動一室。既乃忍淚，撫不孝瀛暹﹝四四﹞而言曰："汝父去，以兒屬我。我死，兒幼弱，其誰屬？我其姑俟之。"由是遂持長齋，終身不復肉食。寶齋先生時官倉場，欲留吾母於家。母以瀛讀書故從之，遂於是冬携瀛至其官署。瀛就外傅，每夕歸，吾母坐榻上，令執卷旁誦，鐙昏漏歇，淚熒熒常在目也。自後每聞學業有進，則喜溢顔色，否即惆悵縈日，繼之以泣，曰："汝父冀汝成立，若荒而不學，我何以見汝父於地下？"至今念之，猶覺此言之痛也﹝四五﹞。己卯四月，旋里治府君葬事。次年春，寶齋先生復以書來招。時楊氏妹年已及笄，吾母遂并挈入都，不意甫抵都門，楊翁已下世矣。三年中，教養吾妹，恩義并至，經營匳具，貲血俱枯。及嫁日，觀者咸歎息動容，以爲雖府君在世不過爾也。吾母性寡言笑，不喜華飾，鍼黹外兼通書史，諸若佛經、閨範嘗手一册，朝夕繙閲。值大父母諱辰，必親治楮帛，曰："吾不及事舅姑，所能自盡者，僅如是耳。"御臧獲嚴且慈，人不敢欺以是非。或有疾，必給資爲藥餌費。在都時，嘗有收父骸者告助，不孝等入以白母，即傾橐予之。數年來育兒嫁女，日夜焦籌，心力瘁矣。壬午八月，忽患胃疼，庸醫誤以爲痧。至冬，兼以心驚盜汗，終宵﹝四六﹞發嗽。次年春，疾益劇，一月僅三、五日安，雖百方求治而日瘦一日矣。五月二十八日，由京起身，將歸爲瀛畢姻。路中精神較常似健，至六月初八日抵家。次早，出戶坐簷下，尚能弄小孫戲。二十日曉，興，與家人話，聲殊清朗。是日，凡四飯。不孝等私心竊喜，孰意至晚腹洩大作，胃疼更烈，竟於次日午後溘然而逝邪？時道光三年六月二十一日申時，距生於嘉慶﹝四七﹞三年正月二十九日子時，享壽僅二十有四。不孝等即於是年十二月二十一日扶柩合葬焉。始乙亥吾母殁，不孝等依父如母。及父殁，依母如依父也。所冀兄弟四人，倘有寸進，或可稍慰母心，今并不獲終事吾母矣。嗚呼！一世孀居，六年育子，婚嫁甫畢，音容遽杳，豈吾母至是仍不忘身徇之誓邪？不孝等罪孽深重，不十年間疊遭大變，天之降割，胡至此極？嗚呼痛哉！涇縣潘錫恩填諱。

先兄補庵府君行述

兄諱晉遑，字仲明，別署補庵，先大夫之次子也。方在娠，母王宜人夢有菡萏發池中，俄而苞，俄而華，迎風忽隕，寤而兄生，膚黑聲宏。大母良愛之，曰："此非常兒也。"年十三，竊引筆作擘窠書，頓挫獨出。爲文章，攟摭雅訓，瞬息千言，同學者方彭亨搆思，兄已溣筆酣卧矣。歲辛未，先大夫成進士，下榻庶常館。兄趨庭問字，學日進。同館丈人偶拈"枯棘"題試之，兄伸紙疾書，巧思浚發，不爲所窘也。甲戌春，歸里，未及院試，奉母北上。逾年，母遘心疾，兄入則調護湯藥，出則血疏籲天，而鮮民無禄，慈幃終捐。當斯時，瀛遑甫十歲，父固以父而兼師，兄實以兄而代母。晨而興也兄衣裳之，夕而寐也兄撫摩之，督其飢爲市美餌，閔其垢爲易新服，以是失恃三年，不知無母之苦也。及吾母李宜人來歸，三兄將授室，兄携以旋，兼應郡試。州刺史念庭吳君拔置第一，因受知於賀耦庚學使，補博士弟子。時戊寅之六月，先大夫奉命主試福建，塗出嚴州，感暑風奄捐館舍。兄聞訃偕伯兄繭足星奔，舁柩返葬，李宜人亦自京師携瀛遑歸視葬事。葬既敷，復同奉板輿入都，依莫寶齋表舅於潞河督署。維時舅方以性命之怡提呼後進，而吾師吳樸庵先生實館其家，兄既得聞兩先生之説，退而歎曰："向之汲汲於詞章，役役於利禄，世所詫爲榮懷愜意之事，適足汨吾性真耳。舍此不學，虚度一生矣。"於是掀精覃思，心維口誦，蓋實有窺於大道之微，躬行實踐，著其效於家庭，而非講學家標榜門户者比也。歸語同志，亦稍稍有信之者。而兄之指授後生，則一以朱子小學爲階梯，故州人士之知誦小學自兄始。癸未，復丁李宜人憂。服闋，學使案臨，兄以高等補增廣生，瀛遐入郡庠。戊子科試，瀛遐忝列第一而兄第三，同時食廩餼，三兄亦入郡庠，一門之中蒸蒸有起色矣。兄獨愀然不樂，謂瀛遐曰："吾兄弟十年之內三攖重戚，今雖死灰有復然之機，曾不得奉觴上壽，壹笑相樂，可痛孰甚？且即以科第論，先大夫靮掌王事，齎志以殁，所有待於後人者，尤非區區一衿遂克仰訓先志。"言訖泫然。瀛遐謹志之，不敢忘，獨媿駑駘之骨鞭策不前。今兄殁又七年矣，不惟無以慰吾父，抑幷無以慰吾兄也。尚何言哉！尚何言哉！瀛遐家世寒素，鮮封殖，洎疊遭大變，產益落，而食指之繁則視昔有加。兄推燥就溼，左支右詘，朝饔而謀其午，夏暑而軫其寒，用此爲常，不以關兄弟慮也。每昧爽，家人臥未起，兄振衣出戶，擘畫米鹽必勇〔四八〕一日之需，退乃讀書。方兄之生也，見其鰓鰓細務，未始不竊議其瑣。及兄殁而躬操其勞，不終日頮然憊矣。今則婦子日以睽離，生計日以淪替，廢者未及舉，而舉者輒復廢，死如有知，能不重以此爲弟輩罪哉？兄體氣豐碩，堅忍耐勞，疑非寒暑所能侵者，而兄每自傷其脆。歲庚寅，瀛遐以尫羸善病養疴天門山之玉皇觀，兄不時來，來輒爲經紀其衣食。六月初，尚一至山齋，留信宿，乃去。及初八日之夕扃四下矣，猝有呼於觀下者，驚起訊之，則報兄以中風眴仆，環救未蘇。奔歸入視，見兄合目僵臥，左手足已成痿痺。脈之，或曰熱厥也，或曰陰虛傷風而經絕也，病榻憧憧，迄無定見。瀛遐祝而筮之，遇乾之同人，其繇曰："同人先號咷而後笑，大師克相遇。"奉兆噭然失聲，知兄之將不起也。嗚呼！天何奪吾兄筭之速至此亟邪？兄善行楷，自孩幼弄筆已驚其長老，稍長摹續松雪惟妙惟肖。既以鄙其爲人，痛自盪滌，登善、清臣兩家外，不屑規放也。尤嗜寫書，自本經以及諸子、文集鈔撮等身，而蠅頭細字一筆不苟。瀛遐謹甄諸篋衍，將待孝祈之壯而授之。嘗客黎城，得利氏同文之術，於中西筭法雅有契悟。惜乎洞淵、松庭之奧，瀛遑今始得聞，未及與兄切究之也。兄生於乾隆五十九年四月十六日，卒於道光十年六月十二日，春秋三十有七。娶黃氏，郡文學諱士鵬女。子一：孝祈，聘乙酉科副貢董君調女。女二：長未字，次字浙江建德縣知縣張去非先生之孫名岑之子于皋。今卜以道光十七年十一月二十八日，葬兄洞嶺先塋之次。瀛遑既勾諸兄之契友李君怡山鐫銘於幽，復攎掇梗概述爲此文，以志吾痛，且以詒其子孫。

邵武楊樞孫校字

校勘記

〔一〕"褎"，《山右》本作"裒"，誤。

〔二〕"茶"，《山右》本作"恭"，誤。

〔三〕"祼"，《山右》本作"祼"。

〔四〕"汛"，《山右》本作"汎"，誤。

〔五〕"汛"，《山右》本作"汎"，誤。"堰"，《山右》本作"偃"，誤。

〔六〕"漸"，《山右》本作"壩"，誤。

〔七〕"順"，《山右》本作"鄭"，誤。

〔八〕"汛"，《山右》本作"汎"，誤。

〔九〕"機"，《山右》本作"幾"。

〔一〇〕"稱"，《山右》本作"等"，誤。

〔一一〕"驗"，《山右》本作"驗"。"驗"，同"驗"。

〔一二〕"疊"，《山右》本作"疊"。"疊"，同"疊"。

〔一三〕"塼壩"，《山右》本作"壩磚"，文字誤倒。

〔一四〕"隸埽朽脱胎"，《山右》本"朽"上脱"埽"字。

〔一五〕"掃"，《山右》本作"埽"。"掃"，同"埽"。

〔一六〕"殣"，《山右》本作"殁"。"殣"，亦作"殁"。

〔一七〕"懇"，《山右》本作"懇"。"懇"，同"懇"。

〔一八〕"墊",《山右》本作"鏨"。

〔一九〕"那",《山右》本作"那"。"那",同"那"。

〔二〇〕"壖",《山右》本作"瓁",誤。

〔二一〕"帑",《山右》本作"帑"。祁本誤,當以《山右》本爲是。

〔二二〕"戍",《山右》本作"戌",誤。

〔二三〕"祏",《山右》本作"石"。

〔二四〕"涉",《山右》本作"沙",誤。

〔二五〕"弟",《山右》本作"苐",誤。

〔二六〕"偁",《山右》本作"稱"。

〔二七〕"改字子勉",《山右》本"字"、"子"二字誤倒。

〔二八〕"奉母旋里",《山右》本"旋"字前誤增衍"又"字。

〔二九〕"耇",《山右》本作"考"。

〔三〇〕"畺",《山右》本作"疆"。"畺",古"疆"字。

〔三一〕"以裔霖孫",此處辭意不達,疑"以"字爲衍文。

〔三二〕"硤",《山右》本作"峽"。"硤",同"峽"。

〔三三〕"褒",《山右》本作"裒"。"褒",同"裒"。

〔三四〕"覓",《山右》本作"覔"。"覓",同"覔"。

〔三五〕"唤",《山右》本作"英"。

〔三六〕"翰",《山右》本作"丞",誤。

〔三七〕"翹",《山右》本作"翅",誤。

〔三八〕"目",《山右》本作"日",誤。

〔三九〕"鼇",《山右》本作"鼈",誤。

〔四〇〕"初府君受中丞聘以憚煩辭,中丞固强而後可",《山右》本作"初府君受中丞聘以憚煩丞中辭固强而後可",文字誤倒,當以祁本爲是。

〔四一〕"材",《山右》本作"村",誤。

〔四二〕"婦",《山右》本作"孫",誤。

〔四三〕"暹",《山右》本作"遲",誤。

〔四四〕"撫不孝瀛暹",《山右》本"瀛"下脱"暹"字。

〔四五〕"猶覺此言之痛也",《山右》本"猶覺"前尚有"瀹"字。

〔四六〕"宵",《山右》本作"霄",誤。

〔四七〕"嘉慶",《山右》本作"嘉靖",誤。

〔四八〕"尃",《山右》本作"敷"。"尃",古"敷"字。

舟齋文集卷六

祭　文

亭林先生祠落成公祭文

先生生當叔季，業貫漢唐，學堪爲王者師，志非以名山老。身甘荒遯，慰九原忠孝之心。時際雲霮，灑六謁園陵之淚。北征初賦，策二馬以來游。東道既通，餽十饗而恐後。咨民生之利病，邑乘必搜。究阨塞之險夷，邊亭親歷。采山鍊冶，喻半生尚論之精勤。訂韻諧聲，發萬古同文之要眇。況乎志存淑世，婁搆書堂，雅慕伏波，厲精田牧。皋比不擁，懲東林復社之末流。墨突未黔，棄濂涇桑莊如敝屣。惟慈仁之古寺，曾作寓公；計偉節之遁行，適在明日。誦孔德炊爨之句，下榻何頻？緬無異築室之謀，顧廬宛在。荆榛乍啓，籩豆初蠲，規陋雲臺，典同石室。所覬雲車風馬，胙饗來臨。庶幾學海儒林，精神不朽。尚饗！

亭林先生生日公祭文

先生行成忠孝，學洞古今。懲末造之蹈虛，進吾徒以考實。凡今代文苑儒林之彥，敬佩遺書。合天下束脩尚友之懷，思隆美報。專祠式啓，吉祀祇蠲。敢因載誕之辰，奉薦迎神之曲。雖薊門卻饋，痛援往例於靈均。而石室修儀，展效拜經於榮緒。尚其陟降，鑒此惆忱。尚饗！

公祭栗恭勤公文

於戲！北岳之雲，飛來於[一]嵩，液而爲霖。霖雨所被，自大河滸,及荆山陰。赤子扶扶,依公如父,不瘖不喑。匄公潤澤,願公壽考,涕感蒼黔。胡天不憗?醫巫旁皇,莫效謳箴。遺章入奏,帝用震悼,捧淚沾衿。馳赴天下,中外皇然,歔劇嚽[二]暗。繄公弱冠,起家拔萃,弦歌矢音。飛黃奮足,萬馬失氣,雲路駸駸。不牽羈靮,遂許驅馳,咫角而駸。土戀桐鄉,聲流軹井,沙海棠甘。攝邑者八,綰篆者再,十地惠覃。始宦寧陵,睢渙瀾狂,魚夢方酣。田不成塍,廬無遺簀,戶版邌尋。繼歷武涉,丁黃沁汭,險工如林。才優槃錯,鼂手不瘃,牛刀厲鐔。時乳噢之,時培護之,索緼以煁。南陽汝光,驦蓋朅來,威望森森。始是民鷩,手刃造隙,赤丸恣探。挫之摧之,冶劒而櫌,置竿而琴。董興黨校,人知詩書,廣廈潭潭。春鉏秋笘,晨蟨宵鐙,我怡我蕈。裴鼓驚夢,潘縣放衙,我匡我撢。臬[三]領開封,汧階觀察,仁愛辜醰。矜彼童孺,囷於咫聞,方眯指南。畀之鉛札,收之精舍,秀采垂鬖。薙其闈[四]棘,地拓萬弓,屋有周欄。量其歲儲,穀納千倉,畏靖民罳。陳臬楚北,初去豫州,遭歲大祲。捄荒如火,不俟公帤[五],立發私儋。飢飢之鬵,旅庇之庌,寒被之襑。嗸嗸哀鴻,杖公復穌,春風在閽。逮綜藩政,復還豫州,寇君載臨。舊漏新逋,銷彌不月,惟法惟廉。鏡兹洚流,來自崑侖,原委飽諳。撮土成澀,束秸成坰,糜泉巨浸。桃霜汛駛,頂溜蕩滌,患釀蹎[六]涔。螳漏婁穿,宣房失楗,土委黃金。公官豫州,垂四十年,徧閱河潯。舊兵老革,溝洫河渠,潤古洞今。知人惟哲,翊聖惟忠,泰交無嫌。迺膺特簡,駐節漁山,克單斐忱。淬五夜思,詒百世利,馬䎦玉湛。瀕流以陶,鍊甴計方,鱗垻巖巖。勘奮其智,橫失其巧,議不旁參。果斯能斷,明斯能周,密斯能深。越靳文襄,及黎襄勤,竝公而三。曾不中壽,遽歸上霄,屯邅巢霱。恩綸驛申,重惋勳臣,載晉宮銜。飾終典渥,諭祭諭葬,賁錫孔壬。猗與媺謚,式惟我皇,鑒公藎心。其事上恭,其修官勤,仕履可斟。長君少成，效績秋官，久列朝簪。次君白眉，早掇乙科，延賞優霑。惟公有子，嗣聲競爽，天道足諶。國枳雲寒，鄉枌月冷，哀感曷任？清酒既澆，靈風颯然，涕盻歸歟。心光不泯，丹旐童童，庶其居歆。尚饗！

公祭祁恭恪公文

嗚呼！人臣有初無赫赫之功可録，而邂會盤錯，規制曲善。其用心之密，乃更微於折衝；保釐之勳，乃更高於得雋。當夫海蕩巔波，旗飛孽燹，島酋肆逆以憑城，諸將蒼黃而議款。公於是時而以周室蘇公仰膺懋簡，規五羊之全局，坐堂皇而内斷。謂藩籬不固，則水陸頤步已紊華夷之限；屯練不壯，則防禦萬人疇任蒼兕之選？而且守望異情，秀頑共版。苟非人心鞏碩，先示寇以無瑕，又何從用我長而擊彼短？然而婪婪驕虜，尺咫戶闥；愜愜羸夫，習深慮淺。其薦紳之明智者，雅思保障其鄉疃；而惰民之愚狡者，至乃矜騁其口辯。微公定筭默操，不疑不戀，相機指鞁，推懷敦勉，烏能於煬釜魚游之地而奰壘言言，鼓申簷卷？烏能於鹽海重洋之内而禾膝鱗鱗，手皸足趼？又烏能萃五社君子，方陳雲合，未期年而金城載僝勞矣哉？班定遠建牙萬里，竟斷玉關之望。痛矣哉！馬新息霾節武溪，慭罹壺頭之塞。此故鄉之後進難忘揮涕於老成，而九原之毅魄差可少舒其憤懣者也。何況予祭易名，朝則沛夫飾〔七〕終之典；巷哭里思，民劇切夫廟貌之展乎！

公祭蘇封翁文

嗚呼！世俗之所望於子者，率不過甘旨之豐腴與褒贈之寵榮。一旦剽朱奪紫，奮蹟省廷，誰復責以關心國是、繫念蒼生？惟先生結連嶺之秀，家長溪之濱，為善於鄉，娓娓恂恂。廣堂蜚英翰苑，蔚為國賓，先生召而誨之曰："汝往服官，其毋視世俗人之顯其親。凡夫安危利病，於賢砭佞，尋研辨察，務上無負於國，而下有裨於民。君恩厚汝，我敢私汝之身？山筇老健，邨酒真醇，我行我意，柴車角巾。況左右扶進者，尚有汝仲之定省於昏晨。"故當夷氛不靖，羽書填委，戰撫異説，孰非孰是？賡堂抗論擅擅，百折不靡；星氣乖常，河流溢軌，宰衡訐謨，曷臧曷否，賡堂指陳得失，深維國枳。天子俞之，曰"真諫官"。海内尊之，爲名御史。神羊威鳳，輝連喜起。先生載欣載懼，馳戒多端，謂："論議愈高，樹立愈難，行百里者半九十，況乃僅託諸空言。汝勿自多而謂可少安，勿念我老耄而遽思挂冠。古云移孝作忠，汝但勉修職事，弩力[八]當官，又何必朝夕膝下乃爲承歡？"而乃硯洲之雲嵐，不足供百齡之娛養；溪上之艸堂，忽驚傳消摇於曳杖。龍蛇占歲，鳶鳥在門。天下所争相健羨者，以子方之清直，端教晉原。而吾黨之失聲痛哭，豈不以耆德淪亡，良友銜恤，惋弔老成之下，更寄感於離羣乎？尚饗！

祭任太素先生文

於戲！人亦有言，才欲其豐。亹亹先生，以才而窮。人亦有言，才豐用拙。亹亹先生，臨事剛決。薄有所施，未窒厥夆。終老於家，天乎人乎？冠雲絲水，秀絶陘口。先生蔚起，雄視山右。乾坤清氣，筆端往來[九]。抽祕騁妍，奧窔洞開。少有所作，驚其長老。千言灑灑，曾不屬艸。長而博通，其學益宏。角觝名流，校藝分棚。一篇既出，舌橋不下。百韻立就，氣奪倚馬。維時龍門，戴茹及戈。失聲争嘖，斯何才多？風欄呵凍，技之餘耳。已[一〇]令宗匠，心折至此。元默[一一]困敦，大啓璣闈。動用縣解，單思詣微。相其布墨，坦芒文竹。疇欸識拔，曰魯山木。朱弦疏越，厥調何高。中旗快邁，風回海濤。區區解首，庸足增重。所足詫者，衆鳥孤鳳。大名難再，小就所甘。牛刀龜手，經緯粹醇。

未嫺進熟，胡試爲吏？逢達官怒，骨銷積毀。嗟嗟爰書，憣校由人。有澤漬民，有皋漬身。蕞爾滕邑，民寧可罔？翕然召廃，于今猶仰。仕而見屍，猛志未舒。空留碑版，照耀鄉閭。韓囍歐易，九變復貫。覃思擗淬，天章雲漢。始吾王考，以古學名。乃實嗣響，絶緒復賡。抑昔先子，訂交總角。昏姻締莘，文酒商推〔一二〕。聲名屆屐，或後或先。死生契闊，載拯載援。我丁多難，杖之擁樹。我拙文詞，賴以啓悟。風帆初動，實引翼之。毀室難完，謀奠麗之。烈烈血忱，輝輝〔一三〕赤膽。豈無戚屬？静思增感。猥以肺附，觀型於家。矩疊規重，童稊無譁。尊俎觴客，肴核羅列。子姓執壺，斂〔一四〕潄匿舌。坐客未醉，子姓敢餔？麾之曰去，相率趨隅。亹亹先生，行足坊世。千縑萬軸，猶其餘事。戊建春新，我噬南游。再拜牀下，挽坐堂陬。憐我抱疹，傷我遇感。夜闌語絮，老淚忽滴。竊窺意度，兒〔一五〕臞神清。命不龔黄，年或籛鏗。浩浩海風，滔滔江水。寒冰塞舟，時騰怪鯉。先是兩月，液我膠鶩。寄命食客，涕格闌干。惡耗遞來，悲曷可止？老輩漸空，哀哉小子。茫茫天心，未喻其深。異秉誰昇？慘變交尋。康瓠尊閣，寶鼎淪蝕。磷夫昆玉，琛彼燕石。綜括古今，大綱攸同。得喪窮通，應付太空。筭踰七十，亦足云壽。有子克家，必昌厥後。感叨知愛，敬次韻文。悵望龍幠，私哭寢門。亹亹先生，郡城師表。穀率一弛，萬端潦倒。臨風哀奠，喉齒苯蓴。安得巫陽？更賦招魂。尚饗！

祭伯兄文

　　維道光二十七年冬十一月丁丑朔，越二十九日乙巳，季弟穆敬以清酌庶羞遥哭奠於顯兄伯启〔一六〕府君之靈曰：嗚呼！吾兄須眉秀發，豐皙〔一七〕不佻，朋好相詡，每謂似畫中禄星，宜享天福膺大年。不意中年以往，憂患攖心，形容憔悴，頓革舊觀，年未六十遂潦倒以終也。先大夫年二十而育兄時，大父尚存，抱孫甚喜。兄之乳字，大父所命也。稍知讀書，省文義，即以護守先人遺書爲己職，片楮隻字，珍若金璧，它嗜好不能奪。生平工[一八]於作楷，密行細字，篝燈精繕，老猶不疲。聞屬纊前一夕，尚作蠅頭書至漏四五下，一蕆未竟也。去年秋，穆輯大父遺事，每有疑闕，馳書諮商，不十餘日，輒檢本書寄京。及《希音堂集》開雕，復寄大父小像來，俾摹之集首。九月中，刻工初竣，寄歸樣本，意兄見之必歡喜逾量，一生護守先澤之懷可以稍慰，豈知書未得達，兄已先期溘逝耶？穆發此書爲十月九日，而兄以十一日歿。孝翼來述兄歿狀云："父年來食量增健，心氣和平，往反州城三十餘里若無事。初十日夜，邨店坐談，三鼓甫歸。次日早起，欹枕坐炕頭，喚阿葵爲作午餐。一旋踵頃，阿葵入視，則見頭微偏，口角垂次，沾溼裀席不二寸許，目瞑不視矣。"嗚呼！考終爲五福之一，大雄氏以無疾示化爲得大解脫。兄賦性忠淑，不疑人欺，天佑善人，宜不以疵癘相加。如此而死，抑又何憾？獨念門祚衰落，吾兄弟四人皆薄有文名，皆困頓場屋見擯於時，愈出愈奇。或者天不畀我以名，猶畀以壽，老年骨肉情話有期。乃仲兄最強，最先死，越十有七年而兄繼之。穆四十有三矣，自三十後患咯血甚劇，邇來血稍止，而每屆冬令，氣輒逆上，畏寒畏火，喑吃龍鍾，似七八十人。以視兩兄之壯碩，蓋百不如，其又可恃耶？先大夫遺文尚未定有目錄，剞劂有待。吾兄寫本謹弆篋中，諸從子無能讀祖書者。蘭兒甫七歲，未敢祝其類我。儻穆一旦與兄同歸，不惟妻業青衫斬然中絕，即兄所兢兢護守之遺書，抑復誰知省視珍惜邪？穆進取之念久已冰釋，惟没世之名尚不能無介於懷，而所箸諸書率未脫稿，搜采既須時日，寫定又無資力，傷心之事，觸念紛來。里社習俗媮薄，兄每有輕去其鄉之意。穆則初無此意，而以謀食故久客不歸。今兄已矣，穆即歸，將何所歸邪？歸復誰與共語耶？穆溷迹人海中，非無朋友之樂，所耿耿在念者獨有兄耳。一舉箸非不飫肥甘也，念兄方啖藜藿而止。一易衣非不便輕煖也，念兄方擁敗絮而止。十餘年來，忍寒茹淡之苦衷，兄歿而神明實式鑒之矣。穆蓄有百金，擬於兄周甲之年歸而稱觴，天不假年，遽奪兄等，今即舉以畁孝翼，俾歸治大事，速即窀穸。嗚呼！斂不摩棺，窆不繞墳，即弟一人之身所以報兄者，已遠不及仲兄矣，負疚其有終極邪？繼嫂聞尚能持家，新婦初來教之和順，孝翼知艱苦可望自了。穆一日不死，所以給兄家者不敢視兄在有閒也。夜雨傷神，山堂在夢。嗚呼痛哉！尚饗！

祭三兄文

維道光二十八年八月壬寅朔日，季弟穆謹以清酌庶羞遥哭奠於三兄叔正府君之靈曰：嗚呼！穆何辜於天，而浹月之中三遭期親之喪？人世慘酷，有如是其劇者邪？去年冬，聞大兄訃，穆與兄書曰：“吾兄弟四人，今已亡其二。穆既以飢驅不能西歸，兄又羈於官守，即吾兩人何日是相見時耶？”痛哉！豈料其真不復見也？及今年二月，京師疫氣流行，穆九日之間妻亡，子女亦相繼亡，十年營苴之巢，一旦迅掃空之。人非木石，其誰堪此？惟念古來賢豪似此遭際亦尚頗有，萬無以身徇之之理。此念一定，始得黽勉支持，幸而不病。豈意兄聞此耗而重爲穆悲，且憐且慮，轉至於病也？聞四月中偶染時氣，已調理就愈，及六月轉爲泄瀉，遂以不治。而其亡日時刻乃與二兄一一相合，骨肉同氣之慘十九年如一曙，嗚呼異矣！兄幼頗孱弱，吾父母時以爲憂。冠昏以往，形氣充實，較穆似數倍過之，兼以匈衿開曠，瑣屑事略不縈懷，皆非不壽之兆。何意年未及艾，遽從徂謝邪？吾兩人幼同游，長同[一九]塾。兄豐姿玉映，讀書敏悟，年十歲已能背誦《周官》全文，不訛一字。學大歐書，英拔出羣，吾父嘗召穆示之，曰[二〇]：

"汝何日能作此書，當重賞汝。"穆勉強奔赴，卒不能及也。文詩雖不極意求工，而吐詞天秀，風調翩翩，充其才即以取魏科上第亦意中事，乃僅僅博一巾。甲辰秋闈，主司得兄卷，已擬元，數日三藝俱登版矣，旋因數語之疵斥不復録。自非家運屯邅，天不右吾宗，何至兄弟四人俱顛躓文場至此極與？先是捐例開，穆在京師承大兄意，竭家貲友力爲兄營一官，而得缺無期。繼客津門，值海氛不靖，上命大臣赴津防堵。兄以隨營效力微勞，當道保薦，特旨優敍。及銓授平水，計歲入可以小康，而夙累既深，又不善籌度出内，遂至依然窮窘，身後菟裘之計全無料理。賴兄性情和厚，與人交不忤，故一旦身罹閔凶，而太守、縣令所以營護之者，能不以存殁異視，柩庶遄得歸乎！猶憶己丑歲穆與兄同讀書十柏山房，兄病目楚甚，中夜嘑穆起，告以所苦。穆曰："可奈何？"兄曰："無可奈何。但告弟知，即分我楚耳。"時靈州李姑夫綷宿於閣中，聞之泣下，歎曰："兄弟疾痛相關乃如此！"由今念之，誠足痛也。穆自壬辰北游，遂相睽阻。惟庚子春兄來京寓，相存至七月方歸，爲此十年中會合之最久者。去臘致兄書，雖言相見無期，又竊自念三五年間纂輯諸書艸稿粗具，將事壯游，歷覽名山大川，黛尋終南、太壹諸勝，往來皆涂出平水，當抵足聯牀，更寫總角之歡。豈意凡穆所念到之處，天皆靳之，而不我畀邪？兄年來頗意讀書，於穆所寄書籍皆加校正，并爲訪得顧譜中王九如、閻譜中賈玉萬行實屬事鼇訂，又時時索異書以擴見聞。穆且喜且尉，意從此進業必當有所就，又豈意天遽奪兄箄如此其速邪？兄身後重賴叔穎先生力，爲之部署，并遣使歸助扶柩，迎眷屬歸里。穆亦附書娵氏[二一]，命鼎兒家居奉母，銓兒來京寓讀書。鼎兒天資稍鈍；銓兒幼慧，穆所鍾愛，而蒙養無基，恐聰明亦漸汩没，竭力督教之，小成或尚可望。兄柩歸後一、二年間亦即安厝，日用之計除叔穎、幼章兩先生周恤外，穆當視大兄、二兄家一例接濟。嗚呼！穆少於兄僅四歲耳，木落歸根，尚不知作何結局。自上月十三日聞訃以來，心驚頭眩，時時慮有不測，夜不成寐，起座旁皇，蓋不獨爲諸兄悲，爲一身懼，兼爲祖父以來書香嗣續危仄也。嗚呼痛哉！兄靈有知，尚其鑒旃！

哀詞

静濤張君哀詞

静濤諱琴，字揮五，故浙江建德令張去非先生之子。先生二子，君居長，次岑字小山，皆穆二十餘年來柱内扞外所倚賴以生者。而静濤尤有大德於吾家，吾子孫當世尸祝之。嘉慶二十三年五月，先君子典試福建，暑雨中傷，官程電轉。七月初十日，舟次建德，與去非先生相見握手，道故甚懽。次日，解維去，行抵嚴江之大洋，疾作，遽不起。先生固先大父高弟子，聞赴趨至，哭之慟，小斂大斂皆躬親之。而是時奔走給指麾先生左右者，獨静濤一人在。先生好酒，尚氣誼，悼先君子之無禄，傷故交[二]淪落、宦不得意，懷之所鬱，性加嚴急，抗衾陳衣，稍不中節，訶怒隨之。吾舅氏王丑石先生後每爲穆言，静濤此數日執事之劫虺甚於自營其考妣也。倉卒無好棺，邑有壽民蓄美櫃，歲加髹戚，敏之作銅聲，静濤則遣才有口者，重賫購得之。故先君子雖旅館屬纊，無親族子姓視飯含，而附身附棺之事號無遺憾。嗚呼！太白指南之誼，世所容有。獨爲亡者之子孫，其銜報當何如也？去非先生旋解組歸，考終里第。穆不及見静濤之事先生，及見小山之所以事君者，恒感動不能自已。小山長穆八歲，歲庚寅同讀書城西天門山，君偕一二朋好時携酒食過存。當是時，齒髮皆未雕，饘粥尚足支梧，而酒酣漏永歎老嗟卑，蓋皆不自意後來之頹唐日甚一日，以至此極也。君自言性好弄，手目所營無所措其意則不快，然鑒別亦特精，似有天授。書畫晶玉，泉布刀劍，裘馬衣服，花竹禽鳥，食經茶錄，凡可以發舒其聰明者，情無不寄也。吾舅氏與君趨向不盡同，而好奇嗜古乃雅相契，故兩人者尤終始稱莫逆云。所居聽事，廣不過三弓，深不及兩武，座上客與敂門之聲雜沓相閒，君各如其品量應之，無可否冰炭在念。君既歿，小山襆被，聽事中敂門之聲稍寂矣。穆久違鄉井，不獲一哭君。與小山挑鐙夜話，側聞所日相見者，仍惟吾舅氏及吾姊夫立青任君二三人而已。立青性尤狷直，居城市人海中落落無合者，與君初亦漠然，久而漸習，久而意氣融液，一如穆之曏君昆仲也。然穆以褊急不爲世所容，客不歸。吾舅氏年逾六十，日皇皇於衣食，無讀書子弟資以娛老。立青多病善愁，小山困於里居，無所展其志氣。獨君較是諸人境稍暇，適足自給，而又以數舉子不育忽忽不樂，疢疾侵尋，摧其天年。嗚呼傷已！君凡三娶，皆育有子女，皆早殤。最後君已抱痼疾，得一子，穆爲命名曰"普護"，及三歲又殤。以小山之子臚奎爲嗣，先仲兄補庵之壻，立青所自出也。小山既頹然，無以自遣，遭君喪益不自聊。道光二十六年走京師，造穆曰："歲且臘，將舉殯事，子不可無文以慰我兄於地下也。"嗚呼！君有大德於吾家，又重以朋友昏姻之好。微小山言，詎忘所以傳君而詔我後人者乎？爰爲楚聲，以寫吾哀，釋小山之痛。詞曰：

昔余厲志以登覽兮，君伉爽而善歌。指城西之奧岫兮，寨禪巖之綠蘿。誓宿飽以詣極兮，夕憩息乎山阿。峯回回而曲轉兮，莽不知所扳援。卬窈窕之石罅兮，訝微光之窺天。奮撽身以上躋兮，鶴跂猱接而造巓。初瞠眙而失恃兮，旋抵掌而大笑。席錦石而酌瓠尊兮，振林谷而歸歟。欸豪情之消阻兮，皇天曾不許以申眉。余既莫知所稅駕兮，君齎痛於無兒。窺日月之蔽虧兮，深林方晝而杳冥。江介紛其苦雨兮，北萌被魃使不靈。余終莫知所稅駕兮，君怡神於幽扃。馨嗣孤之麥飯兮，沁仲氏之老淚。感石交之日稀兮，誰復喻吾之遠志也？

壽陽祁世倌校字

校勘記

〔一〕"於"，《山右》本脱失。

〔二〕"嗁"，《山右》本作"啼"。"嗁"，古"啼"字。

〔三〕"臬"，《山右》本作"暨"。"臬"，亦作"暨"。

〔四〕"闉"，《山右》本作"圍"。

〔五〕"帤"，《山右》本作"帑"。"帑"於義不辭，當以"帤"爲是。

〔六〕"蹏"，《山右》本作"蹄"。"蹏"，同"蹄"。

〔七〕"飾"，《山右》本作"節"，誤。

〔八〕"弩"，《山右》本作"努"。"弩力"，亦作"努力"。

〔九〕"往來"，《山右》本作"來往"，誤。"來"與下文"開"字同爲韻腳。

〔一〇〕"已"，《山右》本作"巳"，誤。

〔一一〕"黙"，《山右》本作"戮"，誤。

〔一二〕"搉"，《山右》本作"榷"。"搉"，亦作"榷"。

〔一三〕"輝輝"，《山右》本作"憚輝"，誤。

〔一四〕"斂"，《山右》本作"歛"。"斂"，同"歛"。

〔一五〕"皃"，《山右》本作"貌"。"皃"，古"貌"字。

〔一六〕"启"，《山右》本作"后"，誤。

〔一七〕"晢"，《山右》本作"皙"，誤。

〔一八〕"工"，《山右》本作"丁"，誤。

〔一九〕"同"，《山右》本作"问"，誤。

〔二〇〕"日"，《山右》本作"曰"，祁本誤。

〔二一〕"媭"，《山右》本作"嫂"。"媭"，同"嫂"。

〔二二〕"交"，《山右》本作"咬"，誤。

舁齋文集卷七

事　略

故内閣學士前倉場侍郎會稽莫公事略

公諱晉，字錫三，一字裴舟，別署寶齋，會稽人。曾祖文炳。祖朱謨。父大邦，乾隆三十五年舉人，於潛縣訓導。母李太夫人，先繼妣之姑母也。公生後三月而適母蔣太夫人亦舉子曰階，故於潛君以公嗣亡兄名揚後。幼惇敏，至性過人，年五、六歲則能以嬰兒戲百計娛其嗣母，母忘己之寡無子也。讀書不假約束，晝夜不自休止，十歲九經已略徧，稍長遂研穴貫串，心解神契，以能文雄浙東西。年十九補縣學生員，旋丁蔣太夫人憂。諸城竇東皋先生、大興朱文正公先後督學浙江，皆器異公，試必第一。及當選貢，因引用班書筆誤一字，文正疑之，置弗取。東皋先生接任，乃以優生貢成均，時乾隆五十七年也。次年三月，赴朝考，始游京師。祭酒法梧門先生、那文毅公、山陽汪文端公振興太學，號極盛。梧門先生嘗精遴兩舍生之器堪公輔、才任著作者十人，而公爲之首。五十九年，中式順天第三名舉人。六十年，中式第十九名進士，殿試一甲二名，授翰林院編修。嘉慶元年，散館一等三名。二年，充國史館纂修。三年二月，大考二等一名，超授侍講。五月，充福建鄉試正考官，得士鄭兼才等八十人。八月，命提督山西學政。四年二月，轉侍讀。三月，遷右春坊右庶子。四月，升侍講學士。仁宗鑒公純實[一]，授意軍機大臣寄諭公密疏官吏之賢否而舉劾之。其被公舉者，前後蓋二十餘人，以密疏無知者。六年冬，任滿還朝。七年，充日講起居注官、實録館纂修。五月，派教習庶吉士。十月，充武會試副考官。八年，轉侍讀學士。三月，大考二等五名。四月，調通政使司副使。九年二月，上幸翰林院，隨扈諸臣分韻賦詩，公與焉。七月，升太僕寺卿。八月，充順天鄉試副考官，得士譚仲璐等二百四十人。是月，復升太常寺卿。十二月，命提督江蘇學政。十年五月，遷通政使。因催提學租，奏署蘇州藩司鄂雲布玩公獲短，飭交兩江總督鐵保查〔二〕辦。嗣奉上諭："此項學租，鄂雲布因莫晉節次催提，即借動貯備項下湊齊解清，比較向年批解月日并無遲逾，其申復文書亦并無含混所有。鐵保請將鄂雲布交部察議之處，著暫行緩辦。至莫晉始則用文催提，繼因自行查出行文遲延，致書鄂雲布自認冒昧唐突，此事已可完結，乃又續行陳奏，畢竟該學政於鄂雲布有何意見齟齬之處，著據實明白回奏。"公奏稱："蘇州藩司每年應解學租銀二千八百兩，為給廩振貧之費。本年二月，藩司汪日章批解一千五百餘兩，尚應補解一千二百餘兩。臣於五月十七日行文催提，延至閏六月末，該署司鄂雲布絕不申復。因於七月初四日另文行催，恐該司仍置不復，并寄書告知情節，始於七月十五日將銀解到。查四年學租係次年二月解完，五年係次年五月解完，六年係次年六月解完，七年係次年閏二月解完，惟八年係次年七月解完。是時歲科試已周，振貧已畢，祇餘給廩一節為七月中需用之項，遲解尚屬有因。至歲試年分給廩振貧，隨棚須用，安得援上年遲解為例？本係逐年延緩，因據其最遲者謂比較月日并無遲逾，勢必致臣衙門辦公掣肘。况各屬學租因何不敷批解，該司理應聲敘明白，乃并無一字提及，祇稱解存學租僅震澤、婁縣等四學，暫借河工銀兩，俟解有學租，本款歸還。似乎各學尚多未解，迨再經行查，又稱因災蠲緩者十三學，其餘并無未解。夫蠲緩僅三百餘兩，何遽不敷至千有餘金？若既經全解本款，又何以不敷？臣因其前後抵牾〔三〕，疑或從中舞獘〔四〕，是以飭令嚴懲書吏，并清查條析具覆。該司更不清查，亦并未條析，轉謂呈覆初無含混，書吏無庸懲治，玩公護短，情節顯然。藩司爲錢糧總彙之區，倘任其侵那，獘將不可勝言，故不敢不敬陳以備考察。至臣致書該司，因臣衙門書吏行文遲延，將七月初四日公文倒寫爲閏六月十五日，經臣查出重責，再札知該司，自認疏忽，誠以誼屬寅恭，凡事當推誠相待，不敢稍存回護。旋據該司復札，稱仰見公正爲懷，虛中若谷，頗以臣辦理此事爲是，詎意今復援此以訐臣過。公文遲發責在司書，冒昧唐突幕友率筆，要其得失皆臣自當之。臣與該司素未謀面，并無意見齟齬之處，設挾有微嫌而掎摭其短，假公濟私，豈能逃聖明洞見乎？”十一年，擢都察院左副都御史。十二年〔五〕四月，疏請審案責成督撫，曰：“伏見皇上每遇地方上控案件，除發交督撫就近審訊外，閒復特派大員馳往查辦，良以案分輕重，因事制宜，總期下無冤民，上無留牘，歸於訟簡刑清而已。惟近來京控案件日漸繁多，簡派之員紛紛四出，不可不防其流獘。臣以爲吏治之張弛責歸督撫，誠使方面大員能體皇上勤政愛民之心以爲心，愼擇屬吏，詳求民隱，百姓之負屈於地方官者，應無不可求申於督撫，豈有近舍省會而遠愬京師之理？今之上控者，如果屬冤民，則必督撫公正之聲名未孚衆望也。如其爲奸民，必訟棍刁翻，意在脅制官長也。夫大吏無以取信於下而人心不屬，則上下有暌隔之憂。小民無所畏忌於上而告訐頻興，則官民有爭勝之患。閭里愚氓，見不及遠，第聞欽差往來絡繹，或且私心揣測，以爲皇上漸不信外官，飾詞聳動，即可僥幸圖翻。臣恐上控之案益多，而所言益以無據。迨至派員審結平反者不過十之二三，而坐誣之獄，因是又衆矣。且督撫審辦之案或有翻控，可派欽差覆勘。若欽差審結之案仍有翻控，則是曲直是非終無定論，而訐訟永無了期也。豈我皇上息事寧人之至意哉？竊謂宜明降諭旨，嚴禁浮囂險健之風，一切案情未經督撫而赴京越控者，概不準理。或督撫縣案未結，定讞失平，上控京師，自非關係重大，仍飭交督撫親提審訊。倘再有不實不盡之處被人控告，然後續發欽使，一經究出實情，將原審督撫從重議處勿貸。民知上控案件仍歸督撫審辦，自不敢以鄙俚荒誕之詞上瀆天聽，自罹誣罔重愆。督撫知交審之案一有不公，獲罪且將不測，又寧敢權宜艸率、袒庇屬員以自取戾乎？似此靜以安民，嚴以馭吏，或漸可振官方之媮惰，挽習俗之澆漓。臣職任采風，官叨司憲，《書》曰：'雖爾身在外，乃心罔不在王室。'伏願詳察利獘而酌其中焉。"優旨報聞，是年冬還朝。十三年三月，派充大挑舉人大臣。五月，派充教習副總裁。六月，充江西鄉試正考官，得士李炳春等九十四人。十四年，丁李太夫人憂，回籍。十五年，巡撫阮公元聘主甔山書院講席。十六年八月，疏言："臣於前歲二月丁內艱回籍，扣至本年五月二十八日服闋，當即由地方官呈報起復在案，理應剋期就道，何敢逗留？緣臣父現年八十，前臣迎養在外，得以朝夕相依，今步履維艱，勢斷不能遠出。臣并無子息，惟胞弟一人，從幼怯弱，不任家務，因病不赴鄉試已十餘年。臣父服食起居一切需臣料理，本年三月間感冒風寒，淹卧牀簀，臣奉侍湯藥，數月不離寢門，近雖小瘳而氣血全衰，非臣日在左右，難爲調護。自服闋以來裴回瞻顧，將欲久依膝下，則國恩未報，何能抒戀闕之忱？若遽遠宦都門，則親疾未瘳，又恐重倚閭〔六〕之望。衰年多病，離別增憂，萬一風樹不寧，勢且君親兩負。伏查例載：親年七十以上，兄弟篤疾，準其終養；八十以上，雖家有次丁，亦準終養。臣念報親日短，即欲遵例陳情，而臣父以臣受恩深重，何得援照常例？父年雖邁，一息尚存，猶〔七〕望臣及時報效，不可以私廢公，特命臣專摺請假，且看將來病勢如何，再行據實具奏。爲此謹遵父命，瀆陳聖聽，伏祈皇上暫行賞假，準臣在籍養親。倘邀天幸，父病獲痊，臣稍可分身，即當趨赴闕廷，恭候錄用，不勝激切屛營之至。"得旨俞允。十八年，於潛君卒。二十一年八月，起復入都。十一月，補副都御史。先是公嗣母徐太夫人卒，公方以諸生有聲於時，於潛君恐遲公上進，令仍以從子持爲伯母服。公因病瘋，失足墮池水幾殆，越三年病瘥，乃復出試，而承嗣之議遂寢〔八〕。及是首陳奏曰："臣胞伯名揚，中年病故，有一子未及成人而殀。越數年，臣父大邦生臣及弟階，初擬將臣出繼伯父爲後，及臣年稍長頗爲父母所鍾愛，而弟階自幼多病，臣父恐其成立難保，乃命臣以嗣子爲伯父主祭，而考試三代暫用本生父名。辛卯、壬辰以後，臣父會試六次，留京時多，在家日少，遂致蹉跎，未及呈改學册。迨臣乙卯忝入詞垣，臣父即寄書至京，命臣遵照前議報部出繼。臣竊念本生父母現皆在堂，承繼考妣久經去世，從前不早正名，今甫得一官遽改三代，轉似有規避短喪情弊。無論部未必準行，即人子之心亦何忍自外所生，改從降服？情願俟父母百年之後定名出嗣，庶幾公義私恩兩全無憾。臣父與族人商議，僉以爲然，事遂中止。及癸酉八月，臣父患病彌留於卧榻前，執臣手而命曰：'自汝通籍後，吾屢沐覃恩，三受誥封，而汝伯父僅得貤贈一次。吾常耿耿於心，汝將來起復補官，當將此情上達天聽，改正宗祧，指日恭遇皇上六旬萬壽，倘蒙恩施格外，俾汝伯父得一體同膺誥贈，吾當含笑於九原矣。'臣泣而志之，不敢忘。兹臣本生父母喪葬已畢，出繼長房并無違礙，爲此遵父遺命，披瀝愚誠，伏乞皇上飭部注册，將臣父大邦改爲父名揚，以成臣父未竟之志，實屬幽明均感銜結難酬。至臣係例應出繼之人，前不能諭親於道，早以義斷恩後，不免委曲從權，幾以恩掩義，雖父在不得自專，究由臣調停未善，事關倫敘，不比尋常細故，應請旨將臣交部，嚴加議處。"奉上諭："莫晉著準其出繼胞伯，其從前因本生父母尚在不忍自外所生，亦無違礙，著免其議處。"十二月，升任倉場侍郎。公被仁宗眷篤，由翰林不十年擢至三品，三典鄉闈，兩任學政，其供職京師實不過四年耳。初起復入見，上念前揚州刊刻《全唐文》時，公曾任校勘，特命補賞，給書一部。又嘗因常州幫武弁旗丁與辦漕各州縣互訐，牽控多人。滿侍郎潤祥議交刑部審訊，公議咨交兩江總督就近鞫之。潤祥持不可，公不為屈，因各執奏陳辨上前。仁宗命軍機大臣傳問，卒從公議。今通州督署滿漢各寮各榜"和衷報國"四字，仁宗綸音也。二十五年，京察以各幫米色乾潔，驗收無滯，下部議敘。道光二年，御史常賡奉請以放代盤，不必按期派倉。戶部初不以常賡奏為然，已而議自本年三月起以五倉進米三倉輪放，放竣，再派三倉，其現放之倉一概停進新糧。公與滿侍郎和桂奏言窒礙難行，請仍照嘉慶十四年成案辦理。戶部復奏現屆新糧進倉，準其暫緩盤查，自本年七月為始，務使輪應開放之倉陳米顆粒不存，隨時報部驗明後再行收進新糧。奉旨著倉場侍郎將京城十一倉全局妥定章程，因合奏防獘八事："一、本年七月輪應儲濟、興平、祿米三倉開放甲米，但查獘須出其不意，非常例可拘。應由戶部於六月底開列十一倉全單，恭請欽派。城內二倉、城外一倉從七月起陸續開放，至盤竣一倉，如有虧短，立即奏明懲辦。若有多無少，則報部驗明，接放下次應盤之倉。俟三倉全竣，臣等照例陳奏一次，以昭慎重。一、嘉慶十四年只盤舊米，不盤新米。現存米石多於從前幾及兩倍，若依舊出陳留新，恐盤查日久，防範難周，勢不得不新舊接放。埽數出倉，庶免那掩之獘。應將派出三倉所有嘉慶二十四、五兩年及道光元年之米先行放竣，再接放本年新糧，以杜牽混。一、粟米麥豆不耐久貯，均應照舊開放，無所用盤。其應盤者，惟粳、稷二種。查嘉慶年間稷米現已無多，惟舊存粳米不下二百萬石，自應設法俾早出倉。請於四、五、六月輪放甲米，及秋季輪放俸米等倉，專放嘉慶年間之米，如稷米不敷，以陳粳米代之，俟陳粳放竣，再將道光元年粳、稑闓放以疏壅滯。一、明年二、三月又當進運新糧，若三倉盤竣，又接盤三倉，出陳進新仍必兩相妨礙。應照舊按月輪放各倉，俾陳米不致過於積壓，俟漕竣時再派三倉，以放代盤，不過四年儘可一律完竣。若必接續盤查，不容閒斷，亦非三年不能告藏，而辦理殊多掣肘，不如盤查與輪放相間而行，較為兩便。一、本年秋季俸米應照部議，在於下次輪應盤放之倉先行勻放，明年春俸即在第三次進盤之倉，嗣後照此遞輪，以示均平而去陳積。一、盤查之期，恐諸倉監督積日累月，照料難以周到，應照議由臣衙門在於別倉監督，不拘滿漢，每月分派一員幫同辦理。至於花戶人等各顧其家，豈能通力合作？若在別倉派往幫辦，轉恐滋生獘竇。應仍責本倉自行酌量添僱〔九〕，以專責成。一、三倉既連月放米，勢不容於例外展限，以致輾轉逾期。臣等祇能禁放米之稽遲，不能禁領米之刁難，嗣後如有霉變之米不堪煮食者，準領米人員包封米樣，知會臣等，將該倉監督等參辦。若止米色稍陳，毋得濫行挑斥，彼此相持，致稽時日。又自非夏秋大雨時行之候，倘有逾限，即將該倉監督及領米官員一併交部議處，并將未領之米存倉，以警延玩。"其第八條專議變通開放正白旗包衣米石，則滿侍郎和桂筆也。而是時戶部書吏以要索花戶未滿欲，雲南司主稿司員復恃奧援再駁之，公憤曰："即安能以國事媚權要？"乃單銜陳奏曰："伏查本朝百七十餘年以來，并不見有以放代盤之案。惟嘉慶十四年因前任倉場侍郎福慶等密奏西、中二倉米多虧短，當經特旨派員查辦，共計虧米十餘萬石。旋經御史慶明奏請京城內外十一倉以放代盤，奉旨準行在案。當時不照西、中二倉一律盤查，姑用權宜之法以放代盤，且祇盤舊米，仍進新糧。仰見仁宗睿皇帝於清釐積蠹之中，仍寓滌去煩苛之意。昨御史常賡奏陳倉獘，并未指何倉何廒恐有虧缺，無端請以放代盤，本屬無事中生事。戶部既知其不可行而駁之，又疑該御史言未必無因，乃力主以放代盤之議，自出己意，輕變前章。經臣等駁其窒礙難行，部臣全不肯虛衷商確而持〔一〇〕之愈堅，更抝爲新陳并放、顆粒不存之説。當經奉旨令臣等妥定章程，臣等以事屬垂成，不得已酌定疏通陳米數條，補救萬分之一。而部臣復任意斥駁，必欲盡照其原議，不容更動分毫。未知諸臣果洞悉倉務，確見其萬全無獘，故不許他人稍參末議邪？抑逞其偏私之見，欲行百七十年來從未辦過之案，而以倉儲重務聽其嘗試邪？臣愚，伏念皇上所以〔一一〕依戶部之議者，必由部臣謂以放代盤原屬舊例，而臣等曉曉辯駁，未必無回護別情。若知部議率臆無憑，行之斷然有害，則天聽豈有不可回者哉？臣職忝倉場，此事乃其專責，倘顧恤嫌疑，終不肯明目張膽爲皇上詳辯其非〔一二〕，則誤國之罪萬死難逃，用敢奮不顧身直陳管見。查嘉慶十四年因倉儲虧短業經敗露，有不得不盤〔一三〕之勢，故以放代之，原非通行定例。今部臣如果風聞何倉虧短，應即奏請盤放此倉。再不然應請傳問御史常賡有何聞見，就此嚴行查究，不過旬日間便可水落石出，何須經年累月爲此紛紛無益之盤查？顧乃師心自用，巧借'以放代盤'四字爲護身符，而現定章程實已將嘉慶十四年成例紛更殆盡。臣不知其放照何年，遵行何例，何所憑信，而能保所議之必可通行，萬無窒礙乎？臣愚不通事變，竊以爲若照部議，各倉監督誤公失察、放米逾限之咎必多，各旗領米人員謀新嫌舊、賄託請求之獘必重，奸胥猾吏徼利一時、罔恤後患、違條犯法之徒必衆，各倉散役借端生事、以脅制放米之頭役、分爭辯訟之案必繁，百獘叢生，豈勝枚舉？近年辦理倉務已甚艱難，而部臣復抝此議以掣其肘，亦可謂下策拙謀矣。目下甫經定議，故臣猶可力爭。數年之後便成定例，異時更有請以放代盤者，誰能駁之？新例既行，舊例必將漸廢，則方今立法之初，安可不詳慎也？且查獘貴乎神速，若曠日持久，適足爲奸人從容彌補之地，何弊之能除？即如嘉慶十四年查出倉獘甚多，而以放代盤之十一倉皆有贏無絀。彼時僅八月，而此番且遲至三年，無論實貯本無虧短，即或有虧，該倉豈肯不設法彌補，坐待罪愆？臣不能保現在倉儲萬無不足之額，而可保將來盤放完竣必無顆粒之虧也。況太倉陳積，原非可以石稱丈量，縱令徹底清盤，而斛面有高下，手勢有重輕，抑勒之則多者且將見少，寬假之則少者亦可見多，尚未必遽有定準。今乃聽各倉自盤自放，而俟其日久技窮，自行敗露，其於防獘之道何居？凡事宜整其大綱，不必吹求瑣細。皇上如必欲知倉儲盈虧，請即欽派大臣會同戶部堂官，各帶司員與巡倉御史親赴各倉，按照實貯清册逐廒子細查對，如數目大概相符，自可無庸盤驗。倘查得某倉某廒有多少不符之處，立即封鎖，至查竣十一倉後，共計應盤者若干廒，分投過斛，畫一平量，究明所虧實數，嚴行參辦。雖不免一兩月之煩勞，而於整頓倉儲實有裨益，不猶愈以放代盤之徒有空名哉？祈皇上將臣此摺與戶部前後各摺飭交從前曾任倉場諸臣，公同核議，孰是孰非，擇利而行之，似亦慎重更張之道。"奉旨，大學士、軍機大臣會同九卿核議具奏。又另片奏參戶部曰："臣前閱戶部議覆御史常廣奏摺，該御史請將放米之二倉停進新糧，餘尚有八、九倉足敷進運，本甚明白。而部臣駁其暫停進運，必致百萬糧石困堆露積，似全不解該御史之意而誤駁之。及其自行定議，又祇將五倉進米，較該御史原奏少進四倉，轉不虞新糧之壅滯，前後自相矛盾，臣當時即訝其議事粗疏。昨戶部咨照議覆倉場奏摺內第一條駁語即不可解，臣等以三倉雖同時開放，而完竣必有後先，故云'盤竣一倉，報部驗明，接放下次應盤之倉'。此乃一定辦法，決無一倉先竣，暫行停放，俟三倉全竣再行接放之理。而部議轉謂'先放一倉，勢必致三倉人等擁擠一倉，該倉必形竭蹷'等語，幾如隔壁講話，不知所云。部臣皆進士出身，不應於此等粗淺文義尚不通曉，直由厭憚煩勞，漫不經意，將此等奏摺付之胡塗昏[一四]憒之司員，任其妄行斥駁，至核定奏稿時又不過匆匆一覽，全不檢點，以致錯謬如此。文義尚未盡明，是非更復何論，不幾以奉旨交議之事爲兒戲乎？尤可怪者，臣等於三月二十四日奏駁部議窒礙難行，翼日接到戶部二十四日咨文，内稱：'七月以前所進新糧，倘五倉空廒不敷存貯，應由倉場報明，即於其次輪應開放三倉酌量收貯。'臣與和桂閱之，皆不勝詫異。部臣如果自知五倉進米廒座不敷，自應專摺奏請，照前議添進三倉，俟奉旨準行後咨臣衙門，何得擅自主張，頓改日前奏準之議，轉令臣等報明酌量，竟不必皇上聞知，將使臣等遵日前依議之旨祇進五倉邪？抑遵此番部咨之文兼進八倉邪？當經傳問京中本衙門收文書吏，據稱二十四日酉刻接到此文，顯係部臣見臣等奏駁趕辦咨文，以爲覆奏時掩過飾非之地。臣等所駁者，前此之奏摺。而戶部所援以自解者，轉憑後此之咨文，又不便於奏摺中敘明時日之先後，漫稱立定章程、行知倉場在案，以圖蒙混過去，豈有不待奏明請旨而可擅自立定章程者乎？此其詭譎私情，殆不可問。若復隱惡姑容，不奏請皇上徹底根究以肅法紀，將來肆意妄行，何所不至？實可寒心。所以披瀝血誠，不憚孤立一身以觸衆人之忌嫉者，臣雖至愚，何恃而不恐？誠恃我皇上達聰明目，兼聽并觀，必能謹履霜之萌，杜蒙蔽之漸，庶幾部臣小懲大誡，各發天良，無孤負聖明之委任也。"上命戶部堂官逐款明白回奏。於是滿漢兩尚書方典樞密用事，見公奏恚甚，曰"是敢蹈我之瑕"，曰"是敢斥我爲不通"，顧吏趣[一五]具稿明日復奏。次日，戶部復奏上。奉上諭："本日據戶部逐款明白回奏，以放代盤原屬查獘簡易之法，何以謂戶部以此四字爲護身符？如何將嘉慶十四年成案紛更殆盡？又戶部以御史常賡所奏放米二倉停進新糧與例不符，照例議以三旗搭放三倉，放竣三倉，以其餘五倉進運新糧。又恐不敷貯米，復行知倉場再以三倉進運，以敷分貯，何以謂之蒙蔽？又戶部以倉場原奏‘盤竣一倉，接放下次應盤之倉’數語恐誤會爲一倉開放，仍議令三倉并放，何以謂之隔壁講話？此事戶部前後所議章程總主以放代盤之論，其有何詭譎欺飾肆意妄行之處？該侍郎確有指實，必當徹底查辦，不得以無據之詞妄肆詆毀。著莫晉即來京明白回奏。現在新漕抵通，亟須查驗兌收，倉場侍郎事務著張映漢暫行署理。"公即日回京具奏曰："臣聞人臣之義，有犯無隱。若恣行欺蔽，妄肆詆訶，均玷官箴，法皆無赦。昨臣參奏戶部前後議事粗疏錯謬及咨文不應轉在奏駁之後，無論部臣有心無心，其辦理之誤斷無可掩。本屬逐款指實，第詞意未盡明晰，致皇上覽之未即釋然。查嘉慶十四年以放代盤八月而畢，此番非三年不能完竣。臣愚，實不知其簡易處，至部定章程并仁宗睿皇帝諭旨全不遵照，何況其他？放米之倉停進新糧非舊例也，新陳勻放、顆粒不存非舊例也，各倉接連放米至六、七月非舊例也，陳米遲放者留倉六、七年非舊例也，惟‘以放代盤’四字爲舊例耳。非巧借此爲護身符而何？常賡奏請盤查之兩倉暫停進運，戶部駁其必致糧石屯堆、車兩攙踏，及自行定議五倉進運，較該御史原奏轉少四倉。臣等議盤竣一倉之後，接放下次應盤之倉，此乃一定事理，決不能別有辦法。而部駁爲窒礙難行，無端生出三旗人等擁擠一倉等語，真乃謬以千里，與臣原奏無一字關照，謂非隔壁講話而何？部議五倉進米業經奉旨準行，如欲添進三倉，豈有不待奏明，擅自改定章程行知倉場，竟不必皇上聞知之理？良由未見臣奏駁之先，不知五倉不敷分貯，及見奏駁，又未便奏請添倉，因即趕辦咨文爲覆奏掩飾之地。倘就此徹底查究，將戶部辦稿行文官吏飭交刑部，隔別研訊〔一六〕，未必不和盤托出也。即或部臣心術不應詭譎至此，而其不行請旨擅改依議章程之罪，亦無所逃，謂非恣爲蒙蔽肆意妄行而何？臣未見戶部回奏原摺，不知分辯如何，無憑指駁，而此三款至明至確，若謂無關大獎，不足深求，臣復何敢更事吹求，續陳天聽？請即將臣此摺與前參夾片一併交大學士、軍機大臣、九卿，公同核議，似亦大公無我之虛懷，知人則哲之妙用也。"奏上。上特諭軍機大臣曰："爾等閱此奏必謂朕勃然矣。不然，朕幼承皇考明訓，選擇明師教讀，頗知涵養功夫。事愈大而心愈細，情愈急而氣愈和，數十年來守之不失，爾等均所深悉。朕斷不受其欺罔，亦不肯從重治罪，特將原摺硃批交爾等閱之，以示朕涵養之功。"於是滿漢兩尚書復摘公疏"請交從前曾任倉場"語，謂陰有黨公者。是日，并奉上諭："前降旨交大學士、軍機大臣會同九卿核議莫晉所奏盤查利弊章程，著戶部堂官及從前曾任倉場侍郎概行迴避。"議連日不決，公裵徊久之，不得已復具疏稱："耕當問奴，織當問婢。現今洞悉倉務無逾於臣，謹更條陳利弊，請發交會議諸大臣閱看。"疏留〔一七〕中，五月十一日議上："以放代盤，徒有清查之名，無裨實貯。倉場歷次陳奏，尚非無據之言。惟籌議盤查之法亦未切中窾要，又不和衷商確，竟肆詆毀，殊屬褊躁，請交部嚴加議處。"奉上諭："著仍照戶部原議，自本年七月為始，務使盤放之三倉陳米顆粒不存，驗明再進新糧。至所議閘壩橋倉轉運不繼，恐有阻滯，屆時著派英和前往彈壓，勿令壅積。如有辦理不善之處，惟英和是問。莫晉於盤查事宜所論皆屬因公，惟因與戶部意見不同，經朕令其明白回奏，猶復負氣辯論，殊失敬事辦公之道。朕斷不肯因其負氣辯論挑斥〔一八〕於語言文字之間，從重治罪。此非施恩於莫晉，深恐後來言事者動輒避忌〔一九〕，不盡實情，於國是大有關係。莫晉無庸交部議處，著降為內閣學士，候補。"次日，公入謝，上并前留中摺擲還。其謝疏有云："主聖則臣自直，仰欽廑世摩鈍之精心；恩深而命轉輕，彌堅報國忘身之素志。"天下誦之。當戶部覆奏之上也，右侍郎湯公金釗獨具摺自行檢舉，稱："倉儲不宜清查，以放代盤未見其利，不敢扶同稱爲良法美意。前戶部三次議覆，倉場隨同畫諾，咎無可辭，請交部議處。"上斥其毫無定見，首鼠兩端，失協恭和衷之義。然侍郎於此事實亦未得要領，但信公素學，必不妄相糾彈，故引咎之誠無愧古人。其以向來清查庫貯之說比例倉儲，則非也。公旋亦感末疾，三年四月請回籍調理，六年四月初八日卒於山陰王衙衖里第，距生於乾隆二十六年五月初五日，春秋六十有六。配柴夫人，合葬縣南夏博山之原。子一鍾珣，嘉慶九年年二十未室而殀。弟階以子女各一予公，女適翰林院編修晉寧李浩；子鍾琪，廩生，刑部主事，現官廣西候補知州。公後又生女二：長適歸安舉人郎玉銘，次適刑部員外郎桐城方秠。公以積學能文章聞天下，四十後乃專意理學，不復措意文詞，晚益深造自得，與先師蕭山吳樸庵先生交修遂密。先師篤慕蕺山，而公則一以姚江爲宗，即龍溪亦不厚非也。嘗重刊黎洲《明儒學案》，敘之曰："孔子稱善人不踐迹，孟子謂君子欲其自得，《繫辭》云：'天下同歸而殊塗，一致而百慮。'此三言者，千古道學之指南也。夫道無定體，學無定法，見每岐於仁智。克互用乎剛柔，鈞是問仁而克復敬恕，功分頓漸，同此一貫。而忠恕學識，義別知行，各得其性之所近而已。宋儒濂溪、明道之深純與顏子爲近，伊川、橫渠之篤實與曾、思爲近，象山之高明與孟子爲近，立言垂教不必盡同。後人泥於箸述之迹，僉謂朱子集羣儒之大成，數百年來專主一家之學。明初天臺、涇池椎輪伊始，河東、崇仁風教漸廣，大抵恪守紫陽家法，言規行矩，不媿游、夏之徒，專尚修不尚悟，專談下學不及上達也。至白沙靜養端倪，始自開門戶，遠希曾點，近慕堯夫，猶是孔門別派。自陽明倡良知之說，即心是理，即知是行，即工夫是本體，直探聖學本原。前此諸儒，學朱而才不逮朱，終不出其範圍。陽明似陸而才高於陸，故可與紫陽并立當時。若東廓主戒懼，雙江主歸寂，念庵主無欲，最稱新建功臣。即甘泉體認,見羅止修,亦足互相表裏。迨蕺山提清誠意,約歸慎獨,而良知之學益臻實地,不落虛空矣。《學案》一書,言行並載,支派各分,擇精語詳,鉤元[二〇]提要,一代學術源流瞭如指掌。要其微意,實以大宗屬姚江,而以崇仁爲啓明,蕺山爲後勁。凡宗姚江與闢姚江者,是非互見,得失兩存,所以闡良知之祕而防其流獘,用意至深遠也。竊謂學貴真修實悟,不外虛實兩機,病實者救之以虛,病虛者救之以實。古人因病立方,原無成局,通其變使人不倦。故教法日新,理雖一而言不得不殊,入手雖殊而要歸未嘗不一。讀是書者,誠能不泥其迹,務求自得之,真向身心性命上作印證,不向語言文字上生葛藤,則東西相反而不可相無,百川學海而皆至於海,由諸儒上溯濂洛關閩以尋源洙泗,庶不負先生提倡之苦心也。"夫龍溪、天泉證道之説,學者訾之,惟公則曰:"鏡因照物而判妍媸,妍媸不在鏡。衡因稱物而分軒輊,軒輊不關衡。無意無知,本孔門至教。知意且無,善惡安在?陽明他日有曰:'無善無惡理之静,有善有惡氣之動,純乎理即是四無,雜乎氣則爲四有,雖有實無即所謂寂然不動,感而遂通,廓然大公,物來順應,又何疑焉?'至龍溪論學,往往詳本體而略工夫,蓋以良知出於天,不由乎人,擬議即乖,趨向轉背。學以復其不學之體,慮以復其不慮之體,工夫專用在本體上,以自然爲宗,乃是不著力中大著力處。明道云:'識得仁體,以誠敬存之,不須防檢,不須窮索。'猶斯意也。"又嘗因門人問,箸《至誠無息説》曰:"天命之性,渾然一理,是謂道心。此理落在形氣之中,有人身便不能無人心,有人心遂有私意私欲。理誠欲僞,不容並立,此生彼息,如陰陽之互爲消長。常人從欲忘理,欲不息,則浮僞日滋,實理漸歸漸滅矣。學者存理遏欲,而有操不能無舍,有公不能無私,天理便不得貫徹周流,多離合斷續處。是誠之有息,由其誠未至也。即如三月不違仁,違便是息;日月至焉,不至時便是息;終食違仁是息,造次、顛沛不於是亦是息。天命之在人心本是流行不已語,其生生之機則曰仁,指其真實[二一]之理則曰誠,非有二也。夫子以川流不舍示人,正欲學者識得心體,則存養、省察、克治一切工夫方有著落。曰道不可須臾離,曰禮樂不可斯須去身,曰時習,曰默識,曰據德依仁,曰忠恕一貫,無非教學者乾乾不息於誠耳。惟聖人粹然天理之極而無一毫人欲之私,徹頭徹尾全是一誠。寂感無兩機,顯微無二致,非有所存而不亡,非有所續而不絶。緜緜翼翼,純純常常,子思此言是直揭其心體。至誠自然無息,無息方是至誠,稍有分毫夾雜,何能與天地合其德哉?學者未至乎誠,而欲求存誠之要,其必約之以主敬而貫之以有恒乎!"公自爲諸生及舉鄉、會試,皆出東皋先生門,故生平瓣香敬屬諸城學術,風節雅亦相類。仁宗之上賓也,公白衣齋食獨居於外者期年。平居漏加寅必興,興則拜父母及嗣父母像,畢乃退而讀書。爲後學開判疑滯,娓娓若不及。掌教嵗山書院,從問業者衆,然率以帖括請益,其能心公之心以爲學者先師一人而已。兩任學政,指舌俱瘁,奇文欣賞老猶在口。山西所拔貢生,尤極一時之選,碩學名臣多出其中[二二]。先君子受公知最深,壬戌[二三]會試即館公家。比入翰林,遭先妣喪,公起復入都,遂爲主婚,以李太夫人之姪歸先君子。未幾,先君子見背,公迎先繼妣於家,穆因得受教於公,所以誨諭奬進之者有逾子姓,顧惟頑鈍辜公厚望,追念舊恩,痛其有極?而自公殁後,埋幽表墓之文概乎未具,文字謂落,百不存一,即表表章疏采獲亦頗不易。嗣子鍾琪甞薈[二四]粹雜文爲《來雨軒稿》,皆應制詩文及駢儷酬應之作,非公精神所關。道光二十四年,公次女從其夫來官京師相見,穆以公遺文爲問,搜檢笈笥得殘斷艸稿數十葉,乃合綴舊聞及幼年所親炙者,排比如右,備他日史臣之甄敘云爾焉。逢執徐冬十月既生霸,謹譔。

道州何慶澄校字

校勘記

〔一〕"寶",《山右》本作"寶",誤。

〔二〕"查",《山右》本作"杳",誤。

〔三〕"悟",《山右》本作"悟"。"悟",亦作"悟"。

〔四〕"獎",《山右》本作"弊"。"獎",同"弊"。

〔五〕"十二年",《山右》本作"二十年",文字誤倒。

〔六〕"間",《山右》本作"間",誤。

〔七〕"猶",《山右》本作"猷"。"猶",同"猷"。

〔八〕"寑",《山右》本作"寢"。"寢",通"寑"。

〔九〕"僱",《山右》本作"雇"。"僱",同"雇"。

〔一〇〕"持",《山右》本作"特",誤。

〔一一〕"所以",《山右》本作"以所",文字誤倒。

〔一二〕"其非",《山右》本作"其者非","者"字誤衍。

〔一三〕"盤",《山右》本作"其",誤。

〔一四〕"昏",《山右》本作"昬"。"昬",同"昏"。

〔一五〕"趣",《山右》本作"趣"。"趣",同"趣"。

〔一六〕"訊",《山右》本作"訊",誤。

〔一七〕"留",《山右》本作"流",誤。

〔一八〕"斥",《山右》本作"斤",誤。

〔一九〕"動輒避忌",《山右》本脱"輒"字。

〔二〇〕"元",當作"玄",乃因避清聖祖玄燁諱改。

〔二一〕"寶",《山右》本作"寶",誤。

〔二二〕"其中",《山右》本作"其其中",誤衍一"其"字。

〔二三〕"戌",《山右》本作"戍",誤。

〔二四〕"薈",《山右》本作"秦",誤。

肙齋文集卷八

事輯 附碑銘一篇、墓誌銘一篇

先大父泗州府君事輯

雍正十年壬子九月二十五日丑時，府君生。

府君係張氏，諱佩芳，字蓀圃，號卜山。初名洳芳，字公路，學政夏醴谷先生爲易今名。山西平定州人。

始祖應祥，明大同廣聚倉大使。

五世祖敦明，陽和司訓導。

高祖金榜，州學生。

曾祖詔，贈奉直大夫，壽州知州。

祖新濚，字際盛，贈奉直大夫，壽州知州。

考可舉，字登榮，國學生，誥封奉政大夫，泗州直隸州知州，晉封朝議大夫，鄉飲大賓。

府君《希音堂集·張氏族譜序》："余家相傳明洪武初遷自洪洞，今居廟溝及嶺西者皆是，而世系無考。余七世祖萬曆間爲大同廣聚倉大使，始顯。大使公一子，爲陽和司訓導，生四子：長居白楊樹；次居上城；三居桃坡，是爲高祖；四無後。次房染患時疫，余曾祖侍疾終焉，遂由桃坡遷上城。其後次房析居學門鎮，余父又遷大陽泉。"

乾隆元年丙辰，五歲。

《希音堂賸稿·際盛府君行狀》："憶佩五六歲，先祖擔負往來田間，一筐盛飯，一筐盛佩，至則坐佩田畔守視鳥雀，自力作以爲常。佩就外傅，塾中薪炭躬自送給，猶及見佩應童子試云。"
三年戊午，七歲。

鄭贊善虎文《吞松閣集·蓀圃制義序》："余友張君蓀圃，幼以神童名。"《墓誌》：曹侍郎城撰。"少家貧，嘗爇秋稭以照讀。"
四年己未，八歲。

《希音堂賸稿·陳先生壽序》："佩年八歲，受業於先生。同學五六人，李君文山其一也。時世伯玉峰先生以名孝廉亦課授於其家，從學者頗衆，皆成人子。先生亦受學焉，日爲佩等正句讀，隨以講解，督課甚嚴，及學爲八股，終歲皆成篇，凡五年別去。又二年，與文山俱受知學使者夏公。"案：陳先生名世玟，玉峰先生名世瑛，雍正乙卯科舉人，江西新昌縣知縣。李君文山名光萬，乾隆丙戌科進士，廣東陸豐縣知縣。

九年甲子，十三歲。

八月十三日，先高祖際盛府君卒〔一〕，年七十有八。

十一年丙寅，十五歲。

《墓誌》："年十五入學，肄〔二〕業晉陽書院。"《陳先生壽序》："佩以背誦諸經入學。"

十四年己巳，十八歲。

是年補州學廩膳生員。府君自跋《片言可以折獄者》兩章文尾云："此乾隆己巳歲試題也。今粵東大中丞德定圃夫子閱余卷，深加擊賞，拔置第一，收入《山右試牘》。"《吞松閣集·制義序》："年未冠，文譽翕雲、代間，學使今少宰德公奇其才，拔第一，令讀書晉陽書院。院多藏書，恣觀之，不數月竟，同院生叩之，應口誦，衆乃大服。試輒〔三〕冠其曹，雖老師宿儒名出其下，帖帖莫敢出聲氣。當世知名之士游於晉，或爲書院長，咸引重君。"案：時爲書院長者，忻州馬象祈先生，名騰蛟。

十八年癸酉，二十二歲。

《希音堂集·刑部郎中呂君墓表》："君諱元亮，字潛齋，鳳臺人。乾隆癸酉、甲戌間，始識君於晉陽書院。時山左牛階平先生主講席，深器君，而君顧昵就余。"

十九年甲戌，二十三歲。

《希音堂集·曾少梁制義序》："憶歲甲戌余與少梁同學晉陽時，山東牛階平先生主講席。先生淹博自負，少許可，而器重少梁獨至。"案：少梁名斗南。階平先生《空山堂集·晉陽東歸紀》："乾隆十九年十一月二十六日，自陽曲起行，門人晉陽書院賈學孔等三十餘人公餞，送至南屯。是日抵晉祠，張佩芳、姚廷瑞、馬履瑞、張映宿相隨到晉祠，宿同年楊學山家，案：學山名二酉，癸丑進士。楊爲置酒，同門人痛飲高歌至夜分。次日，同張佩芳四人登懸甕山，游天龍寺。初入山口，煤車塞路數里。陟岡嶺，往往道拗峭，險絶不可行。行十餘里，小憩十字河，逾材廠，始見天龍山頂，山形竦秀，峰巒翠青，長松落落錯立巖石間幾萬株，高梧古柏如人如困，或森然如虬龍狀，攀石，尋徑，穿松，乃得過。日暮，臨絶巔，乃得所謂天龍寺者。寺居山坳平地，後倚高峰，前俯幽澗，萬仞澗底積冰峩峩，長嶺絶壁四面夾繞，白雲如抹，橫帶其下。過小橋，抵寺前，老僧四五迎入梵舍，齋罷鐘動，偕諸子就寢。聞山僧朝課，遂同諸生游下洞，回看所謂上洞者。山僧呼早飯，飯罷，姚生先往徐溝，遂及張佩芳等下山。二十九日，同往徐溝，諸門人溫常綬等二十餘人先在，公具酒饌飲餞，雅歌佐飲，極歡而罷。十二月初一日，過姚匡瑞家，諸生復留飲食，送至南關，停車話別。諸生凝立，悵望良久，然後去。"

二十年乙亥，二十四歲。

《呂君墓表》："逾年，牛先生之河中，余與君隨同寓中條之萬固寺。"《曾少梁制義序》："逾年，先生之蒲州，余與少梁暨鳳臺呂陶邲其他四五人從。蒲濱大河有雷首、中條之勝，望華山如在几席。"《空山堂集·示門人張佩芳等札》："聞汝等來蒲已有定期，不勝忪慰。及喬公到蒲，始知以形迹之嫌暫止。此説亦是，第吾懸注之意更增惘惘耳。吾今年來蒲本非得已，所以來蒲者，一恃蒲有三知己可作主人，一爲晉陽舊弟子有負笈相從者。今到蒲已近一月，而諸弟子無一至者，此中鬱鬱，政如有失。吾非老病，本不藉汝等扶持，自思殊不可解。廉將軍云：‘我思用趙人。’吾意亦如此也。兼衡兒相從來此，甚須一二人切礳。吾爲汝等計，即爲吾計，汝等應知此意也，此中有鍼芥相投處。吾意汝等少遼緩來，或一二人陸續來。札到當自酌之。”又〔四〕《與顏樂清札》：“四月十四日始到蒲，初上館生徒寥寥，旬月間四方雲集，平陽以南、中條以北都有來者，晉陽舊門人來者五人，講貫日勤，漸有進益。夏日苦熱，五日之中一爲休息，緣小兒及晉陽舊門人讀書中條山中。其地有萬固、栖巖、白石諸寺，翠巖青壁，喬松修竹，回複繚繞。每往則與諸生尋怪石，窮幽泉，登絶頂，望黄河、太華，倚風長嘯，或吹竹彈琴，以相酬和。”又《詩集》有《秋日同衡兒、門人姚廷瑞、張佩芳、張映衡五姓湖泛舟聯句》。《吞松閣集·制義序》：“會大中丞喬公光烈時爲監司駐蒲州，閔士之不學古，乃延山左故某縣令牛君運震爲之師，案：牛君，滋陽人。雍正癸丑進士，甘肅平番知縣。且欲藉君以風蒲士，書招君。已而代牛主講院者爲山陰胡徵君稚威，案：徵君名天游。徵君恥世俗學，治古文自方昌黎，謂惟桐城劉耕南先生案：先生名大櫆，別號海峰。可與抗手，餘皆目笑之。時客於蒲，蒲人無能受其學者，獨亟稱君，呼爲小友，蓋以鄰侯器君也。君既盡得其所學，歸而閉戶事箸述，慨〔五〕然有千載之志。”孫觀察星衍《岱南閣集·牛君墓表》：“嘗出主講晉陽、河東兩書院，在河東時與同歲生胡天游論古最相得，所識〔六〕士亦一時名儁。君教以殖學立行，不徒以科名自見。”《墓誌》：“階平先生之蒲州，公負笈從。又受知於觀察黄公，遇課日必饋酒食。”

二十一年丙子，二十五歲。

鄉試中式本省第六十名舉人。《希音堂賸稿·三場百問序》："余少習舉[七]子業，嘗致力於此。丙子省試，以五策得售。及分校南闈，亦持此意取士。"

二十二年丁丑，二十六歲。

會試中式第二十八名進士，殿試三甲第六十六名。《吞松閣集·制義序》："丁丑試禮闈，本房沈公得君卷，首薦斥。對房錢公見而惜之，力言其文於主司，乃得售。沈名栻，今爲河東運使。錢名載，今宮[八]詹。然則君之文即遇合閒，已可覘其崖略矣。"《海峰文集·張蓀圃時文序》："平定張君蓀圃與四方之士同以進士舉，而獨不趨於時好，不騖於速成，抽曲盡之思，顯難詳之義，浸潤乎六經之旨，敷揚乎兩漢之詞。洋洋乎！渢渢乎！斯可謂之文也。"

二十三年戊寅，二十七歲。

《希音堂集·硯香堂記》："歲戊寅，余館鳳臺秦太史復堂家，名百里。從游者太史之從子朴、吕恒慶、普慶、餘慶、延慶、張澍暨牛生天祺凡七人。逾年生與朴入鳳臺學，又逾年余歸。"

二十五年庚辰，二十九歲。

是年府君自鳳臺解館歸，讀書城西南冠山。《希音堂集·吕君墓表》："戊寅，余館鳳臺秦太史家，君適授徒里中。庚辰，一至余家。"又《重修冠山資福寺記》："山在州城西南八里，有元左丞吕思誠冠山書院，明州人孫傑高領書院。寺在山之左麓，建於元至順閒，書院久俱廢，而寺獨存。其左有屋三區，州人士率讀書於此，余爲諸生時亦寓焉。案：府君爲諸生時，讀書冠山確在何年，失考。既成進士，復授徒一年餘，山之上下松石閒無不至者。而冠山書院當山之胸，登此城郭，樓堞歷歷在目，號爲冣[九]勝。州志載爲思誠父祖讀書處，有宣聖燕居殿、會德堂、德本、行源二齋遺蹟尚存。"案：燕居殿，土人名夫子洞，洞外有巨石高丈許，刻"英雄進步"四大字，府君筆也。謹案：府君既成進士歸里，即謀爲《陸宣公翰苑集注》，至是讀書冠山，遂依文排纂，付諸從學者寫之。今艸稿之藏於家者尚十數巨册，丹黄塗乙，爛然可觀。

三十一年丙戌〔一〇〕，三十五歲。

是年部選徽州府歙縣知縣。《希音堂集·誥命碑恭紀》："佩於三十一年冬出仕。"《上閔大中丞書》："三十一年選任歙縣。"案：歙方盛送府君調任合肥詩注："公於丁亥涖任，今年壬辰奉調合肥，皆在二月。"是府君是年雖選得歙，實未涖任也。

三十二年丁亥，三十六歲。

《吞松閣集·制義序》："余之主紫陽講席也後君涖歙之一年，至正則聞君以古學倡多士而月課之於斗山亭。《吞松閣詩》有《歙令張蓀圃招余及劉耕南、劉拙存兩廣文游問政山看桂，小集斗山亭》四首，其第三首尾句曰："天爲斯文作宗主，魁杓聞已屬張星。"自注："明府頻課士於此。"又有《張明府招同人集白雲禪院看紅葉》詩。斗山亭者，明湛甘泉所講學處也。耕南先生爲黟〔一一〕縣學官久之，不樂，謝病去。會君來，君聞先生名於徽君者舊矣，遂禮請爲士子師。案：府君爲耕南先生特闢問政書院。歙士之素勵名節、埽迹長吏之庭者，至是各執經以見，君遇之皆如故等夷。"《海峰文集·問政書院記》："歙故有書院，其地屢遷，而今建於紫陽山上，蓋新安一郡之學也。其一邑之學，則休寧有海陽之院，而歙顧未之有。平定張君之令歙也，百廢俱舉，而愛惜髦士尤爲篤摯而不可解於心，士之好學而能文者盛禮以招之，使來於斗山之亭，日課月校已三年矣。案：此文當作於明年戊子，以其文與鄭贊善相發，故類敘之。適邑人程光國等捐廣廈十餘間於問政山麓，以爲諸生誦習之地。侯因以爲問政書院，凡紫陽所不及收者，咸得歸之問政焉。"《墓誌》："歙俗重巫覡，勤禱祠。公諭以鬼神可敬而不可近，非所祭而祭之名曰淫祀，淫祀無福。邑人遵其教，俗丕變。邑之西曰宏山，故有土神廟。廟之外有巨石，傳爲或憑焉，主疵癘，不祀則禍作。以故歲時致祭，張幕演劇，殺雞瀝血以酧之，日無算，石之上下皆毀。公命毀其石，廢其祠，邑人大恐，卒無異。公餘擁羣書，丹黃不去手，時課諸生於斗山書院，給以餼，研經辨古，講誦琅琅，人以爲得賢師益友而忘其爲宰也。凡經品題，多成佳士。有汪生者，貧乏不能自立，輒取陳編數册貸鏹於公。公如數與之，返其書，其雅度如此。居官嚴而慈，每杖民，民有自呼父母者輒減杖。遇死獄必求其生，活者甚衆。" 歙縣[一二]公立《邑侯張公去思碑記》："邑舊有惠濟倉在治中，侯曰：'濟人弗徧，非惠也。'命四境各立倉，詳定規條，盈虛出入，即以其鄉耆董之。別設惠濟堂二，所以恤窮民。縣之東界有曰慶豐堨者，開於明季，以灌民田，民便之。後日就圮，田收亦頓嗇。侯爲清理堨田所出租，倡修如舊。歙民產多畸零，供賦瑣屑。登搭飛灑，册胥實柄持之。侯爲申詳大憲，請立四柱徵收，永定爲例，賦額既清，訟端亦絕。冬月捐廉設粥廠，就食者日千人。富民或被薄譴，罰令裝縣給孤貧。其美政若此者蓋不可勝舉。侯又以志乘爲一邑文獻所繫，久缺不修，無以示將來、昭法戒，因廣爲采輯、訂正、參稽、燦然大備云。" 程翼垣先生步矩《德政頌序》，略曰："張大父師來宰歙邑，牛刀理解，固令武城均知學道矣。而步矩尤以稚子昌明案：此蘭翹學士之初名。得於下車之日甄入門牆，飲食教誨，權輿無已。夫感恩、知己，孰謂難兼？父師於昌明固何若哉！作人雅化，居可睹已。謹[一三]頌八政以俟采風者覽焉：其一新學宮，案：事見後鄭贊善《重修學宮碑記》。其二建書院，案：事見上《問政書院記》。序又曰："刱建問政書院，凡諸器幣，悉資俸錢。每校文必設殽饌，躬與諸生揖讓其間。"殷煜送府君調任合肥詩注："公捐俸購屋於江家塢，內爲書院，每月邀諸生童會課。"羅崙詩注："公建問政書院，顏曰學古堂。"呂邦宏詩注："公贈生一聯云：'天機靜處思防鵠，夜氣清時戒牧牛。'"其三立社倉，案：事見上《去思碑記》。其四修邑志，案：事見上《去思碑記》。其五懲[一四]奸慝，《序》略曰："父師甫入境，凡厥奸宄[一五]即默識其里居、姓氏，一時摘發，合邑悅服。"其六禁淫祀，案：即曹《志》所載宏山巨石事，惟宏山作橫山。又曰："父師遣人移之縣治內堂,祀者乃止。"與《志》云毀其石異。又呂邦宏詩注:"公禁夜戲、婦人燒香、婚夕[一六]鬧房。"其七折疑獄,《序》略云:"父師片言折獄,小大以情。"其八恤窮民。案:即《去思碑》冬月設粥廠、罰富民裝縣事,惟曰"冬月設男、女二粥廠"語,較碑爲詳。"頌詞不載。

三十三年戊子,三十七歲。

《陸宣公翰苑集注》刻成。府君自序曰:"唐陸宣公文集,權文公德輿所敘,次制誥十卷、奏草七卷、中書奏議七卷,名《翰苑集》,今傳本是已。宋紹興二年嵊縣主簿名煜敬避廟諱改。者,進《奏議注》十五卷,今獨其表存而注不傳,亦不載其姓。案:阮太傅《揅經室外集》:"唐《陸宣公奏議》十五卷提要:宋郎煜注。煜事蹟無考,卷首載《經進奏議表》銜題'迪功郎、紹興府嵊縣主簿煜'。又注《東坡文集事略》,題銜與此相同。此編所注惟采經史爲多,無泛挍博引之失,不特選擇得當,節錄亦多精審,使讀者易見端倪。茲從元至正甲午翠巖精舍重刻宋本影寫,亦讀史者所不廢也。"案:太傅於嘉慶十二年進呈《四庫未收書》六十餘種,此注其一也。仁宗睿皇帝命庋其書於天壇前殿之西廊[一七],御題額曰"宛委別藏",人間無由得見也。其原本,太傅悉弆之文選樓。穆於道光癸卯九月至揚州,親造樓下,欲迻寫此注出與府君書并行,徧檢不獲。則以太傅內書堂是年夏適被回祿,生平所蓄宋元舊袠灰燼無餘,於是樓中書凡爲人盜竊隱匿者一委之火,此注遂無由即顯於世,爲之惆悵纍月。附記於此,尚覬世有購獲此本者急墨諸版,毋令竟歸泯滅也。又案:昭文張金吾《愛日精廬藏書志》所收宋郎氏注《陸宣公奏議》十五卷即翠巖精舍刻本,與選樓本同,不知即一本流傳,抑兩家各有一本。又案:宋元閒注宣公集者,有唐仲友《詳解》十卷,見《浙江通志》;有[一八]鍾士益增注,見劉岳申《申齋集》、吳澄《艸廬集》,無卷數。增注者,即因郎氏舊注而加詳也;有蘄春潘仁彥賓《纂注》,無卷數,見許有壬《至正集》。其[一九]書皆佚,不傳。又案:翠巖精舍刻郎氏《奏議注》,穆嗣於戊申七月從浙中藏書家借得之,卷袠、圖記與阮氏《提要》、張氏《藏書志》皆合,然所謂注者止各題下節錄《唐書》數語,亦復寥寥不詳。書眉有坊賈所託謝疊山評語而文中無注也,與阮《提要》采引經史云云仍不合。因檢舊藏道光四年宜賓令公裔孫成本刻本,《制誥》十卷無注,《奏草》、《奏議》十二卷題下,文中皆爲注,題下注與至正本無異,然則文中之注其必即郎注亦無疑也。阮大傅所見,當是翠巖精舍足本耳。又案:己酉三月得元胡元節刻《宣公集》,《制誥》十卷、《奏草》六卷、《中書奏議》六卷,凡二十二卷,標題都數與宜賓本同。當元祐[20]、淳熙之間，大臣留心治具，引君當道，屢以奏議勸進講筵。而其主亦傾心嚮慕，退朝之後，傾聽數千言不爲倦，幾幾典謨訓誥比隆矣。當公之見任於德宗也，乘輿播遷，山南再幸，間關扈從，隨事贊畫。興元詔下，聞者無不感奮。大禮大赦，振恤優復，宣慰招諭，遣將命官。倉卒填委，咸盡事情，中機會，卒之鑾輿反正，國祚以安。觀於德宗之所以失與其失而復得者，一代之興亡可考也。及既爲相，乃益殫所學，區大計，決大疑，以體國之忠爲不刊之論，洞察時變，折衷古今，雖當時不能盡用，迨其後皆可見諸施行而有裨於治道，視夫以空文自見者不侔矣。佩自授書，即嗜公集，十餘年來不自分其不類，爰據新舊《唐書》、《通典》、《通鑒》，考其世，詳其時事，其故事、古語間引他書，第釋事而不加義，放李善注《文選》例也。自漢唐諸儒專門箸述沿至於今，詩賦詞章之學、陰陽占候之書皆有注釋稱詳博矣，然其可傳於後而足與古人發明者蓋鮮。然則余之爲是，其不能無費辭也歟，而又何敢自信哉？"鄭贊善虎文序之曰："歙侯張君蓀圃所注宣公《翰苑集》，徵引繁博，考核精密，於唐事尤詳焉。"劉廣文大櫆序曰："平定張君蓀圃，其生平讀書窮極幽遠，於古之碩德名賢嘉言美行無不跂而望之，以爲不可及，而所心儀不置則尤在唐之陸相一人。讀君之注，恍然如置身有唐之世，親見陸公而與之上下其議論。"全文載各家文集，不具錄。謹案：府君注《翰苑》成，抵歙任，復引其邑之學人汪君肇龍、程君瑤田、汪君梧鳳、方君榘參訂之，乃登剞劂。調任合肥，倩善書者別寫淨本，裝飾[21]精整以備進御，徹乙夜覽，藏弆於家，未遘其會。逮道光六年，御史吳傑疏請以陸公從祀孔子廟廷，特旨俞允，列於東廡隋臣王通之次。儒林盛事，千載一時，而未有以府君書爲言者。夫陸公之書，本仁祖義，切實的當，當時即儗之賈生。而蘇、范諸賢所爲勸進講筵者，尤以其委曲開譬，善因事理，回悟主心，所謂能自得師即如臣主之同時也。得府君之注，而其學之正之醇乃益顯。孟子曰："我非堯舜之道不敢陳於王前。"陸公有焉。異時儻放淳熙邇英故事，以此書進講，則府君之注必爲當宁所采納，殆可無疑也夫！

是年二月成《平定州志考誤》一卷。

三十四年己丑，三十八歲。

《歙縣志》府君《重修先農壇記》："壇舊在石壁山之陽。臣佩芳涖任之三年，祀事既畢，巡視其地最爲卑下，每遇春雨漲溢，則壇宇崩壞。爰卜東郊教場[二]之旁移建農壇，崇二尺，廣三尋，修五丈，壇前隙地可供堆㷻。壇之北爲室者三，其前門及壇左右各建三室，以避風雨。於乾隆三十四年九月即工，十一月工成。"《希音堂集·祠堂記》："乾隆己丑，購屋於大陽泉。時余在歙，屬友人補葺而定居焉。"

是年重修《歙縣志》成。

三十五年庚寅，三十九歲。

秋，充江南鄉試書二房同考官。中式六人：第三名曹城，歙縣增生；第三十四名孫學治，黟縣廩生；第四十二名黃文璿，崇明縣增生；第六十一名車廷儁，江寧縣附生；第七十八名趙敬，太平縣廩生；第八十八名吳報捷，歙縣附生。副榜三人：第八名黃本驥，六安州廩生；第二十一名沙重輪，通州增生；第二十二名李芬，宜興縣增生。上江薦卷：章孺覺、方策、丁懷璣、洪香、胡琨、瞿檯。下江薦卷：葉蓀榮、張宗藝、施鷥坡、華如錦、于貽和、趙寅斗、汪國梁、孫元禮、顧三餘、薛蓍、黃華、朱元鐸、張興廣、沈大坤、程世椿。　曹侍郎《希音堂集序》："張蓀圃先生宰歙縣，以經術爲治術。已而城應省試，受知於先生。既謁，命城曰：'子之文矯矯不墮時趨似矣，進而求之，當蘄至於古之立言者。立言之道，衷於經，徵於史，博趣於諸子百家。子慎無足其所已能，而益勉其所未能也。'"　《希音堂集·希音堂記》："乾隆庚寅，余搆居大陽泉，取《老子》'大音希聲'之語顏其堂曰'希音'。是秋爲江南同考官，求主司曹地山先生書。越十有三年，自泗州告歸，乃懸之壁閒。」又《陽泉山莊記》：「余祖父以來僦居州之上城。乾隆庚寅，始得大陽泉俗稱花園者，亭一，池一，舊屋二區，雜木十餘章，故白氏物也。余知歙縣時，念親老無所庇，因購得之。稍稍修葺，復購他姓廢亭移置於池北隅，顏曰『陽泉山莊』。」案：山莊爲金栖雲道院故趾，元好問《遺山集》有《宿陽泉栖雲道院》詩曰：「方外復方外，翛然心迹清。開窗納山影，推枕得溪聲。川路遠誰到？石田平可耕。霜林不嫌客，留看錦崢嶸。」

二〔二三〕十六年辛卯，四十歲。

《吞松閣集·重修歙縣學宮碑記》：「大尹張侯蓀圃以名進士踐任，下車行釋奠禮詣學。學之不葺舊矣，君循覽辨隱，度曰：『是不可緩，緩且圮〔二四〕。亦不可迫，迫且擾。余尸茲土責，其奚辭？』顧初涖，又會重建郡學，事不得連舉。越三年則出廉俸以倡，而徐聽邑之人自爲占輸，無徵要呼督，期約一切經營迹而因故爲新，事以辦治。始乾隆三十四年己丑二月，訖三十六年辛卯四月成。成之歲恭遇聖母皇太后八旬萬壽恩科，邑之第進士者五人，二入詞館。士皆驚喜，傳說歸勤於侯，侯曰：『國家學校之設，豈區區科第足以完厚責、塞衆望哉？雖然，天下之賢才率育朝廷，其聚而貢之也舍科第無他塗，則科第之盛衰與賢才之盛衰相表裏，是誠宜爲茲土與尹茲土者幸。然而遂欲侈其效，以爲余功，且謂學校興育巨典僅如是止，則非余所敢聞也。我朝文化覃洽，浸淫汎灑，雖荒徼幽翳伏匿之士，靡不含音吐和，振景拔迹，有聞於時。況歙古名州，賢哲項背相望，是不一世。譬諸佳研良墨，甘筍苦荈，皆茲土所自饒，貪天功爲己功，余則何敢？且修廢舉墜，成民事神，守土〔二五〕者責也，非以邀福譽。而是説則尤近堪輿家言，儒者所勿道。歙人坐此惑者衆，余方媿薄劣無以革陋習，而顧敢承之以益之疾乎？余自念涖此六年矣，爲諸生搆書院於問政之麓，月率一課，親定甲乙，其耆宿之有德望者，暇輒賓禮之，以文行相切劇。余所期於士者甚遠且大，而顧曰科第云乎？

夫人而果賢且才者歟，科第可也，不科第亦可也。非賢且才者歟，不科第不可也，科第愈不可也。其已得科第者，非已賢之才之而試以天下國家之任者乎？其未得科第者，不亦賢之才之而儲夫天下國家之用者乎？名重者實不得輕，施厚者報不得薄，及之而知，履之而艱，故事不豫者後必悔。余今者冰淵臨履，日益滋懼，深悔早歲幸成速化，素蓄無本，而惜乎其晚矣。然則士亦思所以無悔於異日者，慎無徒豔[二六]科第之盛，而以苟且之學應此。則余所未逮，而竊有望於歙之賢者爾。'侯之言如此。有述以告文者，歎爲知言。已而侯屬筆於文，文憶曩者作《郡學碑記》，意與侯言略同，因即次其言而爲之記云。"　　《歙縣志》府君《崇賢祠記》："余來令歙於今五年，每春秋釋奠，思與人士講學於其間。於是崇新孔廟已，又於路南東數十步爲講堂之院曰'問政'，工久訖功矣。而先賢守令廟祀之在邑中者，或頹圮黮黯，或并失其地不可循求，使不爲萃聚以殷祀典，非所以示於民而成吾政也。今年春，太守陳公彥回祠余既復新之，遂於其門隙地構樓三楹，門亦如之，東西各爲一廊，樓祀前明太守高公、推官魯公凡十一人，縣令張齊賢輩十四人，皆舊有祠今廢毀者，乃放尚賢意顏之曰'崇賢'。"

濰韓君夢周《理堂文集·贈張君蓀圃序》："辛卯夏，余將北歸，以書別張歙縣蓀圃。蓀圃邀余贈言，余與蓀圃交冣篤，不可以無言。蓀圃爲人閎博疏達，以學術自植，而談笑間頗厭薄宋儒，以蓀圃讀書致專精，其於宋儒之書必深究而窺其不足矣。夫學而不志於聖人之道則已，如志於聖人之道，則未有不由宋儒者也。"云云。《詩集·憶昔行贈同年張蓀圃》，略曰："憶昔舉南宮，闕下論知交。軒豁襟期親，逼仄時相邀。一自薊門別，風流信所遭。金陵忽握手，出宰欣同僚。薄宦得江湖，清秋共持螯。雄談君仍昔，鐘鏞兼陶匏。博物搜金石，箸述芟葦茅。高情追皇古，判不隔秋毫。直欲酌北斗，遥天騎鯨鼇。鄙人直硜硜，不能操鉛刀。且復入井底，羣蛙共叫囂。君胡觀池沼，卻忘江海潮。又如佩蕭艾，棄彼蘭與椒。薜荔善窈窕，泉石亦蕭蕭。懷人徧顧及，策杖不可招。倘君吟山鬼，訪我來齊郊。"案：韓君字公復，丁丑進士，丙戌選安徽來安縣知縣，庚寅與府君同充江南鄉試同考官。時以蝗災被劾，將北歸也。

二〔二七〕十七年壬辰，四十一歲。

是年調任廬州府合肥縣。《墓誌》："壬辰，遷合肥，治之一如歙。"歙吳珏《送張老父臺調任合肥詩序》："南宮名宿，西鄂才人，夙掞天葩，早收地芥。蓬萊閣下，摩空傳作賦之聲。山水縣中，學道得弦歌之宰。訟已消於雀鼠，割自妙於雞牛。哀然三異之聲，翕爾一同之地。而復心憐韋布，志篤典墳。分長檠三尺之光，作廣廈萬間之庇。緇帷晝寂，聞許慎之談經。黃卷宵披，有侯芭之載酒。苜蓿無遺於下體，菁莪式在於中阿。將使蘭臺多黼黻之英，槐市盡琳琅之選。比於文翁之化蜀，大有輝光。方諸范寧之治杭，彌增芳烈矣。頃以治更五載，澤洽四民。爰登卓異之書，更調繁劇之邑。飛鳧遄往，展驥攸宜。思借寇而未能，將御李其奚自？於是一觴儔侶，三舍名流，各抱離情，爭抒雅詠。棠流甘於句裏，麥含秀於言中。珏也猥以媲白之詞，廾〔二八〕此殺青之簡。自媿一經常抱，無由登言氏之庭。幸而半綹徐膺，竊願索傳家之傳云爾。"程春海侍郎《粵草》："合肥城外別，家弟惠浦詩。金斗城邊路，先人有舊蹊。"自注：先大夫少時依合肥令張蓀圃先生讀書縣衙。

十一月二十八日先考生。

三十八年癸巳，四十二歲。

府君《社倉考題詞》："佩作令七年，兩知劇縣，社倉之弊所在而然，皆以成法不可更易。夫事有宜於昔而不宜於今，或便於此而不便於彼，自非身在地方，不能悉其曲折也。用考厥源流，詳其利獘，作《倉考》，并附私議二首，以正世之君子。乾隆三十八年十月。"

三十九年甲午，四十三歲。

是年升任鳳陽府壽州知州。秋充江南鄉試詩四房同考官。中式七人：第六名張曾枚，桐城縣增生；第二十五名張曾敕，安慶府學附生；第五十一名項應蓮，徽州府學增生；第六十三名王澤普，宿松縣廩生；第六十五名張大鵬，泰興縣廩生；第八十九名吴文諤，婁縣附生；第一百三名方世基，歙縣附生。副榜二人：第五名戴英，廬州府學廩生；十八名王寅，桐城縣附生。上江薦卷：王志遠、王良資、俞嘉猷、羅士愷、劉夢清。下江薦卷：於璋、姚光熊、吴人傑、陳夢鼎、周南、冒大鯤、尹如昇、徐城、陳筠、顔熒、陳世衡、李樅[二九]、胡岳炳、吴學翰、張容堂。《墓誌》："甲午，除壽州。其俗刀[三〇]敝，强陵弱，衆暴寡。公至，鏖奸剔獘，案無留牘，豪右皆憎伏，民以輯寧。" 重建循理書院，延亳州梁君巘爲之師，作《循理書院記》，略曰："壽州之有書院，始於明天啓二年，學正守拙黄公得舊屋於城東北，增葺而廣大之。公尤好良知之學，既搆書院，與學者講習其中，使持循於天理之内，故扁曰'循理'。夫聖賢之理莫備於六經，其蕴皆唐虞三代聖君賢相之事業，其精微則窮理盡性以至於命之學。故所貴乎循理者，非冥悟虚寂之謂，抑非一日之積，猝然之功。其要必以讀書爲主，辟之治生者，積安於豐厚，則必廣其田宅，大其間閒。凡夫池館花樹狗馬圖書古玩珍寶無所不有，下至田畮租甑錢貫絲縷枝合醬醯僅指之纖塵計較籌算舉無遺者，然後昏姻喪祭之禮，宴游服御之飾，優游恢廓，一出於有餘。爲學者亦然，苟期有得於聖賢之理，則必求諸六經子史，究精微之蕴，性命學問事功之理，然後本之中者有餘而應諸外者無窮，未有不讀書而能循理者。自心學興，而學者厭棄先儒，競趨於簡便，無復通經學古，思爲有用之學以副當世任使。此世道人心之所繫，不可以不辨。"案：此文爲府君生平學術所繫，故特采之。

四十年乙未，四十四歲。

《希音堂集・裕備倉記》："歸安閔大中丞之撫安徽也，以鳳、泗累年荒歉，倉儲不敷振給，輒仰食於安、池、寧、太，路險遠難致，請下接境之鳳、潁二府糴麥豆雜糧二十萬石，令所轄之鳳陽、壽州、阜陽、潁上、霍邱、亳州、太和、蒙城皆濱淮潁建倉分貯。歲歉則相轉輸，額闕則補，平時出入如常平，名曰'裕備倉'。壽州當建倉八十閒，貯四萬石，檄知州張某董其事。乃相地於州治堂皇西，爲倉六十間，其式間廣丈四尺，深倍，高與廣同，凡間貲四十餘兩。其二十間在正陽司東北三坊，市民地十六畝〔三一〕，用其半爲倉，半爲田以給役食。興工於七月朔日，洎九月壬辰工竣，於是所糴之麥豆雜糧四萬石貯之俱足焉。"《上鳳廬道乞采買免稅書》："卑州奉檄建裕備倉，采買麥豆四萬石。前因閣下兼權關稅，陳明過所開放蒙示米豆等項，過關向無免稅之例，俾遵照納稅。伏以采買無免稅之例，亦無徵稅之例。考稅起於征商，商賈轉販逐利，故徵之以益帑藏，佐國用。如用國家之財糴粟以爲民食，與商買之興販不同。而裕備倉之設專備災祲，遇災則舉以予民，與糶〔三二〕三之買補亦異。故有商而不征者，歲歉則弛關津之稅是已。又振濟補倉，皆稅船料，不稅米穀，而撥運則并免船稅。蓋以百姓者，天子之赤子。今有人憂其子之飢寒，鬻食哺之，猶屑屑抽分其餘。夫苟求餘，孰與不哺。且榷稅者，求稅之盈，不問民食之有無。臨民者，求於民有濟，而不計稅之多寡。閣下今日所處，實兼其任，利害尤不可不審也。夫一歲之稅，千百於所采買之數。數苟不足，非以采買免稅。其足，亦非以采買納稅也。而使州縣之吏因是規減於所采買之數，曰：'吾非糴不足，稅因之也。'何以爲采買不力者責乎？或謂采買，吏有贏餘，稅於吏，非稅於民，此尤非也。古之善理財者，莫過劉晏。晏於揚子造船，每艘給錢千緡。或曰所費實不及半，晏曰：'論大計者，不惜小費。今執事者多當先，使私用無窘，則官物堅牢矣。'其後有司減其半，船益脆薄，漕運遂廢。至宋時商有稅，吏而爲商則不稅，非以厚吏也，亦使之無敗乃事而已。況其爲國家之公糴，有定則而無私價，又非若比者。查例買稻一石，準價六錢，米倍之，價過則止，不糴。今價日昂，計石一兩以外，例不能增。以一州計之，所糴尚不及三之一，其無益於稅又明甚也。"

四十一年丙申，四十五歲。

《希音堂集·重修先農壇記》:"壽州故有先農壇在東門外,自分治鳳臺,在今縣境。至期州縣同詣,行禮已,各耕於其耤〔三三〕,以爲常。有正殿三楹,祀先農。殿之前爲露臺,外繚以垣墉。右爲耤田,州若干畝,縣若干畝。乾隆三十八年圮於水,四十年紳士某等以重修請,於是括庫贖鍰百六十餘千,鳩功如舊制。始於十月某日,越四十一年正月某日訖工。" 又王平周《壽序》:"丙申,余邀至壽州,又偕至泗,凡五年。壽號繁區,積案如山,君手披筆覽,悉中肯綮。其在泗亦然。"

四十三年戊戌〔三四〕,四十七歲。

《希音堂集·梁封翁墓誌》:"余知壽州日獲交讞,戊戌春秩滿北上,道亳州,拜其母劉太孺人於堂上。" 又《書孝婦張氏事略後》:"戊戌春,余在京師。同年曹君劍亭示余以所爲《張氏割股事略》,俾爲傳。" 又《上閔大中丞書》:案:中丞名鶚〔三五〕元,字崿庭,歸安人。府君鄉試座師也。"佩幼貧寒,賴父母手力以育以教,幸邀科第,於乾隆三十一年選任歙縣。有胞兄一人,自幼篤疾,不克侍養。因奉父母至歙,自是調合肥,升壽州,皆在任所。四十三年,父母年俱七十以上,母更多病,適佩俸滿引見,便道送歸本籍。及到京事竣假歸,見父母歡甚,大勝在署時。"案:是年先大母陳太宜人攜先考侍曾大父母歸里。又《陽泉山莊記》:"戊戌〔三六〕春,余父母歸自壽州居焉。每長夏綠陰蔚然,泉流潺潺,不知有暑。吾父母安之,余亦喜其遠城市,得以讀書教子。" 又《上閔大中丞書》:"回任後,於臨淮塗次曾面陳鄙曲,時已派差務,義不敢辭。是年冬,旋擢泗州。"案:所派差務者,移建新泗州城垣、官署、倉庫、壇廟及遷徙民人之事。故戊戌冬已擢泗州,至庚子七月乃抵任所也。

四十四年己亥,四十八歲。

《墓誌》:"己亥題署泗州。"案:《墓誌》蓋據奉到部覆之日爲斷。

四十五年庚子,四十九歲。

《希音堂集·移泗州治記》:"泗在省西北,轄天長、盱眙、五河。舊治在州之南,淮水之北,去盱眙二里。康熙十九年,淮漲城圮,建治盱眙山之巔。其所治乃在西北,懸絕淮湖,遠者至百五十里。虹屬鳳陽府,地小而高,鄰於泗。乾隆四十三年,巡撫閔公請裁虹爲泗版圖,民賦一併於泗,而以其城爲州治。又於泗之半城,增設州判一員。四十五年,余由壽遷泗。"又《亳州救災記》:"余知壽州日,梁君聞山每爲余言戊戌七月亳人被水之慘,與州牧江公名恂,字子九,號蔗畦,儀徵人。官至廬州府知府。振救之勞。今年四月,余遷泗州,公遷六安,同日引見江寧行宮。逾月,公升知鳳陽府。又逾月,余至泗州。"《亳州志》載此碑爲是年十月十二日譔,邑人梁巘書。碑在咸平寺。又案:蔗畦太守之子德量,乾隆庚子一甲第二人,官至監察御史,世所稱秋史先生也。《江蘇詩徵》載其辛亥秋以官逋驗舊文牒至亳州,重游咸平寺,實際上人以梁聞山大令書、府君救災記碑本見遺七律一首,即此碑也。又《上閔大中丞書》:"兩年來每念親老子幼,輒如盲迷。連月不得家信則惶,及得則又惶,見書黏紅籤乃稍安。例父母年七十以上,兄弟篤疾,準予告終養。今佩父年七十五,母年七十三,胞兄自幼病癈[三七],任內亦無經手未完事件。前月得父書,俾佩遵請。又以幸邀覃恩,請泗州之封須用泗州印篆,故未敢造次。俟到泗即擬通稟詳請,謹先瀆陳。"《墓誌》:"先是鳳、泗等處民惟種稻,薄水旱即災。公曰:'三農生九穀,而一之可乎?'乃相土之宜,令民廣樹蓻以儲其蓄,并請於大吏,行於各郡,邑民多賴之。"《希音堂集·論鳳泗水旱書》:"古者水旱謂之天災。鳳、泗二屬遠者勿論,自目所經見,十餘年來七八災矣。常究其故,而知其說之不必然也。《周官·太宰》以'三農''生九穀',注[三八]:'三農:平地,山,澤也。九穀:黍,稷,秫,稻,大、小豆,大、小麥。'或曰無秫、大麥,有粱、苽。蓋地有不同,生物則一,故多其種,別其性,權其時,高無苦乾,下無苦溼。又盡其四支之力,是以四種而五穫,民不知災。《禹貢》揚州'厥土惟塗泥'〔三九〕，《職方》揚州'其穀宜稻'〔四〇〕，然《爾雅》'粢，稷'注〔四一〕：'今江東人呼粟爲粢。''衆，秫'〔四二〕疏：'黏粟，北人用之釀酒。'《吳都賦》言'稻秀菰穗'。是揚州不專宜稻也。鳳、泗遠在江北，地據高阜，與江南異。淮、渦、汲、濉，岸高崖深，水利不通。而其所種則惟稻，近稍有種麥與菽者，不過十之一二。當春夏之交稍有積水，過此則全賴雨澤。又惰窳性成，秧一入土，袖手待食，及其無穫，則諉之天災。國家常費數十百萬以振之，上之恩澤日以厚，而其本業日益荒，流離亦愈甚。農者，天下之大本。今既無以供上之需，反歲有所殫，不知紀極，非經久之計也。漢氾勝之有區田法，教民糞種，負水澆稼。其法正月種春大麥，二三月種山藥、芋子，三四五月種穀、大小豇豢豆，八月種二麥、豌豆，節次爲之。穀、豆、二麥各百餘區，山藥、芋子各一十區，通約收四五十石，數口之家可以無飢。今可放其意行之，如有田一頃者，種大、小麥五十畝，秫、粟二十畝，稻二十畝，芋菜之屬十畝，麥後種大、小豆二十畝，蕎麥三十畝。以是類推，低田乃種稻，高田則種雜糧，有司以時課其多寡，督其勤怠。設有雨暘不時，失於此必得於彼，歉於前必豐於後，如此數年，民俗稍變，庶無飢饉之虞矣。或曰：'俗言高田一倍，低田數倍，誰肯舍多而取少？'不知稻之多穫以近水澤資灌溉也，徒聽之天，與石田何異？苗有耐水，有耐旱，黍、稷、秫、麥俗謂之旱糧，蓋其稈長穗堅，水不能過，旱不能傷，綜計其利，固與稻入無殊。或又曰：'民習種稻，恐地利不宜。'曰：《周官》'草人'有'土化之法'。蓋地可使肥，又可使棘，果廣種力耕，何患無穫？且鳳、泗地勢與西北同，今西北之人未聞時憂水旱也。又今年近水皆有災，高田則收穫如故，而天長、盱眙兼憂旱者，正以稻多而他穀少也。故欲使鳳、泗無災，莫若勤農。欲勤農，莫先廣種。此令一行，非徒〔四三〕使各食其力，而所爲移風易俗之道亦在是矣。倘蒙采録，乞下鳳、泗各屬施行，不勝大幸。"案：府君將勸泗民以廣種，於是募吾鄉農夫之工巧者，爲作田器，先試之於壽州，壽則大穫。既涖泗州，遂力行之，期年民稱便。乃請大吏下其法於江北各州縣，而其農夫之自泗歸者，撥給私田，薄其租入，至今爲世業。穆少時猶及見耋老佃戶爲説當年課耕江南事，縷縷可聽云。又《論免税書》："卑州都圖五十三里，田地六千餘頃。自康熙三年至十八年屢次開除荒沈田地四千餘頃，見存者二千七百四十三頃零，歲征銀兩萬三千四百八十兩零。乾隆二十六年會勘籌議案内，豁免窪地二百六十餘頃，銀二千二百七十餘兩。三十六年欽奉恩詔案内，前知州謝牧查實窪地二百六十六頃五十八畝，請豁免。經前藩司屢次駁詰，至四十四年前知州劉牧始以坍田二十一頃三十五畝八分、銀一百八十三兩八錢詳準題免。夫當免之田原不僅此，顧駁詰至數年乃定，推其故蓋恐官物失陷，期核實無濫而已。竊念今日之泗比昔已去三之二，又屢遭水旱，所費不下數十餘萬，豈爭此區區者哉？泗地本窪下，迫近淮湖，自往歲黃淮合流游蕩數十里，水勢反高於田，此一害也；黃水漲發清口，壅遏不暢，則湖水倒灌而上，此一害也；蕭、碭、宿、靈上游之水，淮湖者大，則泛濫於泗，又一害也。是潦固災，不潦亦災。河決爲災，不決亦爲災。異時東北鄉如青陽、半城、古浪湖等堡煙戶稠密，號爲殷富，今亦寥落，不及昔之三四，皆編筏結網，以魚爲生。其舊存錢糧，有代輸於里長，有攤分於保正。去年四月奉到恩詔，内開直省有攤没田地其虚糧仍相沿追納者，該地方官查明，咨部奏請豁[四四]免。卑州現在田地内如三十六年未免之二百四十餘頃已成巨浸，深者積水至五六尺。又頻年被水，至去歲七月黃水決溢，先後續報坍没之田三百餘頃，皆與淮湖相連，不能復涸，例宜豁免。謹繪圖貼説，伏祈垂察。"又《論振本色書》："今歲泗州併舊虹應振之堡四十六處，其災分與四十三年同，但往年九分災極次給十二月、一月本色，七、八分災概給折色。詢其故，由四十三年被災州縣多而亳州、蒙城、懷遠、鳳陽等處災分尤重,處處需用本色,是以七、八分災概給折色,以災多而糧少也。今歲安省被災者三數處,泗州爲重,雖撫振兼施,誠恐一屆寒冬民閒購食維艱。見奉撥各處麥豆二萬四千石,以今歲七、八、九分災區比,放四十三年口數,十二月普振本色,約需糧二萬七千石,計所缺止三千石,尚有泗州倉貯足以敷用,即再撥他處穀亦無多。又民食米爲上,麥次之,黃豆爲下。今歲泗州奉撥雜糧豆居大半,以之平糶,非民食所急貯,倉尤腐朽堪虞。不若悉舉以代振,使實惠均霑,更可使糧價頓減,一舉而數利存。伏惟裁察。"又《論泗州關稅書》:"卑州濉河上通河南,下達江蘇,商船通有,故曩設關榷,今新河口關是已。濉又自渭橋分支,由城西北至東南入淮,岸狹流淺,每夏秋水漲閒有小艇來往,冬春水涸則絕。乾隆十七年,前道憲乃更於此設關,稽查臨河、新河兩處漏稅之船,非以榷民也。行之既久,詐僞叢生,自五穀雞豚匹布尺帛,下至竹木薪炭,入城有稅,出城有稅。又置人於四門日伺夜偵,如張密網,甚至詭稱巡闌,恐喝取利。物估騰踴,職此之故。泗故虹邑,地小民貧,加以連年飢饉,辟久病之人,加意撫養猶恐不支,況可笞撻困苦乎?竊計鳳陽關稅額每歲二十餘萬兩,此地所入不啻九牛之一毛,何足爲輕重?萬一所榷之數,不以充正課而以飽胥吏,則雖有如無,又何便於此?然皆知而不言,則以礙於位勢,又恐稅不足額,爲憲臺所不樂聞耳。夫稅之盈絀,有得之於寬,抑有失之於嚴。嚴則掊括必甚,人多避之。寬則商有餘利,人皆悅赴。如本非可設關之地,寬且無裨,更出之以嚴,惟有肆爲〔四五〕攘奪而已,此勢所必至也。竊以既有新河口關,州城之關可以不設,必不得已於夏秋水長船行時遣人巡視,冬春則止惟許稽查商販,不得私稅民財。并乞開示應稅物件,使衆聞知如此,則商民兩便矣。"又《論開天然閘書》:"昨因查修天然閘地河道,業將卑州濉河經流及應修各段繪圖貼說上呈。竊念兹事重大，有不容默默者。灘自宿、靈、泗以至入湖上下數百里，承上境及本境之水，一遇盛漲往往漫溢，故修治爲宜。然河身本窄，黃水所過，水去沙留，日日以甚，河身反高於民屋，其病由於引黃入灘也。蓋灘之於宿、靈其經流而泗，則兼爲其尾閭。查灘，一由泗之謝家溝東南經下河入湖，一東北由烏雅嶺入下江之宿遷、桃源復折而南至泗之安河入湖，一由荀家溝經泗西門南流入灘。淮之支流既多，非數十萬金不足集事。且爲開天然閘而修，無非欲導河入湖耳。自河日南趨，毛城鋪之減〔四六〕水入之，峰山四閘之水入之，閘有啓有閉，湖有增無減。故病泗者莫如湖，而淮次之。而病淮與湖者，尤莫如河。設再益以天然閘之水，一遇湖漲，必致橫潰，而灘必致淤墊。如是宿首受害，泗、靈亦不免矣。蓋天然閘之設，原以防河漲，保徐城。爲今之計，宜相視附河兩岸民居有當衝〔四七〕宜遷者遷之，或陂障污澤舊爲河所游蕩、今起隄防逼束未舒者決去之，如此不已，然後開閘以泄之，河所去既多，入閘者不至爲害，庶幾徐安而宿、靈、泗亦安。辟之一石之水，必盛以一石之器，不則必多其器而後能容。今灘深廣不及河之十一，苟防漲保徐專恃乎此，是以斗卮盛石水，有覆諸地而已。昔人言開河如放火，萬一既開之後，洶涌奔溢，不可收拾，如往歲儀封之決、郭工之漫，尤當早爲籌及。又天然閘，乾隆十一年經河憲高奏明，以徐城誌椿長至六尺，始行啓放。以今校之，即長至六尺，亦不宜放。何者？河屢決於豫境，皆由下游梗塞，水至六尺，其實不過向之一二尺，病在河高而不在水大，又明矣。"

四十六年辛丑，五十歲。

《希音堂集·王平周壽序》："余之遷泗州也，謀乞假終養。同僚皆力阻，君獨勸行。乾隆四十六年正月爲君五十誕辰，余既援例申請，遂書此以贈。"又《玻璃泉記》："泉在盱眙第一山之麓，前臨長淮，右瞰洪湖，有亭榭竹木之勝。初泗之圯也，遷治此山之巔，泉在治之西偏。今裁虹爲泗，去此百八十里。余去歲七月涖泗，今五月乃得一至。"

四十七年壬寅，五十一歲。

《墓誌》："壬寅，以父母年逾七十請終養。大吏不使去，曰：'即薦汝。'公以親老力辭，大吏不能奪。既歸，益隆奉養，承歡備至。"　《希音堂集·誥命碑恭紀》："四十七年秋，以侍養歸。"

四十八年癸卯，五十二歲。

《希音堂集·冠山資福寺記》："乾隆四十六年，余自泗州歸。明年，率兒輩游焉。"

五十年乙巳，五十四歲。

《希音堂集·誥命碑恭紀》："五十年大慶，仍聽請泗州封，用加級得封四品。"

五十一年丙午，五十五歲。

《希音堂集·游禪巖記》："蒲臺山在平定之西，狀若屏風。其西南深隱處爲禪巖，巨石攢列，屋皆在巖下。有泉自石罅出，瀦爲小池，冬夏不竭。乾隆戊戌，余以俸滿引見乞假，嘗至其地。壬寅自泗州歸，蒲臺歲一往游。而禪巖徑陡仄，余又艱於行，今丙午夏乃再往。"

九月二十二日〔四八〕，先曾祖母王太恭人卒，年七十有九。是年府君助知州金君源明修葺《平定州志》，每類題詞之文皆府君筆也，旋以居憂不豫其事。

五十二年丁未，五十六歲。

二月，金君修《平定州志》成，府君代撰序。

五十四年己酉，五十八歲。

七月初二日，先曾祖登榮府君卒，年八十有四。

五十五年庚戌，五十九歲。

是年冬，先考[四九]歲試入學第一名。

五十六年辛亥，六十歲。

《希音堂賸稿·三場百問序》："制義盡人可爲，策非淹博經史諸書明於政體者不能。今夏暇日，因撮[五〇]舉經史及時務所當知者百餘條，俾兒輩以時講肄。"案：先考既入學，府君教以對策之法，作此書示之。故知今夏爲辛亥夏日也。

五十八年癸丑，六十二歲。

十一月二十七日辰時，府君卒。遺言不得隨世俗張樂開筵、受親友弔。《墓誌》："與人交，寬和樂易。雖御臧獲，無疾言遽色。有他姓掘地得古冢，公爲收其骨，買地以窆之，春秋遣人祀之。樂鄉居，不殖生業，惟蓄書數萬卷。尤喜讀史，以爲可以鏡得失，觀成敗。嘗語其子曰：'汝輩能讀書，吾雖貧，樂已。'臨歿，猶諄諄勖以勤學。"

府君箸書《陸宣公翰苑集注》二十四卷、《公餘雜錄》三十卷、《春秋世系》尚未編定卷數、《希音堂文集》無卷數、《社倉考》一卷、《平定州志考誤》一卷、《三場百問》無卷數、《重修歙縣志》二十卷、《黃山志》二卷。

府君生子五人。長世父偣來，按察司知事，江西永豐縣縣丞。子二：秉武、秉成。

次世父性諳。子三：而康、而恭、而廉。

次世父同越，增廣生。子一，秉文，齋廩生。

次先考諱敦頤，榜名敦來，嘉慶辛酉科拔貢、舉人，辛未科進士，翰林院編修。記名御史，戊寅科福建正考官，行抵浙江建德縣卒，年四十七。子四：開遲，國學生，貤封修職郎；晉遲，廩膳生；麗遲，廩貢生，平陽府訓導；穆譜名瀛遲，道光辛卯科優貢生，正白旗漢教習，候選知縣。

次叔父籀式，出繼伯祖潤齋府君後。子一，蔭樞。

謹案：府君有箸述垂世，有實政被民。出處本末[五一]見於朋友贈言及家藏文稿者，謹排比其略如右，以備國史采擇。若無舊文可録，概從闕如，蓋不敢以子孫私言闌入一字也。

道光二十六年六月朔日，孫穆編并識。晉江陳慶鏞填諱。

附　　録

誥授奉政大夫翰林院編修記名御史張君配王宜人李宜人合葬碑銘元附

廣西藤縣知縣同里任質淳譔

道光三年六月，曉泝張太史繼室李宜人畢力所天，遘疾而卒。其孤開遲等既合葬封樹如制，復礱貞珉，囑[五二]質淳一言以表其阡。嗚呼！質淳與太史文字昏姻之誼至密且渥，其烏能已於言哉？尚待請乎？太史諱敦頤，字復之，榜名敦來，曉泝其別署也。張氏自明初由洪洞遷平定，誥贈奉直大夫新滌，君之曾祖也。誥封朝議大夫、鄉飲大賓可舉，君之祖也。乾隆丁丑進士，歷官泗州直隸州知州佩芳，世稱蓀圃先生者，君之考也，以乾隆三十七年十一月生君合肥署中。六歲，生母陳太宜人授以《孝經》、小學，神識開朗，輒多解會。稍長，讀書日益不同，塾師竇君洍作《天馬說》況之。年十四，應童子試，默諷十三經不訛一字，學政戴文端公諭學官曰：“此廊廟器，速化可惜，善培護之，不患不遠到也。”年十九，茹古香尚書得君卷，經義紛綸，訝爲老宿，補州學生員第一。君承庭誥，不欲以帖括自封，密勿經訓，實事求是，鍵戶精思，往往達曙。積瘁咯血，醫不治，乃養痾獅子山中，繙方書得服氣訣，沈心攝息，期年疾大瘳。尋丁蓀圃先生憂，入京師從程蘭翹學士、曹顧厓侍郎游，皆蓀圃先生宰歙時所得士也，數年學識益進。嘉慶五年，選拔貢生，學政莫寶齋侍郎獎之曰："三晉多才，對此皆當頯首。"六年，舉於鄉，闈作雄羿，非復舉子家數，策對贍博，尤爲軼倫。七年，罷禮部試歸，遭陳太宜人喪，綜酌祭葬，不敢徇世俗溢分墮其家法，君子許以知禮。十年，巡撫金公應琦與君交舊，涖任過君山莊，邀至太原，諮以地方利病。平定居省東界，例食解鹽，地窎遠，向就食長蘆，以無照會，時爲關吏所持，價騰踴，民輒淡食。君因以爲説，於是金公通檄直隸，刻石關門，俾永勿阻遏。十一年，主講太平書院，宏獎之效今猶在人口。十六年，會試成進士，選庶吉士。十九年，授職編修，充武英殿纂修，治河方略館總纂。二十二年，保送御史，引見記名。二十三年五月，命充福建鄉試正考官，行抵杭州，感受暑風。七月十一日，至嚴州府建德縣屬之大洋，遽不起，年甫四十有七。時吾州張君四箴適宰建德，搸圃先生弟子也，實躬親棺斂云。君豐姿秀偉，先臞後豐，性復樂易。入其坐者，如依玉屏披春風，清和之氣襲人。生平雅有特〔五三〕操，非義之干，千金蔑如。燕居默坐，防意〔五四〕尤嚴，嘗置黑白豆几上，判别發念善惡，如趙叔平事，其它細行不備書。配王宜人，陝西榆葭道凝曾孫女，太學生繩祖女，事舅姑以孝聞。太史好施，宜人實左右之，先太史三年卒，年四十三。子男四人：開暹，太學生；晉暹，廩生；麗暹，廩生，平陽府學訓導；穆，優貢生，正白旗官學教習，候選知縣。女二：長適余次子模靖，廩生；次適介休楊煦〔五五〕，副榜貢生。繼配李宜人，浙江山陰人，寶齋侍郎舅氏廷良太翁女。歸太史十月而寡，遂挈孤幼依侍郎以居，教育子女心力交瘁，逮女適楊，幼子學齔有成，宜人疾已沈困蒼黄，返里不數日遂卒，年二十四。嗚呼！士之懷才績學終不遇於時者，固已多矣。幸遇矣，匏繫閒曹，終身不遷，淹滯無所試者，亦時有之。君四十通籍不爲早，未七八年受先帝特達之知不爲不深，即君之束脩自好以覬發揮其素學者，志氣亦不可謂不卓，而顧中道淪沮，幸國恩，殞士望，余竊爲君恨之。國家設科百數十年，三年典試數十人，如君事者蓋亦尟矣，將不如是不足表其人之奇邪？則無惑乎匏繫終老懷才而不售者，聞君之事，方且豔之而稱之也，曰："苟如此死，死亦不恨。"因系以銘曰：

窮乃通，通復窮。大用有基，如日方東。胡以君之盛德而食報未豐？陽泉之北峯佳氣鬱蔥，賢媛相從。後之名儒鉅公，過而憑弔臨風，孰不歎曰：此張太史之宮〔五六〕。

補菴張君墓誌銘原附

候補知縣李曰茂譔

君諱晉遑，字仲明，別署補菴，世籍平定。曾祖可舉，國學生，誥封朝議大夫。祖佩芳，乾隆丁丑進士，安徽泗州知州。考敦頤，嘉慶辛未進士，翰林院編修，記名御史。君性沈厚，幼無子弟之過。及御史公典試福建疾隕中塗，君偕其伯兄雞斯繭足舁匶歸葬，喪儀摯性〔五七〕，哀感路人。事孀母，教弱弟，咸中禮法，內行允修。爲文章灝灝源源，若不可方。年二十五，州牧吳公拔冠試寮，補博士弟子。疊丁大戚，服闋，占高等，食廩餼，所造殆未可量也。乃天敓其紀，猝患熱厥，昫仆以萎，痛哉！君秉家學，資復英敏，不屑屑與世俗爭利鈍。比從莫寶齋、吳樸菴兩先生游，向學益邃，於程朱陸王之書臚列參稽，九變復貫。又善操觚牘，縣擘疾書，自梯米〔五八〕以至尋引，揮斥如志，羣賞其工。君生於乾隆五十九年四月十六日，卒於道光十年六月十二日，年三十有七。娶黃氏，子一孝祈，女二俱幼。越七年，君之昆弟咨諸日者，卜以十一月二十八日妥厝泂領祖塋之次。以曰茂與君居同閈，學同師，交契又至深，勾銘其藏。銘曰：

題之支也胡遽摧？華之跗也胡遽斯？緜蔓洋洋，泂嵐蒼蒼。

子孫其逢兮，萬世千秋視此楸柏之根。

靈石楊昉校字

校勘記

〔一〕"卒"，《山右》本作"君"，誤。

〔二〕"肄"，《山右》本作"肆"，誤。

〔三〕"輒"，《山右》本脫此字。

〔四〕"又"，《山右》本脫此字。

〔五〕"慨"，《山右》本作"概"，誤。

〔六〕"識"，《山右》本作"織"，誤。

〔七〕"舉"，《山右》本作"擧"。"舉"，同"擧"。

〔八〕"宮"，《山右》本作"宫"，誤。

〔九〕"冣"，《山右》本作"最"。"冣"，同"最"。

〔一〇〕"戌"，《山右》本作"戍"，誤。

〔一一〕"黟"，《山右》本作"黔"，誤。

〔一二〕"歙縣"，《山右》本誤倒作"縣歙"。

〔一三〕"謹"，《山右》本脫此字。

〔一四〕"懲"，《山右》本作"徵"。"徵"，通"懲"。

〔一五〕"宄"，《山右》本作"究"，誤。

〔一六〕"夕"，《山右》本作"歹"，誤。

〔一七〕"廊"，《山右》本作"廟"，誤。

〔一八〕"有"，《山右》本作"合"，誤。

〔一九〕"其"，《山右》本作"具"，誤。

〔二〇〕"祐"，《山右》本作"祜"，誤。

〔二一〕"襄"，《山右》本作"裹"，誤。

〔二二〕"教"，《山右》本脫此字。"場"，《山右》本作"塲"。"場"，同"塲"。

〔二三〕"二"，《山右》本同，兩本皆誤。其上爲乾隆三十五年歲次庚寅譜主三十九歲，此則當爲乾隆三十六年歲次辛卯譜主四十歲，故"二"當爲"三"字之訛。

〔二四〕"圮",《山右》本作"圯",誤。

〔二五〕"士",《山右》本同,兩本皆誤。於義當以"土"爲是。

〔二六〕"豔",《山右》本作"豔"。"豔",同"豔"。

〔二七〕"二",《山右》本同,兩本皆誤。其上爲乾隆三十六年歲次辛卯譜主四十歲,此則當爲乾隆三十七年歲次壬辰譜主四十一歲,故"二"當爲"三"字之訛。

〔二八〕"弁",《山右》本作"弄",誤。

〔二九〕"樸",《山右》本作"棠"。

〔三〇〕"刀",《山右》本作"刁"。於義當以"刁"爲是,祁本誤。

〔三一〕"畝",《山右》本作"畞"。"畝",同"畞"。

〔三二〕"糶",《山右》本作"糶"。"糶",同"糶"。

〔三三〕"耤",《山右》本作"藉"。"耤",古"藉"字。

〔三四〕"戍",《山右》本作"戌",誤。

〔三五〕"鷚",《山右》本作"䳱",誤。

〔三六〕"戊戌",《山右》本作"戍戍",誤。

〔三七〕"癈",《山右》本作"廢",誤。

〔三八〕"《周官·太宰》以'三農''生九穀',注",其下引文見《周禮注疏·大宰》:"以九職任萬民:一曰三農,生九穀;二曰園圃,毓草木……"鄭玄注:"鄭司農云:'三農:平地,山,澤也。九穀:黍,稷,秫,稻,麻,大、小豆,大、小麥。'""秫",《山右》本作"禾",誤。又祁本、《山右》本"九穀"中"稻"下均脫失"麻"字而成八穀,實添"麻"始成九穀也。

〔三九〕"《禹貢》揚州'厥土惟塗泥'",其下引文見《尚書正義·禹貢》,原文曰:"淮、海惟揚州:彭蠡既豬,陽鳥攸居。三江既入,震澤底定。篠簜既敷,厥草惟夭,厥木惟喬。厥土惟塗泥,厥田惟下下,厥賦下上上錯。""土",《山右》本作"士",誤。

〔四〇〕"《職方》揚州'其穀宜稻'",其下引文見《周禮注疏·職方氏》:"東南曰揚州,其山鎮曰會稽,其澤藪曰具區,其川三江,其浸五湖,其利金錫竹箭,其民二男五女,其畜宜鳥獸,其穀宜稻。"

〔四一〕"《爾雅》'粢,稷'注",原文見《爾雅注疏·釋草》:"粢,稷。"晉郭璞注:"今江東人呼粟爲粢。"

〔四二〕"衆,秫",原文見《爾雅注疏·釋草》:"衆,秫。"宋邢昺疏:"衆,一名秫,謂黏粟也。《説文》云:'稷之黏者也。'與穀相似,米黏,北人用之釀酒。其莖稈,似禾而麤大者是也。"所引疏文爲截引。

〔四三〕"徒",《山右》本作"徙"。於義當以《山右》本作"徙"爲是。

〔四四〕"豁",《山右》本作"谿",誤。

〔四五〕"爲",《山右》本脱此字。

〔四六〕"減",《山右》本作"减"。"减",同"減"。

〔四七〕"衝",《山右》本作"衡",誤。

〔四八〕"二十二日",《山右》本作"二十四日"。

〔四九〕"考",《山右》本作"攷",誤。

〔五〇〕"撮",《山右》本作"撮"。"撮",同"撮"。

〔五一〕"末",《山右》本作"未",誤。

〔五二〕"匄",《山右》本作"匈",誤。

〔五三〕"特",《山右》本作"持",誤。

〔五四〕"防意",《山右》本誤倒作"意防"。

〔五五〕"煦",《山右》本作"煦",誤。

〔五六〕"宫",《山右》本作"官",誤。

〔五七〕"舁匶歸葬,喪儀摯性",《山右》本上下兩句中"葬"、"喪"誤倒作"喪"、"葬"。

〔五八〕"梯",《山右》本作"稊"。於義當以"稊"爲是。

舁齋詩集卷一

五言古詩

丁酉人日，春海年丈約偕蔡友石年丈、吴荷屋中丞、梅伯言郎中同游海王邨，阻雪不果，乃移尊龍樹院。登高賞雪，談讌竟日，月午方歸，詩以紀之，凡四十韻以下丁酉

諏勝及春七，追攀駢組玠。言尋海王邨，萬籤秘金薤。籍彼雲漢麗，散我塵土械。勁風吹暮霰，虹月翳宵靄。供張腷云熟，簪裊翼以屆。有防斜川屐，更卓參軍旆。淅瀝揣封攉，揣封見《長笛賦》。解駮沈磬壞。研北騰餘笑，城南築高會。絶頂應携眺，雜廁乃任噲。金鞾躪璧甸，雞棲逐豹軑。到門鵲驚噪，憑閣目恣快。離婁眼纈廣，刻露眉稜峐。潛湔動亭午，半瑩見沙瀨。言言跨樓堞，站站回樹蓋。渥尺澹禾蝗，合寸蒸蕭艾。浩淼玉鏡光，超軼金粟界。卻坐兼葭莜，一拓胸次隘。窻明息凡響，耳定來清籟。諦審嘉泰槧，共下髯翁拜。荷屋中丞携所藏宋槧蘇詩同觀。據梧劇新賞，炷檀展宿戒。頃程丈集同人爲東坡作生日。得雋弁屢側，忍俊泉獨汭。遥遥四君子，痞語塵壒外。集中繪有《東坡笠屐圖》及安民太、宋牧仲、翁覃溪三君子小象。今情既解遘，古貌獲商兑。翻笑泥塗士，屈足無乃太。新黄潤眼福，虚白振筋懈。趂日宕昔昏，行庖割脯膾。縱飫擴酒戾，清言噤機械。須臾月波涌，倒翻雪浪派。出没煙帆穩，稠直江樹殺。一望清萬頃，缺陷聲澎湃。此景信天貺，相期責吟債。通元拂妙素，挈我入界繪。荷屋中丞許繪圖。今日圖中人，慚愧羽獨

鍛。離葰傷春稗，冒臊感秋解。捡峭勒八關，支凍删五噫。蠟鳳錯槃匜，漏鯨鏗城廨。客裒軒然舉，騕鈴其矣憊。歸趁鼓耽耽，雜送聲噦噦。兹游判洪荒，結念每循帶。小詩用紀實，筆屎欹自鄶。

寶賢堂研詩并叙

研，明晉王世子奇源寶賢堂故物也。以慮傀尺準之，厚三寸，博八寸，長尺有一寸强，制肖龜形，修文一綫，塵絡如蛇。世子薨，研實徇之。後遭伐掘，復出人間。郡文學董君士達得之於晉陽老人，隨珠、和璧不翅也。頃歲不熟，董君以三十緡質諸孫君左泉。左泉稔余嗜研，遂舉相贈。余亦以宋坑小研及王良常墨蹟爲報。研舊無箸代，晉府圖書縣褫，亦不可得其始末。惟考世子以宏治十四年薨，余以道光十六年得之，其可知者已三百三十有六年矣。夫以世子之賢之力，而不能終享一研，余又敢堅執以爲己有邪？人生玩好，取供數十年自娛足矣。過眼雲煙，何足計哉？爰鎸銘檟面曰：元運環周，玉靈不朽。寶賢堂傾秋艸平，人生安得如汝壽。并賦此詩，覬當代著作家屬而和之。越一歲，正月上元肎齋居士記。

鉛鐵鏟山翠，湍涸麕羊根。瑩膚出子石，形模何渾渾。一綫絡背腹，宛宛修蛇槃。巧匠神悟開，琢肖龜趺蹲。列宿應元武，神物歸高閣。世子富金石，博雅過王詵。供入寶賢堂，欣契忘朝昏。老研得巨賞，氣象爲之尊。謂當酬知己，萬古徇王孫。青青陵陂麥，金椎隱其齦。山鬼懼賊忍，睒目韜荒榛。玉盌鬱復出，象齒慘被焚。神物委路旁，倏忽瓦甂鄰。老人揩病翳，拾歸裹書幡。流落詎可慰，真鑒世無存。我生但癡慧，訪古雙足皺。此事洞本末，乃聞諸董君。董君不能寶，轑釜斷晨飧。賁汝謀復活，太息手屢捫。慨慷孫居士，達識信眇倫。至寶不自私，取人仍予人。喜心生感激，投報矢弗諼。半生困筆研，抱璞聲暗吞。詹尹不我謀，錯靡輪蹄奔。石又不能言，詎勞災楚焞。聊用庋短几，蛇蚓雜蜿蟺。萬事等雲煙，變滅豈有痕？結習難破除，策勳望卿雲。

五月下旬，初抵江陰，春圃侍郎邀偕同幕諸君游君山，晚讌存雪亭，即送許蓮西大令歸里以下戊戌

大江緣北注，東趨勢愈闊。君山跱江表，搘拄風濤齾。海門一綫遙，尾閭千峯兀。我從廣陵渡，峭帆陵溟浡。犀舟劃江水，湖蕩葑荄撥。漫鼓中流楫，媿托沿門缽。鹵莽舞陽君，奮前排其闥。幕府諸君子，英英皆賢達。就中許子將，元朴耿獨幹。三世論交誼，廿年共橋褐。我角昔方觡，舍君已早茇。念我細而黠，欣契機省筈。倏忽俱老大，話舊屢蹙額。江皋聽夜雨，朋戠今再盍。代飛笑雁燕，相依判蠻蠶。喟我裝初卸，感君駒速秣。登樓約再賦，望眼期共豁。拾級躋山椒，振衣度木末。各抱濟勝力，懸崖手獨擽。習山本善走，林深淡暑喝。峯坳一剎湧，廟貌儼黃歇。老梅三百本，未花香已馞。江風吹我裾，晡日霎西沒。歸來坐小閣，鐙火黬林樾。池蓮照顏色，水螢綴蒙葛。轟飲團瓢狹，別酒金波凸。座中多碩彥，酬獻忘觚楉。岳岳充宗角，峨峨楚冠鶡。下士未聞道，醉語紛祭獺。主人敬愛客，觴行不復遏。游魚潛出聽，瀺灂水聲活。歡極雜悲歎，行色怨倉猝。君念故山楸，君將歸治先德葬事。我懷小園橢。吾家園名。君行自駸駸，我居定咄咄。良晤豈易得，回思在單閼。辛卯後與君聚面甚稀。行矣加餐食，志喜應見蠍。茲游如可續，相約梅花發。

妙相禪林

平生登覽興，尤劇事幽討。金陵佛都會，締甍各精好。謁客城西隅，霜天初破曉。拭瞖試北眺，一剎茁林表。肩輿犯叢薄，夾路吟翠篠。結束入曲折，窮探開曠杳。西園最閒敞，騷魂潔蘋藻。寺西偏有屈子祠堂。紛紛宋景徒，剽豔得香艸。廟貌偶然耳，對輒憂心擣。南榮更軒秀，傑閣俯飛鳥。鐘阜拳石縮，當檻萬綠繞。波委湖雲溔，炊雜寒煙裊。雞鳴又其北，晨鏡修蛾嫵。老桂南中繁，處處香雲渺。一亭翼其東，月夜裾曳縞。陽雁賓白露，秋色妒紅蓼。園中雁來紅最繁，寺僧告余曰："此秋色也。" 魚語池蒲隔，雅翻林葉槁。苾蒭善侑客，口角漈涼潦。精茗瀹珠流，釘盤登栗棗。我性習疏散，麋鹿恣放夭。問訊佛田豐，土宜況善稻。媿乏饗殽資，儒食恒不飽。托缽與汝同，養福計獨巧。梵俗沿六代，榮華逾豻璪。謀生學出世，此理堪絕倒。仗作雲山主，精舍供奎埽。時來相攀援，亦足拓孤抱。談禪均未能，皈依喜較早。一笑出門別，異同自孔老。贏得即景詩，相睨良不少。

海州試院臨發，同硯諸君分貺佳制，寫此奉酬并寄仙露、理初兩先生

海天無定風，昏旦異寒晴。胸山無定雲，現滅非一形。一峯閣屋山，翠點征袍青。征袍落塵土，浣濯難爲清。奔走三十年，雙鬢但未星。往昔少年日，頭角頗崢嶸。提挈尊俎間，結識多老成。奮身抉銀漢，赤鯉時騰精。此意久沈淪，壯懷空自驚。鐙花發新喜，鼓枻東南征。東南足文彥，主人敞軒楹。薑桂豈異質，賓友皆典型。共醉金谷園，放棹閶闓城。讀書來老聃，窺瓻昔昔聽。疏狂雜詼笑，往往亦析酲。浩矣東去波，泱月如轉霆。好風吹我衣，秋駕迅難停。臨岐意獨觳，遲發神爲縈。風物良所懷，

所懷在德馨。壓簷新竹竿，綠上紫薇庭。當樓雙桂樹，一碧天無情。河間古君子，卻埽塵不攖。黔山老象才，反鍵治事廳。點勘有同業，呻唫有同聲。遠道寄相慰，廖鳳今郊坰。我行信艸艸，近志請長纓。不看屠牛坦，霜鐔初發硎。不看楚接輿，退有田可耕。

秋篷坐雨次漁莊韻_{泰州道中}

風勢與水敵，枝拒莫肯下。舟子善馭風，反舵千斛駕。四月三渡江，節候變秋夏。北烹負戎菽，南甘飽櫻蔗。嗜好與俗競，腸胃隨物化。孤篷共坐雨，黯黯邨容亞。喜水喜其澄，畏風畏其䟴。平生忠信心，未免波濤怕。高幟樹角閃，欣然問酒價。適已發高唱，鄰舟聞竊罵。寒回詩力勁，春發〔一〕秋顏乍。種秫滿江皋，努力風雨夜。

送漁莊三兄歸里，并寄呈家兄述懷

北風入凍醪，江波浩難斟。遊子懷短轅，感別涕霑襟。人生但離析，貧富均不任。念君席通德，有弟咸邦琛。競爽淬其才，覆手能成霖。門閥量家山，裴柳代所欽。君何猶鬱鬱，與我感升沉。祖書豈不富，庋架飽紅蟫。情話豈不孺，蹤蹟杳商參。百謀無一償，墨突空不黔。憶昨并門初，惡月苦占臨。我方困叢棘，君遄賦載駸。涼風起征雁，吹客過淮潯。聚散信靡常，握手江之陰。連檣聽夜雨，鄉思激秋碪。單車太行脊，鄭重霜雪侵。君歸善自保，努力親尤蔆〔二〕。我歸知無時，憑君遞好音。寄語謝諸兄，天道古難諶。歲月更兩戊，愴絕巢門鴆。_{鉅鹿張䶒事，見《魏志·管幼安傳》。}北思日灰頹，蒯緱爛霜鐔。野雲逐颸風，舒卷安客心。海艸隨節候，枯榮匪自今。媿君相愛厚，譽重雙南金。酒瀾平復起，哀歌托短琴。

十一月二十九日渡廣陵江，阻風，偕同人登浮玉絕頂，分韻得浪字

岷原縮地軸，水闊東南壯。朔風沍寒日，凜冽江流盎。迴瀾截孤嶼，瓜步屹相望。引占窣堵波，今名曰塔，釋慧苑云。鈴語泥歸榜。聯檣走山麓，牂柯蹙高浪。塗阻意轉愜，計拙遊稍暢。南征憶夏首，倉卒理吳舫。昏黃鐙火發，風篷聆高唱。帆飽輕舸駛，彈指隔重嶂。人生游豫興，晌俄悉天貺。山水況有靈，知己實堪仗。用盛宏之語。使槎隨沿泝，節候換英蕩。登臨適所願，一笑飛廉餉。融結積塵劫，丹碧困意匠。窮扳危石磴，俛結浩溟漲。真潤名勝州，容我眼一放。禪機坡印寂，樓觀煩特創。玉帶樓，年丈李榕園觀察所新建也。天題炳玉版，帶曾燬於火，亡數版，高宗南巡為補足，并鑴詩于上。翟曇潔供養。麟麟宛委籍，萬卷來高曠。乾隆間《四庫書》成，敕建文宗閣於此山，弆書惠多士觀。捫籟竊長喟，何由豁塞向。敬事受僧謁，精舍足清況。一勺割江呂，語見《水經注》。寸綠花瓷漾。同游富述作，詩節厲高亮。風聲挾江水，幡校頗難狀。撫懷念疇昔，吟情勉軒抗。君看浮天水，原不擇盆盎。

悼婦篇 十二月十三日，君亡四十有九日矣。雲黑如盤，鐙寒雨晦，拉雜書此，寫畢，不復能省視也

總角訂婚姻，十九議嫁娶。結髮十六載，強半異居處。慘君入門始，丁我家多故。時癸未六月也。戴鵀巢不去，奄乎傷孤露。無母君孰秉，無父我何怙。自古家道睽，禍本峨眉妬。我時齒未壯，見迂意稍固。惟憂手足恩，涕淚灑荊樹。所以偕老歡，造次輒相悟。同牢未一飯，飲酒幸終孺。遭逢家多難，荼苦覷同茹。傷哉遂死別，抱瘵久彌痼。君幼抱瘵疾，庚寅後日益棘。我緣營薄祿，十年困秋賦。旅食晉陽道，假館京華署。余以丁亥春入省肄業，辛卯貢成均，留京

教習，十年來閒一歸耳。才拙世見棄，徇人家弗顧。累君鐐破釜，午絶炊煙互。巍巍寡嫂德，疾痛荷扶助。仲嫂中年寡居，與君相依無間。君本富室子，命辰獨薄祜。脱繈每見背，離零歎遲暮。外舅長者，爲人欺，產頓落。家事紹繚，因以致疾。外舅撫君慈，外姑視君恕。我出君焉賴，母氏渥眷注。側聞中夏交，歸寧染疢[三]霧。倉卒遘大戚，危病感無父。一痛遂彌留，沈綿忽明寤。五月初外舅捐養，君一痛已絶，越日始蘇。伻有從西來，傳君相慰語。疾會當大瘳，遠道善自護。此十月中信。腥風蝕淮雨，嚴霜膠清酤。舉酒不盈觴，寒嗽神若鶩。余時患嗽戒飲。凜慄邁江濆，怪鯉騰尺素。斜睇不數行，淡墨寫凶赴。余以臘初由淮上過江陰，次日遂得君死報。肝腸爲摧動，忍淚強起步。一命曾未霣，九死斷相慕。夢魂勿復見，蒺藜知終據。疇昔遠游慣，歡笑無愆度。今春頗乖惻，夜深泣敗絮。謂分當永訣，生存難再晤。蚌珠隨地碎，君曾育二子，皆不舉。無禄延血祚。君宜早自計，副箧求美姹。嗚乎焚巢鳥，何枝足遰翥。療飢且未遑，遑議蔦蘿附。荒冢傍高隴，先姑定無斁。寒夜鼓耽耽，起坐目瞿瞿。轉側密相忖，始終由我誤。愁復作秦嘉，瀝衷爲君訴。切語世間人，娶妻無相惡。縣縣塍有瓜，燦燦璧與璐。已死不更生，琴瑟及在御。死幸魂魄安，靈風慎來去。湯湯大淮浦，浩浩黃河渡。我歸儻有時，一尊酹君墓。

庚子二月，喜三兄叔正至都相探，越八十日仍謀返里，賦詩相送，聊以寫其患難離別之懷。口所不能言者，詩更不足以達之也

聚面曾幾時，歸期又轉迫。歸程劣及千，聚日未盈百。生平兄弟懽，強半異形迹。年皆非少壯，光陰尚行客。回首廿年前，層折邁家厄。怙恃一朝失，營魂喪其魄。惟時兄及我，差得免交謫。感荷仲兄恩，撫教儼帷帝。百盧不相關，培養奮飛翮。獨力

拄門楣,策勵壯宗祐。愴絕庚寅夏,笳聲如裂帛。大廈忽不支,兄復嗟行役。飢驅濟南道,悵睇關山隔。九月始東歸,一痛哀填嗌。從此老兄弟,無福更安席。越歲試并州,如戲角雙觡。辰春更北征,車塵困絡繹。四載耗餐錢,一官沐渥澤。兄亦恬進退,薄祿謀將伯。誰知首蓿槃,艱難等槊戟。未臘薄言旋,百債紛狼藉。艸艸歲儀帖,感懷成窘擗。初夏仍北邁,遑顧形影隻。太歲建作噩,交勸攬秋碧。冒雨事西馳,快晤晉陽陌。敢哆裘馬都,枉被腐鼠嚇。旁皇身世計,血債不可脈〔四〕。厨煙然旦旦,竈觚空昔昔。雙鯉南中來,念我意良劇。南中山水勝,幽懷冀或釋。酷暑沿桂笴,深冬泥歸舶。可憐騎省戚,客次淚爲格。荒唐伏櫪思,騁懷到閉掖。風吹舵腳轉,引首九閽闢。媿乏神仙姿,頓遭蓬島謫。涕痕何足渺,我皐在懷璧。敬謝伯兄慈,遣子慰匡索。羣惜阮修鰥,釀騁奠尺宅。家聲兼友誼,中宵起槃辟。積憤摧人肝,銜德夢無斁。寒侵增夜嗽,中鬱苦氣逆。秘疾滯音問,傳聞頗嘖嘖。兄意滋不安,勉振春郊策。連日方悶損,乾鵲噪欄隙。敏〔五〕扉語音熟,覿面互聘唶。忍涕尋懽顏,情話風雨夕。寒燈幸復煦,仲春月始霸。荏苒逾初夏,歸思日又積。離觴不易斟,況當懲辛螫。舊業日以萎,前途日以窄。作宦信孔艱,救貧計尤棘。失聲欷奈何,謀野詎有獲。泪泪庾園波,英英山堂柏。髮蒼結後望,耽書信所癖。念兄有二子,其一馬眉白。祖業繫阿咸,蕪棄良可惜。洗觴更酌兄,後會良匪易。後會亦不難,努力秋士籍。落莫廣文官,况味猶茹檗。試探函牛鼎,中自足千蹟。

七言古詩

趙倢伃玉印歌，效昌谷體_{以下二首在丁酉前}

印，仁和龔定庵主事家故物也。印，嚴東樓家故物，後歸項墨林，又歸李竹嬾，又歸定庵。今歸番禺潘士成。郎中。玉質精白妙潤，世無其比。余以盧儦尺度之，高七分，徑一寸劣。繆篆文四，曰：倢伃妾趙。倢從系，趙字內含雀頭三。按《漢書》，趙氏倢伃三，鈎弋夫人也，飛燕姊弟也。飛燕後立爲后，弟亦進昭儀，皆不終於倢伃，則此印應屬鈎弋矣。

晚糚静卸黃金彅，彤幕沈沈椒殿秋。宵深忽感香蘭夢，繞電驚掣簾索動。茂陵官爵倢伃尊，天題橫被堯母門。玉印千年滯恨魄，金錢界斷雲陽碧。刮膚瑩脂截寸肪，夗蟺鈕刻雙鴛鴦。雕篋錦綈照座光，燭彩[六]錯成文字祥。陽阿姊弟自尊大，比秩久已薄銀艾。持語綺人各鄭重，傳觀細綰同心帶。

瀛既承程丈愔作玉印歌，又思篆文四，獨趙字內含雀頭，得非飛燕狡獪，隱寫其名邪，乃復作此詩

涎涎雙飛入漢家，前班後許無容華。舞腰新繫承恩印，慧意斟酌文鸞斜。秋高長信霜風起，豔血飛翻豆蔻水。嬌啼愴絕樊通德，里謠記取張公子。

向湯海秋農部求鄧石如篆書《弟子職》_{以上二首似在戊戌前}

詛楚碣，歧陽鼓，法度精嚴篆筆古。上蔡出意變古律，葛繹

之碑獨規矩。刓倉刮籀硞家法，陽夌乃以欺曚瞽。吾衍燒筆尤可笑，刻畫夃靈矜媚嫵。我持此論與時違，小學今人棄如土。昨來偶過大夫室，到眼龍蛇恣跳舞。偏傍比附皆有法，芒角森森無敢侮。信是江南老墨客，曾持鐵筆干吾祖。屠龍技就老病死，身後文章付覆瓿。篆刻特其餘事耳，一玦吾尤等璜琥。先祖名章多石如刻，今僅存押角小印一枚。此紙精妙那易得，奮起欲據元章艫。卻憨筆屠手力弱，書訣未能證釵股。庶將禮法誨諸生，肯炫贗鼎賫岣嶁。大夫直聲達殿陛，大夫詩筆陵愈甫。爲誦此言應大噱，直肆豪奪無乃魯。捲軸竟歸何足遴，過眼雲煙久不數。末二句海秋語也。

分宜之敗，不敗于徐階，而敗於藍道行。有感其事，詩以美之

驪龍癡臥喚不醒，老犲橫噬無敢攖。方士俱有旋乾手，幡校權豪猶鼠狗。渺渺箕仙帝所神，箕仙有言帝不嗔。冤氣搏成三字瀷，斑斑恨血揉宮蓽。太阿拗折玉斧摧，仙言未罄帝意轉。卻看舊日青詞艸，鵬臆鶂鳴成懊惱。不須更引羅龍文，一席已褫奸人魂。吁嗟乎，劾揭紛紛杖戍死，山圯樓傾乃貽此。請酤美酒擷園菁，家家繡祀藍道行。

漫河道中 阜城縣屬，以下戊戌

暑路燏燏風揚沙，火輪蒸山渦没車。悔不從農耕壠上，風塵坐歎客無家。路旁老農唏且嘖，客未知耕農具陳：前年太歲直未申，巫尫無靈蜡弗神。去年太歲幸直酉，借得官糧戶一斗。三月播種盡七月，石田曾未擢蔀葀。頼飆日日卷驚濤，旱浪平疇一丈高。亦有耜犂掛屋角，畏飢輟耒人逋逃。客今乘車仍怏怏，我視車中猶天上。君看道左乞食兒，世業半因力農喪。噫吁嚱，餓死牖下真失計，安得萬古常豐歲。誰爲排閶籲九閽，咨爾雲師胡不雲。

留贈紫琅試院古桑，兼懷祁六太史幼章

霓霓鑠院秋氣足，帖窗當晝上濃綠。眉稜蹙損眼纈凍，今雨何以慰幽獨。來時頗苦秋日皜，憑丈桑陰護老屋。精神慘慄歲月古，伏生雖耄意態肅。并海連宵風怒吼，秩潮碎齧琅山麓。詰朝寒信樹骨透，葉賞階除盈十斛。百昌例無金石堅，未必植根定不淑。憶否童童白玉堂，木天孤幹慣經霜。春風長安花事滿，黶熟瓢傾名酒香。游南一洗目翳淨，不復珍才儲藥囊。庶常館有桑一株，百餘年物也，用其葉洗眼最效。桑乎桑乎汝莫嗟，炎燠異候困爲良。煙空樹老碧雲合，會看天半驂鷥翔。

題湯雨生將軍貽汾。《太夫人唅釵圖》 戊戌八月通州試院

乾隆丙午，臺匪林爽文作亂，將軍祖鳳山令大奎、父苟業同日遇害。時太夫人年三十有五，餘詳汪孟文夫人跋。

峨眉初畫糚鏡光，釵頭飛上小鳳皇。鳳皇身繞萬花紫，玉釵暗卜同心喜。天容慘淡臺山愁，祆[七]旗獵獵麾蚩尤。日寒鼓死軍帖絕，海水飛濺歐池血。一門忠孝委煙塵，鐙花敲缺釵痕碧。白髮梳梳高髻傾，曉籖鏗鞳[八]玉釵聲。斷玉拚隨雲海爛，貞篁不逐秋心變。釵作竹節形。扶頭回憶卅年初，夢裏慈雲暫相見。紅淚成珠雙鬢絲，人間信有斷腸詩。尺縑難爲霜幃恨，寫得唅釵筆碎時。

附：湯太夫人元詩并節汪孟文夫人跋

美便無暇斷亦休，曉籖宵枕夢悠悠。於今別有思親淚，記與釵時初上頭。

鏡非臺已悟空門，贈嫁釵籖半不存。三十九年千萬路，鬢絲絲斷玉還溫。

右《斷釵》詩二章，湯雨生先生母楊太夫人作也。釵爲太夫人尊人所賜，時從宦昆明，年十四。嘉慶甲子冬，雨生先生官揚州，奉太夫人寓居瓊花觀。一夕釵斷，而成此詩。太夫人春秋五十有三，距賜釵時三十九年矣。太夫人生平所爲詩甚富，自其舅與夫徇節海外，遂取舊稿盡畀祝融。豈期垂暮之年重抱思親之痛，長言詠歎，有不自知其所以然者。雨生先生掇拾零章，繪圖徵和。至吾宗蘭沅夫人點染工妙，翻陳出新，可謂兩美適合，唱於和喁矣。予既錄原詩，附諸圖後，并識其顚末如右。孟文汪玢。

報恩寺塔

江光一綫迴秋原，縈絡城郭西南偏。天風峭峭拂衣立，鈴語巍巍泥我前。我挾酒懷并詩抱，選勝例必躋其顚。金陵帀月苦幽窘，當樓夜夜佛花鬘。擁護吉祥仗阿育，報謝敢遜腳力慳。盤紆窈窕歷層級，莙然透蕩天宇軒。高雲一片掠眼過，寒竇嘘嘘上晚煙。獨有晴霞拂不落，蜺標倒注雞鳴山。同行爲我溯建寘，基垠胚胎赤烏年。亦越齊梁迤宋元，經營振斁〔九〕相新鮮。增高直欲青雲干，可憐太祖黃金錢。金錢拋擲成遠眺，艸樹人家入望圓。豈惟匹練亙吳門，絢以曇珠紅欲然。邰顧已消龍虎氣，摩空賸有雕鶩盤。風聲愈急鈴語厲，登登築步窮追攀。寄語諸天貰我頑，南來相窺緣亦艱。回翔惜同飛鳥下，半餘紅日銜厓邊。

四松庵 庵側陶雲汀建惜陰書院，中肖晉太尉長沙桓公像，蓋隱
自寓也

四松腐蠧根成塵，畫筆兀傲寫其神。神傳名存松不朽，庵中缺箇哦松叟。問誰巨榜署餘霞，姚姬傳先生取謝宣城語題曰餘霞閣。曲徑坡陀捫碧紗。由閣東轉過碧紗廊，即惜陰書院矣。籠壁名章豈不夥，瓣香

乃祝陶長沙。長沙遺兒清而臞，凜凜嚴松寒不枯。月下香清聞獨獻[一〇]，捋蒲猶叱牧豬奴。繞欄繚亂石湖水，城上江波平如砥。道衆新來銀杏庵，制軍檄銀杏庵道人主香火焉。秋實紛颸丹桂子。桂葉陰陰萬卷橫，明詩習禮魯諸生。我爲飢驅事奔走，韶華孤負陶士行。靜思不覺塵顏酡[一一]，才留粗醜可奈何。

隨園

木芙蓉發紅豔豔，雙湖澂湛秋波灧。老竹緣坡閟深邃，疏柳當軒展晴灩。危橋劣能通仄步，峨峨鋪秀山平檻。一掬修嵐瀉入掌，酒杯浮動糀蛾歛。凍雨錢唐蔓艸枯，園名苦被詩名占。乾嘉老輩風流歇，帚履荒涼裒題濫。童癡喜述袁絲句，博涉頗嫌風力欠。名教狂瀾倒未回，亭臺兀抱頹唐憾。一龕鐙火冷江潰，叢桂秋深黃月暗。招引游蹤日日來，鳧鷖狎熟忘昏墊。人間花月量難盡，到處雲山足鐫槧。出門東顧眼界弙，棲霞秋色橫天塹。尹文端公傍其園曰小棲霞，而余於是日將遂由棲霞登舟矣。

京口行

一聲橫篴黃曇子，夫容花老鯨風起。檣煙笠雨入空濛，沃焦一點瀾回紫。江濤浩渺截秋波，句曲諸山倒影多。來去莫驚天塹險，雲葆氣已懾蛟鼉，倚艒祖雅正高歌。

己亥正月三日江陰大雪，登樓曉望，分得雨字

裴漏紞紞不可曙，一夜寒劇江南雨。陘雲挾凍走淮海，六花一笑漫江樹。鄉夢初回折竹聲，披幃倒屣人當戶。浮遠亭空遠目凝，君山舊有亭名浮遠，見漁洋詩自注。樓外青山杳何許。無復菰蘆出煙艇，全將測量變塹堵。銀鶴橫飛乾鵲僵，金支失耀春旗補。朔風回卷蟄驚霆，危檻周遭凜難俯。稍稍山容一角閃，晨竈短煙溼盈

縷。黃耳猞猞頗叱嗜，青鳬拍拍尚洲渚。江城舊說氣候懊，漏天液雨寒仍暑。連朝黟晦紙窗黯，一例街頭沈臘鼓。作客還被塞北裘，懷人卻憶城南杜。人日詩成艸堂迴，丁酉人日雪，春海年丈招客飲龍樹院，登高賦詩。青衫牢落誰復數。玉壺春盎試一酤，連江稷雪收吳楚。作歌聊寫江南春，十日檐聲滴亭午。

己亥冬十二月送許印林歸日照

京國十年游不歸，繁霜上髮風生衣。麋鹿止合散巖扉，強加束縛納面時。時字《山海經》本文如此。拔其牙角飾以犧，黃金雖好性不肥。不如歸煮西山薇，顧我何樂噬肯違。山深谷虛隘聞知，扣槃捫籥瞽且癡。東海霞起光陸離，下有經巖敞心扉。其間經師及人師，淵源兩漢衢弗迷。我友許仲今其尤，鬼神旁矚儼乎思。奧窔既谿無瞳眭，問家有無擅一鴟。比諸自鄶應無譏，曰大淵獻歲將幾。寒梅香動春風幬，我歸未能福所羈。君歸益增我心悲，五音繁會去其夔。眾巧輻奏逝其垂，醇醪滿酌碧波黎。崢嶸臘日臨交歧，重重吉夢非我私。春初俞理初夢送君作郡。繹雲欣君歸有期，連山積雪成流澌，禮堂春滿林花緋。

吳誦芬舍人齋中觀菊 庚子

西風獵獵黃雞秋，寒畦粲粲黃花稠。鄉邦好事競繁會，三徑無復陶家幽。少年飽剔看花眼，敲門索飲工誅求。往往醉倒始名姓，壁間拉雜春蚓留。十年塵土齾衣裘，河北跛驢江上舟。筋力拼同霜蟹瘁，客館幾見寒香浮。一枝兩枝縱入目，彈指已過如雲漚。況復邇來學止酒，經時不作城南游。可憐籬邊無限意，風味誰念老督郵。京宦叢中吳季子，官聲秀佩綸樞美。畫格雅擅二熙妙，詩骨肯隨四靈靡。更杖花光作粉本，庭陬一面恣重絫。坡陀勻次十二行，高直崇墉密櫛比。偶然偷目曲欄西，頓悟詩心兼畫理。曉風久立渾忘寒，海上肯來鐵甲單。我士黨聞一戰勝，吾徒何惜百杯乾。爲煩淨滌傳神筆，移寫東南露布看。

辛丑八月津門題勞介甫勳成。《霜林覓句圖》介甫李邨巡檢時駐葛沽監鑄礮

秋氣入石秋林黃，秋風翼我東南行。津步妥帖眉清揚，海上昨夜驚初霜。刁斗擊破晨煙涼，摧拉鯨鯢若羣羊。一波初動雷罿荒，萬波漚滅炎木僵。王道正直邕由庚，書生枯瘦不任韁。葛沽萬艟聲容昂。崔家衷甲范家兵，此事不關身手強。少年湖曲縱游舫，雅觀摺疊昌谷囊。爾來搜捷筆日剛，豪吸不問女酒良。快〔一二〕摩盾鼻濯搏桑，虛彎角弧調平。封狼。短衣匹馬意慨慷，請爲更賦從軍章。

題徐樹人太守《登太白樓圖》，即送作郡蜀中壬寅後

太白本蜀產，唐代子雲徒。讀書康山時，被服儼文儒。天寶中年主德荒，庸臣驕將布四方。豺虎耽耽橫道旁，可憐白也空昂藏。奇氣何所發，悲歌與醇酒。月下花前千百栖，舉栖問天天箝口。一朝醉眼俛齊州，裘馬輕狂汗漫游。山東豈因李白重，百尺翬飛太白樓。乃知名士重爲人愛惜，亦如名宦所至爲人悅。昔者徐景山，中聖嘗屢月。民豐歲溢學校修，朝廷有詔褒清節。景山之裔今有人，調停兀父政若神。心誠能致年穀熟，邨閻圖瑞鐫鑲頻頻。沛人爲君刻嘉禾、瑞麥二圖于樓壁。太白樓頭一觴擧，使君樂矣民何嘆。於戲！使君今代文仲翁，豈能爲爾沛民愛戴久斯土，坐令鹽叢鳥道寂寞無光容，臥轅扳轍沛民何窮，送君作郡西南中。講堂石室鬱久悶，眉〔一三〕蔚蔚浮空翠。蜀道休歌行路難，益州天府今樂地。江上浣花堂，李杜名齊揚。名士例緣名宦顯，彰明更訪青蓮鄉。

漢河間獻王君子館塼歌爲仙露同年賦_{以下五首失年}
_{月，似在己亥後}

漢興蕩除挾書律，如日杲杲生於東。三輔邸舍廓有容，碔砆金玉錯其中。坦坦大河壖，神禹厮二渠。獻王築館河之瀕，實說禮樂敦詩書。蒲輪竭來嘔夷水，河北諸儒爲王起。蘭陵客死緒未棼，毛貫諸公盡君子。君子幾凋零，王功在六經。渠渠夏屋漫荒榛，宵深秋艸飛亂螢。螢飛猶傍獻陵陌，一犁鑱破宮垣碧。先生嗜學真古人，諏經寫韻恒斷斷。斟酌毛鄭得其醇，一擊天獎汲古勤。夜來或見夢，夢覿陶生面，如舊相識情繾綣。從容抉別手蠟氈，奴隸郭香躪曹全，西京隸法今流傳。世間何物足相儷，魯國新樅五鳳塼。

鄒雅存《芝田養秀圖》[一四] _{雅存欲歸田課子，姚伯昂爲寫此圖}

君不見蘇長公，病鶴不肯爲人娛。又不見王荆公，白鶴傲不受招呼。長松如龍龍氣麤，拏雲入天誰能扶。樹根老翮將新雛，芝田葉葉春苗敷。沖宵昂聳常態耳，華陽真逸今有無。一陽卦氣驗中孚，鳴陰有子和不孤。於戲！鄒君風骨清臞宋林逋，梅花萬本江南廬，扁舟何日青暘湖？

丁雲朋《羅漢》，爲孟星槎題

婆羅之樹青丸丸，申眉一笑回孤鸞。奄然右卧其神完。_{《法苑珠林》："若右脇卧者是出家人卧。"}師子據地稜威單，㹇頭詎能馴厥桓。帖伏不踐行葦敦，是其名曰大涅[一五]槃。_{《涅槃經》我："於此娑羅雙樹大師子吼者名大槃。"}鐫諸尊勝義不刊，休寧志師今龍眠。白描造妙無韋韓，_{語本《畫錄》。}偶然恣筆絢碧丹。佛果應證須陀洹，記昔追游到上蘭。十八尊者繪僧垣，秋老日昳取火觀。攬摹衣褶搴其鬘，卻召我友吳通元。尺縑一一留真顏，粉本甫脫來班禪。流汗膜拜膚粟寒，海淀净明院有雲朋畫十八尊者。友人王丹麓縮臨一本，稿甫脫爲班禪之徒乞去矣。達瓦齊城窣堵巘。鐵門異獸困角觿，乃知龍象鬱肺肝。神力不杖弧矢關，循摩歡喜雜贊歎。金銀易布緣良慳，舊題更憶劉松年。宣和苑本餘凋殘，戌臘在江陰爲祁春圃學使題劉松年羅漢卷。吳南鄝北樹兩山。榆櫪支處珍雲漫，我生蹤蹟何闌珊。

吳縣[一六]章氏雙節吟_{吳縣學生章倬、章倬，倬婦王歸倬二十五日而寡；倬婦潘歸倬十一年亦寡，生二子安誼、安止。以安誼後倬，而安止未及冠殤，於是王有子，潘乃無子。潘不憖，命俟安誼生子，子安止奉倬祀}

瓏瓏棠棣花，秀茁姑蘇臺。旎旎桃李枝，生傍臺之隈。桃花未實李雙子，棠葉颭蘴棣又死。卻搴僵李續桃根，棠棣榮華本性存。雨蕭蕭，風烈烈，大野繁霜變成雪。雪壓秋林百卉腓，李枝重染啼鵑血。嗚呼！桃昔無實今尚花，李經霜賚如枯槎。冬心迢遞盼春歸，嚙碎茂茂[一七]繼命絲。園林觸噢紛紅紫，更杖桃根續僵李。

題王太宜人貞孝册子_{歙王子懷茂蔭農部之祖母}

自古鴛鴦合雙死，不死亦不僅爲巢中雛。斑斑血淚上蘼蕪，收淚茹血心踟躕。游子歸魂望眼枯，堂上君姑復祖姑。健婦作兒反哺烏，夜火黯黯啼呱呱。脫釧解繡被服麤，重簾邃幕春風蘇。垂五十年冰與荼，大耋乃見文孫殊。

鳳書鸞檢輝門閭，老穉奔波婦孺扶。貞孝之頌阿母臚，阿母一笑非吾圖。羽車雲葆夫豈誣，惟吾初志矢弗渝。嗚呼！母志弗渝神鑒諸，君不見齊雲黃岳天子都，明霞照耀山之隅，百鬼爭爲母前驅。

題吳荷屋中丞《度仙霞嶺圖》以下二首代人作

石磴盤盤三百六，《宋史》："文惠公北征，築嶺道三百六十級。"曉起霞丹暮凝綠。怳惚芙蓉手倒把，播灑花光滿巖谷。樵風吹水雲鱗開，先生乘桐嶺上來。春霞溫養春更多，候吏瓶携甌江波。熟知使君清而和，一年持節三來往。澗碧巖紅飽幽賞，山頭江郎解語無？事見《太平寰宇記》。應爲使君慰鞅掌，昔聞名勝慣神馳。今攬此圖意倍移，石罅珠旒一穗歆。想見先生卻顧時，我時亦銜星詔出。高建英旟渡湘灘，豫章匝月苦低溼，梧桂忽贈香迷離。某亦於是年典試江右，旋奉命視學粵西。東閩西粵隔重嶂，引領猶得遙相望。歸來共話蓬山下，游腳嗟眸兩無恙。先生平昔游蹤寬，結束雲山入畫欄。披圖洗眼囘塵夢，彈指聲中十五年。

題趙蘭友太守《同舟測海圖》

崑崙一柱天雲參，河出其北江其南。語本《徐霞客游記》。旋沌注峽走東海，鬥龍港口濤聲酣。涼潮夜卷白沙涌，尻高腹陷微波含。使君綰綬來江潭，東亭日落相窮探。劉徽面綫心所諳，舟行不到空留淹。老犍負波出奇妙，海中以牛挽舟而行。艫聲鞭影爭趁趕。天容駘蕩開澄鮮，神山倒影窺晴嵐。相從二客各撫掌，壯觀一洗游人慚。敬聞聖人廑閭閻，餘澤渝及蚌與蚶。并海民家家無儋，隻雞供頓爭肥甘，燂炰試撥張蝸鹽。回舟絮話謀粉本，扇頭摺疊輝雲藍。濡毫更作紀行詠，微茫不似瀛洲談。北京塵土疲兩驂，拈髭拂素心娞婗。它時好事覓題函，封墩春艸垂毿毿。

　　　　　　　　受業歙縣徐景軾校字

校勘記

〔一〕"春發",《山右》本作"春風"。

〔二〕"蔆",《山右》本作"浸"。

〔三〕"疢",《山右》本作"疹"。

〔四〕"脈",《山右》本作"胍"。

〔五〕"敏",《山右》本作"扣"。

〔六〕"燭彩",《山右》本作"爛彩"。

〔七〕"袄",《山右》本作"襖"。

〔八〕"鏗鏭",《山右》本作"鏗鏗"。

〔九〕"敊",《山右》本作"刷"。

〔一〇〕"歗",《山右》本作"嘯"。

〔一一〕"酕",《山右》本作"酕"。

〔一二〕"快",《山右》本作"快"。

〔一三〕"室鬱久悶,眉",《山右》本作"室鬱久悶,峩眉",衍一"峩"字。

〔一四〕"養秀圖",《山右》本作"養畚秀圖",衍一"畚"字。

〔一五〕"湼",《山右》本作"湼"。

〔一六〕"吴縣",《山右》本作"吴廉"。

〔一七〕"茷茷",《山右》本作"茂茂"。

肎齋詩集卷二

五言律詩

春圃五兄惠盆梅賦謝 以下二首在丁酉戊戌間

老屋黯無色，江梅入座春。偶然香欲動，漸有蝶相親。酒槳肩來久，花欄曠未循。挑鐙青鏡裏，起舞尚能神。

立春日送硯屏小銅罏與念慈賢姪

硯小屏風短，罏温木火紅。未能訕夏屋，聊以助冬烘。驥子詩情鋭，虎兒才力雄。可憐飛動意，垂老媿黃童。

通州道中喜逢俞理初孝廉 以下二首戊戌

老作諸侯客，箸書難療貧。感君垂素髮，令我倦黃塵。身世扁舟隘，江皋夜雨新。喜逢兼惜別，蛟鼉尚橫津。

十一月淮安試院雨

淮雨連江暗，霜風萬木枯。竹疏雲氣沍，燈定凍痕蘇。瑟縮繁鄉夢，艱難媿壯圖。卻愁中瀆水，寒殢射陽湖。

苗先路同年《寒鐙訂韻圖》 以下二首失年月

不是挈經熟，誰知正始音。四聲排沈約，十部法亭林。俗說迷通轉，精思縱繹尋。沮倉如可作，應鑒夜鐙心。

和張曉山舍人夢中得句元韻

可能塵境外，別自覓仙鄉。館有夫容瑞，庭餘文字香。野雲無意合，池水自然方。相識應嫌晚，從遊漫褰裳。

攝山棲霞寺 以下二首戊戌

夙有棲霞夢，今來興不孤。一窠濃翠涌，五粒稊松敷。江色牽能遠，秋情寫未蘇。風華總持筆，寺有北宋摹刻陳江令碑。遒婉上元書。唐上元三年高宗御撰明徵君碑，高正臣書。借徑僧諧俗，尋苗鳥集枯。山多奇艸可佐藥資，攝生山得名以此。無因證初地，且復事東趨。

題宋劉右宗十八尊者卷，得晨字

此卷春圃侍郎得之於壽陽崇福寺僧，卷末題云："余宣和避亂，流落江左，無聊信步，遂詣沿江尋幽。偶住白雲寺，與高僧談佛法甚久，喜而繪此十八尊者，以謝車轄。院待詔劉右宗識。"右宗爵里無考，惟鄧椿《畫繼》屋木舟車門所載劉宗古，其蹤蹟畫法，與此脗合。而名則誤倒，且訛右爲古。李申耆先生又云：江陰縣西青山，其東南兩峰間有白雲菴，志稱宋時建。與畫中所題沿江尋幽、偶住白雲寺者合。當係侍郎伯祖北溪先生宰江陰時，得此於緇流，歸而佈施於崇福寺者。趙璧既歸，而侍郎節院又適在北溪所治之區，亦奇緣也。戊戌十二月侍郎出此卷，置酒屬客題之。

支提荒艸沒，佛笑久逾新。江外濤千疊，花邊襉半皴。滄桑餘涕淚，貝牒悟根因。象力珠函秘，花光寶鏡春。風煙幾消蝕，頭鬢尚精神。畫學徽皇粹，徽宗崇寧二年立畫學，考畫之等，以筆韻高簡爲上。右宗供奉祐陵，當在此時。桐鄉舊吏循，衿賢時澤沛，觴客夜燈親。訂拍唐摩詰，多文魯史晨。偶然傳破壁，終定合延津。實體工非易，顧亭林語。憑君什襲珍。

無賴南征，柔牽北邁，感懷述德，凡五百言，留別春圃侍郎、幼章太史己亥

旅食知何底，颺流齒髮昏。退飛隨社燕，蹢躅冒歸豚。河沛南來浩，江淮東去渾。津柎綽電轉，節仗沛雲屯。材力秋荼悴，羈棲夏屋尊。低心研故紙，恃直瀝狂言。終信金能斷，全忘玉有瑕。花留吳苑好，醴喜楚筵溫。賦分甘荒野，承家愧德門。聲施仍艾獵，骨相奈虞翻。芸蝕書千袠，塵餬繡幾番。李姚誠克子，王謝定賢孫。江霧迷英蕩，庭霜折樹萱。雞斯餘弱息，雌伏竟偷存。淚漬英公竁，哀深仲氏塤。那無商瞿望，并斷阮修婚。魚釜虛晨爨，鶤裘付夕飧。淒涼對邱嫂，黽勉荷諸昆。病馬悲虞坂，荒雞悵曉暾。功名慳半芋，通塞付重閽。衮衮諸公貴，茫茫下士奔。學知荒魯淹，徑敢借文園。客久餐錢耗，情深舊譜惇。譽爭馳豹鼠，談屢墮昆侖。僅博侏儒飽，難諧世俗論。殘經護縣墜，漏屋酌釵痕。木雁憑相擇，梟鷺自在罿。時聞次室嘯，天笑杞人捫。星本元柯朗，胸猶夢澤吞。士羞三戰怯，餽訝十饔繁。舉火重相待，梯雲豈冀援。瞻依寒露久，噓拂曉風暄。鼎貴榮桑梓，旂賢任輕軒。龍衡驚入洛，草澤謝窺藩。近市悲擠井，排紛念束縕。長懷叔子惠，圖報季心恩。結習餘嘲謔[一]，批誠息詐諼。易奇持戟朔，善隱絕纓髡。洞牖搜新[二]奧，榛蕪剗舊樊。應緣騰口說，早合慎兜鞬。高木無凡鳥，坳堂起巨鯤。何曾譴楊政，況肯負劉琨。良訊輝文綺，端居襲芷蓀。從來似卬峐，何止眷鶉鶋。多士兢鸞鷟，老成倈虎賁。不憂[三]皮相拙，稍慰大車啍。負矢虛前導，憑船昧故邨。朐山尋去絡，漣水究真源。鸚賦攄長策，驪歌暨短轅。異時京國會，盼注酒盈罇。

失題失年月

凍閣雲陰迥，天橫練影[四]拖。庭空飛雪舞，窗靜曉寒多。狂喜忙開户，頻窺漸没渦。池坳微欲凸，橋腹已如皤。仄徑纔通埽，遥山竟失峨。鏗聲東郭履，險韻北臺歌。粟貴開金穴，民貧媿索紽。經儲籌積貯，至計久嫶姌。念切秋林蹇，難將夏屋羅。一時迷射的，萬畞頌宜禾。天意須中酒，吾生嘆逝波。杯深浮灩灔，壼缺雜吟哦。奏記才猶短，登堂禮不苛。新書商賈誼，古義訂祁它。斟酌情初洽，荒寒日易矬。亂花紛澥溰，峻嶺疊蓬婆。僵卧袁安宅，從游枚叔科。空林散棲雀，暮鼓咽鳴鼉。屋小宜烹茗，宵深感荷戈。欣馳置吏奏，三白兆時和。

七言律詩

題胡褐公《金陵勝蹟》畫册丁酉

褐公名玉昆，字元潤，上元人。周櫟園最愛其畫册。后有方雪瓢先生跋云：余邑怡翁周先生負高才，多怪少可，著有《荒蘚園尪[五]》。晚歲游金陵，師事田閒先生，與褐公望衡而居，晨夕過從，得褐公畫最多。此册二十四景[六]，皆先生游屐所至。有詩，有記，載《荒蘚園橐》中云云。册今歸條山農部，因何子貞同年屬題。

勝蹟模糊見六朝，吟身畫筆總無聊。鶯飛不度長千塔，龍去空餘白下潮。荒蘚園深杯酒熟，田間生老墨痕銷。事具雪瓢先生跋中。雨窗頓展南游眼，盼斷宣亭巨齒橋。

送尹實夫年丈觀察蜀中四首以下五首在戊戌前

秋山點翠上行驂，北宦西來路舊經。騰有鬢霜驚隴吏，喜饒詩艷媵家丞。經傳石室漢高朕，渠鑿離堆秦李冰。惠績佇通鸞鶴奏，飛銜褒詔下觚稜。

關右循聲簡帝心，仰勞溫語到園林。割將寸寸滇池色，悔聽飛飛杜宇吟。難秘老材崇國枏，重縈服繡潤華簪。阿珍況是同清宦，敢憚關河載駪駪。

蜀山萬點鬱青蒼，蜀水交流媵遠檣。萬里關河迓循吏，百年家世重南荒。文高治績今猶見，珍貢聲名老益彰。爲報使星今更耀，府中李郜漫推詳。

循問曾叨聖主諮，心存許國敢言疲。傳經文度同清宦，問字小同常下帷。從古籛雲須老驥，至今壓水賴秦犀。臨歧爲作殷勤送，寄我華陽載道碑。

讀錢南園侍御《文存賦》，憶何子貞同年曾許以侍御真墨相惠，久未踐諾，即寄此詩索之

白虎睢睢遏久閒[七]，當車罕[八]復見螳螂。孤根崛起西南徼，直筆難阿政事堂。傳有詔書襃汲黯，敢持正義責王祥。先生著《王祥論》，深責其不忠。平生方鯁留心畫，願乞來禽鐵數行。

獻縣紀文達公故里以下十三首戊戌

日華宮圮經神絕，紅杏園荒詩骨枯。天爲斯文留斷簡，地逢昭代起名儒。韜胸緯略排中壘，信手文章衍大蘇。日暮景成東望久，童童喬木繞雲敷。

舟次高郵，有懷賈惠人先生名亮采，故平定知州

塗出西州意愴然，文章政績定誰先。一鄉公望秦淮海，秦少游高

郵人。半世僧居賈閬仙。先生未四十喪偶，遂不再娶。直吏朱雲容亦肯，瀛少泥非公不至之義，未嘗執贄門下也。欲官徐幹更無緣。幹嘗除上艾長，以疾不行。見《魏書》注引《先賢行狀》。環城四壁黏天水，即用淮海詩。點鬼詩成泣涕漣。

送蓮西大兄歸里，用春圃侍郎《登君山送別》元韵

鄉園日日祝刀環，三寸黃塵觀客顏。温酒共憑臨水榭，携筇獨上瞰江山。君山本名瞰江山。邊鴻有信申芳契，野鶴無心問大還。我本情懷牢落甚，不堪鳥語聽關關。

病起書懷，時蓮西俶裝裹發，即以奉柬

莫笑使君如瓠壺，半生浪迹水中鳧。春風步障人難覓，夜雨江皋夢易孤。酒爲尊空屢求益，言因伎慘不能無。用《史記·刺客傳》語，顏黃門曾辨之。羨君早決西歸計，一棹扁舟出五湖。

如皋舟中

海氣連天不可扃，深宵涼雨夢吳舲。蘆花爭我頭先白，山氣濕人衣更青。南雁叫羣沈遠浦，北人回首向長亭。客懷無賴渾如醉，漫罄沙頭雙玉瓶。

送趙君心園歸壽陽，用春圃五兄韵二首 時心園遭兄喪，議葬事，故次章及之

橐筆拚爲王粲游，南來洗眼大江流。還家有夢牽鄉樹，歸計無端阻石尤。久議歸，以主人事愆期月餘。莫共老聃同坐井，早從大馬得捶鈎。寒濤百尺浮秋艇，狎浪紛紛笑海鷗。

山園風物近何如，萬竈炊煙逼歲除。卑耳塗應循老馬，秋風

起不爲鱸魚。艱難閱盡羞爲客,骨肉恩深且讀書。灑到題令原上淚,墓田寒食艸新鉏。先仲兄歿八年,余於昨冬始襄葬事,有愧心園多矣。

徐州試院寄懷,次叔穎《校射》韻二

容易銷磨客子春,青袍深飐陌頭塵。曾經河沛江淮路,拼作東西南北人。詩卷閒抛丁野鶴,聲名敢抗李于鱗。何如射雉郊原外,博得將軍一笑新。

背城餘燼信危哉,事去空爲南宋哀。謀國驚聞良士盡,奮椎新見大儒來。主非烏喙申胥憤,羣有龍媒伯樂猜。一衄符離竟殘局,始知絳灌亦雄才。

除夕雨二首

連宵寒雨莽江潯,燈火家家夜漏沈。心氣漸同秋鶴悴,行歌孄復候蟲吟。解難強索盤中曲,彈不成聲壁上琴。卻莫浪言歸去樂,崢嶸歲事緩相侵。

犖落江南老客星,那堪別怨倚空舲。春風吹鬢花如夢,江月陵寒雨易成。天上閧傳司命醉,人間賸有屈原醒。年年好語渾難信,又聽朝來賀歲聲。

題蔡小石《冶春》第二圖二首 一名《填詞圖》,湯雨生畫

鶯夢初回緣樹枝,魚心晴展碧琉璃。曉風林外花千片,夜雨樓頭酒一卮。春去何關才子事,情多合撰女兒詞。虧君不管人腸斷,寫到韶光爛漫時。

湯生畫筆濃如染,蔡子詩心妙若花。未免多情衆香國,那能無恨列仙家。圖中可許添春水,人世應難隸少霞。只有階前雙白鶴,不將幽怨到雲鴉。

和東萊侯瘦鶴《留別》元韻，辛丑九月十四日

谷口今誰識子真，麗裘難燠歲寒身。學從漢後多傷巧，思到窮時轉自神。絕筆何緣窺妙墨，東萊山中多北魏石刻。杜陵無奈作詩人。爲君滿載雲亭酒，蕩滌東歸衣上塵。

壬寅春二月，薇卿六兄以事至都，不數日遽歸。賦此奉餞，竊附淵路贈言之義云爾

覆雨翻雲世態忙，承顏斑綵樂渠央。東風容易成新綠，南雪艱難發古香。聞南中積雪凝寒，正月末梅花尚未開也。萬里應遭學鳩笑，百金爭鶩不龜方。歸途若遇纓緌客，莫漫攄懷解佩璫。

和鄭朗如《大理梅花》元韻六首失年月

骨格從君更細論，試凌深雪到前邨。詩心鄭重酬金谷，酒客尋常倒玉尊。賸有幽香浮老樹，也饒春色[九]在衡門。更誰寫得橫斜影，幸是宵來月有恩。用真山民詩語。

二月春風桃李濃，那知冰雪鬱三冬。人從開後頻[一〇]相覓，花到寒天別有容。入鏡自能成淺暈，和煙無語認孤蹤。不辭爲汝千回醉，流水疏籬到處逢。

枝頭偶爾逗春光，玉女應羞時世妝。未必鼎中皆有實，果然天下更無香。翻用張宛邱詩意。任教別種標檀槃，誰信吳儂是木腸。隨分作花隨分落，可憐歲月去堂堂。

春光縱好未須爭，世外蕭然氣自英。漢苑徒聞誇紫蒂，見《西京雜記》。孤山何暇問蒼生。銅瓶歃徧香還瘦，玉管吹殘酒易傾。冷絕翻愁時世賞，嫌他老鶴尚多情。

最憐西北苦寒天，遲向花前結酒緣。暖氣難回空谷律，凍雲欲泣上林煙。瓦盆供養偏宜火，紙帳溫馨鎮好眠。一例也歸燀涍

手，京師梅花亦唐花也。引人清夢到梅邊。

體襲芬芳夢不空，由來氣韻本相通。幹經百淬精神瘦，雪滿千枝翦刻工。蜂蝶任來花謝後，琴尊宜趁月明中。料應只有楊公濟，解聽仙人佩玉瓏。

五言絕句

蔡小石行看子二首 戊戌

酒熟鸚三請，春深鶯一鳴。萬花飛舞處，回首石頭城。
虎踞龍盤地，詞人俠氣多。不愁無艇子，欄外奈煙波。

七言絕句

題吳荷屋中丞《石夢詩畫册》，即用元韻二首 丁酉

石畫因緣訂米家，霞標高處記停車。先生方以《度仙霞嶺圖》屬題。人閒自有丹山格，一夢蒸成面面砂。

詩人風兒認家家，愧我頻追載酒車。寄取湖州蘇長史，可真礫石變靈砂。蘇子美題《石月屏圖》有句云："彤霞礫石變靈砂"。

宿遷道中三首 戊戌

橫岡宛宛樹青青，煙翠浮空儼畫屏。滿眼雲嵐遮不住，夕陽林外御詩亭。永濟橋北里許，有純廟御詩碑亭。

小雨霏微野更青，湖田界出畝從橫。鹺耕健婦仍簑笠，喜直

朝晴又晚晴。湖田以微旱獲稔。

赤沙青艸冬方涸，絡馬湖頭夏不波。夜靜似聞蚣蝑語，秋來慣聽采珠歌。

題陳淮生戶部《金門宦隱圖》二首辛丑四月十九日

借得鄰家樹一株，隔牆分碧蔭吾廬。閉門不放紅塵入，何事靈均更卜居。

羨君小占園林勝，靜掩雙扉竹數竿。料得清貧有真味，雨餘新筍亦登盤。

題鄒雅存先德《天空息鶴》遺照以下八首失年月

處士風流餘水石，胎禽意態本雲霄。一從鷟得新鸘後，不復霜天炫羽毛。

曾攬芝田養秀圖，鶴雛喜又鸑新雛。高尋天步平常事，莫忘梅花繞舊廬。

題牛師竹觀察《松陰課子圖》四首代祝蘅畦閣學作

篝屋一區足吟嘯，藏書萬卷手鉛黃。君家學脈吾能說，湧碧高樓校禮堂。湧碧樓見見文正師詩注，牛氏之世業也。次原學術得于凌仲子先生者多。今《校禮堂集》猶載與次原書數通。

比鄰尚記城南日，雅奏塤篪共往還。某幼侍先君官京師，憑屋與師竹先生近。次原又與先兄同年，來往最密，故得早相識也。豈但里仁猶總角，鳳宸仙吏亦朱顏。隋牛宏字里仁。

乾嘉老輩風流盡，圖中多老輩題詠。游宦中年閱歷多。相對寒燈話疇昔，居然兩叟鬢絲皤。

拂雲早又鬱孫枝，師竹先生長孫伯玉。三見薇欄爛漫時。記取老松風骨健，長留清蔭護門楣。

失題二首

　　大江東去濤聲壯，長笛高樓壓晚秋。爲有洞蛟潛出聽，夜深虹氣貫槎頭。

　　昨來携得氄纓客，鈴語分明替戾岡。何事山僧難撒手，也將幽怨譜伊涼。

　　　　敬案：以上二卷起丁酉訖壬寅作，舊稿散亂。今分體約略編次。後二卷起癸卯訖己酉作，原稿依年月編次，今不復分體。

壽陽祁世長校字〔一一〕

校勘記

〔一〕"諕"，《山右》本作"諕"。

〔二〕"新"，《山右》本作"契"。

〔三〕"憂"，《山右》本作"戛"。

〔四〕"影"，《山右》本作"彭"。

〔五〕"尪"，《山右》本作"橐"。

〔六〕"此册二十四景"，《山右》本作"此册十四景"。

〔七〕"閶"，《山右》本作"闇"。

〔八〕"罕"，《山右》本作"罕"。

〔九〕"春色"，《山右》本作"香色"。

〔一〇〕"頻"，《山右》本作"騰"。

〔一一〕"卷二"後，《山右》本有一"終"字，無下面"壽陽祁世長校字"七字。

舟齋詩集卷三

題呂堯仙編修《古塼文拓本》癸卯七月初四日

慕古情日頵，俗尚皆失職。異文訂斷碣，細款辦寶鬲。金石徧氍蠟，幽尋到瓦甓。盤州箸錄來，世益勤翠墨。浙馮聚稱夥，_{嘉興馮登府有《浙江塼錄》四卷。}皖吳工摹勒。_{桐城吳廷康。}軮令六書學，漢後哆獨得。兀抱尚友懷，官奴郡齋寂。_{堯仙塼文多從其先德官寧波太守時得之。}寤夢有默契，攄拾昧柸棘。鹿山游屐折，庚定宮壖阞。託始漢五鳳，紀年鈞魯國。隸體漸解散，點畫初側趯。永和八法具，裸敘證無忒。_{內凡曾永和三、六、七、八、九年專五，又一專有王氏字，阮相國疑即右軍同族。}晉宋好書手，一堂快良覿。劉蕭四姓嬗，隋唐千祀歷。筆法閱流變，淳絳爽共則。古人慎作事，微物有必勑。肯付俗工匠，戈磔莽陵轢。慕古不知古，雖多亦何益。懿哉呂太史，苔蘚親濯剔。芒肖燕尾差，量留土花蝕。壓周嚴昔制，燒塼詳近式。_{堯仙引《檀弓》之墍周，《嚴氏家訓》之燒塼，證古者葬必用塼，極精覈。}二百五十羨，_{著錄者凡二百五十三專。}餘思猶橫溢。一壁遠相媵，矜重逾宏璧。遺余最初本，欣賞兩朋錫。劉覽拓塼圖，棐几來古色。壽春廉墓文，_{李申耆先生得廉頗墓塼於壽州。}河間君子德。_{苗先生得河間獻王君子館塼。}側聞稍稍出，擴我隘古識。鬼神隱呵護，虛空過辟歷。

述懷感舊六十韻，爲老友安丘王毋山先生壽 七月初七日

總卯出見客，談論儼成人。詞館舊名輩，賞我氣不馴。會稽舅氏行，_{莫寶齋先生。}宏識鏡人倫。講德扶根奧，聽倦客欠伸。幼眇欣有會，請辨恒斷斷。賞我具夙慧，汝器天廟珍。九載困鄉井，凶喪丁一身。_{穆自癸未夏侍母西歸，奉諱家居。庚寅仲兄歿，壬辰正月始復入都。}囊穎時一露，激歎不逡巡。斯時意氣闊，章句未肯循。高心躡姬

似，世儒陋轅申。新安亦父行，程春海侍郎。厓岸頗嶙峋。賞我文錦爛，妙誇女手鶉。侍郎贈詩有云："詎知鶉分手，文錦薦美珏"。俞君黟大儒，精博蘭陵荀。客邸一解后，過從輒頻頻。跟踵偶別異，相訪荒江濱。己亥春理初訪我于江陰。許君起日照，家法洨長遵。視我十年長，蠻巨兩相因。此外尚二三，交際亦云醇。最後得安丘，投分俞許均。安丘與俞許，誼亦綵季親。祝犂大淵獻，我薈文字[一]屯。俞君在南服，馳書來相詢。許君屬目擊，奔懇詞激辛。安丘搤老掔，敢憤不敢嗔。不傷斯文玷，所傷原憲貧。意異情則同，氣類吾輩真。俞君倏云亡，白門送歸艣。庚子夏理初卒于金陵惜陰書舍。許君迫飢驅，沛上皋比新。年來印林掌教濟寧漁山書院。閉門輦轂下，秋鴻弗我賓。安丘時示過，閒隔無兼旬。自言賦性狷，未能涇渭泯。老年結新懽，相杖如戈茾。再拜銘君既，敢復判畦畛。惟君六書學，析理猶析薪。桂氏達神恉，多岐非通津。段嚴稍識例，大路仍芥蓁。契悟所開豁，逡慎未敢臣。學山學夫岱，導江導自岷。築室始平地，樓觀俄連闉。粤欘根大木，寸鉄蒙百鈞。說解十四卷，研尋三十春。未及俞[二]之大，已兼許之純。小學貫羣籍，顛極君實臻。所嗟海氣惡，堰塞橫巨鱗。異芒出天苑，大河浩無垠。雕瓶罹創痏，羽檄馳紛綸。自乏鉛刀用，徒爲懷葛民。尤愍鄭公德，威望壓黃巾。君年今六十，盛德日闡闉。端居殫箸述，夕惕總若夤。行復將作吏，小試膏雨郁。疾惡勿太甚，摘伏斯若神。因其渾渾樸，達吾勉勉仁。無以字斷法，雅訓心所紉。索居縱可歎，高詣足陶甄。禦龍古有劉，相馬今無猷。久分填溝壑，亦寶戒風塵。儻得綴殘斷，儒理還份份。以此從君後，庶無愧薦紳。祝君勵偉績，老節森霜筠。即以君名爲祝也。

題程震北葆。《秋燈課子圖》甲辰五月初六日夏至

新安侍郎今詞宗，巨筆盪摩排閶風。三世交情海內鮮，我昔

謁公方成童。童癡[三]未解讀書味，辜負慈母宵丸熊。長大歸來重相見，公時屬艸蓬萊宮。爲言曲江新年少，有叔英英尤文雄。俗眼知羨成名早，孤兒樹立非艸艸。太君詩體舊嫺熟，燈昏月落心情槁。江上洲荒艸堂静，書城學海恣尋討。鳴鳳輝輝五色華，捷書馳報江之涯。囘念寒機短檠側，書聲驚夢回鄰家。鄰家少姬今始娼，哆向里巷羣兒誇。我存此語在衷曲，轉益傷心鮮民酷。龍蛇歲運期再周，華屋山丘枉根觸。幾回痛哭黄壚掩，書簡飈零愁嗣續。侍郎歿未幾，子儀孝廉繼亡，遺孤甫四齡，悴弱可念。昔公賞我才縱橫，流轉十年百患更。長安閉門秋意晚，涼雨瀟瀟開決明。打門忽報高軒過，慰我生平鷗鷺盟。開圖極覽覽未畢，上有侍郎陵雲筆。作詩紀實詩猶話，證以昔聞詞如一。固知我公不妄語，益歎太君賢無匹。有子才如蘇長公，請爲剡銘奠幽室。

題廬陵王氏兩世孝録

曾閔風雲邈，祥覽亦不作。孝弟根性始，俗何日偷薄。猜防起骨肉，庭堂區徑墼。廬陵有義門，琅琊開閎拓。五世以孝聞，兩代蒙楔綽。父躬薛包義，子罄老萊樂。父申籲天謂，子馴摯獸惡。父邀白烏異，奇祥昊穹格。子廬丙舍旁，春回杖桐活。更有珍泉涌，峯曲便尌酌。宵人感至誨，變行奉束約。推孝及弟昆，韡韡燦華鄂。推孝及姻黨，殷殷敏酬酢。推孝及鄉閭，烝烝化先覺。孝德洽神明，感通逾烝礿。闇修報更奢，如稽秋則穫。敬惟年丈人，霞九先生。循聲蔚琴鶴。纏腰足艾綬，贈章何纍若。假歸繞墓樹，懽忻動鵲雀。世德庸有俟，似續隆構廈。我讀旌孝録，請爲陳其略。并以詔世俗，古人重天爵。

爲朝鮮貢使李藫船尚迪。**題其師金秋史**正喜。**所畫《歲寒圖》，即奉簡秋史。秋史慕中朝儀徵相公之學，故別署阮堂云**乙巳正月二十五日

昔從徐孺子，獲聞阮堂名。畸士來樂浪，秘笈耀東瀛。前編補玉鑑，盛業恢松庭。朱氏《算學啓蒙》中國久軼，阮堂於其國得之。戊戌春來京以贈徐均卿觀察。阮堂所慕阮，見之喜且驚。趣付剞劂氏，及門校筭精。原袟珍弄處，選樓峙高甍。儀征相公得朱氏書，屬羅君次球校算付梓，原本貯文選樓。老阮屋其下，箸述老愈成。矻勤古衛武，舊訓搜遺經。新箸《詩書古訓》成。一函遠相貺，俗耳乍磬鏗。端蒙初客首，觽客拓軒楹。家仲遠大令。阮堂高弟子，納琛達神京。知我阮堂舊，袖圖出冬榮。嗟此後凋節，遐隔一水盈。敬以老阮書，用慰阮堂情。亭林顧氏譜，新梓快合并。穆以《詩書古訓》及《亭林年譜》寄阮堂。得意與失意，絜量鴻毛輕。區區汲鄭慨，圖意如此。仍然世慮攖。願同竈觚聽，金石劇歌聲。願彊儀征教，相業鬱崢嶸。

追和趙蘭友觀察《歸田留別同官》元韻十首二月初六日

一飧一宿見因緣，仕宦相羊況有年。封罋海陬良偶爾，有《測海圖》。放言巖下自超然。

摩挲章綬意徐徐，病鶴人猶歎不如。官過邴生六百石，裝餘惠子五車書。

盛游定復憶承明，雅好難忘書畫評。自有煙霞生老腕，能無感慨入詩情。

澗芷江蘺采摘頻，刮摩蕭艾不逡巡。偏從文字申殊契，拔識江南第一人。分校南闈得潘生鍾。

學術恢奇謝奉尋，獨留悃幅在人心。可須今代皆工畫，爲寫垂街桃李陰。

落落襟懷不繫留，載將美酒滿歸舟。江神慣被坡仙謾，爲問歸田得計不。

秋春科目喜聯緜，鄉、會試皆與先君同年。接侍琴尊亦舊緣。濟世深慙成瓠落，從公敢復效觚圓。

繞階嘉樹拂闌干，玉友金昆屬二難。供具餘財疏仲減，瀕荒老屋杜陵寒。

故里歸來信快哉，卅年風物互驚猜。珣琪許逐安車返，暫歸省墓，夏初將復來京寓。月蚌先隨驛使來。許以奉天生蛤蜊見貽。

輪蹄纔得息馳奔，一室懽然骨肉恩。共羨家風追石奮，欣承寶閣闢公孫。

平津侯鏡歌，爲呂西邨世宜作 三月二十七日

西邨，同安人，穆曾見之。陳頌南侍御坐上鏡，以建初尺度之，徑七寸九分，厚二分有半，唇倍之。重今權二十八兩九銖强。青龍紐，鐵環貫之。紐上有方印繆篆，不可識。紐下一凹圓如月而有光。右側書"大漢平津侯"五字，左側書"元朔五年造"五字。文雜分篆，公孫菑川故物也。班書《外戚恩澤侯表》載，宏封侯在元朔三年乙丑，鏡鑄於其後二年，乃武帝即位之十七年，即宏請爲博士置弟子員之年。距今道光二十五年乙巳，凡千九百七十六年矣。

一春苦旱天無霆，小齋燠坐如枯螢。忽然圓月來吾庭，蕩滌塵猥生光熒。二千年前古鏡靈，八閩波浪顛滄溟。蛟龍疑怪溯空舲，慰我幽獨開其扃。中天三五輝晶瑩，鉛斑上浮水一泓。往來散亂成風萍，鐵環貫中制作精。紀爵紀年質不銘，丞相頭髮繁霜星。太常再詣暮齒零，一朝位業躋青冥。吏事緣飾尋遺經，辯雄

貌麗神亭亭。獨以慎厚回天聽，偉哉東閣鳳舒翎。羣賢謨議風雲生，博士弟子招以旌。古人拜恩模鼎銅，高詞大義文丁寧。丞相儉節天下名，莊鐫鏡背不娉婷。文成十言足儀型，可憐蔡慶何平平。汲公史公訾過情，西邨呂生奮泉汀。淪飫漢宋無畦町，餘事藻雅析豹鋌。行年六十箸述成，甄金訂石意態惺。寶此如璧如龜苓，所至有神護輜軿。博稽故實水寫瓶，西漢文字發幽馨。孰分孰篆辨渭涇，元壽永康空汀濚。我初遇生御史廳，骨相清臞言近誠。側聞箸書初殺青，閩士契愛融心形。亦猶齊人推臣宏，我歌何啻鐘撞莛。得健乍似御風泠，關門待雨傾藏醽，祝生壹德老復丁。《博古圖》所載古鑑無紀年者。翁氏《兩漢金石志》收漢鑑有年號者二：一爲哀帝元壽元年，一爲桓帝永康元年，皆遠在此後。

有强以楊忠愍《雁蹟》屬題者，爲舉舊聞告之二首 五月五日

數過容城縣，裵回諫艸亭。斜行争座稿，細字度人經。筆挾風霜氣，貌瞻河岳靈。緣知忠正士，八法定然精。

舟泊焦山尾，尋幽試一登。禪房開錦袱，老筆宛枯藤。聲偶椒楊合，光還鼎鶴陵。卻觀贈獄吏，墨采未飛騰。

自題大理石畫 六月初四日

濤勢一掀山一重，巒頭吸動春濤雄。米家父子無此筆，萬點濃翠來橫空。

張仲遠大令屬題其姊婉紃。《肄書圖》

少讀儀徵書，惝識北碑派。魏齊尚根節，晉宋俄秭稗。中原戎馬際，刻作仍整邁。南帖例北碑，一拙一狡獪。此義喻者寡，世俗互疑怪。吾宗宛鄰甫，荷退坐吟廨。峨峨天柱峯，輝溢館陶

界。素業所獨到，儀徵有鍼芥。宛鄰之兄皋文先生，儀征高第弟子也。用筆猶用藥，一例具懸解。宛鄰精醫術，刻黃元御書行世。家學事仰鑽，大冶共鑪鞴。餘韻及閨閤，姊弟儼沉瀣。行年今四十，進德廓其隘。光青題字滿，搜拓足稱快。精手更氍氀，琳琅素壁掛。於此滌壽巵，曹班説情話。録録簪花者，慎勿納其拜。

古寺尋秋圖

廣寧門外天寧寺，元魏太和中所建光林寺也。隋仁壽中建塔，明宣德間改今名。寺僧以蓺菊爲業。

北朝遺寺存無幾，元魏光林近可尋。古塔況餘仁壽字，出郊何惜短長吟。寒花得酒秋增豔，老樹多風葉易深。愁我不工時世態，畫中翰卻菊盈簪。

送陳頌南給事還晉江五首丙午元日

晉江陳給事，結契稱最早。相期在儒業，餘事亦文藻。天瓢有輪灌，根實絶人表。君，陳恭甫編修入室弟子也。探喉極苯莃，沘筆潤窈窕。能以篛書才，開説使羣曉。好善矧若渴，微藝輒傾倒。初訪我旅館，周旋頗草草。戊戌春，頌南初訪我於太原會館，穆時將南遊，匆匆一談而別。江南載言旋，悰款久愈好。雁序遂弟昆，過從罷乎。簪裊。俄然大鵬翼，負聲帀蒼昊。盛名共奔走，寰海溢頌禱。名高譴應重，今事昔先瞭。歸田更何歉，儒業期永保。

何者爲儒業，將無事讀書。讀書君夙好，讕語庸愈乎。君居瀕鯨海，蠱國繁有徒。蜑艇簇南洋，物產爲空虛。司農仰屋欷，百畫靡一舒。重以衣冠儔，導民弄邪蘇。功令緣有格，金錢助之驅。丁此蜩螗會，豈不賴有儒。儒術自博愛，食貨非迂圖。

周觀前代事，今困儻可扶。給事磊落人，無但注蟲魚。候官再起用，總制關之右。朝命初下日，賀者額以手。給事奉嚴議，讒毀中彼婦。朝命同日下，惜者不容口。賀者與惜者，意寧區薄厚。或爲蒼生幸，或爲當道醜。八琅瑰傑多，林陳今稱首。行矣尚慎旃，候官更誰偶。

退之賦五楸，樂天懷二馬。賢達得喪間，未盡忘情者。給事家不豐，文字傾羣雅。況當埋輪後，隆隆盛名下。祇慮應之劬，不慮愛者寡。聘纁量所受，熱血慎所灑。好善貴擇人，金注不如瓦。晉公謝朝紳，溫國在洛社。何嘗忘箴諫，亦頗親壺斝。古人定勝今，退則耕於野。

媿無郭外田，足耦沮溺耕。又無面山屋，弆此書兩楹。浮沈京輦間，鬱鬱竟何營。耳目有聞睹，撫念總可驚。反復殘斷稿，塗抹無一成。祕籍富柱下，插架儗專城。在昔箸述例，不計身枯榮。職此人海中，飄轉隨風萍。風萍有聚會，君去無合并。曉起炙冷硯，元日謝軒纓。商量淵路贈，感慨有同聲。元日謝客，獨邀頌南小酌。穆賦此五章，伯厚贊善爲文以貺其歸。行矣尚慎旃，濯磨萬古名。

李寄雲恩慶。侍御《平谷山莊圖》

李君夙昔山情耽，空齋次第來煙嵐。君三寫此圖，合爲一卷。有田密邇在平谷，退耕謀縛黃茅庵。此意朝紳類相襲，曾幾酒樻山中擔。李君古直不欺飾，義之誓墓寧虛談。侍御祖墓在平谷。盤山三盤幽可探，山陰宛若江之南。繡壤豁開流泉甘，中盤北面雄關三。黃崖、將軍及居庸而三。泃河左合盤谷水，素湍頹波沿溪潭。語本酈亭。浸潤山陰成沃土，土宜稼穡桑宜蠶。定光塔頂游夢酣，自來峯接天蔚藍。游盤山者立中盤定光塔後，北望自來峯外，則平谷縣城如在几席也。何日致君堯舜上，軒眉無復憂心惔。長揖同輩抽朝簪，欣見驌馬來趁趨。有奴橘尤栗葛拙，侑以書策琴瑟鐔。卜居況近朴長老，静證不待内乘諳。我本無營適所適，溪山佳處常停驂。側聞盤山多奇石，虯松橫虬填谽谺。讓堂來以前丙午，手弆經目塞字函。程易疇以乾隆丙午游盤山，有遊記載《通藝録》中。會當從君一登眺，便與彌勒謀同龕。陽泉泉聲滿耳舍，欲圖恐遺遺山慙。穆家陽泉山莊，金棲雲道院也。元遺山嘗宿此，有詩。東方索米久憚煩，無田不歸誠哉貪。用東坡詩意。

顧南雅《畫梅》爲子貞題

作賦久無廣平手，醉墨偶留逋老花。不是胸饒孤直氣，酒懷何處發槎枒。

題叔穎尚書近作詩卷

乍展新詩卷，如聆古豔歌。行間餘感慨，空外鬱嵯峨。天意真難測，遐心喻豈多。中旗矜獨賞，深隱更如何。

朝鮮李景淑時善。王孫持蒻船書來謁，將歸索贈

多君夙契結煙霞，橐筆東浮使客槎。景淑爲副使趙君記室。楓岳壯游嬴夢好，見所作《夢惺齋銘序》。雲林勝覽愧倪家。君耆古如飢渴，愧余不足償其願也。愁聽鯨海成連曲，謂君師秋史先生，時謫居海島。喜述龍荒可汗牙。余方纂《蒙古遊牧記》。一事定輸歸去樂，飽看烏石早梅花。"昨夜夢尋烏石路，山前山后早梅花。"朝鮮詩人金叔度句也，見《池北偶談》。

王蓬心山水，爲子貞同年題，即用卷中汪韓門陸筱飲韻

何君論書尚北派，酌波三魏遺二王。何君論畫絶畦畛，不因工拙衡短長。長縑巨軸雜沓購，拔其尤者吳綾裝。蓬樵畫筆橫沅湘，子貞云："蓬心作畫多是沅湘間景。"脱屣家法陵癡黃。蓬心，麓臺曾孫也。此卷自題："仿黃子久筆意"。峯回溪轉意結蓊，開拓邨容聯圃場。憶從何君初弆藏，於今聲價爲之昂。子貞酷喜蓬心畫，見即收之，於是廠市畫價爲之頓增。空齋屋漏雨腳亂，遠山牖外迷青蒼。卻開此卷卧相對，畫

意層邃雲混茫。想見蓬樵初落墨，閉閣凝立孤鳳皇。其山可隱流可汲，定有異友來子桑。今我胡爲瞻四方，不退不遂心徬徨。欲謀一醉苦塗淖，欄聲放悲淋糟牀。

方正學《仁虎圖》閏五月二十三日

圖額題云：洪武十三年七月，台州山中人晨起，見有虎立于山之陽，良久不動，狀頗和易。虎旋從山下徐步緩走，甚有舉止。尋入市，市之人咸來觀，都不畏避，久之乃去。是歲郡大穰，人相賀。謂仁虎之出，有秋之徵也。寧海方先生希直爲傳其形。明年辛酉三月，監察御史劉君孟藻持圖示余，因述其事。秦府引禮舍人崇德程本立奉題八分書。本立《明史》有傳，死于建文難。

至德能令爪牙馴，異祥詩詠騶虞仁。有明洪武歲庚申，門震奉天殿謹身。是時鈎黨獄方急，是年春誅胡惟庸。異哉化乃符雎麟。台州山中衆逐虎，虎若不睹來逡巡。繞市三市殊近人，不威不怒藹可親。自浙以西歲大熟，仁虎之來容有因。寧海方子二十四，云拈采筆寫其真。持圖示人劉御史，紀實詔後程儀賓。我思孟藻實前死，孟藻，劉誠意之長子璉也，傳稱其洪武十年授考功監丞，試監察御史，出爲江西參政。太祖常欲大用之，爲惟庸黨所脅，墮井死。按惟庸之誅在十三年春，劉孟藻之卒當更在此前，焉有至十四年尚存之理？即存亦不得官監察御史，此事之顯然易見者。金華初謫茂江濱。是年朱文憲坐其孫慎黨胡惟庸罪貶茂州。方子從學稱最久，曾否負笈隨車塵。此日寫虎虎有神，異日當陛批逆鱗。方子本是人中虎，以虎貌虎厥德鈞。吁嗟乎，以虎貌虎厥德鈞，何必手寫狀嶙峋。

李寄雲摹黃鶴山樵《聽雨樓圖》

此圖藏南海吳荷屋中丞家，丁酉人日，程春海丈招游龍樹寺。中丞出此圖共觀，穆幸獲寓目。今讀寄雲摹本。放悲僧寮雪霽，據案披圖欣賞時也。

字勒筠清館，圖傳黃鶴樵。春宵雪娓娓，用程丈序語。記聽雨瀟瀟。南海歸裝渺，西臺畫筆超。神思偶相契，不復事規描。

孔繡山憲彝。《青天騎白龍圖》丁未三月

最難鬱有監門策，灑涕排雲訴九閽。一夕甘霖平地尺，秋來禾黍看登場。時望雨正殷，關陝以西、大河南北旱尤甚。

繡山室人朱葆瑛虹舫侍郎之女。臨曹全碑

名箋親擘小蓮室，夫人作書，自製小蓮花室清課箋。好夢難尋對岳樓。繡山詩名《對岳樓艸》。到處碑材堪刻畫，數行眉墨足千秋。

至人行奉訓魏象伊先生即次《怪石行》原韻

勇傲賁育舒其拳，齒傲佺鏗鋪其年。擾擾世俗苦多安，至人一笑完吾天。和光不飲盜跖泉，好樂不踐歌舞筵。不材見棄材見戩，木雁之間謀兩全。木雁之間無兩全，堅肥沒世劇可憐。會須踔厲太虛表，棲形宇外安不騫。食雲茹露有決擇，況騰捷步神山巔。至人之天何獨完，肯將精力隨風煙。儻然游興可再鼓，海濤一曲煩成連。

讀《元秘書志》箋書贈何願船比部四首時願船爲余校是書甚覈

斷硯零書購裕皇，真容不廢賈平章。江南木匣加嚴飾，一一標題付子昂。

卜日奇書習呂才，司天生併取回回。孩兒那箇如孔子，有詔新除待制來。

元家疆域古來無，統志書成亦煥乎。最是洪荒西北地，曾經

奏取各城圖。

畫工雜進唐文質，裱匠添差焦慶安。喜有箸書船載到，秀才風味不嫌蠻。

丙午夏，頌南將歸，潘公子季玉集同人餞之右安門外誠氏園。穆以小恙不至。頌南詩先成，一時和者甚衆。季玉因續圖以永其事。越一年，偶見此圖，不勝懷人之感，乃次而和之

帝京南郭外，鬱鬱誠氏園。公子脫塵鞅，於焉餞篋飧。一舸引深綠，萬荷映旭暾。意遨賓客良，未恤車馬繁。交際泯屆屐，禮數謝遮蕃。咄哉名御史，言歸海上村。微波吹垢力，誰能使之軒。王貢行異轍，淵路可無言。更秣櫪馬笯，勉聽池黽喧。紛綸雜經義，隸古判瓜瓣。踐子抱薄痾，偃蹇不勝尊。多君戢盎豫，獨我囊括坤。深涕灑唐衢，夙抱閟徐原。天南時極目，想見古處惇。潭懷抱閩勃，庸復睇鯢桓。

題張受之辛。《空齋晝静圖》，用東坡墨妙亭詩韻，同子貞太史

受之工刻石，叔未解元之從子也。頃松筠庵僧聘刻《楊忠愍公諫草》來京師。受之介子貞以圖索題，且鐫兩印爲摯。圖前儀徵太傅爲篆"芝鶴"二字，蓋以伏靈芝黄仙鶴相況云。

嵩鸞交訌明永陵，仲芳太常諫疏騰。疏詞蹇直揭日星，彼猶狐鼠公鸇鷹。稿草流轉三百載，薄楮淡墨摸有稜。我昔徘徊諫草亭，初鐫半疏如鏤冰。精誠有注金石破，況斯二疏神實憑。吾宗鐵筆拔西浙，奏刀不恤人疑憎。以意運腕才運法，刻石何異揮縑繒。手眼既到力必銳，知岱華高斯能登。名僧遮要此下榻，松筠客寮快得朋。偶出餘力刻畫我，肯效鄭燮規青藤。學人萬端皆有

法，藝無巨細爭傳燈。叔翁古學吾所拜，太傅名論吾服膺。

伯韓侍御將歸桂林，出其尊人韞山大令詩墨屬和，即以賦別

東山定是勝西涯，此去應爲賦白華。辦賊狐臣今有廟，<small>癸酉滑縣之變，大令守浚城有功，民立廟祀之。</small>建言嬌子久無家。<small>詩結句"我有哀師嬌養慣"，謂伯韓兄弟也。</small>大雲弆研天疑雨[四]，好句生香春在花。又値中州荒殣日，喟無良吏問桑麻。

九日送朱伯韓侍御歸里

今代三直臣，吾皆得而友。聲光有顯晦，致君靡薄厚。道義美扶將，情好相人偶。擅擅冰雪懷，歲暮期永守。何圖三稔間，相繼釋龜紐。高要以憂去，抗志林壑久。笑看出山泉，瀡瀡研巖口。<small>廑堂釋服期年矣，尚無出山之意。</small>晉江以毀去，園蔬摘薗苟。倒屣彦[五]方來，豪强乍斂手。<small>泉人感頌南言，相誡不復械鬥。</small>報國總無媿，蒼生亦何負。獨餘索居歎，風雨罷尊酒。一鶴耿在霄，豐姿颯斗擻。睨以孤騫翼，蓋彼不鳴醜。志申宦已達，有懷矢將母。買楫下湘灘，詩壇輦圭卣。蔚然文章家，名字挂南斗。經術嗟茫昧，蓬心缺啓牖。雅音久不作，眇響出瓦缶。可憐鄕壁生，竊竊珍敝帚。大海水所歸，衆流無不受。介邱寶所鬱，瑰奇無不有。願爲訂其是，兼能辨其否。去留非偶然，出處均不朽。水流閩粤通，歸轍蘇陳後。咄哉索居歎，增我離羣咎。知己平生幾，頓輒判蹤風。天水吾所親，點勘同丹黝。昨來丁大戚，全室持廣柳。<small>春間趙伯厚舅兄以母憂去官。</small>蹟謬孰相證，如屋豐其蔀。君胡不少留，爲我疑義剖。或待堅木攻，或資大小叩。黃花爛在眼，秋薦盛虁虁。<small>同人以九日祀亭林，即爲君祖道。</small>列坐三十人，起酌爲君壽。贈言餘規勉，臭味無熏蕕。記取犯軷期，丁未歲重九。

題萬年少《秋江別思》卷子，即用亭林贈萬詩韻

此卷初歸休寧程孟嘉，讓堂老人爲作跋。後歸蔡太僕友石年丈。丁未冬，太僕長君小石司業見穆所譔《亭林年譜》載有此圖，出卷索題。子貞同年手摹一本，將寘之亭林祠堂。因爲書顧詩於卷，又依韻和之，以應小石之屬。時大寒節後二日也。

最苦元黃會，此身落世網。側足宇宙間，無地堪長往。大江流日夜，秋心劇森爽。可憐大廈材，斤斧橫夭枉。賈與僧等耳，無復儒生像。顧子經綸抱，名字寄遐想。流轉久吳會，遲未親塵鞅。萬子定磊落，豪情代靡兩。生平彼美思，清淮得片壤。風萍一朝合，銅駝泣榛莽。拏櫂更相尋，艸堂快抵掌。泚筆寫秋清，浩渺搴書幌。咄嗟舊賓客，毅魄隨夔魍。秋思果可許，時會靖板蕩。尺幅落人間，名流重矜賞。祠宇豈吾私，前車戒標榜。子貞手摹此卷，將寘之亭林祠堂，故結句云爾。

魏春松成憲。觀察《官舫侍膳圖》，應篠珊農部屬

十二月二十一日

兩番臘雪厚盈尺，閉戶圍鑪謝賓客。游蹤回首溯江南，涵空江水珠湖碧。昔年兩度往復來，梅花亭堠綠楊驛。好風容易官舫春，馨膳何人此晨夕。況是繡衣貳使節，雋公治獄頌聲溢。佳兒班綵袴朝衫，阿翁健步蠟游屐。十年違養頭初白，一醆澆胸色微赤。舫中家慶絢陔華，舫外官程耀旄戟。負弩鳴鉦俱等閒，難得親顏來几席。使君此樂誰能傳，畫者羅聘籤黃易。兩峯畫，秋盦題籤。冬奔分書魯峻姿，未谷先生八分"官舫侍膳"四字。蘇齋歌詩長慶格。覃溪閣學七古，似樂天歌行。三朝名筆已駢羅，吾友一篇尤警策。謂子貞同年。圖窮媿我殿其終，雪窗呼火冷研炙。餅罍頓觸平生感，往事何堪

溯疇昔。江淮終古長在眼，愛日飛騰吁可惜。

爲筱珊農部題胡褐公金陵畫册，適楊子言亦以石濤畫册屬題，故牽連及之二十二日

晨起雪窗展畫讀，湘水石城燦在目。石濤禪學衡湘深，褐公游屐石城熟。兀餘身世滄桑感，鄉水鄉山同一哭。昔余題詩褐公册，彈指十年丁再覿。丁酉春曾題一詩於册。褐公作畫妙能空，誰其賞者櫟園翁。櫟園《讀畫錄》："李君實嘗言：作畫惟空境最難。以余所見，善於用空者，其惟湖三褐公與？君性孤僻，作畫如之，用筆設色，好作縹緲虛無態，故咫尺間覺千萬里爲遥。"繄余以實證其空，鍾阜雲氣靈谷松。攝山桃葉經行處，畫意盎然心目中。始知空從實境出，惟實則邃空則工。蒼茫不復辨筆墨，半是胸中淚與血。咫尺千里更萬里，閩嶠㠓裘燕臺雪。人生合爲知己死，羊左風期未云烈。褐公與櫟園交二十餘年，相從患難，不忍舍去。櫟園自閩被逮北來，褐公從至京師，事白乃去。櫟園有爲《三胡徵裘歌》及送其返白門等作。曼聲更誦移居詩，溪山佳處唾壺缺。褐公工詩，不輕示人。有《移居》詩三十首，櫟園序之云："端伯得見於虎阜，我得見於惠山，蓋非佳山水處，不肯出以示人。"嗟余忍凍忘淺斟，畫理禪心往復尋。已爲石濤撩吟興，仿佛實身修竹林。修竹一叢，石濤拱立其間。題曰："吟詩立片時，頗覺心神肅。"更觀褐畫二十四，其一飛去疇追臨。二十四幀：莫愁湖、杏花邨、雲谷深松、鳳臺、獅子山、清涼山、觀音閣、鍾阜、長橋夜月、龍江、桃葉渡、攝山祖堂、長干塔、石頭城、方山、燕子磯、天闕、雨花臺、梅塢、憑虛閣、白鷺洲、冶山、謝公墩。一葉失去。濤邪褐邪將毋同，不同者貌同者心。

爲楊言子題石濤畫册，即用册中子貞書元章題《居然海野圖》詩韻十二月二十六日

遠游歸來眼界闊，雲際飛濤沿木末。無人山徑松聲寒，夾溪樹影雨後湝。一拳兩拳石嶪拔，獨載詩艇到幽絕。江南山色紙上活，禪心苦被畫情奪。忍以俗巧誣造物，此身久分倫胡羯。寅念

不復關華閱，大帽芒屩志早決。巖阿恐有龐公宅，天外豈無廬敖客。我因愛竹吟懷結，雪屋冰天寒研澿。

道州何慶涵校字

校勘記

〔一〕"字"，《山右》本作"宇"。

〔二〕"俞"，《山右》本作"偷"。

〔三〕"癡"，《山右》本作"瘵"。

〔四〕"大云拿研天疑雨"，《山右》本作"大云拿天研疑雨"。

〔五〕"彥"，《山右》本作"形"。

自齋詩集卷四

丁未九日，顧祠《秋禊圖》，分韻得燕字，戊申元日補作

康熙七年春，是歲戊申。顧子客畿甸。三徐時里居，行塍倚僧院。琴劍一昔㽺，廟貌千載擅。井亭初結茅，箐竹已蒼蒨。宋儒書百袠，唐人石一片。新刻《宋元學案》百卷，唐張夫人墓誌俱存祠中。斷手癸卯夏，何君實營繕。壁鮮畫字蝸，梁來定巢燕。吾從何君後，歲時絜椒奠。豈有門戶私，講堂擬首善。將以證實學，覬或化辟喭。太息浮華士，憑虛事論譔。厲其雌黃吻，抗我山斗面。此風自何時，學術又一變。舊史遭塗乙，鴻章恣評選。謬學薪火爢，速化枵腹便。吾無力拯之，坐觀丹碧絢。一厄酹顧子，敬申蘋藻薦。遺書所沾匄，功足翼箋傳。治亂古今徹，吏事自精鍊。有時胥史籍，不讓曾歐先。陶鎔歸實用，肯侈美服衒。永靖水火爭，一洗裨販賤。何君規模廓，結識多才彥。小子意量狹，交舊餘狂狷。志同趣豈異，穎脫利鈍見。硜硜朱御史，曾此共談讌。因作贈行詩，觸我歸田羨。雙松翠拂屋，閱人榮枯徧。回溯顧子游，又四戊申禪。相期求實事，無以規爲瑱。

爲魏筱珊題香光《青山白雲》書畫卷子

香光自題云："白雲青山兒，青山白雲父。"別紙書多勸人念佛語。三月十二日

青山知有兒，白雲不知父。來本無端來，去亦無端去。白雲變滅無定形，留得青山照眼青。有山定有生雲日，何須更念千聲佛。

題《乞畫圖》用子貞韵 五月初八日辰刻

　　劉彥沖畫，吳西橋藏，顧子山乞，皆吳人也。魯川屬子貞爲隸其册首，子貞更題詩於後。

何事藏弆何事乞，矜賞都出世情外。彥沖作意學癡迁，西橋鄭重緣摯愛。不然過眼雲煙多，何獨區區形痟疥。獨怪倔强顧虎頭，平生不肯向人拜。霜林好處一俛首，圖中喜色動顏欬。馬欲成塵猶市骨，龍已飛空尚甾蛻。友情畫癖皆絶世，氣味由來納鍼芥。我生愛友如愛畫，未遇其人恥解帶。世間妙物必通靈，吾輩例須破意械。舉觴更待小馮君，讀畫臨風發豪慨。

子貞疊韻示答，仍用元韻酬之 初八日未刻

平生一筆不能畫，論畫每超筆墨外。子貞能畫亦不工，大葉粗枝劇可愛。人生但貴適其適，一藝纏身如病疥。詣微況有平等學，何事争名要人拜。羨君晨有庭闈樂，雙燕巢門慈母欬。幾時絮語畫堂深，雨後新雛殼初蜕。子貞詩來并簡云："慈侍勝昨惟默祝，雙燕到後堂一絮。"此中真意畫不出，餘事朱紫真拾芥。我懷故巢碧萬竿，君夢江天青一帶。歸耕煙雨何蕭爽，談心邨谷忘機械。子貞又畫吾兩人與苗先路三同年《邨谷論心圖》。兩圖既出乞者誰，無計買山還自慨。

隆慶龍香御墨石緑餅，應潘季玉屬

有明蓺事關宸鑒，甌色罏紋各異常。石墨萬籤天錦繡，明初分藩諸王各賜古法帖百袟。社茅一笏晉文章。晉藩分茅社墨乃擣和賜墨爲之。何來圓月龍香劑，如見遠山螺黛妝。雅好欣歸潘谷手，豹囊隱隱發幽光。

乞子貞畫竹兼約晚酌，用山谷《謝黃斌老送墨竹》詩韻六月五日

吾友書詩學，今代更無輩。黽勉策蹇駑，十駕仍未逮。要其獨到處，吾意自能會。昨君庭陬竹，喜與朔風背。子貞云："此竹未受北風，故活。"寥寥十數竿，勁含霜節在。吾有齊紈扇，銀鉤無與配。其一面魯川爲小字寫太白詩。撥鐙既未工，没骨復不愛。乞君囘腕筆，軼出常格外。筆勢挾風雨，斜整俱有態。已約小馮君，晚食一尊對。烹羊燖藏釀，副君腰腹大。

約魯川晚酌論文，仍用前韻

斯文有真契，不復關流輩。手力偶未達，勉〔一〕以心力逮。久之心手融，妙與古人會。胸有百世量，開口與俗背。一勺大川具，片言全體在。英英小馮君，吾才豈足配。可惜少年時，稍逐俗憎愛。邇來學力贍，見洞指授〔二〕外。炎窗日在頂，讎書功更倍。交以淡慚成，一埽婥婀態。烹羊來共飽，三友此晤對。商量千古業，請君立其大。

魯川賜和拙詩，獎飾溢量，復次前韻酬之六月初六日

惟我實幸人，猶及見名輩。高言入爲主，所媿躬不逮。名場久謝絕，冥心與古會。一義偶有獲，快逾蚌搔背。環顧英妙才，知大有人在。矧君雁門産，祖德裴柳配。弓冶二百年，允宜厚自愛。刻意求實是，樂溢語言外。一事古今徹，識充氣自倍。興象定無窮，詞瀾益多態。盡解門戶縛，誰敢壁壘對。莊生知道者，貴呼善用大。

獨夜和戴筠帆十九日

心情委嬾欲爲雲，斷夢初回夜未分。悔不仙仙隨若士，可能

錄錄效諸君。一錢不直名山計，萬感難銷誓墓文。痛絕離魂逾百日，不曾翻動畫羅裙。

爲李寄雲題大癡《江山勝覽圖》，用卷中唐肅詩韻二十日

地可錐指海可測，畫意詩情渺物色。本原妙處同其波，學力厚時培以息。大癡百歲萬雲煙，大癡年蓋九十〔三〕以上，此卷題至正戊子年〔四〕八十矣。富春帆影翠蛟泉。是否曾經蜀道險，十年寫足真山川。自題云："十有餘年，而成此卷。"雲林題云："岷山萬里，翠黛峨峨，令人復有楚遊之想。"扁舟奕奕江天裏，時有巉巖挿面起。浮圖野店結幽深，荷樵飽閱霜林美。我方披髮尋隱淪，主人應念平谷雲。儻對真山讀真畫，共抒霞語誰能羣。

追題王海門大淮。《撫松圖》

平生歲寒心，見畫亦色喜。喜於根節中，具有陵雲氣。陶令信逸曠，不涴彭澤塵。飢驅三徑熟，益見陶令真。吾家山堂樹，一一皆入畫。不官復不歸，泉石應吾怪。郤睍偃蓋枝，雛鳳巢其顛。有聲諧綠綺，有蔭帀青氈。

題汪筱珊藻。《六橋煙雨》卷子三首

平江一舸即西湖，咫尺清游寄畫圖。贏得白頭開卷笑，看山更不倩人扶。筱珊時以侍養家居。

胸中具有元龍氣，早郤朝衫理釣舟。嘆我江南酒痕在，幾時重問六橋秋。

新圖有約訂歸耕，入望雲山不斷青。讀畫便教鄉夢遠，一簑煙雨靖陽亭。

追題蔡友石年丈《春明揖別圖》，應小石少司成屬

印纍纍，綬若若，春明門外華輪錯。驛亭日日送行人，杖節擁麾渺雲鶴。菽水原資奉檄來，鼎烹漸熟爲官樂。圭田何日足千耦，綵服百年能幾箸。尹京丈人意氣真，誼與先子同兩辛。勳階足慰寒燈願，小別難忘萱閣春。一朝齧指詫心動，即曙陳情勇乞身。銀鞍寶馬傾城出，歡絕同朝祖帳人。惟公政事號精鍊，雅性猶然墨緣擅。長康厨啓足光怪，玉局瀾翻聳談讌。我從總角侍先子，玉弁荷衣初出見。余年十一從先子爲公獻歲。流光電轉廿年速，顯月清齋叩論辯。程春海丈每邀公評書畫，穆必與焉。萍飄偶逐使星槎，鍾阜城南一徑斜。戊戌八月謁公於江寧里第。白頭一笑流慈睞，黃菊飛香入絳紗。歷交羣紀好彌碩，尊酒時時落畫叉。展公遺圖一神往，明發增我骿疊嗟。

題宋芝灣觀察與池籲庭、戴筠帆手札及所作十三詩艸稿，應筠帆屬 宋有《紅杏山房詩文集》

始吾借榻澂懷廬，論文喜得池仲魚。神閒氣淑語無妄，不求入時亦不殊。新安侍郎程春海丈。爲我説，此乃紅杏高門徒。繼謁吾師謫仙老，李桷堂師。座間拜識戴安道。掀鬚一笑名論作，曲學媛姝態全掃。我詫此語聞所聞，沉潭真源定可考。始知金馬碧雞彥，紅杏先生搜羅早。孤寒提挈此風塵，師友恩如骨肉親。期以文章致通顯，邵曼霖雨壽斯民。選聲鍊色都有法，筆妍墨妙光輪囷。果然兩君善承學，後先脱穎充國賓。池君豹直承明久，手持英簜西南走。輶車一發不復回，講堂幾日成污萊。籲庭督學粵西，未期卒于任所。從此古滇失一鳳，漢庭無復尹珍來。戴君天資獨耿介，垂白功名滯郎廨。邇來喜假惠文冠，廟堂側席聞碩畫。況有琳琅味雪句，鐵石梅花契箴芥。飄零縑素嗟餘幾，四老四無兩不賣。四老曰老

僧、老道、老將、老卒,四無曰才子、神仙、壯士、美人,兩不賣曰書、劍,又有三白頭曰夜烏、蟋蟀、秋桐,合之爲十三詩。我披遺墨重自喟,紅杏風流今孰儷。吾師謫仙所服膺,當年曾荷窰瓿憑。錞于敕誡亦如此,期我接手雲梯登。電轉颺馳二十載,讀書讀律百無能。不惟媿池尤媿戴,臨碩冷剛讓并稱。

戴筠帆《味雪齋圖》

惠連賦筆憶當年,余少時擬謝惠連《雪賦》,頗爲師友所稱。傅老胸中別有天。霜紅龕屢賦"大雪是吾天"詩。世界荒寒憑夢到,性情孤冷渺言詮。梅花本是山中格,詩語欣從味後圓。任爾尖叉誇絕險,不能賺得子猷船。

讀道園自題《戴笠圖》詩有會,即次其韻復題《煙雨歸耕圖》後四首

摩霄一鶚空所依,流水抱邨行轍稀。竹徑春鑱新筍苗,楛園秋撥藥苗肥。先人清俸餘縹碧,下士素懷甘蕨薇。記得當年耕且讀,圉窪深處荷鉏歸。圉窪,陽泉北嶺名。余家舊有薄田在此。

曾共阿兄棲翠微,老松冒石相憑依。乙酉、丙戌之間,余偕叔正兄讀書蒲臺山寺。書聲夜起齋魚静,山寺春深野雉稀。天屬凋殘成斷梗,中年哀怨雜風絺。獨餘舊日鄉園夢,夢道先生戴笠歸。

憂患餘生萬慮灰,良朋時爲一尊開。芳鄰菜把欣增饌,厚祿音書憚婁裁。賴有圖書支歲月,更無田壠可污萊。一椽會向雷橋築,爲報先生戴笠來。余近有買田雷橋之議。

登臨有約飾柴車,水曲雲坳不用扶。氣接層霄定携謝,誠開海市孰如蘇。精神尚欲煩尻馬,如愛還叨到屋烏。南中故友時有書相召。待得行蹤遍五岳,歸來更寫壯游圖。

栯堂師側室王氏徇節詩

氏，貴筑人。師於道光二十八年正月二十一日卒於江蘇學使署。次日，氏自縊以徇，年二十一。

忠孝各根心，義烈豈有等。既用酬所天，亦以完素秉。燼燼貞女枝，金筑擢茗穎。幸得侍君子，修服嬺以整。宵征豈無僚，師有二妾，一泰興人，已育有子女。侍櫛義微省。滿意結葳蕤，其力策勉黽。莉矣昆明師，使節平江騁。一舸溯[五]江來，行旅鉛華屏。何圖歲未周，蓉城閟深冷。江陰俗名芙蓉城。同爲斯世惜，朝廷失骨鯁。妾義亡與亡，相隔才俄頃。終古齎長恨，微生付短綆。抱無弱息牽，烈比柏舟炳。無言賤質微，波瀾涸古井。良慕苦節貞，慘絕春鐙影。所天苟無負，素秉鬱以囧。由來義烈事，證實在堅猛。具有忠孝材，自然氣節挺。後堂絲竹地，我媿通造請。昈茲霜雪標，益懷師教永。閨門有風化，文思播涬溟。泚筆寫餘徽，丹旐睇滇嶺。

潘玉泉《養間艸堂圖》

塵人一何勞，生事日有營。愚氓一何閒，憕然耕鑿形。我思伊呂儔，豈不困衡荊。獨抱堯舜樂，永捐簪紱榮。淵然澗谷際，道德發光瑩。草木賁其輝，麋鹿習其誠。偉哉至人心，與物何將迎。潘子挺世胄，幼學流英聲。鬱鬱經綸抱，融結煥丹青。惟其競進恬，不屑世俗爭。垂天翼偶折，一笑鴻毛輕。閉戶人海內，慘淡詩禮精。萬事溯本原，根節孕芳馨。譬諸大海波，回風助淵渟。又若渥窪駿，長謝羈靮攖。夷門有賢達，未或遺侯嬴。繄我授性拙，求友媿嚶鳴。墮落世網中，單薾儳專城。皇天思玉我，憂患今飽經。自維疢疾餘，刻意修太平。粗餘纂述願，先烈恢藏楹。謂閒則已勞，謂勞竟何成。潘子弗我棄，時爲杯榼傾。相對籌出處，我志決歸耕。勖哉子無然，大展鯤鵬程。

苗先路同年《寒鐙訂韻圖》，即送游沛南 九月二十日

河間古君子，葩經少研尋。獨於六義內，得其不傳音。清廟有大瑟，空山餘斷琴。一彈復再鼓，泠泠韶護心。絕學溯原始，才老初鉤沈。又越六百載，魁儒出亭林。五書初印布，天漢光珠參。吾友勤耄學，力單稽古忱。十部稍恢廓，七韵新酌斟。乃於江段書，攻辯戈鋋森。寒燈耿獨瘖，館樹巢文禽。聲諧意彌愜，一笑形謳吟。里耳苦多眛，無由測淵深。邺谷有三友，廿年占盍簪。今當數載別，離羣欷曷禁。小詩極妍妙，雅奏饒古風。時時裁寄我，無忘相砭箴。儻聞魯絲竹，老學聖所歆。

沈匏廬 濤。《河朔訪碑圖》，用東坡《墨妙亭》詩韻 匏廬著有《常山貞石志》二十四卷

隸法溯原漢諸陵，東京筆勢彌飛騰。峻整總沿秦篆派，勁折不減秋天鷹。貴從書史證文字，豈徒波磔區圭稜。恒山之陽大河北，荒原牧馬糜寒冰。殘珉斷壁隨犂出，豐碑巨碣輿論憑。自非肝腸足古趣，俗學安得無疑憎。茙堂高弟就李彥，寖饋載籍輕金繒。麈蓋所茬勤剔濯，蒼厓蘚壁親攀登。上逮姬嬴下蒙達，郡齋甄錄來古朋。二百五十有二種，稿艸削對縈蛇藤。陋鄉巖谷缺氈蠟，歸懷慨寄米園燈。余編《山右碑目》，以貧無力，不能即就也。河朔循吏有吾友，補亡歐趙同服膺。元氏令劉君寶楠亦篤好石墨，著有《漢石例》六卷。余爲刻入靈石楊氏叢書。新得古石刻極多，封龍山延熹碑尤自來箸錄家所未見。

自題小棲雲亭 并序

余家陽泉山莊，爲金棲雲道院。元遺山詩所謂"開窗納山影，推枕得溪聲"者也。有亭翼然，高出林杪。浙人張君

世举榜曰"卧雲"。先大夫及余兄弟皆甞讀書於此。每欲易卧爲楼，以先世舊題，未敢輒更也。兹余卜兆京北雷家橋宜丁阜，地隸昌平，以圖經考之，即金章宗之駐驆山也。山陽有棲雲嘯臺，章宗嘗築亭於其上。兩地嘉名，適相結搆。而此間峰聯邐碕，流帶玉泉，山影溪聲，較之鄉郡一隅，規模爲闊遠矣。因擬它日結茅墓田之旁，顔曰"小棲雲"。雨眺晴耕，倘佯終老，余之願詎有侈於是者哉！書此爲券，并繫以詩。十月立冬日

野亭築得小棲雲，種黍無錢亦可欣。香山詩："欲作棲雲計，須營種黍錢"。蓑笠喜酬西塞願，頃余作《煙雨歸耕圖》。松蘿休勒北山文。翠骈畫影欄前涌，玉瀑琴聲枕上聞。依舊吾家好春色，陽泉春色，平定八景之一。觸花吟竹更誰羣。

輓劉茮雲傳瑩[六]

長爪通眉未易才，多君聽我説詩來。劬書力鋭知緣隙，美疢[七]春深斷舉杯。茮雲將歸，余置酒相餞，以疾辭不到。白髮荒寒餘涕淚，青霜窈窕足悲哀。茮[八]雲新娶於鄒。可堪手簡痕猶溼。半月前猶承手書。馬鬣秋原已綠苔。

十二月初五日，子貞五十初度，出所藏宋芝山贈覃溪學士"延年益壽"瓦當文拓本示坐客。即席用翁詩韵奉祝乾隆壬寅，翁五十

惜味主人金石家，子貞取許君語，名其齋曰"惜道味"。艸海蒼茫雜分篆。自題詩文稿本曰《艸海》。墨光山翠爛屋壁，二岳新居瞻署扁。得宋搨華山碑及泰山秦篆二十九字，因顔其室曰"二岳居"。華鐘雨雷苦辯晢，岑碣熊銘入甄選。有秦鐘楚盉釋文及裴岑、劉熊諸碑考，皆極精覈。何時此瓦落君手，籀筆邐迤讀囬轉。吉語證成祝釐詞，宋拜翁哦美意腆。歲華

條又七十歷，東閣何郎今大衍。經窟沈酣十盪摩，詞翰靖嶸百罄戩。怡情坐有好雲山，實腹味餘古謨典。聰疆壽母慈笑新，總卯文孫春帖翦。金閨天爵定無倫，玉兆微瑣早知免。卜居欣展德鄰契，戀學蘄年效[九]敦勉。時艱豈合耽長閒，時以奉養辭京察優等。身健還宜節宵宴。穆病肺不耐夜談，而子貞消寒之局頗多。便從五十策百齡，行備九德歸一善。會有日華老專客，寄摹長生入圖卷。苗先路同年得日華館專極多，而所最實惜者文曰"君子長生"。是日盛客雲集，子貞獨念先路不置，故詩未及之知吾三同年契分之深也。

孔繡山《韓齋把卷圖》

擾擾古學徒，盡讀昌黎文。文其枝葉耳，昌黎有本根。本根既茂遂，枝葉奄浮雲。仁義漬胸熟，經訓澤古勤。何患無文章，矯然出人羣。笑彼擾擾者，遺實采芳芬。韓齋真知韓，以韓張其軍。朝廷有述作，努力班馬勳。

孫芝房鼎臣。編修《尊人采芝圖》

朝采巖芝赤，暮采巖芝綠，仙人餐芝如餐穀。種穀憂不熟，采芝無不足，芝化琅膏成美玉。身輕飆舉閬風顛，控引珍鶴陵飛煙。可惜親顏不肯駐，手把芝英淚如注。五雲照耀齋房來，孝思鬱極金閶開，喜循諼背吟蘭陔。

戴筠帆《陡山載筆圖》二十四日

陡，昆明縣境山也。筠帆嘗修《昆明縣志》，因寫此圖。

後代郡邑志，體準古國書。山川綱目張，豈復迷經塗。人倫潛德耀，亦不貴虛譽。實事既已舉，文例更酌諸。繁簡各有裁，益損各有模。一笑康武功。與韓，朝邑。自哆龍門徒。寥寥語助閒，皇皇盛業鋪。夜郎遂坐大，赤手障羣瞶。至今兩地人，焚研推南狐。九能我無一，敢議述作乎。敬惟先朝議，郡乘初爬梳。稿艸削未竟，畦畛仍荒蕪。先祖初成《州志考誤》一卷，晚年值修志之役，粗爲條舉凡例。以丁內艱不與其事，州志遂蕪。越今六十載，誰與嗣操觚。小子竊討論，意蘄先志扶。助寡甄采陋，家貧氈蠟無。私居束書歎，此抱何時攄。空谷得戴子，奮筆西南隅。滇池一帶水，陸山十里郛。風物寫入畫，品藻鑒不誣。人披圖如志，我讀書勝圖。匠心曲有寓，不關字句麤。惜哉此史才，靳其承明趨。嚴寒閉戶坐，凍酒不盈壺。開圖一神往，春氣若昭蘇。耿耿敬恭懷，喜有君知吾。

子貞七疊延年益壽瓦詩韵見示，依次奉酬己酉正月十一日

老貞善書得書髓，甄研正行入籀篆。六書既貫八法立，龍自游空蠹自扁。當行仍是箐子體，笑君亦濫承明選。憶昨從君敂筆妙，君言筆妙妙於轉。文以別趣境深幽，畫以遠波態豐腯。果然萬卷積腹笥，玉色金聲定流衍。惟君毓秀濂溪鄉，入掌雙珠家福戩。子貞、子毅孿生。過庭遺巨佩無顝，炙研同門語必典。況復西京師法正，大義臠臠蕪蔓翦。君親受《公羊》大義於劉申受年丈。穆也何知讀書事，麟鼓鳳簫迂不免。稍因患難切杞憂，安排風月來徐勉。一身長物真無幾，妙畫通靈迫歲晏。余於小除夕失去古研二，書畫卷三。中有《小棲雲亭圖》，鹿牀侍郎新爲余寫也。莊生鉤注已云巧，田家瓦盆計尤善。願尋煙雨雲山約，上年余與子貞同寫《煙雨歸耕圖》。石墨璘瑚壯吟卷。

追懷文友，三疊前韵二十三日

追懷文友工書者，烏程精楷沈子惇。泰興篆。陳東之。皆從本領據心畫，肯泥面貌區圓扁。安丘王菉友。何媿小學宗，黟山俞理初。雅稱鴻詞選。不將蛇蚓疥屋壁，稿艸縈回妙牽轉。日照許印林。摹顏真肖顏，性識剛稜意精腆。肅寧苗先路。釵腳共服媚，白雲動波

波涵衍。衆妙兼資何道州，家聲科目滋履戩。歌詩融會出香谷，香山山谷。經術淵通窺邑典。媿余錄錄從君後，夜雨敲門燭頻翦。欣承君友皆我友，獨學自封譏庶免。靈光碩果嘅無多，王後盧前失交勉。爾來切抱無聞懼，矜惜流光謝游宴。君壇多材綜衆長，我囿呫聞葆片善。丹黄矻矻日又晡，移燈更訂古圖卷。是日燈下校《營造法式圖》二卷。

二月初六日大雪曉起，子貞以所題吴冠英儁。《春水歸帆圖》來屬題。子貞凡十疊前韻矣，余亦四疊奉和

破曉啓窗雪一尺，中庭錯落雞鳧篆。玉痕化做碧潾潾，穩送歸舟如葉扁。孤帆渺渺疑天上，春水詞人更誰選。可憐一藝析微茫，定要寸丹經九轉。貴從疑怪得真髓，何事規摹詫腴膔。龍眠老去客囊空，道子神來渴波衍。多君貌我如曹霸，媿我知君遜牛戩。蓉城使節擅風流，謂黄羊司農。耆學經生有儀典。謂申耆先生。君山絶頂憶登陟，大雪長松空翠翦。已亥正月大雪中，余獨登君山絶頂，拾松枝煮酒而飲。溟海一漚青到眼，臨皋二客幸知免。君家老屋屬親見，因藝見道重規勉。旋機球度拜精思，君製天球甚精。丈室禪鋒容曲宴。君寓松筠庵，婁同筵席。君歸爲問宋家兒，曾否遺書寫精善。宋君勉之身後遺書，余婁托人往寫未得。郡城更遇李嘉生，迅寄嚴編足千卷。嘉生，申耆先生孫也，嚴鐵橋輯陳隋[一〇]以上遺文一千卷，其家錄有副本，許爲寄來。

五疊前韻，乞鹿牀侍郎爲寫《小樓雲亭第二圖》

我生初無一椽托，客裏涎緣似蝸篆。東坡妙想竊心醉，窹寐新齋幾回扁。山妻留得首邱貲，負郭秋原邀遴選。敢晞高敞風霆護，但懼老氂溝壑轉。戴侯矜我經營瘁，爲寫溪山極佳腆。太行北走到遼碣，玉水東來帶原衍。茅亭結莽顏開豁，丙舍規模徵祉戩。梁園禪智有前矩，準備添丁百世典。侍郎和余詩："他年人過宜丁阜，

定見添丁迥不羣。"標眉坐索郭香書，子貞八分書引首。裝池親看吳綾繭。從來墨妙總通神，夜壑移舟竟難免。將無畫格太鋪張，天意持盈存諷勉。瀼西屈指幾寒燠，陽羨何曾一安宴。我更古人百不如，臥游差喜爲謀善。煩君爲寫第二圖，看取煙霞更舒卷。

唐榻《武梁祠畫像》歌 三月十二日

任城諸武漢高閭，閭字《廣韵》十一唐有。名續史家湮不彰。一時纓黻誰頡頏，選石寫德均旗常。更篆石室匠作良，攄騁技巧端表坊。壽藏久塞趙郟卿，錦城又圮文翁堂。朱浮魯峻訖李剛，我思不見勞相羊。武家林墓非遐荒，榮金吾丞斑敦煌。更有吳郡丞開明，不同石闕相扶將。畫像自宋傳武梁，景伯精摹入纖芒。訪古直到別駕黃，高秋促駸貢嘉祥。紫雲山色鬱蔥蒼，往來搜剔窮回翔。豁然崩動聲礌硠，屹三石室遥相望。文字多逾數百强，見所未見誇鄱陽。謀垂久遠示億疆，遷畫植碑通力襄。更購佳木裁楩柟，皮碑有榭畫有廊。龕以栗主繚以牆，椒酒一卮神升香。氈蠟萬錢工豐穰，從此翠墨布四方。書帕充饋聯車航，歸然古榻其可忘。一十四翻標李唐，伏戲祝誦耕農皇。軒轅創始垂衣裳，顓頊專謹獮不狂。帝俈有子聖德昌，有虞遞禪姒氏王。桀乃乘人日偕亡，曾閔大孝親聖臧。老萊弄雛倚匡牀，丁蘭已抱鮮民愴。邢渠漏載我意傷，展對能無涕泗滂。舊蹟灰滅梁季珩，此本初弆襄文箱。押角提督兵馬章，竹垞作緣到古杭。花山查氏。玲瓏山館百緡償，揚州馬氏。至寶繼歸汪雪礓。貫夫陸。影摹見未嘗，秋盦雕木今盛行。覃谿更爲加考詳，細書銀燭神徬徨。自詡金粟須彌藏，册前有翁題詞云："余爲此册作細楷，前後已二十余段，字字皆羅兩峯、江秋史小影耳。"我懷此本更十霜，沛上俊游謝不蔍。辛丑、壬寅間，許印林在沛寧屢以書相招，未能赴也。今乃不脛來神京，一再聞之眉飛揚。月齋宵鐙未渠央，探籌角雋詞鏗鏘。我句未工浮巨觥，打門照眼虹月光。本朝名筆萃琳琅，四代古澤溢芬芳。葫蘆馬半查。龍尾汪雪礓。雙山房，載歷松黃小松。鐵濟寧李鐵橋東琪。如滄桑。什襲完好無菑瘍，疑有鬼神護縑緗。甄文更欲我友邛，謂子貞。考實請爲挈其綱。今全古缺試刊量，後百千禩何低昂。精椎融榻付嚴裝，沿隙證辨力無況。枝岠未許嗤螳蜋，簾前細雨吟風篁。扶扶墨采沛流浪，我友詩成嘯鸞皇。我詩蹇澀虓寒螿，平生鑒古具微長。愛玩不復羞空囊，索價八百金。兀餘樸氣橫蒼茫。

喬鶴儕水部買得吳伯榮中丞《羅浮蝶》卷子屬題，即用卷中宋芝灣觀察韻。爾來京師所稱太常仙蝶者，頗往來貴人家，干索酒餌，非復前日之高致矣。因題此卷感慨係之 六月十三日

靈砂不可致，神山勞夢想。章質亦殊衆，甘心戚施仰。巢林一枝晏，敝尋千金享。塵土沁肝脾，性命徇虛獎。睆彼稚川裔，角藩肯用罔。文彩偶飛翻，羣兒笑拍掌。故山伊可懷，萬里倐攸往。太息京輦閒，百族競浮響。何事太常仙，亦依人几杖。將無利祿誘，老貪口腹養。誰復念江湖，酒船弱可槳。畫稿紛四馳，績影匇吟賞。我生百不幸，幸早脫羈鞅。無限蜎蠉儔，庭柯冒蠢蝀。天南梅萬頃，照眼一何廣。昨日報書來，尋將蠟吾緉。庚堂頃有書來，要作羊城之游。

八月十一日夜夢子貞，夢中知其爲夢也，曰"不可不記以詩"。詩成十六句而覺，復作四句足之

與君別三月，何日不相思。此夕忽見夢，執手難爲懷。髧髦出門日，當君別母時。擾擾送行客，我獨不勝悲。感君陟屺念，觸我蒿莪私。回頭復相慰，歲臘行將歸。歸來好書卷，文字光陸

離。鱗鱗積几案，溫酒共讀之。夢回月滿室，詩力仍未疲。映月索紙筆，寫此夢中詩。

題孔繡山《韓齋雅集圖》，次元韻 九月初七日

苦寒氣逆上，閉戶差自適。無福入畫圖，來作韓齋客。韓齋倜儻士，麗句傾元白。翠墨富氈蠟，家笥燦球璧。一朝得同好，解贈不復惜。褒學溢觀山，遷性朗白雪。孔褒碑曰："觀山采玉。"張遷碑曰："雪白之性。"繡山以二碑見贈，皆百餘年前榻本也。我疾忘幽憂，古歡足悦懌。明窗一展對，硯久爲融澤。感君念我甚，起廢有良策。發篋搜寶刻，餽勿經旬隔。足抵千萬甋，爛醉花月夕。

陳萼庭士棣七十壽

酒裏神仙福，遺山詞："醉鄉天大，酒裏神仙我。"如君得已多。天懷不琱琢，至性耐鐫磨。韲粥厨中辦，兒孫劾下羅。老饒兄弟樂，觴豆雜悲歌。勿齋中丞爲製壽叙，極沈痛。

附　詞

百字令 題子貞手摹《煙雨歸耕圖》，次竹垞元韻　戊申

空濛煙雨，看圖中人貌，非農非士。箸述等身容易了，只有鄉懷難已。何遽閒情，吳生妙手，吳儁摹圖。重復爲摹此。鴛湖一櫂，故應被劾歸耳。　卷有畸士吟詩，逸民豪慨，更倚聲春水。筆下黎丘工作幻，彈指即成煙市。老子揮豪，阿郎押角，卷中印章纍纍，皆大郎伯原所摹也。書畫君家事。東洲山好，子貞自署東洲居士。聽鸝載酒誰是。

百字令 自題《煙雨歸耕圖》，仍用竹垞原韻

客游倦也，問幾人信我，山林畸士。辛苦平生餘底物，數卷殘書而已。壠上春䐑，圖中秋老，活計無逾此。山堂在眼，行勝打疊歸耳。　　一笑竹垞當年，長楊奏賦，負吾師田水。開國風流難再覯，何事行歌燕市。獵聚田蕪，靖陽亭古，耕作吾家事。綠蓑青笠，淵明應説今是。

百字令 追題四十一歲小照，仍用前韻

緇塵斗擻，看圖中北海，仍然豪士。戢影蓬廬何所樂，惟有耽書而已。四十年頭，一椽無庇，淪落誰堪此。蟲魚注徧，任人笑我痴耳。　　回首落冒并門，徵裘京國，更橫帆江水。一第艱難頭早白，絕倒繡文倚市。晏相楹書，哀師燈火，自有無窮事。千秋盛業，及時努力才是。

百字令 題子貞《煙雨歸耕圖》，仍次前韻

蔽天一笠，看新圖貌出，東洲居士。正是杏花春雨候，鄉思撩人無已。決計抽簪，甘心抱甕，豈肯虛蓑此。問君焉學，學樊須小人耳。　　媿我懸耒無家，鞭牛何處，空盟心雲水。九子菟裘今好在，文安丙舍在長沙之九子山。竹氣如雲如市。氾勝書殘，儲羲詩好，都是農家事。荷鋤赤足，人閒真樂如是。

百字令 題王鹿屏吏部家勳《扁舟歸養圖》

歸裝檢點，歎廿年京宦，依然寒士。怕是阿孃穿望眼，艸艸買舟行已。尊酒筵空，江天帆飽，快意疇如此。到門一笑，數莖白髮垂耳。　　回首人海浮沈，經營升斗，佐高堂菽水。母被鸞章兒撰綵，羨殺江邨漁市。舍北花新，溪南山碧，都是申懷事。

有人問字，先生應署公是。

百字令 黎月樵《江鄉歸櫂圖》，仍用《歸耕圖》原韵

鱸魚風熟，問鄉園何處，悲來秋士。手版乍擲歸思急，賸有離情難已。佳節登高，古祠送別，故事原如此。去歲九日顧祠秋祭爲伯韓祖餞，今擬復爲月樵舉此會也。贈行詩好，君言今日酬耳。送伯韓詩月樵作最高。回首焚草雞棲，看花驄避，矢臣心如水。便脫朝衫更野服，醉倒江天鹽市。問字亭新，孝廉船駛，月樵長君早登秋賦。家學千秋事。算來長策，一帆早挂良是。

邵武楊樞孫校字

校勘記

〔一〕"勉"，《山右》本作"勑"。

〔二〕"授"，《山右》本作"受"。

〔三〕"十"，《山右》本作"年"。

〔四〕"年"，《山右》本作"十"。

〔五〕"涕"，《山右》本作"泝"。

〔六〕"瑩"，《山右》本作"塋"。

〔七〕"疢"，《山右》本作"疢"。

〔八〕"茉"，《山右》本作"菜"。

〔九〕"效"，《山右》本作"敢"。

〔一〇〕"隋"，《山右》本作"惰"。

跋〔一〕

右文集十二卷〔二〕，詩集四卷共若干首，先師月齋居士遺稿也。訓自總角即聞師名，嘗於尊酒間睹豪縱磊落之概〔三〕，心竊慕之。成童而後，猥蒙獎勵，許列門牆，欣感之情殊出望外。方冀仰窺豪末，以稍慰提命之苦衷，而寒暑再經，頓成永別。逝者如斯，天邪？人邪？師歿於己酉冬，同志諸前輩命訓檢點遺書，無任散佚，因取師所撰《蒙古遊牧記》、《延昌地形志》、《說文屬》及詩文手稿、友人書札鎖置一笥中。倉猝之間，顛倒凌亂，不能無負於平生之意，愧恨如何可言？檢既畢，謹呈何子愚先生，以俟子貞世丈典粵試旋清釐校訂。已而貞丈甫歸即持服南下，先以《遊牧》、《地形》二書付何願船師，其餘雜稿權封置京中。事會難齊，有非意料所及者。至壬子秋貞丈起復入都，旋又使蜀，於是舉雜稿并付願船師，月齋遺集始萃一處。不數月，願船師亦從軍吾省，行期甚迫，乃許以雜稿付訓兄弟編次，又言《遊牧》、《地形》二書已錄副本可存都中。數日後軍事益急，忽改行期，倉皇南下。訓不及追送，僅從楊緗芸世丈處取得雜稿及書札一束，於是師之遺文、遺書又判然兩地矣。既承願船師及緗丈之命，即與家兄子肅一一清釐，分爲十二卷，應試策論、隨筆札記留待續編，不敢雜廁也。師嘗言："學人一生精力盡於故紙堆中，但冀〔四〕得閻、顧之年畢成所撰諸書，再取平生文字選次授梓，便可無憾。"今竟不獲如願。《遊牧記》末四卷尚未〔四〕排比，幸有願船師任其補綴。《地形志》中有欲移入《〈水經注〉表》者，今無從辨別。顧、閻兩譜改訂稿本，亦未竟業。師又嘗言有校訂《尚書疏證》、《重修平定州志》、《元裔表》、《外藩碑目》等書，并不知存亡，無從尋覓。其存於訓處者僅有《漢石存佚表》及此雜稿，訓兄弟得以盡力而編次，體例又不能復質於九原，功名嗣續固已付之於天，文字之厄亦復至此。千古嗜學之士聞之，當不免酸心，況於親承訓誨者乎？訓從師未及二載，姿性魯鈍，未窺堂奧。師亦念訓親老家貧，勉以業舉[六]，根柢之學未及多授也。今師歿已七載，訓[七]碌碌無所進，益不足表章孤詣，而向所窺見者則宜謹誌之以爲楷模。師天性肫摯，篤友愛，厚宗族，姻戚故舊靡不關切周至，奉前輩若師長，愛後學若子弟。至於表章絕學，扶植衰宗，不難節衣食以從事。而獎掖英俊，振拔單寒，尤汲汲若不及。爲學專以篤實爲主，嘗言："爲文而無學，其文皆虛。爲學而無行，其學皆虛。"故凡箸書爲文，皆精深刻摯，務使足以抒性情、裨經濟，不肯避迂阻以獵取浮名。末年常切切以時事爲念，四方有兵革水旱，聞之殆廢寢食，若身歷其艱。於漕、河、鹽諸大政，無不講貫，窮極脈縷。生平意氣峻厲，不能隨俗俯仰，至遇績學之士，則莫不虛心商榷，誠懇動人。嘗稱海內文人，惟有長洲陳碩甫未及內交，然則師之知交契誼亦大略可知矣。末年病氣疾，畏寒暑，而伏案研精，兀兀不輟。黎明即起，夜分始眠，雖紛冗[八]無少閒。用力太銳，又屢遭天倫之慘，煢煢自弔，憂足傷人，殆不爽與？師所箸《遊牧》、《地形》諸書，精深廣博，既足以傳不朽。而所爲文字，數年以來每徵先見，尤足見其才識之宏而痛其未克展也。中年以前，壯遊南北，接見耆宿，交遊涉歷必有可述者。訓顧幼不及見，又比年風流雲散，莫可咨詢。披覽遺文，感念今昔，每不禁潸焉出涕。謹述編次遺稿之由與管窺蠡測之見，以勉酬教育於萬一，尚冀海內諸君子敦同心之誼，闡未顯之名，書諸簡端，以昭不朽。其有遺佚文字可入集中者，并希錄示，俾獲補編，則先師固有厚願焉。而擁篲望塵者，亦將銘高誼於無已也。

丙辰七月十八日，門人吳式訓謹識[九]。

校勘記

〔一〕"跋",祁本、《山右》本均作"序"。據首句"右文集十二卷詩集四卷共若干首"確定爲"跋"。

〔二〕"文集十二卷",祁本、《山右》本實有篇幅均爲八卷,疑爲作者筆誤。

〔三〕"概",誤。當以祁本、《山右》本均作"慨"爲是。

〔四〕"翼",誤。當以祁本、《山右》本均作"冀"爲是。

〔五〕"末",誤。當以祁本、《山右》本均作"未"爲是。

〔六〕"業舉",二字誤倒,當以祁本、《山右》本均作"舉業"爲是。

〔七〕"訓",誤。當以祁本、《山右》本均作"訓"爲是。

〔八〕"冗",祁本《肙齋詩集》後吳式訓序作"宂"。"冗",同"宂"。

〔九〕"識訓謹",三字誤倒,當以祁本、《山右》本均作"訓謹識"爲是。

序

庚申夏，余應縣志局纂修之聘，網羅鄉先達遺著，張君誠齋手是編來謁，曰："此族伯石州公年譜，先兄子善所編輯也。余將墨諸版以行世，敢以釐定之事爲請。"侗不辭僭越，次其後先，按年排比，并增輯數十事，凡四易稿而後寫有定本。然先生著作等身，《元裔表》、《外藩碑目》諸書流落海內無從採錄，且詩文雜稿凡年月未詳者概未羼入，漏遺之咎，知不能免。尚覬當代碩彥喜讀先生書者，詳悉搜羅，更事修改，闕者補之，誤者訂之，重新剞劂，俾成完璧。藉此譜爲引喤焉，則幸矣。

辛酉上元日，鄉後學蔡侗謹識。

石州年譜

嘉慶十年乙丑十月初九日申時生。

先伯系張氏，諱穆，字誦風，一字石州。又署石舟、碩洲、碩州。譜名瀛暹，字蓬仙，別署曰季泬、季翹，惺吾、月齋，侗按：何願船考訂《月齋籑記》，叙月齋乃公讀書之所，因以爲號。晚號靖陽亭長。侗按：《平定州志》："靖陽亭在桃水之北。"《水經注》："靖陽亭，故關城也，今已廢。"山西平定州人。

始祖應祥，明大同廣聚倉大使。

七世祖斅明，陽和司訓導。

六世祖金榜，州學生。

五世祖珆，贈奉直大夫、壽州知州。

高祖新濰，字際盛，贈奉直大夫、壽州知州。

曾祖可舉，字登榮，國學生。誥封奉政大夫、泗州直隸州知州，晉封朝議大夫、饗飲大賓。

祖佩芳，字蓀圃。廩生，乾隆丙子舉人，丁丑聯捷進士。安徽歙縣、合肥縣知縣，鳳陽府壽州知州，泗州直隸州知州。庚寅、甲午，兩充江南鄉試同考官。晉封朝議大夫。著《希音堂集》六卷、《翰苑集注》二十四卷、《歙縣志》二十卷、《黃縣志》二卷、《州志》十卷《考誤》一卷、《公餘雜錄》三十卷、《社倉考》一卷、《義倉考》一卷、《春秋世系》。懿行載《州志》儒林、宦績二門，并《山西通志·鄉賢録》。

考敦頤，初名敦來，字復之，號曉泲。優廩生，嘉慶辛酉科拔貢、舉人，辛未進士。翰林院編修，記名御史，治河方略館纂修，武英殿纂修，文穎館纂修，丙子直省鄉試磨勘官，丁丑殿試收掌官，戊寅福建正主考。

母王宜人，繼妣李宜人。

《曉汧公行述》：“原配王宜人，陝西榆葭道諱凝孫、先外祖繩祖公女。繼配李宜人，浙之山陰人。外祖諱廷良，寶齋先生舅氏也。”侗按：《平定州志》：“王凝，字敬一，號南軒。康熙進士，官至陝西榆林道。”又《莫公事略》：“公諱晉，字錫三，別署寶齋，會稽人。乾隆六十年進士，殿試一甲二名，授編修，官至倉場侍郎。”

長兄開暹，字伯啓。國學生。仲兄晉暹，字仲明，別署補菴。廩膳生。三兄麗暹，字叔正。廩貢生，平陽府訓導。

《希音堂集·張氏族譜序》：“余家明洪武初遷自洪洞，今居廟溝及嶺西者皆是，而世系無考。余七世祖萬歷間爲廣聚倉大使。公一子爲陽和司訓導，生四字[一]：長居白楊樹；次居上城；三居桃坡，是爲余高祖；四無後。次房患時疫，余曾祖侍疾終焉，遂由桃坡遷上城。其後次房析居學門鎮，余父又遷大陽泉。”

《希音堂集·陽泉山莊記》：“余祖父以來僦居州之上城，乾隆庚寅始得大陽泉，俗稱花園者。亭一，池一，舊屋二區，雜木十餘章，故白氏物也。余知歙縣時，念親老無所庇，因購得之。稍稍修葺，復購他姓廢亭，移置於池北隅，顏曰‘陽泉山莊’。”原注：山莊爲金棲雲道院故址，元好問《遺山集》有《宿陽泉棲雲道院》詩曰：‘方外復方外，翛然心迹清。開窗納山影，推枕得溪聲。川路遠誰到？石田平可耕。霜林不嫌客，留看錦崢嶸。’”

十一年丙寅，二歲。

是年，曉汧公膺太平令顧公玉書之聘，延主太平書院。

十二年丁卯，三歲。

十三年戊辰，四歲。

十四年己巳，五歲。

十五年庚午，六歲。

《祭叔正三兄文》：“吾兩人幼同游，長同塾。兄豐姿玉映，讀書敏悟,年十歲本文尾有"穆少于兄僅四歲耳"云云。已能背諷《周官》全文,不僞一字。學大歐書,英拔出羣,吾父嘗召穆示之,曰:'汝何日能作此書,當重賞汝。'穆勉強奔赴,卒不能及也。"

是年,長姑歸同邑廣西藤縣知縣任君質淳之次子模靖。侗按:模靖,字立青。廩膳生。

十六年辛未,七歲。

是年,曉泃公成進士,選翰林院庶吉士。

十七年壬申,八歲。

十八年癸酉,九歲。

是年,訂婚同邑劉廣文濤之次女。侗按:濤,字壽川。廩貢生,永濟縣教諭。

十九年甲戌〔二〕,十歲。

是年夏,曉泃散館,授職編修。

冬,先伯至京師。

二十年乙亥,十一歲。

《肙齋詩集·題蔡友石〈春明揖別圖〉》:"我從總角侍先子,玉弁荷衣初出見。"注:"余年十一,從先子爲公獻歲。"

七月,丁王宜人憂。

《曉泃公行述》:"持家久,積勞得心疾,時發時止。乙亥,在京寓疾又作,醫藥罔效,至七月初五日竟舍家人而逝。秋,府君命扶柩歸,停於內寢。"

《補菴公行述》:先伯撰。"逾年,母邁心疾。兄入則調護湯藥,出則血疏籲天,而鮮民無祿,慈幃終揜。當斯時,瀛暹甫十歲,父故以父而兼師,兄實以兄而代母。晨而興也兄衣裳之,夕而寐也兄撫摩之,察其飢爲市美餌,憫其垢爲易新服,以是失怙三年,不知無母之苦也。"

二十一年丙子,十二歲。

是年,曉泃公充直省鄉試磨勘官。

二十二年丁丑，十三歲。

四月，曉汧公充殿試收掌官。

七月，以御史記名。

冬，繼太母李宜人來歸。

《曉汧公行述》："母幼端靜，外祖父母甚鍾愛之。年十八，歸府君時，先母已棄養三年矣。不孝等垢裾敗絮壅塞盈笥，吾母初至卽爲澣濯縫紉，一如先母生時。"

二十三年戊寅，十四歲。

二月，曉汧公大考列二等。

五月初十日，曉汧公簡福建正考官，副之者中書舍人陳君詩。侗按：《清題名碑録》："陳詩，嘉慶己巳恩科進士，順天宛平縣人。"賦《紀恩詩》三章。其詩云："傳來天語詔書榮，閩越星軺督使程。鉅省人文衡不易，中材委任職非輕。幾番楮費三年刻，四十丹還九轉成。（自注："余鄉、會九試。"）切莫恃才輕閱過，倍加詳慎答皇城[三]。""出都車馬轉庚郵，聖主恩深未易酬。幸有頭銜能卻暑，敢誇眼纈似徵秋。金緘度本青箱續，（自注："先君庚寅分校江南。"）珊網疏防赤水投。但得有才歸實用，此行庶不負虛求。""閩洛文章理學全，羣英薰吾仰前賢。心香一瓣人爭奉，衣鉢兩家吾愧傳。（自注："莫寳齊[四]、何弼甫兩師先是俱典試閩中。"）筆有奇光騰劍壁[五]，胸無成見忘魚筌。最防銅具[六]鑽營巧，關節深宜鎖鑰堅。"又《途次奉酬陳舍人詩》一章。

六月，補菴公受知於賀長齡學使，補弟子員。侗按：賀長齡，字耦庚，別署耐菴，善化人。嘉慶進士，官巡撫。著有《耐菴文存》，幷輯《經世文編》。

七月十一日，曉汧公卒於浙江建德縣，年四十有七。

《曉汧公行述》："行抵杭州，忽感受暑風，未甚也。七月十一日，至嚴州府建德縣屬之大洋，早晨猶送客出艙外，酉刻痰涎上壅，竟至不起。時吾州張君去非，先大父弟子也，適宰是邑，親視殮含云。"侗按：《平定州志》："張四箴，字去非。乾隆甲寅舉人，官建德知縣。循聲卓著，性豪邁善飲，嘗蓄異式酒卮十二種，號十二杯主人。解組時，囊橐蕭然，惟琴書數簏而已。"

《補菴公行述》:"戊寅之六月,先大夫奉命主試福建,塗出嚴州,感暑風奄捐館舍。兄聞訃偕伯兄繭足星奔,舁柩返葬,李宜人亦自京師携瀛遄歸視葬事。"

冬,李宜人挈先伯至京就傅。

《曉沂公行述》:"吾母聞訃,誓欲身殉,撫膺呼天,悲動一室。既乃忍淚,撫不孝瀛遄而言曰:'汝父以兒屬我,我死,兒幼弱,其誰屬?我其姑俟之。'由是遂持長齋,終身不復肉食。寶齋先生時官倉場,欲留吾母於家。母以瀛讀書故從之,遂于是冬携瀛至其官署。瀛就外傅,每夕歸,吾母坐榻上,令執卷旁誦,燈昏漏歇,淚熒熒常在目也。自後每聞學業有進,則喜溢顏色,否則惆悵纍日,繼之以泣,曰:'汝父冀汝成立,若荒而不學,我何以見汝父於地下?'至今念之,昏覺[七]此言之痛也。"侗按:《莫公事略》:"先君子見背,公迎先繼妣於家,穆因得受教于公,所以誨諭獎進之者有逾子姓。"

二十四年乙[八]卯,十五歲。

《曉沂公行述》:"四月,旋里治府君葬事。九月二十六日,曁顯妣王宜人安葬於迥嶺祖塋之次。"

二十五年庚辰,十六歲。

《曉沂公行述》:"次年春,寶齋先生復以書來招,時楊氏妹年已及笄,吾母遂并挈入都。"

《補菴公行述》:"葬既畢,復同奉板輿入都,依莫寶齋表舅於潞河督署。維時舅方以性命之怡提呼後進,而吾師吳樸菴先生實館其家。"繼按:吳實,字樸菴,浙江蕭山人。

是年夏,適任氏長姑亡,年二十有五。

道光元年辛巳,十七歲。

祁叔穎《月齋文集序》:"石州少孤,依母黨莫寶齋居,即喜觀儒先學案,言之甚悉。"繼少時,從友人處獲睹[九]先伯節錄《姚江王陽明集》、《呂語集粹》、《蕺山劉子語錄》、《祝淵王毓蓍傳》、《漳浦黃道周傳》,即庚辰、辛巳手鈔本也。

《月齋詩集·述懷感舊詩》："會稽舅氏行，宏識鏡人倫。講德抉根奧，聽倦客欠伸。幼眇欣有會，請辨恆斷斷。賞我具夙慧，汝器天朝[一〇]珍。"

二年壬午，十八歲。

三年癸未，十九歲。

　　是年春，季姑歸介休貴州鎮寧州知州楊公文楷子煦。侗按：煦，副貢生。六月，先伯母劉孺人來歸。

　　《月齋詩集·悼婦篇》："總角訂婚姻，十九議嫁娶。結髮十六載，強半異居處。慘君入門始，丁我家多故。"自注："時癸未六月也。"

　　二十一日，丁李宜人憂，卒年二十有四。十二月二十一日，合葬於祖塋之次。

　　《曉汾公行述》："始乙亥吾母歿，不孝等依父如母。父歿[一一]，依母如依父也。所冀兄弟四人，儻有寸進，或可稍慰母心，今并不獲終事吾母矣。嗚呼[一二]！一世孀居，六年育子，婚嫁甫畢，音容邈杳，豈吾母至是仍不忘身殉之誓也耶[一三]？"

　　《怡山李君墓誌銘》："穆年十九，奉母旋里，無可考鏡，輒以文謁君。君爲開判疑滯，刮摩潤色，不因椎魯席遠也[一四]。"侗按：《平定州志》："李曰茂，字子才，別署怡山。道光乙未舉人。"

四年甲申，二十歲。

　　是年，點定《翰苑集注》，并修改凡例數條。書存平潭李氏。

五年乙酉，二十一歲。

　　《月齋詩集·〈煙雨歸耕圖〉》注，是年先伯與叔正公讀書蒲臺山。侗按：《平定州志》："山在州西二十五里，有巨石數丈盤聳古松間。石上有穴，深尺許，中産菖蒲，水冬夏不竭，禱雨輒應，故名。"

六年丙戌，二十二歲。

　　是年，蔡學使廣颺案臨，先伯入郡庠，題《未可也諸大夫皆曰賢》，文收入《山右試牘》。補菴公亦以高等補增廣生。侗按：《題名碑録》："蔡廣颺，道光壬午恩科進士，浙江德清縣人。座右常自題曰：'修身如補屋，一處不密則漏。"

七年丁亥，二十三歲。

《月齋詩集·悼婦篇》注，是年春入省肄業。

八年戊子，二十四年[一五]。

《補月公行述》[一六]："戊子科試，瀛遑忝列第一而兄第三，同時食廩餼，三兄亦入郡庠，一門之中蒸蒸有起色矣。兄獨愀然不樂，謂瀛遑曰：'吾兄弟十年之內三攖重戚，今雖死灰有復然之機，曾不得奉觴上壽，一[一七]笑相樂，可痛孰甚？且即以科第論，先大夫鞅掌王事，齎志以歿，所有待於後人者，尤非區區一衿遂克仰酬[一八]先志。'言訖泫然。瀛遑謹志之，不敢忘。"

九年己丑，二十五歲。

《祭叔正三兄文》："猶憶己丑歲穆與兄同讀書十柏山房，兄病目楚甚，中夜嘑穆起，告以所苦。穆曰：'可奈何？'兄曰：'無可奈何。但告弟知，即分我楚耳。'時靈州李姑丈[一九]綍宿於閣中，聞之泣下，歎曰：'兄弟疾痛相關乃如此！'由今念之，誠足痛也！"

繼按：綍，道光戊子舉人，官訓導。

十年庚寅，二十六歲。

《補菴公行述》："歲庚寅，瀛遑以佽贏[二〇]善病養疴天門山之玉皇觀。兄不時來，來輒為經紀其衣食。六月初，尚一至山齋，留信宿，乃去。及初八日之夕漏四下矣，猝有呼於觀下者，驚起訊[二一]之，則報兄以中風眴仆，環救未蘇。奔歸入視，見兄合目僵臥，左手足已成痿痹。脈之，或曰熱厥也，或曰陰虛傷風而經絕也，病榻幢幢[二二]，迄無定見。瀛遑祝而籤之，遇乾之同人，其繇曰：'同人先號咷而後笑，大師克相遇。'奉兆噭然失聲，知兄之將不起也。嗚呼！天何奪吾兄算之速至此亟邪？兄善行楷，自孩幼弄筆已驚其長老，稍長摹績[二三]趙松雪惟妙惟肖。既以鄙其為人，痛自盪滌，登善、清臣兩家外，不屑規仿也。尤意寫書，自本經以及諸子、文集鈔撮等身，而蠅頭細字一筆不苟。瀛暹謹甄諸篋衍，將待孝祈之壯而授之。"侗按：趙孟頫，字子昂，號松雪道人，湖州人。本宋宗室，降於元，官翰林學士承旨，故又稱趙承旨。書法褚、米，尤工行楷，善山水人物，爲畫家南宗。著有《松雪齋集》十卷。

十一年辛卯，二十七歲。

二月，訪祁叔穎於壽陽。侗按：《山西通志》："祁寯藻，字叔穎，壽陽人。嘉慶甲戌[二四]進士，選庶吉士，官至體仁閣大學士，諡文端。著有《䜱䜪亭詩集》、《馬首農言》、《勤學齋筆記》行世。"

《䜱䜪亭集·二月晦日大雪詩》："回頭笑問張公子，本色[二五]豪端已如此。"注：時張石州過訪信宿。

九月，以優行貢成均。

十二年壬辰，二十八歲。

正月，始復入都。

《使黔草》，苗先路《叙》："余辛卯舉優貢，壬辰應朝考至都，同年咸集，獨與何子貞、張石州以說經講小學最相得。"侗按：紹基，字子貞，湖南道州人。道光丙申進士，官編修。著《使黔草》。苗夔，字仙麓，肅寧人。優貢生。著有《說文聲讀表》等書。

考取正白旗漢教習。

《月齋文集·〈癸巳存稿〉序》："壬辰冬，理初館新城陳碩士侍郎所，爲校顧氏《方輿紀要》。穆一再過之，頗多請益。理初賞之曰：'慧不難，慧而能虛，虛而能入爲難。'因與訂交。然理初年長於穆者倍，穆禮事之，等[二六]爲先生，不敢與齒也。"侗按：理燮，字正初[二七]，黟縣人。著有《癸巳類稿》，刻入《連筠簃叢書》。

《月齋詩集·述懷感舊詩》："俞君黟大儒，精博蘭陵荀。客邸一解后，過從輒頻頻。"

十三年癸巳，十九[二八]歲。

《月齋文集·〈程侍郎遺集〉序》："穆於癸巳之春初侍公直園，情好之恰久愈摯，不三五日必召過飲，投巾振袂，談議交錯，寒士之被禮者殆無與比。"侗按：程恩澤，字春海，歙縣人。嘉慶辛未進士，官户部侍郎。

祁叔穎《朋齋文集序》："及長，程春海司農許其得漢學淵源，既而司農見其所爲文，驚曰：'東京崔、蔡之匹也。'蓋其學不專主一家，而皆能得其精詣。涉歷世故，益講求經世之學，於兵制、農政、水利、海運、錢法尤所究心。然性剛負氣，鋒穎逼人，世力貴圓熟軟美[二九]，欲矯之以厲俗。或微諷之，不恤也。"

《鬘飢亭集·宿張氏陽泉山莊寄石州詩》末句："卧雲亭畔秋風起，悵觸離懷到季鷹。"侗按：《詩集·自題小樓[三〇]雲亭序》："余家陽泉山莊爲金樓雲道院。有亭翼然，高出林杪，浙人張君世犖榜曰'卧雲'，先大夫及余兄弟皆嘗讀書於此。"

是年，先伯與許君印林排次俞理初《癸巳類稿》十五卷付梓。繼按：瀚，字印林，日照人。舉人，滕縣訓導。著《别雅訂》，校刊《説文義證》。

程春海侍郎爲篆"薦雷書屋"額，并系以銘："洊雷之'洊'[三一]鄉不載。洊至作薦，干所會。通震以坎，皆詰再。恐思修省，乃得貝。文孫識之，祖誥誠。"

十四年甲午，三十歲。

秋，北闈報罷，留京教習。

十五年乙未，三十一歲。

《朋齋文集·〈鏡鏡詅癡〉題詞》："乙未冬初，晤浣香于銀灣客館，從之學算，圍爐温酒，無夕或閒。一日，夜深月上，出自製遠鏡，相與窺月中宵昳，黑點四散作浮萍狀，懽呼叫絶。浣香因爲説遠鏡之理，旁喻曲證，亹亹不竭。次日復手是書見示，穆讀而喜之，以爲聞所未聞，倩胥録副藏之篋衍。"侗按：鄭復光，字浣香，歙縣人。

冬月，先伯由京歸里。

《程侍郎遺集·送張石州歸里》五古四首。"空谷隘知見，北遊恣所學。學成被放歸，不乃名所剝。名食千載後，葉火愧獨覺。當其困儃際，如鬥去其角。

公然一第艱，年富志方卓。拙目蚨且欺，無亦道太觳。詎知鶄兮手？文錦薦美珏。西來佇好語，中霍鳴鷟鸑。"（一）"經訓貴門逕，博覽岐中岐。會岐入經衢，非博焉所施。君慧涉萬卷，如將登高卑。視剝淺冞深，守信尤勇疑。書缺等斷潢，其旁有神師。冥心儀前古，所邁皆歙奇。經明學既通，出處會有時。"（二）"小學貫羣籍，喜子通不執。六經皆勃窣，麟筆尤所急。妙悟恒證聖，匪鑒匪重襲。餘事及詞翰，秦漢藻羅香。文成思則綺，篆罷墨猶湆。近志九容奧，欲使四元立。門水郤西流，聞響當闖入。"（三）"君祖授我嚴，獎誨若子姓。君嚴我同譜，所契挫其敬。交誼六十載，詫君獨也正。逸氣陵參墟，清盼徹水鏡。朱邸延不赴，（原注："惠邸慕君名，懸榻以待者三年，卒辭不就。"）書窟卧以詠。記衰苦多誤，君去誰予靜？解刱私自喜，君去誰予證？單車太行脊，況乃朔風勁。古屋環水石，積卷帶鐙檠。賴有祁黃羊，犯雪遠相迎。"

撰《新建關帝廟記》："義井鎮在平定州治西十里，距吾家陽泉山莊五里。吾家由義井迤西南行，山如唅呀，曲折深抱，如奧如窔，轂轍所不通也，義井則當孔道。行人自州城出，塗勢始陟登，登南天門，俯瞰義井，晨竈之煙劣際嶺半，軒軒然西面之大斬也。繇是尋轍嶺坂，劌石角，輞金火迸，硡然一聲，兩輪錯數尺許。行者皆下，側步棘行車軸旁，睛〔三二〕不敢眴，喘不遑息，邅迴五六里，天門之險乃斂。越數武，抵義井，沙平如砥，人語微譁，行者至此，爲之一快。取道出平定者，例以義井爲憩食之轃焉。余自童時往來此間，即見道旁有古廟數楹，塑像叢萃，漫漶不可省。每春秋社，村人疊鼓祈福於此。歲乙未，余自京師歸，重過斯里，則向之敗屋圮垣而峨然高，而華然壯，詰諸里人，曰：'此新建關帝廟也。'問前塑像，則曰：'亦裝新之，祔祀于帝左。'問塑像誰若，奚以祔祀？則觭縷而數曰：'爲普陁，爲靈瞻，爲龍馬神，爲勾漏令，爲三官風雨師，爲豐財育嬰宰。'鄉人虔心敬神，滅裂不敢，故祔諸帝左也。余惟天地間無在非神之所棲也，而自魏晉已下壯繆之威拉霆挫電。其它自縱衢衡壤、高郡下邑、通澤曲墅、深凹窮谷多至恒河沙數而不可紀，其人姓自墨尿、單至、嘆咺、憨憨、婳斫、愚直、猰㺄、詅誺多至恒河沙數而不可紀，而皆惟帝是奉，惟帝是愓，則神之威灵蔑有加焉者矣。矧道此者，由天門建瓴直下，心神恢佗，得車不償駸不絓，拔險入夷，儔呵儔獲而俾無忒，不有廟焉，行人曷仰？一里之中，穢有祈，熟有賽，亭毒有穰，急難有占，不有廟焉，衆心曷歸？然則斯舉也，其可緩哉？廟始事于道光五年，董其事者共十人，或傾藏橐，或募遠方，經理一志無私無怠，凡用金錢千有餘緡，至道光十有五年落成。余既獲瞻新構，里人因屬爲記，并勒樂施姓名于板之脊。"按：碑記，文集未載，州志失收。繼往歲禪巌避暑，路逕義井，卧讀碑下，暇日書出，附此備采。

十六年丙申，三十二歲。

《任立青墓誌》：孫淇園撰。"道光丙申，余因張揮五表兄獲交王丑石先生，小集公忍堂。君偕張叔正、石舟輩輒來造訪，情話之親，久而加密。於是揮五設酒果，令座客各出所藏書畫法帖、刀劍圖章、名墨古玩之屬，相與衡量，以爲笑樂。酒後耳熱，起舞中庭，步月聯句。歸座，聽君說經，石舟講小學，娓娓動人，致足樂也。"侗按：王仁壽，字丑石。孫淇園，字左泉。張琴，字揮五，故浙江建德令張去非先生之子。

孫君左泉贈以寶賢堂龜硯，先伯舉宋坑小硯、王良常墨迹爲報。繼按：良常名澍，字若霖，號虛舟，金壇人。康熙壬辰進士，歷官給事中。著《閣帖釋文考正》、《虛舟題跋》、《補原》、《禹貢譜》。

夏，復之京師，以知縣歸部候選。

《落颿樓文稿·與王腒軒書》："垚于知名之士不敢妄與投契，而必求有真性情者乃與訂交。數年來僅得平定張石舟一人，以此故耳。"繼按：王大令腒軒，名梓材，鄞縣人。甲午優貢，正黃旗教習。著《增補宋元學案》。

審定祁鶴皋太史《西域釋地》，又校訂《西陲要略》四卷。侗按：《山西通志》："祁韻士，字鶴皋，壽陽人。乾隆戊戌〔三三〕進士，由編修進中允，改官戶部，歷員外郎中。嘉慶中，以銅案事牽連下獄，遣戍伊犁。及抵戍所〔三四〕，值松文清公爲將軍，待以殊禮。文清纂輯《西陲總統事略》，延令屬稿，因撮其要成《西陲要略》、《西域釋地》二書。"

祁叔穎《〈西域釋地〉跋》:"今年夏,服闋入都,乃託石舟鼇訂體例,付諸梓人。《要略》四卷亦將續刻云。"

《月齋文集·〈西域釋地〉序》:"《西域釋地》,姻丈祁鶴皋先生戚所著書之一也。天山南北疆域山川,條分件繫,考古證今,簡而核矣。至喀什噶爾、烏什、庫車之譯名與欽定《新疆識略》不同者,先生成書在丁卯、戊辰間,傳聞異詞早定〔三五〕簡札,非誤也。巴顔喀喇山之卽古昆侖也,欽定《河源紀略》有定論矣。先生以非所身親略之,而於蔥嶺之南北兩支星宿海之潛源重發,則縷擘焉。昔人爲輿地之學者,每云目驗得之,是書亦猶是義爾。頃者,先生令子叔穎侍郎寫定遺書,先以此本開雕,屬瀛爲校定體例,因綴數言,弁諸卷首。"

校定《安玩堂藏稿》。

程蘭翹學士《〈安玩堂藏稿〉後跋》:"道光十六年始校閱,八月而成,任其事,訂其訛。張石州大令,卽張蓀圃太夫子之文孫也。"伺按:蘭翹學士初名昌明,後更名昌期,歙縣人。中嘉慶甲戌進士,官學士。《希音堂集·程翼垣德政頌序》:"張大父師來宰歙邑,稚子昌明得於下車之日甄入門牆,飲食教誨,權輿無已。"

校訂《吳侍御奏稿》。伺按:《壽陽縣志》:"吳玉,字之璋。家貧力學,由進士任知縣,政聲大著,授廣西道監察御史。憲宗卽位,誅魏瑒,詔開言路,玉應詔慷慨陳奏,上嘉納。又劾輔臣劉鴻訓納賄,擅增勅書,詔對文華殿,抗詞不少屈。上嘆曰:'真鐵面御史也。'丁父憂歸,一時公私過者咸憚伏曰:'壽陽今卧一虎矣。'然亦由此爲時所忌。服闋,忌者思有以中之,乃外遷爲河南參議。有奏書稿十篇。"

《月齋文集·書〈吳侍御奏稿〉後》:"壽陽祁叔穎侍郎謀梓鄉先生《吳侍御奏稿》,而瀛遑任校讎之役。"九月朏。

《月齋文集·〈落颿樓文稿〉序》:"子惇以道光十五年入京師,館徐星伯先生家,先生數爲言其地學之精。越一年,乃相遇於道州何子貞同年所,卽承以《〈長春西游記〉'金山以東'釋》

見示，并讀其《落颿樓文稿》，此所刻前二卷是也，由是往來遂密。"

"子惇留京師，爲桐城姚伯卭憲總[三六]校《國史地理志》，寓内城，間旬出相訪，則星伯先生爲烹[三七]羊炊餅召余共食，劇談西北邊外地理以爲笑樂。余嘗戲謂：'子惇生魚米之鄉而慕羴嗜[三八]麥，南人足不越關塞而好指畫絕域山川，篤精漢學而喜説宋遼金元史，可謂三反。'子惇聞而軒渠，以爲無以易也。"侗按：沈垚，字子惇，烏程人。優貢生。著《落颿樓文稿》，刻入《連筠簃[三九]叢書》。徐松，字星伯，大興人。嘉慶乙丑傳臚。著《唐兩京域[四〇]坊考》、《西域水道記》、《新疆志略》等書。

作《趙倢伃玉印歌效昌谷體》，并序："印，仁和龔定菴主事家故物也，印，嚴東樓家故物，後歸項墨林，又歸李竹嬾，又歸定菴。今歸番禺潘士成郎中。玉質精白妙潤，世無其比。余以慮俿尺度之，高七分，徑一寸劣，繆篆，文四，曰'倢伃妾趙'[四一]。"倢"從系，"趙"字内含雀頭三[四二]。按：《漢書》趙氏倢伃三，鉤弋夫人也，飛燕姊、弟也。飛燕後立爲后，弟亦進昭儀，皆不終於倢伃。則此印應屬鉤弋矣。"

十七年丁酉，三十三歲。

《月齋文集‧〈舊拓醴泉銘〉跋》："余獲見宋拓二：一爲南海吳荷屋中丞所藏，丁酉春酒邊匆匆一觀，未暇審正，後歸粵商潘氏。"

《月齋文集‧〈程侍郎遺集〉序》："丁酉夏，穆將歸應鄉試。行有日矣，公置酒相餞，漏過午，拳拳不放別。乃穆甫出都門，公遽感暑疾，久不瘳。祁叔穎尚書日往省，頓之頃尚以穆試事爲念[四三]。"

撰《〈説文答問疏證〉敘》："《説文答問》一篇，嘉定錢曉徵先生著，文載《潛研堂集》第十一卷中。甘泉薛均爲之疏證，釐成六卷。薛氏纂述，他無所見，惟劉玉麐《甓齋遺稿》内附有案語數條，蓋亦明於小學者也。此袟舊無刊本，新城陳石士先生督學浙江始刊行。先生差旋，以二册相貽，適黔西孝廉史君吉雲見之，意其有裨初學，而初刻體裁小遠大雅，謀新剞劂。余亦從臾其事，相與醵金付雕，越兩月工竟出。首舊有甘泉訓導李溟敘，舛誤特甚，刊去之。薛氏於錢君此著用功亦勤，聲音、訓詁[四四]、偏旁、假借多有發明，信詹事之功臣也。然有不可解者，古人爲一家之學者雖片言隻字亦甄錄不遺，而薛於錢君諸書似皆未繙檢，故其所疑有明有錢説可證，顧支離其詞作不解之結，則於牋釋之例稍乖也。他如'昬'當從'民'，'朎'當從'舟'，'簪'之作'兓'，'柴'之訛'些'，'子之還兮''還'或作'營'，'築臺臨黨氏''黨'本作'爪'，此類甚夥，并宜采入，而薛概不及，是其疏也。又其中附有經世案語數條，強作解事[四五]，尤爲淺陋，以元書所有姑亦仍之。許書義蘊宏奧，乍讀未易通曉，學者誠由是而精覈焉，觸類引伸，旁通曲證，於以仰鑽古訓，必有異乎俗儒之拘牽者。薛氏之功又曷可没哉？"繼按：錢大昕，字曉徵，嘉定人。乾隆翰林，官少詹。著《潛研堂集》等書行世。

《補菴公行述》："嘗客黎城，得利氏同文之術，於中西算法雅有契悟。惜乎洞淵、松庭之奧，瀛遅今始得聞，未及與兄切究之也。"

又"今卜道光十七年十一月二十八日[四六]，葬兄洞嶺先塋之次。瀛遅既匄諸兄之契友李君怡山鐫銘于幽，復攄掇梗概述爲此文，以志吾痛，且以貽其子孫[四七]。"

《饅飢亭集·寶賢堂龜硯歌爲張石州作》。龜書世莫識，龜卜廢已久。惜哉有墨不得食，曳尾甘向泥塗走。元精萬古淪石髓，兆坼依然見奇偶。強作硯田已失職，況令龍尾嘲牛後。翩翩晉王孫，一見勝瓊玖。置之寶賢之高堂，禹篆孔銘相左右。玉魚不死繭紙出，三百年來誰與守？世間俗書逞姿媚，黍[四八]簡駥駥變蝌蚪。蚖蛇得意兔夜哭，靈蠵義不污其垢。張君嗜古飽奇字，著書不復憂覆瓿。下揖冰斯上軒頡，感激石鼓悲岣嶁。元夫闖然乃入戶，衆目驚陞[四九]笑且醜。臨池濡墨獨狂喜，至寶肯落豫且手？君看長安諸少年，黃金爲印龜爲鈕。纍纍若若真可憐，富貴浮雲一何有！豈無石卿侯？豈無文字友？玉堂新樣豈不佳？月露風雲忍相負？讀君詩，飲君酒，送君還鄉歲在酉。酒酣鑽龜爲君卜，龜言抱璞終當剖。烏虖抱璞終當剖！君不見鳳皇麒麟在郊藪。"

《程侍郎遺集·晉靖王寶賢堂硯贊爲石州作》。"辦厥首印，不辦厥足肸。率然蟠朽，妵以黔身。流水有光，宜受别墨之黔。吁！食其墨，則贊三兆。吐其墨，則掞聯藻。無烌黄之祓，而有草元之擾。清事賢邸奉以密，銀河張宿寶其出。甲子五光兮，再見天日。"

是年，詩有《人日春海年文約偕蔡友石年丈、吳荷屋中丞、梅伯言郎中同游海王邨，阻雪不果，乃移尊龍樹院。登高賞雪，談讌竟日，月午方歸。詩以紀之。凡四十韻》[五〇]。侗按：蔡世松，字友石，上元人。嘉慶辛未進士；吳榮光，字荷屋。嘉慶己未進士，官巡撫。精金石學；海[五一]曾亮，字伯言，上元人。道光壬午進士，官户部郎中。古文學姚鼐，詩亦天機清妙，著有《栢視[五二]山房集》。又按：《茶餘客話》[五三]："京城南舊有龍爪槐，僧言三百年前物，前輩詩文集中不多見。徐電發《菊莊詞》載'白門紀伯紫'云：'壬子季夏，僕與合肥龔宗伯、山陽陳黄門陪六六同飲龍爪槐下填詞，此地亦名流屐齒所常到也。'"龍樹院當卽指此。

《寶賢堂龜硯詩》五古，并序："硯，明世子奇源寶賢堂故物也。以慮俛尺準之，厚三寸，博八分，長尺有一寸强。制肖龜形，脩[五四]文一綫塵絡如蛇。世子薨，硯實殉之，後遭伐掘，復出人間。郡文學董君士達得之於晉陽老人，隨珠和璧不翅也。頃歲不熟，董君以三十緡質諸孫君左泉，左泉稔余嗜硯，遂舉相贈。余亦以宋坑小硯及王良常墨蹟爲報。硯舊無箸代，晉府圖書絲褾[五五]亦不可得其始末，惟考世子以宏治十四年薨，余以道光十六年得之，其可知者已三百三十有六年矣。夫以世子之賢之力而不能終享一硯，余又敢堅執以爲己有邪？人生眈好，取供數十年自娛足矣，過眼雲煙，何足計哉？爰鐫銘檟面曰：'元運環周，玉靈不朽。寶賢堂傾秋草平，人生安得如汝壽？'并賦此詩，覬當代著作家屬而和之。越一歲上元[五六]，月齋居士記。

鉛鐵鏟山翠，湍涓麕羊根。瑩[五七]膚出子石，形模何渾渾？一綫絡背腹，宛宛脩蛇夔。巧匠神悟開，琢肖龜趺蹲。列宿應元武，神物歸高閣。世子富金石，博雅過王詵。供入寶賢堂，欣契忘朝昏。老硯得巨賞，氣象爲之尊。謂當酬知己，萬古殉王孫。青青陵陂麥，金椎隱其齦。山鬼憚賊忍，睒目韜荒榛。玉盌鬱復出，象齒慘被焚。神物委路旁，倏忽瓦甗鄰。老人揩病瞖，拾歸裹書幡。流落曁可慰，真鑒世無存。我生但癡慧，訪古雙足皲。此事洞本末，乃聞諸董君。董君不能寶，䭇釜斷晨飧。貫[五八]汝謀復活，太息手屢捫。慨忱孫居士，達識信眇倫。至寶不自私，取人仍予人。喜心生感激，投報矢弗諼。半生困筆硯，抱璞聲暗吞。詹尹不我謀，錯靡輪蹄奔。石又不能言，詎勞災楚燔。聊用庋短几，蛇蚓雜蜿蟺。萬事等雲煙，變滅豈有痕？結習難破除，策勳望卿雲。"

《題胡褐公〈金陵勝蹟畫册〉》："方雪瓢先生跋云：'余邑怡翁周先生負高才，多怪少可，著有《荒蘚園橐[五九]》。晚歲游金陵，師事田閒先生，與褐公望衡而居，晨夕過從，得褐公畫最多。此册二十四景，皆先生游屐所至[六〇]，有詩有記，載《荒蘚園橐》中。'云云。"

十八年戊戌[六一]，三十四歲。

《肙齋詩集》注："戊戌春，頌南初訪我於太原會館。穆時將南游，匆匆一談而別。"侗按：陳慶鏞，字頌南，晉江人。道光壬辰進士，官御史。

《肙齋文集·〈程侍郎遺集〉序》："次年，穆將南游，迂道入京師哭公。子儀孝廉以遺稿相授，塗乙潦草，首尾多不完，或篇題殘脫，乙酉以前之作竟無一字存，疑公尚有清本藏之別笥，子儀未檢獲也。"侗按：《詩集》注："侍郎歿，未幾子儀孝廉繼亡，遺孤甫四齡，悴弱可念。"

《顧譜》注："先生手蹟向藏修來先生家，頃歸胡北[六二]荆宜施道陶君槩所。穆于戊戌春獲觀，録副存之。"侗按：《顧譜》："康熙四年，與顏修來光敏訂交。"注："修來，一字遜甫，曲阜人。康熙丁未進士，官吏部考工司郎中。著有《樂圃集》。"

八月，謁蔡友石於江寧里第。

《月齋文集·〈癸巳存稿〉序》："歲戊戌，以公車在都。穆自西來，將南游暫事羈棲，與朝夕見，殆將百日始別去。而理初留滯會邸，至十月乃南歸〔六三〕，復相遇於泰州道中，因與偕謁祁叔穎學使。學使厚欬之，約其春初復來。"

冬，譔《祭任太素先生文》。繼按：《平定州志》："任質澶，字太素，號魯莊。乾隆壬子解元，官廣西藤縣知縣。著《四書句讀》、《諸經要領》、《諸子會抄》等書。"

《閻譜題詞》："憶戊戌冬襄校淮安，見閻氏之應試者尚多遺容、志傳，必世守焉，不可當吾世而失之也。屬同年何子貞編修致書學使者張筱浦侍郎，行文淮安學官，向閻氏後人索之。越數月，得學使復書，則復申所撰行述、世宗憲皇帝祭文輓詩巋然俱在，意潛邱之靈實默相焉，爲之意愜者累日。"侗按：《閻譜》載世宗祭文："維康熙四十有三年歲次甲申六月朔己巳，越十有七日乙酉，皇四子多羅貝勒以剛鬣柔毛之奠，致祭於召試博學鴻詞、待贈徵仕郎、内閣中書舍人百詩閻老先生之靈。曰：'嗚呼！聖有四教，天有六經，著性開道，益智增明。自古在昔，賢哲代生，闡幽微顯，咀華含英。爰至我朝，登三咸五，文治昌崇，邁越千古。蔚彼儒林，或出或處，論述麒麟，流聲區宇。先生挺出，羣賢之標，家世弈弈，衣冠而朝。聰明踔厲，頭角垂髫，既長篤學，矻矻晨宵。孫敬編柳，高鳳漂麥，董生下帷，舍園坐隔。不爲榮利，沈思經籍，仰視屋梁，俛披簡策。當其未得，痼寐之求，萬鍾千駟，莫解厥憂。當其得之，飛舞泳游，如鳥入雲，如魚脱鈎。下筆吐辭，天驚石破，讀書等身，一字無假。積軸盈箱，日程月課，孔思周情，旨深言大。嘗入鎖院，厄於有司，徵書下賁，桂巷杉籬。遂自蓬茅，揮翰肜墀，歸而杜門，名山永期。縉紳士夫，東西造請，小子後生，執經守屏。道日以穹，望日以迥，靈光巋然，長淮南境。余從知學，即耳先生，旋讀所著，嚮係益誠。惠然肯就，安車之迎，懷鉛挾槧，樂我書城。方圓久習，用祛蒙陋，乃兹溘然，月未三殺。嗚呼先生，人亡名壽，詩紀毛傳，書從伏授。禮學精邃，先後鄭君，春秋昭揭，杜范齊尊。此數子者，雖逝實存，嗚呼先生，庶幾同論。維是薄殖，誰與考業？聚短離長，音容莫接。陳醴苾蘩，芳甘飲食，布奠傾觴，式增淒惻。嗚呼哀哉！尚饗。'"又輓章云："褒衣博帶鉅儒身，瞥見松堂縿幕新。天上星躔歸處士，人間藝圃失經神。魯魚猶辨讎書力，辰巳先徵入夢因。絕勝匡牀揚子宅，謝家庭樹有奇珍。""清流地望表清淮，北海碑前絳帳開。一萬卷書惟子讀，三千里路爲余來。春風依檻鋪紅藥，夏雨臨窗潤錄槐。花下談經無兩月，那堪二竪鎮相催。""自昔儒英并大年，先生白髮已蕭然。初疑瘦骨全符鶴，詎料輕身早蛻蟬。舊德豈嫌百歲耄，古稀猶欠一春延。遺編歷落珍珠字，留與韓門籍湜傳。"又按：張芾，字筱浦，陝西涇陽人。道光乙未翰林，官至江西巡撫，卒謚文毅。

冬十月二十五日，先伯母劉孺人卒，年三十有四。

《臘八日由江陰使署寄諸兄書》略云："弟婦於十二月十五日竟爾殂謝，不能無愴於懷。前禹東旬來，言大病之後忽然大愈，弟知其非佳兆，但口不願言耳。幸尚無子女之累，差少葛藤。一切衣棺，聞大兄俱偕立青、揮五諸兄安置妥貼。少婦新亡，萬無久停在室之理，而弟又急切不能旋里，弟意百日內外，必卽安厝。凡親友俱不驚動，有送禮者，香紙則領，錢帛則璧，慨[六四]不受弔。擇定葬期，卽日發引。前我籌之，弟另有書致之，其感激之忱則非筆所能宣矣。凡此者，弟非儉於亡者，亦非矯情干譽，實揆之於禮只合如此。禮得則心安，弟心安則亡者之心亦安矣。夢松弟天性明厚，亦必不我責也。"侗按：劉夢松，字子固，號芝谷。廩貢生，長治縣訓導。

《饅釿亭集·寄園雨坐呈蓮西》詩有"人生聚散如搏[六五]沙，舊雨乃在江之涯"。自注："石舟自都初來。"《江陰城南登舟詩》有"客燕賓鴻數往還"。自注："蓮西西旋，石舟南來，小泉、小璘次第俱還。"又《次和石州兼述舊懷》三首。其首云："遠遊何幸得同聲，放棹中流自在行。陶令之官心已素，阮公不醉眼常青。海邊鷗鷺能訓客，林外蜩螗任沸羮。且擬從君文字飲，六朝山色一杯傾。"又《戲和石州結罾》詩。又《雨泊鎮江西門外，石州與家兄酬唱竟夜，情詞拳然。次和》有"塞鴻來有信"句。自注："石州得家書。"又《石州答送盆梅，次和》。又《立春日紫薇庭小集，分韻得"書"字，呈張石州并幕中諸君子》有"候誰稱孝友，與我共畜畚"局[六六]。

是年，詩有《過紀文達公故里》七律。侗按：紀昀，河間獻縣人，字曉嵐。乾隆進士，官至協辦大學士。貫徹羣籍，旁通百家。修《四庫全書》，昀爲總纂，校訂整理，每書悉作提要，冠諸簡首。卒謚文達。

《漫河道中》七古。阜城縣屬。

《舟次高郵，有懷賈惠人先生》七律。侗按：《平定州志》："賈亮采，字惠人，高郵州人。官平定州知州。"《五月下旬，初抵江陰。春圃侍郎邀偕同幕諸君游君山，晚讌存雪亭，即送許蓮西大令歸里》五古。侗按：《江陰通志》："存雪與列岫對峙，亭下梅六株，姚秋農先生補題存雪。"又《山西通志》："許長庚，字蓮西，平定人。嘉慶丙子舉于鄉，官知縣，所至有政蹟。生平博涉典籍，怡情詩酒，爲文下筆立就，尤長于駢體，有初唐風格。性脫洒，不立崖岸，故後進皆樂就之，祁文節、張鐵生皆出其門下。著述甚夥，《小丁卯橋詩文集》已刻行世。"

《送蓮西歸里，用春圃侍郎登君山送別元韻》七律。

《病起書懷，時蓮西俶裝將發，即以奉柬》七律。

《妙相禪林》五古。寺在江寧城西，寺偏有屈子祠堂。

《報恩寺塔》七古。侗按：《江西通志》："報恩寺，在江西吳縣治北偶。本吳通元寺，唐改開元寺，吳越爲報恩寺，今稱北寺。中有浮圖，稱北寺塔。"

《四松菴》七古。原注："菴側陶雲汀建惜陰書院，中肖晉太尉長沙桓公像，蓋隱自寓也。"

《秋蓬坐雨，次漁莊韻》五古。侗按：漁莊名宋藻，叔穎尚書三兄也。中道光癸卯舉人，著《鋤經堂試帖》。

《隨園》七古。侗按：隨園，袁枚別墅也，在江蘇江寧小倉山。本隨氏之園，枚得之，始改名隨園，今已廢。

《留贈紫琅試院古桑，并[六七]懷祁六太史幼章》七古。侗按：《山西通志》："祁宿藻，字幼章，文端公弟也。道光戊戌進士，官江寧布政使。時粵匪竄擾，順流東下，直逼會城。公爲守禦具，晝夜部署，至廢寢食，憤鬱成疾。及賊至，力起登陴，忽嘔血數升，暈絕仆地。昇歸，遂卒。贈都察院右都御史，謚文節。"

《攝山棲霞寺》五律。侗按：山多藥草，可以攝生，因名。《南史·明僧紹傳》〔六八〕:"僧紹,明經有儒術。宋元嘉中,再舉秀才。魏克淮南,渡江抵定林寺。齊高帝欲見之,遁還攝山,建棲霞寺居之。"

《送趙君心園歸壽陽,用春圃五兄韻》七律。侗按:趙復正,字心園,壽陽人。時遭兄喪,議葬事,故次章及之。

《蔡小石行看字〔六九〕》五言二首。侗按:小石名宗茂,世松太僕之子也。道光癸巳進士,官司業。

《京口行》七古。

《通州道中喜逢俞理初孝廉》五律。

《題湯雨生將軍貽汾太夫人唸釵圖》:"《斷釵詩》二章,湯雨生將軍母楊太夫人作也。釵爲太夫人尊人所賜,時從宦昆明,年十四。嘉慶甲子冬,雨生先生官揚州,奉太夫人寓居瓊花觀,一夕釵斷而成此詩。太夫人春秋五十有三,距賜釵時三十九年矣。太夫人生平所爲詩甚富,自其舅與夫殉節海外,遂取舊稿盡畀祝融。豈期垂暮之年重抱思親之痛,長言詠歎,有不自知其所以然者?雨生先生掇拾零章,繪圖徵和,而吾宗沅蘭夫人點染工妙,翻陳出新,可爲兩美,適合唱于和喁矣。予既錄原詩附諸圖後,并識其顛末如右。"侗按:湯貽汾,字雨生,武進人。官副將,詩書畫稱爲三絕。晚寄寓江寧,洪秀全陷金陵,投池殉難,諡貞愍。所著有《琴隱園集》。

《淮安試院雨》五律。

《十一月二十九日渡廣陵江阻風,偕同人登浮玉絕頂》五古。
侗按:釋應之《頭陀巖記》:"金山昔名浮玉,因裴頭陀江際獲金,李錡奏易名金山。"

《題劉右宗〈十八尊者卷〉》,并序:"此卷春圃侍郎得之於壽陽崇福寺僧,卷末題云:'余宣和避亂流落江左,無聊信步,遂詣沿江尋幽。偶住白雲寺,與高僧談佛法甚久,喜而繪此十八尊者以謝。車輅院待詔劉右宗識。'右宗爵里無考,惟鄧椿《畫繼》'屋木舟車門'所載劉宗古,其蹤蹟、畫法與此脗合,而名則誤倒,且訛'右'爲'古'。李申耆先生又云:'江陰縣西青山,其東南兩峰間有白雲菴,《志》稱宋時建,與畫中所題"沿江尋幽,偶住白雲寺者"合,當係侍郎伯祖北溟先生宰江陰時得此於緇流,歸而佈施於崇福者。'趙璧既歸,而侍郎節院又適在北溟所治之區,亦奇緣也。戊戌冬,侍郎出此卷,屬客題之。"繼按:李兆洛,字申耆,武進人。嘉慶進士,官知縣。著《李氏地理五種》行世。

《春圃五兄惠盆梅賦謝》五律。

《悼婦篇》五古。

《除夕雨》七五〔七〇〕。

十九年己亥,三十五歲。

正月,大雪中登君山絕頂,拾松枝煮酒而飲。

著《俄羅斯補輯》一卷。繼按:《補輯》初收於《北徼彙編》,又收於《朔方備乘》并《經世文續編》。復檢《備乘》中又收《冃齋籤記》一卷,亦先伯著也,未知撰自何年,附識備考。

《冃齋文集・俄羅斯事補輯》:"黔〔七一〕俞君正燮著《俄羅斯事輯》,顛末縷詳,瀛壖讀而嘉之。既得文清公松筠《綏服紀略圖詩》,注載西北兩邊情形頗悉。其述俄羅斯事有足補俞君之闕者,因條列而文綴之,著於篇。蓋文清駐劄庫倫,經紀通市事閱八年,聞見既真,紀錄自備矣。題曰'補輯',凡俞君所已詳者,不復徵也。"侗按:松筠,字相浦,姓瑪拉特氏,蒙古正藍旗人。嘉慶進士,官至大學士,謚文清。著《綏服紀略》、《西招圖略》、《西藏巡邊記》等書。

《冃齋文集・〈癸巳存稿〉序》:"己亥正月,理初果相訪於江陰。未市月,余隨軺車北渡,歷試徐、海諸郡,遂由淮安入都。"

祁叔穎《〈冃齋文集〉序》:"歲己亥應順天鄉試,携瓶酒入,監搜者呵曰:'去酒。'石州輒飲盡,而揮棄其餘瀝。監者怒,命悉索之,破筆硯,毀衣被,無所得。石州捫腹曰:'是中便便經笥,若輩豈能搜耶?'監者益忿,乃摭筆囊中片紙,有字一行,謾曰:'此懷挾也。'送刑部。讞白其枉,然竟坐擯斥,不復得應試。於是僑居宣武城南,閉戶著書,益肆力於古。阮文達公見其撰述,歎爲天下奇作。"侗按：阮元，字伯元，號雲臺，儀徵人。乾隆進士，官至體仁閣大學士。歷官中外，所至以提倡學術自任。在史館倡修《儒林傳》，在粤設學海堂，在浙設詁經精舍。又校刊《十三經注疏》，彙刻《學海堂經解》等書，以餉學者。所著曰《揅經室集》。卒謚文達。

《朋齋詩集·述懷感舊詩》："祝犁大淵獻，我菁文字屯。俞君在南服，馳書來相詢。許君屬目擊，奔愬詞激辛。安邱搯老摯，敢憤不敢噴。不傷斯文玷，所傷原憲貧。意異情則同，氣類吾輩真。"

九月，爲祁漁莊序《鋤經草堂詩草》。

《鰻釳亭集·海州五首送張石州入都》。其三云："大海日東下，鴻波何時旋？坐令雲臺山，移置當平田。山中有神鳥，毛羽五色鮮。世人不能識，名之曰鳳焉。魯門鍾鼓多，爰居避不前。嶧山無竹實，孤桐私自憐。翩分鵷寥廓〔七二〕，下視鵬垂天。一飽豈所求，和鳴良獨難。焦尾亦不惜，所惜無成連。"

是年，詩有《正月三江日，陰大雪，登樓曉望》〔七三〕七古。

《留別春圃侍郎、幼章太史》五排律。

《徐州試院寄懷，次叔穎校射韻》七律。

《海州試院臨發，奉酬同硯諸君》五古。

《送許印林歸日照》七古。

二十年庚子，三十六歲。

繼伯母趙孺人來歸。

《行述》："趙恭毅公元孫，東河縣丞學彭公女，贊善振祚公妹也。"侗按：趙申喬，字慎旃，又字松伍，武進人。康熙庚戌進士，官至吏部尚書，謚恭毅。孫學彭，字子述，侯〔七四〕補東河縣丞。振祚，字伯厚。道光乙未進士，官贊善，改籍宛平。

是年春，寫就《玉局心懺》一册，付梓行世，後附黃石齋跋一通。

二月，先伯叔正至都。

夏，俞理初卒於金陵惜陰書屋。

冬，沈子惇卒於京師。

《月齋文集·〈落颿樓文稿〉序》："越四年，而子惇遘瘵疾卒于會邸。時子貞扶文安公柩歸里，穆朝夕守護醫藥，比視含歛，殯棺野寺，哭奠成禮乃去。"又"庚子十月，忽手錄所譔《漳南滱北諸水考》見貽，其意懇懇然若有所諄屬者。未及一月而子惇病且死矣，垂殁猶力疾檢施北硯《遺山詩箋》初印本相付。北硯者，烏城[七五]老儒，熟於金元掌故，子惇所嘗從問業也。"

《〈癸巳存稿〉序》："其年冬，學使還朝，余假[七六]得《存稿》副本。"

譔《公祭栗恭勤公毓美文》。侗按：《山西通志》："栗毓美，字友梅，渾源州人。嘉慶六年，以拔貢生官河南知縣，歷升至東河總督，卒諡恭勤。吏民立廟以祀，俗稱爲栗大王云。"

是年，詩有《送三兄還里》五古。

《吳誦芬舍人齋中觀菊》七古。

三[七七]十一年辛丑，三十七歲。

著《魏延昌地形志》。

《月齋文集·延昌地形志序》："穆初讀《水經注》，卽謀博徵典籍，撰爲義疏。黔[七八]俞君理初教之曰：'是當先治《地形志》。'取而讀之，苦其蕪亂。大興徐丈星伯嘗扣以收《志》分卷之由，亦茫無以對。單心鈎稽，退寫爲圖，圖成，始恍然曰：'此非北魏之志也。'而自來談拓跋疆域者，率以是志斠其里到，遇有收所失載之郡縣若建陽、長松之類，輒以爲後人羼亂，偵矣！於是更事排纂，勒爲此志。"

著《水經注表》。

《月齋文集·復徐松龕中丞書》："論恒河卽安額河，雷夐海卽鹹海，亦於拙著《水經注表》有闗，當卽掇入敝帚之中。"繼按：徐繼畬，字松龕，五台人。嘉慶丙戌進士，官至福建巡撫。著《瀛環志略》、《松龕文集》。

八月，先伯從《永樂大典》十二先"元"字韻中，寫出《元朝祕史譯文》十五卷。

《月齋文集·〈元朝祕史譯文〉鈔本題詞》："《永樂大典》十二先'元'字韻中載《元朝祕史》一部，八冊，十五卷，不詳譔人名氏。其卷次亦《大典》約爲區分，本書蓋都爲一袠也。每段前列蒙古語附以譯文，此所鈔者其譯文也，外間更無傳本。錢竹汀詹事《元史氏族表》，首所列蒙古諸姓全據此書而不著書名。聞徐丈星伯云，程春廬京丞曾手錄一通，於所著《〈元史〉西北地理考》中婁引之。今《地理考》爲人竊去，所鈔《祕史》亦遂不可蹤躋。穆於辛丑之秋幸緣守藏吏獲觀寶笈，爰假寓功臣館逐寫數種以出，《祕史》亦其一云。"

又畫元《經世大典》西北地圖。

《閏譜》注："穆於辛丑七月從《永樂大典》畫出元《經世大典》西北地圖，以詒魏君默深刻入所輯《海國圖志》。"侗按：魏源，字默深，邵陽人。道光進士，官高郵州知州。所著有《海國圖志》、《聖武記》等書。

是年，先兄孝蘭生。

十二月二十二日，爲閩軍事，《與祁叔穎樞密書》："叔穎五兄尚書閣下：一昨於相識處得浙士獻潤峯將軍書一通，即攜稿來奉閱，書意曲折，盡勢計慮，亦似周密，不知將軍曾采納否？出師已閱四月〔七九〕，攻勦之計未聞，想此生言亦未必售也。近來詣闕獻書者紛然，各竭其愚以應聖人之求。聖度淵深，誠未敢仰測。竊揣當軸者，早目笑置之也。天下大矣，庸必無婁敬、王猛其人出爲世用？但恐酒美幟高，如韓子所譏耳。今日下詔，明日必有應詔之人，其應者必擁腫曲拳而可笑如此。五六輩後，逆料天下人才不過如是，來即揮之。揮不數人，其不才者固不來，其才者亦竟不來。即來，亦毅然揮之不顧矣。何則？不揮者其勉強，而揮者其所習慣也。以求始，以揮終，昌言于衆曰：'天下無才，誰敢執其咎？'然而天下士[八〇]何堪如此敗壞也？夫今日獻書之人，未知果志切同仇邪？抑歆於利祿邪？志切同仇者，尚矣。彼歆於利祿者，亦惟若某輩可從而議其後耳。國之大臣，不當以此責天下士也。即如今日軍前所調之官，有人人知其庸録無能、不足供驅策者，而朝廷皆如所請與之，豈不以杜庸才倖進[八一]恐并真才自靖之路而杜絶之哉？十月後，挾策以進者不一人，自一張鴻發交將軍外，其餘皆置不報。前日閩生之來也，衝寒歷險，間關六七千里，僅蒙傳諭釋放，免其看押。夫使此生不嬰憲網，不遭寇燹，亦安往不得其貧賦[八二]？乃甘受看押之辱，更邀釋放之恩哉？某非謂閩生之策必有可采，惟念凡類此者皆宜詳其然否，究其蹤蹟，明發綸言，分別處置，俾人知聖天子求才既切，旌別又嚴，庶幾真才漸出，出亦有爲世用之望焉。嘗見今代御史論事有洞達事理、通知體要者，亦有塗附舊例、毛舉細故者，其言雜然不一。上皆俛可其奏，特旨報聞。是以每有敷陳，未甘緘默。鄙意獻書一節，宜略推此意待之。昨因讀浙士書，有感於中，惟閣下相愛之深，遂以奉告。舊疾舉發，不克詣談，謹遺[八三]書以聞，實其狂瞽而進教之，幸甚千萬！"

《月齋詩集·武梁祠畫像歌》注："許印林在沛寧以書相招，不果往[八四]。"

是年，詩有《題陳淮生〈金門宦隱圖〉》七絶。侗按：陳蘭第，字淮生，碩士宗伯之子。時官比部，後出守澤州。

《題勞介甫〈霜林覓句圖〉》七古。原注："介甫名勳成，李村巡檢，時駐葛沽監鑄礟。"

《和東萊侯瘦鶴留別元韻》七律。

二十二年壬寅，三十八歲。

《月齋文集·〈鏡鏡詅癡〉題詞》："逮丑寅之交，海孽鴟張，或頗詫其善以遠鏡立船桅上測內地虛實，惜無能出一技與之敵者。穆因從臾當事，延浣香幕中，以所録副本爲券。當事既不甚措意，未幾撫局大定，議亦遂寢。"

《月齋文集·陽冰説答祁叔穎尚書》："承詢《海賦》'陽冰'之義。案：李善注曰：'言其陽則有不冶之冰，其陰則有潛然之火也。《晏子春秋》曰："陰冰凝，陽冰厚五寸。"《説文》曰："冶，銷也。"'注語本極分明，而或猶不達者，緣未省注中二'其'字，卽其、其，海也。昔俞君理初嘗爲穆校《文選》，批二語於書眉曰：'水北曰陽，南曰陰。'據之則'陽冰'、'陰火'云云者，猶言北海有不冶之冰，南海有潛然之火耳。以南海、北海詁陰、陽二字，不惟實事實情，并注二'其'字亦軒然呈露矣。《晏子》陰、陽二字，亦正作南北解，但不謂海耳。又李注所引《晏子》二語在《内篇·雜上第五》，而'陰冰凝'乃作'陰水厥'，其文曰：'陰水厥，陽冰厚五寸者，寒溫節，節則政刑平，平則上下和，和則年穀熟。'《太平御覽》引之，亦作'陰水厥'。厥，當作瘚。《説文》："厥，發石也。從厂欮聲。"引申爲語助詞。"瘚，逆疾[八五]也。從疒從屰、欠。"隸體厥、瘚不分，故世人多見厥、少見瘚也。高誘注《吕覽》曰："厥，逆寒疾也。""陰水厥"之義正如此，蓋時已沍寒，水流漸瀕，冰將成，而不得卽名爲冰也。然則今注本作'陰冰凝'者，乃并《素問》末[八六]讀之人，嫌厥字不詞奮筆妄改也，而顧千里諸人亦未經校出。唐李陽冰，字少溫，其義卽取諸《晏子》。壬寅十一月，尚書以擬唐林滋《陽冰賦》課庶吉士，多不得解，實則林滋先未省陽冰之義也。"

爲苗先露[八七]校《説文聲讀表》第五卷。

撰《河督栗恭勤公墓誌銘》，尾云："公與先君子同受知於會稽莫公，穆又與兩公子相善也，謹撮敍其政事、議論尤大者，内之幽扃。銘曰：'帝任之傅，公肩之力。財殫牽茭，慮沈鍊墼。五載試行，厥功已豐。北流不復，永式栗公。'"侗按：《清史綱目》："東河總督栗毓美治河有功，創以磚代石之法，後世師之。"

是年，詩有《奉餞薇卿》七律。

二十三年癸卯，三十九歲。

苗先露《〈使黔草〉序》："歲癸卯，子貞集同人勾資，創建亭林顧先生祠於城西慈仁寺西隅隙地。歲春秋及先生生日，皆舉祀事，余與石舟、子貞每舉咸在。余之學私淑亭林，子貞、石州則皆讀亭林之書而仰止行止者也。余老矣，秉燭之光所造能復幾何？若子貞、石舟，吾見其日進，未知所止也。"

箸《顧亭林先生年譜》。侗按：《明史·儒林傳》："顧炎武，字寧人，初名絳，崑山人。年十四爲諸生，耿介絕俗，不與人苟同，惟與同里歸莊相善，相傳有歸奇顧怪之目。其學主斂華就實，救弊扶衰，凡國家典制、郡邑掌故、天文儀象、河漕兵農之屬，莫不窮究原委，考正得失，撰《天下郡國利病書》、《肇域志》、《易音》、《詩本音》、《唐韻正》、《金石文字記》、《日知錄》、《石經考》、《二十一史年表》等書，并有補於學術世道。康熙間，詔舉博學鴻儒科，辭未赴。年六十九，卒於華陰。吳江潘耒叙其遺書行世。"（《年譜》："先生年七十，卒於曲沃。"史誤。）

《題詞》云："謹案：本朝學業之盛，亭林先生實牖啓之。而洞古今，明治要，學識賅《文集》作"該"。貫，卒亦無能及先生之大者。聞桐城胡雒君虔繼按：《文集》"聞"字下有"儀徵阮相國"五字。嘗爲先生撰次年譜，惜未之見。大興徐丈《文集》作"先生"。松鈎稽各書，《文集》作"詩文集"。依年排纂，已寫有定本。《文集》無"已"字，以下有"屬爲釐正"四字。會何太史紹基自金陵來，携有上元車明經守謙號秋舲。所輯譜，互用勘校，車氏差詳。蓋車氏《文集》無"氏"字。本之崑山吳廣文映奎，號銀帆。而吳氏《文集》無"氏"字。又本之先生撫《文集》作"嗣"字。子衍生也。徐丈欲更事釐訂，以出守榆林未遑。穆乃不自揆度，比而敘之，綜兩譜之異同，究大賢之本末。《文集》"衍生"下接"道光二十三年，穆與太史刱議，勾貲爲先生建祠堂於京師慈仁寺西偏。既考，太史謂穆曰：'先生蹤蹟甚奇，學者或不盡知。子盍比而敘之，以語後進乎[八八]？'爰綜兩譜之異同，傳以各書所紀，語務求詳，事期覈實。"云云。世之景行先生者，尚其有考於斯。五月朔日記[八九]。"

箸《閻潛邱先生年譜》。侗按：《山西通志》："閻若璩，字百詩，太原人。年二十，讀《尚書》至古文二十五篇，即疑其僞。沈潛三十餘年，盡得其癥結所在，作《尚書古文疏證》八卷。生平於地理尤精審，凡山川形勢、州郡沿革瞭如指掌，撰

《四書釋地》、《釋地餘論》若干篇。所服膺者曰黃太沖、顧寧人，然于《明夷待訪錄》指其訛謬者不一。寧人出《日知錄》相質，卽爲改訂數條，寧人虛己從之。又著《潛邱劄記》、《毛朱詩說》及《日知錄補正》等書。康熙間，詔試鴻博，不第。世宗在潛邸聞其名，延至京師，索觀所著書，每進一篇，未嘗不稱善。卒後，親製輓詩，復爲文祭之，有云：'孔思周情，旨深言大。'僉謂非若璩不能當也。"

《題詞》云："癸卯夏，穆改訂《亭林年譜》既卒業，念國朝儒學亭林之大、潛邱之精皆無倫比，而潛邱尤北方學者之大師。因取杭大宗、錢曉徵所爲《傳》及《劄記》、《疏證》諸書，排次歲月，爲《潛邱年譜》，將以詒吾鄉後進，興起其嚮學之心。討論月餘，稿草輒具。是年秋，南游江淮，過山陽訪丁儉卿舍人，訊[九〇]以潛邱遺事。儉卿出所著《山陽詩徵》、《柘塘脞錄》見示，頗多采獲。漢陽劉菽[九一]雲學正見之，爲修改十餘條。葉潤臣舍人好爲詩，凡國初人集有與潛邱相涉者，輒來相告，增補加密矣。洎交光澤何願船比部，復以此譜相諗。願船爲析疑彌縫，又不下數十事。於是壽陽祁尚書嘉其用力之勤，欲遂墨諸版，興[九二]顧譜并行。"云云。侗按：丁晏，字儉卿，山陽人。官內閣中書，著《禹貢集釋》三卷附《錐指正誤》一卷、《尚書餘論》一卷、《儀禮釋注》二卷、《孝經述注》一卷、《子史粹言》、《山陽詩徵》、《柘塘脞錄》。劉傳瑩，字菽雲，漢陽人。道光己亥舉人，官國子監學正，著《孟子要略》。葉名澧，字潤臣，漢陽人。官中書舍人，著《橋西雜記》。何秋濤，字願船，光澤人。道光進士，官刑部主事。精西北地理，著有《朔方備乘》及《一鐙精舍甲部稿》。

《虢季子白盤文跋》："此盤與焦山《無專鼎》，皆周宣王時物也。《無專鼎》云：'惟九月既望甲戌[九三]。'甘泉老友羅君次璆，以四分周術推得爲宣王十六年己丑之九月十七日。癸卯秋，穆南遊邗上，出此盤相證，更以次璆之術演之。盤出陝西鳳翔縣，重今權四百七八十斤，銘鑴於腹，四隅有環。自古重器若是[九四]之鉅者蓋尟，陽湖徐燮鈞[九五]令關中購得之，今載歸昆[九六]陵矣。"侗按：羅士琳，字茗香，次璆其別署也，甘泉人。著《舊唐書校勘記》、《比例會通》。

四月，代陳給諫頌南撰劾琦善、奕經、文蔚疏。繼按：疏刻入

《浪迹叢談》第三卷。侗按：《清史綱要》："道光丁丑四月，御史陳慶鏞奏，稱琦善等三人起用爲刑賞失措，無以服民。帝嘉其敢直亢言，命琦善、奕經、文蔚均著革職，卽令閉門思過，以昭賞罰之平。"

《肙齋文集·與直隸某方伯書》："頃迂道晉謁，感承拂拭。深談之下，輒思妄有所陳。竊惟今日因籌備乏術思爲反本之論，一二賢達頗以畿輔水利爲言，而水利之興先須請帑，國用支絀，議必不行，不行則亦徒爲美談而已。穆以爲未議水利，先須去水害，水害去卽水利也。去水害之要，昔人'收攝野潦，俾有所歸'二語足以盡之。卽收攝野潦之法，亦非議疏議築未能奏功盡善，則姑請就其簡易者而試行之。莫若通飭沿驛州縣於大道兩旁逼近民田者，浚溝補樹，移土塗〔九七〕，此有乾隆間孫文定、方恪敏成案可循。且舊渠尚未淤沒，并非新起鑪竈。夫亦水利之一端，所謂未能快其匃鬲，且先利其咽喉也。昨過定興，見新任縣令於邑之名人古蹟各刻一石，表之道旁。穆雖未知其人信能通曉吏事及實心爲民與否，要其好名好事，則無疑也。責以此事，則定興一縣之路溝修矣。直隸一省，料如此州縣尚不乏人。上游果擇而任之，優加獎厲，乘此三時之暇，可以不日而觀厥成。其有益民田水利實非小補，水有所歸，不至害稼，利一；夏秋間，行旅不爲水阻，利二；車馬不能繞越踩躪禾麥，利三；伏莽〔九八〕之盜多匿影田中，溝之寬者可制其竊發，利四；蝗蝻或生，易於捕埋，利五。其浚之也，卽以本田之民完其本段之工，必樂趣事，稍有攤派，爲費亦少，故愚謂此事尚可行也。倚裝草草，未及條議其詳。憶《經世文編》'水利門'內載有數文，檢閱而放行之，正不竢穆之覼〔九九〕縷也。冒昧之愆，尚祈鑒宥。不宣。"

九月至揚州，親造文選樓下，訪郎注《翰苑集》古本。郎注《翰苑集》，其原本阮太傅悉弆之文選樓中。

謁阮芸臺相國於邗上，相國贈聯云："講學是非求實事，讀書愚知在虛心。"先伯書二語於座右以自箴。

撰《恭祭祁恭恪公文》。侗按：《山西通志》："祁𡎊，字竹軒，高平人。嘉慶丙辰進士，官刑部主事，累擢郎中，平反大獄。出爲河南糧道，歷升至刑部尚書。英吏之役，命督兩粵。當是時，夷舶已陷虎門，毀沙用逼廣州，勢張甚。其酋義律擾及三元里，民奮起與戰，殲其師數百。𡎊知粵民之可用也，檄沿海諸邑結爲團，夷人憚焉，自是不敢復窺粵，和約乃定。又力陳科舉之弊，請變通考選，略仿唐宋制科分爲五目，議寢不行，時論惜之。旋卒於粵，謚恭恪。"

跋《竟寧雁足鐙銘》。

歲抄奉到阮芸臺相國手書，并撰《延昌地形志序》。

是年，詩有《題吕堯仙編修古專文拓本》。侗按：吕佺孫，字堯仙。道光丙申進士，江蘇陽湖縣人。從其尊人官浙東時搜羅所得，凡四册。

又《述懷感舊六十韻，爲老友安邱王貫山先生壽》[一〇〇]。侗按：王孝廉字筼友，爲安邱巨族。選甯[一〇一]令，精通六書，箸有《説文解字釋例》二十卷、《説文句讀》三十卷。與肅甯苗氏夔，同以研究許書見稱於世。

二十四年甲辰，四十歲。

《月齋文集·復阮芸臺相國書》[一〇二]："相國太老夫子閣下：穆夙攬鴻文，心儀古學，積思願見者垂二十年。雖久承獎借，曲荷招徠，終以潢潦細流難語河海之大，望門卻步，誠自量也。客秋維舟邘上，手數袟之鄙言，梯良訊[一〇三]以請見。區區之懷，止覬一通名氏，得接芳輝，酬私淑之願而已[一〇四]。何圖攎光寄重，婁命升堂，巨集函書，分頒重疊，比諸家令之謁伏生，中郎之接王粲，以古況今，幾欲過之。穆麋鹿之性，本憚冠裾，猥因朋友從臾，抱關薄游淮浦，性資迂直，不工眤人。故所如既多不合，頃復爲部員援案相繩，其議竟格。藉臧君之善沮，畢虞氏之箸書，貺我良多，於人何怨？況復假此因緣，親聆指授，益堅其生平學古之念。南游之量，飽滿無餘，所得不既多邪？歲抄，從子貞太史處奉到手書，并賜撰《延昌地形志序》。一得之愚，信心實難。及經拈出輒用，自詫只此一端已足，千古人間美福知不可多占也。穆年交四十，正斐然有作之時[一〇五]，此後歲月足珍，誓當於飢寒蕉萃之中勉圖樹立，副函丈期望之雅。少作經生，頗有所述，而零章碎句，多無足采。曾輯有《說文屬》一書，觕舉綱要，亦未脫稿，擬於《地形志》卒業後，踵成此作，更乞弁言。嚮往之私，與日俱積，肅函鳴謝，無任神馳。附呈虢伯盤跋尾五紙，祇希鑒定。齊侯罍舊拓及新摹本，并望惠賜。數番感甚，伏頌春祺！惟爲道增護不莊。"

二十四年，顧祠[一〇六]落成。二月十四日辛亥，撰《公祭文》曰："先生生當叔季，業貫漢唐，學堪爲王者師，志非以名山老。身甘荒遯，慰九原貞[一〇七]孝之心。時際雲雷，灑六謁園陵之淚。北征初賦，策二馬以來游。東道既通，餽十饗而恐後。咨民生之利病，邑乘必搜。究阨塞之險夷，邊亭親歷。采山鍊冶，喻半生尚論之精勤。訂韻諧聲，發萬古同文之要眇。況乎志存淑世，婁搆書堂，雅慕伏波，厲精田牧。皋比不擁，懲東林復社之末流。墨突未黔，棄濂涇桑莊如敝屣。惟慈仁之古寺曾作寓公，計偉節之逝行適在明日。誦孔德炊爨之句，下榻何頻？緬無異築室之謀，顧廬宛在。荊榛乍啓，觴豆初蠲，規陋雲臺，典同石室。所覬雲車風馬，肸蠁來臨。庶幾學海儒林，精神不朽。尚饗！"侗按：《徐譜》："慈仁寺在廣寧門大街，額曰'大報國慈仁寺'。"

《黃文節公書太白〈憶舊游詩〉跋》："右山谷草書太白詩真蹟，爲故錫山華氏物，今歸長樂梁氏。有王元美、沈石田、蕭海釣諸跋，翁覃溪考之尤詳。甲辰三月，穆于道州何子貞同年所見之，假歸，手摹一本。"繼按：黃庭堅，字魯直，號山谷道人，分寧人。舉進士，詩專學杜甫，爲宋代大家。又善行草，書法亦有名於世。

《〈鏡鏡詅癡〉題詞》："甲辰春，浣香復來京師，楊君墨林耳其高名，禮請爲季弟子言師，兼謀刻所著論算各種。穆曰：'是無宜先於《鏡鏡詅癡》者。'因稍爲畫定體例，附《火輪船圖說》於後。"侗按：尚文，字墨林，靈石人。性豪邁，喜讀書。居京師搆園林，所與遊皆一時名士，文酒過從無虛日。刊《連筠簃叢書》行世。弟尚志，字子言。

四月，爲子愚跋宋拓柳誠懸書《左神策軍紀聖德碑》。繼按：紹京，字子愚，子貞太史弟也。道光己亥舉人。

五月二十八日，亭林先生生日，譔《公祭文》。

刊《亭林年譜》工竣。繼按：《顧譜》續刻于《粵雅堂叢書》中，伍崇曜跋云："是書緣起，石舟自叙已詳。於先生事蹟，固搜括無遺，徵引殆遍。且於勝國本朝戰守興亡全局，以至當時士大夫暨高人逸士與先生往還者，其前言往行兼收博采，俾知人論世者足資考證，正不必以其未盡合年譜體例而議之耳。"

何太史《使黔草·別顧先生祠詩》："車徐譜歲月，張子重論譔。江南大河北，餘韻葸討編。"注："張石州據車秋舲、徐星翁所撰《亭林年譜》，合爲定本，增益辨正，甚博且精。攜稿至山東、江南，蒐得遺事、詩文頗多。"

《月齋文集·致陳頌南書》："頌南先生閣下：先生以直諫聞天下，天下仰望風采，以一瞻顏色爲幸。卽如敝鄉人士，素木強，不工酬應，今且籲爲先容通刺相謁。盛名難副，詎可不力自振敕慰天下仰望之心乎？竊見先生年來日以招呼名士爲事，苟有聞於世，必欲引爲同類〔一〇八〕，從無閉户自精、讀書味道之時。穆蒙不棄，不四五日輒示過，乃不聞以新知相貺，所談者皆泛泛不關痛癢之言，何以自了？深爲先生懼之。當今天下多故，農桑鹽鐵，河工海防，民風士習，何一事不當講求？先生富有藏書，經學既日荒廢，治術又不練習，一旦畀以斧柯，亦不過如俗吏之爲而已。古今必無徵倖之名臣循吏也。願稍斂徵逐之迹，發架上書，擇其切於實用者一二端，窮原竟委，單心研貫，一事畢更治一事。然後于朋中〔一〇九〕明白事理如印林、伯後〔一一〇〕比者，相與討論之。如此，則取友自然不濫。它日出而宰世，亦不至貿貿而行，令人有言行不相顧之疑也。度今天下更無以直言貢執事者，過承厚愛，故敢竭其狂瞽，惟亮察千萬。"繼按：書收入《皇朝經世文續編》。

著《會稽莫公事略》。

《事略》云："公次女從其夫來官京師相見，穆以公遺文爲問，搜檢筴笥得殘斷草稿數十葉，乃合綴舊聞及幼年所親炙者，排比如右，備他日史臣之甄叙云爾〔一一〕。"

《月齋文集·〈說文解字句讀〉序》："貫山之於《說文》，如亭林之於音韻，後有作者補苴焉、匡救焉可矣，必無更能過之者也。先生齒長於穆二十年，而強顧拂飾之，引以爲友，久益親。需次都門，課授多暇，竊請曰：'古人著書，將使不知者知之。則今人注書，亦將使不讀者讀之。桂書邇頗有大力者謀爲刊行，工既勾矣，以有所撓而罷。段書多逞臆武斷，不便初學。曷更鏨爲善本，以詒世之治許學者乎？'先生諾之。於是仍取資段、桂及所著《釋例》，翦枝存幹，日課一紙，始一終亥，再期乃畢，顔其耑曰'句讀'，以爲是初學之讀本云爾。書成，先生出宰鄉寧，瀕行，以《句讀》之作發端於穆，屬即條列緣起弁之書首。"

《弗夷〈貿易章程〉書後》。

冬，爲鄉孝廉李子材譔墓誌銘。

《閻譜》："山陽丁儉卿晏嘗於淮安市上得'潛邱居士'小印，珍弆之。歲甲辰入京師，見穆所譔年譜，遂以印相贈。"

是年，詩有《題程震北〈秋鐙課子圖〉》。侗按：程葆，字震北，安徽歙縣人。道光癸巳進士。

《題廬陵王氏兩世孝錄》。

二十五年乙巳，四十一歲。

《月齋文集·〈程侍郎遺集〉序》："今年春，尚書念公雖葬而臨終相託之意不可孤，屬穆爲購石材，書丹勒之，并刻其遺集，曰：'以此爲初編，續有裒錄，補梓易耳。'穆即恐殘斷之稿草并歸零落，又懲夫嫁名僞譔者之厚誣公也，爰偕公門人何編修紹基，排比爲賦一卷，詩四卷，又凡稿草之失題者詩餘、試帖共爲一卷〔一二〕，碑志、哀誄、駢儷、雜著之文五卷，總題曰《程侍郎遺集》。而叙其緣起如此，以酬公知兼志余痛云。"繼按：梅伯言《程春海先生集序》："户部尚書祁公以其孫幼孤，遺集散佚，屬張石舟大令編而校之。咸豐乙卯，南海伍氏崇曜刻入《粤雅堂叢書》。"

覆審祁鶴皋太史《藩部要略》十八卷，覆校《藩部世系表》四卷。

祁叔穎《〈藩部要略〉後跋》："又越七年，平定張石州復爲校補僞脱，乃墨諸版。石州又以先大夫之創爲各傳也，先辨之地界方向，譯出山水地名以爲提綱，而是編疆域未具，讀者眩之。爰以《會典》、《一統志》爲本，旁采各書，別纂爲《蒙古游牧記》若干卷，它日業將附梓以行。"

《肙齋文集·方牧夫先生壽序》："端蒙大荒落之夏六月[一一三]爲先生七十誕辰，其邑之官京師者，羣以祝鼇之詞屬之穆，謂歆先大父之桐鄉也，故交子姓率有孔李之舊，印生又與穆至契，其敢以不文自藏？"

是年，戴鹿牀侍郎爲先伯寫照。侗按：戴熙，字鹿牀，錢塘人。道光進士，官兵部右侍郎，諡文節。

祁春圃夫人陳氏卒於京師，先伯輓句有"戚黨同聲稱孝婦，中閨感涕失良朋"云。侗按：夫人爲碩士宗伯之女，淮生太守之姊也。

《川督齊勇毅公神道碑銘并序》："越一年，其孫偉謁選京師，匄爲家傳上之史館，復以麗牲之文更相諉諈。"繼按：慎，字禮堂，一字企三，南陽新野人。

十二月，刻《程侍郎遺集》工竟，版存墱喜齋。集首啓云："此編僅據子儀孝廉見付之本粗爲排次，原本迻寫既頗草率，倉卒付雕體例亦未畫一。伏覬海内與侍郎交舊讀此集有校出遺篇缺題訛字者，不惜郵函相告，以備重事釐定，俾成足本，無任跂切之至。"

是年，詩有《爲朝鮮貢使李溝船尚迪。題其師金秋史正喜。所畫〈歲寒圖〉，卽奉簡秋史。秋史慕中朝儀徵相公之學，故別署"阮堂"云》。繼按：《郎潛二筆》："道光朝士多與阮堂師弟納交，石州亦嘗以儀徵所著詩、書、古訓及自撰《亭林年譜》郵贈，詩中所云'敬以老阮書，用慰阮堂情'是也。"

《追和趙蘭友觀察歸田留別同官元韻》七絕十首。繼按：趙湘，字蘭友，南豐人。曉泍公鄉、會同榜也，故詩有"秋春科目喜聯緜，接侍琴尊亦舊緣"句。

《平津侯鏡歌，爲呂西村世宜作》七古，并序："西村同安人，穆曾見之陳頌南侍御座[一一四]上。鏡以建初尺度之，徑七寸九分，厚二分有半，脣倍之，重今權二十八兩九銖強。青龍紐，鐵環貫之。紐上有方印，繆篆不可識。紐下一凹，圓如月而有光，右側書'大漢平津侯'五字，左側書'元朔五年造'五字，文褢分篆，公孫甾川故物也。班書《外戚恩澤侯表》載，宏封侯在元朔三年乙丑，鏡鑄於其後二年，乃武帝即位之十七年，即宏請爲博士置弟子員之年，距今道光二十五年乙巳，凡千九百七十六年矣。"

《題大理石畫》七絕。

《有強以楊忠愍雁蹟屬題者，爲舉舊聞告之》五律二首。侗按：楊繼盛，字仲芳，別號椒山，容城人。嘉靖進士，官兵部員外郎。劾嚴嵩十大罪五奸，疏入，廷杖繫獄，竟棄市。穆宗時，謚忠愍。

《張仲遠大令屬題其姊婉紃。《肄書圖》》五古。

《古寺尋秋圖》七律。原注："廣寧門外天寧寺，元魏太和中所建光林寺也，隋仁壽中建塔，明宣德間改今名。"

二十六年丙午，四十二歲。

《月齋文集·〈漁洋草稿〉跋》："古漁陽[一一五]文、詩、尺牘、草稿一册，葉丈東卿收得之，出以相示。夏閏五月[一一六]二十一日觀并記。"侗按：王士禎，字貽上，號阮亭，別號漁洋山人，新城人。順治進士，官至刑部尚書。避世宗諱，改名士正。乾隆中，追賜原名，謚文簡。士禎以詩名，海內人稱一代正宗。其歷官正績、生平風節多可傳者，然皆爲詩名所掩。著有《帶經堂集》、《池北偶談》等數十種行世。又按：葉志詵，字東卿，雲素先生之子也。博學好古，嘗編校《古泉彙考》一書，又撰《月令物候》及《神農本草經贊》。

校刻《元遺山全集》。

編次《泗洲公事輯》。侗按：《事輯》始雍正十年壬子，訖乾隆五十八年癸丑，計六十二歲。

尾識云："穆案：府君有著述垂世，有實政被民。出處本末見於朋友贈言及家藏文稿者，謹排比其略如右，以備國史采擇。若無舊文可録，概從闕如，蓋不敢以子孫私言闌入一字也。"

《月齋文集·資敬延祺頌并序》：繼按：禮部尚書固始祝公慶蕃七軼壽辰，上賜"資敬延祺"額。"穆以年家子登堂介問〔一一七〕，義不容虛，恭繹'資敬'之文，用紀'延祺'之實，爲頌十章，章十二句。"

校《鏡鏡詅癡》五卷，刻入楊氏叢書。

跋《廣洗心詩墨蹟》。

代吴邦慶撰《祁恭恪公墓誌銘》，并書丹。繼按：邦慶，順天霸州人。嘉慶丙辰翰林，官河督，著《畿輔河道水利叢書》。

梁茝林《浪迹叢談》："張石州穆以集杜句賀雲臺師重宴鹿鳴，加太傅銜。楹帖云：'從來謝太傅，祇似魯諸生。'師甚賞其巧切，而外人多不以爲工。按杜詩《奉觀嚴鄭公廳事岷山沱江畫圖》，詩末聯云：'從來謝太傅，邱壑道雖〔一一八〕忘。'又《奉送郭中丞兼太僕卿充隴右節度使》，詩中一聯云：'恥爲齊説客，祇似魯諸生。'不稽其出典，不知其渾成也。"繼按：梁章鉅，字茝林，福建福州人。嘉慶壬戌進士，官江蘇巡撫。著《古格言》、《南省公餘録》、《樞垣紀略》、《文選旁證》等書。

《與徐仲升制軍書》。書内有"乘子貞太史文輅之便，附書肅賀"云。繼按：貞丈典粵試卽在是年。又按：廣縉，字仲升，河南鹿邑人。嘉慶庚辰進士，官太子少保、兩廣總督，襲一等子爵。

《月齋文集·上帝甚蹈義答趙伯厚》："昨承過齋頭，見蘭兒讀《詩》至《菀柳》篇下，問曰：''上帝甚蹈'，《荀子》作'甚神'，康成改'蹈'爲'悼'，二者孰是？'倉猝未有以應也。既而思之，'甚神'、'甚蹈'蓋師傳異本，其義則不甚相遠。康成改'蹈'爲'悼'，殊覺未安。且以上帝爲幽王，與它詩之稱上帝者不一例，尤未安也。謹案：毛公訓'蹈'爲動，動猶神也，蓋卽變動不居之義，所謂'天難諶斯'者也。首章'上帝甚蹈，無自曛焉'，若曰：'王無以天爲可恃，天固甚無常也。而可恃其親曛，謂天獨私於一姓乎？'次章'上帝甚蹈，無自瘵[一一九]焉'，蓋怨王之憚於悔過也，又歆之曰：'王無謂天心難回，天固甚無常也。但能悔過自新，則天心復饗王矣。奈何甘自暴棄以取病乎？'忠臣善於牖進其君如此。而康成訓'瘵'爲'接'，是又欲改'瘵'爲'際'也。大凡《箋》所改字，反復尋繹，皆毛義爲優，此亦其一也。詩無達詁，不知亦可備一解否？幸教之。"繼按：集中復載《爻法之謂坤解》、《〈舜典〉王肅注考》、《二十二人解》、《昆侖虛異同考》、《〈允征〉序義》、《〈淇奥〉正義糾謬》、《隰則有泮解》、《青衿城闕解》、《〈正月〉瞻烏義》、《淮有三洲考》、《鞫商解》、《釋〈媒氏〉文争義》、《瓦屋考》并《簪勤解》、《成卽古稱字説》、《棧字説》、《沽沁疑義》，俱不詳詁于何年，謹附識其目以待考。

纂《蒙古游牧記》十六卷。繼按：《游牧記》刻於咸豐九年，前十二卷先伯撰，後四卷何秋濤補輯。

《序》云："今之所述，因其部落而分紀之。首叙封爵、功勳，尊寵命也。繼陳山川、城堡，志形勝也。終言會盟、貢道，貴朝宗也。詳于四至八到以及前代建置，所以綴古通今、稽史籍、明邊防，成一家之言也。致力十年，稿草屢易，凡國家豐功偉烈見于方略諸書[一二〇]，罔不敬録而闡揚之。其近年興建，則又詢諸典屬，訪諸樞垣，以蘄精詳而備討論。閲者手此一編，亦足以仰窺聖神功化之萬一矣。"

《月齋文集·静濤哀詞》："道光二十六年，小山走京師，造穆曰：'歲且臘，將舉殯事，子不可無文以慰我兄於地下[一二一]。'嗚呼！君有大德於吾家，又重以朋友昏姻之好。微小山言，詎忘所以傳君而詔我後人者乎？爰爲楚聲，以寫吾哀，釋小山之痛。"

《餖飣亭集·次韻張石州見贈》有"故交真落落，高論尚峨峨"句。

是年，詩有《送陳頌南給事還晉江》五古五首，《其五》："塊無郭外田，足耦沮溺畔。又無面山屋，弄此書兩檻。浮沈京輦間，鬱鬱竟何營？耳目有聞睹，撫念總可驚。反復殘斷稿，塗抹無一成。秘籍富柱下，插架儼專城。在昔著述例，不計身枯榮。職此人海中，飄轉隨風萍。風萍有聚會，君有[一二]無合并。曉起炙冷研，元日謝軒纓。商量淵路贈，感慨有同聲。元日謝客，獨邀頌南小酌，穆賦此五章，伯厚贊善爲文以貺其歸。行矣尚慎旃，濯磨萬古名。"

《題叔穎尚書近作詩卷》五律。

《顧南雅畫梅，爲子貞題》七絕。繼按：顧蒓，字希翰，號南雅，吳縣人。嘉慶進士，著《賜硯齋畫録》。

《朝鮮李景淑時善。王孫持滿船書來謁，將歸索贈》七律。原注："景淑爲副使趙君記室。"

《王蓬心山水，爲子貞同年題，即用卷中汪韓門、陸筱飲韻》七古。侗按：王震，字蓬心，江蘇太倉州人。乾隆庚辰舉人，官至永州府知府。時敏裔孫，原祁曾孫。

《李奇雲摹黃鶴山樵〈聽雨樓圖〉》五律。"此圖藏南海吳荷屋中丞家。丁酉人日，程春海丈招游龍樹寺，中丞出此圖共觀，穆幸獲寓目。今讀寄雲摹本，放怫僧寮雪霽，據案披圖欣賞時也。"

《李寄雲侍御〈平谷山莊圖〉》七古。

《方正學〈仁虎圖〉并序》七古。圖額題云："洪武十三年七月，台州山中人晨起，見有虎立於山之陽，良久不動，狀頗和易。虎旋從山下徐步緩走，甚有舉止，尋入市。市之人咸來觀，都不畏避，久之乃去。是歲，郡大穰，人相賀，謂仁虎之出有秋之徵也，寧海方先生希直爲傳其形。明年辛酉三月，監察御史劉君孟藻持圖示余，因述其事。秦府引禮舍人崇德程本立奉題八分書。"末云："此日寫虎虎有神，異日當陛批逆鱗。方子本是人中虎，以虎兒虎厥德鈞。吁嗟乎！以虎兒虎厥德鈞，何必手寫狀嶙峋。"繼按：方孝孺，字希直，寧海人。從宋濂學，工文章，以闢異端爲己任，名書室曰"正學"。洪武時爲漢中教授，建文時爲侍講學士。燕王入南京，使孝孺草即位詔，不從被殺，夷十族。

二十七年丁未，四十三歲。

著《說文屬》。

校《元朝祕史譯文》十五卷，復從仁和韓氏借得影鈔原本，校對無訛。

校《長春真人〈西游記〉》上下兩卷，刊入《連筠簃叢書》。

《記》尾云："案此書跋尾尚有烏程沈君子敦《'金山以東'釋》一篇，至爲精密，以所著《落颿樓文稿》并刻入叢書，故不複出。四月十五日記。"

校戡《鏡鏡詅癡》，刻入《連筠簃叢書》。

《〈癸巳存稿〉敘》："放《類稿》例釐爲十五卷，越七年丁未，刻入《連筠簃叢書》。"繼按：葉潤臣《橋西雜記》[一二三]："越數年文殁，適張石舟爲靈石楊氏編輯叢書。石舟舊有存稿，刻本更取名澧所藏，校訂字畫，刻甫竣未印行，石舟亦殁。今其板片不知流轉何所，爲可嘆也。"

校《落颿樓文稿》四卷，刻入《連筠簃叢書》。

校唐魏元成徵《羣書治要》五十卷，刊入《連筠簃叢書》。

《月齋文集·黃孝子〈萬里尋親圖〉記》："册舊無次第，余爲排比其先後如此。考證之次，如身左右孝子而親其艱險，同其忻快也。嗚呼！豈弟之思鬱爲煙雲，彼徒以倪、黃妙筆相賞者，豈可謂之知畫理哉？張蒲山《畫徵續錄》稱'嘗於汪念翼齋頭見一册'，未知卽此三本中之一本否？計世間當有十數册，深人尋繹明發之懷，子和更博訪之。"此本今爲高平祁子和公子所寶，余幸獲寓目，留案上者一年。暇日以孝子自撰《紀程》及歸元恭所爲《傳》核之。"

九月，李寄雲侍御得無錫秦公徇忠遺筆，出見示，屬爲考其名字。繼按：公名華鍾，字元發，寄籍蘇州。由歲貢授富川令，贈按僉事。

刻《閻潛邱先生年譜》工竟，版存祁氏鰻飯亭。繼按：此譜亦續刻與[一二四]南海伍氏《粵雅堂叢書》。

《月齋文集·重刻吳才老〈韻補〉緣起》："老友河間苗先路篤志顧學，慕才老之書欵未獲見，歲丁未秋始從道州何子貞太史假得之，鍵户謝客，手自繕録，寢食俱廢。穆聞而嘻曰：'先路之好，亦余之夙好也，曷即刻入楊氏叢書以廣其傳乎？'"

刻泗州公《希音堂集》六卷工竣。

《月齋文集·沈果堂〈尚書古文疏證〉跋》："本年十月[一二五]，穆爲潛邱作生日，子貞初得此本即據以入詩，穆亦據此補入年譜。"

《祭伯兄文》："嗚呼！吾兄須眉秀發，豐皙不佻，朋好相詫，每謂似畫中祿星，宜享天福膺大年。不意中年以往，憂患攖心，形容憔悴，頓革舊觀，年未六十遂潦倒以終也。先大夫年廿[一二六]而育兄時，大父尚存，抱孫甚喜。兄之乳字，大父所命也。稍知讀書省文[一二七]，即以護守先人遺書爲己職，片楮隻字，珍若金璧，它嗜好不能奪。生平工於作楷，密行細字，篝燈精繕，老猶不疲。聞屬纊前一夕，尚作蠅頭書至漏四五下，一藝未竟也。去年秋，穆輯大父遺事，每有疑闕，馳書諮商，不十數[一二八]日，輒檢本書寄京。及《希音堂集》開雕，復寄大父小像來，俾摹之集首。九月中，刻工初竣，寄歸樣本，意兄見之必歡喜逾量，一生護守先澤之懷可以稍慰，豈知書未得達，兄已先期溘逝耶？穆發此書爲十月九日，而兄以十一月[一二九]殁。孝翼來述兄殁狀云：'父年來食量增健，心氣和平，往反州城三十餘里若無事。初十日夜，村店坐談，三鼓甫歸。次日早起，欹枕坐炕頭，喚阿葵爲作餐[一三〇]。一旋踵頃，阿葵入視，則見頭微偏，口角垂次[一三一]，沾溼裀席不二寸許，目瞑不視矣。'嗚呼！考終爲五福之一，大雄氏以無疾示化爲得大解脱。兄賦性忠淑，不疑人欺，天佑善人，宜不以疵厲[一三二]相加。如此而死，抑又何憾？獨念門祚衰落，吾兄弟四人皆薄有文名，皆困頓塲屋見擯於時，愈出愈奇。或者天不畀我以名，猶畀以壽，老年骨肉情話有期。乃仲兄最強，最先死，越十有七年而兄繼之。穆四十有三矣，自卅[一三三]後患咯血甚劇，邇來血稍止，而每屆冬令，氣輒逆上，畏寒畏火，恐吃龍鐘[一三四]，似七、八十人。以視兩兄之壯碩，蓋百不如，其又可恃耶？先大父遺文尚未定有目錄[一三五]，剖劂有待。吾兄寫本謹弆篋中，諸從子無能讀祖書者。蘭兒甫七歲，未敢祝其類我。倘穆一旦與兄同歸，不惟婁業青衫斬然中絕，卽兄所兢兢護守之遺書，抑復誰知省視珍惜邪？穆進取之念久已冰釋，惟没世之名尚不能無介於懷，而所箸諸書率未脫稿，搜采既須時日，寫定又無資力，傷心之事，觸念紛來。里社習俗媮薄，兄每有輕去其鄉之意。穆卽初無其意[一三六]，而以謀食故久客不歸。今兄已矣，卽歸[一三七]，將何所歸邪？歸復誰與共語耶？穆溷迹人海中，非無朋友之樂，所耿耿在念者獨有兄耳。一舉箸非不飫肥甘也，念兄方啖藜藿而止。一易衣非不便輕燠也，念兄方擁敗絮而止。十餘年來，忍寒茹淡之苦衷[一三八]，兄殁而神明實式鑒之矣。穆蓄有百金，擬於兄周甲之年歸而稱觴。天不假年，遽奪兄算，今卽舉以畀孝翼，俾歸治大事，速卽窀穸。嗚呼！歛不摩棺，瘞不繞墳，卽弟一人之身所以報兄者，已遠不及仲兄矣，負疚其有終極邪？繼嫂聞尚能持家，新婦初來教之和順，孝翼知艱苦可望自了。穆一日不死，所以給兄家者不敢視兄在有間也。夜雨傷神，山堂在夢。嗚呼痛哉！尚饗！"

《高要蘇封君家傳》："穆夈與廣堂以道義相琢磨，封君手蹟嘗親見之。當海疆事起，廣堂既多所敷陳，已乃綜廿餘年時事得失，旁魄而論之，感天謫，瘖主心。其言皆它人所難言，惟封君實佑啓之。未幾，封君卒於里，廣堂以憂歸。服既闋，緘所自爲墓誌，屬穆爲文附家乘後。"繼按：封君名燦犖，字耀揚，號熙亭。子廷魁，字廣堂。乙未[一三九]進士，官給諫。

撰《東河丞外舅趙君子述墓誌銘》。

是年，詩有《孔繡山青山騎白龍圖》[一四〇]。繼按：孔憲彝，字繡山，曲阜人。時官中書舍人。

《繡山室人朱葆瑛虹舫侍郎之女。臨曹全碑》。原注："夫人作書，自製'小蓮花室'清課箋。"

《至人行，奉酬魏象伊先生，即次〈怪石行〉原韻》。侗按：《平定州志》："魏摯，字象伊。嘉慶戊寅舉人。"

《讀〈元祕書志〉，書箋贈何願船比部》四首。自注："時願船爲余校是書甚亟。"

《丙午夏，頌南將歸，潘公子季玉集同人餞之右安門外誠氏園，穆以小恙不至。頌南詩先成，一時和者甚衆，季玉因繪圖以永其事。越一年，偶見此圖，不勝懷人之感，乃次而和之》。繼按：潘曾瑋，字季玉，文恭公第四子也。時官刑部員外郎。

《題張受之〈空齋畫靜圖〉，用東坡墨妙亭韵[一四一]，同子貞太史》，并序："受之工刻石，叔未解元之從子也。頃松筠庵僧聘刻《楊忠愍公諫草》，來京師。受之介子貞以圖索題，且鐫兩印爲摯。圖前儀徵太傅爲篆'芝鶴'二字，蓋以伏靈芝、黃仙鶴相況云。"侗按：受之名辛，浙江嘉興人。叔廷濟，字叔未，嘉慶丙辰解元。又按：松筠菴，在京師宣武門外，楊忠愍公故居也。

《伯韓侍御將歸桂林，出其尊人韞山大令詩墨屬和，即以賦別》。繼按：韞山名鳳林，河南浚縣知縣。

《九月送朱伯韓侍御歸里》[一四二]。侗按：朱琦，字伯韓，臨桂人。道光乙未進士，著有《怡志堂集》。

《題萬年少〈秋江別思〉卷，即用亭林贈萬詩韻》："此卷初歸休寧程孟嘉，讓堂老人爲作跋，後歸蔡太僕友石年丈。丁未冬，太僕長君小石司業見穆所譔《亭林年譜》載有此圖，出卷索題。子貞同年手摹一本，將實之亭林祠堂，因爲書顧詩於卷，又依韻和之，以應小石之屬。時大寒節後二日也。"繼按：萬年少名壽祺，江蘇徐州人。崇禎庚午舉人，工詩文書畫，著有《隰西堂集》。侗按：《餐飢亭集》："萬道人爲亭林先生寫《秋江別思》小幅并自記，卷尾有程氏瑤田兩跋。張石州重摹，其嗣孝瞻持贈姪孫友直。展卷慨然，因爲題後。"

《魏春松觀察〈官舫侍膳圖〉》。原注："兩峯畫，秋盦題籤，未谷先生八分'官舫侍膳'四字。"

《爲楊子言題〈石濤畫册〉》。

《爲篠[一四三]珊農部題胡褐公〈金陵畫册〉，適楊子言亦以〈石濤畫册〉屬題，故牽連及之》。

二十八年戊申，四十四歲。

二月二十六日，繼伯母趙孺人卒，年四十有二。先兄孝蘭殤。

二月，校定何願船所著《〈王會〉篇箋釋》，并譔序。

《肙齋文集·〈王會〉篇箋釋敘》："《周書》爲百篇之餘，著錄於子駿《七略》、孟堅《藝文志》，非出於汲冢，而讀者多懵其原[一四四]流。至《王會》一篇，紀成周之盛，名物制度足補墳典、邱索之闕。自許、鄭注經皆所援引，尤可寶重。願船比部精心掔蕘，博稽詳校，成《箋釋》一書。觀者咸服其賅博精深，擬諸裴氏之注《三國》、酈氏之注《水經》，而余謂其過人處在於訓詁、地理二端，尤爲得未曾有。蓋先秦古籍深奧難通，願船能疏通而證明之，如'棘豹'之義足補汶長，'亢唐'之訓足匡司農，'卬卬'、'距虛'之爲二獸足糾景純，豁然若晦之見燎，釋然若冰之方泮。其他貫穿經術，宏益良多，定宇、召弓有所不逮。至若《禹貢》方域、《春秋》地名，古人所稱絕學。而商周國名，曠無考證。《路史》之流，患在無稽，不足依據。願船獨能一一求其所在，不爲鑿空之談，如區陽、西申、規規、禹氏之類，每樹一誼，堅確不移。使讀史者上下千秋，縱橫萬里，可以燭照數計，不誠爲稽古之快事哉？昔閻潛邱精考證之學，嘗云讀書必尋源頭，手一書至檢數十書相證，侍側者頭目爲眩，而潛邱精神涌溢，眼爛如電，其所著述屹如長城，堅不可攻。故杜于皇贈閻詩有云：'不貴子博觀，貴子秉確識。吾子必自愛，如子實難得。'余曩謂斯語非潛邱不足當之，亦非於皇[一四五]不能言之，至今日可轉爲願船贈矣。因題於簡尚，以志忻慕。"伺按：杜濬，字于皇，號茶村，黃岡人。常往來淮上，與潛邱結社唱和。

《何太史〈使黔草〉敘》："子貞生平所作詩往往失其稿，此《黔中草》三卷以寫有净本，且日月先後甚完，無事整比，先付諸梓，請益當世之有真性情者。刻卽成，謂穆不可無言，穆唯唯而久無以應，因它日答客之言，乃引而申之如此。"

刻吴才老《韻補》工竣。

《連筠簃叢書·吴才老〈韻補〉書後》："刻旣竣，先路大喜曰：'不意垂老猶及見《韻補》精本，死不恨矣。'摹印數十袟，綑歸載河間[一四六]。從此几案間[一四七]《音學五書》外，又增《韻補》一種，樂何如也！"

何秋濤《〈韻補〉跋》："此書久無刻本，石舟丈購藏書家，校梓入《連筠簃叢書》，秋濤與覆讐之役。"

《摹黄文節公書太白〈憶舊遊詩〉跋》："以詩内述游并州一段爲吾鄉故事，擬募工刻之難老泉上，未果。會京師淀園三晉公寓落成，孟又章比部請卽刻置館壁，因復爲摹勒上石，并録翁詩于後。其跋載《復初齋文集》，考訂收藏者當自檢之。道光二十八年夏五月旣望。"

六月十三日，校戡《元朝祕史譯文》，刻入《連筠簃叢書》。

校補大興徐星伯松所譔《唐兩京城坊考》并圖五卷，刻入《連筠簃叢書》。

《月齋文集·祭三兄文》："嗚呼！穆何辜於天，而浹月之中三遭期親之喪？人世慘酷，有如是其劇者邪？去年冬，聞大兄訃，穆與兄書曰：'吾兄弟四人，今已亡其二。穆旣以飢驅不能西歸，兄又羈於官守，卽吾兩人何日是相見時耶？'痛哉！豈料其真不復見也？及今年二月，京師疫氣流行，穆九日之間妻亡，子女亦相繼亡，十年營菅之巢[一四八]，一旦迅掃空之。人非木石，其誰堪此？惟念古來賢豪似此遭際亦尚頗有，萬無以身殉之之理。此念一定，始得黽勉支持，幸而不病。豈意兄聞此耗而重爲穆悲，且憐且慮，轉至病也[一四九]？聞四月中偶染時氣，已調理就愈，及六月轉爲泄瀉，遂以不治。而其亡日時刻乃與二兄一一相合，骨肉同氣之慘十九年如一曙，嗚呼異矣！兄幼頗孱弱，吾父母時以爲憂。冠昏以往，形氣充實，較穆似數倍過之，兼以匈衿開曠，瑣屑事略不縈懷，皆非不壽之兆。何意年未及艾，遽從徂謝邪？繼按：此下接"吾兩人幼同游"云云，因編年移前庚午歲，兹不複録，後仿此。文詩雖不極意求工，而吐詞天秀，風調翩翩，充其才卽以取巍科上第亦意中事，乃僅僅博一巾。甲辰秋闈，主事[一五〇]得兄卷，已擬元，數日三藝俱登版矣，旋因數語之疵斥不復録。自非家運屯邅，天不右吾宗，何至兄弟四人俱顛躓文塲至此極與？先是捐例開，穆在京師承大兄意，竭家貲友力爲兄營一官，而得缺無期。繼客津門，值海氛不靖，上命大臣赴津防堵。兄以隨營效力微勞，當道保薦，特旨優叙。銓授平水[一五一]，計歲入可以小康，而夙累既深，又不善籌度出内，遂至依然窮窘，身後菟裘之計全無料理。賴兄性情和厚，與人交不牾，故一旦身覯閔凶，而太守、縣令所以營護之者，能不以存殁異視，樞庶遄得歸乎！此下接"猶憶己丑歲穆與兄同讀書十柏山房"云云，移前己丑年。穆自壬辰北游，遂相暌阻。惟庚子春兄來京[一五二]，相存至七月方歸，爲此十年中會合之最久者。去臘致書[一五三]，雖言相見無期，又竊自念三五年間纂輯諸書草稿粗具，將事壯游，歷覽名山大川，儻尋終南、太壹諸勝，往來皆涂出平水，當抵足聯牀，更寫總角之歡。豈意凡穆所念到之處，天皆靳之，而不我畀邪？兄近年來頗喜讀書[一五四]，於穆所寄書籍皆加校正，并爲訪得顧譜中王九如、閻譜中賈玉萬行實屬事釐訂，又時時索異書以擴見聞。穆且喜且慰[一五五]，意從此進業必當有所就，又豈意天遽奪兄算如此其速邪？兄身後重賴叔穎先生力，爲之部署，并遣使歸助扶柩，迎眷屬歸里。穆亦附書嫂氏，命鼎兒家居奉母，銓兒來京寓讀書。鼎兒天資稍鈍；銓兒幼慧，穆所鍾愛，而蒙養無基，恐聰明亦漸汩没，竭力督教之，小成或尚可望。兄柩歸後一、二年間亦即安厝，日用之計除叔穎、幼章兩先生周恤外，穆當視大兄、二兄家一例接濟。嗚呼！穆少於兄僅四歲耳，木落歸根，尚不知作何結局。自上月十三日聞訃以來，心驚頭眩，時時慮有不測，夜不成寐，起座旁皇，蓋不獨爲兄悲[一五六]，爲一身懼，兼爲祖父以來書香嗣續危仄也。嗚呼痛哉！兄靈有知，尚其鑒旃！"

《月齋文集·宋紫端研銘》："六經之文而變亂於瞀儒，連城之璧而紐繫於屠沽。惟此研材，紫豔琳腴。英華有裛，正色其濡。何時落儈父之手？而雁名蚓迹，刻畫無完膚。拭之濯之，重用欷吁。摩之燅之，助我著書。噫！古聖遺經，隻誼難誣。弁和寶璽，缺角争摹。苟真鑒之有人，曾何傷於德充之符？"戊申秋日，偶過海王村得此舊研，惜左右側爲俗士所中傷，因鐫斯銘。"

撰《海疆善後宜重守令論》。

摹閻潛邱先生像。繼按：《謾歔亭後集·觀齋流覽卷軸》詩云："月齋亦流寓，鄉夢託潛邱。"注："是日，觀石州摹閻潛邱像卷。"又仿蓬萊閣康成像，倩吳儁精意摹之，并作像贊云："先生初生，參議奬其貌文之也[一五七]。疏眉明目，先生自比于漢之經神也[一五八]。追放儀容，以鄭儀閭，庶幾能得其真也。晉水懸流，緜曼遠波，愧未足步武後塵也。"繼按：吳儁，字冠英，江陰人。

《月齋文集·日照許肅齋壽序》尾云："太歲祝犁作噩上元後二日，爲先生八十壽。先數月[一五九]，印林以校刊《説文義證》客淮上，馳書京師，屬穆爲文而子貞書之，曰：'兩君皆瀚平生至交，吾父所心許也[一六〇]。敢以爲請。'爰不辭僭越，直書其事，以爲引翣之助云爾。"

是年，貞丈寫《三同年村谷論心圖》。《詩集》自注："子貞畫吾兩人與苗先路《村谷論心圖》。"

跋《舊拓〈醴泉銘〉》。

跋《少谷山人尺牘》。

戴鹿牀侍郎繪《小棲雲亭圖》。

十月，跋《宋拓張長史〈尚書省郎官石記〉》。侗按：《瀫㕙亭集》："伯高以草書得名，獨《郎官記》乃真書，世鮮拓本。介春協揆所得，王夢樓跋云：'是靈巖畢氏舊藏，斷爲唐拓，不知卽鴻堂所刻王敬美家本否？'"

十月，鑴長洲顧嗣立《小秀野唱和詩》於京師三忠祠。跋云："俠君先生僑寓三忠祠在康熙三十五年丙子，自春徂秋，凡八閱月。余考得故阯所在，請壽陽尚書補題'小秀野'額。杏樓太守聞之，喜先蹟之未泯，覯雅風之不墜，録寄一時倡和篇什相視。尚書因屬余選石莊書鑴置壁間，復自録舊作繫於後，用備鄉祠掌故云。"侗按：汪沆《槐塘詩話》："顧俠君嗣立入都寓宣武門三忠祠內，小屋數椽，繞屋花木扶疏可愛，因屬查浦嗣璟顏之曰'小秀野'，自題二絕句，一時名流和者甚衆。"云云。又按：顧元愷，字杏樓，長洲人。道光壬午進士。

冬，先庶母王氏來歸。

《致任立青書》："立青姊夫安啓：茲白海峯親家因開復引見進京，便道歸家。相晤[一六一]之下，追話平昔舊游，不惟華屋山邱沈淪足慨，抑亦晨星舊雨寥落無多。至於總丱故人、昏姻至戚，雖不無嫌怨，小作波瀾，而歷數知心，輒縈夢寐。如姊夫之與海峯，州人士中殆無其比，臘酒談心，定應歌泣相兼也。"侗按：《平定州志》："白聯元，字捷卿，號海峯。道光庚子進士，官江蘇如臯知縣。"

嘉平月，先伯撰聯，索何子貞書。聯云："駑馬定應勤十駕，良朋相與志千秋。"子貞題曰："月齋居士同年聯句屬書。既自撝勉，兼相策勵。濡筆作此，良用愧儆。"

《曾文正公文集·苗先簏墓誌銘》："道光之末，京師講小學者，卿貳則祁公及元和吳公鍾駿，庶僚則道州何紹基子貞、平定張穆石舟、晉江陳鏞慶[一六二]頌南、武陵胡焯光伯、光澤何秋濤願船。君既習於祁公，又與諸君傾抱寫誠，契合無間。子貞嘗命工圖己及石舟及君三人貌，蓑笠而處田間，蓋三人者皆同年優貢，又皆有逸士之風，謂宜與負耒者伍也。"侗按：曾文正公名國藩，字滌笙，湘鄉人。道光戊戌進士，授檢討。洪楊事起，以丁憂在籍侍郎督辦團練，遂編制鄉勇，連復沿江諸地，封毅勇侯，爲同治中興功臣第一。以大學士任兩江總督，卒諡文正。著有《求闕齋集》。繼按：鍾[一六三]駿，字崧甫，吳縣人。道光壬辰狀元，官至禮部左侍郎。焯，字光伯。道光辛丑進士，官侍讀。

《曾文正公詩集·題張石舟〈煙雨歸耕圖〉》。"靖陽老翁飢不死，四十年來噉書史。一朝悔悟思改弦，萬卷書拋如脫躧。高車大馬謝羣兒，草服黃冠吾歸矣。朋知聚處頗相怪，問翁生涯欲何以？東阡南陌一毛無，四海九州將安底？翁言少小晞夔皋，曾對老蒼矜爪觜。幾年束縛鸞在匡，數畚呴濡魚乞水。中散自憐七不堪，於菟但聞三見已。閱世蠻觸多戰爭，策身臧穀無完美。逝將巌壑躬耕桑，不受邱軻老鞭箠。軀體諒非百年物，夢魂儵在千山裏。煙雨濛濛插新秧，短渠瀌瀌長鱧鮪。泥飲村農與酣嬉，招呼黃犢同卧起。翁言未終我已躍，此身不歸神先徙。行趣神武挂衣冠，往尋谷口買鄰里。誰能皓首黃塵中？項短尻高不知恥。"

《鰻釲亭集·題張石舟〈煙雨歸耕圖〉》。"我昔畔田古馬首，農書一編常在手。卽今委身錢穀中，司農媿不如老農。鬚鬢蕭蕭已如此，讀書事業可知矣。何怪思歸張李[一六四]鷹，鄉心不待秋風起。君家緜蔓水，我家鰻釲亭。溪聲與山影，百里如户庭。荷鉏者誰似相識，胡爲著書苦心力。一笑真成笠屐圖，片雲已逐雙飛翼。冀缺歸耕孰餂田？梁鴻賃廡轉悽然。何時米策烏犍去？老向桑麻社酒前。"

又《題張石舟〈小棲雲亭圖〉》。"荐雷書屋十柟堂，昔程侍郎爲君篆。棲雲院古亭名新，縹緲家山何處扁？谹聲山影落窗枕，勝地重來待人選。舊宅猶存三徑荒，遠遊且逐孤篷轉。歌成金石獨慷慨，坐擁圖書極精腆。昌平山水天下奇，靁橋數畝何平衍？爰卜佳兆老復丁，天之所篤俾爾戩。輞水爭誇別業圖，草堂不用春衣典。嘯臺遺阯似陽泉，鄉夢如雲不可翦。嗟余與君共州里，遊宦歸心都未免。鰻釲亭接緜蔓水，結伴登臨尚堪勉。胡爲棲棲感覊旅，白首著書不遑宴。君看妙畫徑飛去，造物相憐意殊善。杜陵歸老桑麻田，他日詩書應漫卷。"

是年，詩有《戊申元日補作丁未九日顧祠〈秋禊圖〉，分韻得"燕"字》五古。

《隆慶龍香御墨石緑餅，應潘季玉屬》七律。

《爲魏筱珊題香光〈青山白雲〉書畫卷子》。繼按：董其昌，字玄宰，號香光，華亭人。萬歷進士，官尚書，諡文敏。其書畫稱明末專家。

《題乞畫圖，用子貞韻》："劉彥冲畫，吳西橋藏，顧子山乞，皆吳人也。魯川屬子貞爲隸其册首，子貞更題詩於後。"

《子貞疊韵示答，仍用元韵酬之》七古。

《乞子貞畫竹兼約晚酌，用山谷〈謝黃斌老墨竹詩〉[一六五]韵》五古。

《約魯川晚酌論文，仍用前韵》。侗按：《山西通志》："馮志沂，子魯川，代州人。道光丙申進士，授刑部主事，歷遷郎中。官京師二十餘年，與上元梅曾亮、平定張穆相師友，皆傳其學，尤深於詩。輦下名士徧與之交，酬唱無虛日，聲譽藉甚。出爲廬州知府，擢徽寧池太廣道。年五十四卒，時論惜之。著有《適適齋文集》、《西隃山房詩集》行世。"

《魯川賜和拙詩，獎飾溢量，復次前韻酬之》五古。

《獨夜和戴筠帆》七律一首。繼按：筠帆，名綱孫，雲南昆明縣人。道光己丑進士，官工部員外郎。

《爲李寄雲題大癡〈江山勝覽圖〉》。原注："大癡年蓋九十以上。此卷題至正戊子，年八十矣。"

《追題王海門大淮。〈撫松圖〉》五古。

《題汪筱珊〈六橋煙雨〉卷子》三首。侗按：汪藻，字筱珊，錢塘人。道光辛丑進士。

《追題蔡友石年丈〈春明揖別圖〉，應小石少司成屬》七古。

《題宋芝灣觀察與池籥庭、戴筠帆手札及所作十三詩草稿，應筠帆[一六六]》。繼按：宋湘，字煥襄，號芝灣，廣東嘉應人。嘉慶己未進士，官湖北粮道。著《居不易齋集》、《豐湖漫草》、《紅杏山房詩文集》等書。池生春，字籥庭，雲南楚雄人。道光癸未進士，官編修。

《戴筠帆〈味雪齋圖〉》七律。

《讀道園自題〈戴笠圖詩〉有會，即次其韻，復題〈煙雨歸耕圖〉後》七律四首。

《栯堂師側室王氏殉節詩》。原注："氏，貴筑人。師于道光廿八年正月廿一日於江蘇學使署[一六七]。次日，氏自縊以殉，年二十一。"按：李煌，字栯堂，雲南昆明人。嘉慶丁丑翰林，官至吏部侍郎。

《潘玉泉〈養閒[一六八]草堂圖〉》五古。繼按：玉泉卽潘公子季玉，詳前。

《苗先路同年〈寒鐙訂韻圖〉，卽送游沛南、五臺》[一六九]。

《沈匏廬〈河朔訪碑圖〉》七古。繼按：沈濤，字西雝，號匏廬，嘉興人。舉人，官廣平府知府。著《常山貞石志》二十四卷、《銅熨斗齋隨筆》八卷。

是年，先伯與子貞同寫《煙雨歸耕圖》，用竹垞《百字令》原韻自題圖云："客游倦也，問幾人信我，山林畸士。辛苦平生餘底物，數卷殘書而已。壠上春腴，圖中秋老，活計無逾此。山堂在眼，行勝打疊歸耳。一笑竹垞當年，長楊奏賦，負吾師田水。開國風流難再覿，何時[一七〇]行歌燕市？獵聚田蕪，靖陽亭古，耕作吾家事。綠蓑青笠，淵明應說今是。"侗按：朱彝尊，字錫鬯，號竹垞，秀水人。康熙時召試博學宏詞，授檢討。著有《曝書亭全集》。又按：獵餘聚、靖陽亭，皆平定古地名，見《水經注》並《顔氏家訓》。

《百字令，追題四十一歲小照，仍用前韻》。

《百字令，次前韻，題子貞手摹〈煙雨歸畊圖〉》。

《百字令，次前韻，題子貞〈煙雨歸畊照〉》。

《百字令，次前韻，題王鹿屏〈扁舟歸養圖〉》。侗按：王家勳，字鹿屏，新化人。道光乙未進士，時官吏部主事。

《百字令，題黎月樵〈江鄉歸櫂圖〉》。繼按：黎光曙，字月樵，湖南湘潭人。道光癸巳進士，官侍御。

《自題小棲雲亭并序》："余家陽泉山莊爲金棲雲道院，元遺山詩所謂'開窗納山影，推枕得溪聲'者也。有亭翼然，高出林杪，浙人張君世犖榜曰'臥雲'，先大夫及余兄弟皆嘗讀書於此。每欲易'臥'爲'棲'，以先世舊題未敢輒更也。兹余卜兆京北雷家橋宜丁阜地，隸昌平，以圖經考之，卽金章宗之駐蹕山也。山陽有'棲雲嘯臺'，章宗嘗築亭於其上，兩地嘉名適相結構。而此間峯聯遼碣，流帶玉泉，山影溪聲，較之鄉郡一隅規模爲闊遠矣。因擬它日結茅墓田之旁，顔曰'小棲雲'，雨眺晴耕，徜徉終老，余之願詎有侈於是者哉？書此爲券，并繫以詩。"

《輓劉菽雲》七律一首。繼按：《曾文正公集·菽雲墓誌》："君之爲學，其初熟于德清胡渭、太原閻若璩二家之書，篤嗜若渴，治之三反。既與當世多聞長者游，益得盡窺國朝六七鉅儒之緒。"云云，卒年三十一。

《十二月初五日，子貞五十初度，出所藏宋芝山贈覃溪學士'延年益壽'瓦當文拓本示坐客，卽席用詩韻奉祝〔一七一〕》。侗按：翁方綱，字正三，號覃溪，大興人。乾隆進士，官至内閣學士。精心汲古，金石、譜錄、書畫、詞章之學皆能摘抉精審，書法尤冠絕一時。

《孔繡山〈韓齋把卷圖〉》五古。

《孫芝房編修尊人〈罘芝圖〉》〔一七二〕。侗按：孫鼎臣，字芝房，善化人。道光乙巳進士，官侍讀。父葆恬，字邵吾。嘉慶乙卯舉人，官桃源縣教諭。

《戴筠帆〈阺山載筆圖〉》。阺，昆明縣境山也。筠帆嘗修《昆明縣志》，因寫此圖。

二十九年己酉，四十五歲。

《上大父星階公書》："叔父大人座右：吾宗衰落極矣。姪自丁未冬來，疊遭骨肉慘變，尤非常情所能堪。然憂患餘生，益不敢不刻意自勉，竟祖父以來未竟之業。承書相慰，感涕交并。姪現已納妾，但祈得一中材讀書之子，俾夒代書香不至中斷，於願足矣。至吾族中喪葬諸事，有姪力能相佽者，尚望隨時馳諭。希仲叔歿，其裔竟爾中絕，每思爲立一子歲時祭掃，不知有可承嗣者否？詳籌示悉。吾叔文名蔚然入耳，加以虛懷若谷，不染鄉里狂誕之習，且喜且慰，今科拔萃定膺首選，努力秋風，扶搖直上，切祝切祝！來春入都，下榻姪寓中，更不疑也。至仲書所傳鄙論繼按：卽《海疆善後宜重守令論》。頗有舛誤，姪意謂吾叔美材，當於帖括外更治一有用之書，先求一二事貫徹首尾，然後自驗其材之所近併入一塗，大小必當有成。此之謂本領，飣餖轇轕不足道也。吾鄉士習，大率於坊行八股外，以熟讀《聊齋》、《紅樓》互相詡詐，此最可傷憫。提倡無人，不知斷送幾許佳人矣。偶有一二留京者，亦自以爲已知，無從相告。數年來僅得一張斧文，稍知學問入手處，亦復捧檄而去，不能卒業，甚可惜也。手此奉復，竚來好音。"侗按：張映樞，字星階。道光己酉拔貢，官直隸深州州判。篤好理學，尤工詩文。著有《大學原批》、《批評中庸》、《易解》各一卷，《歷代金石考》八卷，《讀書處詩文集》七卷。又按：《平定州志》："張黼榮，字斧文，州人。道光丁酉舉人，武彝縣知縣。"

校定《漢石例》六卷，刻入《連筠簃叢書》，并爲譔敘。

敘尾云："吾友寶應劉君楚楨，始本竹垞之意，壹以東京爲主，傅以經術，加之博證，纂爲《漢石例》六卷。蓋惟深通漢學，故能得其大義，義舉而例亦因之俱舉。靈石楊君墨林及弟子言，雅好金石，讀君書喜且寶之，因請刻入《連筠簃叢書》中，而以校勘之事屬余。余既獲交孟瞻，又獲交楚楨，故樂序行其書。"繼按：劉寶楠，字楚楨，寶應人。道光庚子進士，官元氏知縣。著《寶應圖經》、《漢石例》、《論語正義》。劉文淇，字孟瞻，儀徵人。著《揚州水道記》、《左傳舊疏考證》。

四月，葉道芬爲先伯題照。詞云："石洲先生性愛竹，索我畫竹我未能。畫中此老太枯寂，孤根相對寒崚增。有此一竿便不俗，何苦空腸吐芒角。槎牙肝肺世莫笑，願爾勞生長食肉。"繼按：道芬，吳縣人。官三河縣典史。

閏四月，爲沈子惇譔《〈落颿樓文稿〉序》，序尾云："茲余爲靈石楊氏哀刻叢書，爰取子惇遺稿合以子貞所藏前二卷，都爲一編，附〔一七三〕梓問世。嗚乎！自子惇死，余多得金元遺文，每恨不能起我良友共讀之。偶有纂述，至山回水互診脈俱窮之際，益思得如子惇者助我，而至今未一遇。乃星伯先生卒且二年矣〔一七四〕，寡聞之慨，其有既哉？"

編《山右碑目》二卷。侗按：《碑目》分已見、待訪二門，共收一千二百六十三種，原稿存平潭牛氏。

賡堂書來，要作羊城之游。見《題〈羅浮蝶卷〉詩》注。

爲俞理初譔《〈癸巳存稿〉序》。

跋《明拓〈李思訓碑〉》。

跋《延熹〈封龍山碑〉》。侗按：碑在直隸元氏縣，道光間爲劉楚楨訪得。

跋《鄐君開通褒余道題字》。

跋《沈果堂鈔〈尚書古文疏證〉》。

跋《青主先生手評〈曹全碑〉》。繼按：傅徵君山，字青主，號公之佗，陽曲人。明諸生。康熙己未召試博學鴻詞，以疾辭，授内閣中書，放歸。著《性史》、《十三經字區》、《周易偶釋》、《周禮音辨條》、《春秋人名韻》、《地名韻》、《兩漢人名韻》、《霜紅龕集》十二卷。

跋《舊拓〈孔褒碑〉》。

重刻《元遺山先生集》工竟，并譔序，序略云："《遺山先生集》，中統嚴氏初刻本不可見。今行世者，惟宏治中李叔淵本及康熙中華希閔本，而華本即從李本翻出，猶一本也。《詩集》單本較多，惟毛氏汲古閣本盛行。南昌萬廷蘭本係從全集摘出，故於曹益甫所增之八十餘首概從闕佚。而元黄公紹選本，穆又未之見也。近烏程施北研氏熟於金源掌故，有《遺山詩文箋》極精博。《詩箋》初梓，吾友沈子惇卽以相贈，近亦印行，《文箋》仍鬱未出也。下略。今爲鉤考金、元史及同時各家集，它若《元文類》、《金石例》、《金文雅》、《山西通志》諸書，缺者補之，誤者訂之，如無可據校，概從闕疑。《續夷堅志》世行寫本二卷，余秋室氏釐爲四卷，手書刻之大梁。《樂府》五卷，阮太傅《研經室外集》載有提要而《文選樓書目》初無其名，聞漢陽葉氏有寫本，數從相假，檢未獲也。嘗擬都爲一集繡梓，版存冠山書院，而京華旅食，囊橐蕭然，乃節嗇傭書餘貲，歲刻數卷。始丙午二月，迄庚戌[一七五]四月，首尾凡五年工始告竣。《附録》一卷、《補載》一卷，儲氏、華氏、施氏遞事增輯，穆續有采獲并屢入之。遺山一家之業，其存於今者約略備矣。"原注："敬案：師此文作于己酉四月，文中雖稱庚戌四月云云，及末題三十年五月，實豫擬也[一七六]。"

十月，撰《宋松泉廣文墓誌銘》。侗按：宋從貞，字起元，號松泉，昔陽縣人。歷官天鎮、鳳臺教諭。銘見《昔陽縣志》，文集未收。

是年，詩有《子貞七叠〈延年益壽瓦詩〉韻見示，依次奉酬》七古。

《追懷文友三叠前韻》七古。詩云："追懷文友工書者，烏程精楷沈子惇。泰興篆。陳東之。皆從本領攄心畫，肯泥面貌區圓扁。安丘王菉友。何媿小學宗，黟山俞理初雅稱鴻詞選。不將蛇蚓疥屋壁，稿草縈迴妙牽轉。日照許印林。摹顏真肖顏，性識剛稜意精腆。蕭寧苗先路。釵腳共服媚，白雲動波波涵衍。衆妙兼資何道州，家聲科目滋履戩。歌詩融會出香谷，香山、山谷。經術淵通窺邕典。媿余碌碌[一七七]從君後，夜雨敲門燭頻剪。欣承君友皆我友，獨學自封譏庶免。靈光碩果慨[一七八]無多，王後盧前失交勉。爾來切抱無聞懼，矜惜流光謝游宴。君擅多材綜衆長，我圇呭聞葆片善。丹黃矻矻日又晡，移鐙更訂古圖卷。"

《二月初六日，大雪曉起，子貞以所題吳冠英〈春水歸帆圖〉來屬題。子貞凡十叠前韻矣，余亦四叠奉和》七古。

《五叠前韻，乞鹿牀侍郎爲寫小棲雲亭第二圖》七古。侗按：鹿牀侍郎與湯貽汾齊名，詩、書、畫并有名于時，著有《畫絮》及《粵雅集》。

《唐拓武梁祠畫像歌》七古。

《喬鶴儕水部買得吳伯榮中丞〈羅浮蝶〉卷子屬題，卽用卷中宋芝灣觀察韵。爾來京師所稱太常仙蝶者，頗往來貴人家，干索酒餌，非復前日之高致矣。因題此卷，感慨係之》五古。侗按：《山西通志》："喬松年，字鶴儕，徐溝人。道光乙未進士，授工部主事，充湖南鄉試副考官，累遷員外郎、郎中，出爲松江府知府，官至河道總督，卒謚勤恪。"

《八月十一日夜夢子貞，夢中知其爲夢也，曰不可不記以詩。詩成十六句而覺，復作四句足之》五古。

《壽陳萼庭》五律一首。繼按：萼庭名士棟，州庠生。

《題孔繡山〈韓齋雅圖〉》[一七九]五古。侗按：繡山瓣香昌黎，署所居曰"韓齋"。此圖爲戴鹿牀侍郎作，一時名流題詠甚夥。

《爲王子懷侍郎題〈貞松慈竹圖〉》。侗按：《餐訉亭集》："子懷奉其大母方太夫人節孝録并圖屬題,圖爲錢唐戴侍郎熙所作,吾鄉張石州穆曾賦詩紀事,未及書而卒。越數歲,其嗣子孝瞻發篋得之,持還懷翁,不勝喜慰,因爲記其顛末。"

十一月初九日申時,先伯卒於京師,春秋四十有五。十二月,歸殯於平定。明年,葬於州西之昌谷。

光澤何秋濤爲之誌墓,文曰:"道光二十九年冬十一月九日,石州張先生卒於京師。其兄子孝敉先一日適至,攝喪事,秋濤與何君紹京、祁公子世長爲位而哭。既歛,諸嘗與往來相知相揖者咸會弔禭。十二月,歸殯於平定。越明年二月,孝敉來告曰:'叔父之葬距其終百四十三日,卜者曰吉,窆維州西北十有七里,南抵所居陽泉莊二里,地曰昌谷,昇曰宜昆,兩叔母祔焉。子,先友也,盍爲銘?'嗟乎!秋濤尚安忍銘先生哉?顧自念以年家子謁先生,一見如故,辱與同居,游知最深,不可辭。因叙而銘之,曰:'先生諱穆,譜名瀛暹,字誦風,一字石州,監生。封朝議大夫可舉之曾孫,丁丑進士知泗州佩芳之孫,辛未進士編修記名御史敦頤之第四子。幼好學,慕古作者。長誦六藝百家之言,固而存之。膠轕壁堅,無蔽於前,乃沈思溯經詁,貫史筴,覈天算,圖地志,鉤伏剔舛,攷古鑄今。以爲學無時代,惟其是爾,故孳孳習皆樸學,非世所好也。素岸兀,不可一世睨,耆學迂僻,士則譽不容口,遂介介寡合。顯貴中,惟阮文達公、莫寶齋侍郎、程春海侍郎、祁淳甫協揆與爲師友。嘗與俞君正燮、魏君源、趙君振祚論諸史,陳御史師、許君瀚、王君筠講六書,羅君士琳、鄭君復光、徐君有壬明九數,徐君松、沈君垚考西北邊塞地理。諸君皆專門業,咸推服焉。與苗君夔、何君紹基爲優貢同歲生,以論學相切磨。識者謂先生之學,蓋全氏謝山、錢氏辛楣之傳,非它家所可擬云。初泗州以文學、循吏名天下,先生繩祖業,尤留心經世務,然澹於進取。道光辛卯以優行貢成均,選充正白旗官學教習,積年勞以知縣侯[一八〇]銓,輒以負氣忤貴人,罷去不顧。閉戶人海中幾十載,左右圖書,日以討論爲事,蓋其志專欲以學術名後世也。性孝友，重然諾。都門館穀以贍亡兄之孤，歲時不絕。戚友緩急，傾囊無少惜。家人將炊，告乏米，意恬如也。卒，時年四十有五。先生再娶，皆有賢行。元配劉氏。繼娶趙氏，恭毅公元孫也，先一歲卒。生子孝蘭，慧而早死，孝瞻以兄子來爲後。女一，殤。於是先生之妾方娠也，未知其子之男女。始或勸先生墨所著於版，曰："吾祖集未播，不可。"乃校刊泗州《希音堂集》。又取師友遺草未傳者編次剞劂之，又校刻《元遺山全集》及爲靈石楊氏蒐刻叢書，至精審。先生既歿，秋濤偕何編修次其稿，曰《月齋文集》、《靖陽亭劄記》各若干卷。《延昌地形志》、《蒙古游牧記》雜塗乙，未脫稿，秋濤將爲理而成之。其已行世者，惟顧亭林、閻潛邱兩年譜云。銘曰：孰甄冶是而胚其美，孰夭閼是而尼之以。止身可亡，學不可毁，納銘幽墟奠厥阯。'"

壽陽祁相國題曰"平定張石州先生之墓"，文曰："嗚呼！石州學博，志大氣高，而昌谷不壽。孝于親，友于兄弟，而童烏不秀。著書滿家，發言驚坐下士，逡巡笑之，而鴻儒偉彥褰裳爭就。惜乎！湛思遠識，世莫能詳究也。咸豐初元，壽陽祁寯藻爲題墓石，以表吾鄉而傳諸後。"

咸豐初，陪位顧祠。侗按：《䜱䜪亭集·題顧祠〈聽雨圖〉》，結句："雲臺留故事，侍坐有傳人。"注："亭林因朱子曾寄禄華州雲臺觀，倡建祠堂。先生歿，遂奉以陪享。今顧祠附石州主，亦此意也。"又祀晉陽書院之三立閣、繼按：《會札》："光緒十七年五月卅[一八一]日，蒙巡撫部院劉批。本司道會詳：'正白旗官學教習、已故知縣張穆爲鄉邦先儒，堪資矜式，懇請援例增祀三立閣緣由。'蒙批：'據詳已悉，查張知縣穆學術淹通，品誼高峻，樹譽經著，尤爲所長。其與何刑部秋濤商訂《朔方備乘》一書，曾邀宸鑒，實屬有功册府，津逮藝林。迹其闇學之勤，宜隆馨香之報，應准附入三立閣，一體崇祀。仰卽督飭監院官查照辦理，并飭該紳等知照繳冊存案等因。'奉此，除行太原府轉飭陽曲縣并飭監院官增設栗主一體致祭外，合亟抄詳、會札爲此札，仰該州卽便轉飭，知照毋違。"令德堂之四徵君祠侗按：祠在堂之東偏，祀閻徵君潛邱若璩[一八二]、傅徵君青主山、范徵君彪西鎬鼎、吳徵君蓮洋雯。陪祀者二人，先生及王公霞舉軒也。**及州之崇賢堂。**伺按：《平定州志》："元至正間，知州劉天禄祀禮部尚書趙閑閑秉文、吏部尚書楊文獻公雲翼、左司郎中元遺山好問、元翰林侍講學士李文正公冶，于湧雲樓爲四賢堂。後增王秦溪構、中書左丞吕忠肅公思誠爲六賢堂。成化五年，知州陳志進刑部尚書耿清惠公九疇，名堂曰崇賢，勿限以目。嗣後，進喬毅、白侃、郁燮、孫承祖、王克己、梁昱、喬一、高光烈、蹇達、楊思忠、孫繼先、宋燾、馮守禮、朱一統、張三謨凡二十二人。同治七年，知州慶亮又進優貢生張穆，凡二十三人焉。"

繼按：先伯著書行世者，《顧亭林先生年譜》一卷、《閻潛邱先生年譜》一卷、二譜重刻于伍氏《粤雅堂叢書》，張制軍之洞《書目答問》收史部譜録門。《莫寶齋先生事略》、《先大父泗州府君事輯》、《蒙古游牧記》十六卷、《俄羅斯事補輯》、初刊于《北徼彙編》，後收于《朔方備乘》。《㐱齋箋記》，載《朔方備乘》。《㐱齋文集》八卷《詩集》四卷。《書目答問》集部國朝考訂家集收二卷。待梓者《漢石存佚表》、《〈水經注〉表》、《重修平定州志》、《元裔表》、《外藩碑目》、《山右碑目》、《延昌地形志》、《靖陽亭剖記》、《說文屬》。以上書目，俱見《山西通志·經籍記》，無卷數可考。

校補刊行者，《元遺山先生集》四十卷《附録》一卷，《書目答問》收集部。《程侍郎遺集初編》十一卷，先大父泗州公《希音堂集》六卷。審定序行者，《〈王會〉篇箋釋》四卷，《壽陽吴侍御奏稿》，祁鶴皋太史《藩部要略》十八卷、《世系表》四卷，《書目答問》收史部地理門。《西域釋地》，《西陲要略》，《癸巳類稿》十五卷，《書目答問》收子部。《〈說文解字〉句讀》三十卷，《書目答問》收經部。《安玩堂藏稿》，《使黔草》三卷，《說文答問疏[一八三]證》六卷。

哀集校梓者，《連筠簃叢書》：吴才老《韻補》五卷，顧亭林《〈韻補〉正》一卷，均收《書目答問》經部内。《漢石例》六卷，《唐兩京城坊考》附圖五卷，《長春真人〈西遊記〉》，均收《書目答問》史部内二卷。唐魏元成《羣書治要》五十卷，《落颿樓初稿》四卷，《癸巳存稿》十五卷，均收于《書目答問》子部内。《鏡鏡鈴[一八四]癡》附圖四卷。

校訂待梓者，《尚書疏正[一八五]》五卷，原稿存平潭李氏，侗少時曾一寓目，後被坊賈購去，今不知所在矣。《聖武親征錄》，《元朝祕史譯文》，《營造法式圖》二卷。

侗按：先生法書鑴石者，有《小秀野唱和詩》百二首，舊存京師三忠祠。《味道堂晉祠詩》，李澄齋太守刻之太原晉祠。《摹顏魯公〈忠義堂帖〉》，初刻道州何太史家，任君槐庭復刻之壽陽家塾。《摹山谷書太白詩真蹟》，石存京師定園三晉公寓。《跋傅青主貼[一八六]》，太谷員氏刻，馮魯川有記。《祁恭恪公墓誌銘》，代河督吳邦慶書。《程侍郎墓誌銘》，《宋松泉墓誌銘》。石存昔陽縣。付梓者，《玉局心懺》一册，松[一八七]存張氏梧園。《急就章》。板存太原賈氏。其他屏聯，不可勝記。

《郎潛二筆》：陳公康祺著。"平定張石洲穆，融貫經史，學窮九流。山右自閻徵君後，勃窣羣書，斷推先生爲眉目。客京師，與壽陽祁相國、歙縣程侍郎及何子貞、苗仙籙、何願船、俞理初諸君子以絕業相切劘。比年廠肆舊書遇有石洲手校之本，靡不精審，康祺心竊嚮之。頃讀《程侍郎遺集·送張石洲歸里》詩云：'逸氣陵參墟，清盼徹水鏡。朱邸延不赴，書窟卧以詠。'注云：'惠邸慕君名，懸榻以待者三年，卒辭不就。'更可見先生之植品矣。"

《經世文續編》例言云："又如張氏穆、馬氏祔華、沈氏垚、姚氏椿等，皆與賀、魏同時，文行甚箸。"

何願船《〈肙齋籤記〉序》："其人精輿地之學，凡所考證多有依據。其論烏落，俟又轉爲俄羅斯，能卽地理方物以訂前人聚訟之説，實足與欽定《皇朝文獻通考》相發明，亦非他書所能及。"

曾滌笙《求闕齋日記類鈔》："莫子偲友芝。交出何願船二信，内有張石洲《蒙古游牧記》四本，又《朔方備乘》凡例數頁，信爲當世積學之士。"

張制軍之洞《書目畣問·姓名略》云："地理爲史學要領，國朝史家皆精于此，顧祖禹、胡渭、齊召南、戴震、洪亮吉、徐松、李兆洛、張穆尤爲專門名家。"繼按：《姓名略》收漢學專門經學家并史學家。

《忠義堂帖》："平定張石州穆手摹顔魯公書也，真蹟在道州何子子貞紹基家，子貞曾摹勒上石。今任君槐庭復刻之壽陽家塾，筋骨風格，奕奕如生，它日此帖當與道州帖并傳。咸豐十有一年冬至日，祁寯藻記。"

張斧文大令《追題〈煙雨歸畊圖〉》："先生愛作百字令，息翁書懸百字聯。煙雨歸畊歸未得，空留廟貌配圭年。"

《山西通志·文學錄》：

"張穆，初名瀛暹，字石舟，平定人。道光中，以優行貢太學，充教習。生具異稟，於書無所不讀，才名藉甚。應京兆試，誤犯場規，負氣不少屈，遂被斥。自此謝絕舉業，一意箸述。祁文端公典學江蘇，延入幕。阮太傅時家居，見所箸嘆曰'二百年無此作也'，稱爲碩儒。一時名士若俞理初、何子貞、王菉友、陳頌南、何秋濤皆與訂交，推爲祭酒。年四十五，卒於京邸。所著有《蒙古遊牧記》、《延昌地形志》、《顧閻合譜》、《㐰齋詩文集》。書法勁逸，冠絶一時，得者寶貴之。嘗以顧亭林入都曾寓慈仁寺，因偕何子貞醵金建祠寺中，及卒，同人爲位陪祀焉。又祀晉陽書院之三立閣及州之崇賢堂。"州志略同，不復錄。

《㐰齋文集·祁相國序》：

"道光間有以文學名都下者，曰平定張石舟〔一八八〕先生。其爲人豪放明銳，極深研幾，於經通孔氏微言大義、精訓詁篆籀，於史通天文、算術及地理之學，議論穿穴今昔，鎔冶四庫百氏，飇舉泉涌，座客率撟舌不得語。海內名儁咸想望風采，躡屩納刺、載酒問奇者，幾無虛日。顧石舟不自撓屈，有以所箸書或詩古文辭進者，無問其人位望，有不可於意，卽指疵纇口齦齦辨，折角陷堅，不遺餘力，以是慕名而來者或稍稍引去。然其於學深博無涯岸，遇奇士，雖素出己下，輒折節推之。旌德呂文節侍郎嘗言：'爲文不經石舟訶斥訂正，未可示人。'晉江陳頌南給事直聲震天下，獨俛[一八九]首石舟，曰：'令斯人著獬豸冠，樹立過吾輩遠甚。'《語》曰[一九〇]：'不知其人，視其友。'石舟之没，知與不知皆爲嘆惜，豈無自而然哉？余於石舟，同鄉姻戚也，交最深，且忝一日之長，故知石舟事最詳。以下分見譜中癸巳、己亥年，兹不復錄。夫以石舟之才，百未一試，用微眚斥，終身不振。年不及下壽，子又夭，其遇極古今之窮，誠可哀已。説者多以石舟比柳子厚，其因擯斥而研精文學則同，然石舟使氣忤時貴，乃君子之過，轉不獲如子厚出守遠郡[一九一]，得稍試於治民，其所遇不更酷哉！子厚身後得裴觀察爲營歸葬之資，文集則編於劉賓客，其得大箸於世則以昌黎韓子實表章之也。今石舟之歸葬亦賴同人襄助，其遺稿則屬之何子貞太史及何願船。既撰石舟墓誌[一九二]，復爲補輯《北魏延昌地形志》、《蒙古游牧記》二書成帙，又以子貞檢出之詩文雜稿，屬其門人吳子肅、子迪昆季裒集繕寫。諸君子綴緝之勤，誠不減劉賓客之高義，其表章之力抑豈出昌黎下哉？石舟於余兼直諒多聞之益，其没也，余方奉使甘肅不及見，心常歉然，以刊布遺書爲己任，而時勢艱難，友朋聚散，久之未就。今距石舟之没已十閱寒暑，幸賴諸賢克篤風義，相與有成，而余亦遂得釀金付梓，以踐宿諾，謂非衰年之一快也歟？然迴憶與石舟銜杯酒，論古今，析疑辨難，聲情如昨，又不覺淚潸[一九三]然下也。《地形》、《游牧》二書，余既序之，其文、詩集先刊就，復爲縷述其生平，以質世之知石舟者。"

《月齋文集·何願船序》：

"平定張舟石[一九四]先生，博學君子也。旅食京華二十餘載，生平沈酣典籍，攟英摘華，發爲詩古文辭，雄深奇肆，迥絶流輩。又工於草隸，每書所作，世人識與不識皆爭寶藏之。道光己酉冬，先生殁於京師，諸故人檢視遺篋，得所著書曰《魏延昌地形志》、《蒙古游牧記》者，皆未削藁，以屬余編次。其詩文雜著甚多，強半塗乙叢殘，乞何子貞編修爲勘定。編修旋以艱歸，歲壬子復出，即視學四川，於先生稿未遑點勘，併以示余。次年，余赴安徽幕府，將出都，携《地形志》、《游牧記》二稿於行篋，其詩文稿則以付先生弟子吴子肅、子迪昆仲。嗣余以省親還閩，越數載復至都門，則子肅昆仲已取殘帙斷紙排比迻謄，復請子貞删定，勒成文集八卷、詩集四卷，乞余序之。余惟先生篤志儒先，淹貫四部，當世名流咸相傾挹。曩者，旌德吕文節公推先生爲直諒多聞之友，且爲余言：‘石舟挈經似賈長頭，考史似劉子元，譚地理似酈善長、王伯厚，論治體似陸敬輿、白居易，行誼卓絶、文詞瑰偉則似蕭穎士、徐仲車。’此非阿其所好，蓋天下之公言也。或疑先生年未逾五十，詩文非出己意别擇，慮其中或有未定之稿，與夫偶然涉筆不欲自存之作，今裒而刻之，恐不足以盡先生之長。余曰：先生著述宏富，身後散佚頗多，謂不足盡其長似也，而疑此集之不必刊行則非也。夫昔之文人，若曹子建、謝康樂、柳子厚、蘇子美輩，年皆不及中壽，而詩文卓然名家，千古不朽。其爲壽也大矣！集之名始於東漢而盛於齊梁，今所傳屈宋馬班諸集皆後人纂成，不必其手自編次，奚獨疑於先生之集哉？且先生一介寒士，而以流通古籍揚扢前賢自任，其於師友著述表章尤不遺餘力。若俞氏理初、沈氏子敦皆同志之友，先生嘗鈔其所著《癸巳存稿》、《落𩦸樓稿》藏篋中，及其人殂謝後，悉爲謀諸有力者校刊傳世。又程春海侍郎爲生平知己，莫寶齋司農爲婚姻尊行，二公勝流顯宦，賓客盈門，而身没以後，詩文奏議零落殆盡。先生百計搜羅，付之剞劂。其篤於風義如此。今先生是集，亦賴友朋弟子掎摭成編，而又得壽陽祁相國爲之釀金開雕。先生九原有知，亦可稍慰生平坎壈之志矣。豈非特具識鑒，取友必端，報施之理良非偶然哉？至其《地形志》、《游牧記》二書，余爲補綴繕録，別有記敘，茲不復贅云。"

《月齋文集・吳履敬序》：

"昔人嘗謂才人文士少達而多窮，理誠有之。然或窮於祿位而達於名稱，或窮於生前而達於没後，一得一失，孰與孰奪，有莫知其所以然者。夫使才人文士而豫知其不達，將必斂手投筆，莫敢有作。抑使碌碌無奇、享庸人之福者豫知身後之名，必不能與才人文士爭烈也，又且將媿惡歆羨焉。然而趨於彼者既役役而莫知自返，而博學好修之士，亦必使精神才力悉敝於殘編斷簡之中，至於困厄摧折而終不自悔。其性然與？其造物者有所斟酌損益於其間而使之各不自覺與？竊於先師月齋居士有深慨焉。師少負不羈之才，兀岸豪縱，有不可一世之概。稍長，博覽多識，益鬱其英氣，發爲文章，望之者咸料其將決巍科、登臺閣也。顧乃偃蹇淪落，旅食有年，卒且遭誣謗，被屈抑，一蹶而不能復起。噫！亦可謂窮矣。而師之學與識乃因以益進，既已息意仕宦，閉户讀書，百家之學無不洞其原委。尤長於輿地、小學，異域山川，瞭若指掌，諸經説同異，有問難者應答如流。文字[一九五]之交徧海內，詩酒之會冠京師，世之所謂窮達者，固已默然置之。天不降年，年四十餘嗣續未立，遽抱瘵疾不起。凡平日所著書多未竟業，倉卒間諸友人取殘稿數十帙存以待梓，餘并不可復檢。悲夫！何其窮之至於斯乎？師既殁，所著書稿輾轉歸於子貞世丈及願船先生處，越三年詩文雜稿始歸余兄弟，餘悉爲船願[一九六]先生携出都。又越四年丁巳季春，貞丈再入都，聞詩文稿編成已久，與緗芸世丈議始有刊行之志，因商之壽陽相國，遂釀金鳩工。又越四月，願船先生由閩北上，携師所撰《蒙古游牧記》、《延昌地形志》

及《説文屬》并殘稿數種，浮舟於洪波海霧中，行李盡棄，獨與書俱達。時貞丈尚未去，方圖覓月齋遺書，聞其已至，相與歡慰，以爲殆從天降也[一九七]。《游牧記》末四卷尚未排比，《地形志》夏州以後未得草稿，皆賴願船先生編校綴緝，約略完善，與詩文集可相繼付梓，師之精心卓詣未墜於地，後學之士得有所尋繹沾丐焉[一九八]。嗇於位而豐於名，屈於前而伸於後，固曰事之適然，要亦理之不爽也。師初於吾舅氏處識敬兄弟，數面後卽許列爲弟子，且召子迪躬自督教之，請業質疑，昕夕無間，偶妄有所作，輒蒙過許，以爲有可造就。二年中非惟冠婚喪祭之事賴師營庀，卽子迪之日用瑣屑一衣一飯之間，亦皆體念周至，不啻子弟。噫！追憶吾師相待之厚，今日之所得盡力者，僅此讐校編訂之勤，不自禁其感媿涕零也。尚何言哉？師既久不得志，以姻戚鄉里特蒙壽陽相國提挈周贍，情誼甚篤。丁未、戊申以後，親舊之士如程春海侍郎、俞理初孝廉、沈子惇先生、徐星伯太守并已前逝，陳頌南侍御、蘇賡堂給諫、趙伯厚贊善、許印林廣文又先後出都。所與比鄰款洽者惟子貞世丈，而深敬服絅丈之爲人，其推許樸學則願船先生爲最。今師殁將十年，而畢生精力所注卒賴此數君以傳於世，豈師之生前固已逆料及此邪？抑亦氣誼之相投有不期而自合者也？詩文集刊既竣，《遊牧記》、《地形志》亦可於數月畢事，敬既喜於觀成，且感諸君之厚誼，以子迪前序於刊刻緣起有未及詳也，復爲識之。至於師没世之後爲達爲窮，不敢定論，留以待後學之自辨云。"

右族祖石洲公年譜，先父官靈川廣文時所編輯也。庚申夏，同人、年丈重事釐訂，并增輯數十事。編既成，復授澤校刻，以廣其傳。澤謹與友人劉覲文大令、王子進茂才往復校讐，凡三閱月刻工竣。竊念先族祖旅居京師二十餘年，收藏兩代遺集<small>泗洲公及太</small>

史公。與一身著作，歿後，遺稿、雜著悉歸當代名公鉅卿諸嘗相與往來者收存待梓。咸豐初，何願船比部補輯《游牧記》，肙齋文、詩集亦賴諸契友相繼成編，復得壽陽祁相國爲之醵金開雕，後先行世。惟《元裔表》、《男[一九九]藩碑目》、《延昌地形志》、《説文屬》等稿未識流落何處，無從搜獲。此外有戴鹿牀侍郎繪《小棲雲亭圖》二，又繪先族祖四十一歲遺照一，何太史繪《邨谷論心圖》一，自寫《煙雨歸畊圖》一，計五通，均亦無從尋覓。伏覬海内珍弆名家如有收存先族祖遺文雜著者，不惜郵函録示，俾得重行補綴，冀成完璧。倘并遺容惠贈，藉以摹諸簡端，奉先瞻禮，則世世感戴，曷有既也？辛酉夏至日，族孫世澤謹識。

校勘記

〔一〕"字"，誤。當作"子"。

〔二〕"戌"，誤。當作"戍"。

〔三〕"城"，誤。見祁本、《山右》本《肙齋文集·例授奉政大夫翰林院編修記名御史顯考曉汧府君曁顯妣王宜人李宜人行述》，均作"誠"，當以"誠"爲是。《石州年譜》此篇簡稱《曉汧公行述》。

〔四〕"齊"，祁本、《山右》本（本節校記以下《山右》本均指《山右叢書》本，與《石州年譜》所引同一詩、文）均作"齋"。

〔五〕"壁"，誤。當以祁本、《山右》本均作"璧"爲是。

〔六〕"具"，誤。當以祁本、《山右》本均作"臭"爲是。

〔七〕"昏"，誤。當以祁本、《山右》本均作"猶"爲是。

〔八〕"乙"，誤。當作"己"，清嘉慶二十四年歲次己卯。

〔九〕"賭"，誤。當作"啫"。

〔一〇〕"朝"，誤。當以祁本、《山右》本《肙齋詩集·述懷感舊六十韵爲老友安丘王丗山先生壽》均作"廟"爲是。《石州年譜》此篇簡稱《述懷感舊詩》。

〔一一〕"父歿"，祁本、《山右》本此處"父歿"上均有"及"字。《石州年譜》脱"及"字，誤。

〔一二〕"乎"，祁本、《山右》本此處均作"呼"。"乎"，亦作"呼"，凡此下同。

〔一三〕"身殉之誓也耶"，祁本、《山右》本此處均作"身徇之誓邪"。"徇"，通"殉"，凡此下同。"耶"，亦作"邪"。

〔一四〕"不因椎魯席遠也"，見祁本、《山右》本《冃齋文集·揀選知縣李君墓誌銘》，均作"不因其椎魯席遠也"。《石州年譜》脱"其"字，誤。《石州年譜》此篇簡稱《怡山李君墓誌銘》。

〔一五〕"年"，以上行年譜體例及文義推之，誤。當作"歲"。

〔一六〕"《補冃公行述》"，祁本、《山右》本《冃齋文集》原文篇名均作《先兄補庵府君行述》，《石州年譜》簡稱《補菴公行述》，故此處"冃"當作"菴"。"菴"，同"庵"。

〔一七〕"一"，祁本、《山右》本均作"壹"。"一"，同"壹"。

〔一八〕"酬"，祁本、《山右》本均作"詶"。"酬"，亦作"詶"。

〔一九〕"丈"，祁本、《山右》本《冃齋文集·祭三兄文》均作"夫"。《石州年譜》此篇稱作《祭叔正三兄文》。

〔二〇〕"嬴"，誤。當以祁本、《山右》本均作"贏"爲是。

〔二一〕"訊"，誤。當以祁本、《山右》本均作"訊"爲是。

〔二二〕"幢幢"，祁本、《山右》本均作"憧憧"。"幢幢"，同"憧憧"。

〔二三〕"續"，誤。當以祁本、《山右》本均作"繢"爲是。

〔二四〕"戍"，誤。當作"戌"。

〔二五〕"本"，本色；《饅飥亭集》咸豐七年刻本，此處作"春"。

〔二六〕"等"，誤。當以祁本、《山右》本均作"尊"爲是。

〔二七〕"理燮，字正初"，此處文字排列錯雜誤倒，當作"正燮，字理初"。

〔二八〕"十九"，依上年石州先生爲二十八歲推及本年當爲"二十九歲"，此處誤脱"二"字。

〔二九〕"世力貴圓熟軟美"，祁本祁寯藻《冃齋文集序》作"世方貴圓孰輭美"，《山右》本祁序作"世方貴圓孰軟美"。"力"，誤。當作"方"。

〔三〇〕"樓"，誤。當以祁本、《山右》本《冃齋詩集·自題小栖雲亭并序》均作"栖"爲是，"栖"，同"樓"。"序"上并脱"并"字。

〔三一〕"洧",疑形近而訛,當作"浒"。"鄦"即"許",指漢許慎,《說文解字》載"洧"而未載"浒"字,故當爲"浒"字。

〔三二〕"睛",誤。依文義當作"晴"字。

〔三三〕"戍",誤。當作"戌"。乾隆四十三年,歲次戊戌。

〔三四〕"戍",誤。依文義當作"戌"。

〔三五〕"定",祁本、《山右》本均作"登"。

〔三六〕"姚伯邛憲總",祁本作"姚伯邜總憲",《山右》本作"姚伯邜總憲",當以祁本爲是。"邛"、"邜",皆誤。當作"印"。"憲總",文字誤倒。當作"總憲"。

〔三七〕"烹",祁本、《山右》本均作"章"。

〔三八〕"嗜",祁本、《山右》本均作"耆"。"耆",古"嗜"字。

〔三九〕"移",誤。當作"簃"。

〔四〇〕"域",誤。當作"城"。

〔四一〕"日'倢仔妾趙'",祁本此處作"曰'緁仔妾趙'",《山右》本作"曰'倢仔妾趙'"。故知《石州年譜》"日"當作"曰","倢仔"之"倢"依下文義看當以祁本作"緁"爲是。

〔四二〕"倢"從"系","趙"字内含雀頭三:祁本作"'緁'從'糸','趙'字内含雀頭三",《山右》本作"'緁'從'系','趙'字内含雀頭三",故知"倢"當以祁本、《山右》本《月齋詩集》均作"緁"爲是,"系"當以祁本《月齋詩集》作"糸"爲是。

〔四三〕"頓之項尚以穆試事爲念",祁本、《山右》本此處均作"沈頓之頃尚以穆試事爲念"。《石州年譜》"頓"上脱"沈"字,"項"當作"頃"。

〔四四〕"話",誤。當作"詁"。

〔四五〕"又其中附有經世案語數條,強作解事",《說文答問疏證》張炳翔後跋引此文片段,此處作"又其中附有經世案語數條,皆竄亂薛君原文,使有窒礙,然後強作解事",如此前後文意可通。

〔四六〕"今卜道光十七年十一月二十八日",據祁本、《山右》本,此處"道光"前脱"以"字。

〔四七〕"詒",祁本、《山右》本均作"詥"。"詒",亦作"詥"。

〔四八〕"黍",《饅飮亭集》咸豐七年刻本此處作"麳",當以"麳"

爲是。

〔四九〕"陘",《餣飫亭集》咸豐刻本作"怪"。當以"怪"爲是。

〔五〇〕詩有《人日春海年文約偕蔡友石年丈、吳荷屋中丞、梅伯言郎中同游海王邨,阻雪不果,乃移尊龍樹院。登高賞雪,談讌竟日,月午方歸。詩以紀之。凡四十韻》:本篇詩題,祁本、《山右》本作《月齋詩集·丁酉人日春海年丈約偕蔡友石年丈、吳荷屋中丞、梅伯言郎中同游海王邨,因阻雪不果,乃移尊龍樹院。登高賞雪,談讌竟日,月午方歸。詩以紀之。凡四十韻》。《石州年譜》"人日"上脱"丁酉"二字,"年文"當作"年丈","阻雪"上脱"因"字。

〔五一〕"海",誤。當作"梅"。

〔五二〕"視",誤。當作"梘"。

〔五三〕"《茶餘客話》",此下所引文字見於該書卷九《古樹》條下,原文曰:"城南舊刹有龍爪槐,僧言三百年矣,前輩詩文集中不多見。徐電發《菊莊詞話》載'白門紀伯'云:'壬子季夏,僕與合肥龔宗伯、山陽陳黃門階六同飲龍爪槐下填詞,此地在國初亦名流屐齒所常到也。'"文字多有出入。且《山右》本"陳黃門階六六"中誤衍"六"字。

〔五四〕"脩",祁本、《山右》本均作"修"。"脩",通"修"。

〔五五〕"褫",《山右》本亦作"褫"。祁本作"褫",誤。當從《山右》本、《石州年譜》。

〔五六〕"越一歲上元",祁本、《山右》本均作"越一歲正月上元",《石州年譜》"上元"前脱"正月"二字。

〔五七〕"瑩",誤。當以祁本、《山右》本均作"瑩"爲是。

〔五八〕"貫",誤。當以祁本、《山右》本均作"貰"爲是。

〔五九〕"橐",祁本作"槀",《山右》本作"橐"。以下文"載《荒蘚園橐》中"尋繹,似當以"橐"爲是。

〔六〇〕"展",誤。當以祁本、《山右》本均作"屐"爲是。

〔六一〕"戍",誤。當作"戌"。道光十八年歲次戊戌。此下數處均誤。

〔六二〕"胡",誤。當作"湖"。

〔六三〕"至十月乃南歸",祁本、《山右》本均作"至十月碩士侍郎之公子淮生假以資斧,乃得南歸"。此處《石州年譜》爲略引。

〔六四〕"慨",疑誤。當作"概"。

〔六五〕"搏",誤。當作"搏"。

〔六六〕"侯",《缦龛亭集》咸豐七年刻本此處作"侯",當以"侯"爲是。又"局",疑誤,當作"句"。

〔六七〕"并",誤。當以祁本、《山右》本作"兼"爲是。

〔六八〕"《南史·明僧紹傳》",其下文字乃節略而引《南史》本傳,與原文字句有出入。

〔六九〕"字",祁本、《山右》本此篇題作"子"。

〔七〇〕"五",誤。"七五",當作"七律"。

〔七一〕"黔",誤。當以祁本、《山右》本均作"黟"爲是,黔爲貴州簡稱,而俞正燮實爲安徽黟縣人氏。"縷",祁本、《山右》本均作"僂",誤。當作"縷"。

〔七二〕"廊",《缦龛亭集》咸豐七年刻本此處作"廓",當以"廓"爲是。

〔七三〕"《正月三江日,陰大雪,登樓曉望》",祁本、《山右》本此詩篇題作《己亥正月三日,江陰大雪,登樓曉望,分得"雨"字》,《石州年譜》"正月"上脱"己亥","日"、"江"二字誤倒。

〔七四〕"侯",誤。當作"候"。

〔七五〕"烏城",誤。當以祁本、《山右》本均作"烏程"爲是。

〔七六〕"假",祁本、《山右》本均作"從"。

〔七七〕"三",當爲"二"字之誤。道光二十一年歲次辛丑,與上列"二十年庚子"接。

〔七八〕"黔",當作"黟"。

〔七九〕"已閏四月",祁本、《山右》本均作"已四閏月",《石州年譜》"四閏"誤倒。

〔八〇〕"士",誤。當以祁本、《山右》本均作"事"爲是。

〔八一〕"杜庸才倖進",祁本、《山右》本均作"杜庸才之倖進"。

〔八二〕"賦",誤。當以祁本、《山右》本均作"賤"爲是。

〔八三〕"遺",祁本、《山右》本均作"遣"。

〔八四〕"許印林在沛寧以書相招,不果往",此句祁本、《山右》本均作

"許印林在沛寧屢以書相招，未能赴也"。

〔八五〕"疾"，祁本、《山右》本均作"氣"。清陳昌治同治刻本《説文解字·疒部》："癒，屰气也。""屰"，古"逆"字。

〔八六〕"末"，誤。當祁本、《山右》本均作"未"爲是。

〔八七〕"露"，誤。當作"路"。苗夔，字先路，號仙麓、先麓。下年此例同。

〔八八〕"語"，誤。當以祁本、《山右》本《月齋文集·〈亭林年譜〉題詞》均作"詒"爲是。

〔八九〕"五月朔日記"，祁本、《山右》本均作"歲在昭陽單閼五月朔日識"，文字略有出入。

〔九〇〕"訊"，誤。當以祁本、《山右》本《月齋文集·〈潛邱年譜〉題詞》均作"訊"爲是。

〔九一〕"荍"，祁本此處作"茮"。"茮"，古"荍"字。《山右》本此處作"茮"，恐誤。

〔九二〕"輿"，誤。當以祁本、《山右》本此處均作"與"爲是。

〔九三〕"戍"，誤。當以祁本、《山右》本均作"戌"爲是。

〔九四〕"是"，祁本、《山右》本均作"斯"。

〔九五〕"徐燮鈞"，祁本、《山右》本均作"徐君燮鈞"。

〔九六〕"昆"，誤。當以祁本、《山右》本均作"毘"爲是。

〔九七〕"移土塗"，祁本、《山右》本均作"移土培塗"，《石州年譜》"塗"上脱"培"字。

〔九八〕"莽"，祁本、《山右》本均作"莽"。"莽"，同"莽"。

〔九九〕"覦"，祁本、《山右》本均作"覯"。"覦"，同"覯"。

〔一〇〇〕"邱"，祁本、《山右》本均作"丘"。"丘"，同"邱"。"貫"，祁本作"毌"。"毌"，古"貫"字。《山右》本作"母"，誤。

〔一〇一〕"甯"下似脱"鄉"字。王筠嘗任甯鄉知縣。

〔一〇二〕"《月齋文集·復阮芸臺相國書》"，祁本、《山右》本"阮芸臺"上有"謝"字。

〔一〇三〕"訊"，誤。當以祁本、《山右》本均作"訊"爲是。

〔一〇四〕"酬私淑之願而已"，祁本、《山右》本"私淑"上有"其"

字,《石州年譜》脱此字。

〔一〇五〕"正斐然有作之時",祁本、《山右》本"斐然"上有"古人"二字。

〔一〇六〕"詞",顯誤。當作"祠"。

〔一〇七〕"貞",祁本、《山右》本均作"忠"。

〔一〇八〕"必欲引爲同類",祁本、《山右》本"引爲"上有"宛轉"二字。

〔一〇九〕"于朋中",祁本、《山右》本"于朋"下有"友"字,《石州年譜》脱此字。

〔一一〇〕"後",誤。當以祁本、《山右》本均作"厚"爲是。伯厚,趙振祚字。

〔一一一〕"甄叙云爾",祁本、《山右》本"云爾"下有"焉"字。

〔一一二〕"又凡稿草之失題者詩餘、試帖共爲一卷",祁本、《山右》本"詩餘"上有"及"字,《石州年譜》脱此字。

〔一一三〕"荒",祁本、《山右》本均作"芒"。"荒",亦作"芒"。

〔一一四〕"座",祁本、《山右》本均作"坐"。

〔一一五〕"古",誤。當以祁本、《山右》本均作"右"爲是。"陽",誤。當祁本、《山右》本均作"洋"爲是。

〔一一六〕"夏閏五月",祁本、《山右》本此處作"夏閏月"。

〔一一七〕"穆以年家子登堂介閒",祁本、《山右》本"穆"下有"等"字,《石州年譜》脱此字。

〔一一八〕"雖",誤。當以《杜詩詳注》卷十四此處作"難"爲是。

〔一一九〕"瘵",誤。當以祁本、《山右》本均作"瘵"爲是,阮本《毛詩正義·小雅·菀柳》此處亦作"瘵"。

〔一二〇〕"見于方略諸書",祁本、《山右》本《〈蒙古游牧記〉自序》"諸書"下有"者"字。

〔一二一〕"於地下",祁本、《山右》本"地下"下有"也"字。

〔一二二〕"有",誤。當以祁本、《山右》本均作"去"爲是。

〔一二三〕"葉潤臣《橋西雜記》",其下文字,"文毀"之"文"字,《滂喜齋叢書》該書刻本作"丈"。"刻本"之"刻"字,此刻本作

"副"字。

〔一二四〕"與",疑當作"於"。

〔一二五〕"本年十月",祁本、《山右》本原文作"道光廿七年十月",此處"本年"爲節引所加。

〔一二六〕"年廿",祁本、《山右》本均作"年二十"。

〔一二七〕"稍知讀書省文",祁本、《山右》本均作"稍知讀書,省文義",文句有出入。

〔一二八〕"數",祁本、《山右》本均作"餘"。

〔一二九〕"月",誤。當以祁本、《山右》本均作"日"爲是。

〔一三〇〕"喚阿葵爲作餐",祁本、《山右》本"餐"上有"午"字,《石州年譜》脱此字。

〔一三一〕"次",誤。當以祁本、《山右》本均作"次"爲是。

〔一三二〕"厲",祁本、《山右》本均作"瘄"。"厲",亦作"瘄"。

〔一三三〕"卅",祁本、《山右》本均作"三十"。

〔一三四〕"恐吃龍鐘",祁本、《山右》本均作"噁吃龍鍾"。"恐",似當作"噁"吻合文意。

〔一三五〕"先大父遺文尚未定有目録","父",祁本、《山右》本均作"夫"。按:先大父爲張穆祖父張佩芳,先大夫則指張穆之父張敦頤,從本篇前所云《希音堂集》開雕工竣看,此處應指穆父張敦頤遺文。故"父"當作"夫"。

〔一三六〕"穆卽初無其意",祁本、《山右》本均作"穆則初無此意"。

〔一三七〕"卽歸",祁本、《山右》本"卽歸"上有"穆"字。

〔一三八〕"哀",誤。當以祁本、《山右》本均作"衷"爲是。

〔一三九〕"末",當作"未"。

〔一四〇〕"《孔繡山青山騎白龍圖》",此詩篇題,祁本、《山右》本均作《孔繡山青天騎白龍圖》,詩云:"最難鬱有監門策,灑涕排雲訴九閽。一夕甘霖平地尺,秋來禾黍看登塲。"故"山"當作"天"。

〔一四一〕"用東坡墨妙亭韵",詩題中,祁本、《山右》本"韵"上有"詩"字。

〔一四二〕"《九月送朱伯韓侍御歸里》","九月",祁本、《山右》本均作"九日"。

〔一四三〕"篠",誤。當以祁本、《山右》本均作"筱"爲是,筱珊爲汪藻字。

〔一四四〕"原",祁本、《山右》本均作"源"。"原",古"源"字。

〔一四五〕"於",誤。當以祁本、《山右》本均作"于"爲是,于皇爲杜濬字。

〔一四六〕"綑歸載河間",祁本、山右叢書本均作"綑載歸河間"。"載歸",《石州年譜》誤倒作"歸載"。

〔一四七〕"間",祁本、《山右》本均無此字。

〔一四八〕"十年營蕘之巢",祁本、《山右》本"十年"上有"俾"字。

〔一四九〕"轉至病也",祁本、《山右》本"病"上有"於"字。

〔一五〇〕"事",誤。當以祁本、《山右》本均作"司"爲是。

〔一五一〕"銓授平水",祁本、《山右》本"銓授"上有"及"字。

〔一五二〕"惟庚子春兄來京",祁本、《山右》本"京"下有"寓"字。

〔一五三〕"去臘致書",祁本、《山右》本"書"上有"兄"字。

〔一五四〕"兄近年來頗喜讀書",祁本、《山右》本均作"兄年來頗憙讀書"。"喜",古"憙"字。

〔一五五〕"慰",祁本、《山右》本卷六此篇均作"尉"。"尉",古"慰"字。

〔一五六〕"蓋不獨爲兄悲",祁本、《山右》本"兄"上有"諸"字,《石州年譜》脱此字。

〔一五七〕"參議獎其貌文之也",祁本、《山右》本《冐齋文集·潛丘像贊》作"參議獎其皃之文也"。"皃",古"貌"字。"之文",《石州年譜》誤倒作"文之"。

〔一五八〕"先生自比于漢之經神也",祁本、《山右》本"自"上有"亦"字。

〔一五九〕"先數月",祁本、《山右》本"數月"上均有"是"字。

〔一六〇〕"吾父所心許也",祁本、《山右》本"吾父"上均有"而"字。

〔一六一〕"唔",誤。當作"晤"爲是。

〔一六二〕"陳鏞慶",當以祁本、《山右》本均作"陳慶鏞"爲是,《石州年譜》誤倒作"鏞慶"。

〔一六三〕"鐘",誤。當作"鍾"。

〔一六四〕"李",《饅飿亭集》作"季",當以"季"爲是。

〔一六五〕"〈謝黄斌老墨竹詩〉",祁本、《山右》本"墨竹"上均有"送"字,《石州年譜》脱此字。

〔一六六〕"應筠帆",祁本、《山右》本"筠帆"下均有"屬"字。《石州年譜》脱此字。

〔一六七〕"廿八年","廿"字,祁本、《山右》本作"二十"。"甘一日"之"甘",誤。當作"廿",祁本、《山右》本亦作"二十"。又祁本、《山右》本"於江蘇學使署"上有"卒"字,《石州年譜》脱此字。

〔一六八〕"間",誤。當以祁本、《山右》本均作"閒"爲是。

〔一六九〕"《苗先路同年〈寒鐙訂韻圖〉,即送游沛南、五台》",祁本、《山右》本該詩篇題無"五台"二字,疑"台"乃"古"字之訛,"五台"或當作"五古"。即篇題當作"《苗先路同年〈寒鐙訂韻圖〉,即送游沛南》五古"。

〔一七〇〕"時",祁本、《山右》本均作"事"。據文意似以"事"爲當。

〔一七一〕"即席用詩韻奉祝",該詩篇題中,祁本、《山右》本"詩韻"上有"翁"字,《石州年譜》脱此字。

〔一七二〕"《孫芝房編修尊人〈罙芝圖〉》",祁本、《山右》本"編修"上有"鼎臣"二字,《石州年譜》脱失。又"罙",誤。當以祁本、《山右》本均作"采"字爲是,該詩首兩句"朝采巖芝赤,暮采巖芝緑"可證。

〔一七三〕"附",祁本、《山右》本均作"付"。"附",通"付"。

〔一七四〕"乃星伯先生卒且二年矣",祁本、《山右》本"且"上有"亦"字。

〔一七五〕"戍",誤。當作"戌"。其下"原注"中"庚戍"亦當作"庚戌"。

〔一七六〕"實豫擬也",祁本、《山右》本"豫擬"下有"之"字。

〔一七七〕"碌碌",祁本、《山右》本均作"録録"。"碌碌",同"録録"。

〔一七八〕"慨",祁本、《山右》本均作"嘅"。"慨",亦作"嘅"。

〔一七九〕"《題孔繡山〈韓齋雅圖〉》"，祁本、《山右》本"雅"下有"集"字，《石州年譜》脱此字。

〔一八〇〕"俟"，誤。當作"候"。

〔一八一〕"卄"，誤。當作"廿"。

〔一八二〕"據"，誤。當作"璩"。

〔一八三〕"琉"，誤。當作"疏"。

〔一八四〕"鈴"，誤。當作"詅"。

〔一八五〕"正"，誤。當作"證"。

〔一八六〕"貼"，誤。當作"帖"。

〔一八七〕"松"，疑誤。當作"板"。

〔一八八〕"石舟"，凡此篇序中"石舟"之"舟"字，祁本、《山右》本均作"州"。

〔一八九〕"俛"，祁本、《山右》本均作"俯"。"俛"，同"俯"。

〔一九〇〕"曰"，祁本、《山右》本均作"云"。

〔一九一〕"子厚出守遠郡"，祁本、《山右》本"出守"上有"之"字。

〔一九二〕"其遺稿則屬之何子貞太史及何願船。既撰石舟墓誌"，祁本、《山右》本均作"其遺稿則屬之何子貞太史及何願船比部。願船既撰石舟墓誌"云云。《石州年譜》"何願船"下脱"比部"二字，"既撰"上脱"願船"二字，遂致文意扞格難通。

〔一九三〕"潛"，祁本、《山右》本均亦作"潛"。

〔一九四〕"舟石"，二字誤倒，當作"石舟"。且"舟"字，祁本、《山右》本均作"州"。

〔一九五〕"字"，誤。當以祁本、《山右》本均作"字"爲是。

〔一九六〕"船願"，二字誤倒，當作"願船"。

〔一九七〕"以爲殆從天降也"，祁本、《山右》本"降"上有"而"字。

〔一九八〕"馬"，誤。當以祁本、《山右》本均作"焉"爲是。

〔一九九〕"男"，誤。當作"外"。

西北之文

〔清〕畢振姬 撰
傅惠成 點校

點校說明

畢振姬（1612—1681），字亮四，號王孫，又號頡雲，澤州高平人。自幼聰穎過人，八歲讀書，先後拜山東王漢、河南李政修爲師。明崇禎十五年（1642），中鄉試第一名舉人。清順治三年（1646），參加清朝第一次會試，考中進士。初授平陽府教授。入朝爲國子監助教，遷刑部主事、員外郎。他爲官清廉，酷愛讀書，公餘，手不釋卷，時人稱爲"有官僧"。

順治十年（1653），畢振姬出爲山東濟南道參議。時山東大旱，災民佔據山洞崖嶺，揭竿而起。畢振姬抵任後日夜馳驅三百里，設計誘殺起義軍首領，用自己的俸金遣散七千餘人，使濟南境內得以安定。泰山寺廟香稅每年由官府爲其徵收，濟南參議署從中扣留七千餘兩充公支用，畢振姬不顧他人的反對，悉數充作軍餉。十四年，調廣東兵備驛傳水利道。時廣東戰事尚未結束，三藩四院頻繁向廣東徵派軍隊、匠夫、船役、兵糧等，地方應接不暇。地方官吏趁機加派加徵，假公肥私，百姓苦不堪言。畢振姬上任後，針對種種弊端詳訂規條，依法行事，減船數百隻，省費用七萬六千餘兩白銀，廣東吏治稍清。十個月後，改浙江金衢嚴道道員。

順治十六年（1659），畢振姬遷廣西按察使。任內，不分晝夜審理積存十餘年舊案，先後平反大獄七十餘起。採用剿撫並用策略，分化和鎮壓廣西流民起事，地方得以安定。所至處以廉聞名，經略洪承疇賞識其才，疏請朝廷擢湖廣布政使，籌措西南戰事餉需。畢振姬託病婉謝，辭官回鄉。康熙十七年（1678），都察院左都御史魏象樞等上疏薦舉，召入京，多次以年老多病辭官。十八年，部議以其老病回籍，不宜再行出仕。二十年，卒於家中，時年六十九歲，遠近士大夫聞訊皆泣，私謚堅毅。

畢振姬一生勤於著述，所著有《尚書注》、《西河遺教》、《四州文獻》、《三川別志》等十餘種，但大都不傳。他的詩收入《病香居爐餘》，并附有時文，該詩集也早已亡佚。其學生牛兆捷收集他的論、議等文，編爲十二卷，請傅山作序，題名《西北之文》。

畢振姬在哲學上傾向於陸九淵、王守仁所倡導的心學，但他強調人勤社會、勤自然的主觀能動作用，還是有一定積極意義的。

畢振姬從人心爲世界本原的宇宙觀出發，認爲人們無需在社會實踐中認識世界，只要加強自身修養即可認識世界，進而改造世界。

他極力強調"君心惟在所養"的主觀唯心主義認識論。他在《西北之文·心學危微精一》中說："君心惟在所養。養之以善則心智，養之以惡則心愚。"首先指出了"養心"的重要性，又認爲雖然人人都有心，但必須有所養，不養不能成其爲心。他進一步認爲，即使都是養心，養的途徑、方式不同，結果也不相同，甚至截然相反，用"善"養心則智，用"惡"養心則愚。

在社會歷史觀方面，畢振姬竭力推崇《春秋》，認爲"《春秋》聖人之逸史也"，提出史書應當"法《春秋》"。他非常強調史學的社會政治功能，說："史有是非無賞罰"，"史以是非助君，君以賞罰助天"（《西北之文·擬監古輯覽序》）。他認爲歷史本身是有是非的，史學的功能是將歷史上的是非搞清楚，以此爲封建統治提供治亂盛衰的統治經驗教訓，使其更好地維護封建統治。畢振姬的史學思想，集中表現在以封建倫理綱常作爲評判歷史的標準。他說："史官助賞罰，助之以是非，即天與天子權尊。"（《西北之文·明史》）在這里，畢振姬首先提出史官修史的目的是"助賞罰"，而這個賞罰的標準，就是"天與天子權尊"，就是維護封建的倫理綱常。合之者爲是，離之者爲非。

畢振姬目睹了當時社會經濟的凋零和人民生活的困苦，他把導致各種社會弊端的原因，歸之於清朝最高統治者和各級官吏，對清政府竭澤而漁的政策給予了尖銳批判，對貪官污吏進行了猛烈抨擊。

畢振姬把社會弊病的産生，僅僅歸之於封建政權的某些政策和貪官污吏的存在，這就使他的社會政治思想具有很大的局限性。但他能站在重民的立場揭露貪官污吏的罪惡行徑，暴露封建社會的種種醜惡現象，這些都是作爲一個封建時代的知識分子所難能可貴的。

畢振姬明亡後試進士及第事清，曾受到時人詬病，傅山在《西北之文》序中以其在明爲鄉試第一名舉人，而仍稱其"解元"，嘆惜說："山終惜解元，山終惜解元。"即病其名節不全。但其仕清後能持身以潔，清廉處於官場，尚可見其良知未泯。

《西北之文》的版本主要有：

一、清康熙鈔本（簡稱"康熙鈔本"），十一卷，署曰《西北文集》，第十二卷僅存目。

二、清康熙刻本（簡稱"康熙刻本"），四卷，書名《西北文集》。山西大學圖書館、祁縣圖書館有藏。

三、清雍正重鈔本，六卷，書名《畢堅毅先生文集》。原藏鄧之誠五石齋，今藏中科院圖書館。

四、清咸豐刻本，三卷，書名《西北文集》。

五、民國十四年（1925）古郇陳氏補刻本，四卷，書名《西北文集》，係康熙刻本翻刻。藏山西省圖書館。

六、清代《國朝文匯》收有《西北之文》議論等七篇，個別地方與鈔本出入較大。

七、民國二十五年（1936）山西文獻委員會所編《山右叢書初編》本，書名《西北之文》。該本係據康熙鈔本刊印，除收錄康熙刻本四卷，增有書後三篇、辨二篇、疏三篇、記十一篇、序二十三篇、行狀一篇、誌銘、墓表十篇、文六篇、書十一篇，但第十二卷有目無文。該本是所編畢氏文集中收錄內容較爲詳備的本子。

本次點校以《山右》本爲底本，以康熙鈔本爲對校本，並參校康熙刻本及咸豐刻本。此外，還酌用了本校的方法。

畢氏之文，論者稱其奧古，且稱引史家典故尤多，雖儘量予以檢核，但疏漏之處在所難免，敬祈方家不吝賜正。

原書每卷之首有"長平畢堅毅先生手著"、"太原傅公他先生鑒定"、"市王門人牛兆捷月三評次"字樣，今刪去。

序西北之文

西北之文者,畢解元振姬之文也。解元資才十百倍過常人,誦經史子集大部,至雜家者流,成誦足數百萬言,取精多而用物弘。其文沉欝[一]不膚,脆利口耳,讀者率佶倔之,以爲非文。解元卒,門人牛兆捷子澍[二],謂太原傅山者或能通之,無慮數十百餘篇,屬句讀於山。山因得而序論之,標之曰《西北之文》。云西北之者,以東南之人謂之西北之文也。東南之文概主歐、曾,西北之文不歐、曾。夫不歐、曾者,非過歐、曾之言,蓋不及歐、曾之言也。説在乎漆園之論仁孝也,不周之風不及清明之風,天地之氣勢使然。故亦自西北之不辨其非西北之文也。

解元既爲當世貴人,而但解元之者,山之知解元,知其爲壬午之解元已也。始山讀解元制舉十餘義,擊節大合。既讀發解場義,則大不合。解元既發解後,一年而國變,有明鄉試之典遂終。夫然後知氣運之事,解元不得而持之也。自是解元敷歷四方,又三十年,而一邂逅於太原。見解元跛驢[三]樸被,如老農夫,不輒沾沾於文也。山偶論及《新唐書》之捻也,合;又及趙宋史之龐也,合。然皆一言半句也。又五六年,而一再邂逅於燕郭。招提半日,論及江東一鉅公之文,又大合。在坐者皆左右顧,怪其如出一口。何也?先是,見解元與周太守文,合;見解元序戴仲墨選,大合;又見解元序范進士《理學備考》,又大合。及是稍稍申重之,皆合。於是見其全文,莫非前諸文之學、之法古文。此法槩存諸《春秋》內外傳,解元復習之,而推方之陣,串插之密,傅會始終,隱伏發露於天文、地理、象數、風角、五行,如梓慎、裨竈、伶鳩、史蘇、墨卜、楚丘以來,至於兩漢李尋、郎顗之倫,皆是寧形器不象罔，寧諶杵不吊詭，寧轇轕不縹緲，卒之以寧信度不信足，是未始出於非文也，非頡滑於堅白者流也。解元之學，不知其於富平三篋何如？若當世有崔日用，則解元爲武平一；有祝欽明，解元則蔣欽緒；有歸崇敬，解元則黎幹；較然可知。以解元之學，論解元之文，頗似山醒《靈光》之亂之十字。磴磴即即，師象山則，剅也。鼇之幾，娥之移，屴也。虧蔽景光，黝然愁人，嵫也。山之嵫，猶水之嵫也。赴險獵捷，綜緯紛孥，嬾乎離婁，巑也。材令而匠能，資輔就共，城長安，宮未央，如以小山駁大山，無奔罷不及中隳之廢，乃所謂岑也。無所於孤高之義也。陰深岭嶙，無聲於聲，木極而金，肦蠠鏗鈜，沈沈仍仍，乃所謂釜也，堅也，音也。栽蚤屼岈，底底業業，不騫不崩，嶒也。嶒猶蔨也。欒拱輪囷，峯峯然疑九嶷，紛其並迎，嶷也。鉤鬬繩尺，蟺蜿綢繆，首尾倫眷，出沒屛翳，觱觱即序，其巃也，嵷也。不周之山、之風、之果戾順行者也。人佶倔之，解元頡滑之。非劉鳳擬、樊紹述，失清明之故，遂取笑於東南也。此西北不及歐、曾之大較也。

　　至於諸政之近覈者，實非山方之外所得而議者也。讁之近虐者，褊亦一端，爲方外之質者也。多方哉，解元也〔四〕。解元爲東南之西北，而卒不得罪於東南者，文中數數於理之一字也。山去解元西北六七百里，則又解元之西北，尚多乎其理者也。故東南西北，解元以其文西北解元也。西北又東南，解元終不以其文東南解元也。解元疾革，或勸解元要山往藥解元。解元如苤懇，山重藥解元者，山終惜解元，山終惜解元！

　　西北之西北老人傅山題。

校勘記

〔一〕"沉㸅"，原作"沉爵"，據康熙本改。

〔二〕"門人牛兆捷子澍"，康熙本作"門人市王牛兆捷子澍"。

〔三〕"跛驢",康熙本作"跛騾"。

〔四〕"解元也",康熙本作"解元哉"。

畢堅毅先生傳

康熙二十年辛酉七月日，先生卒於家，遺命不誌不銘。其門人市王牛兆捷懼久而失實，私爲之傳曰：

先生諱振姬，字亮四，號王孫，又號頡雲。世籍高平柳村里爲農。年八歲向學，自炊自汲，得書輒讀。所居名"德義"。古廟狐鳴，嘗夜分神燈，一目十數行下。同舍兒妬其神勇，爲扃書割硯，甚或匿光分被，異牢不變。明季盜起，天終困極，履穿踵決，貸子母錢營葬事。事已，就食覃懷、蒲阪，師事山東王漢、河南李政修，卒業。壬午舉孝廉，居一，明崇禎十六年也。又三年爲清丙戌，成進士，十轉官，官終通奉大夫、湖廣布政使，四十八致仕。又二十年，卒，卒年六十九。先生孤僻介特，有吏才強力，力學六十九年如一日。

始第，以名推轂者衆，私喜教授便學，得平陽。平陽故嘗讀書其地，鸛雀危樓，所在有燭堆墨迹。日夜衣冠坐，賓舍嚴客。客數十人舉孝廉，成進士，平水左右爲才。丙戌，分校豫闈，得士或終不謀面。當事以先生能師，移國學，又三分司司寇。公餘坐臥黃埃，黑窰瓦燈，布被伏讀，刺漫滅無所之，一時妬爲"有官僧"。癸巳，世祖廉內外大小吏，得其詳，親簡分守濟南。濟南南北襟喉，南方方用兵，三齊旱荒，大盜王顯等張甚，流民盤踞峒崖一帶，城門不啓。間關日夜馳三百餘里，割俸安插七千口餘。司庫無餘，猝供軍需數十萬，泰山祠金歲爲官衙仰給，充餉七千。盜平核餉，方田成賦，排勢豪，輯軍民，而後致力泰岳，妥其神，神依，不能敵當事之妬。會武定孟知州以事自殺，乘間有計搆誣，幾殆，軍民大嘩。鄉紳公具稿鈇掌科直其事，丁酉獲直，乃副廣東兵驛巡傳水利使。廣東未偃兵，三藩四院節使往來如織，匹夫、船役、兵糧、砲馬諸色目叫囂百數，上下乘便，議派議折，蹂官及民，法不行。始至，立約束身，共十二州縣安危。會州縣馬船載兵，全省糧船運器，各藩鎮商販舊取給驛傳，一切以法繩，不派不折。十閱月，將改參浙金衢嚴，積計減船數百，減費七萬六千餘，乃行。行入浙，未幾，又按察廣西，去浙。浙邊閩海用兵，旁午徵發，上咸下究，旁軋之勢近廣東，旱荒尤劇。橫鎖富良江防，重流其藏，鼇奸剔蠹，應役無缺失，治方廣東。廣西大盜出沒，力濟南天末，庶事草創，險苦倍濟南。力疾食檳榔破氣塊，結十數歲積案，平反寥挾兌等大獄七十餘，獲王璽將軍印纍纍，狐伏鼠竄者破膽。自粵西接海上峒蠻，交州數千里之宿患平。己亥，書上報可。當道摘軍政考語糾罰，妬益甚。洪經略承疇者，盛用兵西南，節鉞易置三省，奇以爲才，題陞湖廣布政使，專給大軍進剿。先生決去，自皮其面，藉一乳母馬〔一〕乘歸，不應。先生起教授，爲閒官五年，自濟南歷大藩十年，去來皆一僕一馬，食無兼味，身無更替之衣，三娶無衣帛之妾。所至搜經史子集，事學爲常。既去官居鄉，孤苦寒素自待。遇大利害，如河工、鹽馬、織造、科派、編徭、盜案，力排解如在官；三黨、姻婭、友朋緩急，力赴如在身；傷祖父母早殁，不逮養，置祭田、義田、役田，朝夕祠堂跪起上食如在堂；社倉二，捐穀七百石，旱荒，掃囷賑之，如在濟南、東浙；戴笠自耕百畝，暇即坐臥書史，與士人論古今經濟成敗，風雨伏讀，手抄目涉無厭〔二〕，如在覃懷、蒲阪；善爲後生指畫成式，如在平陽、國學。

今皇帝十七年戊午，以三藩故，西南復大用兵，詔舉博學奇能、明體適用幹略之臣，劉司寇楗〔三〕、魏中丞象樞疏告檄徵。先生自念四十年獨行，與人不款曲。官舍人妬我政，邑居人妬我行，猶讀書古廟，同舍兒妬我奇苦；操犁力耕，望畝者妬我粗鄙率略。

我與我周旋久，我寧作我。我死，瓦棺紙被，視楊王孫裸葬，已薄於螻蟻，乃復入宦海爲榮哉！以老病屢辭，得歸。歸益力學著書，踰三年，病卒。卒後上下妬者意消，士大夫遠聞皆泣，私謚曰"堅毅"。受業者服心喪若干人，稱爲堅毅先生。太原傅徵君山遥聞曰："是。"

先生著書有《尚書註》、《西河遺教》、《四州文獻》、《三川別誌》等十餘種，未出。爲文主《春秋》內外傳，鎔集六經百史，《史》、《漢》、《莊》、《騷》，雜及稗官野乘，堅蒼奧古沉鬱，嘗自負司馬子長。讀者驟不能句，太原傅山標其集爲《西北之文》[四]，有序。

校勘記

〔一〕"母馬"，康熙本作"兒馬"。
〔二〕"無厭"，康熙本作"不厭"。
〔三〕"楗"，原作"健"，據《清史稿》改。
〔四〕"太原傅山"，鈔本作"傅太原山"。

西北之文卷一

論

原　心

天地設而人生之，人生於心，天地之心也，天地之心復因以其心生。人失其所以爲心，則天地或幾乎息矣。天地之生人，猶其生物也，天地所生之人物，猶其生天地者也。虛不能不乘夫氣，氣不能不麗夫形，是故天地相爲奇耦。形非道不生，生非德不明，是故天地人又相爲奇耦。奇耦，神明之位也。天地動於不能已之數，日月固有明矣，江河固有行矣，禽獸固有羣矣，草木固有立矣。萬物動作，萌區異狀，出入之一，屈伸之化也。宋人三年而成一葉，造物以予爲拘拘，則天地之有葉者少矣。天地不生於有而生於無，不生於顯而生於微，不生於動而生於止，天地之心也。天地所生之人之物，各有天地之心，則亦天地矣。果蓏有理[一]，物之心誠也。堅土之人剛，弱土之人柔，墟土之人大，沙土之人細，息土之人陋，倮蟲三百六十而人爲之長，人之心明也。失其所以爲心，天地之蟲臂鼠肝，何以範圍天地哉？

周人之爲木偶者，而容崖然，而口闒然，而目衝然，而耳嶷然，舉而委之則廢，失其所以爲心故也。韜乎其事心之大，立之本原，而知通於神。觀象爲市朝城郭，吹氣爲車馬山林，畫野爲公侯牧伯，考祥爲律曆兵刑，其動也天，其靜也地，不拘一世之利以爲己私分，天地亦有聽命於人之一日，人豈遂爲天地哉？以其心範圍天地也。心之所知謂之性，心之所之謂之志，心之所動謂之氣，心之所充謂之才，心之所成謂之德，心之所行謂之道，人道備而天地亦已位矣。聖心如日明水清，日行三百六十五，炎光亦入於地；水行三百五十二，陰魄忽升於天。日經天而及乎天，心之健也；水行地而不及乎天，心之順也；復其見天地之心。心之精神謂之聖，大天地而小吾心乎哉！

天一氣而五行，地一區而五方，人一心而五德。貌澤爲水，言揚爲火〔二〕，視散爲木，聽收爲金。天地之金木水火是相與爲君臣、父子、夫婦、兄弟、朋友也。天爲雨暘寒燠，地爲飛潛動植，人爲貌言視聽。貌言視聽生而人生，死而人死，是相與爲春夏秋冬也。貌言視聽通而天地與通，復而天地與復，是相與爲鬼神、禮樂、忠敬、質文也。貌言視聽治而天地與治，亂而天地與亂，是相與爲馬羊豕犬之祥異，黍麥稻粱之榮落也。貌言視聽，造物以予爲拘拘耳。胎以想生，卵以情結，濕以合感，化以離應，亦有死生、通復、治亂於天地之間耳。治爲天地之開，亂爲天地之閉〔三〕，通爲天地之終，復爲天地之始；生爲天地之委和，死爲天地之委順；似矣。乃死或爲莎爲碧，生或以馬以桑，則近仁近信之說窮；分合定爲周秦之卜，成敗決於曹鄭之封，則小變大變之說窮；川源溢而翟泉之鳥伏，甲兵頓而武庫之魚飛，則積德積刑之說窮。天地動於不能已之數，數當其窮。天地亦有聽命於人之一日，人之爲乎？心之爲乎？思土之位也，聖風之徵也。土有取於兼山之艮，一陰一陽，心入而授之以止；風有取於時若之休，兩地參天，心出而授之以事。貌言視聽之爲思用，爲心用也。心以見性，知天地之微彰，心以持志，謹天地之常變。心以氣生，力不與天地爲强弱，心以才茂，功不與天地爲盛衰。心之所成，後人發，先人歸；心之所行，往藏來，來藏往。天地之德，天地之道，其爲人之德與道已矣。

韜乎其事心之大，威儀定命，行獨梁也，言語動天，慎三緘也。視聽不以耳目，雷聲而龍見也。魯、邾之容俯仰，邵、趙之語偷犯。占視陰者促於秦，悲聽淫者終於衛，迹其死生、通復、治亂於天地之間，人亦可以勝之。毅然以心爲之量，天地之聽命於人，其亦久矣。迎茂氣於水土官宮，理少陽於貴卿大夫；五帝之子主爲社稷星辰，三代之臣應以風雷河嶽，不以生生死，不以死死生，然則大天地而小吾心乎哉！

賢智天地之材，瘦腫豈天地之孽？景慶天地之瑞，彗孛豈天地之災？禾黍天地之功，霜雹豈天地之罪？麟鳳天地之靈，鷹鳩豈天地之怪？天地之不窮，以有人也。豕有食於其死母者，昫然視而走，愛君其形者也。人受天地之中以生，以其心得其常心。桑穀等於莘蘆，爲其心之懼也；熒惑比於含譽，爲其心之善也。日亦應手而卻，怒心所以生格澤也；河亦應聲而流，哀心所以感應龍也。當其心之所發，天地不能不聽，而卒無以範圍天地，弗思爾矣。

聖人者，時人之心也，藏於胸中之謂聖，流於天地之謂神。天地莫大於坎離，聖心莫大於誠明，坎中實而誠，離中虛而明，聖心之誠之明，危者安，微者著，藏於胸中，以應天地之情而無息。安所容吾大小哉！鹽蜉不得成心，若縣於天地之間；人莫先於心死，貌言視聽於是有僨然而道盡。是故莫難啓如愚心，莫難解如疑心，莫難制如驕心，莫難持如慢心，莫難平如忿心，莫難静如貪心，莫難捐如私心，莫難一如機心，莫難强如倦心。失其所以爲心，天地有聽有不聽，況其冥冥而無心者乎。冥冥而無心，造物以予爲拘拘也，是天地之蠱臂鼠肝也。愚心之移山也，疑心之見方皇也，驕心之射日也，慢心之致須女也，忿心之觸天柱也，貪心之利神之田也，私心之化石也，機心之冬起雷、夏造冰也，倦心之槁木死灰也；失其所以爲心，天地之戮民渺乎小矣。

《詩》曰："小心翼翼。"《書》曰："道心惟微。"小心可與於穆通，道心可與平成浹。董子之辨陰陽，心乎正矣；楊子之筮奇耦，心乎玄矣；張子之銘乾坤，心乎仁矣；陸子之悟宇宙，心乎敬矣。天地之心，人心也。聖居天地之陽，日光照[四]，水東流，故盡心於實而所明者人；釋居天地之陰，日後照，水西流，故徵心於空而所明者鬼。彼其徵心而心不有，貌言視聽舉以形，人之妄而學爲無生，其於天地何如哉？冬至夜半，比諸人心之未發，是天地之心矣。

理支於荀、楊、釋、老，昌黎爲《原道》；心蔽於宋、明講學，先生爲《原心》。虞廷止言心，心因吾身之所謂一以貫之者也。與韓持論二而一也，至文之體亦與韓二而一。東漢六朝文患駢麗而無實，昌黎起衰，戛戛惟陳言之務去，所以爲廓清榛腐；宋明以來之文，患在卑弱而失體，先生隻字不欲出周秦下，所以爲修廢舉墜。然廓清良難，修舉不易，非絕識絕力如二先生，商蚷驅河也。

心學危微精一

君心惟在所養，養之以善則心智，養之以惡則心愚。是故，君之所以養其心者，不可不中也。陸象山曰："知所可畏，而後能致力於中，知所可必，而後能收效於中。"中，固君之所以養其心也已。君之所以爲心，天地民物以爲命，禮樂刑政教化以爲原，不養，何以爲心乎？心非公，無以絕天下之私；非正，無以息天下之邪；非善，無以化天下之惡，公且正而至善焉，是心之中也。非心之智，又無以察其公私之異，識其邪正之歸，辨其善惡之分，不知所可畏，不知所可必，無惑乎心之不智，不得其養故也。

人心之危，罔念克念，引而之於善也難，引而之於惡也易。有所動於内，不待在外者，入而爲誘；有所動於外，不待在内者，出而爲緣，聖、狂自此而分。道心之微，無聲無臭，引而之於智也難，引而之於愚也易。當其未放，杳然不能保其終；當其既放，瞿然猶能見其始。得失莫不自我，危之與微，分界於中，可畏也。知危微之可畏，安得不致力於中乎？

毫釐之差，以爲是也而非也，非則去而千里矣。千里不可必，當念即其界也。擇之精，斯不差。須臾〔五〕之離，以爲有也而無也，無則悔以終身矣。終身不可必，現前即其候也。守之一，斯不離。精之爲一，求端於中可必也，知精一之可必，亦何難收效於中乎？

堯舜禹之傳心，所以丁寧反覆者，得其養故也。堯舜禹之心，天地民物之心也。邵子曰："天地之本起於中。"天數中於五，一、三、七、九之中也，陽中爲生數之主；地數中於六，二、四、八、十之中也，陰中爲成數之主。故其詩曰："一中分造化，心上起經綸。"是天地人之心耶？象山曰："天亦有善有惡，人亦有善有惡，不可以善皆歸天，惡皆歸人。"顧天之春夏秋冬，有以養其心，姤復其心也；人之喜怒哀樂，有以養其心，危微其心也。蘇氏曰："人心，衆人之心也，喜怒哀樂之類是也；道心，本心也，能生喜怒哀樂者也。"朱子曰："無故而喜，喜至於過而不能禁；無故而怒，怒至於甚而不能遏，人心之所使也。喜其所當喜，怒其所當怒，道心之所存也。"人止一心，心止一道，知覺爲耳目所引，即爲人心，人心有動於欲，動而引則心愚；知覺爲義理所生，即爲道心，道心未動於欲，動而生則心智；心何嘗有智愚哉？動而生，必其動而養，擇之守之，動而養之。雖聖人不能無人心，饑食渴飲是也。聖人不飲盜泉，不食嗟來，道心有以勝乎人。雖中人不能無道心，惻隱羞惡是也。中人隱匍匐，不隱殘殺，惡嘑蹴，不惡利達，人心有以勝乎道。夫心未有漠然一無所在者，心所在即所動，自人心而收之，即是道心；自道心而放之，即是人心。中人之愚，聖人之智，一心耳。蘇氏言道心，即子思之所謂中也，人心即子思之所謂和也。然則心何以危也？了翁言人心即道心也，道心即人心也。然則心何以曰人曰道也？近之問從周，言道心寂然不動也，人心感而遂通也。人亦有不通，道未有不動，朱子非焉。何也？象山語顯道，言人心人僞也，道心天理也。心不能無道，人不能無心，朱子又疑焉。何也？人心較切於人，血氣之和合，嗜欲之類皆從此出。心固挾心而往，乃其本來禀受仁義禮智之心，心復因心而見，不公則私，私者危而公微；不正則邪，邪者危而正微；不善則惡，惡者危而善微。何也？形拘氣囿，道心爲人心所隔，時在存亡斷續之間，故微者不著；神開慮發，人心爲道心所御，自有忠奸淑慝之辨，故危者可安。

《易·下繫》曰："形而上者謂之道。"日在天之上，心在人之中，白日曾有鬼蜮行者乎？《上繫》曰："一陰一陽之謂道。"坎離陰陽之中，動靜人道之中，大冬豈無根荄生者乎？左氏言喜怒哀樂生乎六氣，喜生於風，怒生於雨，哀生於晦，樂生於明。天以氣養人，人得之爲形質，氣虛而理實其中。善惡，人也。蘇氏言喜怒哀樂，全乎五德，喜則爲仁，怒則爲義，哀則爲禮，樂則爲樂。人以性自養，心得之爲才情，性定而命行其中。有善無惡，道也。古之爲道者，必能識此心而養之。明以察其幾，而後有以養其心；健以致其決，而後有以養其心。

朱子曰："虛明安静，乃能粹而不雜；誠篤確固，乃能純而無間。"擇之精而守之一也。公私之所由異，邪正之所自歸，善惡之所由分，君心智愚之所關，不能擇而能守乎？守之不一，雖其擇之也精，亦隨得而隨失矣。人莫不欲其心之公，而失之於私，莫不欲其心之正，而失之於邪，莫不欲其心之善，而失之於惡。則其所以養其心者不能擇，擇或有不精；不能守，守或有不一也。焉得爲智乎？

人君一心，有《詩》、《書》、《禮》、《樂》以閑其心，即有聲色玩好以移其心；有正人君子以沃其心，即有左右近習以狎其心；

有宗社廟朝以怵其心,即有盤遊燕僻以佚其心。心之發不及覺,在乎擇之,擇之精,則人道之界限真。《書》曰:"顧諟天之明命。"明斯精矣。心之覺不及持,在乎守之,守之一,則道心之營壘固。《詩》曰:"文王之德之純。"純斯一矣。心知善爲真,惡爲妄,忽動一心以狥妄,道心因以曋於人,是不精也。心知從真爲智,從妄爲愚,忽動一心以役智,是不一也。擇人心於道心之中,仁義之心亦有功利;多欲而施仁義爲違心,心自明不自昧則精。守道心於人心之中,嗜欲之心亦見天理;己欲而施立達爲椎心〔六〕,心自通不自塞則一。《大學》之格致曰精,誠正曰一。《中庸》之擇善曰精,固執曰一。精一,猶言知行耳,猶言明誠耳。太甲之悔心,悔欲縱而危者安,乃能處仁遷義以養之,則精以致一。成王之敬心,敬威儀而微者著,乃無冒貢非幾以養之,則一以致精。君實言明不足以燭理,不精也;武不足以決疑,不一也。無垢言深入而不已者精也,專志而無二者一也。

　　義理之學有以克其私心,剛大之氣有以消其邪心,正直之論有以去其惡心;擴其公而使之日益明,扶其正而使之日益強,安其善而使之日益新。心之精,易之復也。天地以七爲復,復者,易惡至中之幾,變於上,生於下,碩果之由中出,人心之由中存也。心之一,易之節也。天地以六爲節,節者,裁截過中之候,不使過,不使不及,六陰六陽之中節,修德修刑之中節也。

　　執其在中之心,無名無象。精以治粗,故無名,一以應萬,故無象,堯舜禹之渾噩有然。執其處中之心,無物無我。精以辨物,故無物,一以忘我,故無我,堯舜禹之權度有然。靜而養者止乎中,安止之幾康,以立天地之心,冬至夜半可以取中焉;動而養者發乎中,放流之咸服,以同民物之心,雷在地中可以用中焉。取中見其心之明,堯舜禹乃言明,中主則否;用中見其心之大,堯舜禹乃言大,世主亦否。爲其智有不同耳。智有不同,故其心之所復謂之念，人之功欲帝念，己之功欲帝念，心至公而無私；心之所立謂之志，下占天者先蔽志，不狥民者先徯志，心至正而無邪；心之所通謂之思，思曰孜孜一思，思曰贊贊一思，心至善而無惡。然後可以絕天下之私，可以息天下之邪，可以化天下之惡，可以興禮樂、修刑政、廣教化，而爲天地民物之主。堯舜禹之智所以養其心者，豈不成允哉？

范氏謂人君之心惟在所養，爲有正人君子養之也；新建謂人君必自養其心，爲有知行明誠養之也。

三聖微言，千秋學統盡矣，當與前篇接看。

易簡而天下之理得

聖人非有異理，天地之理，天下之理而已矣。天下或得其理，或不得其理，非天下之理有未得也。理至易而險用之，理至簡而紛出之，人以其心求天下之理，而理去矣。聖人所以異於人者，以其無心耳。賢人學爲聖人，學其理也，豈執所謂聖人之理謹謹傳之，日皷皷焉以天下爲事哉？此理自在天地，非至險者爲之，至易者爲之；非至紛者爲之，至簡者爲之。易簡天地之德也，親功天地之業也，德業日著於天下，而不以心與其間。是故，賢人之心同乎聖，天地亦可學也。

天地與我并生，而萬物與我爲一。一與一爲二，二與一爲三，自無適有以至於三，遂有先有後，有異有同，有正有變，有離有合，爲是而有畛也。天下止有一理，而先後、異同、正變、離合險或至於不可知，天下各有一理，而先後、異同、正變、離合紛或至於不可能，則其求理之心之過也。人有知有不知，知其正處，不謂鮋游猱蔓爲非理；知其正味，不謂甘帶嗜鼠爲非理；知其正色，不謂日交風鳴爲非理；則物有以盡之矣。人有能有不能，能運斤斧，無復執繩墨之理；能數蚕雁，無復節鳴鼓之理；能循獨梁，無復正冠佩之理：則物有以亂之矣。

　　物之守物也審，有以盡之，有以亂之，唯其無以得之也。求理而天下之理有未得，爲累於心焉也。徹心之蔽，解心之謬，制心之違，袪心之擾，有無、合散、虛實易蔽也，大小、是非、輕重易謬也，去就、取與、作止易違也，進退、存亡、禍福易擾也。此四[六]者，不盪胸中則正，正則靜，靜則明，明則虛，虛則無爲而無不爲也。易知簡能，夫婦之與知與能也，孩提之良知良能也。臣知有君，子知有父，弟知有兄，天下不敢議其君父兄，理存乎其間。而天地之徵五，木生而火養，金死而水藏，火樂木而養以陽，水勝金而喪以陰。授之者父也，制之者君也，先之者兄也，於是五行之理得。有口能言，有目能視，有耳能聽，有思能通，天下不能棄其耳目心口之爲用，理存乎其間。而天地之徵五，作肅而時雨，作乂而時暘，作哲而時燠，作謀聖而時寒時風。畜者畜其事也，穀者穀其事也，律者律其事也，於是庶徵之理得。

　　物動而知其化，事興而知其歸，天下之準繩規矩，春夏秋冬之理也。名之爲言鳴與命，號之爲言謞而效也。同於物者能利，同於天者能神，天下之敬忠質文，水火金木之理也。俗可識其所自化，政可意其所將爲也。陰不知所生，陽不知所成，知之所止，即爲理之所起，天下之異者禮、同者樂、聚者神、散者鬼也。剛不能自動，柔不能自靜，能有時而窮，即其理有時而濟，天下之善可教、惡可諫、功可賞、過可罰也。

　　內景亦出於天，外景亦入於地，知故常明之景也。理之出於機，入於機也。光之所升[七]，午美盡；氣之所復，子美盡；能固無盡之緒也。理之來藏往，往藏來也。知之，易矣；不知之，又易矣。能之，簡矣；不能之，又簡矣。爲是不用而宗諸庸，庸也者，用也，用也者，通也，通也者，得也，適得而幾矣。有不得之謂得，易有不知，簡有不能，天地之所養者混沌，而何容心乎？

無不得之謂得，易無不知，簡無不能，天地之所施者宙合，又何容心乎？當其無所不得，分而不能不合者仁也，繫而不能不分者義也，上而不能不下者禮也，伏而不能不上者忠也，震而不能不虛者名也，踐而不能不實者法也。天下各有一理，故易簡之外無餘理。當其有所不得，政教或反而濟也，忠信或疑而成也，智慮或困而生也，名節或晦而安也，吉凶或倚而變也，時勢或遷而革也。天下止有一理，故易簡之中無疑理。無疑理則我自得之，昭氏之不鼓琴也。無餘理則物皆得之，昭氏之鼓琴也。天下之理，豈以異夫天地之理也哉？

理賤二而貴一，易簡非一，一之以無心，故演其一曰"精一"。精以治粗則無名，一以應萬則無象，天下之爲受名受象者，一而不紛矣。理去陂而就平，易簡自平，平之以無心，故演其平曰"蕩平"。蕩我之私則無我，平物之異則無物，天下之爲治我、治物者，平而非險矣。奈何哉？險且紛於天下之理，令天下擾也。

日之過河也有損焉，風之過河也有損焉，風與日相與守，而河以爲未始其攖也，恃源而往者也。天下之理不隨其所廢，不犆其所生，而何容心乎？自夫有心於易而致虛，有心於簡而守靜，未見舟而操之，求易而險有之，求簡而紛有之，聖人之所爲惡夫異端，以其爲天下之理所由去也。

有讀此者謂《南華》文章，不是《南華》道理。然文章一經先生筆，雖抄《南華》不《南華》，以其粗服亂頭，極不修整處，輒而〔八〕堅整不敗之氣存也。

嚴父莫大於配天

聖人必有所自生，自其一氣之感，父子之，自其一統之義，天子之。聖人，天之宗子，父之孝子耳。子有天下，尊歸於父，有謂父不得而子，則亦無爲貴乎聖人之子矣。子生於母，食母之德而必推爲父之恩，猶之人生於地，食地之德而必推爲天之報。人之善不以爲善也，曰父也；人之功不以爲功也，曰父也；人之物不以爲物也，曰天也。一氣之感耳。一氣之感而嚴用之，嚴者愛敬之極也。孝子事父如事天，喜亦爲天，怒亦爲天，生亦爲天，死亦爲天，斯固聖人之天也。天之通而必變者因乎時，時之變而必通者因乎禮。禮主於嚴，屈其父於重襜夾室之上，以祫以禴，以烝以嘗。父不嚴則天爲之不樂，而父未始不嚴也。人之戴星河，披涼燠，望雲物，風雨雪霜霧露之變，出乎涕唾，起於肘膝之前，斯又聖人之父也。聖人有不見父之時，無不見天之時，至於南郊稱天而誄，誄之斯見之矣。以父郊見，不可以二太祖之尊；以父廟享，不可以昭文王之德。尊文王於上帝，武王之嚴父也。聖人之父嚴矣，而父之心不安，不安何以爲孝？尊后稷於南郊，而父安矣，是又文王之嚴父也。文王往，而祖若父其孰嚴之？武王嚴之也。嚴其父之祖若父，是亦嚴父矣。經曰："孝莫大於嚴父，嚴父莫大於配天。"

天祚聖人，聖人之祖若父，天之所覆，天之所命，顧配天乎哉！《豫》之象曰："殷薦之上帝，以配祖考。"上帝可以配祖考，則父可以配天矣。郊者，天人交也。總章，總諸侯之尊卑也。天者元氣之統稱也，帝者德之見乎用也，五帝天之所爲春夏秋冬四季也，聖之所爲仁義禮智信之心也。五氣生於天而爲帝，五德生於心而爲聖。聖人未生，先有聖人之父，父故聖人之天也。聖人生而有天下，尊歸於父，又天下之父也。嚴父以爲天下之父可數見哉！嚴父於天下以爲一父之子可不見哉！宗子祭父，支子不得祭父，五年共見一父，父大也；天子祭天，諸侯不得祭天，南郊共見一天，天大也。天下以爲一統之義，聖人以爲一氣之感，而聖人深遠矣。啓蟄祈穀之郊也，其禮行於農事之將興；日至報本之郊也，其禮行於一陽之初復。子曰："兆於南以就陽位。於郊，故謂之郊。"郊取於陽，大其父之代終也，冬至陰極，夜半子陽復焉。子，孳也，子至巳六陽，午至亥六陰，故東南光之所升，而午美盡；西北魄之所入，而子美盡。盡者象父，有嚴冬而無嚴春、嚴夏、嚴秋也。復者天心，天無盡，父亦無盡，圜鍾明帝出乎震，豈有盡哉？郊之月陽月，位陽位，樂陽樂，天下不見聖人之父之盡者，可不謂大焉。祀之郊丘，上帝也，祀之上辛祈農，亦上帝也。辛者陰始成，牲用騂犢，取辛耳。味在辛曰"從革"，周革殷也；樂在辛曰"重光"，子光父也。正，政月也。文似元年，武似正月，父統乎子也。《周禮》王大旅上帝，則設皇邸於祭也。往者過，來者續，謂之行旅。武王之伐商，出載木主以告天，歸祀明堂以教孝，旅取於行，大其父之似續也。大路賓階，天爲賓，祖爲主也。掃地不壇爲得天，不以比於遷社之屋也。越席臨也，賞次設甀，案毛羽之初也。司裘爲大裘，朴也，三宿七戒，合漠也。用牲於郊牛二，一帝牛，一稷牛，貴少也。繭栗者老，牛莫之敢尸也；實柴梗燎，氣欸之取也。天不可階而升，接之以氣，一曰火始欸欸，厥攸灼，胥弗其絕，祝父也；典瑞四圭，示守也。其玉蒼璧，牲幣各放其器之色也。犧象不出門，而昭信止水，嘉樂不野合而六變雲門。貴五味之始，貴五音之始也。庚戌大告，不敢輕布德刑，請命未遑，聽會聽報也。三公中階，鄉大夫阼階，左西侯而右東侯，內甸服而外荒服，愛所親也。侯貢祀，甸貢薪，男貢器，采貢服，衛貢材，要貢貨，萃百物觀化工也。八州之長疑於逼，使之奔走助相於壇墠，來有黃朱之乘，去有白馬之縶，則宰制方伯之權，遣之以尊親之大。各國之賦歸其主，使之納金佐酧〔九〕於內府。金鼓不賜之秦，包茅不廢之楚，許田不易之鄭，闕鞏不求之晉，則總領百務之財，聚之以忠孝之大。天下各有一父，乃共尊乎聖人之父，共尊乎聖人之祖之父，降而諸侯五世，降而大夫三世，詳吾之所自出也；天下共有一天，乃獨尊爲聖人之天，獨尊爲聖人之父之天，諸侯絶乎天之通，大夫以下絶乎地之通，專吾之所自出也。專近誣，詳近私，豈知聖人之孝之大哉？人不敢貪天之功，風雨洗兵。《書》曰："惟朕文考無罪。"見天所以報父，人不敢助天之虐，爰及干戈。《書》曰："底商之罪，告於皇天。"見父所以奉天，天與父在一氣之中，爲樂爲憂，爲祥爲異，爲治爲亂，爲修爲短。天下之人不能自齊，而齊於天；天下之人不能自致，而致於父；蓋亦嚴矣。

嚴父則不黷父，雉其鼎猶之鼠其角，唯不以爲蟲鳥之蘗，則佚女之音，即《二南》、《桑林》之舞，即六事也。嚴父必不褻天，射其革猶之竊其牲，唯不以爲蜺蚭之細，則祥桑之政乃爲祥，嘉禾之書乃爲嘉也。嚴父則不異父於其天。父之昭穆，同姓之國四十，黃帝爲薊[一〇]，神農爲焦，少皡爲玆，帝堯爲劇，祝融爲邾，爰仲爲薛，天之所生，不以爲非父之所生也。嚴父則不後天於其父。天之游衍鎬、洛之郊二壇，於豐有告，於殷有告，於岱有告，於衡有告，於霍有告，天之所行，不以爲非父之所行也。親父於廟而天不與，雖不與，迎氣於廟，天高聽卑也。尊父於郊，而母不與，雖不與，沈瘞泰圻，妻位從夫也。自是而大采兄日，自是而少采姊月，自是而幽宗星宿，自是而雩中水旱，自是而坎壇四方百神。山林、川谷、丘陵能出雲爲風雨，見怪物者禮有天宗。宗有功，祖有德，自其父而上之也；母兄姊弟，自其父而下之也。《傳》曰："一父而已。"無二父，安有六天？五帝父之伯父、叔父，莊周曰："是時爲帝者也。"五帝可以名帝，不名上帝，猶之諸侯可以名君，不名大君，伯父、叔父可以名父，不名嚴父也。舜郊譽而宗堯，堯故非父。高陽七世之前，高辛五世之後，一父已矣。夏郊鯀，父也，以其殉於水也；商郊冥，父之父也，亦以其殉於水也。儒者疑爲天之所不樂，其在啓祀夏配天，盤庚避河遷殷之日乎？子曰："杞之郊也，禹也；宋之郊也，湯也[一一]。"

猶有尚賢之遺，爲天子之事守耳。先稷曰柱，后稷曰棄，棄能以稷易柱，一旦位之郊丘之上，天可必乎？《書》曰："后稷播時百穀。"《傳》曰："農祥辰正，后稷之所經緯也；建星析木，伯陵之所憑神也。"天下衣之、食之，斯父之矣。后稷衣食天下，而文王不能郊，文王之時也；托於武王，以克成文王之志、之事，周公之禮也；斯二者皆天也。聖人之父世相通，而聖人之天更相助，顧不大哉！

氣與形一理，故上帝可以言天；祖與孫一身，故后稷可以言父；君與臣一德，故武王可以言周公。周公之告成王曰："其自時配皇天。"爲洛，非爲魯也。孔子觀於總章，見周公抱成王之圖，稱善焉。成王郊見，謂公逆天而自取，配必不然矣。子曰："魯之郊[一二]，非禮也。"惠請之求以尊其父，僖卜之又改卜之，求以接於天，豈所以配天哉？變而不能通，郊用上辛，烝用己卯，曆用庚子，閏不歸之終，政不告之朔，《春秋》以天治人，傷其天人父子之大，聖人之難也。

於是天帝之説出，黄虵屬天而下，郊見上帝。創白帝西畤，秦之説也；增黑帝爲五帝，漢祖之説也，太乙公孫卿之説也；天泊五帝爲上帝，孔安國之説也；天爲昊天、元天爲上帝，鄭康成之説也；總章天子太廟，所以宗祀其祖以配上帝，王方慶之説也；上帝天帝，五帝者五人帝，王炎之説也；上帝非天，天非昊天上帝，羅泌之説也。正之於父，父一而天豈有二哉？漢言畤不言郊，則五帝豈得與昊天上帝並哉？於是配天之説又出。漢以前天地分祭，漢以後天地合祭。南郊、北郊，匡衡之説也；天地同牢於南郊，劉歆之説也；議以后助祭天地，祝欽之説也；爲郊祀無天地之分，范縝之説也；合祭分之恐致禍，蘇軾之説也。元始神龍之議，各尊其母，而宋憚郊賞，元重改作，亦正之於父。母在父之家，地在天之中，天下共尊一天，天下共尊一父[一三]，不以祖妣配天，則不以王后助郊，郊迎陽，豈迎陰哉？

知天之天者，王事可成；知父之父者，聖孝可大。天下以爲一統之義，聖人以爲一氣之感，而聖人深遠矣。

典博非先生所難，難其折衷百家是非，一出以嚴配微意。洞天達地，徹幽貫明，直可自作一書。

圖書疑

圖書無疑也，圖以畫卦，書以演疇，無疑也。六經皆本於《易》，《易》本河圖，故洛書本於河圖，猶之禹、湯、文、武、周、孔之本伏羲耳。圖非五行，書非八卦，人始起而疑之，疑河非洛，洛非河也。河非洛，疑圖非書；洛非河，疑書非圖。疑而不解，天地之大，不足以當其疑也已。羲卦禹疇，必確有其自信之處以爲本，本可以該末，末可以推本，一解焉，不疑矣。羲之畫一在上，萬物終始乎天，兼有末也。禹之演一在下，萬物根荄乎地，專有本也。物各有八卦五行，龍馬神龜，聖人格物而不疑焉耳。

河，荷也，自坤荷乾抵艮，馬體象乾，動其靜而圖出。洛，絡也，熊耳絡地之陰，絡地之陽爲洛，禹導洛水，功止矣。龜以止爲用，靜其動而龜告。有云顓頊之神守龜，禹禘顓頊，龜之告也固宜。或疑《夏書》不載，《書》所不載多矣，《連山》、《歸藏》之易皆不載，何疑於書？神龜不爲元君出，爲元君用，禹用龜而第疇，何疑焉？

《竹書》："堯榮光出河，龍馬銜甲。"《繫辭》起伏羲終堯，河圖不知其爲羲爲堯。馬常有，河圖不常有，故不以河圖歸堯。子曰："河不出圖。"豈無故而求必不可得之物哉？地用莫如馬，人用莫如龜，有體有用，有本有末，堯之中即羲之一，舜之一即禹之九。圖書相爲經緯，聖賢發明天地之理，天地之氣機則無一日相襲，不相襲者，數也。信馬而疑龜，不知數者也。司馬遷紀五帝，地應以河圖、洛書，言《易》者合圖與書。《書》曰"天乃錫禹洪範九疇"，疑。班固《五行志》，禹治洪水賜洛書[一四]，言圖者分圖與書。《易》曰"聖人則之"，又疑。疑《易》，《易》在京房、李尋傳疑，猶有河圖數也。氣機之乘除，春夏秋冬，寒暑晝夜，楊雄去乾坤以追日月，變爲蓇罔之說，猶是《易》。鄭樵以中爲太極，劉牧以卦配五行，是《左傳》水火牝牡誤之。宋不知河圖之數，《易》之理隱。疑《書》，《書》在董仲舒、夏侯勝傳疑，猶有洛書數也。氣機之生克，稻粱菽麥黍，牛羊雞犬豕，班固增皇極以兼稷馬，由《月令》、《八七九六》、《坎離》誤之。漢不知洛書之數，書之理亦隱。《書》、《易》隱而《乾鑿度》洞極解焉，不能以圖解圖，以書解書，求於其末故耳。《書》、《易》之理隱，《詩》、《春秋》、《禮》、《樂》之理亦隱。歐陽修疑《繫辭》非孔子之書，王禕疑禹自叙疇，非本之洛書，非疑經也，疑夫解經者也。孔安國曰："伏羲氏王天下，龍馬出河，遂則其文以畫八卦。禹治水，時神龜負文而列於背，有數至九，禹遂因而第之成九類。"劉歆曰："伏羲受河圖而畫之八卦，天賜禹洛書，法而陳之九疇。"關朗曰："河圖之文，七前六後，八左九右；洛書之文，九前一後，三左七右。四前左二前右，八後左六後右。"邵雍曰："圓者星也，星紀之數肇於河；方者土也，井地之法肇於洛。"周敦頤曰："河圖出而八卦作，洛書出而九疇叙，圖書相爲經緯，其理同也。"其理同，其數不同，不同而後謂之數。

　　《易》曰："參伍以變，錯綜其數。"三人相雜曰參，五人相雜曰伍，不雜不變。錯，交也。綜，總也。三變之策，則有一二三四之數；前後合總，則有四五八九之數，天地之圖書具矣。《易》曰："參天兩地而倚數。"天地相爲奇偶，兩之爲地，參之爲天，河圖五十有五，全體天地。反覆乾坤坎離，兩卦而一名；反覆屯蒙師比，兩名而一卦。天之體數四，用者三，不用者一；地之體數四，用者三，不用者一，《易》以咸爲體也。天地相爲奇偶，兩之爲天地，參之爲天地人，洛書四十有五，大用天地。始終水火金土，二四而八，三三而九，八八而又八之，四千九十六爲象；九九而又九之，六千五百六十一[一五]爲數。書以皇極爲用也。

河圖之數合配於五位，君臣之義也。皇極之前朝後市，左祖右社也；洛書之數單配於九宮，父子之仁也；乾坤之卑高以陳，動靜有常也。圖何嘗不兼五行，書何嘗不兼八卦哉？《易》不言五行，然五運三十六卦配乎干支，一土二金三水四木五火，此化數，非生數。金木微氣存乎終，水火章氣存乎至，故五行之生本乎干合，五行之數得之卦合，以八卦用五行，乾坤亦流轉於中，《易》之所謂藏用也。《書》不言八卦，然四時三百六十五日，配乎節氣六十卦，去四卦，四十五日直一爻[一六]。內景所藏月爲坎，外景所藏日爲離，故石爲少剛，其數十；土爲少柔，其數十二。以五行證八卦，水火自制化其內，《書》之所謂陰隲也。陰隲可以推本，洛書之數，逆而起於九；藏用可以該末，河圖之數，順而止於十。

《易》者，日月魂魄之綱紀也。氣者，神之宅；體者，氣之宅；六爻二十六萬二千百四十四，上下十有八變，反復三十六變。始於一畫，一故能神，兩故能化，變化鬼神不疑。圖有可疑，我所消息夢覺。道不能無通塞，時不能無治亂，不必索解於人。

疇者，天地水火之精神也。日月盈縮北極，各餘五十有五，所謂皇極也。五十有五之積，三千二十五，每歲五行。各以本數九六七八相涵，一四二三以爲末運，歸於五十，《洪範》相協之義備舉。福極所造就，甘苦所生成，彝倫叙斁不疑。《書》有可疑，我所貌言視聽思。孝子依於孝，忠臣依於忠，亦不必索解於人。何也？確有其自解之處，則以圖解圖，以書解書，河圖洛書解以卜筮，抑末矣。

《易》何以云聖人則之哉？推本卜筮，出自神物，推本神物，出自圖書，"聖人則之"之義解，"天乃錫禹"之義亦解。卜曰雨、曰霽、曰蒙、曰驛、曰克，一五行也。灼荆而鑽之，方功義弓，惟其所爲本諸天。筮爲陽，筮爲陰，必自分而爲二，始掛一知其一，揲之以四知其四，歸奇於扐，知其一二三四而歸也，人也；分而爲二，不知其幾而分之，天也。本諸天而參乎人，"則之"也者，信之也。信聖人圖書，因以傳信。

布而爲曆，乾坤分中二千一百七十七年，劉歆定食限，僧一行定差法，次而爲律。黃鍾全律百二十餘一分七釐有強，京房吹六十律，劉安正三十九分。律曆人治之，圖書天治之，舍律曆言理數。洛書本於河圖，則六經本於河圖，無所用其疑也已。

《詩》之逆數虛退四十九，實退五十五。《春秋》實退象有一，虛退象有九。十有四積而退《詩》，十有八積而退《春秋》。天地日月之行在《書》、《易》，其所乘除交會之處在於《詩》、《春秋》。《易》本日而《書》主月也，《春秋》主九而追日，《詩》主六而追月，因天退行，皆逆數也。爲《春秋》以定禮，禮讓而反，吉凶賓軍嘉反一，爲詩以定樂，樂動而升，十九八七六升五。本以該末，是豈可以卜筮小焉者。

小如奕之爲數，三百六十有一，一乃中子，黑白各當其半，四分所以分四象，四合則五在其中。天行三百六十五度四分度之一，此五度四分之一，以五爲中。堯教丹朱以奕，奕本河圖，何疑於洛書？洛書相對成十，合於中五成十五。天數二十有五，五其五也；地數三十，六其五也；洛書四十有五，九其五之中也。其上五九之五，即河圖中宮之五；其下四十有五之五，即洛書中宮之五。除中五而停分之，六九之四合一九之九，故四九同宮；七九之三合二九之八，故三八同宮；八九之二合三九之七，故三七同宮；九九之一合四九之六，故一六同宮。河圖寄其十於中，有十而無十。一九得九，故一與九對；二九得八，故二與八對；三九得七，故三與七對；四九得六，故四與六對。洛書寄其十於外，無十而有十。順則成圖，逆則成書，上圖下書，由末以推本，確有可以自信之處。

昔九九見齊桓公者，九九小數天，天地動作於胸中，顧桓公未之信耳。信禹、湯、文武、周、孔之本伏羲，必不信管仲，理有所不通也。疑者不能窮理，則不能盡性至命，與之言盈虛消息，謂象數學者之粗；與之言盛衰安危，謂讖緯玊者所禁。理不通而數窮，陳、蔡無所逃，管、霍無所避，堯水湯旱無所救，郟鄏瀍澗無〔一七〕所改，千古之疑案始多矣。

以河圖洛書爲二，夫道一而已。若竟以爲一，造物亦作合掌文字哉！河圖陰陽互藏其宅，一陽必配一陰，蓋天道之自然；洛書陰陽各得其分，貴陽勢必賤陰，乃人道之當然者也。但學者必須靜驗吾心身〔一八〕中，孰謂陰陽，孰謂互藏，孰謂貴賤，如昔人所謂小惑惑事、大惑惑理者蔑有焉，則疑解矣，不然不解也。

圖書解

河圖，天地陰陽也。洛書，陰陽變化也。天有先後，伏羲八卦異於文王之八卦；物有生克，禹之五行又異於黃帝、岐伯之五行。卦位不同，行次不同，圖書無不同者，理同也。同乎人之耳目、口鼻、血肉、筋骨已矣。血肉、筋骨以盛衰其耳目、口鼻，耳目、口鼻以動靜其身。身之不能無制，制以君臣，乾坤其制也；身之不能無養，養以父子，水火木金土其養也。圖書原於天地，確然易，隤然簡，天地之理之易簡無不同也。

數有不同，何也？河圖之數以順而生，洛書之數以逆而成。陽不能自生，中五兼十，數生者由內以及外，分而從其母也；陰不能自成，中五去十，數成者由外以及內，合而去其寄也。圖書生成皆在中五，生於太陽者成於太陰，生於太陰者成於太陽，生於少陰者成於少陽，生於少陽者成於少陰。體無定用，惟變是用；用無定體，惟化是體。五爲變之源，十爲化之始，故河圖四位起於一，洛書八宮起於九。九者，究也。九復變而爲一，一者，形變之始也。河圖有十而無十，天之地也，洛書無十而有十，地之天也。

圖之位一與六北，二與七南，三與八東，四與九西，五與十相守而居乎中。《繫辭》曰："天數五，地數五。"一三五七九，皆天數，二四六八十，皆地數。"五位相得而各有合"，一與九相得，二與八相得，三與七相得，四與六相得，五與十相得，合之以爲河圖之位。一六、二七、三八、四九、五十者，有陽不能無陰也。天五其五，數二十有五，地六其五，數三十。二者五十有五，陽不足而陰有餘也。河圖之全數如此。

河圖兼言陰陽，而洛書首言陰隲。何也？天地混茫於九年之水，自禹治之，地平天成，陰隲一再闢之，天地也。四正四維，皆合十數，連之於中五，皆合十五，而其四九進位於南，二七退位於西者，四九陽儀所生，連東方同儀之三八；二七陰儀所生，連北方同儀之一六。陰陽盡而四時成，剛柔盡而四維成，生者多，成者少，其數四十有五，總由中五爲乘除。洛書之變數如此。

圖言其全，以五生數，統五成數，而同處其方；書言其變，以五奇數，統四偶數，而各止其所體用之異耳。體用既異，何以五皆居中？八卦五行不合，無五合十，十者兩其五行已矣。朱子曰："陽之象圓，圓者徑一而圍三；陰之衆方，方者徑一而圍四。"圍三者以一爲一，三其一陽而爲三；圍四者以二爲一，兩其一陰而爲二；三二合五。三者楊子之書，四者邵子之書，五者羲禹之圖與書也。

何以有內外虛實之異，有奇偶贏乏之異？一二三四難兼六七八九，故實之以十；九八七六，即統四三二一，故虛之以五。全數極於十，偶贏而奇乏，偶贏所以爲全體；變數極於九，奇贏而偶乏，奇贏所以爲大用。陰陽之數兩，體用之數一，豈復有異哉？體數常偶，故有四有十二，十二者三其四，河圖之四象所以成五行；用數常奇，故有三有九，九者三其三，洛書之三德所以配八卦。時止乎四，月止乎三，日盈乎十，人有三關四肢而指有十。邵子曰："大者不足，天地數也。小者有餘，人物數也。"河圖洛書，不亦即身而可求乎？

以河圖求八卦之數，《易》始乎乾坤，終乎既濟、未濟，猶言乾坤也。八卦用六爻，乾坤主之；六爻用四位，坎離主之。卦有六十四，而用止於三十六，爻有三百八十四，而用止於二百一十六。以坎離生物，故乾坤之不用爲用。以洛書求五行之數，範始乎水火，終乎冬夏日月，猶言水火也。水火土石交而地之變盡，日月寒暑交而天之變盡。起於一二三四五，則水火貌言；窮於十有六位，則日月風雨。以日月運行，故水火不言用爲無不用。以八卦求五行之用，坤艮之生金，離之生土，坎之生水，震巽之生木，乾兑之生火，其生即其所用。用者八七六九，而外之納甲，以干支致用。以五行求八卦之體，乾用金而體天，坤用土而體地，坎用水而體月，離用火而體日，震巽用木體雷風，艮兑用土金體山澤，其用即其爲體。體者一二三四，而內之《乾鑿度》，以妃牡辨體。

《山海經》曰"羲和，帝俊之妻，是生十日"，干也；"常儀生月十二"，支也。干支皆後於羲，納甲合此以爲數。《左傳》曰："水，火牡也；火，水妃也。"坎爲水爲中男，離爲火爲中女，木金之譬怨耦乎？《乾鑿度》推此以爲數理有所不通。龜七十鑽不驗，以蓍求之，即使青寧生馬，馬生人，亦不驗也。羲之圓圖出於羲之橫圖，而禹所演疇之圖即禹所治水之圖。《三墳》之先河圖，虛化神，神化氣，氣化形也。三統之後河圖，天開子，地闢丑，人生寅也。五帝從所相生，五行相生，祖而父，子而孫也；三五從所不勝，五行相勝，柔勝剛，義勝仁也。圓者黃帝中聲，旋相爲宮，黃鍾上生下生也；帝堯中氣，遞相爲驗，午位二分二至也。方者井地之視耡，二尺爲遂，四尺爲溝，九遂入溝，九溝入洫也；握奇之視鄉，奇零在中，卒旅在外，四正象形，四奇象變也。聖人之所取，取諸《易》，耒耜、衣裳、弧矢、舟楫、佃漁、網罟，無適而非《易》，乃求天之變於寒暑晝夜，求地之化於風雨露雷，則《易》之失賊。

人之貌言視聽思，猶其用金木水火土也，敬爲肅、乂、哲、謀、聖，徵爲雨、暘、燠、寒、風，稑爲雨、霽、蒙、驛、克，各因其類以爲五行之休咎。乃於皇極益其祥，細至稻粱菽麥黍稷，復於皇極益其眚，雜至馬牛羊雞犬豕，卒使聖人之書流爲讖緯雜説，誣矣。皆論數而不論理也。理不同而數同，學聖人者諱言之，況數本不同乎。去乾坤坎離，以卦爻配日，品節二十四氣，揚雄之日法不如是也。六十四卦兼差數，三百十八四爻兼閏數，是去其所不當去，即春夏秋冬於中央祀土，分配七十二日，呂不韋之月令不如是也。金木微氣存乎終，水火章氣存乎至，是增其所不當增。

自然之理，強之以其所不合之數，河圖洛書隱矣。羲之後維以女媧，乾坤也，橫圖自右計之，陽四卦乾爲首，而兌、而離、而震，依次以左旋；自左計之，陰四卦坤爲首，而艮、而坎、而巽，依次以右轉。四因九，四因六，各得乾坤之一爻；六因三十六，六因二十四，各得乾坤之一卦。世傳女媧補天，共工之水火潛乎石，祝融之所不勝而石勝之，禹之前間以舜金土也。舜以養民言政，政取其制，水火木金土穀惟修；禹以叙倫言教，教取其行，水火木金土惟叙。州十二用土數，鯀之息壤，父子不敵君臣；山十二用陰數，顓頊之曆數，君臣相爲父子。堯九年之水，水承乎土，土生乎金，伯益、后稷之所不生而金生之，圖書之理、圖書之數、圖書之體用又如此。

禹藏覆釜之書而洛書傳之至今，五行傳也。五行傳而諸家異數，何怪《易》之不傳哉！數不傳而理傳，風后祖伏羲爲經，有八陣，有九宮，洛書之數不可謂非河圖之數，其理同也。

文之徵引組織，剖微晰義，奇恣不有千古。

校勘記

〔一〕"果蓏"，原作"果蓏"，據康熙鈔本改。

〔二〕"言揚爲火"，康熙鈔本作"言陽爲火"。

〔三〕"天地之閉"，"閉"原作"用"，據康熙鈔本改。

〔四〕"日光照"，"光"似當作"先"。

〔五〕"須臾"，原作"須叟"，據康熙鈔本改。

〔六〕"椎心"，康熙鈔本作"推心"。

〔七〕"光之所升"，"光"原作"輿"，據康熙鈔本改。

〔八〕"輒而"，康熙鈔本作"輒有"。

〔九〕"佐酎"，康熙刻本作"佐酎"。

〔一〇〕"爲薊"，康熙鈔本作"爲祝"。

〔一一〕"湯也"，《禮記·禮運》作"契也"。

〔一二〕"魯之郊"，《禮記·禮運》作"魯之郊禘"。

〔一三〕"天下共尊一父"，"共"字原作"兵"，據康熙鈔本改。

〔一四〕"禹治洪水賜洛書"，"賜"原作"明"，據《漢書·五行志》改。

〔一五〕"六千五百六十一"，原脱"六千"二字。按八八而又八之，八八相乘得數六十四，六十四又乘六十四，得數四千九十六，是爲象。九九而又九之，即九九相乘得數八十一，八十一又乘八十一，得數六千五百六十一，是爲數。故補。

〔一六〕"四十五日直一爻"，康熙本作"十五日直一爻"。

〔一七〕"瀍澗"，康熙鈔本、咸豐本作"澗瀍"。

〔一八〕"心身"，康熙鈔本作"身心"。

西北之文卷二

議

救荒議上

國已敝矣，天下貪吏害民，盜賊直須時耳。有方二三千里之饑荒，其何以救之？十二荒政非救也。竭天下以供軍，秦楚騷動，東南河淮之工役相尋，河南北當孔道，何利可舍？何征可薄？何力可弛？鈔關抽分四出，勢不能舍禁去譏。饑不止，盜不除。盜不除，刑不緩，失刑之國多誨盜。姦法與盜盜，甚無謂也。他如祀哀昏樂節省以告神，人之無備，索諸鬼神，抑遠矣。

有待荒之政，荒政設而不用；有救荒之政，荒政用而不饑。饑至荒政不救，豈復有政哉？待荒之政四：春官歲獻民穀，常餘十年之食，一；遺人掌鄉關之委積，以恤艱阨，二；廩人稽民食，食不入二鬴，則移民就穀，三；旅師泉府積粟與歛不售者貸民，四。四政講於不荒，謂之待荒之政，賑於既荒謂之救。春秋臧孫辰乞糴於齊，譏無一年之積。積貯天下之大命，自漢魏以至元明，訖未之廢。李悝平糴之法用管仲也，歛之以輕，散之以重，無食與之陳，無種與之新，變通遺人、廩人，而金粟權劑以相生。中饑發中歲之積，大饑發大有之積，郡縣有都鄙郊邑之委積，豈憂荒歲哉？常平、義倉、社倉，變爲洛口、黎陽，又變爲大盈，饑民不敢問矣。永徽之制曰：饑饉，委州縣及採訪使開倉，給訖奏聞。元和之制曰：救百姓不惜費。有宋申飭官倉，官爲商所虧，民又爲官所虧。朱子變爲社倉，給以穀不以金，處以鄉不以縣，職以士君子不以官吏，是以深山窮谷不識城市之民皆得食。明制：歲饑發廩，常自捐内帑之資，付天下耆民糴儲，備荒歉以濟民急也。耿壽昌之常平，牛仙客之和糴，張敞之贖鍰，韓琦之官田，後世荒政第一。今其法皆廢，州縣預備之倉掃地，庫藏亦無存留，倉猝告饑，無以為救。將責救於官，以國量貸，以家量收，無大臣之市義，則薛之券不焚；將求救於鄰，晉饑秦輸之粟，秦饑晉閉之糴，無諸侯之救災，則宋之賄不入；將望救於富商輕俠，有食者亦食，無食者亦食，無處士之重施，則狐父之飯不潔。

故漢唐宋明之荒政在今必不能行者六。汲黯視河内失火，便宜發河南倉粟賑民，今必坐矯制；劉晏掌財賦，知院官月具州縣豐歉之狀，白使司，晏不俟州縣申請奏蠲、奏賑，今必坐侵官；慶曆河朔民流，富弼勸青州民出粟，益以官廩，山林陂澤之利，聽流民擅取，今必坐招納亡命；趙抃滄州大水，開倉廩，壯者日二升，幼者日一升，凡十一月十餘州，今必坐放散邊儲；景泰中徐淮饑，王竑急發廣運倉賑民，近者周以粥，遠者給以米，今必坐盜用官錢；蘇松大饑，周忱發官廩貸民，半收其直，今必坐虧折官價。朝廷無一可濟之具，可任之人，欲一切聽人權濟，恐其營私以害公，鉤較靡密，上下相遁，州縣雖有愛民之心，究亦無可如何，況無其人哉！

未荒無備，備荒無人，不得不出於今昔通行之條例，蠲免煮賑，在所必行。蠲免行，乏軍需，軍需萬不可乏，勢必議加增，加增之說便於吏，於民不便；煮賑行，貸富室，富室萬不能貸，勢必議括藉，括藉之說便於吏，於民不便。民之不便，何也？因饑歲之乏食，蠲樂歲之逋租，賑城市之奸頑，擾村鄉之善類，非政也。民不便而增加括藉隨其後，上為不得已之寬恤，下為不可少之邀求，早救晚救，竭君臣以奉貪吏，孰便哉？蠲免煮賑，非不可行也，新逋蠲，舊逋不蠲，則抗糧者懲；貧民蠲，富民不蠲，則減租者少；實欠蠲，徵收者不蠲，則中飽者懼。先下蠲免之數若干，詳明覆覈，不溢分毫，林希元有審户之政，謝杰無改拆之政。煮賑先勸鄉紳，次義民，次援納之各官。諸士鄉紳，非無罪罷，即有罪免，助粟二百石，分別冠帶如級。義民非有冠帶，助粟百五十石賜爵。援納各官待次，助粟二百石，於補官日紀錄；援納諸生聽試，助粟五十石，於歲考日免考。上取無用之名利其民，下取有用之利利其身，此富彌官吏前資待缺寄居之政，非垂拱官吏車載斗量之政。

　　荒者政所致，政者吏所成。吏者民所仰，民者田所治。井田，百姓以爲命，更三十年無荒。封建，諸侯以爲家，自百里至五十里無吏。有吏之始，即致荒之端，而後救荒之政出。君民胥以爲憂，彼與民本無愛，常欲充滿其豀壑之欲，又假之以敲朴，民無聊故數荒。數荒數蠲免煮賑，吏掊克以濟其貪，孰使之然哉？或曰，荒政不始於守令，守令不必皆貪。曰：不貪之守令，坐貪吏荒。有以蝗食，鳳凰者天行，豈有救焉？救荒自守令始，前此設而不用，荒猶不荒也。春秋謹無麥無禾之災，戰國崇〔一〕移民移粟之令，漢武循而行之。關東饑，直指使出，誅守令二千石以下。三異則無不田，兩岐則無不實，雉雛則螟蟲不出，虎北則坊庸不乾，曾有荒歲無有哉？鄆州、復州之吏，以不貪供一貪，是以歌於葛諫蛤蜊者出，而歲亦無恙；大名、錢塘之吏，以不貪備一荒，鋤櫌田器無徵，寺觀樓臺之興作不問，而民亦無恙。苟無歲何有民，苟無民何有政。民曰碩鼠也，政曰猛虎也；民曰我泉池也，政曰我之窟也；民曰視其缶而蛇存也，政曰視其樹而葉在也。俸入有常，而伏卵爲雞，寄笋爲竹；稅入有定，而一絲三稅，一鐵兩徵。今日義助之私錢，明日變充軍餉；今日急公之富室，明日責償官錢。一家絕攤一户，一分取派十分。官無援納，援納者已十數萬；上無進奉，進奉者自數百員。合鳩鵠殆斃之民奉衆貪官，合皮毛俱盡之官奉一貪官。貪官一而爲之威假者不一，奉貪官一而中間請托者不一。吏能致荒，以其荒與上；上竟不能制吏，以其民與吏。民隱不得上聞，上恩不得下究。集萬人之愁嘆，當一夕之笙歌；開十道之烽煙，充羣奸之谿壑。州縣致荒之數十百人求救於大吏；大吏致荒之數人求救於一人，饑民將安所求乎？不求不救，不救而民自相救，國之大患也。始於致荒之貪吏，終於因荒之亂民，釋耒裂裳，揭竿而起，李密負戴之三倉，黃巢舂倉之三寨，蠲免煮賑，誰復聽之？故今日嬰矛代犧之政，分溝浚澮之政，螽賊螟螣屛畀炎火之政，不如懲貪之政。懲貪者，救荒也。

不懲貪而救荒，小吏方自救其荒不暇，暇及民荒耶？民有荒有不荒，而吏之自救其急，若無刻無時不荒，致令豐歲金銀之荒，不減荒歲穀荒。且荒歲束手無救，上猶思救以爲之名；豐歲之民救死不贍，吏以爲無所施德也。痛矣哉！民將無歲之不荒，更何以救？

有政而救荒，其勢易；因救荒無策，而思懲貪之政，其勢難。

救荒議下

河北、河南與淮、徐水災告饑，部議循故事蠲租，遣官煮粥賑濟。遣官，荒政之一戒也。聚集參迎，官民妨業，因緣佈散[二]，胥役生奸。唐高宗賑河南北，遣中丞崔謐等且行，劉思立以爲不便，乃止。百姓暴露乏食，不事生產，使之羣坐粥廠，以待一飯，此勢不暇乎他爲[三]，是率民而出於無用也。蠲租之詔數下，奸頑侵欠，歲且逋負，民危在旦夕，乃議往年可緩之徵輸，所蠲未必其乏食，使猾胥生心，無當於急矣。救者，救其急也。

河南、北雖告饑與淮、徐異，居有室廬，耕有田畝，饑民不輕去井里，大麥種，小麥長也。就食於州縣，則不復爲耕種之計，慮其無以卒歲；就食州縣而不必得，則屠牛充食，或至伐桑棗以去，慮其無以聊生。河南、北不大荒，馴至於大荒者，所救非也。民不聊生，使自營卒歲之計不能，何暇終身之計哉！河南、北能卒歲，民不饑矣。淮、徐終身之計壞，居無室廬，耕無田畝，不就食於州縣，十數萬無食之人散之何處？曰就食於州縣，十數萬待食之人聚至何時？聚散之間，立見利害。被水之地無牛、種，失其秋成之望，則必奮梃於泥淖之中，窺倉庫，劫閭閻，饑民環視而起，國家豈能晏然而已乎？

林希元《荒政叢書》有三權：藉官錢以糴糶，河南、北州縣計也；興工役以助賑，行河使者計也；貸牛種以通變，鹽臣餘引計也。河臣、鹽臣，本非賑卹之吏，支收又各有額數，但帑倉空竭，疆吏束手。河臣不能役不食之民，民自就食，官自興工，日給四分，兼顧妻子，較徵夫於三省又便。引銀貸之於今，收之於後，收貸責在有司，限內報冊，即以州縣牛、種之貸數為鹽臣引課之實數，仍登記興作稱貸之民數，與有司論功。至於藉官錢以糴糶，在今日難之。

河南、北皆依山，山右小熟，以粟易納糧之銀，以銀易備賑之粟，近者三日，遠者五日可達，顧官錢苦無所措耳。存留全裁半裁，撥解兵餉，與起解考成并急，官不要錢足矣，誰敢起而睥睨官錢？令下，府捐糶本六百，郡丞州捐四百，令捐三百，各自僉官平糶，糶至麥熟凡三次。糴從地方押批，糶從市肆報價，事竣報部紀錄，仍不失其積俸之所有，此一官錢也。里巷助賑，豪傑各自出省和糶，自百金以至五六十金，官不問其所往，但驗其市糶之數，至麥熟亦三次。糴增官買十之一，糶減市價十之二，事竣縣查旌樊[四]，仍不失其負販之所利，此非官錢而官為之也。蓋米貴由禁米，禁米則有米者不得出，買米者不得入，奸商市儈揞勒刁難，或糴之非其人，糶之非其實，乘禁踊價騙錢而米益貴，歲益荒。宋文彥博郡米貴，或勸其定價，公曰："是爲奸民爭氣勢耳。"搜得倉米官賣，即日價平，民莫測掯米之多少也。河南、北雖告饑，但用辛棄疾湖南之八字："刦粟者斬，閉糴者斬"，饑固不爲民害。

淮、徐不可以例論也，工役有時竣，牛、種有時給，水災猝未可平，室廬田畝猝未可理，十數萬無食之人、待食之人，無以贍其後，荒政可久行耶？賈讓治河上策，城邑當水者徙之，捐治河之費，業所徙之民，安插流民放河東去，河治民安，利在百世。朝廷但講求其徙民之便耳。東晉廬、松、滋之民流至荆州，僑置滋縣於荆江之南，雍州民流襄陽，僑置南雍州於襄漢之側；成化中流民聚荆、襄、唐、鄧，原傑籍十二萬三千餘户，給以閒田，開墾供賦，間置江溪、鄖西、白河、商陽、南召、伊陽諸縣，僑寓土著，參錯以居，自此無劉長腿、李鬍子之亂迹。今江南、江右被兵州縣，或中州屯衛曠土，使流民割隸其旁，即許土斷，救荒治河之策，無易此者矣[五]。土民即不欲徙，趁今水退，浮種春麥、豌豆，水乾豆麥畢出，但懼麥芒水發，堤堰不固耳。募其强壯爲兵，可得萬餘，萬餘强壯者出，細弱雖饑，不能倡亂。來者用富鄭公之選，去者循周洪謨之智，糶者依董應舉之限，糴者取文潞公之平[六]，未見淮、徐荒政果有難於河南、河北也。不知出此荒政，請蠲請賑，蠲賑皆割，軍糈軍糧又將安出乎？蠲至報可，民已辦納，蠲爲吏蠲也；賑至僻遠，小民百不給一[七]，中飽猾胥悍役之手，賑爲役賑也。三空四盡之餘，何德於吏胥役而數資之？謹議。

二策[八]粗看，皆無米之炊，勢難力行，然説來節節可行[九]。因應變化之妙，存乎其人。

讀鹽鐵議

鹽鐵所以助錢法，均輸所以助鹽鐵，三者漢家財賦所由足，初不加於租庸之正額。桑弘羊謂國家大業，安邊足用之本是矣。蓋均輸，惟鹽鐵使能之，歛之以輕，散之以重，不抑配，不俵散，非有鹽鐵本不能。

　　鹽也，鐵也，錢也，山海天地之藏也。文學暗於大較，不權輕重，願罷民鹽鐵、酒酤均輸官，無與天下爭利，利將安歸乎？權利之處，必在深山、窮澤、大海之中，非豪民不能通其利。豪民擅山海之利，即山煮海冶鐵，一家聚或至千百人，倚依大家竄入山海爲奸利。漢之布衣有昫郑，封君有吳濞，李師道以鹽易輭材，王重榮以鹽資與國，據山海成私威，私威成而逆節之心作。東海呂母能聚羣盜，殺長吏，況豪民聚衆千百，爲利往來者哉！豪民不可擅利權，或旁落於封君、權貴之手，憂當百此。賈誼、劉秩諫放民私鑄，況鹽鐵又山海之利之大者哉！安邑自有鹽池，冀州産鐵之山，而禹於青州貢鹽，梁州貢鐵，此孔僅、咸陽以爲天地之藏，當屬少府者也。自昔齊、晉、吳、越、徐、淮之間多產鹽，强霸代起，朝廷不有其利，故旁落於諸侯耳。諸侯、古封君、權貴，其視豪民何等也。霍光知時務之要，罷郡國榷酤酒關內鐵，而鹽利卒不可罷。罷鹽利必賣爵、除罪、算緡、間架、肉樁、牙契，訖於告緡，括馬頭子，而究極於加賦，加賦即無民矣。視昔告緡、括籍、賣爵、除罪之取於民，猶有定數也。賣爵則縱官爲盜，除罪則縱民爲盜，告緡、括籍，上自同於盜與兵。兵連而不解，或轉輸萬里之外，更數年，文學條故事爲難。故事有宿兵萬里，數年不費轉輸者，無有哉！兵不休，役不息，以爲官賣鹽鐵，非故事，必如秦收大半之賦無疑也。非故事，請罷鹽鐵，爲其近於商賈耳。商賈不可近，乃下同於盜與兵，出孔僅、咸陽下矣。

　　東郭咸陽，齊鹽賈，孔僅，南陽大冶，爲大農丞，領鹽鐵事，願募民自給費，因官器作煮鹽。官與牢盆，敢私鑄鐵器煮鹽者，鈇左趾，没入其器物。郡不出鐵者，置小鐵官，便屬所在縣，天下鹽鐵作官府，除故鹽鐵家作吏，不選。三年，僅拜大農，縣官有鹽鐵、緡錢之故，用益饒矣。

元封元年，又弘羊爲治粟都〔一〇〕、大農，盡代僅笼天下鹽鐵，請置大農部丞數十人，分主郡國，置均輸鹽鐵官、平準，受天下委輸於京師。此漢家官鬻鹽鐵之效，不自漢始，不自漢終。管仲《海王》之鹽筴：鹽百升而釜，令鹽之重，升加分强釜五十也，升加一强釜百也，升加二强釜二百也。鍾二千，十鍾二萬，百鍾二十萬，千鍾二百萬。萬乘之國，人數開口千萬。國籍爲錢三千萬，今不籍之諸君吾子而有二，國之籍者六千萬，鹽筴半也。鐵官〔一一〕鬻一鍼、一刀、一耒、一耜、一銚、一斤、一鋸、一錐、一鑿，令鍼之重加一，刀之重加六，耒耜之重加七，其餘輕重準此，無不籍者。

晉國不都鹽池，惡其近寶，貧破堯、舜、禹之儉俗，鹽商韋藩木楗以朝，是固晉之鹽官矣。唐興，設鹽鐵轉運，以劉晏、韓滉分掌天下之賦，鹽居半，歲增額六百萬緡。管仲以國量，晏、滉則以天下量也。自陳少游加賦，包佶、高佑、李錡、皇甫鎛進奉而法壞。宋之三司，鹽鐵尊於租庸度支。雍熙以後，招商中鹽，鹽鈔設自范祥、王隨，通商之利一變而官賣。官賣近古，乃行之以青苗之法，抑配俵散。自趙贍在河北，章惇在湖南，塞周輔、張士澄在江淮，法壞。而王安石任盧秉，蔡京任伯芻，宋遂以南。胡寅折衷甄琛、元飊之論，不得不然也。明初，轉運司六，提舉司七，煎有竈，貯有倉，課有額，行有方，一引輸銀八分，粟二斗五升，招商開中，入粟實塞下。粟入引出，引入鹽出，所司關給無留行，禁食禄之家不得牟商利，一切請給私鬻重論。竈丁給鹵地草場，復其雜役。額鹽一引，以錢鈔準給米一石，餘鹽官自出鈔收之，何嘗非官賣哉？下以資竈户，上以攬利柄，兵不苦饑，民不苦運，猶有管仲、桑、孔、劉晏、胡寅之遺意焉。正統有常股七分、存積三分之説，倍價開中，越次取支，一變而度支葉淇易銀，邊儲不見有粟。弘治有報中零鹽、夾帶所鹽之説，勳戚恩賜，權倖請求，再變而李郭皇親先掣，商人不見有鹽。當時葉淇爲鄉里，李郭皇親爲外戚，擅管山海之貨以致富羨，而軍儲坐是困乏。

今日之軍儲饒耶，乏耶？西南用兵踰五年，舟船、戰馬牽掌，至於軍中之器甲、硝磺，皆仰給縣官。居者賚，行者送，入物者補官，出貨者除罪，利折秋毫，大盈之庫掃地，獨未議及鹽鐵。蓋富商大賈轉轂百數，居邑以稽諸物，專鹽鐵；封君或低首受納，不佐國家之急；即有官鬻鹽鐵之議格不行，多爲商賈耳目者，利權不在朝廷也。商賈、權貴合爲一人，内爲商賈撓敗，以爲國家不可爲商賈之所爲而陰持其權，外挾其主之勢，以嚇長吏，躋積勒價，爲百姓憂，不知鹽鐵朝廷之山海，孔僅所言沮事之議，不可勝聽也。迹今賣官、除罪、算緡、間架，鄉紳田加賦十三，加賦即無民矣。不加賦而告緡，同於盜與兵。不如官自鬻鹽，鬻鹽而得管仲、桑、孔、劉晏、王隨、胡寅也。鬻鹽而不得，不過近於商賈，不下同於盜與兵。

漢明帝時，張林建議官須賣鹽，元魏於河東鹽池立官收税，當時天下軍儲未嘗困乏至此，而官鬻鹽鐵之議格不行，則亦主商賈者之不忠也。明季一引輸銀七錢五分，中間有配支，有賣窩，有勸借，皆於鹽價低昂。今引銀少，無他費，鹽價乃要市騰踴，加以轉搬四五百里，勒價四兩四五錢矣。官賣但主四兩，五百里外以是爲差，水路又當酌減，民間食鹽之利一；無掣鹽、驗引、夾帶、截角、關税之宿弊，官商賣鹽之利一；每引截留銀三錢貯庫，收買竈下餘鹽，復其雜役，清理場蕩、官地歸竈，竈丁煮鹽之利一。場蕩之不歸，鹽無所出，總催據爲己有，則總催可禁；

餘鹽之不售，鹽無所歸，私商因以賤售，則私商可禁；支掣、駁截、關稅之費煩，鹽不足以更費，則夾帶餘鹽，餘鹽大包可禁；費多不能不勒價，勒價不售，州縣自圖銷引，不免抑配、俵散，抑配俵散可禁。孰禁之？巡鹽御史、鹽運道臣禁之，禁其害也。禁其爲鹽之害而利生，鹽真可以官鬻矣。

官用誰鬻？即用今買爵之官鬻，孔僅除故鹽鐵富家者爲吏也，今鹽鐵家富者半援納矣。援納既多，試補吏先除無缺，大小府設一鹽官，主政帶銜視同知，中翰帶銜視通判，試職二歲實授，三歲滿上考，五歲報最歸候陞。大小州縣各設一鹽官，州同帶銜視州同，縣丞帶銜視縣丞，試職一歲實授，間歲滿上考，三歲報最歸候陞。不論原籍外籍，州縣府道優禮。有官安署？孔僅天下鹽鐵作官府，府所裁推官署居府鹽官，州縣所裁主簿缺居州縣鹽官，吏目捕官各以巡鹽書役歸其署。有官有署，役將安用？用役安所取給？每引割留一分送府，充鹽官俸薪、紙張。州縣送鹽役一名，工食坐鹽官支給。州縣鹽官每引割留四分，二分充鹽官俸薪、紙張，二分充役工食。官役所費每引總留五分，餘依引解運司。運司留竈户鹽價三錢，餘解户部。户部宜特設大農主鹽。大農，漢之平準也；運司，大農部丞也。禮自肆師下皆無祿，祿在市也。不設吏胥，奚徒用市人也。所議〔一二〕官役俸食仿此。

有官有署有役，無本終不能鹽鐵，軍儲困乏，無從支給，又不能得無銀之引，支無引之鹽，措給有引有鹽，而無水程腳價之顧值，店舍小商之儥直不行。每引割留二錢五分，五百里內府鹽官以二錢儥運，州縣鹽官以五分儥屋，募商發賣，五百里外遞增，水路遞減。庶事草創，鑿空不行。府州縣鹽官先備二季引銀腳費，府出三分之一，州縣共出三分之二，支給目前，兩季仍照舊定引額解司解部，且以兩季爲開市費用，後不爲例。府出銀多於州縣官，尊也。以三分之一易五品職官，不賤，州縣視此矣。孔僅願募民自給費，輸財多於卜式，三年官九卿大農，何負於商賈哉？自後歲報十倍之利者，大農按年課最題陞，歲報八倍七倍之利者，准紀録；歲報六倍五倍之利者〔一三〕，准實職；四倍降罰，三二倍或僅及引額者，府鹽官揭參、革問、追贓。如是，可疏通選法。《平準書》賈人不選者也，府鹽官奠價直，貴賤不得任意，古賈師也；州縣鹽官察其餘行匿價，詐僞不得相欺，古司稽也；窮民或以貨物、米麥易鹽爲之劑化，質人也；緝捕强暴私販，執解盜賊，司虣也；犯禁而梗市把持，小解，府鹽官聽之，大解，運司治之。賈師、市師也；有急不能無賒貸，貸數坐償舊官，賒數責追新官，償者收息，賒者服役，以國服爲之息也。民無添官之擾，官無候選之累，國家有以佐軍儲之饒乏，而又不失大信於天下，孰與商賈、權貴共擅山海之利，因以割剝窮民哉？天下出鐵之山，孔僅郡有鐵官，不出鐵者置小鐵官，大鐵官鑄生鐵，小鐵官打熟鐵。鐵有生熟，一從大鐵官易之。是故，天下府、州、縣，元以前有鐵冶司，明罷鐵官，始廢署。今依明無設官，可且隸於鹽官。生鐵伐鑛熾炭爲之，鐵成而加薪乃熟。熟可鍼刀、耒耜、鋤钁、鎌鐮、釘鎯，打作之屬利熟；生可礮砲、鍾鼎、鍋鏵，鑄作之屬利生。生熟間爲錠、爲鋼，鋼又南北之鐵混鎔也，可鋸、可錯、可鑿，且鑄且打之屬利生熟。生熟槩以斤論，鑄作百斤稅一分，打作踰三十斤稅一分，且鑄且打之屬從打作，私鑄私售坐漏稅，孔僅之鐵論也。僅初作鐵器，苦惡價貴，或强令民買賣之，不若稅其直而聽民之自作，宋吕申公《田器書》詳且盡矣。鐵出於鑛，入山鑿鑛者不稅，鑄鐵用炭取炭者不稅，熟鐵用薪採薪者不稅。三者，窮人也。食窮人以山澤之利，王政弛以便民耳。開爐煽鐵，亦不稅，未成器也。今之稅者，吾惑焉，爐中見鐵曰爐稅，鑄作成器曰鍋鏵、鍾鼎物稅，民間不敢鑄礮砲，以鐵出賣曰鐵稅，熟鐵打刀曰刀稅，釘曰釘稅，拔鐵條者曰方稅，曰大車稅，曰小車税，曰條税。所在收税，大農曾不見有分毫之鐵税。今官收成器之税，視管仲鐵重加一、刀重加六、耒耜之重加七較輕焉。私税一切除去，官與民兩利，人復撓敗其説，是孔僅沮事之議也。

鹽鐵饒而均輸可行，元封以後，西南初置郡十七，毋賦税，吏卒俸食、幣物、車馬、被具，歲發萬餘人誅反者，皆仰給大農，大農以均輸調鹽鐵助賦，故能贍之。今日顧不可鬻耶？明季不鬻鹽鐵而加賦，盜與兵滿天下，上復重之，遂亡。文學言何用？不用文學，用賈誼、劉秩，而錢法又可次第行矣。

民鬻鹽鐵，利散民而不及國，商鬻則利權在商[一四]。因以其餘餌爲商耳目之官若吏，於國無與也。況其先害民，勢將必及國。條晰官鬻利害，併及官不得鬻緣由利害，併及官鬻遠勝民鬻、商鬻利害[一五]。鑿然井然，救時宰相之策，非同書生痛哭激烈之篇也。結體弘肆堅蒼，在數百年之乎熟滑中，又不啻救時宰相。

禁銅改鑄議

開採加派之議行，兵餉有出，出於百姓，未有以佐百姓之急，猶紲也。開採所入，工作役徒、主藏之吏私其入，百姓分毫不與也；開採不入，則坐以折閲，而賠累及百姓。加派所出，胥役、里長、徵解之吏私其出，百姓分毫不免也；加派不出，則誘之拖欠，而攤納及百姓。百姓安得不急哉？百姓不足，君孰與足？今百姓之不足極矣。

歲被水旱而糴不貴，聞江西米石銀五錢，湖廣八錢，陝西六錢，山西五錢有奇，兖、豫減於山西，吳越差貴焉。非有累世蓋藏之蓄積，終歲所入，以其四供賦役，三爲社閭戎祀、婚喪之費，一爲老小布縷，歲食其二，商販工技傭作無其十之一矣。百姓之不足，正坐錢荒，若復以開採賠累，加派攤納，與於不足之甚者也。漢錢極重而幣輕，穀價極賤，時至斛五錢，今錢極輕而幣重，米價亦賤，時至石五六錢。漢金多，今銀少也。有可以佐百姓之急者，權夫金粟之相生已矣。以少權多，粟之權在金；以多權少，金之權在錢。天下之錢多矣，水衡錢外，各布政司鼓鑄、盜鑄如雲而起。奸錢日多，五穀不爲多，固宜米穀不賤。乃吏縱鑄錢，禁使錢，弛以民私鑄之錢，而詰以粟易錢之農。既罷銅禁，縱民銷販，外泄中乾，穀米益賤。農窮貨蹟，商賈罷市，市成易銀，輕賤倍折，以兩當一，困迫無聊，農商急而工技傭作因之。金粟不相生，百姓之所以不足也。

相生者母子。粟與金，母子也。金與錢，母子也。重錢與輕錢，母子也。金莫多於漢，漢末無金，郿塢之積有幾，許昌鑄溫侯印，曹操謂國家無金是也。穀莫多於隋，隋末無穀，洛口、黎陽之倉[一六]盜發，朱粲至食人是也。錢莫多於宋，宋末無錢，散於遼、金海舶，奸民日銷爲器，交子錢引故紙虛數是也。銀亦金錢類也。銀莫多於明，明末無銀，互市召買，出邊下海，逆闖搜贓比餉，輦金内府，填委道路、黃河是也。世儒暗於大較，不權輕重，末流之弊至此，因輕百姓力矣。單襄公曰："古者量資幣，權輕重，以賑救民。"有母權子而行，有子權母而行，輕重之謂也。金多則晁錯貴粟，粟多則劉晏鑄錢。有言鑄錢於穀貴之時，劉陶議罷矣；有言廢錢於穀賤之時，孔琳之議復矣。權於輕重一也。

據今有穀之人不爲富，有錢之人不爲貧，貧者仰富，穀便於錢，則其所以愛養百姓之道曰貴粟，所以貴粟曰改鑄大錢。大錢或便於國，百姓不以爲利。建安蜀大錢直百，後魏建德五行大布，一以當十，陳作大貨六銖，一以當五銖之十，唐改乾元重寶，一以當十，宋大觀御書當十，皆爲軍用缺乏，幣重貨輕。史稱府庫充實，大收商賈之利，而百姓不便。大錢或不便於國，百姓益以爲害，新莽大錢五十，吳鑄大錢當千，唐鑄重輪乾元，一當五十，時錢有虛數，斗米六七千錢，放散毀碎，改爲器物，至有"黃牛白腹"之謠，而百姓不便，無當百姓之急故也。

儒者必圖始終相養之義，上下相濟之情，若苟且補救，刼脅百姓，以爲百姓愚不能知，百姓賤不敢議，究竟百姓不便，錢法窮而自止，則何可以疑事嘗試哉？劉巴、崔亮、沈演之、高恭之、第五琦、蔡京皆以疑事嘗試也。今斟酌於元鼎、元嘉、保定、乾封、乾元、熙寧、崇寧、大觀之間，四三其重，一大錢當制錢二，與制錢參用，銖兩篆樣，取勝國折二大錢準以爲式。夫是累朝誼主，富國強兵，抑何待斟酌也者？爲百姓也。

赤仄當五，元嘉當鵝眼錢十，保定布泉當十，乾封泉寶一當舊錢之十，乾元重寶當十，崇寧當十，法嫌其太重，太重病民，太重費銅病國，太重銅不更其費，銖兩少減則盜鑄。禁鑄錢死罪積下，公鑄錢黥罪積下，錢重則利深，大奸之於重誅不避也。斟酌當二，不惜銅，不愛工。鄭虔記開元通寶，每十錢重一兩，每兩二十四銖，則其錢爲古秤之七銖以上。古五銖則加重二銖以上。蔡絛記崇寧當十大錢，每貫用銅九斤七兩二錢、鉛四斤十二兩六錢、錫一斤九兩二錢，除火耗一斤五兩，每錢重三錢，通計物料火工之費，鑄錢凡十，得息一二，而贍官吏運銅鉛在外。今以當二大錢，折減明製近善，錢成嚴斷剪鑿，小輕破缺無輪廓者，悉不得行。官錢細小不中制錢者，秤合銖兩銷以爲大。利貧弱，塞奸巧，穀米以貴易賤，軍需以盈濟虛。凡兵馬用過米豆，皆以大錢折給。兵餉三七兌支，俸薪、馬價以及胥役、夫馬之工食、草料，全用大錢。軍興俵買和糴，吏立官市，不過制錢之五六，民間所得已多，其餘碾磑鬻受，牛羊豬鷄、蔬菜細物，許制錢、大錢搭付。以此流通食貨，兵餉不盡出於百姓。百姓之粟，其錢也；百姓之粟之錢，其銀也。百姓有銀而納賦役供加派，仍不妨其耕鑿。百姓又即其粟也，權其始終上下，百姓之疾其瘳乎！

銅少奈何？請即濟以開採之銅。川蜀嶺海不可問。崔亮奏弘農郡銅，青谷鑛一斗得銅五兩四銖，韋池谷鑛一斗得銅五兩，鸞帳山礦一斗得銅四兩，王屋山礦一斗得銅八兩。南有青州花燭山、齊州商山，往昔銅官并准開採。宋商州皮仲容採虢州青水冶青銅，置阜民、朱陽二監，陝西張奎採儀州竹尖嶺黃銅，置博濟一監，此江北之銅也。江南吳王濞鑄銅山，錢半天下，晉王廣鑄鄂渚之白紵，李巽以郴州銅坑二百八十餘所，奏置桂陽二爐，此江南之銅也。開採入爐，銅盡爲錢，鄧通不以輸邊，錢能不以載內，其何不濟？

必謂緩不及事，請先資以見在之銅。唐武宗廢浮屠銅像，鐘磬爐鈸，皆歸巡院鑄錢；顯德收民間銅器佛像，輸官受直；張滂奏奸民銷錢爲器，一切禁斷；王起請銷錢爲佛像者，以盜鑄錢論。自今寺觀富室所見銅像銅器不少，嚴法輸官，比諸飛廉、銅馬之屬開鑄，銅人墮淚，銅鐘不鳴，未可藉爲口實。必謂成物不毀，出善錢易惡錢，凡係斗量沙澁之僞，赤郭赤生之異，榆莢、鵝眼、綖環之小，皆以大錢收鑄，輸作少府。

迂儒不識天下之大計，惟斷乃行，惟變乃化，權者聖人之大用，遂執不疑惑矣。馬援請鑄不行，楊偘請鑄不行，事入而難，效成而服。秦越百姓之肥瘠與己無與，尚可與論錢法哉？心存百姓，宋之鐵錢九爐，況銅錢乎；元鈔虛錢造紙千百萬引，況實錢乎。權出於上，當使鑄歸於一。然錢以銅鉛薪炭而成，鉛銅薪炭難致，前代多即坑冶附近之所置監鑄錢，不則軍市鑄錢。今鑄大錢於開採之坑，兵屯之處，使百姓不近寶，盜鑄可息。

盜鑄終不可息，有私鑄，有奸錢，銅使之然也。管子曰："守物之終始，終身不竭。"是謂人主之權，莫如禁民蓄銅。銅不布下，則奸民無因而鑄；奸民無因而鑄，則公錢不破；公錢不破，則人不犯死刑，錢尤日增。賈誼以爲七福，劉秩以爲四美。請禁蓄銅，官爲收市，請持銅器者没官；請勅官僚、士庶、商旅、寺觀、坊市貯錢不得過五千貫，多即市易别物；請勅高資大賈倚依左右軍官撓錢法，事覺并治，没官錢之一半充賞；請勅匿銅五斤以上分别戍死，請限五十日或兩月自占，請以御府銅器付泉司，大索民間銅器，告者有賞；請申錢幣出關之禁，西不以錢入川，南不以錢踰嶺，西南不以錢過湖，立銅錢出界徒流、編配、首從之法，恐其齎盜糧資敵人，與馬禁等。國家有禁必行，何憚於銅，憚其驚擾百姓。銅於百姓無入也，禁銅於百姓無出也。銅既出爲鼓鑄之用，百姓便；銅不入爲奸商盜鑄，盜鑄之錢不爲豪猾兼并，而害大錢、制錢，百姓又便。抑何藉夫不可爲食、不可爲衣之銅，驚擾百姓哉？不禁銅而禁盜鑄，盜鑄、公鑄皆無補於百姓之急，開採加派未可與權也。

改鑄因時權變，禁銅酌理經常，俱從人耳目習狎不及覺處劈劃調停，動有妙議。房玄齡注《管子》，謀擅一代，先生才其相下。

律 吕

律吕陰陽謂之律，度量權衡齊之以律。律之陰陽，氣也。陽氣之動，陽聲之始也；陰氣之動，陰聲之始也。剖嶰谷之管，吹而聲和，候而氣應。律吕爲聲氣之元，聲氣不從律生。漢儒曰："心和則氣和，氣和則聲和，天地之和應之。"司馬遷曰："宫動脾而和正聖，商動肺而和正義，角動肝而和正仁，徵動心而和正禮，羽動腎而和正智。"然而五音具在，不能無狂僭豫急蒙者，非律亡也，心氣之不和故也。圜鐘含房心之氣，奏圜鐘而郊壇格，房心之氣動之也，非以圜鐘動也。函鐘含輿鬼之氣，奏函鐘而地祇岳瀆出，輿鬼之氣動之也，非以函鐘動也。黄鐘含虚危之氣，奏黄鐘而宗廟陵寢享，虚危之氣動之也，非以黄鐘動也。黄鐘爲萬事根本，氣之動不以律呂，律呂亦可不設，豈聖人之教哉？聖人體陰陽以爲治，天下偃兵，百姓無內外之繇，得息肩於畎畝[一七]，父老嬉戲，煙火萬里，郊焉、社焉、廟焉，無不得其和氣之所應，律呂傳之耳。舜曰："予欲聞六律五聲八音，在治忽。"律呂聲音不先於治忽，聖人爲其能爲者已矣。然則聖人何以用律？伶周鳩曰："聖人[一八]以數合之，以聲昭之。"數合聲和，然後可用，故律和其聲，聖人之教如此。武王以黃鐘布戎，以太簇布令，以無射布憲。戎以屬六師，謂之屬。令以宣王德，謂之宣。憲以優布容民，謂之嬴。周自屬、宣爲嬴，問律而鑄無射之鐘，律卒不和聖人消息乎。律非律也，貫革之射息，而虎賁之士脱劍。卜曰："以武土者六八，而計東遷以後。"變宮在羽之下，變徵在角之下，四其六，三其八，以爲二十四聲耳。揚子雲曰："音生於日，律生於辰。"天有五音司日，地有六律司辰，日辰由天五地六錯綜而生，律呂由黃鐘九寸損益而生，故日有六甲五子，爲六十日，律有六律五聲，爲六十調。甲子有陽必有陰也，黃鐘紀陽不紀陰也。陰陽，治忽也，紀陽而不紀陰，在治忽也。故黃鐘長九寸，圍九分，積八百一十分爲律本，九寸九分之寸也，九九八十一以爲宮。司馬遷、班固本律，劉歆、鄭康成以九寸爲十分之寸，蔡元定因之，李文利、鄭端清更以三寸九分。起黃鐘三十有九，黃鐘之下宮也，非黃鐘本位實數也。非黃鐘本位實數，則非聖人制律起於黃鐘之遺法，律何以和？

後世求律之和，謂嶰谷，今之金門，雄鳴不應陽，雌鳴不應陰，則更竹。謂黑黍出今之羊頭，一秬一米曰秬，一秬二米曰秠，則更黍。謂管谥實者長，管郛實者短，方不止徑一圍四，圓不止徑一圍三，則更圍之分寸。謂冬至日不在牛之初，春分星不在昴之午，有大小餘灰下，無大小餘灰上，則更管[一九]之深淺。或立準，或張絃，或用車鐸，或取舜琯，或準嘉量，或請帝中，指定寸律，屢更而聲卒不和。徐復曰："聖人寓器以聲。"不先求其聲，而更其器，其可用乎？大昭小鳴，和之道也。和平則久，久固則純，純鳴則終，終復則樂，聖人之政成而律定矣。

亥爲應鐘，卯爲夾鐘，未爲林鐘，三鐘三甲之所治，易之先甲後甲也；巳爲南吕，丑爲大吕，酉爲仲吕，三吕三庚之所治，易之先庚後庚也。黄鐘子，子與亥從陽，治陽者主，主故言鐘；蕤賓爲午，午與巳從陰，治陰者客，客故言吕。天地理數，有消有長，律吕損益，有消無長。揚子雲學《易》，何以曰子美盡，午美盡乎？天下無驟消驟長之數，有扶陽抑陰之理。甲子之相成，三十六爲陽，二十四爲陰；黄鐘之相生，亦三十六爲陽，二十四爲陰。生必隔八，治忽也。治忽不生於八，損益必三分，上下在治忽也，非夫三分損益之能治忽也。

近古之不常治久矣，人有喜亂之心，氣何以和？氣不和而聲應之，聲相應故生變。《樂記》曰："哀心感者，其聲噍以殺，怒心感者，其聲粗以厲。"怒哀之心感而氣爲之動，有心疾無君聲，《後庭》、《清夜》、《安公子》曲不和，《涼州》、《益州》[二〇]入破益不和，卒其利害旋踵，變不在律。隋文奏江南樂器，嘆爲"陶陶和雅，與我心會"，十數年間，天下忿盈散越不可收拾，是豈律吕之差乎？漢高《大風》豐沛，起於巴歈，武王前歌而後舞也。甘泉以上辛夜祠，常有流星經其上，復得馬以次太乙之歌。唐初《七德》及《秦王破陣》之六隊，陰以兵法部署，其後蕃鎮多貢樂，不常協於律吕，蓋以剛强不屈之氣有以久固自持，而兩朝終不廢爲弱散之國。太宗曰："隋唐樂在。"士大夫何嘗悲此？古樂由心生之定論，而腐儒老生割方爲損，割圓爲益，參其伍以參天。黄鐘、蕤賓三分損益，大吕、林鐘五分損益，兩其二以兩地。太、夾、姑、仲，各損二分，則南、無、應各益二分，抑何不經之甚也。自謂河圖、洛書王通不敢應，司馬光不能争，王朴、阮逸、胡瑗、房庶，人各擅其私學，非上建立。問咸黑之編磬、匏、笙，失管仲之窌牛野馬，孰從而正之？此亦求律吕之過矣。鏗鏘不協韻，吹擊不成聲，無貴乎律吕之中，太常子弟歌工，未知辨律，但求音聲之和耳。牛龔定隋樂，萬寶常改樂器，夔卒不知；李煦改宋樂，歌工賂減銅齊[二一]，煦亦不知；楊傑駁元豐之樂，議廢舊鐘，樂工一夕易去，傑亦不知。此所議律吕也，彼所叶聲音也，聲音之和候而氣應，律吕何異焉。聖人之同律，同其度量權衡也。聖人思封疆志義將師[二二]之臣，不能廢樂，則不能廢律吕，律吕所以導和也。國家以兵起北方，剛強不屈之氣先見於聲音，太常大樂至於里巷歌謠[二三]多殺伐，是以削平僭亂，斂槊之威被天下已來，大武三曾賤勇與力。教坊用南方伎樂，柔曼輕靡，哀傷悽切之音，近於淫。殺伐長貪，上受之。賓牟賈曰："武王之志荒矣。"淫厲而哀則多怨，下受之。《王風》無室家之樂而興刺，律何以和？不和則亂。自君以下官壞於商亂，民憂於角亂，事勤於徵亂，財匱於羽亂，商、角、徵、羽之亂，不和故也。羣盜猝發於南律，所謂候氣如此。律於兵械尤重，太師吹銅律以應軍聲[二四]，知吉凶，效勝負，陰陽而已矣。師曠歌北風，黃鐘、大吕也；又歌南風，蕤賓、林鐘也。古者北風決勝，南風阜財，皆言和也。北軍轅田歌舞，與夫柔曼輕靡、哀傷悽切之音較勝負，知南風之不競哉！

　　詩變爲騷，騷變爲樂府、古風，律不能制，變爲詩餘、小説、詞曲。小説誨淫，詞曲勸殺，二者去而詩律正。刑變爲罰，罰變爲名例、刑統，律不能制，變爲刑餘、贖鍰、羅織。羅織罔殺，贖鍰縱淫，二者去而刑律正。軍變爲募，募變爲彍騎、降兵，律不能制，變爲軍餘、樵採、野掠。野掠阬殺、樵採逼淫，二者去而軍律正。去其不和，以即於和，民自此知有律，何樂律之不和乎？舜以律在治忽，出納五音也。兵刑之大無言者，但於詩樂言律，詩律即和，不能勝殺。且淫者之不和，《小雅》變爲《黍離》，非律變也，使圜鐘以相次爲律，函鐘以相生爲律，黄鐘以相合爲律，豈曰民氣之和樂乎？三警當一至，三至當一軍，三軍當一戰，吉凶勝負見於前，以律聽之，不如以氣奪之。黄帝之定火災，顓頊之平水害，水火，天地之章氣也。激天下敢言之氣，如穆公悔過，厲天下敢戰之氣，如武王誓師。師克在和，氣和〔二五〕而律應之。

伶周鳩曰："政從樂，樂從和，和從平。"《詩》曰："既和且平。"何律吕之問焉？

以兵刑之才備禮樂之器，故持論定有把鼻，的實中聽。王文中謂其門無興禮樂者，不知其意何主也。

校勘記

〔一〕"崇"，原作"宗"，據康熙鈔本改。

〔二〕"佈散"，康熙刻本作"俵散"。

〔三〕"他爲"，原作"地爲"，據康熙鈔本改。

〔四〕"旌樊"，康熙鈔本、刻本同，似當作"旌獎"。

〔五〕"矣"，康熙刻作"人"，屬下句。

〔六〕"文潞公"，原作"文路公"，康熙各本同，據《宋史·文彦博傳》改。

〔七〕"百不給一"，原作"有不給一"，據康熙鈔本改。

〔八〕"二策"，康熙刻本作"三策"。

〔九〕此句康熙刻本無"然"字。

〔一〇〕"治粟都"，康熙本同，疑"都"下脱"尉"字。

〔一一〕"鐵官"，原作"鹽官"，據康熙刻本改。

〔一二〕"所議"，康熙刻本作"所設"。

〔一三〕此句康熙刻本無"者"字。

〔一四〕"則"，原作"可"，據康熙刻本改。

〔一五〕"商鞅"，原脱"鞅"字，據康熙鈔本補。

〔一六〕"之倉",康熙刻本作"三倉"。
〔一七〕"畎畝",康熙刻本作"田畝"。
〔一八〕"聖人",康熙刻本作"神人"。
〔一九〕"管",康熙刻本作"琯"。
〔二〇〕"益州",康熙刻本作"伊州"。
〔二一〕"銅齊",原誤倒,據康熙刻本乙。
〔二二〕"將師",鈔本同,康熙刻本作"將帥"。
〔二三〕"歌謡",康熙刻本作"歌謳"。
〔二四〕"應軍聲",康熙刻本作"聽軍聲"。
〔二五〕"和",原作"知",據康熙刻本改。

西北之文卷三

議

治河議一

周以前，河之勢自西而東而北，漢以後，河之勢自西而北而東，宋以後迄於明，河之勢自西而東而南。河之所至，害亦隨之；害之所在，而利亦伏之。天地之節宣，人未之覺也。賈讓治河之三策，愚取一焉，不與水争尺寸之地，河定民安，聽其所止而休耳。水未有不分，水未有不下也，非故聽之，不因其勢而堙焉，潰者益潰，淤者益淤，決者益決，無以節宣，天地莫之有救矣。今欲救之，先疏其水，水勢平乃塞其決，決止乃浚其淤，要必明於分合、高下之勢施其功，古今治河之道也。

河所從來，高水湍悍，難以行平地，數爲敗。禹創二渠，以引其流，北載之高地。一渠自舞陽縣東引入潔水，東北至千乘入海；一渠旁西山以東，過今濁漳、夾石、碣石入海。始九渡終九道，天地之數固然。禹後無水患者七百七十餘年，河之流分，其勢自平也。定王五年河徙，乃失禹之故道，支流淤絶，經流獨行，稍稍排水澤而居之。齊爲塞，塞其淤，趙、魏爲隄，隄其潰，此古隄防所由起。漢文決酸棗，孝武決瓠子，泛郡十六，害及梁、楚。河之流不分，其勢自横也。更二十年，帝臨決河，負薪土，導河北行二渠，復禹舊迹，後又疏爲屯氏諸河，河且入千乘間，德、棣之河復播爲八，八十年無水患。元成間屯氏河塞，乃決於舘陶，灌四郡三十二縣，議者尋屯氏舊迹，東都至唐河不爲害。

五代河遶梁山東北入海。宋興，河數西決，慶曆、嘉祐間河分爲二，北流自恩冀、乾寧入海，東流自德、滄入海。紹熙又分爲二，一合南清河入淮，一合北清河入海。金末梁山又塞，河自開封、魏州決入渦河，以合於淮。明興，河決黑羊山南，入項城，經潁州、潁上，東至壽州入淮，永樂疏入故道，正統又決滎陽，弘治決金龍口，橫衝衛河，萬曆決張秋，崇禎決白馬河，貫汴城而南。王商謂水不入城，橫流至此，天地之變也。河之分與不分，塞與不塞，利害較睹已〔一〕。

《天文志》河自坤抵艮，爲地之紀。北流西下，《河渠》所載。故賈讓議開黎陽，馮逡議薄西山，王延世楗淇園之竹，陳曜疏鄆、滑之邱，韓贄進篤馬之圖，陳佑甫訪大伾之潰，宋濂主新濟之渠。北流順下，水之性也。天津九星占河道，在女、虛二宿之北，其旁析木爲淮，河流入漳、入漯、入濟、入淮，天地之數固然。宋元議修議塞，置埽創約，橫截河流，隨塞隨潰，隨潰隨決，或科配梢芟一千八百餘萬，或騷動六郡一百餘軍州，或降中統鈔一百八十四萬餘錠，先正所謂有害而無利也。

河本泥沙，無不淤之理，淤常先下流，下流淤高，水行漸壅，乃決上流之低處。然避高就下，水之本性，故河流已棄之道，自古難復。非不能復，所復不久，終於上流必決。有所決先有所淤。京東淤，天臺埽決；龍門淤，楚王埽決；橫龍淤，商呼口決；虞城淤，原武岡決；新河淤，沙灣決：是安可以人力勝之乎？故田蚡之勿塞，爲私實以爲公；安石之議塞，爲公實以爲私。武帝計其害，神宗計其利，蓋相越之遠哉！

自古但言治河，明興，乃兼治淮。自古皆避河之害，明乃兼收河之利。水分則勢緩，勢緩則沙淳，沙淳則河塞。半爲全河議浚，浚之後不能保其不復淤；半爲運河議塞，塞之後不能保其不復決：不亦宋元之續也乎？宋起河工，韓魏公爭之，歐陽文忠爭之，趙清獻、司馬君實、范蜀公、蘇文忠、文定、范百禄、王存、謝卿材各争之，而明末有争焉者，運道故也。今既資以運矣，勢不能不治河。治河而河決，天地之數不可知，且以人事言之。河、淮不分，淮水清，河水濁，海口淤澱高仰，水不能出，則上流必決。去河之淤，因而深之之謂浚，何以至今不浚也？孫家口舊河東經朱仙鎮，下至南頓，由泗入淮之道，黄陵岡、賈魯舊河經梁進口，通丁家道口，由徐入淮之道。必謂舊河口狹，不及挑浚三分之一，河決如泗州一帶地勢卑窪，又高郵、邵伯等湖水面與河面相等，而河身比之湖身頗高，客水大，主水小，瀰望浩茫，民不堪命。釃河之流，因而導之之謂疏，何以至今不疏也？茶城，清黄交會之間，黄河强，清河弱，每患淤淺，勢將倒灌。舊有古洪、内華二閘，黄漲則閉閘以避淤，黄退則啟閘以衝刷，一則逼阻濁流，一則緊束清水。抑河之暴，因而扼之之謂塞，何以至今不塞也？非其不浚、不疏、不塞也，留此河以爲難治之局，要市於上，而又怵以不得不治之形，取必於上，同於不浚、不疏、不塞耳。

王延世爲河堤使者，以竹落長四丈大九尺圍，盛以小石，兩船夾載而下之，三十六日隄成。今決口之深而難築者，不可仿其意乎？李公義制鐵龍爪揭泥車，繩繫舟尾而沉之水，篙工急櫂乘流，相繼而下，水深數尺。黄懷信制浚川杷，以石壓之，大繩矴兩船之端，相距八十步，各用滑車絞之，去來撓蕩泥沙，已又移船而浚，水淺則反齒曳之。今海口及經流淺澱不可用此具乎？賈魯開河，審測河身之高下，計度河腰之屈折，柳以殺水怒，草以沾泥淤，五船貯石，駕濤截流，破鑿船底。蛟龍出没隱現，魯視之不動，今有尚其勇者乎？夏元吉通海口，布衣徒步，徧問父老以水之源流，醫藥賑濟之需賴以給，今有遺其愛者乎？徐有貞作治水之閘、疏水之渠，渠曰"廣濟"，閘曰"通源"。凡河流之旁出而不順者則堰之，堰高於門，門高於隄，其水遂不東衝沙灣。驅龍以鐵，縈龍以鷲，東昌之龍灣猶在，今有方其智者乎？龐尚鴻[二]規徐邳隄，三百七十里，制如邊城，岸高者隄必卑，岸卑者隄必高，我有平水之防，一以水面爲準，水無乘我之隙，不以隄身爲準，今有效其實者乎？正統有發京軍疏河之議，有貞奏蠲瀕河州縣之民馬牧等役，專事河防，以省軍費，便民力；景泰張秋塞決，撥藉鈔關抽分各數萬兩，徐恪奏依其例，齊、豫河夫，每名免稅糧二石，計夫十萬，纔免二十萬石，今有經其費者乎？無其人也，不如不浚、不疏、不塞也。

河臣河夫，浚之利，疏之利，塞之利，河不決無利，故利在河之決。朝廷及濱河州縣之民，不浚害，不疏害，不塞害，河不決則無害。不塞或未即決，故害在河之決。夫今所謂浚之、疏之、塞之，乃決之也，不如不浚、不疏、不塞也，用賈讓之上策也。因水所在，遷徙城邑以避之，增治隄防，疏其下流，放河入海，則可無決溢散漫之虞，文忠常以讓爲言。全河患河不能分，今既自分；分河患河不能流，今既自流。謂河無兩川并行之理，必無新舊皆急之勢，入地已深，泛濫自定。且昔禹之兩渠、漢之兩川、宋初兩河俱北，南渡又南北分流，事有已然。馮逡、趙俍亦以讓爲言。河自虎牢以東，奔放平地，爲害三四千里，然而寧夏最受其利，唐來等渠資以灌漑。自釜嶝、潼華、砥柱、陝石，盤束[三]羣山之間，或可多開水門，引納支流，使淫霖不至[四]汎濫。西北水利之大，徐有貞亦以讓爲言。三者非不浚、不疏、不塞，不爲有害無利之役已矣。

漢武帝駐瓠子，百官負土，欲塞竟塞；唐玄宗過三門，破燒砥柱，欲開竟開。朝廷之所不見，誰先其任者？宋仁宗詔停修決河，神宗言河決，不過決[五]一河之地，或東或西，利害無所較，欲空河流所注，徙避水居之民。弘治勅劉大夏修河工猶未竟，因以河決停止，朝廷之所不斷，誰任其議者？任賈魯之五難，最難者二：中流視濱河爲難，決口視中流又難也。議趙偁之三患，最患者一：決口患水不能塞也。任龐尚鴻之八因可因者四：因河安則修隄以固本，因河危則塞決以治標，因冬春則沿隄以修，因夏秋則據隄以守也。議文忠之三說，不足聽其說者二〔六〕：一曰河決則堙，運河則失饋運之利〔七〕。漕河萬世之利也，海運備不虞之變也，膠萊故道者，翼河運以爲功也，此陸釴之知變也。劉忠州於河岸轉倉，董搏霄於東河陸運，韓仲暉於安山開河，避徐呂洪流之汎溢，遠淮陽襟喉之扼塞，漕運未爲不便，況河決而北又便乎？一曰河決則溺，濱河爲郡縣之害。河之所行，利害相半，蓋水來雖有敗田破稅之害，其去亦有淤厚宿麥之利，且使塞其下流，決其上流，多一貧敝〔八〕之勞，增一潰決之害，漲水亦不必憂，況決於此耕於彼乎？

禹傷父功不就，肱無胈，脛無毛，冠掛而不取。乃今坐乘張蓋，錦纜牙檣，濱河之貨物走集，通商立市，國力竭，民命困，鳥伏茫茫，因以爲利。一旦河工告竣，此屬將安歸乎？滁、和之郭子興，高郵之張士誠，聚河夫以爲寇，況重之災荒也。

河水消息，必有先幾。天津覆，洪水滔天，天津沒，江河爲患，星士知之；占初候而知一年之盛衰，觀始勢而知全河之高下，河工之識水，又知之。今乃決而始知，知而始報，報而得請始修。任者、議者，難其人矣。乃爲異議，要上〔九〕冀爲久任。有言河徙無常，萬一北決入燕，震驚畿輔。蘇氏言地形北高，河無北徙之道。夫河決而北，金生水也，自北入海，水生木也。析人伯陵之憑神，周人興而燕最後衰，洛常東海之上瑞，國家起而燕承勝國，患其不北耳。北者，天地之數也，古傳河表碣石，聖賢聚爲事業，河泄尾閭，人物發爲文章。他非愚所宜言。河，天下之大利大害也。

水勢宜分，水道宜北，此古今治河篤論。但道宜北，而今已南，勢宜分，而在南之勢不敢分，真疏、真浚、真塞，未嘗不宜。假運道以藉之口，假疏、浚、塞以利其決，河決之害，究不大於治之之害。擇害莫若輕，故曰"不治"。擇利莫若重，故首尾以河北行爲順天地，非空疏策也。行文之勢之道，恍惚來自天上，震蕩中原，蓄泄滄海，覺史遷《河渠書》體勢實爲空疏。

治河議二

康熙十五年，河臣疏請大治，估費銀二百一十五萬八千餘兩，計派三省夫十二萬，蔓畚鍬钁如其人。下廷臣議，許給銀而改募其夫，不徵。明年興工，又明年河決。河決既修之工則決速，河決未修之工則修遲，河臣任之。先是，王總河弗績，博求任事之臣，割軍需以紓國計民生之緩急，任之專也。命司空、水衡行河兩岸，自白洋、清河皆抵雲梯關議堤，高堰堤議石，高良澗、周橋議土，塞翟壩，挑清口，清水潭起新工，歸仁集完舊工以石爲之，以丈尺分之，議之成也。議不成，田蚡自爲食邑，沮敗河工二十年，雖程顥捐髮膚，盛應期廬河濱，終亦不勝其任。今之議者不以利害委治河之臣，任者自以利害委河，河決其所議修之處，則是任以修者未之修矣。

觀勘河部臣[一〇]所奏，歸仁集決，黃河倒灌小河口，白洋河挾求堌諸湖之水以灌淮，則泗州害；高家堰決，淮先河後，衝運河西堤，潰清水壩東岸，則山陽、高寶、興鹽害；翟家壩決，二十五里成溝，淮水皆注內湖，是以清水潭決，則淮揚害；王家營決，黃河沿遶北岸，從灌口入海，則安東、海州諸邑害。河決有此數害，放散官錢百萬，東南之民魚矣。河臣用板纜蒲包，實之以土，垣土以薪，堌薪以石。土石不能自致，以驢。驢不能負重遠，以車。車驢不能自行，重煩東南之民，一也。財匱於上，民勞於下，殫力以填無涯之巨壑，不效而更舉，是豈得以利害委河乎？

致害之功令，多急漕而不急民；防害之情形，亦急河而不急海。疏請排浚海口，南岸、北岸皆至雲梯關，自雲梯關至海口，需銀九十八萬九千七百九十兩，限二百日完。前此嘉靖季年，海淤高與山等，鄭岳深以爲憂。吳桂芳謂草灣及老黃河趨海，何必專事雲梯，動支輕齎内河工銀二萬五千四百，割留漕米五萬石鳩工，視今費大遠。議一。潘季馴謂海口隨浚隨淤，潮汐之所從往來也。以水治水，但導河以浚海，而制防以導河，河濁能淤，淮清能刷。萬曆六年海口不浚而通，必謂黃河出口宜多，朱衡、秦溝猶在，視今役大難。議二。黃河爲害，雲梯關塞而不通，高家堰通而不塞，堰據黃蒲之上游，黃蒲爲高寶、興鹽之門户，河臣塞高堰，所以通清口。前此潘季馴塞堰，衆謂堰必内徙，曰内徙益深，且遠風濤撞擊，中堰益危，分督中堰決口，數日畢塞，興化李春芳紀功。今築坦坡於離堤一丈之處，役闊遠而就危難。議三。昔改砌南北土堤，照依中堰用石，但割處歲修之銀集事。今估十九萬三千增修，遥堤雖没，舊石豈隨水化？議四。自浮橋閘周家橋至翟家壩，平地無堤，在高家堰上，閘所以閉淮水，洩堰水，淮入河則驅河，入漕則濟運，堰固則淮入河漕也。邊岸潰數尺，内湖之水添數尺，河臣疏淮水漸縮，不與黃會，昔白昂、劉大夏事此。今估費三十八萬，繕完平地之工。板築之聲未已，翟家壩陷丈餘，高良澗決八處。議五。挑浚運河，陳瑄舊設淺舖，督軍肩挑，久乃廢弛，河沙益淤不已，漕底與昔之岸平，上比黃河來處，下比衛河接處，皆高，王家營所以決，取水難，走水易也。疏請挑浚河身，堵塞清水等潭決口，需銀四十一萬七千三百，置内河歲修之金，弛淺舖軍丁之役，議六。六者河臣任修可議如此，無言王家營之未估者矣。事權一，財力殫，河、漕、淮終弗績，其不屬之任事之臣乎？

　　河臣任其事，首尾千里，一淮、一漕、一河〔一〕叢於身，不能兼顧，必有受若直怠若事者，河臣未及查參耳。往者管盡忠修堤，冒舊工爲新工，侵銀二萬二千七百餘兩；劉先耀修堤，捏未完爲已完，盜銀一萬五千三十三兩。自非徐文瑞具供，佟國聘申實，舊河臣何嘗查參。以今上下決口，驗今〔一二〕上下工程，其爲不查、不參者多也。掃内帑付河臣，河臣付郡有司，不效。任其事者，如翟泉之鳥伏，如黎陽之蛇蟠，舍橫流而更議，豈敢以疑事嘗試哉？自此而有所事，已謂之初有事也。自此而竟其功，已謂之業有功也。

　　歸仁一堤分黃淮，使不相奪，是以合於下，必障之使分於上，黃不入淮，淮所瀦畜之地，黃進而據之，淮必助黃自壅，倒灌裴家場，射泗州。堤橫截於宿桃南岸，長七百四十六丈，黃不得入，淮不得出。此楊一魁分黃避淮之工。高家一堰合黃淮，使常相資，是以淮本東，必瀦之使趨而北，淮不入黃，黃所奔騰之渠，淮退而不屬，黃必與漕共淤，漫溢入堰。萬曆三年堰決，徐邳以下漂没千里，舊堰高一丈五尺，月堰廣三十六丈，黃淮合流趨海，清口十年之沙皆去。此潘季馴合淮助黃之工。弘治三年河決，支流爲三，併於翟家口，合沁河，出丁家道口，俱下徐州，河道淺隘，不能容受，築爲隄以衛張秋，北岸之隄也。南岸增高，恐水無所洩，河臣照原岸平修，水大走水，水小斷流。此白昂上流防隘之工。隆慶元年，鑿薛河入赤山湖，旱則入漕，澇則入湖，此夏鎮之河也。黃河不由五大險入支河行，入漕漕淤，入海海淤。此朱衡下流橫海之工。

　　大水宜分，小水宜合。治有餘在下流，治不足在上流。截水堤宜漕，纜水堤宜河，渠以異流同歸，牏以上櫛下比。壩可以洩河流之漲，隄可以禦河流之衝，隨地而用，賈魯之一事。劉大夏疏其怒，劉天和浚其滯，潘季馴築其堙，劉東星改其壅，徐有貞截其流，李化龍避其衝，隨地而用，賈魯之一法。賈魯固元所爲任事之河臣也。宋導河南流，閉北流，王安石任程昉，范純仁不能爭，至於格詔不下，而河無成功，程昉不勝其任也。元疏河南流，閉北流，脫脫任賈魯，成遵不能爭，至於掘井測岸，而河有成功，賈魯能勝其任也。明興，用魯故智，復魯故道，於上得魯舊堤，於下得魯海口，法良而事集。苟法良而事集，何河渠之不可成乎？河渠之不可成，則是河臣方興之工，猶可以佐末議。歸仁集至王家營，兩岸遥縷，二堤不能遏其奔潰，古城之崔鎮，桃源之陵城，清河之安娘，減水二壩，舊帥移其石，非平泉之石可復也。

淮泗水破高家堰，洪澤一湖不能不泛越河，泰州之邵伯，寶應之氾光，鹽城之草場，澤國千里，盱、泗、鳳、宿理其壑，非鄰國之壑可罷也。翟壩有文華一閘、古溝一閘、高良澗一閘、周橋一閘，閉閘全淮，開閘護堰，減水之餘智可師，則鹽船盜決可按也。漕河有南旺一湖、安山一湖、馬廠一湖、昭陽一湖，二洪若縮，四壩若淺，水櫃之新法可濟，則豪家侵占可追也。此昔賈魯之所不及，變化於魯所經度，何事之不可成，獨河渠哉？

資河以濟運，正統十三年始也。河與漕隔，於是有茶城之役，盛應期開新渠，王以旂開支河，李化龍開泇河，漕本不仰乎河也。海爲尾閭，隆慶元年海溢，河與海隔，於是有雲梯之役，由泗入淮則上流順，由徐入淮則下流安，翁大立浚秦溝，楊一魁通草灣，不即范公堤可東出，邗江口可南流，海終不絕於河也[一三]。河決南流，有空碭山而存三河者，萬曆之三河與弘治之三河，多其委也。即歸仁集[一四]非水衝，度其下侵桃清，由洪澤諸湖下清口，則盱、泗無患。河決流東[一五]，有自魚台至德州，自東平至興濟，鑿小河十二道，南北兩河并存者，弘治之兩河，即宋熙寧之兩河，順其性也。以王家營爲水口，不由五險八支以去，則淮揚無患。勞不重傷，費不再舉，不數困難成之事，而時失不可及之功。賈魯任河不過如此。

宋任一臣，必有一臣參其議。富弼任李仲昌，歐陽修以爲不可；司馬光任宋昌，韓琦以爲不可；王安石任范子淵，文彥博以爲不可。任者、議者，兩無與也。有明議事之臣紛矣。劉大夏無可議，議楊茂仁；盛應期無可議，議鄒文盛；潘季馴無可議，議陳洪烈、張貞觀。至於曾如春之死決[一六]，劉榮嗣之死黨，使人不敢任。今復不敢議矣，任其事者不能開局講求也。

竊願上自任之，任之弗治，可以收李尋、解光之議；任之以不治治，可以推賈讓、馮逡、王橫、韓牧、關並之議；任之以必治，可以成王延世四丈竹絡、王景十里水門之任之議；任之以治而未必治，自臨決河，沈璧馬，下淇園竹以爲楗，從官負薪填河，橋萬里沙，不如增一簣土，可以紓汲黯、鄭當時、汲仁、郭昌之任之議。然則不敢議者，非遂不可議也。

條列現行治河法，詳核無匹。但無實心任事之人，遂多浮虛不根之議。議不成議，任不成任，終曰：上自任之。激也，亦所以爲核也。

治河議三

南流數淤，河必北徙，北徙自徐州以上，達於靈鳴、靈平之野，直上天津，不惟徐、邳、淮、泗水減，京師亦可助其形勢，黃河之故道如此。河起西南，負崑崙地絡之陰，直麗江千五百里，直馬湖三千里，歷二萬一千三百里，以東北爲歸。天津者，天黿也，西極遙，故望母爲家。是以河決東北，數治而數效；河決東南，數治而數不效。河所從來高，禹鑿龍門，闢伊闕，於是有化熊開道之説，頌聖人之智力耳。歷三門、七井至於太伾。太伾，今之浚縣也。自此東行如砥，南下建瓴，乃北載之高地。北土堅厚，不與河俱走，河以濁而善淤，性湍悍善徙，迫西山，而奔駛潰溢之暴無所徙，沙積不淤，地廣不復與河爭尺寸，且九河多爲之委入海也，漳、沁、衛、易之入河後也。東土疏薄，梁、楚又無隙地以游河伯，河若自太伾東南引沁水，挾泗、沂浮疏土以灌梁、楚之平原，徐、吕上下無山，使一淮受兩川之水以出，湛溢不待今日矣。

今日見河之害，不見河之利，言利自正統十三年昉也。相河地形於可分之處，開成廣濟河一道，下穿濮陽、博陵〔一七〕二泊，上建東西影堂，内以金堤爲固，外以梁山爲委，又置二閘，使黄河大不泛溢，小不乾淺，以阻漕運。然而害常伏於利之中，不勝其害，堤之、防之、排之、浚之，河果有害於中國，聖人必自東勝隄防排浚，恒山之北達於遼陽久矣。堯舜之世，豈無數十萬人供役，收河套之利，委其害於南北單于哉？乃力力於龍門、伊闕之役，當有此小利小害，不足以誤大河之完計也。

河自北紀之首，循雍州，達華陰，與地絡并行而東，至太行之曲，與渭、濟、汾、潞俱東，謂之北河；江源自南紀之首，循梁州，達華陽，與地絡并行而東，至荆山之陽分流，與沅、湘、淮、漢俱東，謂之南河。自南河窮南紀之曲，東南負海爲星紀；自北河窮北紀之曲，東北負海爲析木。析木，天津也。冀州三面距河，《夏書》之"貢道"，固意其爲殷道之漕渠。祖乙丙申河圮，自耿遷邢，仲丁遷囂河，亶甲遷相，盤庚始歸於亳，武乙遷殷，始終不遠於河，便漕耳。衛封殷地，詩人紀其城漕，衛何嘗漕哉？

漢唐轉漕以河，議者不紀黄河遷徙之始末，以爲東北害漕，東南利漕。河果不利於漕，是《禹貢》之"浮於汶，達於濟"，非東北之地也。自禹播爲九河，東北皮服入河，東南卉服入河，河所在，漕所通，更七百年無水患。自瓠子再決，流爲屯氏諸河，其後河入千乘，德棣之河又播爲八，合於禹所治河者，東都至唐之天寶，亦六百年無水患。河固東北之利哉！乃若其害則有之，以較東南則少矣。定王五年河徙，至漢文決酸棗，武決瓠子，從官捧土而塞之；元成決靈鳴、犢口、東郡、金堤，杜欽薦王延世爲堤，以竹絡長四丈、大九圍，盛小石，夾船載下，改元河平；明帝令王景與匠作謁者王吳修汴渠堤，自滎陽東至千乘海口，十里立一水門，明年堤成千餘里。漢興四百五十二年，堤防兩見，與宣房之宮而三，豈若東南之旦旦堤防哉？

然堤防不自漢始也。趙、魏、齊地濱河，趙、魏依山，齊地卑下，東西堤各距河二十五里，東北之河工已此，綏和求治河者，李尋奏且勿塞，以觀水勢之所往，此賈讓之上策也。讓初議決黎陽遮害亭，放河使北入海，河定民安，千載無患。王橫欲開空西山，韓牧欲穿九河四五，皆取其上策。讓議多穿漕渠於冀州地，使民溉田分殺水怒，張戎欲西山引水溉田，取其中策。若乃繕完故堤，增卑倍薄，勞費無已，數逢其害之下策，讓雖言之，東北卒未之用也。東北之河依山，山取諸身家，壺其口，雷其首，河南之熊曰耳，洛至河爲坎也；砥者柱，析者城，王者屋，開者門，河南之嵩曰室，河以嵩爲奧也；行以能，恒以德，碣以功，河南之泰曰岱，河以岱爲代也。《舜典》"岱宗"，《穆天子傳》"河宗"。詩曰："懷柔百神，及河喬岳。"若以淮爲都，居淮踞地主之勢以賓河，河直淮之附庸，其何以專一瀆而宗衆水哉？

天下山河存乎兩戒，河出葱陵，注鹽澤，潴哈剌，出赤賓，即東北流，經崑崙之南爲九渡，道天津之南，亦爲九派。起乎九，訖乎九者，洛書也。入雍，會涇、渭、灞、滻、漆、沮、灃、汧，入豫，延伊、洛、瀍、澗，北過黎、沁、漳、易、恒、衛，略盡西北之水，而南溢之濟，西下之滹沱，北來之桑乾，不附於内，東南之沂、泗不接於外，東北之灘、沮不逸於中。一旦棄灘、沮，過泗、沂去東北而東南汜濫梁楚之郊，下徐、吕尾閭也。豈若首口呼吸，門柱支撑，而城屋之可以啓閉哉？

奪淮之泗、沂、睢、清以與淮争，淮不服則決，不勝則淤，不容則溢。淤決且溢，隄防排浚之役起，元賈魯從讓下策。明興二百五六十年，河臣皆從魯下策，非元明之無策也。秦決白馬水大梁，梁亡，河決亦塞。煬帝作通濟渠，自兩苑引穀、洛入河，自板渚引河入汴，自大梁之東引汴入泗，以達於淮，又開邗溝入江。邗溝，吴開也。《孟子》"排淮泗而注之江"，非禹也；又開永濟渠，引沁南達於河，北通涿郡，東北之河流猶在。唐決博州，五代決楊劉，宋初決東平、開封、大名，太宗決溫，河下彭城，此東南入淮之始。真宗決鄆，仁宗決舘陶，神宗決棗强、大名，南河合清河入淮，北河合清河入海。導河者亦分治，李仲昌自澶州商湖穿渠，引入横隴故道以披其勢，韓贄等鑿二股入金赤河以紓決溢，浚五股四股以救恩冀。孫氏先治衛州王榮埽，達於海口，李立自大名至瀛州，分立東西堤五十九埽，王令圖請浚迎陽舊河，范子奇請修鋸牙，約於北岸回河，東流之議起，而東北之河流未斷。王安石用范子淵導河東流，帝欲聽其北流，不果。河決於澶州曹村，北流斷絶，會於梁山，張澤樂分爲二派，河南徙而宋從之矣。金自開封決而入渦，宋又受之矣。河之東南，煬帝一君，安石一臣爲之也。故五星聚箕尾，唐東北之河終。尾箕，天津[一八]也。五星聚奎，宋東南之河始。奎，徐魯分，主溝瀆。

大河非溝瀆所容，其決也易。宋之曹、單、鄆、濮，明之淮、揚、徐、邳、鳳、泗無不受河之害矣。猶相沿爲漕河之利，歲歲修，歲歲決，皆以隄排浚爲功罪。魯之言治河一也，有疏、浚、塞之異，疏、浚有生地、故道、河身、減水河之異，塞河有缺口、豁口、龍口之異；治堤一也，有初築、補築之異，有刺水堤、截河堤、護岸堤、縷水堤、石船堤之異；治埽一也，有岸埽、水埽、龍尾、馬頭等埽，有推、捲、牽、蓪、挂之法，有維持夾輔之功，有用土、用石、用鐵、用草、用木、用柳、用楖、用緪之方。有明治河之能臣，徐有貞、白昂、劉大夏、盛應期、劉天和、王以旂、曾鈞、朱衡、潘季馴、萬恭、李化龍、吳桂芳、楊一魁、劉東星、李從心、周堪賡，無不從事於此。

東北河土宜分流，而用淮刷沙者合；宜緩流，而用淮驅河者急；宜順流，而用閘閉河者逆。合則專，急則迅，逆則伏。東北之治不可施於東南之河，讓之下策乃上策也。人不諳其河決，工不宜其地決，人工不悉其力決，不當其時又決。元成宗決大梁，順帝決白茅、鄆城，明初決陽武，正統決滎陽，正德決曹縣者再，嘉靖決曹、單、徐、沛、亳、泗、睢州、房村，隆慶決邳州雙溝，萬曆決房村、長垣、單縣，崇禎決朱家大堤。當其決，未嘗不切責人工，人工雖修，決亦不免。蓋東北之決也，黎陽堤使東抵東郡，東郡堤使西抵黎陽，又為堤使東抵津北，又為堤使北抵魏郡，又為堤使東北抵清。百餘里間，河再西三東，迫阨如此，故決。東南之決也，河南、山東、江北州縣，在在堤防，河不及汴梁，恐失張秋，不及張秋，恐淤鎮口，不及鎮口，恐淹宿州，凡禹之所空以與水者，今皆為我所占。無容水之地，故宜其有衝決也。

堤防衝決，土勝水也，天開四瀆，瀆豈可以隄防勝？鯀盜帝之息壤，驅弱子當巨寇。《書》曰"鯀堙洪水"，土工穉矣。雲漢自坤抵艮，東北金水之相生，以須女為母，天之津門在焉。國家來自津門，河去東南而東北，天也。河臣習聞害漕之說，數修數決，賈魯之下策不效，則賈讓之上策宜從。漕高於河，淮縮於河，地窪於河，海隔於河，持此河安歸乎？歸於不治，乃所以深治之也。今王家口決，河遶北岸，從灌口入海，勢將北徙。元尚文言自留抵睢，南高於北八九尺，堤安得不壞，水安得不北？成遵掘井測岸，為故道八不可復，明臣不以為言，害漕耳。余闕謂河北而會通之漕不廢，漕以汶不以河也。漢漕山東粟數十萬，置六輔渠以便漕；唐仰東南粟二十萬，從次置倉，節級轉運以便漕；明時膠、萊遮洋，皆稱便漕，漕便則東北利河。駕黿鼉以爲梁，辨牛馬於兩岸涘渚之間，至樂也。

《禹貢》曰："織皮崑崙，析枝渠搜，西戎即叙。"又曰："夾右[一九]碣石，入於河。"利盡天下而東北成辰極之尊，黃河來自天上矣。黃河即來東北，可且無治。不治，哀其民魚。出數年治河之費，以業東南之難民，是亦讓之上策也。

河自東北而東南，原委曲折，利害大小，與治東北河、治東南河之得失短長，一一列在眼前。大旨歸於於不治[二〇]，便河北流以從賈讓上策。此數百千年通長不敝之議[二一]。

河決議

高家堰決，上連周家橋、翟家壩皆決，淮水縮入内湖。河臣疏淮水，不與黃會，挑浚導淮，隨挑隨縮。詔下堤坊決口，是古克謹天戒之意。

畢子曰："吳逆當敗，挑浚堤防無益也。"客曰："堰決没興、鹽七邑，清水潭樁埽立摧，而淮下清口無力，河踵門而淤其口；壩決則淮溢白馬諸湖，湖不能受，高郵、邵伯、氾光三湖之田没，食貨皆仰河渠。盡人事堤防排浚，子何以少之？"曰："淮自欲決，挑浚不能引其來，堤防不能閉其去，軍民開口，非今挑浚堤防之可以不事也。天吳以淮爲沼，三千年東會於泗、沂，東入於海。明興欲資其利，東匯於山陽上游之洪澤等湖[二二]，町爲原坊七邑田作其旁，規爲堰潴，使淮直北會河，因以其餘入漕，是通吳於上國也。更兩朝幾三百年，天吳助河刷沙，助漕濟運，勞苦掃除之役，驅遂之勤，輸輓之力，東西迫阨，不順形勢，壅塞不通，其決也固宜。自浮山堰決，數年吳明徹敗；洄曲堰決，數年吳元濟敗。吳逆叛踞長沙，長沙吳芮之封國，勢疏力小，能久於順，誰教吳逆反者、長沙反者，土龍死衡州城下。今高家堰決，天吳失水。失水，其何以濟？"

客請叩[二三]天吳之説，曰："禹自桐柏導淮，淮數爲無支祁壞[二四]，即天吳也。授之庚辰，緄以鐵而紡之淮，自是長淮之水清，蓋天吳不能[二五]爲逆云。庚辰后稷也，后稷手制天吳以造周，周無句吳之患。《春秋》'公會吳於橐皋，吳不王，乃即會'。吳逆誕，敢紀其叙，僭吳而帝制爲周，豈知吳先周而逃，先周而亡哉？翟子威死，陂壞；周張士誠死，堰涸。今周家橋、翟家壩決，天之厭吳久矣。"

客問淮上諸侯，曰申、曰蔡、曰隨、曰頓、曰沈、曰宿。若無事夏王命，以徐伯主淮。至商有豕韋之國，尋爲商、周、楚、魯所滅。周衰，坐淮、浦不陳師也。不陳師而運糧，元始之，明終之，我又始之。以淮河接運之半，淮可北，河可南；淮不北，河不南，漕運斷而不屬。天吳、河伯消息，天下之咽喉，是以鬭衝潰溢，挑浚堤防之事起，顧安可己耶？一日少弛，《禹貢》蠙珠不可見，唐所賦之東南八道無從，張萬福馬不食，即以董搏霄轉搬，恐腰蛆亦無濟，故勞不可以已也。

曰："吳逆既不祖天吳，淮決與吳逆何與？"曰："禹以天吳守淮，淮決不爲天吳用，天吳豈爲逆用？物固有相感者，潁濁湖開，龍耳龍角，不啻沙鹿之驗，淮水可以長王氏，天吳、句吳類固相感。四瀆莫靈於淮，禹所得童津狂章制其水怪，受策鬼神之書在淮，爲其清也。鏡於至清，順逆立見。秦人鑿淮，終成豐沛；元人障淮，止就滁和。淮之助順如此，豈助賊爲逆乎？"

曰："淮不可以北，河不可以南，今徐、邳、睢、泗之河闌於東南也，何故？"曰："助淮以決，不使淮沼吳。春秋之伯討也，吳開邗溝通淮泗，淤之也者絶之也。然則潏潏漫漶，漩入而汨没其民，蕩覆城郭、田廬、家舍，一切可委之數，由數窮而後聖人之用出，聖人出，害無不除。"

曰："黃河東南與東北孰利？"曰："地紀自坤抵乎艮，大綱自乾抵乎巽，可東南可東北也。東北自禹後至五代，二千六七百年不數決，宋初決而東，元末訖明以至於今數決而南，水事北河、南河之星如此，河鼓在牽牛北附斗，斗牛吳分，河東南亦其道。顧東南道奎，奎主溝瀆，又其南當廁，河伯不經於溝瀆，豈其如廁？昔人憂文章太盛，天地一病，豈若東北天津，金水相生，帝王賢聖接踵哉？"

曰："河決、河徙、河溢，有靈乎？"曰："熒光[二六]塞河，老人浮而入昴，但有祥，何有異？異則受黑玉書也，奉水心劍也，黃龍挾也，白魚躍也，駕黿鼉以爲梁也，浮圭璧以爲鑒也，鯨死彗也，鳥伏溢也，聚哭梁山則流也，駐兵靈昌則縮也。羿射河伯，穆天子祚河宗，神人接語，休咎無關。若謂河敗子玉，今軸轤多琇瓔也；河崇昭王，今梁楚半牲幣也。河亦有靈，聖人但言人事耳。定王五年河徙，子思王篡哀王，弟考王篡思王，河變而人事應之；長安走迎西王母，訛言大水河溢，灌縣邑三十，人事變而河應之。至和二年之決，元昊叛，河不關乎人事；熙寧九年之決，梁山平，人事不關乎河。金決衛州而南徙蔡州，明決張秋而北窮土木，人事與河相應。至於歷朝有道之長，決博州，魏博以上叛唐；決東平、陽武、澶淵，遼、金、元代遂爲三[二七]；明初決黑羊，下正陽，子孫客滇而王燕，首尾黃河。癸未城燕，癸未亡明，黑羊之讖果驗。故金赤河開以迎金，朱家寨決以蹙明，河亦有靈。然則淮決周家橋，吳逆忌之矣。

"我不幸災樂禍，繕完挑浚堤防之事，蓋人事也。人事有分黃避淮之法，我修歸仁堰；有合淮驅黃之法，我修高家堰。淮先河後則淤，我修茶城而淮入；河先淮後則刷，我不必修雲梯海口而黄亦出。淮有分合，分合有上下則修；河有消長，消長有强弱則修。漕有斷續，斷續則修。修得其利，元明會通啓閉；修避其害，隋唐節級轉搬。利害相爲倚伏，汴河開，江都亂；直河竣，梁山獅；新河成，汝潁蘄黄之賊起。淮未嘗決，天吳亦不助賊，民窮財盡而苦役不休，人事應之不善也。人事應之不善，漕運不濟，奈何？膠萊遮洋，元用之矣。虞集言河北水利，至於漕運不來，始遣危素爲大農使。徐貞明著《潞河客談》，已墾三萬九千餘畝，中爲戚畹所沮。以今莊田圈占，不免有不墾之田。管子曰'土滿'，又曰'河淤畝鍾之國也'，諸州邑泉從地湧，水與田平，一引而至其地，與吳越頻海之沃區相等。宋亦嘗用之矣。是人事之當修者也。吳逆漸縮入湖，即滇、黔亦非其有。"客問其故，畢子乃不敢言。

文奇絶，以天吳占，似亦可省。傅公他先生冷眼閒言，清淮逸史。

河　西

河西，西羌之所竄，漢武始開四郡：自蘭州金城郡，過河而西，歷城子、莊浪鎮、古浪六百餘里至涼州，即武威郡；涼州之西，歷永昌山行四百餘里至甘州，即張掖郡；甘州之西，歷高臺鎮四百餘里至肅州，即酒泉郡；肅州西出嘉峪關，爲瓜、沙、赤斤、苦峪，以至哈密等處，即燉煌郡。

四郡舊隸甘肅。甘肅一綫之路，孤懸千五百里，西控西域，南隔羌、戎，北遮回紇、蒙古。自莊浪岐而南，三百餘里爲湟中，今西寧衛，西寧西爲西海，明爲亦不剌據，安定王之故郡。自涼州岐而北二百餘里爲姑臧，今鎮番衛，鎮番西爲浩亹，明爲瓦喇所牧。然則姑臧、河西之北翰，湟中、河西之南屏也。姑臧動則武威震，武威震則甘肅以西絶；湟中急則金城危，金城危則洮岷以東擾。此河西形勢之大略也。

河西故多羌種，羌人種類繁熾，不立君長，更相抄暴，以力爲雄。性耐寒苦，得西方金行之氣，有所制則服，有所誘則先亂。在昔昆邪、呼衍展轉蒲類、秦海之間，專制西域，共爲寇掠，河西數被其害。漢度河湟，築令居，開河西，置四郡。羌去湟中依西海鹽池左右，後自西海度湟水，尋有先零之役，彡姐之役，燒當、燒河、滇吾、當煎之役。蓋湟中、河西膏腴，卑湳居之而強，滇良奪之而強，迷唐還據之而強，先零避去之而棲竄衰弱，遂以破降。所以然者，以其居大小榆斧，田畜繁多，又近塞內，諸種易以爲非，兼有西海魚鹽之利，故其強大常雄諸種。漢建西海一郡五縣，原以保固河西，豈比姑臧人貧，接境回紇、瓦喇，隨畜水草，無城郭宮室以居之，去來無常，不足爲慮者等哉？

無湟中則無河西，無河西則無關隴。西漢諸羌爲亂，延及三秦、趙、魏、巴、蜀之間，患其有河西。唐宋吐蕃、西夏雄踞六盤、橫山之外，烽火通於長安，又患其無河西。河西孤遠，必有所屬，中國統以攘外則通西域，單于脅以侵內則亂陝西。嫖姚出，昆邪王降，武帝通道西域，隔絕羌胡，使南北不得交關。西域三絕三通，非羌之故，大抵單于兵爲迫脅耳。是故一使臣誅樓蘭，一校尉斬郅支，常惠隨欲擊之烏孫，鄭吉迎自來之日逐，不使西北相通，河西始固，西域始寧。

河西西過伊州，即伊吾盧地，自伊吾涉鄯善，通玉門千里，通車師前部高昌千二百里，通後部金滿城五百里，戊己校尉舊屯地名，宜禾、桑、麻、蒲萄，北有柳中上腴。漢與單于爭伊吾，制西域，明帝得伊吾、章和、安順，數得數失，河西之利害隨之。唐取高昌，卒爲吐蕃所據；明取哈密而委之元裔畏吾，即伊吾也。吐魯番三取哈密，爲弘正二十年憂，西道不可問矣。使其念班勇、車師之功，憶侯君集高昌之略，成馮國勝畏吾之勳，吐番何以鑄馬，哈密何以失印？而邊計不定，河西之害至今。亦不剌牧河套，小王子怒阿你禿斯，丞相亦不剌兩人懼奔出套，擁部落萬餘至涼州城下，乞空閒地安住。使以時翌居河套，資以兵糧，爲我耳目，樹彼讎仇，遠可徵呼韓之朝，近可賜宕項之姓。不則棲昆邪之窮鳥，閔日逐之亡牛，撫而養之，固已無害，而閉門不應凡十餘日，始大掠莊堡，竄居西海，攻破西寧，安定王族，奪其誥印，諸番散走，據其地居之。守塞諸羌，皆從役屬。明末兵不西行，使之坐大，并有哈密、畏吾故地。西之哈烈，北之赤斤把刀，東之赤斤蒙古，南之阿端、罕東、曲先、于寘等番，明所授官賜印，今已回而逆行。以今招西海無黃支之服，征西海無安息之威，屯西海無龍耆之略，吏掾不及甘英，都尉亦非曹鳳，呂光東下，乞伏西來，安得不爲河西之憂哉？

彼效蒙古南下，窺雲南之麗江，又襲吐番，東出尋蜀道之維州。二者皆無足虞，南有重藩，而松藩道險也。兵法曰："近而示之以遠。"又曰："無故而請和者謀僞。"先乞地規固湟中，得湟中則彼來屯作畜牧滋多。彼無宿舂之勞，我有奔命之役，不可。一也。南得鍾羌故穴，北阻大河爲險，形勢在彼，未可猝拔。二也。守塞諸羌漸爲攻迫，更伺強弱生熟蠢動。三也。湟中於蘭最近，輕騎二日截斷河橋，甘肅涼州孤危無援。四也。四者失策，河西不可知矣。

漢景時，留何種人求守隴西塞，後致封養諸種，北通單于，合兵十萬盜邊；宣帝時，先零願度湟水，逐人所不田處，以爲畜牧，後合罕、羌爲寇，後將軍將兵六萬平之。上兵伐謀，宜有以絕之；絕之隙矣，宜有以備之。漢置護羌校尉，兼領西域。西域今不可仗，金城屬國，張掖、武威、酒泉諸屬國，與民雜處，漢使譯通動靜，爲吏耳目，三警一至，不保其不爲賊。石堡之滿，四羌實翼之，哈密之阿黑麻，回回實教之，寫亦虎仙置屋肅州，木牙蘭擁帳張掖，倒刺火者往來各回，潛置兵甲。無可恃者一。明制設甘州五衛，肅州一衛，鎮藩、莊浪二衛，蘭州一衛，西寧一衛，兵單餉寡，弦斷矢折。一有烽火之警，人自爲守。西寧控十三番族六千户所。兵法走不逐飛，無可恃者二。明太宗建寺立僧，資爲耳目，無事扎以通使，有事藉以和番。《宋史》有言："和在彼則和可久，和在我則和易破。"况僧回惑萬端，虛聲恐嚇，如明時譯傳要搶甘州、要占肅州之説，此輩恫怵。無可恃者三。客兵久住無糧，暫撤有驚，驕將悍卒全不爲用；明時調延綏三千，往來不常，遇賊入寇，緩不及事。無可恃者四。四無可恃，何以扼青海之寇，威大夏之戍，控熙河之口，制橫山之道也乎？

若待賊度湟水，舉兵而擊義渠，安國擊賊，逐寇金城，辛武賢持一月糧，遇賊又不堪戰，許進調朔方勁兵逐剿，避走松潘，疑歸故穴。貧弱奔敗之餘不能克，視種豪強盛，較難。若待賊度湟水，搗巢而攻燒當，遠依發羌、被方，近逼二榆，曹鳳之謀不成，哥舒翰之敗立見。怨讐棲竄之案或可加，視百年盤踞較難。安插之關外，依明赤斤、罕東、哈密，近而遠之，湟中之羌，厚賜衣糧亦叛，護送迷唐母出塞亦叛，金獻民欲加賞賚、立頭目，幾何不爲聶尚乎？視今不處分〔二八〕，又難。閉絕之關外，不許西番入貢，茶不得則發腫，大黄不得則癥結，麝香不得則蛇蠱，令彼結怨崇讐以孤其勢。鄯善、劈面、花門、莎車以屠嫣塞，強國坐大，諸羌怨迫，不能禁其闌入，又難。憚其難而徙郡縣於關右，冒其難而驅降羌於榆谷，委其難而處燒當於三輔，犯其難而殄當煎於武威，自昔以爲無謀。無謀哉！

禦戎之道，揣敵者煩而紛，自治者簡而要。河西一線之路，糧食不足，仰給河東。成化、弘治起運邊糧，多是納户自運。嘉靖改爲折色招買，每米一石折銀一兩，每歲户部撥銀二十萬兩，郎中於蘭州牧糴。充國有言："糴至六十萬，羌敢動哉？"議多撥銀三十萬，廣爲糴貯，或納粟拜官，納粟贖罪，贖罪依張敞之策，拜官從黿錯之例。農忙令軍士東行，分支本色，是移軍以次而就食於東也；農隙則轉搬蘭州之積，救甘肅之饑，是移米以次而漸入於西也。不許給散軍餘認買，不許抑派民牛趁運。官無侵扣，民無耗賠，兵無抑買，蘭州之積既實，則河西之氣自充，西海之氣自奪，李承勛之謀也。

規固二榆，廣設屯田，因轉湟中，置兩河間，犀若不得歸地，馬援行可聚米。漢屯湟中五部，東西邯五部歸義，建威二十七部供其犁牛，穀食漸至宜禾。明策言山多地少，漢策言土脤田肥。意多不耕之地，或有擾農之憂，以兵護作，秋冬講武，并設墩堡，分明斥堠。是則以耕勸戰，桂萼之謀也。

洪武於洮河、河州、西寧各設茶馬司，内貯官茶。二年齎捧牌符，招番對驗，納馬洮州。火把、藏思、襄日等族，牌六面，納馬二千五百；河州必里衛二州七站，西番二十九族，牌二十一面，納馬七千七百；西寧曲先、阿端、罕東、安定四衛，巴爪、申藏等族，牌十六面，納馬三千五十，曲先、安定、阿端、罕東雖當蹂躪，休養有年，酌爲一代之制，上馬茶百二十斤，中馬七十斤，下馬五十斤。西番更三百年不侵不叛，皆由於此。彼得茶而懷向順，我得馬而壯軍威。彼方來如風雨，去如絕弦，以騎兵制騎宼，視二十人市一馬，朋椿一馬多矣。虞詡、魏應之謀也。

鹽利本爲供邊，明初鹽一引輸邊粟二斗五升。富賈大商在邊自招遊民，自墾邊地，自萩菽粟，自築墩臺，自立堡伍，通商之中寓徙民之意。天順、成化間，葉淇乃變其法，引鹽納銀户部，商遂撤屋而歸，墩臺堡伍，以次圮頽，千里沃壤彌望蓁塞。然則安邊足用，莫善於種鹽，種鹽所以強兵，所以墾土，桑弘羊、霍韜之謀也。

是四謀者，但能治本，未及治標。有言四海病如痞結，日漸消枯，緩則禍大，急則禍小。愚請爲款兵之謀：告絕則急逼無備，論兵則輕率[二九]寡謀。彼既有辭，我近不直，責屢次犯順之愆，納番譯通使之意，正體統以折其奸，慎言約以釋其憾，使彼逆無猝乘，而我謀有暇日。但不可加彭澤之幣，入馬燧之諜，則其謀必緩。

爲伐交之謀：羌胡入叛，必先解讐結援，烏合入寇，瓦刺所掠歸瓦刺，回回所掠歸回回。回紇設誓，吐番夜奔，天都[三〇]生祭，環慶稀警，驅我瓜沙之民，豈無歸附之意？至於罕東、安定，土地爲其占據，妻子爲其殘亡，我若崇彼之讐，彼必自墮其黨。兵法用間，刺客往來，唐太宗遺回紇君臣手書，宋真宗命羅支刺殺李繼遷，西羌之亂刺殺五豪，杜琦誅，王信走，叔都死，零昌孤。在我唇齒之援成，在彼腹背之敵樹，則其黨必潰。

爲形勝之謀：黑風川無水草，苦峪亦無水草。往聞貢使馱水踰十數程，出兵四十八日，行千二百里，何異寒風、熱風之川，身熱頭痛之陬？彼先入有必死之心，我先守爲必勝之計，若能據險邀擊，烽堠分明，當使匹馬不返。南路我出亦此，彼入亦此，斥望精細，則其來必懼。

爲備兵之謀：各衛習馬寡弱，無食無衣，馬不堪馳逐，兵不堪擊刺，近被創傷劫略，逃亡相尋，萬兵不滿數千，千兵不滿數百，乘障者不得更換，打草者或役小兒。應募義從，以翼戰兵，赦弛刑以充守兵，習強弩以爲奇兵，抽各路以增客兵，簡京衛以張禁兵，集鄉勇以練土兵，汰老弱以減冗兵。呂光破龜兹，援兵七十萬人；王韶拒西夏，圍兵六十萬衆。河西今雖寡弱，簡閱練募，神氣自壯，則其氣必挫，

爲易置守令之謀：漢興，河西郡守極一時之選，狎主兵民，聚糧講武，外戚出爲藩屛，宰相恣以方略，是以戰多克獲，兵有應援。隴西太守、張掖太守、燉煌太守斌斬反者動以千數，代爲

校尉，進爲都護。有明但設屯官，無當緩急，此處徵兵，彼處問餉，彼已殺掠飽颺而去矣。胸腹變劑，甘州、涼州、肅州依漢置守開郡，西寧南道之衝，鎮藩北邊之備，亦宜直隸一州。名號既易，壁壘改觀〔三一〕，則其令必阻。

爲節鎮熙河之謀：唐得高昌失一策，青海之成不返；宋失西夏得一策，熙河之道不塞。自隴山抵上邽、天水、南安、臨洮、狄道，山川相綢，岷高渭下，大夏南來，浩亹北注，蘭介河之東西。馬文昇言："賊若燒斷河橋，東西隔絕，且恐上下不齊，文武不睦，勞逸不分，皆可召亂。"盛包違司馬鈞節度，包等敗而鈞不救；鄧隲冒任尚首功，隲封侯而尚棄市；李龍受許明節制，明減費而龍鼓噪。河西已事，措置乖方之故也。爲宜建牙蘭州，總督通省文武，指臂既分，呼吸自動，則其計必窮。不止一湟中安，河西亦安，關隴陝西皆安。

愚以此非本謀，漢文帝卻走馬，孝武雖求馬亦安，服其德、畏其威，都護、校尉、長史，崎嶇條支、安息，窮西海而還。載中國之靈旗，威加西域，卒以羌制單于。明成化迎獅子，弘治雖卻貢亦危〔三二〕。利在爭，利盡怨，寫亦虎仙陝、巴展轉，土魯番亦不剌踞西海而亂，假蒙古之遺鏃，專制西域，卒以羌伺中國。是在朝廷寡欲，西旅來而罔或不勤已矣。

　　深透西人根據底裏，形格勢禁，扼吭搗虛，無法不詳，無詳不要。漢人言兵事書多矣，能如此識議沉堅不可奪者幾人？

明　史

史本於經。《尚書》終平王初年，《春秋》始平王四十九年，史之祖也。賞罰窮而是非出，凡以尊天子之權於天下耳。天下以懲以勸，雖東周之天下，文、武得而治之，故《春秋》繼《書》；

天下以榮以辱，雖有明之天下，今天子得而治之，故《明史》亦可以法《春秋》。

《春秋》以年爲經，以事爲緯，左氏内、外傳承之，《戰國策》、《世本》，荀悦、袁宏兩《漢紀》，吳均《通史》，范祖禹《唐鑑》，司馬温公《通鑑》，朱子《綱目》，皆本《春秋》爲編年；《尚書》帝紀、臣謨、訓誥、誓命已具天象、河渠、禮樂、兵刑、食貨、律曆、職官、封建、鄉遂、選舉之盛衰，司馬遷《史記》承之，兩漢、三國、晉魏、南北周、齊、隋、宋、齊、梁、陳、新舊唐、宋、遼、金、元諸史，極於歐陽子《五代史》，皆本《尚書》爲紀傳。紀傳之所未備，杜佑《通典》、鄭樵《通志》、馬端臨《通考》、明張溥《紀事本末》，比之乎《逸書》；編年之所未詳，蘇轍《古史》、金履祥《前編》、劉攽《紀漢》、劉恕《紀三國》，至南北朝呂祖謙《紀大事》、明薛應旂《紀甲子會元》，比之乎外傳。古今史法如此。論其世約其事與人，不昧其是非之本心已矣。

經者，是非之正也。左氏、司馬氏，繼别之宗也。歐陽子、朱子，繼禰之小宗也。《明史》依司馬氏、歐陽子紀傳、本紀爲經，列傳爲緯，表又其經之緯，書、志又其緯之經。三百年君臣擘畫，令甲〔三三〕所紀注，時勢所推遷，都邑之新故，華夏之分合，人物之臧否，天象、河渠、禮樂、兵刑、食貨、律曆、職官、封建、鄉遂、選舉之盛衰，事有首尾，千百事之首尾在一事；人有本末，千百人之本末在一人。《尚書》之家法也。至於是非此事，是非此人，有明之治亂安危，有所矯而過正。罷丞相，增錦衣，徹宗藩兵衛，棄朵顔三衛，捐交趾三征之邊防，虛省衛爲京衛，三屯之軍政，故多偏而不舉之處，禍福因之。其人之賢奸忠佞，有所昵而吝且私，創守功過，進退名法，亦多賞不酬功，罰不當罪之時。禍福不定，賞罰無章，天與天子之權輕，史官以是非助之，《春秋》之家法也。

班譏司馬，范又譏班，議其是非謬於聖人。歐陽子是非不謬，上下五十餘年，貫穿八姓十國，是是非非，較然明白，乃不爲韓通立傳爲宋諱。韓通不可爲宋諱，韓林兒可爲明諱乎？《項羽本紀》次始皇，月表亦係楚於秦，係漢於楚，司馬遷有權衡。龍鳳開僞漢、僞蜀，仗馬箠而略天下之半，明祖初未嘗諱，史官諱之，非也。革除死難諸臣百二十人，并削建文七年之君無所屬，非也。《尚書》不諱后羿、夏澆於《胤征》，中間四十餘年篡竊，雖少康之中興不書，況自燕而靖難者哉？熒惑守心與太白經天正等，非瞻烏逐鹿之際，何諱之深也？景泰不能不帝，猶建文不能不帝，建文帝而不廟，興獻廟而不帝，其又何説焉？數者是非之在上者也。

明初《宋史》補傳李筠，闊闊真男子，《元史》附於察罕之傳，不爲補傳，三事何者未了，非也。僞周之陳基，紀載與《元史》抵牾，基與修《元史》，歲月何以互異，不爲改正，非也。洪武比肩共事之人，出死力取天下，晚年指爲險人，胡藍兩黨連棄功臣，非也。十族殉國之臣，非也。天下自其天下，賞奪門，誅易儲，壞其社稷之鎮，非也。正德用中人，遠耆德，南巡北幸，坐廢諫者數十人，非也。繼統之禮起永嘉，妖人之獄由定興，究竟廟災於火、賊獲於蜀，前後刊書翻案，杖逐幾二百人，非也。梃擊自內縛也，張差從何而入？移宮自外請也，選侍由誰而進？紅丸自下奉也，進藥藥殺，何功而賞？律以《春秋》盾止之例，君父一也。提牢之獄吏何罪？叩閽之禮臣何罪？講學之諸儒何罪？黨禁相持五十年，明亡而禁猶不弛，非也。至天啓獄斃十七人，是陳蕃、竇武之不勝，非李訓、鄭注之不勝；崇禎許國十九人，是文天祥、陸秀夫之報國，非盧蒲癸、夙沙釐之報主〔三四〕。一瞑而萬世不視，全軀保妻子者媒糵，非也。國家招諭江南，諸臣逆我顏行，主辱臣死，各爲其主盡力耳。在昔金陵戰死，父爲忠臣，子爲孝子，兩旌。奉天戰死，結蒲爲首，束蒲爲身，兩葬。未聞賞丁公，戮季布，短彥輔，長武秋。人或以爲不知天命之所爲，非也。數者是非之在下者也。

是非公諸天下，不採異聞失之隘，隘則弗備。《會典》闕略，日曆散亡，萬曆之奏議不報，啓、禎之起居、實錄不完，三朝、五邊、列卿諸書，不免是其所非，非其所是。求之於野，吾學憲章史料，詠化史略，野記、通紀，猶有遺書、掌故，亦不免是中之非，非中之是。司馬光修《通鑑》，先使其僚採摭異聞，以年、月、日爲叢目，則徵文要也。徵文矣，不選一代之史才失之泛，泛則弗古。入者疑宿昔之恩讐〔三五〕，黜者指分門之好惡。范曄得以抑董宣，桓溫得以挾孫盛。爲父凭寇孔明，爲乞米棄丁儀。列蔡琰之忍恥，推馮道之救民。魏收以公罵快私讐，李百藥於《齊書》避唐諱。府兵壞爲禁軍而弗志，藩鎮訖於亡唐而弗表。宋本紀兼收細行，元列傳綴緝宮寵。史法之壞，人壞之，則擇人要也。

前史多父子從事，今以科目中人充選，此亦一是非，彼亦一是非，其孰從而正之？正之以《尚書》。《虞書》三代皆臣，《堯典》雖大舜亦相。《湯誓》出，夏、商分；《武成》告，殷、周判。國家起海上，守明土，丙辰以前爲君臣，丙辰以後爲敵國，敵國如魏叙神武，君臣如周叙楊堅，則是非一矣。《禹貢》紀禹止水功，《武成》紀武止武功，瑣語逸事，無敢猥雜。至永樂之革除一朝，嘉靖之增添一廟，正德出而不入，萬曆入而不出，大經大法，奮筆直書。如鄱陽代溺之事，長安酒家之言，雲南遜荒之迹，土木屈辱之形，可以略而不書，則是非省矣。親不掩頑嚚〔三六〕之子，賢不雜窮奇、檮杌〔三七〕、渾敦、饕餮之奸；漢寧、安化爲逆，則夏原吉、王守仁是；石、曹爲叛，則李賢、岳正是；劉瑾、錢寧、魏忠賢爲奸，則韓文、林俊、楊、左是；萬安、嚴嵩、方從哲、温體仁爲佞,則劉健、林翰、沈鯉、劉宗周是。是非真矣。

宗藩不可不表,數踰十萬,燒草通番,嵩賊乞養冒爵者多,以此見翁萬春、郭正域之是非也。丞相府不可不志,三台星坼,三百餘年朝堂無任事之臣,中官有旁撓之漸,以此見李善長、胡惟庸之是非也。律曆不可不書,宮聲或清或濁,閏法食限或驗不驗,星官不報天變,冬至不應飛灰,以此見韓世能、楊繼盛、端清世子之是非也。鹽馬不可不志,邊餉資鹽一變而賣蘆場,民間養馬以一變而賜牧地,户部地加九釐,太僕銀充互市,以此見歸有光、葉淇之是非也。刑罰不可不志,錦衣本掖庭之獄,廠、衛一鉨筩之門,飛語中傷,司寇不讞,中旨深竟,廷尉不知,以此著紀綱、陸炳、田爾耕之是非也。軍屯不可不志,諸衛不實,民壯起邊;禁旅不張,三宮召募。河北墾三萬九千,沮於戚畹,皇莊近二十餘處,占於勳官。以此見戚繼光、徐貞明之是非也。此以《尚書》爲史也。事在君父微言之,在臣子顯言之。微言之有王不稱天者,王猛之死亂也;顯言之有貶於既死者,無駭之不氏也。有嚴其黨惡者,秦楚之與國也;有微其降附者,三叛人之書盜也。不止曰是而賞之,不止曰非而罰之,此以《春秋》爲史也。

漢太史令在丞相、御史之上,郡國上計於太史,以其副上丞相、御史,是以史官助賞罰,助之以是非,即天與天子之權尊。《春秋》起己未,上溯幽王己未爲曆元,檿弧〔三八〕箕箙,馬正生人,父子亂成於兄弟,諸侯、大夫不復知天子之統,作《春秋》而西周之人盡是非可以定矣。即王事觀天道,聖人是非天下,編年所以爲經。國家今年己未,逆數明萬曆己未爲終局,遼西、遼東,兩天子帝制自爲,中宫亂成於中璫,盜賊自其年起遂徧天下,不復畏天子之法,修《明史》而有明之人盡是非亦可以斷矣。即天道觀人國,史臣是非天下,紀傳所以爲史。然而《春秋》之己未漸趨於衰,衰極定哀,下泉之所以思也;今日之己未,漸趨於盛，盛至堯舜，陶唐之所以興也。

韓愈曰："十日十二子相配，數周六十，其將復平；平必自幽州始。"《明史》告成，竟可以續《尚書》矣。

十五朝君臣將相，是非人物，久懸定論。須此史裁裁之。

校勘記

〔一〕"已"，康熙本作"也"。

〔二〕"龐尚鴻"，原作"龐上鴻"，據《江南通志》卷六四及下文改。

〔三〕"盤束"，原作"盤東"，據康熙本改。

〔四〕"不至"，康熙本作"不致"。

〔五〕"決"，康熙本作"占"。

〔六〕"不足聽其說者二"，原作"不聽足其說者二"，據康熙本乙正。

〔七〕此句原缺"則"字，據康熙本補。

〔八〕"貧敝"，原作"貪敝"，據康熙本改。

〔九〕"要上"，康熙本作"邀上"。

〔一〇〕"勘河部臣"，原作"勘部河臣"，據康熙本乙正。

〔一一〕"一淮、一漕、一河"，康熙本作"一淮、一河、一漕"。

〔一二〕"今"，康熙本作"昔"。

〔一三〕"絕於"，原作"乎絕"，據康熙本改。

〔一四〕"歸仁集"，康熙本作"歸仁堤"。

〔一五〕"流東"，康熙本作"東流"。

〔一六〕"曾如春"，原作"魯如春"，據康熙本并能《明史》、《江南通志》改。

〔一七〕"博陵"，康熙本作"博州"。

〔一八〕"天津"，原作"天律"，據康熙鈔本改。

〔一九〕"夾右"，原作"夾石"，據康熙本及《尚書·禹貢》改。

〔二〇〕"於於"，各本同，似衍一"於"字。

〔二一〕康熙本、咸豐本此下尚有"而補苴名無取焉，曰古也"十字。

〔二二〕"匯"，原作"淮"，據康熙鈔本改。

〔二三〕"客請叩"，康熙本作"客請畢"。
〔二四〕"無支祁"，原作"務支祁"，據康熙鈔本改。
〔二五〕"不能"，康熙本作"不敢"。
〔二六〕"熒光"，原作"榮光"，據康熙本作"熒光"。
〔二七〕"遂爲三"，原作"逐爲三"，據咸豐本改。
〔二八〕"不處分"，康熙本作"不受處分"。
〔二九〕"輕率"，原作"輕牽"，據康熙本改。
〔三〇〕"夭都"，康熙本作"天都"。
〔三一〕"壁壘"，原作"壁疊"，據康熙鈔本改。
〔三二〕"弘治"，原作"弘熙"，據康熙本改。
〔三三〕"令甲"，原作"今甲"，據康熙本改。
〔三四〕"夙沙蘆"，原作"夙涉蘆"，據康熙本改。
〔三五〕"恩讐"，原作"思讐"，據康熙本改。
〔三六〕"頑嚚"，康熙本作"頑淫"。
〔三七〕"檮杌"，原作"檮杭"，據康熙本改。
〔三八〕"糜弧"，原作"縻弧"，據康熙本改。

西北之文卷四

贊書後

蔡忠襄公傳贊

外史氏曰："白孕彩爲余言，蔡公讀新建之書，存新建之心，而無其才與識也。"新建初破賊象湖、横水、虔吉、南昌、黔駱之逆觸手剗割，天地廓然理，其學爲有用，才與識無兩。公自提學江西，終晉撫，所在講道德，理義命，識拔揭重熙、萬元吉、曾亨應數人，先後慷慨殉國難，豈其才盡而爲無用之學欺世哉？獨惜公無膽耳。晉王發金募死士殺賊，提學黎志陞匿其金，易以紀功紙票，公不敢禁；檄周遇吉守太原，迫於衆議，又止還寧武，公不敢專。趑趄爲解任聽勘，視昔龍場驛丞何如哉？汪御史疏不重於桂尚書揭。假令公守於内，周戰於外，重賞以倡勇敢，太原未必亡也。太原不亡，賊不能進，守一城捍天下，京師可賴以存。解任官卻劉鄩，太原有臣法矣。膽生於識，識生於學，新建變學爲覺，公自覺而自經，蓋膽落於御史耳。覺者良知所不昧，公以解任守封疆[一]，爲其覺也；愈於跪伏馬前受官號，踆踆逃死，而死者之不覺也。嗚呼！此新建致命運志[二]之學矣。

傅公他先生有《蔡忠襄本傳》，事實論確。存此以作參互。

督師孫公傳贊

先生死事之臣也。世之論者略其大而責其小，謂先生失御左帥，殺賀帥，不從白帥守關，而任自救之高傑，以其饑軍決勝於無糧之地，必敗。

賀人龍圖敗官軍屢矣，彼以戰場要市，不殺何施？良玉久持獻忠，不欲先用其衆於兩敵之間，卒惰也。詔良玉勤王，曾有一騎過河無有哉？廣恩號知兵，兵交先去，不可倚以守關，亦審矣。賀必走高平，左必失期垓下，廣恩亦爲韓陵之爾朱，弗續。兵法，五百里而轉餉者蹶上將，饑軍争利，敗固當也。

先生秉屢勝之威，從天而下洛陽，此時堅約束、守便宜，通河北、山西糧道，賊豈敢越我而西哉？賊既西犯潼關，林言向讓之來路，守關者所知，坐令自成繞關後，何智勇之不忠也。賊雖入關，若以四萬兵背城，視戲下之囚徒萬倍，終以走死，死辱。然哥舒翰死不識聖人，先生死事，遂其由來以身許國之志，丈夫哉！

若乃轉輸之事則有司存，師行而糧不踵，軍棄之也。大帥棄師貲死，先後督師無全者，是以約束不堅，便宜卒不可守也，悲夫！

當與千古辯明。

張簡貞公傳贊

張簡貞，處士私謚也。曠澹多遠識，逡巡有退讓君子之風。祖玉菴，守灤州，有傳。再世以詩書顯里閈，至公家落，不欲更推擇爲吏。是時，游閒公子趣佚蕩亡行，得以貲補除，持梁刺齒肥，輕民疾視，專妄言，事多故矣。公一旦投筆硯，躬耕於城之東，偏口不談世事，懣然若有所憂，嘗曰："時塞而冀富貴之至，庸人哉！家世醇謹，毋蕩業，毋慆德，使兒輩不凍餒足矣。"以故，絶貴介弗與游，累土築屋，屋上漏下濕，置丹青磁石其間，時臨書，愛平山畫蹟。出從一長耳，入市賣薪米[三]，充踐更馬口算緡，歸閉戶岸幘，或累月斷酒肉，飯藜菽瓜瓠之羹，泊如也。奴婢雞犬，皆有樂意。衣布敝衣，晨傅袴襪無羸副，日暮敦杖謦之乎頤。喜與田長老談農務，略説古陰德事。短檠課子，細至僮手指鏝緯陶織之業，爨火脂夜作以爲常，蓋天性無呰窳也。數仰屋直視，指室廬以爲荆棘會，每徘徊不語，從子舍見花草斥令刈去，已聞有難嘆息聲，後更兵火無全者。

先是，仲男逸舉孝廉，里門暴開，車徒羊酒門外止。公夷然曰：「祥梱乎？念昔沉以名沉，渾以名渾，故逸以名逸云。今以身許人，非是即疾驅糞土之中，令孤子顧足貴哉！」喜道人子弟善狀，亡慮卒徒、門子、漆工，皆蓋失數美，以是彌覆者衆。居常飲不能嚼，若醵酺里中必先至。或主人袒轎蔽嚴客，歡然道故。前後墜珥遺簪〔四〕，終夕無亡酒，父老多公之厚，益敬焉。數微得人竊疾，佯爲不知。又迹盜糧米事著，恥詣縣，置之。謂所親曰：「吾屬不死，命全懸盜手，度數歲見矣，若亡入渤海、長白之間，幾何里也。」每戒子以處亂世宜知退質行，毋與人修怨，毋殖田産，子孫篤其訓至今。體健少病，卧起未嘗患虺噎，老尚善飯無斁者，惡學佛，優游焉以卒。公卒，天下亂，仲男逸處里中數年，會盜平，尋出成進士，以功名顯。

野史曰：處亂知退，善矣哉！古有道猶往來貴游，彼自有其具乎？處士老田間，修己而不責人，宜其免也。至盜發數不問，志念深矣。羣盜知有彦方名，所幸公孫康地少安耳。即遇驪山離石之徒，能勝詰乎？里中愧處士厚，真鄉人也，迹夫事事相爲警戒之意，遠人皆幸其子光耀榮華，獨於出處致意焉。仲儒固多一慚哉！

無遠識者，言高隱鄉人耳。敘斷中頌即爲箴，特意言蒼鬱不覺。

讀吳世家

子曰："太伯三以天下讓。"讓商乎，讓周乎？周未有天下，讓周國也。商之天下三十世，孰識其爲周有而讓哉？曰：周自季歷傳文武，天下宗周，太伯先以天下讓周也。文之生也，赤爵啣書至酆，止於昌户，武王師渡孟津，火流王屋，不期而會者八百，天下既已奉周矣。及定鼎郟鄏，卜曰："文興者七九，武王者六八。"文武有天下過曆，以是歸太伯之之讓，太伯不爲貪天之功乎？

世家紀太伯之奔荆蠻，自號句吳，荆蠻義從千餘家，立爲吳太伯，國與有周終始。有兼天下之量與定天下之才，太伯不讓則天下太伯之天下也。太伯有吳，卒不有天下，彼其去天下，脱然若荷之釋擔，豈以身爲荆蠻之所推戴，覬覦天下乎哉？不以天下後其身，堯舜之讓也，圖天下之治也；不以天下易其心，太伯之讓也，憂天下之亂也。太伯於天下已矣。文身斷髮，自古無花項天子，是豈兄堯舜之教，使天下溟涬爲弟哉？

三讓何也？太伯無子，即使身有天下，宜之仲雍。仲雍子季簡，季簡子叔達，太伯不以仲雍奔吳，商周之天下當歸季簡、叔達，不歸文、武。文、武不能有國，安能有天下？太伯以身讓，以仲雍讓，因以[五]仲雍之子季簡讓，是謂三讓。文武始可以得天下矣。武王取天下，季簡、叔達前死。時周章君吳，距太伯五世，進不會於孟津，退不裸將籩豆於周廟，周方侈稱公劉、古公之功德。公劉，吳祖；古公，吳父。吳不助商歸周，保有荆蠻之地之民，若不知爲誰家之天下者。周取天下，非太伯意也，太伯不欲取天下，其讓天下，審矣。

臧丈人事文王，言及天下則去；夷齊諫武王，血牲而與謀天下則死。天下亂而不治，自不讓始，太伯固心厭之。武王封周章弟虞仲夏墟，虞國也。仲，仲雍後也，繼仲雍不繼太伯，體太伯不有天下之意，故不敢以爵祿封，然則以仲繼仲，祖孫乎？太伯初以商道治吳，商人無諡，荆蠻之也。楚懷王孫心立爲楚懷王，何責於吳哉？吳親於楚大於徐，昭王南征而不復，楚遂自王。在穆王時四方諸侯賓徐，凡三十六國，天下以治易亂，吳獨安有其職，太伯之讓德存焉耳。

吳既以讓開國，周章之子傳至句卑十三世，内不爭國，外不僭王，不可謂無太伯之風矣。壽夢之王也，晉滅虞也，慕古公爲太王也。壽夢於四子愛札，諸兄讓札，札棄其室而耕。諸樊、餘祭、餘昧之立，皆欲至國乎札，札固讓不受，延陵季子意豈在太伯之下哉？季子勸晏嬰致邑，勸子産禮，勸叔向自免於難，孫文子以戚畔戒爲燕巢於幕，安敢哉爭而不讓也？開國承家，祖宗以此始，子孫必以此終。武王之封虞仲，虞讓田也，國虞仲而旌太伯之三讓。蓋禮讓爲國，可以止天下之爭，不至於亂。三叔，亂人也，周公居東二年以靖亂，亂必由於兄弟。自文武起支庶，兄弟爲當代有天下，外資戎翟，内藉不令之臣，謀天下於其君上。平王、莊王、惠、襄、悼、敬、哀、思，極於考王，兄弟爭國不暇，更爲天下，天下亦不知其是非勝負之所在，至威烈王分二周，寖以大亂，爭而不讓故也。季子優於闔廬，其名又順，若使通晉，破楚，下齊，平魯，棲越會稽，不在闔廬父子，季子即不有天下，天下當有所屬，豈聽虎狼之秦爭奪哉？而季子爲吳太伯，不以天下易其心。天下不可復爲，而吳先亂，慶忌爭之不得，夫槩爭之不得，專諸爲闔廬刺僚，鈹交於胸，季子幸未之見耳，太伯忍見之耶？父子爭晉，爭楚，爭齊，爭魯，於越起與之爭，吳遂以亡。《春秋》"公會晉侯及吳子於黃池"〔六〕，即兩書於越入吳，爭之不可以爲國如此。

漢制非劉氏不王，吳芮從諸侯破秦、楚，王之長沙。長沙二萬五千戶耳，首尾高帝、惠、文無失節。賈誼稱勢疏力少，最完最順。吳漢始東北，終西南，獻鹹僞天子者兩，周旋銅馬尤來，隱若敵國，史稱闔門養威重，造次不能以言，此其人能讓。

吳少誠有三州，元濟擅命燒舞陽，犯襄城，抗天下兵四年，李愬從雪中入蔡，元濟授首。吳玠兄弟在宋，宋所恃以安危者八十年，崎嶇仙人關、和尚原，金人爲之痛哭。吳曦謀逆，死於安丙[七]之手。明興，吳楨兄弟積功累勞，一日睥睨元功，槌碎徐達賜額，明祖固已難之矣。此其人不能讓。

故夫雪中之鵝鴨也，魚羹之覆也，月中之鞭弭也，堂谿之封也，酒中之狂藥也，甬東之戮也，大者王，小者侯，争而不讓，視異姓王吳芮何如哉？異姓吳讓則福之，同姓吳争則滅之。劉濞據吳以反，縱死東越，争讓之間，威福之大者也。

祖宗不有天下，讓之荆蠻，荆蠻義其讓，不義其争。一旦圖度天下，身爲天下亂人而干天威，所由殆與太伯、延陵季子異矣。

　　太伯以讓立心，句吳以讓立國，商周君臣、父子、兄弟胥賴保全，文武支庶之裔，公然可以有天下，此也。縱橫經緯數百千年，不過深透讓字利害，而太伯乃大。

孔子弟子傳論後

孔子弟子，《家語》、《史記》七十七人，《石室圖》七十二人，《古史》七十九人，傳疑也。公肩子仲定[八]，一以爲魯人，一以爲晉人，遼山公冶長墓意其子仲。

《石室圖》闕不論，論其著者。狄晳之黑不詳所出，《闕里志》衛人，左人子行郢，古史魯人，梁子魚外來鱣，齊人。《家語》有懸亶，無鄔單[九]，《史記》有鄔單，無懸單，亶字子象，單字子家，《闕里志》疑爲一人，因議祀懸罷鄔，非也。懸自懸，鄔自鄔也。《餘冬録序》曰"懸豐"。今《家語》懸亶。《禮記·檀弓》

之懸子，蓋臆云。檀以國氏，武王時有檀伯達，八士之長。齊以檀子守高唐，袞瑕丘有檀鄉。《檀弓》自成一家之書，視冉季以下有名，何以不祀？或曰："檀弓非孔子弟子，公儀仲子之喪檀弓，免焉。"仲子舍其孫，孔子曰立孫，與林放問禮等，所載仲梁子，七國人，《春秋·定公傳》載仲梁矣。檀弓不與於祀，《闕里志》檀弓縣子，其或縣成一也。《春秋》莊公乘丘之戰，縣賁父死御，至繆公有縣子，至威王有檀子，其檀自檀，縣自縣也。鄔氏未之前聞，《漢史》以爲清都，《路史》以爲靖郭，清都晉，靖郭齊，宋儒遠晉而近齊，封聊城侯，吾疑焉。徐廣斷爲鄔單二鄔妘氏之國，鄔藏敗，以彌牟爲鄔氏大夫。祁黃羊、羊舌之十縣，唐封銅鞮爲是。銅鞮，晉離宮數里，《詩》《書》禮樂、衣冠文物之所聚，孔子稱伯華、叔向、子家來學有之，其下東鄔直翼。《春秋傳》王取鄔劉蔿邘之田於鄭[一〇]，晉後入鄔，鄔人走周。杜氏註"緱氏，西南有鄔聚"，遠矣。鄔子家，晉人也。

　　黃帝封神農參盧於潞，商周別爲赤白之狄，狄歷廧咎、皋落、九州之戎有隗氏、皋落氏、戎氏。春秋晉人滅潞，以潞子嬰兒歸，留吁、鐸辰、甲氏、沙子、鼓子，奄爲晉有。有潞氏、路氏、露氏、榆氏，中路氏失地也，失地猶稱國於衛，亦猶衛之黎陽也。狄氏失族也，諸侯之大夫有所降，則舍族民無氏矣。狄氏盛於晉、魏、唐、宋之間，皆晉產。上下仲章支駒，必有家學，而晳之列爲衛人，吾疑焉。狄儀有同母異父之昆弟喪，問於子夏。子夏謂魯人衰，狄氏非魯人，疑衛人。衛有林父，晉有林父。林父，古之廧咎狄，宋封林慮爲是，狄晳之晉人也。左人子行亦晉人，《國語》"趙襄子使新稺、穆子伐翟"，勝左人，襄子當食有憂色。《國策》"衛贖胥靡以左氏"，左人也。子行能自振於戎翟之俗，學以聖人爲歸，魯安得左人？梁子魚亦晉人。《書》曰："治梁及岐。"古伯夷之封國，國西河狐岐，春秋梁亡，入晉有由靡餘子，故梁山折，晉侯哭。少梁河西，大梁河南不與焉，齊安得梁子魚？與商瞿論《易》，與聞大道，退而安其室家母子之常。《易》可傳楚人，亦可傳晉人，無疑。諸書不與其爲晉，疑孔子臨河不濟，晉人不得爲弟子。孔子弟子言子游偃，吳人；石作子明蜀，秦人。秦、吳更霸，孔子無車轍馬迹〔一〕，弟子以時習禮其家，豈往教也哉？左人今非晉有，若以狄晳之祀潞，以鄡子家祀銅鞮，以梁子魚祀西河，公仲祀遼，弟子用夏變夷，咸尊聖人之業而潤色之，以學顯於當世。學者仰止景行，去戎索而習之乎俎豆管絃，崇鄉里之訓以屬賢才，不復限於世類，渝於國俗。祭海先河，以孔子教晉人，晉人累世之國憲家猷，無大此者矣。西河疑子夏爲孔子，公孫龍取蠡旗於子姚之幕歸趙，今吐祀子夏，鐵不祀公孫。趙疑兩公孫龍，田子方、段干木各崇其師，不知弟子之有晉人也。非晉人之過也。

極廖渺荒忽之中而語語根據，傳信決疑，奇聞確見。

書楓仲刺客傳論後

昭帝始元六年，蘇武始歸，具言陵宿昔報漢之積志，庶幾曹柯之盟，亦足以驗子長期陵不死且報於漢之一言。楓仲論所以吊也。武帝刑遷而族陵家，漢終不食李陵之報，武帝少恩哉！然誤陵者，路博德、公孫敖、管敢、李緒也，與陵者子長、子孟、上官少叔也。子長坐李少卿事，《報任少卿書》"見似人者而喜矣"。子孟佐昭帝，遣陵故人任立政招陵，陵不復歸，非有老將賊臣格其行，陵自樂此，安見其圖報漢者？有報人之心而人不備，曹沫劫盟以報魯；有報人之心而人不疑，秦開走敵以報燕。布衣之怒，流血五步，陵未之能處。

自始元更元鳳、元平，中間七年陵死，陵或日暮倒行焉。七年之前至武帝太初二年，陵降已十六年亡在外，單于以女妻之，立爲右校王，右校次骨都、谷蠡、屠耆諸王。單于數累之上，其法，拔刃尺者死，何刺客之敢行？後二歲，漢四將軍出三道，且鞮侯待余吾水南，連戰十餘日，陵爲漢，可從中起，不便，亦可亡歸。歸浞野侯，不歸即王黃、趙利其人。陵不能爲，故知賊新知刺客之言也，然亡歸便也。

明年，且鞮侯死，狐鹿姑立，且鞮侯兩子失職。會二師七萬出五原，商丘成三萬出西河，莽通四萬出酒泉，陵將三萬餘騎輅漢，若以其衆連和，待犁小王之變，戰隨欲擊之烏孫，歸迎自來之日逐、昆邪、休屠，折箠笞之，陵亦不失封侯。比至浚稽山轉戰九日，至蒲奴水不利引還，陵不忠於所事，而事讎又孤漢恩，誰復信其報漢哉？或曰："陵壯堅戰，得人之死力，漢兵陷陣卻敵，陵以其衆與漢也。"以其衆與漢，蘇代之所以報也；以其衆連和，灌嬰之所以報也。陵豈其人哉？貳師降，衛律害其寵殺之，陵嘗與漢使耳語，衛律微聞詰曰："李少卿不獨居一國。"陵懲貳師之死，或憚律而不敢發志，圖報漢無隙可乘。然陵常獨步出營，丈夫一取單于耳，彼中王長，右校探囊穿廬之下〔一二〕，無隙耶？自陵亡降，漢兵深入窮追二十年，孕重墮殰輕走幕北，貳師死而人畜疫病，狐鹿姑憂死，衛律矯立壺衍鞮單于，犁小王欲自歸漢，屠盧王死告姦，國人不附，隙矣。衛律謀歸蘇武以通善意，陵欲得當此事，機不容髮也。單于盜邊，漢生得甌脫王，殲犁汙王，衛律已死，兵數困，陵志不就，當以此時亡歸，況有人乎，昭帝之側者乎？陵《報蘇武書》曰："子歸不過典屬國，陵復何望？"陵於南北走勢利，昭帝不侯降胡，陵懼大不王，小不侯。然武帝初，自單于來降，王、相、都尉、當戶、且渠，侯十九；敗沒亡歸，侯者三；韓王信子降，侯弓高、龍頟、襄城；燕王子綰降，侯亞谷。武帝守文景約束，即盲人、矮人不忘，陵何忍忘之？陵子間行歸漢，去李爲丙，非其君薄，陵子亦恥陵矣。陵王右校，右王將居西方，直上郡，西接氐羌單于來者道，此舉足左右，便有輕重，即陵亦曰"歸易"。歸易，而報漢獨難耶？金陷宋延鄘，官李顯忠父子，顯忠密以蠟書付行在[一三]。謀執兀术不就，顯忠赴同州，遣使由蜀至吳，以計執撒離喝。出城阻洛無舟楫，盟撒離喝，推山崖，報父永奇。走蜀，全家死谷口。顯忠乞師西夏，生擒青面夜叉、刁勞哆訛，縛王樞以歸，捕殺害其父母、弟、姪者，撒離喝遁去，蘇尼九族一巡檢，視陵何如？陵家、顯忠家等死，死義不義。廣亦愧於永奇矣，李陵直不報漢耳。子長、子孟招之，楓仲猶至今惜之。曹柯一劍，卒反齊、魯之爭地，辭不亂，色不變，李陵未易幾此。上官少叔蓋真陵之故人也。

  李陵才臣負義，生降之後，極口報漢，不啻當時與之者信之，能令千古極奇偉人皆憐而惑之者，才也。先生獨不為所惑，細搜博考，反復駁論，始終并無報漢之實，以存正義。凡奸雄恃才欺人者，均當意悚舌短，豈第陵哉？

書《翟方進傳》後

  翟文仲三為郡守，有父風烈，心惡王莽居攝，部署將帥，以九月都試日起兵報漢。不成，遂其死國埋名之心，收拾西漢，忠義得矣。不擇宗室賢者，立東平雲子信為天子，人心未有所屬。以一太守率乳臭甥與三劉傅相中尉，聽本部王孫慶指授，倉卒以反為名，亦見其難也。

  檄莽鴆殺平帝，矯攝尊號，比至山陽，眾十餘萬，若以其眾過垣雍，據蒲稷，略西河，三輔響應。此時茂陵以西至汧二十三縣[一四]，盜起已十餘萬，火見未央前殿，得間使署置官號，趙明、霍鴻必為義用，因天下之公憤[一五]，以討國賊，別遣兵塞弘農，七將軍不能出，天下已在算中矣。

  不知出此，與諸將戰陳留、菑，陳留道汝南近，道山陽遠，義直爲翟，非爲漢也。東郡車騎勇敢迂回，避就於陳留必攻之地，不戰而潰矣。圍破逃，固始就執，文仲何嘗西向乎？武后臨朝，魏思温説李敬業曰："公以匡復爲辭，宜帥大衆直指洛陽，天下知公勤王，四面響應矣。"薛仲章策取金陵終死，常潤與翟文仲同敗，文仲、敬業欲聲大義於天下，臨事乃更蓄縮。聲大義者，其無蓄縮自謀巢穴妻子哉！

劉宏、李孝逸，漢唐之宗室世臣，若以其衆連和，用灌嬰故事以觀莽、瞾之變，漢唐猶未可知也。兩人盡力事讐，宏坐削而孝逸讒死，依讐以就功名者可以已矣。

無蓄縮謀巢穴，爲千古樹義者立幟。

書《温嶠傳》後

微嶠無晉，士行欲歸者數矣，嶠終以義激之，不以其子易其君。士行於晉再造，嶠實爲之。嶠後追爲母服，議定君臣母子之大倫，絶裾以爲晉也。

卓老不學而好論人，又不以事徵之，越石方戮力太原，無太原乃無母，以表屬嶠勸進，母故持之，未免陷嶠於不義矣。嶠行太原降賊，嶠在太原亦降賊，降賊，嶠豈終有母子哉？越石輕用箕澹之衆，一敗不支，太原因是降賊耳。此非嶠之去留所得料而自主也。

温忠武慷慨造晉，特蒙絶裾之議，説出絶裾緣起，正欲濟國難以保母子。及太原既降，又不以子易其君，卒樹晉有成立追母服，忠孝苦衷，不深憐而舌短之，忍矣。

書《劉文靜傳》後

寂殺唐起兵司馬，非唐殺民部尚書也。文靜婢妾上變，唐以文靜屬吏，聽吏議之歸獄已矣。乃遣裴寂問狀，是以文靜與寂也。

太原募兵舉事，圖殺王威，借兵突厥，文靜乎？寂乎？文靜官賞處寂下，使老母貧無所庇，文靜怨勝己者寂也，寂既不能讓位，文靜問狀無驗而奏殺之，徒以文靜粗險，畏惡其能耳。神堯卒用寂言，李綱、蕭瑀既白文靜不反而不力爭，寂故也。

先是，有罪不至死者，神堯特令殺之，李素立力爭乃免，綱豈出素立下哉？未幾，綱亦求退。綱疏於東朝，文靜密於秦府，裴寂之所心銜而神堯始終昵寂，即位二年，先殺佐命勳臣，刑賞失矣。或追文靜折墌之敗，大將劉弘基等覆沒，欲因事誅之。明年，裴寂拒定楊，軍潰，遂陷并州，神堯不聲問[一六]寂。李綱分別竇誕之佞、宇文歆輔之忠，亦皆置之不問，與寂同罪故也。故曰：殺文靜者，寂也。

楓仲責太宗當以死救，胡氏嘗言所以不死救之故，文靜歸心太宗，神堯殺文靜者，疑太宗也，嘗曰："此兒久在兵間，被人教誘。"文靜無役不從，豈得諉教誘於人？不用其言而殺其所疑，太宗此時自危，能死救乎？文靜死定楊，南來議將無如秦王者，寂自請行，神堯遂以遣行，疑太宗也深矣。楊文幹反由建成，劉武周亂由元吉，寂實陰主其間，與嬪妃共譖太宗。介休、寧州之役，非太宗不定，而猜疑益甚。楓仲謂死救文靜，能得之於神堯乎？

文靜事非其主，久處危疑之地，若奉身以退，君臣無間，父子兩全，太宗父子兄弟疑亦少釋。惜哉！文靜功名之士，不解也。

裴不能讓位，劉不能讓功，勘功臣得禍，正倖肆毒，千古如見。然豈獨是哉？秦王隱太子不相全，亦如此。

書《僕固懷恩傳》後

懷恩自陳六罪，唐已書勳畫像，賜券封王，君臣之間無疑。其反也，駱奉先、魚朝恩讒於內，辛雲京、李抱玉誣於外，舉朝盛言其枉反，豈可以虛加哉？雲京不敢犒軍，懷恩頓軍汾州，使李光逸守祁，李懷光據晉州，張如岳據沁州，僕固瑒攻榆次，猶曰"爲雲京誣"也。瑒死，懷恩誘吐蕃十萬入塞，合吐蕃、回紇、羌、渾二十萬寇長安。非子儀先至河中，收其部曲，詔屯涇陽、奉天、雲陽、便橋、渭橋、鰲屋、鳳翔、同州、坊州，先盟回紇，以回紇破吐蕃涇州，唐之爲唐危矣。猶謂其不反耶？

初，懷恩隸李光弼，光弼責還降將安太清妻，主將法如此。懷恩語侵光弼，因憚張用濟，斬轅門。邙山之戰，違令以覆王師，朝義走死平州，諸將罷兵遺賊，薛嵩、張忠志、李懷仙、田承嗣叩首懷恩馬前。懷恩恐賊平不能固寵，請裂河北分大鎮以授之，潛結其心以爲助，率爲中唐河北之患凡數世。懷恩之欲反久矣。當其反，其母提刀逐之。病鳴沙，死靈武，幸也。反豈范至誠之所教誘哉？

初，帝幸陝，顏真卿請奉詔召懷恩，懷恩非有淮蔡之僭，真卿重臣責以《春秋》勤王之義。天子方避翟，懷恩必來，鐵勒、沙陀於唐皆其見義勇爲者也。懷恩進不勤王，退不釋衆，誰白其不反者？楓仲恨當時無學術口辨之人在其幕中，顧朝廷不遣真卿耳。如真卿者，不遣其召懷恩，乃遣其召元濟。元濟之號爲帝，非懷恩比。此中唐之處置失當，而忠義終以橫死也。

才將功臣，動以反死，可憐。故反如僕固懷恩猶庶幾一解者，憐之也。文原其未狼狽時，早已種患河北，則真誠心於亂臣賊子，不可解，何憐焉。

書周侯《水陸圖》後

封禪起，郊禘廢。水陸起，封禪又廢。封禪敝於仙，天子祀竈曰"黷"；水陸敝於佛，庶人祀天曰"僭"。天地設而人有祖父，父生人本乎祖，天子尊祖；地生人本乎天〔一七〕，天子尊天。四圭以祀天旅上帝，兩圭以祀地旅四望。先王先公享異冕，先祖先妣享異樂。旂常服物，晝繢生焉。土以方，火以圜，藻以潔，蜼虎以智以義，所以禮天神、地祇、人鬼之常。《易》曰：" 殷薦之上帝，以配祖考。"《詩》曰：" 懷柔百神，及河喬岳。" 天子之所有事也，天子之諸侯、大夫賜土四境，賜官五祀，賜姓五世，賜氏三世，大司徒以祀禮教，則民不苟。周公行之，孔子言之。庶人敢祖其祖，天其天乎？敢別求他人之祖，更求天上之天乎？出禮入刑，侀以庶人之刑，是其秩以天子之禮也。《書》曰：" 天秩有禮。" 天子以禮尊天，獨以刑折民之生死耳。

生人道，死鬼道，仙佛貪生畏死，乃務生死之所無，以爲天子祭焉，庶人從而祭焉，抑何以折庶人乎？天地，形也；生死，氣也。人受天地之氣以生，氣之聚散，人之生死，鬼神之屈伸也。仙佛離天地言生死，生可變化，死不輪迴，截然自爲一物，以待夫人祭祀之求而時出以饗之。

漢爲封禪爲仙也，泰山之日東出，萬物生於有，方士以鬼學仙，仙之衰矣；梁爲水陸爲佛也，恒沙之水西流，萬物死於無，浮屠以鬼學佛，佛之衰矣。黃老變而爲申韓，終始秦漢之天子，方士曰吾祖也，推而加於天之上；莊、列流爲釋氏，終始十六國南北之天子，浮屠曰吾祖也，推而加於天之上。則不以天爲主，雖使生而不死，死而復生，名曰 " 逆天"。天子無以折民之生死，則禮失而刑不能勝，諸儒欲效法孔子，斥曰：" 孔子所從問禮耳。"

秦不繼周之禮，起諸侯而爲天子〔一八〕，漢不改秦之禮，起庶人爲天子。雍祠二百三所，唯十五所應禮；郡國祠六百八十三所，二百八所應禮。卒不正嚴父配天之禮，郊禘不得不廢。黜周霸《封事圖》，用《玉帶明堂圖》，玉女樂石壇仙人祠，瘞駮駒，寓龍馬，不能得其象於古。不能象，不能圖也，半見爲仙，半見爲鬼，封禪不得不廢。然齋居畫天地太一，紫壇畫日月北斗。雲車招搖之怒，靈旗太一之鋒，五利文成，往即天刑。天子尊天而後天子尊。漢後天子問爲之，天書從讖，讖從仙，仙正之孔子。閻立德《封禪圖》旁畫孔子宅里，則凡秦諸侯夢上天，趙大夫夢上天，亦難矣。庶人敢天其天乎？

庶人天其天，自唐之水陸始也。梁武見佛不見天，乃至見鬼不見佛。首山之栅，罔罭萬計；浮山之堰，魚鼈[一九]數十萬計。迹其沉竹木，出檀溪，持空函，下荆郢，借人頭，詐山陽，史稱帝蹈空而行，乃夢鬼蹈空而行。載鬼青、徐、司、洛之間，奉佛金山之上，將以三慧答影、百坐攘謹而賀夢焉。天監末，祈告天地祖宗，去殺，牲牷皆代以麪。中大通設無遮大會，法衣捨身，去殺無刑。法衣捨身無禮，是則庶人已，庶人祭焉，庶人從而祭焉。天下庶人皆爲之，不復知爲天子之所爲，天子不尊天而後失所以尊。三昧從懺，懺從佛，佛假之莊、襄。諸侯滅周，梁武大夫伐齊，既帝制而天子自爲，聽佛爲之，鬼爲之。吳道子《水陸圖》末畫莊、襄五臣，則凡蛇自天降鄘畤，龍自地升建業，黟涉庶人，黃塵庶人，敢天其天者，敝也。天所生日月星辰，《春秋》異隕字；地所生山川草木，《春秋》譏水溢石言；人所生聰明正直，《春秋》逢桓、僖之災。丹朱之降，鬮莫敖之餒、伯有之厲，夫是天地人之不常。不常則死，死則不祭。不當祭而致生之，當祭而致死之，則刑之《春秋》。天子之刑書，蓋禮書也。梁武傳孔子《春秋》，孔子不躋於水陸，何水陸之爲？

水自無生有，以海爲居，晦也，微也，天子之無爲也。《爾雅》"高平曰陸"，以土爲會，有死而有生，天子之有大也。誌公以無造有，天之上，地之下，死生之前後，夢説有鬼道焉。道子以有感，有青赤之文，赤白之章，白黑黑青之黼黻，畫意有人道焉。南朝四百八十寺，天下且無慮萬數，水陸見幾道子哉！義濟英禪師、曹溪、少林[二〇]、天水、孤山、趙州相與紹述誌公；水陸儀徧天下，范瓊、朱繇、石恪、勾龍爽、趙公祐、李公麟相與紹述道子，《水陸圖》又徧天下，而封禪絕少。漢詔黃門畫周公，周公之郊禘宗祀，與八神五畤，諸儒得參議罷復；梁武不引僧繇畫孔子，楊諤儒者浸尋於水陸矣，於庶人乎何尤？

　　振姬見誌公像嶺南，識道子《水陸圖》平陽。平陽之水陸清曠，雲中之水陸陰森。清曠近人，陰森近鬼。以人使鬼，不主一家之學，紹述道子耳。明王天王，栗陸柏皇，緣覺聲聞，風陵化身。七情六池，五天忉利。肉角三更，人面十世。疑爲盤古天子之墳書，閻羅天子之簿計。六合之外，論而不議。其畫佛日入天子，坐諸侯位上，三身四智，如一所向；其畫仙大帝天子之宮，五帝六宗，雷電雨風，岳瀆朝宗，清見乎通明殿中太陽；畫月之天子，一以爲若木、望舒、紫微；畫星之天子，一以爲太一常居帝王；畫中國羣臣民物之天子，一以爲太液尚書。天子上統，文武忠勇；天子下陳，列女智仁。天子儒，逢掖迂；天子道，草履傲。天子治，休祥備；天子祲，妖孽深。水陸何嘗不尊天子哉？衣冠異設，氣韻高揭。風起雲屯，水流火熱。林崖城闕，草黃羽白。矢埋戟折，履穿衣結。虎狼濺血，龍蛇破墨。鬼工哉，抑人事也？

　　關仝、胡翼爲一人，張南、孫位爲兩人，契丹人楊素，東丹人李贊華，不敢斥爲長城絕域之人，續工若鄧、若安，何用別爲唐人、清人乎？東北神明之舍，龍城去天極近，長城冠帶引弓之鬼相枕藉。地可人可鬼，仲舒要之以天。天子道九原無仙，出蕭關無佛。人不可仙，不可佛，韋機進之以儒。

　　坎一畫禮所生，天牢六星置其刑於空虛不用之地。撐犁赫連依於天，招搖旄頭拱於斗，白羊、樓煩朝於岳，烏桓之高辛、高車之神農、淳維之夏禹從於祖。人之在北，唐虞三代起顓頊，不敢祖其祖，以其祖爲天子之祖；天之在北，日月五星起牽牛，不敢天其天，以其天爲天子之天。天子之祖營室清廟天子之天，牽牛犧牲郊禘，天子之所有事也。孔子曰："合鬼與神，教之至也。"水陸不敝於佛，馬邑尉史爲天王。天子之邦，丁夫人不詛番，范夫人不詛漢，則天子之庶人靖。封禪不敝於仙，甘泉從祀爲天幸，天子之命嫖姚出禪如衍，休屠入祀徑路，則天子之諸侯、大夫威。

迹夫沙陀兵馬，天子之諸侯，見其圖必環拜；雁門太守、天子之大夫，圖其形憚而不敢射：尊天子也。人生死於天，庶人生死於天子，仙不能生，佛不能死，今乃知天子之尊已。若見正於周公、孔子，以禮齊民；若見棄於周公、孔子，以刑佐民。是天子之諸侯大夫哉！道子圖以北，周侯圖以南，陸得骨氣而肉附，水得煖氣而質成也。

六經後卓然成文者二家，左善用實，以其實實古今之虛；莊善用虛，以其虛虛古今之實。史遷紀傳，尚介虛實間，而八書摭實無首尾，行文拉雜斑駁，縱橫不可界劃。可匹史遷《封禪》之書。

書戴楓仲《講楞嚴經叙》後

程子謂一部《楞嚴》，不如看一艮卦。往丁先大人憂貧，以《楞嚴》供冥福。過數見其從指之深者輪，橫指之深者廣，自謂無礙神通。退而省其所見，所見不能明心，於吾父母初生之心日以益遠。阿難之强記多聞，皆邪思而非心也，非心也，即非福也，失其父母所以生我之心，心之死我久矣。神通大，陷溺深，《楞嚴》亦何以見父母之心，爲死者福乎？

彼所謂心，直此心之意念思慮耳。意念思慮，身爲心牽，不能得其無心之一位。背者，無心之謂也，父母棄我曰"背"。父母棄我，何處覓身，又覓人以爲身，則是無心之爲心，父母之心也。心止其所，内外前後皆止，雖有思，非邪思，究竟堅固不壞爲兼山焉。舉足道場，艮其趾也。摩登隨阿難受教，艮其腓也。因緣自然不破，就住非寂，離生非想，內外打作兩橛，一切破除，艮其限也。和合成身，止卻四體五官亦成身，《莊子》廢心而用形，艮其身也。六六三十六，各證圓通，言語文字解脱，艮其輔也。上九之止，不言身、不言心，而言敦艮，已證大涅槃果心乎？父母見背，父母固在，心在也，心在不取涅槃矣。此吾之心所以事天立命，福將焉往乎？

讀《楞嚴》，以阿難爲子貢，但思多學章聖人之言知；讀《金剛經》，以須菩提爲曾子，但思一貫章聖人之言行。聖人之言知行如此，談用〔二〕推移制伏，其必有分矣。

妄念不動而念親背，即艮卦，即《楞嚴》，其較量離合之間，可資静悟。

忠列杏園楊先生瑑誌餘

公殉渭南之明年，京師定，大吏收文書符籍，得先帝手批諸死事之臣贈宦各有差。時公已拜兵部職方司，加陝西按察司僉事。行狀不載，不及也。嗚呼！先帝於忠臣義士之報豈有負哉？行狀出王先生。先生老文章，紀叙多質實，即好友不以所愛添毛羽，與公交最久，故狀其事詳。初，公授渭南令，諸父老設祖道。問渭南逆者形勢阨塞、户口强弱、登耗之數、民所疾苦者，多張賊聲焰，備說河道烽烟，村邑蕭散諸旁午可憂狀。衆恐不知置辦，皆色動喘汗。公立飲，半揖鞭稍，輒馳去不顧。王先生目送之曰："良有司，氣矜真可屬大事，即有緩急，必當之。"已而果然。公性仁行力，力不勝衣，危肩疎髯，時以小指甲内齒中，停然若有所念，及臨事，乃更慷慨引義，霜天崢嶸。居家所有諸孝感，語在公行狀。始下車，簿書絲委，吏胥如糜，民方醮祀於沉鬼旱魃之神，官軍走馬往來，時罿督索無日夜。公導壅治梦，生枯壯弱，人人自以飽令惠。間商賈薦紳，道從渭南，言彼土風物價，廬舍亨梁中作，男女衣着悉如平時，與前逆者言異。夫創殘饑羸之餘，征役騷動，而民無罷擾，徒以公衣被久也。

居三歲，賊破潼關，所過多殘滅，兵吏散降，他守令棄城走。明日別將徇渭南，公籍邑子弟能勝兵者椉城，外無黍民蚍卒之援，塹夷濠穿如蠡室，胔骼朱殷，火鼓之聲互動，人知必死無叛心。有頃，賊中紅旗起。先是，捉得生口，言賊令攻城，以兵下者盡屠之，紅旗則其號云。諸守陴皆哭，公不動。當是時，賊衆百萬軍華州，謀絕河浮渭，直抵長安，自華以西邊衛軍鎮數十州之地，行傳檄取之。謀至倍道會圍，嫌渭南梗其後也。城陷，公被執，賊露刃以須，堅眼作氣勢，公視微笑而已。佯誘不聽，索印，印不可得，遂遇害。有王姓者忠信，常布衣數詣其地貿易。兵興，會在圍中，嘗云城陷後，公還坐中堂，問閽者索水甚急，頮沐已〔二〕，就擒，無兒女子悲哀語。將就戮，仰天大嘆，從者皆慟哭。死，顏色平常，無婉轉可憐狀。嗚呼義哉！

公好古，喜爲幽深澹折之文。少孤貧，泥滓中意若颺去。至白首鄉邑弟子員糜既廩，同輩文學如其年，率駞身聽絕。出從一乳兒馬，請事尉長雄三家村。公呷唔冬夏不輟，兩兒累試輒冠軍，又不恃以屬其子，尋以大捷，其文誦之至今，所至士烝茂丞焉〔三〕。大抵公碩宿重負，而食報甚遲。勤勞奉職，奏課爲關中第一，而未嘗身受其福。嗚呼！丈夫晚登榮籍，死即死耳，乃砥節礪功名，卒能橫尸城門，遂其由來以身許國之志，豈非善處死者耶？事聞，先帝壯其義，故有今命。公殉渭南之明日，長安令吳從義聞公且死，嘆曰："後之矣。"亦自盡。其後死者稍著云。未有傳，王姓者談。

校勘記

〔一〕"守封疆"，康熙本作"死封疆"。

〔二〕"運志"，康熙本作"遂志"。

〔三〕"賣薪米",原作"買薪米",據康熙本改。
〔四〕"墜珥遺簪",原作"珥遺墜簪",據康熙本乙正。
〔五〕"因以",原作"囚以",據康熙本改。
〔六〕"潢池",《左傳》作"黃池"。
〔七〕"安丙",原作"安昺",據《宋史·安丙傳》改。
〔八〕"公肩子仲定",《史記》:"姓公堅,名定,字子中"。
〔九〕"鄡單",康熙本作"鄅單"。下同。
〔一〇〕"邢",原作"刊",康熙刻鈔本同,據《左傳·隱公十一年》改。
〔一一〕"轍",原作"輒",據康熙鈔本改。
〔一二〕"探囊",原作"探裏",據康熙鈔本改。
〔一三〕"付行在",康熙本作"赴行在"。
〔一四〕"二十三縣",康熙本作"一十三縣"。
〔一五〕"公憤",原作"公慣",據康熙本改。
〔一六〕"不聲問",康熙本作"不聞問"。
〔一七〕"地生人本乎天","乎"原作"外",康熙本同,據文意改。
〔一八〕此句鈔本無"而"字。
〔一九〕"魚鼇",康熙鈔本作"鼇"。
〔二〇〕"少林",康熙鈔本作"少休"。
〔二一〕"談用",康熙鈔本作"彼用"。
〔二二〕"頮沐已",原作"頮沐巳",是正。
〔二三〕"茂",原作"丞",據康熙鈔本改。

西北之文卷五

辨二首疏三首記七首

大風稽疑

己未二月之望[一]，畢子自陽鄉如京。時大風踰兩日，屋瓦颭捲，樹枝摧落如雨。出門騎步相持，氣塞而足不能舉，逆風僵，順風仆，雜與牛馬頓藉。道人掖以歸廟。定息，道人曰："噫，氣之怒號，非夫刁刁調調者？跬步顛沛六七十里，埋黃沙，孰知老人死所，其待之。"予懼謝曰："人不見風，乃今予見之矣。《春秋》六鷁退飛過宋，書見也。見其六而別爲鷁，與五石傳闕異辭。雖聖人闕且慎。予老，於其行死，安得如道人之御風者排閶闔叩天門乎？齊大國風聚辨士，楚大王風召詞臣。大風之飛揚思守，秋風之黃落懷人。以今衝騰欻忽，面面不見，無所置吾口矣。"道人問風雨雲雷，曰："風雨自天降由陰陽，雲雷自地出由剛柔。風陽之極，陰不能制，散而爲風則制陰，陰格而陽薄故也。風行天上，畜。行地上，觀。行水上，渙。識言行，從龍虎，公君子小人之羣，余懼不敢言。時風之異，先庚後庚以申命；天風之蠱，先甲後甲以長民。二月太史告協風，農器畢出，噓噏吹息，皆氣應之自然，夫何至此極也？五風風三代，八風風一歲，十五國風風一人。《北風》感焉，《谷風》刺焉，《晨風》興焉，《終風》怨焉，怨天乎？杜子美曰'無錢居帝里'，余自怨也。"道人問："前日兩土，連日大風相尋，何也？"曰："風者土之冲氣，雨暘燠寒由風，金木水火由土，猶人之視聽言動由思也。聖時風若，蒙恒風若，天與人初不遠。"道人不省，又問："入春大風，何占？"余亦不省。

道人出，余思六鶂退飛過宋，劉歆謂恒風之罰〔二〕。宋襄公區霶自用，不容臣下〔三〕，逆司馬子魚之諫，與楚爭盟。乃成王出郊返，風，前此之大木斯拔，王亦有自用意乎？一休徵三年，一咎徵六年，何風占之不疾也？人主間有自用之過，天必儆戒以譴告之。成王風至而懼，襄公風過而忘，忘斯及矣。夫告之而不應，雖慈父變色，襄公之逆天也。人主之上不見有所謂天者，天無搢擊之權，亦忘之，休咎非天也。師曠歌《北風》、《南風》，《南風》多死聲，以此知楚師之不競。聲微若氣，細若息，況大風震蕩剽疾，周旋而不舍也乎！睢水之風，高祖懼而遁；昆陽之風，光武懼而乘；瀚海之風，番漢懼而兩解；高平之風，世宗懼而借一；烏林、陽城之風，曹操、石重貴忘亦竟忘之矣。羽方揚帆縱火，符彥卿出死力，操自賦詩，重貴猶調鷹後苑，天之所以儆戒譴告，豈其微哉？海鳥至，魯臧孫辰不省，柳下季省焉；融風登太庭之庫，宋、衛、陳、鄭不省，梓慎省焉；燕墜毛長丈二，裴、頠不省，張華省焉。闈入太學，滅燭；石亨搆朝臣，拔木。天厭賊臣，人主不敢復私行其愛，而張禹、王安石謂天難知，不足畏，是道君於忘者也。

尾箕燕分，度遼主濊貊、朝鮮。箕星好風，月行從之。濊貊，今之朵顏；朝鮮，古之樂浪。在今安楛矢、皮服、海青之貢，恐有所觖望。疑一。風后之塵吹矣，須句、顓臾邑濟上，濟上蓬蒿，河決山東饑疫，恐其困迫於無聊。疑二。太昊風姓，生乘釐，乘釐生后照，后照生顧相，降處於巴，是生巴人。巴子五季流黔而君之，生黑穴四姓，廩君服四姓五黔。黔今貴州，巴今漢中。臨照子孫而禍福之，旦夕將歸命朝廷，恐其占風。疑三。夔蛇從風，夔子封豨，蛇主巴陵，殪於后羿之弓。今將次第即戮，徵大風於長隧，恐其鋌險。疑四。四者非疑也，懼也。懼而不忘，雖在殷憂多難之中，興邦啓聖，聖時風若矣。大麓之烈風弗迷，天弗迷也；尼山之風烈必變，與天變也。一飛一潛，一强一惕，而稽天若懼可知矣。湯儆於有位，敢有恒舞酣歌[四]，爲巫風；敢有徇貨色，恒遊畋，爲淫風；敢有侮聖言，逆忠直，遠耆德，比頑童，爲亂風。三風不匡，臣下墨。臣下墨矣，上豈不懼乎？懼則強也惕也，不懼其亦悔是哉？

忘起於不懼，不懼起於不省。或以爲難知，或以爲不足畏，以言天爲老生之談，棄遠矣。予往在海南視日，日兩環重暈，土人曰：「大風且至。」越三日大風，金鐵皆鳴，屋瓦樹柱相與傾洞，淪猗洲渚，隔阡滉漾。三日風止，多溺者。土人省此而忘之，曾無異於鵲知風，予之僵仆以死，何怨焉。道人高臥，予私懼爲稽疑，又北。

良鄉武成王廟辨

振姬命在壬癸，壬癸冬也。管仲以壬癸之日行冬政，《月令》、《時訓》因之。其法本於太公，太公以無射之上宫，布憲施舍於百姓。無射，九月之律，律之無射，山之無終，陰陽無始終云。振姬生九月寒露，自旅四爻起，歷小過至漸共十五爻，屬艮三爻，斷爲薔收之人。壬癸，真武之令冥爲政，不生無射，故壬癸生九月爲客，客多心疾，無射之不調也。振姬累歲病，九月戊午，客陽鄉真武廟，補病三月而愈，神宥矣。陰生金與甲，寒生水與血，金水夾日，望母爲家，雖憂哀不失靜止嚴順之心。衛生於溫淳謹密，無終無射，旅則旅，艮則艮，利在東北，真武之所憑神焉。

己未正月，武弁因敗兵闌入，道人草轙缾罍燈燭之有掃地，夜眠不敢伸足，漸侵振姬。主人銜振姬失謁，陰嗾弁，振姬窮哉！

樂毅、劇辛、騶衍宜以燕爲畏途，獨真武可狎主耳。廟東有毀宇四圮，梁柱、欂櫨、榆桷之木，在一梗，坐穿乎土，土有銃南嚮開口，階下挖三丈爲汙池，道人告余曰："此太公廟，久廢，神座嵌石斷滅，但辨武成王字迹，邑志亦佚。"上元夜，振姬如厠，犬吠，七八人起走，心識爲盜賊，間風霧漲天，毀廟屋梁委地，夜投諸坎。次夜，欂櫨、榆桷與柱盡，道人不敢言。太公令灌壇，風雨遠不敢加，今其主辱盜賊，其鬼不神，連夜聽薪樵伐木之聲，皆弁廝養脫籍者市易。太公以金鐸訓武，武卒敗而薪其宇，誨盜賊耳。武弁起盜賊，在官養盜賊爲卒，敗官養盜賊爲賊，太公以棘茨當賊，窮於無所入，不武。顧太公客燕，供應武弁廝養卒固宜，太公不得客燕，歆非體，享非族，振姬客陽鄉三月，幸矣。非我友而招，招主人避客，兵法客倍而主人半，太公不按劍問客，客主人也。徐子不疾走，定爲李密、王世充虜，何有太公既朽之土木哉？真武廟隣太公，太公祠毀，真武東北喪朋，振姬何尤焉。壬癸之政，曰善順陰陽時祀，曰無伐山川之藏，曰捕姦遁得盜賊者有賞。主人方賞盜賊，臧武仲不詰盜，真武壬癸之政隳，作教不作祀，一任主人爲之矣。聞武弁隸百三十卒，接署官礮伍符，見丁止三十有九。主人監餉四百日，闞出官錢，不問則賊氣逿至，太公真武何有焉？嗟我蓐收之人，有不去視太公。

　　燕莊公送桓公出境，桓公割燕君所至與燕；燕惠公入齊，齊與晉納惠公。客主誼如此。太公客以盜賊，令北道主人無禮哉！《燕世家》昭王子惠王，惠王子武成王，武成王立十四年，韓、魏、楚共伐燕，齊伐我拔中陽，燕、齊變爲仇讐。大呂陳於元英，故鼎返乎磨室，必不祀太公。道人記武成王字迹，此或燕之原廟也。太公冒燕武成王，是馮跋、安祿山冒，神其吐之乎？以太公爲客，武弁北面而事之誼，不得以盜賊，終以武成王爲主人，主人雖君臣異代，踐其土，食其毛，滋盜賊逼處此，毀宇毀主而莫之省視，謂主人何？

凡政，盜賊法死，而盜賊不止者不必得，必得而猶有盜賊，則主辱。聖王務時而寄政，即奈何以盜賊令也。武成王子孝王，孝王子喜，喜子丹，殺客樊於期，獻督亢地圖於秦。陽鄉東非燕有，武成王亦客。燕主人令逐客，齊太公、燕武成王概逐。漢陽鄉侯發魏，廣陽王建坐廢，留陽鄉，盜賊將卒，真武亦齒寒。真武主冥，冥主顓頊，顓頊執壬癸之政者，春不侵太皥，顓頊亦復爲客。客倍不能得盜賊，主人何避客之深也。帝嚳居顓頊城東，慕容徙顓頊城南，顓頊莫適所主，以真武之七星爲主。聞太乙五帝祠毀，大風拔木，震壓甘泉竹宮，唐毀廟亦風雨，上元武成舊王燕祠毀，風與日爭明，則失生之國，惡之。

陽鄉去京七十里，振姬不上逐客書。人與鬼無所處，窮極仰朝廷爲政，政不行而鬼神效靈。真武黑光壓城，乘龜鮫珠蛤，役修熙而驂龍蛇，披髮擁江雲之砲車，鞭風伯以下北荒，豈有盜賊哉？

乞致仕疏

奏爲乞放老病廢臣事。

臣本累世農夫，蒙賜丙戌進士，三十三年起教授以至布政，中更十任，碌碌未有學行之可稱。尋以病廢，歸耕十有九年，囚首垢面塗足，日與田父牧豎伍。農夫如臣而戴恩至死者，先帝賜臣進士，皇上許臣致仕也。皇上博訪學行兼優之人，部臣憲臣以臣充舉。臣老未死，誓當馳驅竭蹶，遂其許國之心於末路，豈敢言病乎？顧臣年六十有六，久以艱苦荒棄其心，學殖落而行誼衰，頑鄙狷狹，臣實自知。部臣憲臣知臣於十任之前，不知臣於十九年之後。若見臣囚首垢面塗足，亦將目而誰之，豈有學行之可舉者乎？諸臣學行可舉必其老益壯、窮益堅者，臣齒亡髮短，旦夕溝壑，先年墜馬折臂，右手攣縮不申，加以酸風烈日之銷磨，入夜目盲不見。手不申，目不見，不能執筆以綴所聞，又何以益聖學之日新、乾行之不息乎？

皇上博訪學行兼優之人，當籌兵、計餉、審官之日，老臣非營平、新息，盲臣非師曠、郤克，攣縮之臣非李牧、陳湯，不宜雜進，爲其學與仕殊也，行與能異也。叔孫通不舉學，魏無知不舉行，非其時耳。學行之無稱，以百畝之不易爲憂者，農夫也。曲儒不諳天下之大計，吾邱壽王發十難，漢公卿不得一，究與國家何益？唐太宗弘文館，宋儒議緣合小才，至於太平兩年閱《御覽》，祥符百部輯《册府》，紹興三月讀《胡傳》，究與百姓何益？臣以爲過矣。

皇上察政教之張弛、賢才之進退、紀綱風俗之治亂、生民之休戚盛衰、天心人事物情之祲祥順逆、權法之輕重強弱、封疆之利害安危、甲兵儲糈之險易多少，近不出一身，遠不過數事，皇上之學行畢也矣。中外諸臣方將勉強砥礪，佐高深而躋堯舜之世，農夫受賜焉。雖攣縮而目盲不見，老頌德化之成，戴恩以死，至樂也。

臣奉文四呈院司，州縣催臣就道，沿路夏旱秋淋，皆關聖學，臣憂農夫之憂而樂堯舜之樂，以是力疾陳請。伏念臣十九年前皇上許臣致仕，今年日益老，病日益劇，且學行一無可稱，懇祈放臣歸里，保全餘生，長爲農夫以歿世，死且不朽。

開光疏

是日一心叩謁菩薩、羅漢、大聖。伏爲振姬往監廣南，臨晉吳道子〔五〕觀世音菩薩一幅，移守浙江，臨唐貫休師羅漢一十六幅。山雲水石，晝夜江聲，魏晉隋唐，古今海道。嶺峰橫側，識面目於羅浮；臺殿高低，斷音聲於婺女。妄是真而出世入世，匯弱水之三千；近若遠而上天下天，照恒沙以十六。來時肩上挑盡烟霞，坐處胸中掃開日月。十年瘦瓊玖，燒不死之南宗；八代古嶙峋，染未乾之地獄。

爲念振姬暮年之老衲，曾弘海外之孤臣。書贊爲章丞相之孫，寫真以宋撫軍之客。洗青練白，墨客爭能；浣水漚絲，幌人供事。繪事先陳素面，解九淵以八淵；禪心後漬緇衣，淳五入而七入。不捨母之子，悲觀慈觀；無著弟與兄，大朗小朗。龍宮寂寞，秀色如凝；鷲嶺岩嶢，蒼顏欲滴。披海門之竹浦，八萬已過其三；捧狄道之金人，十二仍添其四。形其形，色其色，誰道有無無有，望中法象虛空；感所感，應所應，始知見見聞聞，合下悲歡定慧。明開心眼，舒蕉雨而傳燈；清到骨頭，捲苔衣而洗鉢。坐以艮成卦，身是兼山；行因咸作爻，心同皓月。以繒緣繒，以素緣素，水流花落之真常；船不撐船，鼓不打鼓，雲行雨施之佛性。明滅曹溪之一滴，依稀少室之千巖〔六〕。袈裟近掛中條，貝葉遙翻西域。

伏願菩薩、羅漢、大聖，法雲垂蓋，甘露流珠。望之如生，噓枯禪於古木；取以爲訓，吹鈍性於寒灰。去來甌越之虛舟，江胡四面；舒捲條支之若木，兒女三生。法會開光，如來證盟。

薦亡疏

伏以佛自心生，相由天造。三身四智，取水火而尋源；五部六臺，空色聲而歸寂。不見吾不見之處，可畏可象之威儀；如聞在可聞之初，自生自滅之神識。有感必應，無叩不靈。沐手焚香，飯身洪造。振姬南北辨見於高乘，去來斷心於大朗。耳目手足，可曰佛亦可曰親；規矩準繩，此其修即此其法。所說非所說，不爲父母寫經；有形未始形，曾以聲聞入畫。休糧絕粒，天台化合之容；弩目張眉，沙子降龍之力。花雖寒而不落，鳥如去而不飛[七]。啓岩牙瀑布之天機，開草葉縷根之佛性。以動靜分仁智，鼓破而默在龍雷；從消息一死生，琴亡而清留山水。無觸之風何聲，佛圖澄聽鈴翻胃；既爐之香何氣，鳩羅什娶婦吞針。敬仙釋必敬鬼神，尊其親者親焉；慕妻子不慕父母，生而死者死矣。生我我生，情想離合之間，形形色色；法本無法，是非得失之際，見見聞聞。斷腸五十絃，壽宮止留畫法；提耳三千種，齋壇自接天端。

卜今四月十六日，邀集禪流，展開畫卷。支肩短胻，鷲嶺山河；長帶素衣，龍宮日月。家家佛坐，牽一髮，引一指，親則望其生天；處處月圓，收其聲，藏其熱，子不食於死母。菩提樹老，服姊之怨未除；宛若風回，帷室之靈斯在。秋風春草，枯骨寂寞三泉；白月清池，禪心虛明一鑑。孫位蒸煙出火，生公叱石爲人。鹿拜象而呈圖，魚聽經而念佛。頂禮三昧水懺，供獻羅漢真容。若決江河，不舍晝夜。一花五葉，面壁山開；三黨十倫，晨鐘月落。羅刹峯頭五乳，舉頭但見爲親；摩登竈上一漿，開眼乃知有我。有成竹而出畫，問姑及姊；既折蘆而方舟，抱兒携女。青舒燐火，白放溪蓮。

因薦故祖仕官畢應科、祖母郭氏、故父朝議大夫山東濟南道參議畢一棟、母太恭人田氏、妻恭人郜氏、妾李氏、姊畢氏、兒女畢氏小杵等衆。逐雲外之燈船，洗雨中之飯鉢。識得廬山面目，橫嶺側峯；浮來弱水舟車，前推後引。蒼顏欲滴，以珊瑚爲筆，畫松劃荻之圖；秀色堪餐，或玳瑁爲簪，授經曬經之石。

伏願能忍不舍，大覺爲緣；仁度衆生，悲深一切。月是何色，水是何味，畫寒畫燠以流形；魂有其英，魄有其精，取日取月而入悟。燭不燃而自照，天監珠華；輪無軸而常旋，松陽寶蓋。謹疏。

陽城聚奎閣記

丙辰，陽城聚奎閣成。

閣道奎中絶漢，抵離宮營室，學以侍從待詔行在所，是之取爾。五星初起《顓頊曆》，仲春乙卯日在奎。今仲春日亦在奎，閣乙卯蓋鼎建云，落成當丙辰。龍尾天策焞焞，天策奎，王良策也。奎大圭不欲員，瀆不欲直，不員不行，不直則道不見，規其邸五面，面直一星，環奎成璧。奎近璧文，璧近奎貴，奎貴疆形賜履，履道坦坦爲天澤，直也。五行對待，從客流；行以聚奎，從主入〔八〕。生數五居天中，中虛者閣；成數五居地中，中實者奎。圖書皆以五爲數之祖，律曆本此。閣下映奎堂五楹，各翼以三，三五奇偶八，五六福極凡十一。始乎卦，終乎疇。奎十六星指諸掌，指節十六，拇〔九〕隱一爲太極，天地人相奇偶也。奎四度顓頊之墟衛，衛御史心知其故，夫子三至衛，弟子故多衛人之賢者。祀舊德不少奎，聖人之教立於禮，而陽城信，振姬疑焉，不知也。

知圖書然後知星土、律曆、兵農、禮樂、封建、職官、氏族、祠祀，能以其學治，神人不知則疑祠祀之非久矣。禮祀星辰用牲幣，風雨雪霜之不時禜之，經星陽中之陰也。五緯陰中之陽爲客，大事大，小事小，聚則其下之國可以義致天下。疑國祀不入鄉，金木天地之微氣，水火天地之章氣，章道神乎至，微道神乎終，非疇人子弟不知。天之道自北南，水火牡而柔克剛，黎氏司地爲南正；人之道自西東，木金譬而義制仁，豕韋主奎爲東伯。有奎然後有豕韋，有豕韋然後有封豨。封豨，人也；豕韋，官也；奎，經也；五星，緯也。學不經緯乎天地人，辨氏族、職官、律曆、兵農、禮樂，猶星土之遠近，古今封建之絶續耳。《周禮》辨九州封域，各有分星，奎宿咸池，既已臨照徐魯東諸侯，疑天下祀離坎。漢祀靈星以勸農，宋祀奎星以勸學。奎司兵，疑學殖落。

豕韋主奎，實沈主參，參爲晉星，晉代唐而不祀實沈，爲崇祀奎，疑參餕。觜一度當陽城，主葆旅事。祀奎，疑觜觿失職。天下祀奎，陽城未之或是。《爾雅》溝瀆也，《月令》降婁魯也，《天官書》武庫也，閣道附路六一，輦道也，軍南門，大將兵也，外屏天溷二七，豕牢也，司空一，土工也，王良控河中四星，奉車也，一曰梁也，策策也。策不動應漢郊，土工應樂浪城，豕壞御竈應燕，大將應度遼將軍，武庫魚飛應晉，瀆受河淮兩川應元明。奎不能福非其人之地與不悅學之人，天之不假易也。

或祀奎爲五星東道主，自顓頊聚天曆、聚昴、聚房、聚析木、東井、箕尾、營室，主人何慢客之甚矣乎？《宋史》"奎距西大星，侵壁二度"。乾德五年三月聚奎壁，竇儀非習兵之臣，知爲理學文臣生。元明五星亦聚奎閣道，元去而燕有天下，不知爲靖難文臣死，天道之難知如此。奎自豕韋有官，彭一豕韋，韋一豕韋，劉、陶唐氏一豕韋，《春秋》歲在豕韋，不辨顓頊、帝嚳。乃顓頊初立，歲在豕韋爲誰，庸詎知人所謂知之，非不知也。以星土推封建，奎之封豨即傳之封豨。封豨故夒子伯封，代義和爲夏天官，與昭明作衍歷國於桑林。金仁山《綱目前編》"仲康三年，羿滅伯封"。羿距夏，河南、河北諸侯道絶。伯封爲夏悍患，不以存亡易封疆之臣之義，失守桑林之社稷，力不及無罪。《左氏》："帝羿而暴罪封豨，且及封豨之父夒。"夒損益顓頊樂，爲律書，教胄子伯封衍以爲曆，當宥十世。《春秋》楚人滅夒，以夒子歸不名，非其所取滅也。桑林歸國除，伯封乃在。《天問》封豨死於羿，伯封死社稷正，不死，必君臣念亂，問王室以椹天下之賊，忠豈在靡、鬲諸臣後？惜《夏紀》不傳。桑林滅，夏亦中絶窮寒四十一年，其可紀者，天官封豨主奎也。少康徙伯封、豕韋，勞享不二心之臣，以其精誠格天，不爲恩澤侯，彭姓支子絶矣，《路史》亦不足信也。孔甲代以劉累，累去，后皋元年復國。商初取韋，祖乙命彭伯、韋伯，武丁滅彭，五十年征豕韋。周興，彭以國從，韋卒不顯，封建壞而氏族可辨。晉有封氏、鄒氏、緒氏、郗氏，神壹不遠徙遷焉。桑林之社既屋，陽城不知韋孟，述其祖豕韋，逮彼大彭，龍旂朱紱，真伯封之國之職之神。

忠於夏而發難殷國，自古彭城用武，奎之武庫在焉。夫子變魯爲文學，奎固星虎之星，革言大人虎變，武庫霜戈電戟，學爲子路執干、冉有用矛，止矣。子曰："有武事者必有文備。"聚奎衣裳之會也。五星連珠豈不以人哉？奎與夫子中分魯，子在奎必據我，況爲伯封之桑林也者。湯革夏，桑林旱，晉下彭城，偪陽之俘與桑林之神俱來，舊國舊都魂魄猶應依此。徑白澗黑，嶺陽泉輅，開陘、顛輅之道。夸娥山揭，少女溪流，芸穀舜田，范金禹幣。行則靈鼓接地，坐則旌夏倚天。周四宿守濩澤，秦一日斷太行。不知周、秦，無論漢、魏、唐、宋、元、明。漢、魏、唐、宋、元、明，陽城多顓頊子孫。不即顓頊之家，帝嚳後封建五服，氏族五音，象列卿於氏族大夫，有名累世之偉人大士，衣冠閥閱至今。都父母鼓徵文學，待致諸子而比之，以時習禮其閣，俎豆奎宮墻之間。神其吐之乎？求鬼神必以人，參、實沈人，奎、封豨亦人，禮也。聖人之教得禮而信天下，祀奎陽城，未之或非，庸詎知吾所不知之非知耶？

沋都國除爲都，都封豨之母家。以母教子，所禀智愚強弱之不同，而五事爲用。德自行於人之氣質，語其質所生之序，則水火木金土；語其氣所行之序，則木火土金水。人有五德，地有五行，天有五星。五星聚，問其國之德不德；五福歙，問其人之學不學。學以變化其氣質，天地初不出於聖人之五事，福亦隨之。《書》之典禮五，教民；《禮》之德行六，教士。順數疇，一二三四五；逆數樂，十九八七六。三一生其上下，生律；十九成其贏縮，成曆。農三八木，登五穀，兵五兩金，制六師。七八人氣從生,九六神魂從變。圖書之體用皆五,星土、律曆、兵農、禮樂、祠祀統焉。學之不可以已也,日在奎,萬用入學舍采,祀奎宜哉!

御史斗口一星次輔,輔次三能,三能次文昌,文昌次天理,天理次魁。四星天理欲暗,文昌欲明,《周禮》司中、司命也。魁以治內,杓以治外,《春秋》詳內略外也。三能坼且三百年,文昌六筐之魁隱,獨天理不泯滅。衛御史老陽城,振姬終疑之。

畢氏在陽爲陽畢,去陽爲畢陽,陽城屬記,振姬以此。衛御史貞元,字澹足;都父母甫,字平倩;有事閣者某某。例得書。

重修沁州廟學記

夫子車不至乎晉,教常行焉。沁,故晉之少水,水道九百逕野王夫子廟南。《記》"子欲北從趙鞅",不果,晉人思之爲立廟,思深哉!晉有唐之遺民乎?民性不能無思,思則善心生,民善則成教也安,不善則亂。子曰:"晉將舉唐叔之所受法度,以經緯乎其民,卿大夫以序守之,風教固殊焉。"夫教,《易》、《詩》、《書》、《春秋》。《易》、《詩》、《書》、《春秋》,學爲君臣、父子、夫婦、兄弟、朋友之禮義。禮義,性也;止乎禮義,教也。唐儉而廣,嘉禾逸,弓矢頌。《易》占晉曰:"屯而豫。"《春秋》之所以與晉,善其有禮義也。夫子之先大夫從晉逼陽以出門者,弟子公孫龍取蠱旗於子姚之幕[一〇],歸晉趙鞅。趙爲晉,善也。晉爲趙,亂也。溫原,沁南,晉陽,沁北。沁水,亂人之門。夫子自此遠矣。

漳沁同出,國不主沁主漳,亦猶唐、晉同封,國不主晉主唐。臣瓚註:漳北爲趙,上厬亭下厬聚,環五巘八特之高險,帶專池梁榆轑骸之亂流。沾濫、呼涅、窮石、苦成、謁戾,世靡以爲居,疑皆不可教之民,乃在《詩》、《書》所傳。兩漳三膆,余吾之役夏、商、周多。《春秋》"晉蒐",皋狼劘交,剛猷攢哑,則進之;

柏封少水，莊京少水，則微之。以善易不善，不以不善易善。綿上之君臣，銅鞮之父子夫婦，苦成之兄弟，祁黄羊之朋友，無不澤於禮義。當時《易》未繫，《詩》、《書》未刪，《春秋》未作，夫子之教未行，郭偃占《易》，羊舌職誦《詩》、《書》，胎以《春秋》傅太子，人性之善如此。子曰："銅鞮伯華不死，天下其定矣。"又曰："叔向，古之遺直也。"若從遊夫子之門，因其性之所近，裁而勉之，爲善之途無亂人焉。子曰："亂而治之。"惇惠者，文敏者，果敢者，鎮静者，與不善人與於亂。四族三縣，望之喟然，意其教亂人之性也。性命寓諸《易》，性道寓諸《書》，性情寓諸《詩》，性教寓諸《春秋》。性非禮義不定，非教不成，教在夫子，豈於晉有外焉？

沁水介在辰、穀。辰以成善，辰與實沈，兄弟也；一曰火水，妃也，夫婦也。穀以滋善，晉之乘曰："嗣續其祖，如穀之滋。"父子也；穀之飛實生蟲，臣利穀，不利蟲，君臣、朋友也。沁於君臣、父子、夫婦、兄弟、朋友，性可以爲善而自棄爲不可教，其亦不思矣。教有八疾，晉之所材也；師有六術，趙之所弊也。興禮義以起教化，《易》、《詩》、《書》、《春秋》必折衷於夫子，趙鞅問東方之士有若吾夫子者乎？夫子之弟子銅鞮伯鄔〔一〕子家。鄔氏視沁若尺，沁州目而誰之，其誰識夫子也者。然則濫、涅、戾、靡窮且苦而與於亂，性非不善，失教也。趙聘夫子不至，因以子高尸夫子。時子夏以《詩》、《易》疑夫子，而曾申授吳起《春秋》，漳、沁坐困。木鐸教文，金鐸教武，終不可無夫子之教哉！廟學禮義所從出，《易》以神道設教，《書》之"秬鬯"、《唐風》之"良士瞿瞿"，修禮義也。禮義興而教成。

清興，詔修廟學，沁州殿直郡西南，亢以重簷，繚以修廡，廡隙開挾門二，中作闌門，門次官教名宦，行次其鄉之賢者。距成賢坊三，坊下塞門亦三，後達啓聖祠有宇，尊經有閣，尊罍犧醢有所，外望有樓有祠。汪大夫宗魯引振姬入廟，肅肅有神，夫子哉！西偏移泮從宮，置齋從堂。堂以明君臣、父子、夫婦、兄弟、朋友之禮義，齋以復性，門以屬其大夫士，坊以旌學，閣以尊《易》、《詩》、《春秋》，祠以祀夫子之先大夫，殿以宗夫子，廡以侑夫子之弟子。禮義生於愛敬，夫子之教也。

廟或給以官錢，大夫不得擅爲，以吾夫子之故。坊民時而重其役，大夫又不肯爲，自出俸二百五十兩，支庫貯無礙銀三十兩。於時官吏紳衿〔一二〕，翕然助工。沁源令汪某、武鄉令某各佐費二十兩，學正某十六兩，鄉官吳琠二十兩，時鵬雲十兩，生員王調鼎十二兩，民之供若役，受若直〔一三〕。不礱不刻，石不馮，鐵不賦，樹不燔，甃以唐之陶，櫛以夏之瓦，鬃以虞之漆。從其等，禮也；備其物，義也。大夫躬涖其役，以吏目姚時和賦事。諸生牛徵麟、高昇語其士若民曰：「廟學爲漳沁之禮義相先，先成名而後致力於神，善以緣善。」尋集大夫諏諸振姬。度其旁可射圃，《春秋》之迫險崇卒，在今沁州。過南關而不守，非夫子文事武備之教。故思患而預爲之防，大夫報政當遷，爲善無近名，奉上德意，廣其教於漳沁之間。大夫之姓有然，《春秋》魏舒以樂霄爲銅鞮大夫，趙朝爲巫陽大夫。陽，故陽城，今沁州羊舌氏邑。子曰：「魏子之舉也義。」汪大夫有舉者，其亦感發人之善心哉！向班席止野王廟碑，以夫子非碑頌所稱，宜立記焉。首尾沁水，故書。

重修三壇記

社壇在東，稷壇在西，高平南壇不可識。古者長平建國，此其古之侯社乎？抑大夫以下立一社，或其置社也。或曰：「壇主祀風雲雷雨，是漢所祀靈星也。」北面有牆，答陰也。坎瘞以陰時陰位，牲皆黝色，喪祝掌其禮甚設。子路曰：「有民人焉，有社稷焉。」高平三壇皆圮，有民人無社稷，先後令坐法免。往歲劉風佑君教諭以黑衣奉祀事，荊棘莽然，址内外卧牛馬，惡草具縮酒，烏鳶下窺其几，攫之肉，跪起不成，老媪束短裙爲尸。蕪鄉之社，蕪國之稷，至此其極哉！

已謀之於余，余悲里社樹無懸錢，歲時叩甕拊缶以爲樂。朱絲縈社，若或脅之。高平邑無枌榆之會，長吏爲民父母，而莫之省憂，如父老何？會武公假縣令，佑君以其事請，慨然捐金，尚尉因助以其貲。三壇并築，鍤畚畢從，不數日而工竣，餘金覆之以瓦。《春秋》工事，作之書，毀之書，絳縣之老罷矣。澤門有晳，佚其役而歌者止，況於社稷之役哉！數日而工竣，此其社爲樂公、石相也。

《春秋》鼓社救兵，鼓社救水。衛先生爲秦畫長平之策，髑髏滿坑，周、齊東西之所争，周、漢南北之所掠，屠以爾朱父子，焚以粘尤，獮以闖賊、姜逆，水旱螟螣之不時，固其變也。一中散坐白社，董威駐輦，數十百萬僵屍蒸爲疫厲，又無地妥其神，神其吐之乎？先成民而後致力於神，三壇宜矣。抑聞之句龍爲社，柱爲稷者有年，殷以旱易夏稷，周以兵屋殷社。《淮南子》曰："禹勞天下，死而爲社；棄作稼穡，死而爲稷。"升除遷轉不一，其人亦若長吏之能，官與其失職，上功曰最，下功曰殿云。乃今三壇棋置，小鳴大响，自此有賢君子其間，吏行勉之矣。樂巴以鬼道治民而民治，張魯以鬼道治民而民亂。三壇陰神，使鬼物取以形，夫吏治之得失，蓋亦人事也哉！

振姬叩甕拊缶，相和而歌以爲樂，鶗鴂襲諸人間，社稷存焉耳。武公謫太原，拊篆高平，又傲工修敬一廢亭，皆以佑君請勤事，其於人事知之矣。

劉侯建三嶕廟記

皋落迤南爲三嶕。三嶕，古窮石。徐陵《與李那書》"若見三峻之峰"是也。

窮三世二姓，羿爲大，羿佐堯彈九日〔一四〕，繳大風長隧，撅鑿齒疇華之澤，輾凶水九子嬰殺之。河伯出入於河，眇其目，遂嬪洛神，殪修蛇洞庭之北，委其蜕爲山。羿數立大功，除民害，堯、舜、禹憂天下，羿之勳爛焉。庚辰以稷易柱，栢翳以虞開趙、秦，羿世爲射官，馮珧利決，騎日月，驅風雷，汓江河而注之東。世祀宜哉！一日醢封豨而帝弗善也。終堯、舜、禹之世，窮卒不顯，將堯、舜、禹無窮國耶？

學者病其文不雅馴，往往吊羿之不終而諱其窮。左丘明、屈原、劉安、羅泌、劉恕所誦説，或溢美。乃風山摇摇，天子至擴原之野，飛鳥之所解其羽，又何以稱焉？然則堯、舜、禹尊異之，非窮之矣。羿自鉏遷於窮，聚高辛氏窮子、高陽氏窮子衣弊食糜其間，折齒斷弦，臂三分垂在外荒。諸梧鼠距虚之穴以開，口南曰"呀"，北谷曰"苦"，又北馬澤曰"屈"，黄羊國曰"祁"，諸不得姓之國副處曰"暴"、曰"過"。是時，窮四鄰諸侯卷衣、米莢、穀遠，擯不與通，邑之麑貍有懼色，而鉏所與粟氏、粥氏、資氏、緡氏、口引氏、屋引氏日以益疎。羿見一弓、二矢、三輪、四輿、百里稔、百里桯秸之皆窮途也，鈞石無所更施用，自此天下有窮人之諺。少皞氏不才，子尤而效之，天下謂之窮奇，帝逐窮奇而處窮。《夏書》曰："有窮后羿。"周虞人之箴曰："昔在帝羿。"羿帝制而王侯自爲，終身不革，夏嘆爲富有四海之内，窮安仰哉？窮官武羅伯，因熊髠、龍圉皆坐免，内外任伯明子浞。羿喜浞一寒至此，自謂寒者窮也，卒父子死窮門。嗟乎！羿以窮而不知變，張弧載鬼。故王柏於有窮拒河之日筮卦曰"暌"，於窮之滅伯封争諸侯筮卦曰"訟"，失於當更化而不更化也。

然堯舜禹無羿，日月之光以荒壤斷水，絶我之爲風波之民，非所以憂天下也。舉長矢而貫天狼，灑道成梁，風雨時叙，拂若木之枝，逐文魚之窟，至今得與優游，以安於窮，顧不當世祀耶？窮左右輣谷汾川，風行水漸，弧主兵而參主民，莫不星而禜之，社而貍之，羿功過不相掩，實照臨窮之子孫而禍福之，忍餕而已乎！

窮浞襲窮之號爲逆，澆豷復窮其所處。於是風八日爲蟲，回禄信於聆隧，女魃四目，有方二三里之旱。冬起雷，夏造冰，饑厲椒辛、鄩貳。委國於寒，民大失望，益思羿窮，果有君子小人哉！

少康四十一年，窮氏族，有窮遂亡。亡夫亡窮者也。商之王也，三嵕以窮寇勿追，頌三蘖而不及窮，故夏、商有窮人，無窮法。窮散處天下，子孫譬寒澤不過代北，無窮之門其限也。子行太行曰："丘諱窮久矣，而窮乃在。"遂行。以來窮數如懷，李商隱、韓愈指目其數送之，亦已惑矣。

三安劉侯奉堯、舜、禹德意治泫，泫之窮而無告者啼咳嘤嚶，朝夕加之於膝，左擁而右飼之。四年不以長吏勞苦厭吾民，其慈不掩其明，善不善交頌。久之，劉侯窮，容貌若見所不足，然猶生枯壯弱，日修補殘缺廢墜以爲常，是其窮且益堅耶！侯甚敬祠而重祭，初下車憂旱，土人請禱之三嵕。侯以祭窮文非旱備，念伯封爲羿所夢，泫之自出也。當日阻大河而塞太行之道，冒於原獸。《水經》"原公水出泫氏"，南北甲氏、射氏，泫蓋窮鄉也哉！露禱大雨立至，窮則必變也。廟上漏下濕，苤蔣浸乎題楣，像陊剝不治，土人望歲得請，四年無盲風酸雨，不知有寒何窮之能爲。侯大度廟之前後，方廣加於舊十弓，高敞稱是，柱礎甍楹楥梲極一時，椵闑扂楔，瓦鱗參而堦防截[一五]。人餼具工，用物雜算，其直不取於官庫，民家之所出。尋就東西繚垣及門，高於舊尋，門外二河百堞，光景屬岸而來，此真三嵕之峯矣。成民而致力於神，夥頤！窮之爲宇沈沈者，其據我乎？

會劉侯遷寧州，羿所射猰貐本其地，何窮之曘也。羿工於射，拙於不能使人，無譽已。今令一羸馬，民一大錢，李克言窮必視其所守，堯、舜、禹能官人哉！

廟毀不知所始，劉侯大之，民賈希珍作之，振姬記之。侯，三安人，諱璟，字荆公。振姬，汯之窮人也。

此等文章，誰能爲之，誰能解之？非老夫則畢子幾於刖矣。老夫之於文，不下數十百萬言，惜乎遂不得畢子一見之也。傅公他先生。

漢前將軍廟記代戴楓仲

洪武初年，拭始祖成忠自代遷於祁田，於縣東北三十里成聚，名其鄉爲戴家堡。西北外臨河有關帝廟，當其盛時，生人壯大，涘渚之間，饒犬馬羊以萬數〔一六〕。民以香火之不便，成化元年移帝廟於堡前，民漸凋敝，厩無繫馬，牛不過十頭，羊僅一二羣，生人亦短小，兼之河水漲浸，民憂其魚。堪輿家之言曰："遷廟舊地捍水，村當復興。"宗族居人喜，悉力殿宇翼舍，相與助而成焉。工始乙卯四月，竣丙辰六月。徙廟故基而民安，水亦西徙無漲患，如堪輿家言。居人俾拭記其修廟之年月焉。

按《蜀志》先主爲漢中王，拜帝前將軍假節鉞。後主七年追諡壯繆侯，讀書者能道之。帝以忠義至誠坐蜀荆門，徇漢上，北向中原逼曹，賫其志爲神，何有祁坳堂之杯水，騎商蚷以驅河也者？祁民既致力於神，神豈吐之乎？宋大觀中，追封神武安王，廟號"義勇"，於正和中勅拜崇寧真君。宋始著戴，其先湯十一征，升祔爲關，故戴世祀神，宜哉。商宋趙宋，一也。萬曆四十二年，太監李思齋捧金牌，勅封神威遠震天尊關聖帝君於正陽門外，一人之神，半爲真君，半爲天尊，真王大帝崇奉無已，非有帝制而天子自爲者，猶是忠義至誠之人已矣。或曰："宜稱季漢壯繆侯祠。"拭以爲此老生之常談，王之號爲帝，以誠動物，激發忠義者尊親，懲創不忠不義者禍福，是南郊稱天以誅莊周，有言時爲帝者也。

永樂北征本雅失禮，經闊灤海至翰難河，擊敗阿魯台，勒銘於山。軍前每見沙濛霧靄中，有神前我軍驅，其巾袍、刀杖、形貌、鬚髯，關帝也。獨所乘馬白。先是，車駕北發，燕市民所畜白馬，晨出立庭中，不動不食，晡則喘，汗定乃食，回蹕則止。帝王有道之所守，必不私祁之一堡，然幽贊不測，視其祁若尺而已。徙帝之廟，因爲迎神送神之歌：

帝之來，天門開。騎天馬，揭雲旗。惠我下民不肯回。時哉時哉帝定來。右迎神〔一七〕。

帝之往，天門上。念我民，殊鞅掌。下民恐怖，帝威其護。下民其假，勞帝之馬。帝馬其飛，懷帝之威。下民太平帝始歸。右送神。

韓王山玉女池記

韓王山峯南直寺，峯拔而壓寺之上，石巖巖玉立，下瞰城郭村市以百數。二水披山以來，山盡水合則縣出，縣水之陰，山之陽也。峰北直蒼頡之山，山東西開，盤繞縣之四面，大山垣，小山岌，而後韓王之山有升氣。

寺下峰腰三徑。南徑濫泉曰"馬趵"，韓王所從飲馬者。東西徑山後二泉，陽，陽出；陰，陰出。陽出東徑之北峯，穴出也，穴出沈雲曰"黑龍"；陰出西徑之南峯，懸出也，懸出沃泉曰"玉女"。三泉何大乎？玉女神泉爾。

泉內外石池二，一有水，一無水，爲瀾汋，有時婆璋其原，滌貯淤，少稍具索。內池方，中三尺，深四尺半弱，砥欹沒地，食水可三尺。南雷則自刮除成空，而稍深注水以龍噣直頸，噣纔容手〔一八〕,旱則手浚其泥,雨自頸出,水及濾,瀉渟而西泖。鯢紐下水槩約尺,粻嗦接渠走外池,池水溲而不洌,渠小也。下水槩室,不則輸渠所從來。大則源淺,源淺則其委不繼,而外池爲瞀。外池之渦潑不瞀,內池輸焉矣。外地規九尺,深尋,外深於內倍尤半,而水輸焉者下於內也。度完平處更開空,不則築垣而居。其水也,馬趵泖而重,水中荇藻不生;黑龍鹵而輕,嵌寶鐵,山水多墨,墨蝕石腹敗,以飲,茭不萑,蘆不葦;玉女泉甘,僧於外池盛蓮,風雨晦明,香烟露氣相上下,花葉清靚不俗,高幢若玉女之投壺。神,玉女爾。春夏薦草茵,魚潛內外如箭舟,乙丙游以爲篆,鶑守澤見人鳴;秋來躪池柳寢短,熱泉之熅燎出口,吃吃爲霰;冬雪漲空山,是豈玉女覆卮也耶?玉女祠主池東,鱗瓦肪塔〔一九〕,朱丹礬錯刻鏤之用備,榱柱翌然無一木。中肖象兩玉女,本神農少女,神農得泉爲穄書,山北聯神農古井,一女精衛,何兩也?聞李梓人構百年,李主僧父,僧羿以高禖藥五縣,度爲南亭。石巖北居,懸流欲墜,門界二池之中,括地三十弓,徧矣。蓋有池次有祠,有祠次有亭,有居有門,有內池次有外池,池之所漸致者,無不有。所以用僧之力甚設,僧父子營一泉,埏土、篆石、刮木、踵頂爲之罷,豈有愛焉。夫父澤近不及子,子或不業亦多矣。自可以池自照也。

　　山於唐、宋、元、明多人物,今李司馬家山陽,趙會魁家山左。往約陳司徒椽登峯,遲余山右。余學山不至於山,三日坐韓王之片石,思田太史難持贈,屬余記遊。寺僧愈益喜,寺成皆李司馬〔二〇〕力也。老僧文志眇一目,朴率不甚解經,余心識四十七年,相見無一語。更二年隨張觀察、李別駕遊池,詢老僧卧山下,左右肩肩而多一目者,皆非老僧矣。山下泉春沙出砌,齒齒古寺基,彌望造楮之家墾其室。楮幣錢幣曰"泉",泉以類相感,亦足見人之悉力於泉者錢而已矣。多錢〔二一〕善賈,東徑黑龍泉爲錢眼,宜其廢也。司馬營寺，僧父子營寺泉，孰識韓王、玉女哉？韓王之山實照臨縣之吏民而禍福之，源泉有歇，守物之終始不竭，可以興也已。

重修敬一亭記

亭在尊經閣、明倫堂之間，可以言學矣。六經之學博以約，約主乎收歛，無內外，一也；五倫之學知而行，知主乎省察，無動靜，一也。一者，敬而已矣。

程子言入道莫如敬，蓋自小學進於《大學》，其於灑掃、應對、進退之事，持養已久，是以《大學》始教皮弁祭菜，示敬道也。米廩，敬老也；序，敬賢也；術，敬業也；頖宮，敬祖也。經以《詩》、《易》理性情，倫以綱常立天地。有閣有堂，不可以無亭。今使閣有藏書，堂有尊卑，族姓無主於其中，非竊而文之，則狎而侮之矣。敬之爲道，中有主而心自存，心用之一事，他事更不能入者，事爲之主也。事爲之主，心可強而不渝，況於敬爲之主乎。有主則虛，有主則實，兩言皆載《近思錄》，以是動靜內外之説起。內欲不出曰"虛"，外誘不入曰"實"，則內外未始非一；動有而靜無曰"虛"，動有而靜亦非無曰"實"，則動靜未始非一。一者，敬而已矣。

子曰："執事敬。"要使心之全體整齊、嚴肅以爲主，流行周浹以爲用，豈有一念之或岐，一息之或間哉？新安敬義取諸《易》，以其義爲舉問思辨之善而善一，南軒敬仁取諸《書》，以其仁爲視聽言動之禮而禮一；濂溪敬誠取諸《禮》，以其誠爲喜怒哀樂之中而中一。夫似中者，延平不以爲中，中無主耳。中無主而禮以定命，善以誠身，豈復能一哉？

平日虛心觀理，豫養之未發，而一意一端，擇而兩之、四之、參之、伍之，執而十之、百之、千之，不使撼其心之所不覺。覺有持循無將護寬，假於其私自無放佚於其理，私不一而理一也。常在曰"止"，自知曰"獨"，極深曰"幾"，悚然若有所畏。物不奪其心則知止安止，天矣；介然若有所持，動不違其心則守獨慎獨，王矣；惕然若有承心不遺於事則沉幾知幾，神矣。

主一之謂敬，無適之謂一〔二〕。一以致精致其虛，此心無內外動靜，主收斂不主上蔡之展拓；一以備萬備其實，此心有內外動靜，主省察不主金華之存在。一為主，二為用，用止於九，九復變而為一。一者，形變之始也。水火之生化，食貨之源流，星辰之順逆，政教賞罰之先後，鬼神禮樂之幽明，主於敬用五事。事主於思，以心作聖。聖人之所為學，性情也；而其所學，天地也。豈不約而可行哉？此亭之所以為作也。

嘉靖詔大小學立亭，箴以敬一，實以程子四箴。四箴所由適於敬之路也已。當是時，五星聚氏，氏為天廟，故甚敬祠而重祭。以嘉靖學有殷，殷尚敬，敬之失以鬼，不能學武丁之學，是豈主一無適而聖教敬日躋哉？今上詔修太學，及於郡邑之學，學武丁之所學，承以大夫師長，莫敢不一於敬。敬，德之興也。高平敬一亭廢，學博劉君議修難就功，武公假令數月，一舉成之。亭成，內外動靜皆從敬入，經術性情之微，倫常天地之大，未有不約之敬者，貞夫一也。程子因默數倉柱，指示學者操存之道，觀於亭者，知學矣。以亭主學，以敬主亭，以其尊經而明倫也。主敬，其益進此而學也哉！

亭址高於舊二尺，柱尋而楹長，鱗參節錯，下可南可北，東西墻如肪截，亭上偏闕為兩，可十四楹。朱子言纔覺間斷便已相續，然則吏能敬官，學能敬業已。

校勘記

〔一〕"望"，原作"聖"，據康熙鈔本改。

〔二〕"恒風"，原作"怕風"，據《漢書·五行志》改。恒者，常也，與"怕"形近而誤。

〔三〕"區霧自用，不容臣下"，"霧"原作"務"，"臣"原作"城"，據《漢書·五行志》改。

〔四〕"恒舞"，原作"怕舞"，康熙鈔本同，據《尚書·伊訓》改。下文"恒"字亦訛作"怕"，亦據《伊訓》改。

〔五〕"晉吴道子"，當爲"唐吴道子"，疑誤。

〔六〕"少室"，原作"少至"，據康熙鈔本改。

〔七〕"鳥如去而不飛"，原作"鳥不而如去飛"，據康熙本乙正。

〔八〕"從主入"，原作"從主人"，據康熙鈔本改。

〔九〕"拇"，原作"挴"，據康熙鈔本改。

〔一〇〕"公孫龍取蠭旗"，原作"公龍孫取逢旗"，據《左傳·哀公二年》改。

〔一一〕"鄲"，原作"鄓"，據康熙鈔本改。下同。

〔一二〕"紳衿"，原作"神衿"，據文意改。

〔一三〕"受若直"，原作"受苦直"，據康熙鈔本改。

〔一四〕"彈"，原作"彈"。《楚辭·天問》："羿焉彈日，烏焉解羽。"彈，射也。形近訛作"彈"，故改。

〔一五〕"堦肪截"，原作"堦截截"，據康熙鈔本改。

〔一六〕"鐃"，康熙本、鈔作同，疑當作"饒"。

〔一七〕"右迎神"，原作"右送神"，據康熙鈔本改。

〔一八〕"噣"，原作"嚼噣"，據鈔本刪。

〔一九〕"肪"，原作"昉"，據康熙鈔本改。

〔二〇〕"李司馬"，原作"司司馬"，據康熙本改。

〔二一〕"多錢善賈"之"錢"字原在上句"而已"二字後，據康熙本乙。

〔二二〕"無適之謂一"，"一"上原衍"之"字，據康熙鈔本刪。

記四首序四首

新城按察司獄記

　　上屢赦而奸不戢，越民輕悍、貪邪、盜亂之麗於法者相隨入獄，獄至陳枲定矣。論報以俟奏當之成，得請乃上下服。越囚遠不解京師，獄市爲寄。舊有獄爲内厩養馬，郡邸獄隘，徙治新城之東偏。度隙地得若干弓，土疏而受風，爲近南門。南門者，天門也。後有渠以流其惡，東西日月之光竟朝夕，其下岈然豕所利處，窪然虯所寵避。至罪人之貴賤男女，下濕上蒸，慘無處所，獄成而人之死者十六七，尚皆隱哉！吏民張目視其工，起諸桎木流諸川，工用左右輸作厮徒，與功而不與分，益之以踐更，不領於復書之經費，尋就。

　　爲三牢割宅，雖死刑不上福。因不許入女子之居，甃坎井而縮其口，左右足不容入，懼汲飲者相捽。日出留寬閑之地以游其生，梳篦蟣蝨，搔摩肢體。別貯赭衣、瓦器、土銶，從竈上掃除，因服往來門内，止鑿門，示親戚以面，胠肩肩也。

　　獄官治所曰"虛堂"，牢星虛則開出，志獄空也。旁獄卒爲舍有兩，使番直得休乎此。入夜負墻而走，嚴更如一。門外繚以危墻，横術廣廣。願望圜土而不入者，人也。將在獄爲非人耶？傷斷人之肌膚，抑使對簿，鵲巢人生，鳩鳴人直，蟬噪人悲，犴齒人死，狒狒從地下食死人腦人盡。越俗傳爲水火刀劍之獄，或以人鬭虎豹，餒蛇蟲，冤爲鵠，厲爲虎，拜制罔差有辭，人自爲種而天下耳。觀夫肝蟲乳虱，蠕蠕疏鬠曲蹄之旁，自以廣宫大室，烟火舉而焦爛，樂生畏死，鬼哭若呼，安見其非人矣乎？柏舉道見罪人，解朝服而幕之。立人之所病，聚人之所争，窮困人之身，使無休時，及其至此而棄之爲非人，乃始離跂攘臂乎桎梏之間，意甚矣哉！其無禮而不知獄也。

輕悍、貪邪、盜亂之不戢，起於賄賂行而賦役重，民莫必其旦夕之命，至囚服爲罪人，其可憐矣。漢禁南越劓刖人，自新息駁數十條，人奉馬將軍故事。孔戮刑德并施，千里不識盜賊，於時人被不殺之獸、能言之禽，古今人不相及乎。吏或不能奉法，法使私無行也，而用法以私相取也。索官以鬻獄，親戚交游合則更慮矣。析律二端，深淺不平，其極殘刻縱弛，不過一裘一金，斜封一紙，禁掖一拜，至於地府天牢，枉殺二三百人。人不可獨殺，越吏已既見之矣。大賊星出正南，去地六丈，數動。今之爲民賊者以百數，使馬能言，騶虞無所逃其過，乃罪輕悍、貪邪、盜亂之不戢，亦已甚矣。

時枭用法有倫，無使輕悍、貪邪、盜亂必得之法，輕悍、貪邪、盜亂法死，然而輕悍、貪邪、盜亂之不戢者不必得。必得而猶有輕悍、貪邪、盜亂，人未知禮而法不法也。熒惑南方主禮，禮者禁於未然之前，法者刑於已然之後，其數兩兩相比，陰陽而已矣。越門陽户，衣裳禮樂之與居，絶河達嶺，東抵越嶲、東甌以爲南紀，是故赤帝行德，天牢爲之空。今以輕悍、貪邪、盜亂之不戢，畫地爲牢，亦已刑於已然之後矣。

效於古者先禮而理，治於今者前刑而側，是相與爲春夏秋冬也。衡用於夏，萬物取平焉。火烈畏之鮮死，以故南交火令不行刑，作壹搏之，制其刑於空虚不用之地。踦屨當死，踦腓當死，越人不盡爲鬼魅，雖復齒於糞土之中而不辭。顧地窺天，燃即溺之，震悸惕息，而知獄吏之貴。問以田疇耕稼之正治，上當牽牛，鷄狗、杵臼、糠粃、瓜蓏之實息，未嘗不慕；城郭、室廬、門巷之潤澤，未嘗不思；獄上斷指滿稽，斷足滿稽，譬如屠割牛羊，未嘗不懼；以其父母、妻子之所倚重之身，日與法吏伍，蚊蚋嘈膚，嬰金鐵如委土，鈴柝之聲竟夜，未嘗不悔。悔懼思慕而示之以禮，輕悍、貪邪、盜亂豈兄，堯舜之教民湞滓焉弟之哉？

　　法以救敝，禮以養人，衡不偏輕，火無自體。出爲《召南》康叔之仁，入爲祁父蘇公之敬，不苛不旱，刑輕於他時而犯法者寡，貴人之牢、賤人之牢空矣。天理上縮，貴人若見若不。以禮御下，禮失。故唐宋衣冠之禍，南越獨慘。市之中賤人聚，一星二星三星積十五星，不見獄空。其下罰主金贖，禁之於微，是蓋所謂禮意也。天道遠，人道邇，是故中垣天市之獄欲空，時臬法官之獄欲見。獄者，萬民之命，所以禁暴止邪，養育羣生，憫然念外人之有非，養育之以定命。堯舜之民布衣無領而當大辟，知有禮矣。見所見而懼且悔，因得所及不見之爲慕且思者，豈有輕悍、貪邪、盜亂之不戢矣乎？正月月暈常大赦，赦者小利而大害也。今日出獄，明日入獄，獄卒不能空，形勢得以爲非，雖堯舜禁之不戢。南方有倚人焉，問天地所以不墜不陷，風雨雷電之故。雷電合章，君子以議獄緩死，《易》爲之幽而《禮》爲之明也。

　　余行佐司寇，治貴賤之牢，獄至司寇，成矣。天下輕悍、貪邪、盜亂之不戢，獨越人哉？無赦之刑必平，刑本於《禮》，不出乎害人，雖以天下視越可也。

得義祖祠記

　　先大夫爲子次三。《禮》支子不祭，家廟在宗子之家，故《曾子問》以上牲宗子爲祭，宗子士不當祭祖，支子子爲大夫當祭祖，不當立廟。崔氏云"當寄廟於宗子之家"，得以上牲宗子爲祭也。《王制》大夫三廟，自昭穆及太祖；《祭法》大夫三廟，自祖禰及曾祖。《鄭志》以爲殷、周之別，《王制》殷，《祭法》周也。

振姬微，不能遠追曾祖。祖訓子若孫至八十八歲不衰，比卒，猶惄惄先大人父子不成。今諸孫成者絕少，振姬即迎祖先大夫祠。子游之徒，支子有祭其祖者，死者有知，不忍去諸孫，而享伯方之孤孫也，必矣。

得義先大夫故宅，相傳先大夫及振姬、澍生東耳房。族老勒賣堂房間半，聚訟；光大夫受室，族人又勒賣間半，聚訟。合五間爲先大夫分物，直南配牛房三間，塌毀。子孫田其田，宅其宅，不知爲祖父田宅，即不爲祖父田宅，亦祖父子孫之田宅。祖兩跪縣門尺寸土，貽子孫魂魄猶應依此。依此購爲祖祠，臨照子孫而禍福之，鬼不餒而，先大夫心乃安。因從郭志興購西耳房基，肖大士像三，累上子孫故也。祭日蔬果香燭先薦，然後行禮祀祖。祖坐中寢，兩檻從殯，以四子配食。冬祭設位以迎遠祖，以祖配食。程子云："祖無遠近多少，其可知者皆祭。"殷人名，周人諱，宗子主之，兄弟各獻祖禰於同堂之上，子孫致孝焉。每歲四祭。祖生正月二十五日，展爲春祭，生物之始也。油食熟味各一桌，香燭楮幣如儀，端陽角黍、時蔬，中元蒸羊、時果，雜以香楮一桌。冬祭合食，特羊在兩羣内輪檢。清明盧餅加韭爲墓祭，在外。振姬祭以少牢，用大夫之牲，亦外。時祭由尊以及卑，墓祭由近以及遠，尊有限，遠無窮，殷、周之制如此。

程子時祭之外有三祭：祭始祖於冬至，似禘；祭先祖於立春，似祫；祭禰於立秋，似大享。士大夫不敢干權，宜禮俗以通其意。羞出東耳養老，西樓四間致齋，樓上貯社倉收放贍族里人，祖父志焉耳。前窨突糞除享堂三間，爲子孫祝釐、飲福、讀法、答箋不類、嫁女娶婦跪拜之所，禮各四拜。東南平房三間，一間開閣迎送鬼神，二間家人訓蒙，蒙師必家人老儒。振姬獻中地八畝，家長受田納糧，歲爲祭品；輸中地四畝，蒙師受田納糧，歲爲師資。子孫不學，歸主不祭，告於祖而別其族。計今三世子孫在者二十七人，從周長振姬五歲，力作致病；靈雖老，時奔命。振姬棄外四十四年，老就先大夫宅購祖祠，手輝指裂，探諸空囊，家令行其子澍耳。二十七人一人一身，二十七人以上一氣，氣不接，身不屬，心先死其祖矣。伯兄養子雩雯，養子多備勤事，視諸孫之偷力避役，是子孫非子孫乎哉！

祠成奉祖，曾孫靈主祭，宗子也。支子不爲宗，得爲宗者，祖所傳嫡孫而已。眉山惑孟堅四宗之説，高祖宗亡，別立曾祖，祖禰諸宗，曾祖祖禰立宗，高祖宗何嘗亡哉？存亡非生死，祖父而子孫生死其中，不死，死者子孫自此生焉。東南繚垣以驅豚犬，伯兄舊出入西嚮，近改東嚮，振姬往以分地鉢其行。振姬一椽一畝，次第爲先人祠墓如左。端木叔愧其祖，蓋昔者先大夫之所以事吾祖如是也。

伯方社倉約記

康熙十一年，詔起曲沃衛公。公入，條復社倉數事，尋頒其議於天下，吾晉院司公祖便其議，檄府州縣行社倉。府州縣捧檄難之。吾邑白父母先之，勸課紳衿富室，自占其有，以家量當社薄輸之倉以備賑恤，各出粟積貯有差。邑北鄉民極窮，振姬數米而身廢且賤，猶及見吾鄉人社倉矣。

昔運使父子在鄉，長平一倉，義莊一倉，在邑爲倉上畢氏。畢氏倉不可問，市井斗級開口，是皆李斯之倉鼠，豪右走利而鶩，吏胥虎而角且翼，民窮卒莫之訾省，見其害不見其利久矣。今衛公之經國，昔畢氏之安鄉，一也。禮家施不及國，振姬社義莊於伯方，輸粟百石，社長平於得義，輸粟五十石，爲振姬家人鄉人耳。社倉利在鄉，不利在邑，在鄉便也，在邑不便也。民以爲便則安鄉，安鄉則重家，指謂倉粟在鄉，去此乎？民以爲不便則危鄉，危鄉則輕家，指謂社倉在邑，留此乎？邑有倉而無倉，法敝也。有倉贅盜，抑或視其鄉人之孚不肯發，歲以扄鑰封識，至紅腐不可食，無以賑恤水旱、蝗螟、饑疫之災，豈法哉？法故不可不便也。

清興踰三十年，往年分道賑恤，使者冠蓋相望，惻然出於至仁之心，而法猶未立。《周禮》小行之官，札喪凶荒厄窮爲一書，蓋周公之法也。衛公將順其美，斟酌常平、義倉、廣惠諸法，見爲社倉，周公之遺意而奏議焉。仁人哉！周公施於國，縣都〔一〕郊里各有委積，從民利以爲利，以三十年之通制國用；王安石施於國，青苗、保甲各有條例，滋民害以爲利，以三十年之變籌國息。無他，利民便民，害民不便乎民也。賑恤水旱、蝗螟、饑疫之災，必有積貯以待之。鄉有積貯，漢初都鄙廩庾皆滿，後周公而民便；邑有積貯，隋唐洛口、黎陽、砥柱皆滿，前安石而民不便。利害較然，法亦從可變計矣。白父母爲利民先之，仁者利法周公，府州縣爲害民難之，仁者不利法安石。周公之法，至安石不勝其害，宜其逡巡也。爲民父母，率其紳衿富室從逡巡於社倉〔二〕之利害而不賑恤，何以鄉，何以邑？不積貯抑何以賑恤？則是窮於法也已。又安所得常平、義倉、廣惠之利先之乎？

初元常平利民，耿壽昌請官錢平糴，錢不出於庫，今其法窮；開皇義倉利民，長孫平請百姓里人計戶出粟，粟不出於里，今其法窮；慶曆廣惠利民，韓魏公請諸沒官之田，承佃輸租備賑，租不出於官田，今其法又窮。即不窮而官貯之，官發之，官斂之，其害止於不便；民貯之，官斂之，官又費之，其害近於不仁。民與吏胥争利不勝也，即有水旱、蝗螟、饑疫之災，何以待之？此非周公之法也。朱子誦法周公，終以社倉爲便。乾道四年請府藉常平米六百石，夏受粟於倉，冬收加息，凡十有四年，中間息米造倉，藉米還府，見儲米三千一百餘石，歲給鄉四十五里，石止收耗三升，不復加息。陸象山知制誥，編入《淳熙賑恤》。真西山帥長沙，仿爲嘉定積貯，彷佛周公遺意，助王以養其民者也，安可以利害廢法哉？

害常伏於利之中，安石暗於防害，故以周公之法籌國息；利嘗依[三]於害之內，朱子勇於興利，故以周公之法制國用。比閭我友不走遠縣，縣倉爲軍需矣。菽粟乃活不利金生，金爲熙寧俵本矣。吏來急於火也，衣冠倉精，士人無催牌；斗給老少[四]多於雀也，升龠家量，三老無斛面。白沙詔損費詔乏絶也，出穀主户家一石，客户家五斗，游食不占青苗；書寬剩，書聚斂也。收息舊穀石一斗，新穀石二斗。因陳無息，小饑息其半，中饑蠲其息，大饑本待豐年，建陽五夫本活法也。富民有取而無與，貧民有取必有與，奸民自取爲盗，八字救荒策也。儭直一石，斂散在廟也，更十年當造倉；雇役一石，收受須人也，至三石當加廩。舉於放，阻於宿惡，蚨蠋坐食矣。宋以官長理償，冒支出於里門，禽鳥飛食矣。元以保人代納。社倉約如此。

林馴有言，民不必甚利，無害而已矣。昔運使安鄉，鄉五其六，數三十；穀六其五，亦三十；三十年一變，此周公之通也。衛公經國始此，近可法景德安內，遠可法開皇實邊，將順至仁之心，覆於天下。安石與於不仁之甚者，何爲逡巡利害，難此社倉之法矣乎？父母先而紳衿富室不敢後，官與豪右爭民，無不勝也。自此見其利，不見其害，雖有水旱、蝗螟、饑疫之災，亦有以待之矣。鄉之人皆曰便。

射圃關帝廟記

有善歸諸君，將興聽於民；至聽於神，惑矣。乃在兵事合變，志有物，是直以徇斯須也。傅弩比童子，何異之有？毋卹守晉陽，有神道軍所來，致築城不沉者三版，卒以大獲，歸祀其神百邑。軍中以陰召陽，蓋君與民之所倚重之事。光景動人心，其爲候而氣應多有，他旋杓畫旛巫石以下神，神人將肯耶？不耶？而漢中廣陵，乃始攘臂甘心於安危之際，意甚矣哉！其重惑而不可解也。

余自鄴移守南安，慨然隴西都尉之爲人，處之期年而民可用。會盜發，雜居熟羌從中起，攻當陁塞以東，圍鞏成紀，祭其西門，倉卒無茅馬虺卒之援，自不意全。余乘城從見兵縈帶而守，矢來無鄉，壕堞飲鏃如蠭室，城內樵絕井堙，吹劍之聲映，縠弓弩持滿，臂三分垂在外，賊攻不得入，尋走，遂追破之山下。自盜發守，守四十日而平，兵醳數竄視馬迹，亡矢列植如葦也。先是，谷中曋嗢，有雲蓋驪光，左右如擊，已忽不見。頃執得生口，具言前將軍從天而下也，自帶以上見，賊懼聞雷車之聲，則捧其首以竄，故及。嗚呼！盜發所以降捕滿品，不至羞朝廷而棄典守之地，士民力爲多，不謂神者憑之也。史傳雍州積高，神明之陬，黃虵自天下屬地，玉鷄殷云，以是兵四克。前將軍身不至南安，南安長老談緩急，皆以將軍之靈爲解。何以故？自蜀漢用兵不休，南安重地，控引五涼以下臨秦，當時六出九伐而不能定也，將軍其有恨乎？重其地以矜於民，民不反者佑之，反者殄之，庸問其爲何代之君之民乎？

解嚴，祠將軍射圃閣，閣上敞下燉。審象平皆美髭鬚頰，皙如人而風肅，修胸中之誠，黝然接聖賢之容而無堊，神若有光云。垣被危柳，正南引溉渠流，惡木禹楷，牲以時祀。往往翳釀張飲，觀子弟習射其中。嗚呼！萇弘以鬼道事君而君疑，張魯以鬼道治民而民亂，今設射貍首，貍首弘所依物怪，又俎豆將軍於鋒旗之間，不亦惑乎？

昔簡子之帝所射熊，熊死；右射羆，羆死。初受言爲神符，已果滅范、中行氏。微士民力，殆於桑田蟲莎。然則洗兵馬蹯柳，以其君與民所倚重之身，敬祠時祀而不祈，喜其無迂誕於神，亦可矣。或曰："敬祠以崇讓也。"天子秩百神，所見方皇委虵，驥虞襲於依應，誰敢哉，貪天之功以爲己有？任尚雖破羌，繚意絕體而爭，真大惑也。是爲記。

明保德二彌王太史遺集序

振姬始輟耕讀書，丁丑，經房心，嚮往二彌先生。先生家保德，距長平踔遠。己卯，先生授楚，楚材升戎車之殿，矛戟殳鋋干戈，上上車四尺，造父之埶矩也。甘蠅之盭，輪也；連成之風水，宮商也；各資其師也。辛巳，先生死保德。振姬師蒨溪以舉，尋售。蒨溪師漳海石齋。石齋方正師天下，文章在盤鼎左右，朋友望而志懾。蒨溪鈦振姬相覩，會石齋爭武陵起復，斥去，蒨溪先國變尤去，振姬無鏤鎪之鼓胥假以爲工，有牙有蚤，不敢攬鬵，魏照之師遠也。起長平，更舍十官，聞石齋定死。觀其營壘於太末、婺源，風雲慘淡，與〔五〕長平劍槊之聲相聞，低徊不能去。

歸里餝耒終耕，會二彌仲子宗本以家乘問序。振姬束帶而讀之，高堅澤經術，通達諳治忽善敗之世務，鈎棘艱難，抹撥僅姁串了之習熟一切，蓋保德洪河大山，靈鼓黃蛇，隱見魚龍奔注之勢，千萬里間有薪烟漚沫，是非不謬於聖人，不失爲孟、韓、歐陽之《詩》、《易》、《春秋》。唯石齋能之而不爲，石齋死，誰序此文者？

更數年，宗本丞良鄉〔六〕，振姬僦居待放，得展拜先生畫像。宗本出平臺召對册葉，有鴻寶、念臺、機部、覺斯手書。石齋詩文又多。振姬不見石齋，儀型先生，是石齋之爲人也。先生嘔心伐骨，氣浮紙上，是石齋之爲文也。石齋聱牙不上口，比先生爲樸學，祭海先河，師有若於保德已矣。當是時，天子數見羣臣，引問天下利害，因熟察其學術之淺深。言官囁嚅被詰責，有司顛沛於封疆兵賦之不支，失所以對。詞臣遞進而預天下之至計，講舍敷陳通聖賢之志，必參驗以治忽善敗，天子和顏色而受之，之數人，然信以死，豈顧問哉？

覺斯入興朝，累宗伯，振姬所父事。先是，機部言兵，樞臣蹴使監軍。念臺自中丞罷去。鴻寶講官主餉，三做不及一死。石齋累烏程、井研、武陵之獄，人議其死，不死國亡；亡既出境，人斷其不死，終死三九四七之數，進退存亡分明。必求爲完人取義，遂其由來以身許國之志，謝諸亡友，忠矣。

先生初薦青門大拜，青門坐督師逗留罷去，先生失舉，病去，死。青門比武陵、曲沃兩督師孰愈？石齋不去，不許武陵督師；先生不去，必不許曲沃督師。假令先生不去，去，不死，必不聽石齋。自去自死，上報天子，下從鴻寶諸亡友無疑。然而武陵、曲沃不督師，上必不死，社稷詞臣於進退存亡如此。人謂漢儒進不能退，宋儒亡不能存，以方明臣，亦誤矣。

俗學選言市美，有名當世之公卿大夫，鼿魌俊快，爲文章騰踔蜿蜒，得氣以去。天子詢治忽善敗之端，蒙然開口，取僅姁串了之習熟一切以對，此無志之甚者，漢、宋人羞爲之，豈能負主上登乎天？先生之高堅通達，進亦憂，退亦憂，其於存亡之機立决，死崇禎辛巳，天也。晉人多後先生死，抑何幸不幸之殊也乎！

振姬過江問念臺前死，禮吳山六忠，讀兩朝忠烈廟碑、倪文正墓誌，皆石齋文章。先生死，無石齋誌，前石齋之去以死也。石齋死不補十九人之數，人且擁蓬而指之，庸問保德死友爲石齋前後？即死，弟子必伏闕請刑入市同命。先生死三十九年，弟子教授王山長，刊其文章以傳。志先生之志，以其文招其人。漢末荆襄，隋末河汾，宋末金華，明末漳海，一代之人才學術成爲文章，棄之用之不盡。視昔救師榮戠之下，藉馬奔喪，至於從車百乘者有間。然則保德荒垞五十步，弟子執經尋師，安見非揚雄、王弼之一抔也。

吳起師曾子，從子夏受經；禽滑釐師子夏，從墨翟問守。谿工即非子方師。自振姬爲里人，蒨溪師補我劓，不能進我於石齋之門，仰止保德，老當輟耕卒業焉。因爲石齋補序，宗本有志而未逮也。

西河遺教序

子夏行教西河，西河疑於夫子，尊事之，蓋學者衆矣。今不知子夏所教，與子夏所教之學者，孰識所謂子夏哉？

河自大伾北折過洚水，至大陸、恒山、太行坐西。西至河外、河東、河内，絃誦子夏之門墻，非獨與魏遠邇。魏文侯有三河，尋以河北、中山屬太子，太子擊受《詩》倉唐，倉唐受《詩》子夏，此其疑於夫子也。文侯已矣，卜相非成則璜，尊事子夏名而已。河徙中山爲趙，少梁七八百里爲秦，秦獮焦瑕、皮氏、蒲、絳、新垣，抵少曲。賜爵河内，魏不復邊河。上郡離石，斗絶僑立西河，又孰識夫西河之學者，爲昔子夏門人小子乎？西河久被兵，不以三屬甲易六經，其不知有子夏之教，無怪也。夫子刪《詩》、《書》，繫《易》、定《禮》、正《樂》，子夏皆傳之。韓嬰、劉向、孔叢子，間爲子夏傳之。雖顔、孟傳《詩》、《書》，漆雕、仲梁傳《禮》、《樂》，公孫氏傳《易》，相與授受洙泗爲儒行，子夏經學較著，其所學也，其所教也。六經之教同歸，而《春秋》不能贊一辭，則疑《春秋》非其所口授，乃經説《春秋》屬商，何哉？始夫子修《春秋》，子夏從十四人求周史，得百二十國典册，卒成其書。公羊高、穀梁亦受《書》子夏而傳焉。太史公《十二諸侯年表》謂夫子口授弟子《春秋》，必子夏矣。

然而夫子未作，子夏未傳，叔向明於《春秋》，《春秋》之在西河，舊學也。《公羊傳》一稱孔子，一稱高子，一稱子司馬子，一稱子女子，凡再稱子沈子，五稱魯子。《穀梁傳》六稱孔子，一稱沈子，兩稱尸子，各一稱子貢與蘧伯玉。子貢、蘧伯玉、高子、魯子、尸子，因友以及友也；子司馬子、子女子、子沈子，又因師以及師也。師友分門是非，或謬於聖人。叔向之《春秋》，非子夏之《春秋》，未經夫子口授耳。駘臺之後，沈祈黃羊，以中尉司馬叔向比司馬子侯。子侯邑女曰女齊，次周女偶女商，次商女鳩女房，西河之人也。郭亡而爲卜，卜於晉衛爲兩，一西河之人也。或先經以教，或後經以學，或共學於子夏之教，而著其師友之所傳。公羊、穀梁別乎丘明爲三傳，子夏所教，與子夏所教之學者成矣。

六經自秦漢絶續，《易》、《詩》、《書》、《禮》、《樂》或全或不全。西河雖師堯舜而弟之，董因《易》、趙衰《詩》、羊舌職《書》、司馬子侯《禮》、師曠《樂》，人各擅其私學，與叔向《春秋》正等，夫子之培塿耳。子夏曰："孰先傳焉，孰後倦焉。"今具列其所教學焉，而得其性之所近，其成教於西河已此矣。

河宗之子孫栢絮膜封澡澤，澡澤，古西河地，又其西伯夭主丌爲星宗。聖人以經法天，《易》、《詩》、《書》、《春秋》、《禮》、《樂》，直天之春夏秋冬，高高無極爲岱宗。夫子歿，子夏西。西河爲子夏擁篲灑掃，應對進退，魏文侯謹受教學，以祭海而先河故也。然子夏之教，子貢服上下送迎，而荀況賤衣冠顏貌，況非十二子，以是其愚，日以損矣。夫子曰："商也日益學。"爲子夏之日益也者，《易》可也，《詩》、《書》、《禮》、《樂》、《春秋》、亦可也。灑掃、應對、進退，無不可也。丘明傳授曾申，申授吳起，起嘗絶於曾子，既爲西河守，受《春秋》，西河豈有不可教之學者哉？公羊、穀梁而下，倉唐舍人以《詩》授李悝、管、商、禽滑釐、黑田子方〔六〕，老莊其視子夏之教爲敝帚，非求益也，即龍門亦非求益也。孟堅識禽滑釐爲子夏門人，滑釐攻守方略載在《墨子》，《墨子》所記聖賢之言有師法，不可以其右墨，遂以滑釐爲鄭緩，斷爲子夏門人。子夏從夫子口授《春秋》，不敢公傳道之，仲淹依《春秋》爲《元經》，抗旌結壘於西河之上，以教隋唐之學者，而西河無學者矣。

皇輿表序

《皇輿》地志爲表，變《漢書》以《史記》之法之例也。

志出郡縣有圖籍，表出圖籍有經緯。圖籍本《蕭相國世家》，宰相之事，經以南北，緯以東西，一代除亂致治之國憲，不以委屬臣工，一人之事也。《禹貢》天下之經，益以山海緯之，且又以職方緯之，兩書皆不從京師起數，亦宰相之事。王者封建諸侯，各臣天下之國之人民，星野、關梁、茅社不一，是以《禹貢》主名山川之法，錫土、姓，風俗、人才已有所簡矣。

圖籍之興，所以周知天下阨塞、户口强弱多少之數，自郡縣起也。封建以鄉領州，以縣領郡，秦罷封建爲三十六郡，岐西分合五百一十六年，江東分合三百年，河北、江南分合百年，河西、山後屢分屢合，分者地微，合至漢、隋、唐、宋、元、明之盛。范曄、魏王泰〔七〕、鄭樵、李木魯蚓《地志》，皆法《漢書》。明雖大其志爲一統，亦因也。我朝表例爲創，非創也。天地有經有緯，星從天而西經也，日違天而東緯也。山經也，水緯也。從人南北經也，橫人東西緯也。經緯圖籍之綱紀，遷《史》表例如此。《十二諸侯年表》以下，以地爲主，年經而國緯，所以審天下之國勢；《高祖功臣年表》以下，以時爲主，國經而年緯，所以一天下之國統。他表或黄帝爲經，以祖治三代子孫，緯之以宗法，或義帝、齊康公皆爲經，以君治列侯臣庶，緯之以臣法。法立而例詳，例詳而法無不合，經緯一也。由此觀之，遷史表例，《皇輿》表例，一也。

順天三朝定鼎天下之首也，元自北而西而南，三世至元世祖，始盡東西。明自南而東而北，三世至明成祖，始盡西南。當時緬甸八百雁兵往來，十萬不能取瓊、黎之島嶼，而成祖老沙漠斡難，難矣哉。我世祖章皇帝仗馬箠入關，收燕徇晉，服齊蕩周，秦、蜀、閩、獻走死，招下吳越、甌閩、嶺駱之外，再執降王叛將，獻俘獻馘，宿兵長沙，少息，一舉而平滇、黔，豈人力也哉？十七年間，重譯[八]占風候月之地無缺折。聖人出而四海一，今垂拱仰成萬世，地益大，人民益多，建置沿革之機宜益雜，圖籍不得不簡。《易》曰：「坤以簡能。」地理也。簡無經緯，如理亂絲，齊文宣治絲，亂者斬之，是紛之也。理以圖籍之經緯，《皇輿》舉矣。

　　《史記》本秦京師爲內史，列國分野不能委細，所以紀戰國諸侯彼此侵伐、取與、得失之無定，簡而能盡。《漢書》亦依此例，近如甌閩，遠如邛笮、冉駹、珠崖、儋耳，名都郡皆不入。子曰：「吾猶及史之闕文也。」簡也。簡儀載元測二十七所極，淺十七，深五十一，驗之林邑、鐵勒，與堯舜異，而釋氏四大部洲，愈詳而愈不盡。《皇輿》起朝鮮，至嘉峪，濱南海，連沙漠，殊域不載，載其城郭中國者入表。燕京、盛京，經也；十四省承宣布政於外，緯也。十四省，經也；府百五十於外緯也。府百五十，緯之經也；州縣千八百於外，緯之經也。經以知道里之遠近，都邑之衝僻，貢賦物産之饒乏；緯以知變置之輕重、并析之大小、民風土習之盛衰。古之日祭、月祀、時享、歲貢盡此，今之省府州縣亦盡此。紀曆者一元千歲，測晷者一尺數千萬里，經緯存也。瑞可輯，茅可征，車可里，米可谷，律曆可頒，輶軒可使，一日可天下一兩回。皋陶曰：「臨下以簡。」蓋好要則詳，好詳則荒。章亥以下，步步趨趨，夸父不離日景，穆天子不離馬迹，抑亦可以不必矣。

　　唐一行謂天下山河之象存乎兩戒。北戒自三危、積石，負終南地絡之陰，東及太華，逾河并雷首、底柱、王屋、太行，北抵常山之右，乃東循塞垣至於遼、碣、朝鮮，爲北紀。南紀自岷山、蟠冢負西傾地絡之陽，東及熊耳、外方、桐柏，逾江漢，携武當、荆山至於衡陽，乃東循嶺徼達於甌閩，爲南紀。河源自北紀之首，循雍州，達華陰，與地絡并行而東，至太行之曲分流，與渭、濟、汾、潞俱東，謂之北河。江源自南紀之首循梁州達華陽，與地絡并行而東，至荆山之陽分流，與沅、湘、淮、漢俱東，謂之南河。井鉞北北河，南南河，兩河天闕爲關梁。昂、畢陰，陰國；陽，陽國。萬國帝車爲天街。帝車，斗也；天闕，都也。少昊、顓頊乾維内外也。降婁、娵訾東西也；太昊、炎帝巽維内外也，壽星、鶉尾東西也。中天下而立，軒轅得重離之位，故堯舜都北，禹、湯、文、武皆在北。禹、湯、文、武間亦都天下之中，中則其末也。雲漢自坤抵艮爲地紀，北斗自乾携巽爲天綱。有綱紀，有經緯，分陰陽，建四時，均五行，繫之斗。斗一星魁，魁海岱以東北也。

　　帝王出治之鄉皆可以建都，漢高起西北，據西北之都會；明祖起東南，據東南之都會。亂可關中，治可洛陽，戰可汴梁，守可金陵。然苻堅、姚萇關中，魏孝文洛陽，六朝金陵，五代汴梁，無善狀。燕京治亂戰守可示天下形勢，未嘗絀於干戈、俎豆之短長，河漕海運便也，戎馬兵甲利也，寒暑均也，山川險阻深也，民俗悲歌慷慨，勇也。有以關中、洛陽、汴梁、金陵相形者。關中以巴蜀爲奥室，以商鄧爲藩垣，屏蔽之地在隴右，洛陽、汴梁之屏蔽在河北，金陵之屏蔽在淮陽。故古來洛陽、汴梁之禍常起於并汾、燕趙，金陵之禍常起於襄樊、歷陽；關中雖不常所自，而河隴之寇爲頻劇，失其屏蔽故也。燕京阻一面制天下，被太行，襟大海，進有餘而退有限，居庸、古北遠近三四百里，金不北，明不南，此爲失其屏蔽也。金人雄元而雌宋，輕去其國；永樂棄朵顏遼陽，徙王定瀋遼，各去其兵。國家歲戰開鐵，而蒙古兀良哈新舊開平大寧，夜眠伸足即踏破，備禦誠難。以今盛京建立重門，曠然無有內外之界限，屏蔽險遠豈可同日語哉！

　　國家起東北，即據東北之都會，燕京固爲得地。以《史記·天官》驗之，北顓頊之所建也。建星析木出自天黿，伯陵之姪之所憑神，箕尾須女，母養諸孫。召公百八十歲，燕有國八九百年，五燕更帝，絕而復屬。遼、金與宋相終始，永樂祀明配天，遷都二百五十餘年。國家當箕尾星次，太皇太后臨三世，先帝制數千萬里以及於朕，經其南北，天下裹皇皆北。水，火牡也；火，水妃也。文武東西爲緯，木金讐爲耳。唐天寶間五緯聚箕星不驗，燕、秦所處之地異也。鷄林，顓頊所游；越裳，公旦所指。公旦，宰相之事，雉不來而葵來矣。朕念先帝經緯川、湖、滇、黔，在吾目中，以爲鹽則化，以爲木則沉，以爲竹則六十年而當籥也。

　　漢後唐、宋、元、明之地，志不載兵食，有民無兵，有折徵，無本色。雖附海防、邊衛、茶鹽、馬政，無益省、府、州、縣之緩急，則以郡縣之兵衛郡縣，以郡縣之食佐郡縣之兵。《禹貢》寓於田間，漢唐猶存其意。朕方以次議補，豈事卧遊《地志》哉？

擬監古輯覽序

　　史臣輯孝子、忠臣、義士、理學、隱逸爲書，書成，曰《監古輯覽》。監，見也，進今人以古處，見古人也。古人確有自見之處，曰："天不見者，自絕於天也。"天者，理而已矣。

　　位爲上下，對爲東西南北，代爲春夏秋冬，照爲日月，行爲水火，流峙爲山川，動植爲草木鳥獸，孰使之然哉？聖人知自然之理，制其所當然，處物之義也。尊役卑，拜其父；貴役賤，拜其君。物至有可否，有辭受；時至有用舍，有行藏。理者，忠孝之所由生也，義理之制也，隱逸以學此理也。聖人不能強天下之民之衆，亦審矣。

　　入而不出，受而不辭，臣子不拜其君父，内非心之所安，外非事之所宜，不免負不義於天下，是以從於聖人。聖人知其理，天下信其理之事。詩曰："日監在兹。"天日在人之心故也。虞民孝，夏民忠，湯武以義致天下。孝，故禘郊七世之前；忠，故祀夏於窮、寒四十餘年之後；義，故亳[九]、耿嚚殷圖其新，温、原攢茅戴其舊。當時高陽、高辛才子輩出，同父或姓其德，同姓或氏其官，同氏或族其望；臣以功宗元祀，或專於社，或涖於稷，或配於廟。説築傅巖之野，義問；太顛、閎夭兔置中林之間，義德。至於續牙友舜，伯成子高辭禹，務光避湯，夷、齊諫武，此皆非曲士咫尺之義，其見理也。明今所主星辰、河岳、器物、鬼神，非他人四代之孝子、忠臣、義士，不則其隱逸者也。

　　《書》曰："不可不監於有夏，不可不監於有殷[一〇]。"蓋亦有不才之子、不令之臣、不善之士。孝子不能諱檮杌[一一]，忠臣不欲指飛廉，義士不肯繪饕餮，逸民不忍歌《巷伯》，事不宜，心不安也。夏徇官師技藝，殷具蒙訓士，周民罪惡而害州里者坐諸嘉石，爲其非虞民之可封，而刑驅焉。虞庠米廩，致養也；夏小正入學，教也。殷周六族、七族，選士、造士之法。爵縻之，天下亦既見之矣。

　　秦無孝子，安得有忠臣義士？然而忠臣義士不絕者，理不絕於人心。侯生、盧生亡去，孔博士死陳勝，魏人五請甯陵君，齊士死五亂之國，魯公葬而魯人降，非有爵縻其前，刑驅其後，聖人之道在焉耳。乃世史是非頗謬於聖人，遷以石奢殺父爲循吏，固以戴聖墨吏爲儒林，則其義郭解，忠杜欽，理楊雄之美新，不理逢萌、龔勝之思漢，古今得失之林矣。新城嚴君臣，不嚴昌邑之臣，平陽兩臣、蕩陰一臣，劉歆、賈充、封倫，皆臣也；商山正父子，不正戾園、宣陵之子，未央有子，金匱無子，章懷、節愍、建寧、武功、元懿，非子也。臣子義絕矣。隱者袁閎知母，王褒知父，梅福、孫登、陶潛、徐洪客、楊元琰、李泌、姚樞知有君臣，任永、韓康、徐穉、鄭遨、蘇雲卿不知放於利而掩義。見謂理之當然不在朝廷，自在草野之心不泯滅，故雖禁僞學，毁書院，聖人之道自在。

聖人之道流爲科舉，聖人〔一二〕之理蔽矣。士大夫剽竊近理，習爲苟且記問之學，貢於邑，舉於鄉，再試禮部大廷，遂以邀天下之爵禄而去。不自貴重顧藉，通關節，作氣勢，此古隱逸之所羞也。問其學，學聖人學，以利去其義，舉頭不見有天。詩曰："何用不監。"理蔽於所不見也。

即凡天下已知之理而益窮之，彊而理之則通，經而理之則正，文而理之則順。天理星居斗上，若隱若見，於穆不已之命如此。占家爲獄事不欲明，帝座豈寄獄市哉？皐陶爲理天叙、天秩、天命、天討之理，非李也。斗中王孝弟，五星受事於斗，出以義行方國，三能陷，君臣薄，六筐之魁隱，將相權輕，少微處士傍太微，次議士，又次博士，又次大夫。本在地而上發於天，聖人則之，天下之理得矣。

天無十，地無一，君臣之相得也；水火牡，對以生，木金讐，間以生，父子之相生也。義以整齊界畫變通天下之理，自然裁之，當然赴之，未然徒之，已然效之。科舉求理義忠孝之人，未然者也，古已然者也。古有見君父，見取與、不見理義忠孝者，立槁忍也，納肝絶也，喀喀狐父之邱憒也；見忠孝義有不見理者，二子舟也，三良棘也，三怨玷也；見有一理，不見又有一理者，申生危於内、重耳安於外也，召忽賢其生、管仲賢其死也，公子鱄與其入，蘧伯玉不與其出也。當其不見，入而不出，受而不辭，君父徒得臣子之拜而安爲其君父，理義無責矣。理有所不見，不能見其不見之處，艮之不見以背，坎之見以耳，耳有聞學古也。

異端還其見，君子戒慎乎不見，見有時滅，見性不滅，菓蓏有理，况人乎？月之虧暗，虛也。自晦而朏、而朓、而朒〔一三〕，虛則能靈。無理義而不忠不孝，思可見，省可見；曰違天而東，貞也，明也。見物之謂明，常見之謂貞，精則能通，理義忠孝，仁可見，智可見。

水曰"内景"，物來而觀；火曰"外景"，我往而察。止則能觀，動則能察，是理義忠孝以我寓，非理義忠孝以我別，舉而先，可見；退而遠，亦可見。

《書》曰："人無於水監，當於民監。"則以聖人之道見之。見屺見岵，見父母焉；見薇見菽，見君臣焉。明入地中，見文王、箕子於股腹焉；豫以薦帝，見先祖、先妣於禋武焉。蠱見高尚之事焉，酒見正事之臣焉，簠豆見義焉，羹墙見理焉，切磋見學焉，琢磨見修焉。羊見人而來，《禮》見贄焉；豚見人而去，《易》見遯焉。今之科舉，見古人之糟粕已矣。古者已然之理也，信其理之事取故，制其義之事取新。聖人曰："其義竊取。"二百四十二年忠臣、孝子、義士不少，聖人斷之以義。書爵、書國、書氏、書族、書字、書名、書人、書地、書會、書盟，有善而賞之，義也；有惡而罰之，義也；顯言臣子，義也；微言君父，義也。以其道是非天下而竊取賞罰，以其賞罰之權與天子託之乎《魯史》，授之乎子夏，義不敢以天自處，是《春秋》聖人之逸史也。史有是非無賞罰，是以史官書成，不自名見古之人，并見今科舉之人，賞罰較然矣。史以是非助君，君以賞罰助天，天日在人之心也。是爲序。

校勘記

〔一〕"縣都"，原作"縣郡"，據康熙鈔本改。

〔二〕"社倉"，原作"杜倉"，據康熙鈔本改。

〔三〕"依"，康熙鈔本作"倚"。

〔四〕"老少"，康熙鈔本作"老小"。

〔五〕"與"，原作"興"，據康熙鈔本改。

〔六〕"良鄉",原作"艮鄉",據康熙鈔本改。

〔七〕"泰",原作"秦",據康熙鈔本改。

〔八〕"重譯",原作"重鐸",據康熙鈔本改。

〔九〕"亳",原作"毫",據康熙鈔本改。

〔一〇〕"不可不監於有夏,不可不監於有殷",《尚書·召誥》作"我不可不監於有夏,亦不可不監於有殷"。

〔一一〕"檮杌",原誤作"檮机",據康熙鈔本改。

〔一二〕"聖",康熙鈔本作"天下"。

〔一三〕"胸",原作"胱",據康熙鈔本改。

西北之文卷七

序九首

理學備傳序

戊午，彪西與余同徵。余老就道，彪西堅爲母請，如前旨。上方侍太皇太后，不逆彪西養母理，不强其心之所不安故也。己未，余客陽鄉待放，彪西遺《理學備傳》一書。爰敬立而天地畢，彪西所以爲人者備矣。

《禮》"太乙分爲天地，轉爲陰陽"[一]，其降曰"命"，其官曰"天"。《禮》之"太乙"，《易》之"太極"也。周子圖太極，而謹謹傳爲理學，何見理之晚也。明辛氏錄《理學名臣》，孫氏刊《理學宗傳》，彪西補《名世道學》、《京省人物》諸書，續以南皋、芝山、饒州野記，附之以家乘。未備野記家乘，鄉稱善人足矣，多即有所不備也。

一理分彼此，缺初終不備，角爭黨不備，論成敗不備，不備則無以爲一代理學之完書。彪西之心不安，何以安學者其進此而務學也哉？

理學自宋分主敬、主靜、觀未發、致良知、窮理、識仁、集義、求端、致力之地，殊要於理無窒礙。明初各傳其學，匡扶天下治亂，分別義利之幾而身體之。修德明道與夫致命遂志者出：諭滇一人，譙燕一人，殉燕市一人，疑七政、辨五行兩人，補鍋、箍桶、拾橡栗三人，靖難百二十人，請北使[二]一人，議廟制兩人，明日月之行、究律呂之義三人，諫南巡、爭統嗣百數十人，蒙難中瑺十七人，死甲申十九人，兵敗就執江南四人，使一人。人各尊其所學，不怵運數之禍福，苟以性命生死動其心。彪西以其心去取於中，見理分明，天地之常經，大義深堅不可以奪者，亦無幾人。舍此，掇拾不備也。辛氏録《名臣》，補以《名世》，良是。獨是《宗傳》之説，吾疑焉。漢、唐七百年收三數人，南北三百餘年無人，中間王佐大儒，有體有用，照耀世家列傳，謂無一近理者，彼此各傳其宗也。《太極圖》剛柔善惡，以氣質爲天性，當日與半山語連日夜，半山氣質不化，性理未明，怪子美之詆無極乎？程子由太極分氣質、義理之性，新建由無極渾無善無惡之性，性覺妙明本禪，無極近老，朱、陸兩家聚訟。孫氏爲合傳，異氏、異族、異望、異房而曰"宗"。宗子臺山湛持，與夫强諫許國之臣皆泯闕。江南石齋、臨侯、蘁石、東鄉、次尾收拾衣冠俎豆之敝，宗不傳。爲彼此、初終、爭黨、成敗論學，豈理也哉？

　　木理盤錯，火而輮之者學；骨理髋髀，切而磋之者學；石理碬碌，追而琢之者學。此理在艱難閔忞之中，全本末，正始終，學之大者也。朝廷講學經筵，詔求明季遺書，博訪學行之賢者，公卿以事輟講，而直省督學加嚴，乃博之者不傳，不學之過也。此理之在天地，日月星辰之經緯，河岳之流峙，寒暑之往來，風雲、雷雨、霜露之消息，鳥獸、蟲魚、草木之飛潛動植，鬼神、人物之幽明，莫知其然而然者，有自然之理焉。

　　理總象數，圖書出兼氣運律曆，生受命於天，闔闢、盈虚、屈伸於不得不然，故言理必言氣、言數。聖人物以理窮，我與天地一物；事以理順，我與天地一事；情以理遣，我與天地一情。人之所以求合乎天，有當然之理焉。存爲仁義，措爲刑政，率爲君臣、父子、夫婦、兄弟、朋友，修爲《易》、《詩》、《書》、《禮》、《樂》、《春秋》，變化愚明强弱以爲不可不然之事，是所爲學也。

學其生人之天，天者，理而已矣；君父，天也，學其天生之人。天下不免有妄人，妄人越理，去天遠，去人亦遠。學爲人子、人臣全此愛敬之心而理得，所以知天事天也。天五其五，地六其五，五十五爲圖，四十五爲書，《太極圖》所從出，聖人則之學之也。乾坤定貴賤，位臣子依其君父，進亦吾君吾父，退亦吾君吾父，理不可以易。剛柔斷於動靜之有常，何也？動易其位，以貴下賤，徵彪西理也；靜安其常，辭尊居卑，彪西辭亦理也。理學之主敬者爲之，主靜者爲之，觀未發、致良知、窮理、識仁、集義者皆爲之，在人之斷與不斷耳。天下有君父之尊，讓君父以爲尊者，坤有母道曰通理，學三年而名其母，無是理矣。圖、書皆以中五爲母數，五十、四十爲子數，生者內以及外，成者外以及內。子威母織屨長安棄外，與何武、溫嶠之離母正等，理固有所不安也。

《詩》之"將父將母"，猶《易》之"幹父幹母"。將父母之不得，《北山》曰"莫非王臣"；幹父母之不得，《蠱》之上九曰"高尚其事"。上九不登正位，夫子繫育德善俗。存此理爲德，循此理爲育德，明此理爲善俗。愛敬所當自盡者盡性，所當知至者至命，天下之理學備矣。

男不離父母，《洛書》火依於木也。"母曰：嗟！予子行役[三]，夙夜無寐。"《魏風》行役子思母，於心不安，即理有所不安，理不安而忍爲之。《春秋》：元年春，王譏隱公之無君；克段，譏鄭伯之無母。隱公無一事問王。鄭伯有母，取段於其母之懷中而逐之，誓於黃泉見母。無母者，無君也。學者皆以兄弟解，非理。天地闔闢之理極於《易》，其乘除治亂之理盡於《詩》、《春秋》。

《春秋》起己未，迄於今年己未，彪西書成。終始三九四七之數，即爲理。天予彪西以爲學之地。彪西學而母心安，學而理學大備，天下人臣人子之心亦安。芟薙補葺以爲完書，雖不學辛、孫諸先生，備也。

由《春秋》逆周己未，馬生人矣，曾有人生馬者無有哉？父母生我棄養，更十官去而復來，君臣之理當然。自傷老邁不安，久待放而上未斷，使浮沉爲無其理者之學。孟堅曰："木所以浮，金所以沉，子生於母之義；肝所以沉，肺所以浮，有知者尊其母也。"爾有母遺，縈我獨無。過墟廟而行阡陌之間，問予安在，予復誰理哉？諺曰："果蓏有理。"予固學者之所掊擊也，資刖之履耶？

戴補巖程墨選序

《選》起洪武乙丑，訖崇禎癸未科止，首尾癸未之秋，永樂子孫畢矣，洪武臣民亦畢矣。過此興朝甲申，甲申，古多變數哉！理學傳三百年，先後節義之臣累數百人，各自獻其心，能程能墨，此洪武用人之始終也。永樂以建文鄉會合諸洪武，革除死難諸臣，推本洪武之天下勢也，蓋洪武之天下勢成矣。詔天下守令訪求學識德行之士，尋徵天下隱逸，先貢舉，後薦舉，爲其學孔孟而元不能用。天下至大，不可以小道理也，於是議設六科，三年科舉連試，或一年兩試，用人之急如此。當是時，禮樂之權在天子，而法猶未一。兩漢舉孝廉不平，與詞科進士，傳爲唐宋之博學鴻詞，同歸於無用。一以經義爲進退，制策、傳臚、大比，人無去取。乙丑詔，先書後經，各主傳註，於是以經義窮理，論表博古，策問通今。戊辰始錄程文，洪武二十一年也。永樂頒《經書大全》，以四子書窮經，以傳注窮四子書，以程墨窮傳注，選舉之法推而行之，大夫忠而士信，各用其心如此。

五經所傳堯、舜、禹、湯、周文之用人，以容、以色、以言、以聲、以度，夫惟不用其心，天下之絕才爲用，此天理也；漢、魏、唐、宋、元、明之用人，以《書》、以《易》、以《詩》、以《禮》、以《春秋》，夫惟各用其心，天下之常才爲用，此人理也。四子天人之理備矣。

自天子至士庶人，尊經術，博古今，窮其經於夫子之門，有以見此心之體之全、此心之用之大。程墨不適於用，則是夫子之所以教二三子至無用也。夫子不置其心於無用之地，亦明矣。子路出，公西華侍；子貢出，宰我侍；顏淵出，冉伯牛侍。夫子以六子自屬，用人也。顏氏傳《詩》，孟氏傳《書》，漆雕氏傳《禮》、《樂》，左氏傳《春秋》，又各有以用其心。舉孝廉，成進士，用心程、墨也久，不能傳之無窮，要爲世碌碌未有表見，使人置爲無用之空言，孝廉、進士始棄遠矣。《禮》曰："天下有道，中人用焉。"孝廉、進士，中人之聰明智辯者也。明初收聰明智辯之才於科目，前元官役、游食、奔競之除授不行，中外文臣皆由科舉。自兩京以至郡司、州邑、戎衛，莫不有學。科試兼收南北小吏冗從，達於滇、黔、交趾、高麗、日本、琉球之子弟，有以震厲人心，人心即爲國勢。大夫士遵功令爲程墨，溺其旨者不敢言，相與勉強砥礪，學爲聖賢文章之萬一，此心此理同也。人心之所同，然後乃置爲無用，豈理也哉？

農學、兵刑、律曆、河渠、屯牧、鹽鐵，下之心爲上用，此聖賢之理。有理有勢，經濟因之以赴功，經濟效而後理學成。聲色、貨貝、遊田、祠祀、神仙、土木、奄戚、朋黨，上之心爲下用，此非聖賢之理。有理有數，方正用之以直諫，方正不效而後節義奮。

有明經濟、方正不設科，在物之理，處物之義，聖賢務劌心焉。心有體必有用，指馬之百體非馬，而馬立於前者，百體皆爲之用也。絲而理之，墨也。爲繐、爲升、爲式、爲紀、爲緵，用不亂其經；疆而理之，程也。爲畎、爲遂、爲溝、爲洫、爲澮，用不失其正。文章莫大乎是矣。棼則不治，逆則不行，將焉用之？此程墨之有用無用也。

設科取士，欲得方正經濟以爲用。郊禘、祖宗、宮府、廟市，子孫蒙業而安，必參驗古今得失；拯斯民於寇賊胥吏之手，必使政平訟理。賦役多少、歲時水旱疾疫必預，關梁[四]險易、邊腹安危之防必備。上明聖而德布聞，親君子遠小人，必以孔孟之道格其非，理學明而節義立，下之心爲上用也。上之心爲下用，朝用巷伯，暮用皇父，一切可用之人置爲無用，即凡可以用其心者不用矣。

聖賢爲不用立言，程墨爲求用立言。爲求用立言，即以《中說》爲《論語》，《權書》爲《孟子》，《原道》爲《大學》，《復性》爲《中庸》，非有聖賢之一體具體，與無用等，何有程墨之空言矣乎？理不域，其心之所不通。身家國，意通之，明其意，才乃全，散爲才子，成爲大家儒宗。意有所不明險阻，不盡其才，則域之義。不餂其心之所不受。愛憎死生，欲受之，絕其欲，氣乃一，剛正爲直諫官，死封疆爲繕史，仗節爲行人屬國。欲有所不絕饑渴，不充其氣，則餂之。復此理知此理，六年讀書，出則宸濠授首，與昔麓川[五]、籐峽、交趾、哈密之叛降一理。成此義，死亦此義。風雨廷杖，捧國信使絕域，興替北狩、南巡、鹽場、馬市、議禮、黨錮之利害一義。觀理於人心之體之全，人心之用之大，程墨較然矣。

洪武至宣德五朝初盛，禮樂自天子出，制策必由上問，或躬親閱卷，造之嚴，收之寬，養之久，仕之速，舉措不以我，以理。人心知有所向[六]，剝剔元人之訓詁，爲漢人之勁樸。程墨雄以直，至犯顏敢諫，一變用以戡定禍亂，理也。此理不明於上，保舉例廢；大夫不薦賢，省試改命朝官；諸侯不貢士，仕未入流者不收。曹掾始無辟召，教職不與京考，大比始便關節，法亂法敝，禮樂之權落於下。正統、成化、正德、嘉靖賞罰不以理，以勢，中更景泰、弘治、隆慶三朝最盛。天子用人不雜大臣之見理也明，守理也定，各以古文名世，人心知有所歸。開閤漢人之蒼健，爲宋人之連綿，程墨疏以通至，名遂身退，一變用以守城深堅，勢也。萬曆國勢衰矣，上不接其臣，其臣以權市交，天下是非不定。君子小人之勝負垂五十年，浸淫至於泰昌、天啓，毀書院，逐正人，試卷勘當數年，門生亦連起大獄，取捨不以理，以數。大夫專而國人議，服先疇食舊德者爲古學相琢磨。天下靡然嚮風，人心知有所復。至崇禎爲又盛，廓清諸子之險怪，爲經言之宏敞，士不復喜科舉，其佚墨矯以激，至主辱臣死，一變用以損益異代，數也。

　　數能盛衰程墨，程墨亦治亂乎數，國勢移於人心之中，諉之數則有之。明五癸未，三秋試，永樂大亂至治也〔七〕，天順多難興邦也，崇禎亂極思治也。貢院焚死，士不問，疫死，士不問，明年甲申上受之，何崇禎似天順乎？天順間議永樂，靖難累其下也，義則君臣之理明，民心或不如臣，雖訟獄謳歌易慮，力能措天下於泰山之安，侍講止求一是。國變累其上也。君爲社稷之理明，臣心或不如民，雖賢者不免伍佰，保全妻子於亂世，東鄉自爲不知己者死。

　　天下之理得而人心去留曰"數"，嘉靖重熙累洽也，萬曆久道化成也。前後疏士習叛注不糾，科場關節不理，清寧火，桓、僖災也；江陵逝，無駭卒也。子以逆祀躋父，統嗣之宗理不一，下卒受之；君以戮死施生，輕重之獄理不一，下又受之。天下之理未得而人心強弱曰勢，非勢也。嘉靖壞洪武之法，萬曆移永樂之權，至崇禎數乃窮，此理久已絕矣。其棄遠孝廉進士，置其程墨爲無用，固宜。洪武以經適用，是以尊經學，古之人用於明，成劉三吾竟其黨，黨議之始也。永樂以權反經，是以荒經蔑古之人用於明，杖朱友仁，火其書，妖書之始也。南北取舍也公，程朱好惡也正，公且正也理，惟洪武能用人也夫[八]，抑惟洪武之人能用其心也夫！

六十年當大變，變必由科舉。科舉之程墨，人心也，天理也，國勢也，知無用之爲用大矣。

吾友戴楓仲，用爲侍講，即不用爲東鄉，五石之瓠別爲無用而掊之[九]，拙於用大也。上下十有六朝，鄉、會試累百舉，鄉、會每試士累千，選程墨三百有奇，意主窮理。窮理不得不尊經，尊經不得不合傳，未嘗糾纏膠固於傳注之言，而別遇乎理學節義。人心所然，功令存焉，用其心如此。曩使世用楓仲，且得有此大也耶？癸未禁用黨人，節義故也，以語人而人心沮；癸未命朱子教授，理學故也，以語人而人心勸。興朝鄉、會開科，以程墨爲勸沮人心之具，禮樂百年而興。楓仲其選也，選補建文一朝，洪熙、泰昌不開鄉、會試，併叙除建文壬午一科，增永樂癸未一科，甲申會試、殿試，起永樂訖成化。

廣東鄉試錄序

今上丁酉賓興，掖臣條上選士法，報可。時京省典試官悉奉宸斷趨闈中，分校諸臣與主考官同堂講藝校文，旌廉舉孝，莫敢開私焉。所以矢公慎之心，廣賢才之路，甚盛典也。

東粵踔遠，上允禮臣請，欽定臣某同臣某先期往典是役。臣自念筮仕莘川，簿書六載，會台班員缺，以臣待詔金馬門不及，尋補樞曹吏武庫。武庫以言兵備也，駕寅車而誓軍門之外，丼鉞參旗，有魚食銅鐵幾頃，猥以軍容入國，《詩》、《禮》、《春秋》、《孝經》，知爲將軍驍御虎賁之所習而已耳。朝於太乙選鋒，暮於太乙燃藜，是適越而北其轅也。往從中州分校，懼弗克知，以今物色要荒之野，王者之德大以遐，沐日浴月，盲人意不忘視，敢不齋袚從事，以仰副皇上爲天地祖宗慎簡賢才至意。

飲冰就道，舟車無日夜，其間七旬抵粤，期會不愆於素。迨入闈則監臨，巡按御史臣某親臨，孝廉〔一〇〕官嚴飭闈政，提調則左布政使臣某，監試則臣某。内外祇肅，愍飭惟嚴。乃進提學僉事臣某所校士若干有奇，揖同考推官臣某，籲天立誓，同堂細閲。共事多清嚴循卓之臣，所選皆經術純深勁正之士。同官簡拔惟謹，以公生明，以虚成斷，以相長資學問。犖工鑄而劍也映，孝穆稱霜戈電戟，即不敢言武庫之兵，其光爛爛而升，相與目而誰之撤棘。得雋八十六人，鋟其文之優者，遵部議删裁原文廿首，爲《東粤丁酉科鄉試録》以獻。

臣思人之數，一二三四是也。或顯爲功烈，或發爲文辭，如唐之劉、柳，無稱於事業，而姚、宋不見於文章，豈非歐陽永叔欷爲兩得之難者乎？臣所拔而進者，粤士之文辭也。異日之爲忠爲良，爲廉爲直，言爲文章，行爲壇宇坊表，有名當世之偉公巨人，儒者能使人兩得者也。本之乎經術，純深勁正之士兩得焉爾。

東粤，山海之奥區，郭璞相有衣冠氣，自安道、隨桃、海常、臨蔡之在粤，以武功侯，其諸節烈、功名、道學，非文辭不爲用。大武三會，大文三會，遂以文武結爲衣冠之氣，蓋其地靈憑焉。職方採之行人，圖於武庫，武庫設以爲險，行人貢以爲瑞。潮有經，山有篆，水圓折有珠，方折有玉，草之光者有芝，竹之筱者有雉。是故，有鱷知書，有鵲知獄，有蚌知政，有龍知道，有士知文知武。覽陸賈《行紀》，知南越向背之因；讀范瓊《先賢傳》，知交土人物之盛；觀趙牎《廣州記》，知牧守之賢；閲楊孚《南裔志》，知異物之顓。於泉知吴隱之之廉，於亭知沈田子之捷，於戈船、樓船知兩伏波之餘烈，於潮、於柳、於惠、於循知四大家之遺文。文經武緯，皆能毅然自著於深山大澤之間，豈與世儒暗於大較，狠云鄩于勸戰，夏楚勸學，遂執不移等哉。元狩侯七十五人，揭陽定吳陽十一；開元相五人，張九齡其一；慶曆之賢十餘人，余靖其一；弘、正、嘉、隆之配祀者四人，陳白沙其一。迹其爲忠爲良，爲廉爲直，言行所守無缺，結爲衣冠之氣兩得之矣。夫亦誰非粵士之文獻，顧未之知乎？小知不及大知，知之淺矣。是惡知夫臣所謂知之非不知耶？海也者，晦也。大海中火光常起，宅南交而躔星火，燄燄二丈，唐人占進士之能否，惡乎知之？龍鳳不知爲陽，不知爲陰；珠玉不知爲水，不知爲火；不知之深矣。抑惡知夫粵士所謂不知之非真知耶？

皇上愷弟作人，知其人，又知其處，又知其數，嘗於堦闥之前行萬里，其於粵士之文知之。因以粵士之文，知粵士之文之才；以粵士之文之才，知内外共事諸臣之才。才人之用也，無文不遠。諸臣之爲公爲私，粵士之爲忠爲良，爲廉爲直，亦知之鮮矣。天監殿前雨珠，明者輕冰，光者照乘，其九曲者記事，其六寸者銷兵，其爲蛇雀啣者禦災患，是兩得者也。諸臣所貢粵士之才，其以文章之爲得其得矣乎。上好文而臣好武，必不得之數也，不強其所不知，臣之情也。《詩》、《禮》、《春秋》、《孝經》終以將軍驂御虎賁之所習，與粵士共砥焉。從此息招搖，掃蚩尤，水盡昆明之西，珠連玄武之北，以人事君而文武之道備。臣曰可矣。維時總督兩廣臣某等，皆有事兹土，例得并書。

雲中詩鈔序

將軍歷幕北平，秋風霜在旗於甲縫之上。河橋驛路無蒼蠅聲，魚不避網，榆長始知有錢，邊人射鵰撲鼠，泥笋沙茸之蒲荻，羊馬踵，軍蹄踐，是以《唐風》斷自雁門。景有時而生情，別詩河梁，漢以下皆古處，蘇、李有詩教焉。大將軍五出師，聊爲《栢梁》七言，延引蘇、李之詩加長，艷詩青塚，逸詩白樓，壯詩長城、廣武，記遊詩雁門、白登，歌功詩燕然、瀚海、居延。自雲中開北門，崇宏激楚，高凉詩間作，明遠、長吉皆未見有雲中而爲之出入，雲中結束耳。衣腰帶，坐傾服，匿於甌脱之左右，邊笳月落，塞馬草脱，朝夕韞火拂廬，變辛苦爲榮華，少所興會發揚，豈人之情哉？訥生格不疎於放，氣不索於拘，體不流於纖，意不蔽於伏，聲不越於浮。才者水，力者山，曲折蜿蜒嶤峭，松柏青青，不累其情。雲中成就訥生如此。

訥生職金倉度支，轉都官。一日上召試以律詩，風雨宫商迭應古，以爲卿雲神鳳之歌而律在。律豈仰休文之四聲也者？蘇子卿曰："歡娱在今昔，燕婉及良時。"雲中古即其律，訥生律即其古，《騷》、《雅》之變宫變徵，鈞石之六齊四齊是也。少多中量，長短中度，一試之金倉度支，至於刑有杜律，猶詩有杜律，訥生輕重中衡，可以吹銅律聽軍聲，吉凶勝負之微在耳目。《易》曰："師出以律。"律書，度量衡所從出也。間諸吕律生，元諸古情生，命諸道福禄生，將軍貴而書生道殊，段文昌臣江陵，振筆撞韓碑淮、蔡，雲中有人文焉。訥生提勾注之覆斗而來，挾恒山之嵌石以去，雲中成就豈少哉？

余北走土鐙，展沙陀，撚箭畫圖，拜李牧勾注，過廣武望居延。問長平宜春戰耕之故地，弓高所從歸漢者，無傳里人也。弔宗人文簡公於文端陰館，東西黄馬白羊望見之。見樓臺爲烏氏嬴，鳥獸避爲王恢伏兵。守歲渾源，朔旦望嶽於城南，舜禹之所燔柴，今其守尉不出。宿亂陵聽長老説主父，因問代王昆盧於袴下，撐黎拜天，其時也。自温泉洮頮入蔚，跪起魏老母墓田，念城下衰，王孫意不衰。雲中無窮之門，監古爲詩，可以駐水回風而入律。時余有姊之喪不除，手掬冰雪，思一揕仇人之胸不果，馬上爲詩，梟鳴鬼哭。蹙歸，妾母子又死。《記》曰："哀心感者，其聲噍以殺；怒心感者，其聲麤以厲。"即事懷古之情到來，是淚情有時而變景故也。讀訥生《雲中詩鈔》，置我於洪河大嶽、萬松千嶂之間，移我情矣。

市王牛子制義序

《北史》見有市王，而讀書者少，有明牛氏諸生起明經，嚾嚾傳有文章之規矩，終已不中。自余兄事太初，晚從澱洋兄弟語，一一曉暢書義，破除規矩，以爲疏屬之拘舉子業不敢學，亦皆不中。

余老棄書爲農，二十年不知文章今古之得失，嘗逆澱洋必發，鄉、會試果高中，續書悉讀，續農悉耕。余以耕田勸學，出於舉子之業之外故也。田能棄，耕能審，盡其深殖之度能得。力其柔，柔其力，息其勞，勞其息，棘其肥，肥其棘，急其緩，緩其急，濕其燥，燥其濕，得中而已矣。手足櫌鉬之中，陰陽培塾之中，生死菽穫之中，中生規矩。輪六尺規，耜五寸矩，欲爲堰圍於規，欲爲淵句於矩，稼穡之速成速大，田官可頌，曰文。

文章亦然。六經具有規矩，執規矩，問科第，市王必早有得天之人。北陌南阡，斂胈胝而臞仕多矣，何學者罷勞爲也？《南華》學《易》，《離騷》學《詩》，《史記》學《尚書》，《三倉》、二戴學《禮》，《玄經》學《春秋》，未嘗奉持規矩。規矩，天地之方圓，而經緯不爽者，文也。諸生傳文章規矩，可規可矩，不可以度量權衡；可員可方，不可以多少、長短、輕重、低昂。安所執以取中哉？中者，中也。中在規矩之中亦在規矩之外。規矩之中，信者不離而去之，疑者離而去之；規矩之外，疑者能變而更之，信者不能變而更之。去之則不知有一定之多少、長短、輕重、低昂也，更之則不見有一定之多少、長短、輕重、低昂也。度量權衡由規矩，規矩由中。《嘉量銘》曰："時文思索，允臻其極。"造之極而至其中。澱洋之所以爲文發無不中也。《書》之言耕："既勤敷菑，爲厥疆畎。"〔一〕澱洋父子有然；《詩》之言耕：

"其苗厭厭，其麃緜緜。"〔一二〕澱洋兄弟有然。市王讀書者少，樹墝不欲專生而獨居，三以爲族，稼乃多穀，即凡學余耕者，可以學澱洋讀書矣。

始澱洋就孝廉公車，不試；試禮部式趨應制科，又不試。父子、兄弟、師友意與耕者逢年異。蓋疆吏宿兵之費廣，臣子賦"同讐"，宦歸加耕税之三，選授减仕缺之三。能以其間讀書相與進退古今，得即施爲展布，而失即求更張補救之所安，文章不足以異，讀書之能事審矣。

《易》："風行水上，涣。"六四曰"涣其羣"，風水一而文有不同，有用無用也。舉子業飛濤歊雪，轂轉星摇，風行盤渦，大峽其小也。過此理會學問，縣圖列史，議禮審官，籌兵措餉。不幸而芟薙寇賊，食宇數千百里之水旱饑疫，蓬蓬大海之中，滉漾青紅，放乎虚空，天連山接，欻騰電掣，此天下之至文，澱洋安取規矩乎？

家猷取父，手指尺寸，肘足尋引也；國憲取君，春生夏長，秋收冬藏也；官常取卿士大夫，左仁右義，前凝後丞也。單襄公論文，天六地五，文有十一，敬也，忠也，信也，仁也，義也，知也，勇也，教也，孝也，惠也，讓也，散而皆中，故有用，澱洋其文治；文中子論文，中行狂狷，文止得三〔一三〕，傲也，冶也，碎也，誕也，淫也，繁也，淺也〔一四〕，虚也，散而不中，故無用，澱洋用其人之文亂。文治則涣，文亂則涣其羣。譬之耕者，長桐圓粟而薄糠，小莖青蒿而多粃，差殊較睹矣。農不與三盗任地，國不與五蠹治民，澱洋其以規矩致用哉！

準繩處規矩權衡之中，度量不生其間。桑、孔平準，申、韓繩墨，箕劍刀鋸，秦、漢之天下，文非不工，《易》所解散蕩滌而涣者，以其羣爲涘渚之牛馬，不願澱洋學也。

余老，半規之肉朒，半規之髪宣，輟耕而勸澱洋學農，服先疇之規矩，無所用文矣。

賀漢清李少司馬例進一品序

上自西南用兵，凡在朝野曉暢兵事之臣，新舊蓋未之忘云。兵行羽林，車過枕席，川、湖不以爲遠。糗糧芻秣犧牽之不供，民力竭矣。漢以都尉搜粟，唐、宋金倉鹽鐵，增賦俵糴，至於告緡、造幣，括馬入羊，法敝。於是勸輸紳衿，爲縣官佐緩急，設取與而崇秩之。孔子曰：“君取臣曰取。”取之不得而《春秋》書求交訊。訊下不與，上不取耳。肱任取，股任與，臣竭其股肱之力，義不敢與朝廷市，朝廷終未之忘，當取取之，當與與之，即凡桑椹麥飯，人以三臣以五者必報，欲其得爲善之利也。

高平少司馬漢清李公，《春秋》出身，貳兵樞垂三十年，病免。吴逆尋亂，本用公掌兵者，吴逆亂至是耶！公嘗督學湖南，監安陸，置郵關、陝、隴、氐，由四川觀察籌兵。兵間強弱虛實，儲糈多少，轉運險易之路悉，當年停羽檄，上下魚書，軍無走馬告饑者。《易》曰：“蹇利西南。”徒以有公耳。假使公未亂撫蜀，必不陷蜀，將亂湖南開府，必不先棄湖南，棄師陷地，上心悔不用公。公去以川、湖爲憂，竭力輂金錢助軍，義形於色，誥命蓋《秦誓》悔過之辭也。

《詩》曰：“奕奕梁山，惟禹甸之。”商始氐、羌，周始庸、蜀、羌、髳、微、盧、彭、濮，蜀不與諸侯會盟，《春秋》不以爲子。巴、秦、楚合，爲庸之役；巴、楚合，爲申之役；巴、楚分，爲鄾之役。《春秋》知秦將兼楚，楚不能有巴故也。秦自北而南，由涪水取商於，楚無黔中；燒彝陵，楚無郢。元自南而北，通僰道，度辰溪，宋無荆門；北兼安陸，宋無襄、鄖。有明藍、鄢、蜀寇不能踰湖，湖、湘張獻忠之逋逃入蜀。川湖分合之利害具見矣。

司馬錯曰："得蜀則得楚。"秦、晉、周、隋皆用蜀，是以川、湖合而[一五]蜀重，西門扃，右臂縮，卧榻之側無睡人，公孫、劉、李、王、孟明昇皆亡蜀，是以川、湖分而蜀輕。蜀王蜀帝，僭無二世。主利合，客利分，川合於湖，公孫述、劉備、蕭紀之所破軍殺將而求也。公進亦憂，退亦憂，傾側擾攘滇、黔之變。晚姬曰："賊必規蜀以守。"公曰："賊必據湖以守。"已果闌入川、湖，逆我顔行者五年。姬去楚十九年，兵難遥度，而公常跋履軍所，坐間聚米爲山，料敵如此。大軍泛湖十餘壁，黿城蛇岳之氣盡，土龍且死。賊誘反側子撓秦，秦楚軍士翳釀，司農仰屋，公捐千金佐秦，千金佐楚，不忍葘骼秦、楚之遺民。湖南講舍，安陸城門，鄭渠、白渠之漕輓，有無毀傷乏絶，相視如家事。公蓋不爲爵勸，不爲禄勉，以憂社稷者。卜式一官，公豈爲輕重？上心識公久矣。吳逆走死，湖南收復爲我有，兵樞恨不用公。制下，原任兵部侍郎李某可一品，贈四世如其官，淑人進一品夫人。多壘大夫之辱，多績大夫之榮，《春秋》之義也。

《禮》以義起，陽爵命數九七五，陰爵命數八六四。卿六命，大夫四命，然亦有七命之卿、五命之大夫。卿視侯，大夫視伯，其命爲可上也。《春秋》諸侯妻皆夫人，大夫、卿、中下大夫妻皆曰"世婦"。今淑人一品夫人，亦視諸侯五等之命數，可爲上也。川湖戰功未叙，先以公比侯、伯，是城濮之賞先雍季而後子犯，鄢之賞先郤虎而後子餘。次封疆捍患之臣，不敢僭厥義德，義豈可忘乎？

秦楚上助軍者籍，上故尊舊臣長者，志吾過以旌善人，一馬之田，一蛇之肉，不忘耳。上賞以禮，下辭以義。義可辭，屠羊説榮；義不可辭，手受太府之版亦榮。商賈躋財役貧，韋藩樧木以絀辱之。《春秋》執宋仲幾於京師，不義也，仲幾自忘王事，是亦可禮遇否耶？

川、湖之勢既分，滇、黔、巴、蜀不能復合。我起乎咸陽，三十日下蜀，起乎長武，四十日下蜀，汴梁可三月下蜀，洛陽、金陵南北水陸異勢，多亦不過數月下蜀。蜀人弱，比徵三宣六慰，移南中勁卒於蜀，蜀已亡矣。蜀亡鉢五尺南門，西梁大度，滇、黔亦遂亡矣。以今嚙劍閣，穿陰平，進不因糧於敵，米豆踵軍，軍資服物官給，蜀未定而秦、楚不支老矣。上方悔用公之晚，旦夕用公掌兵，用公開蜀，牽巴、蜀粟十萬艘，米數百萬斛，金銀布帛給軍，用繫降王有餘。蜀必有拒逆之錫光，鄉導之牟進，說降之譙周，僥倖富貴之宗弼，縛賊自拔之文石、高定元。《易》西南得朋，抑何煩西顧之憂至今乎？

　　川、湖之分合，地爲之；滇、黔、巴、蜀之分合，天爲之。其分其合，皆人爲之。漢始通道西南，滇、濮、句町、夜郎、楡、蘭、桐、師、雟，十數合爲益州。益州以井爲首，以鬼爲目。唐取所不當取，南詔因以爲怨；宋與所不當與，大理不以爲恩。滇、黔、巴、蜀分合之利害具是矣。三危，北紀之首，河出負地絡爲陰，東北上流入燕；岷、嶓，南紀之首，江出負地絡爲陽，東南下流入閩。天下山河之象在兩戒，天分以氣，人合以力，滇、黔，江河之首，不屬宋墟河北，唐蹟江南，氣與力安從生？得巴取蜀，得蜀取黔，得黔取滇。《春秋》伐人之國四十九，楚伐夜郎，不書，外也。書取者十四，取其所有也。張儀、司馬錯開蜀武功第一，儀子若取江南，錯取商於爲黔中。錯，龍門人。儀，高平人。高平近無一品官，儀何以相焉？衞瓘、高崇文、高駢、郭崇韜、王全斌，聞儀、錯而宣力西南，皆晉人耳。上果用公屬大事，遠偕儀、錯，近輅大司馬侯璡。璡，澤州人，巴、蜀、滇、黔之勳最，公所爲報賜以力也。保君父之命以有其家，在家不知非義，何力之敢偷？微濾五月，《車攻》六月，各爲其主盡力耳。

　　《困》之九二，朱緩方來，利用享祀，四代之光輝廟食，西鄉公有榮施，何困之有？徵於鬼不徵於人，困矣。《既濟》之六二，傅説喪茀，勿逐，而自得。説一晉人。九三"高宗伐鬼方，三年克之"，滇、黔不即爲我有，鬼方亂小人亦亂。賊以劍閣爲城，以金馬碧雞爲園囿，以開明、蒙段計世，以流土徵兵，以苗獠役屬，以海西、安南應緩，以九爽三托五部之夾持不僵。兵事兵樞之所憂，兵不戢而在家忌之，二三婚友將以《春秋》責賢者。

送計百周公卓異守太原序〔一六〕

《春秋》自中國之附庸，字列國之命大夫。周公計百丞雲中，移守太原，入爲附庸，出爲命大夫，稱字曰"公"。振姬國人公焉，而往振姬讀河南《春秋》，《春秋》絶少，因以其間寓《詩》、《易》。已得公爲《春秋》墨守，姬不力，公不猶，出而觀公之言動，察其行能，悉其家世，乃知公於《春秋》最深也。

公，澤人。澤周之高都，徙家延津，或以國氏周，或以邑氏都。周六世三進士，三錦衣。樂軒公制三邊，虞臺公服一品搜粟都尉，銅仁府君與方壺公辭錦衣，公補弟子，已賜族而世爲大夫。《春秋》去中行未賜族而身爲大夫，《春秋》書無駭恥春秋之世官世邑，而求合於聖人之言動。《春秋》盡性之書，守法之律也，知諸侯大夫成敗，習朝祭、蒐田、刑獄，豫水旱災異，周慶之《春秋》耶，周澤之《春秋》耶？更數年，道章江公以李見，蓋已舉孝廉，成進士李虔南矣。聞所謂王叔之獄無官，元咺之獄無反，雍糾之獄無內，梗陽之獄無貨，引經斷事用《春秋》。顯廣川之《繁露》，平津之《雜説》，待詔議三十餘事，駁漢事六百餘條，公侯之子孫必復其始，房鳳豈《春秋》都尉哉？

久之，雲改中行都尉，《春秋》不與烏孫乃與雲中。振姬以事適邊，邊長老能言之。其佐守也，賢佐仁，仁佐賢也。其行徼也，義者行，仁者守也。其城塞也，城虎牢也；其和戎也，納無終也。

其治軍終日而畢也，其興學朝暮而議也，其獄不上下也，其屯不庚癸也，其祀獄枋也，其徵朝雉也。朝廷之賞罰，罰不先於賞，《春秋》之賞罰也；諫官之是非，是不倚於非，《春秋》之是非也。是非定，賞罰行，最雲中，秩太原。《易》曰："君子得輿，民所載也。"《詩》曰："羔裘如濡"，"邦之直也。"〔一七〕《易》以窮理，《詩》以達情，《春秋》以盡性。聖心之是非無例，無例則蕩平好惡；王事之賞罰無例，無例則赫濯聲靈。君不可以不知《春秋》，臣不可以不知《春秋》也。"料民太原"之後《春秋》作，"入於晉陽"之後《春秋》終。夏"既修太原"，周"薄伐太原"，唐不唐，乃晉《春秋》，太原之捷諸侯之爲之；簡子不塞晉陽，襄子必走晉陽，晉不晉，乃趙《春秋》，晉陽之甲大夫之爲之也。罰大夫專，賞大夫順，《春秋》繼《詩》也。

　　《詩》曰"維子之好"，賞也；"不如子之衣"，命也。太原之賞也義，其命也忠。義故大夫榮，忠故大夫勸。《詩》之"麋鹽"，《春秋》之"執秩"，大夫官教也；《詩》之"葛生"，《春秋》之"州兵"，大夫軍政也；《詩》之"蟋蟀"，《春秋》之"轅田"，大夫以農而寓兵也；《詩》之"苕華"，《春秋》之"刑鼎"，大夫以刑佐民也。參所以高，汾所以簡；户所以減，壘所以增；秦所以塞，代所以通〔一八〕。大夫不辱命矣。《詩》曰："有杕之杜〔一九〕，生於道周，彼君子兮，噬肯來遊。"大夫問東方之士，自我人居居，公安能少晉陽而令晉陽多公，公安能輕晉陽而令晉陽重公？《春秋》杜外交，謂振姬輦，不謂晉陽之荐紳先生、父老子弟也。文翁以《春秋》守郡，行縣從餙行者與俱，左咸以《春秋》守郡，徒衆日盛。不能盡人之性，謂可成公，是受上賞，頒寵命，《采苓》之詩無然哉。《春秋》盡性之書，守法之律也。公延津同學都使君，先後以《春秋》成進士，公守太原，都使君令析。眭孟言《春秋》之義，在兩人矣。

賀計百周公祖卓異守太原序

上詔計天下吏。是歲，撫軍集收監守令，各以其屬殿最焉。晉舉雲中丞周公，公以册入覲。有言者，終用撫軍舉卓異，主爵以公守太原，言者亦止。言者少公雲中丞，撫軍最公太原守。公雲中丞，先是已試守太原卓異，上知雲中丞卓異，可太原守，蓋於撫軍耳目矣。不以一言廢撫軍之耳目，使耳目人無已也。

君莫智於知人，臣莫忠於察吏。以人求事，不借才而誣能；以吏親民，不愛名而徇法。舜大功二十，四岳實屬耳目焉；《王制》方伯之監三人，以諸侯分黜陟，耳目在監。才計功，能計分，明計賢，法計奸，歲計天下之吏，不必其耳而目之耳目，撫軍不以一言廢撫軍之耳目已矣。吏之才能，不以暱撫軍；計吏之名法，不以私撫軍。撫軍耳目或不當，何有雲中一丞以卓異邀太原守？耳目誠當有以丞邀宰相者。魏倩舉都尉，雖人言不易；梁公舉司馬，雖君言亦不止。知有舉主，主爵豈以希指哉？

且言者未可非也，以晉牧監守令百十數，守邊丞倍他府。丞，古之都尉，漢律近邊塞皆置尉，百里一人都尉，因吏謁守如縣令，以册入覲，唐所傳爲口輒動者覲丞也。雲中丞卓異先生守郡，守以太原爲大，合代、并、雁門、定襄四郡爲今府。行必先，坐必上，同升出其右，吏奚無人甚哉？邊往以少吏之敗，約攻當路塞，塞吏民遠舍，自高闕、陰山，南并白羊、樓煩，尉史小吏以漢謀輸馬邑，錄曼邱猘雲中，薙太原代屯，句注趙屯，飛狐亦無以救，守尉之無人矣。雲中守可將軍，即雲中丞可太守，雲中罷守可還守，即太原試守可真守。吏之才能，撫軍出諸己；計吏之名法，撫軍歸諸上。撫軍權封疆之間，言者議繩墨之內，君無蔽言，臣無隱忠，上知人也哉！

丙吉按邊長吏，豫視老病不任兵馬者[二〇]，瑣科條其人。漢宣勞爲憂邊思職，然漢宣親問守相，退而考察所行，以質其言。史稱知其所以然，自耳目人，不以耳目屬大吏。制詔太原太守，官尊祿厚，謂可以償博進，何異雁門守都、定襄守縱、河東守延年？其於太原太守不知也，知人果不可學也。

公治太原如雲中。雲中政平，平故異；太原政易，易故異。周公曰：“平易近民。”野有民，亭無吏，嬉嬉然有民事，闊闊然無邊事，蓋以撫軍之舉知之也。雲中覆服匿，知太原厩無羊；雲中合甌脱，知太原竈無蛙；雲中不入市租，知太原不忘坐嘯；雲中贏不獻戎，知太原甲不崇卒；雲中尺籍五符，知太原荻蒿苦楚；雲中且渠當户悦，知太原呼延須卜安。從太原門遺，遺雲中之北蕃[二一]。翁龍，雲中之西屏；夏屋，雲中之南[二二]。雲中之青旗都尉，太原之竹馬太守。太守，吏民之本也，撫軍牧監守令之師也。府丞之久次，例遷也；上計之高等，異數也。虞以車服旌庸，漢用璽書贈秩，或爵公侯，或補卿相。唐京太原留卿相，宋制卿相判太原，知之深者也。智以知人，忠以察吏，君臣合而名法昭，而才能效，公之所以酬知自此矣。

來太原爭界上，道雲中聚碑前，自是從事於外者，無自疑於中者。人告代郡、太原守主饋不墮食，制徵河南太守符發復止。守疑梁邱賀問言，人之言於己無與也，己之知於人無與也。撫軍久知公，上當知之撫軍，或有不知，吏民知之矣。上以撫軍寓耳目，撫軍以民寓耳目，道路一錢，車蓋一丈，幸書屏於太原之壘、太原之澗焉。

《治泫略》序

爲民父母治泫，何略乎泫？以憂故略也。子之愛親命也，不以親易泫也。公治泫數月，會報獄持公之憂，更數月。泫之父母乎公，所以親仁，而公爲民父母，終不勝其愛親之心，所以仁親。

仁以孝爲本，學其父以治泫之吏若民，治狀具舉。大故奉條例視事，不得與於哭泣之位。喪之剡不可犯，泫沭其仁不終，不以泫易其親也。

漢循吏依於孝，宋循吏依於仁。刺史守所辟舉，無以不孝令者於何、陳、郭法家決獄平，皆學其父，以經書傳法爲任職，故吏治茂焉。宋法詳而治不盡，有明興化、雲巖、應城諸令近乎仁，言人人殊。程子不以愛言仁，仁有置，置邑，天下之細嘗密矣。晉城不從衆爲應文逃責，人各得輸其情，使者亦不亂人治，仁人哉！

宋之晉城，漢之泫氏也。泫[二三]多建侯，以屬相與長，各以其意爲治。使者略縣邑細微之過，人人自以得所，重生事，恥犯法。孔子曰：“公父氏之聽獄，無罪者恥。”恥爲不仁，相與頌説父母之令之仁，令亦資於事父而父順。間者民頗言獄深，賦役不均，水旱厲疫不救，盜起捕不滿品，細弱困而道經無之耳。相視爲故常不問，仁者欲有所爲，格於時之多口不行。多口本於多事，多事本於多求，多求本於多欲，多欲不仁。置不仁以滑其中，廉得其罪重，使丞、嗇夫、三老、孝弟受其恥，豈獨令之不仁哉？父教子貳，不以無本之治治也。

讀《治泫略》，多父母仁孝之心，可以油然而生矣。命革贖錢，減租税，寬剩錢，約平直，市用物，毋自用朘民以生，所疑使受裁於人父之命爲令。爲子不欺其死，父爲民父母螫民乎？起監牧諸移獄，人命盜賊，讞鞫所輕重，次所理官書約束，要之以祝釐之所祈，行視水泉隄堰之所決。斲以爲榿，終赴告哭踊所誄，及所示救縊方止。公之治泫，不曰公而曰從父治命。錯父死而錯逆命，彼蓋與於不仁之甚者也。仁有置，置邑，初軍爲子弟縊乎？曰次玉罪當竟矣。母子食兄弟田者悔乎？曰城南盜自縛首矣。減剗户賦縣譜乎？曰豪猾輕游駔儈去遠矣。渠成十里利乎？曰鑿山通驛、置百果算糧、具數十萬錢營廣學舍百區矣。斷獄三月而後舉爵，父書也；堂上三人，父事也；不聚一絹一衣，父誡也；樸焉不改父之人與政，鞭焉不掩父之言。午也從令，鞅也敬官，奇也載父，老者之智而以少者決之，何略乎泫哉？上數詔執事省官，監牧不多於建侯，令得自治其邑。無欲何求，無求何事？事省而治略，非略乎泫也。公非略乎泫而略乎泫治也，治無大於此者乎。泫故老邊晉城，不憚增賮減年征繕矣。鄉校從令長受學，論秀無慮百數，敝民至斷死無人。令當代不能去，數年而民服其教不衰，是程子之仁也。仁不易其哀樂之節，樂喪必哀生，膠膠治具之畢張，仁顧遠於人情乎？孝子何其多憂也，往而不返者，親也。聞循吏悼喪其親，受邑子以《孝經》，謂今大故不得汎喪樂乎哉？故曰略以憂也。

興平間叢祠，父老許還舊令，靈寶民遮使者車，爲言舊令於朝。今監牧省不郊行而邑遠於行在，獄具觀奏當之成，起而哭，退而不私。泫度不能久有公，治泫略也。行即異民而治，不以治命異治狀，父一而已。治泫未可云"略"也。

校勘記

〔一〕此句《禮·禮運》作："必本於大一，分而爲天地，轉而爲陰陽。"

〔二〕"北使"，原作"比使"，據康熙鈔本改。

〔三〕"予子行役"，《魏風·陟岵》作"予季行役"。

〔四〕"關梁"，康熙鈔本作"梁關"。

〔五〕"麓川"，原缺"麓"字，據康熙鈔本補。

〔六〕"有所向"，康熙鈔本作"有所同"。

〔七〕"永樂"，原作"永榮"，據康熙鈔本改。

〔八〕"也夫"，原作"也失"，是正。

〔九〕"五石"，原作"五后"，康熙鈔本同。按此用《莊子·逍遥游》"五石之瓠"之典，"石"形訛爲"后"，因改。

〔一〇〕"孝廉"，原作"孝簾"，是正。

〔一一〕"既勤敷菑，爲厥疆畎"，《尚書·梓材》作"若稽田，既勤敷菑，惟其陳修，爲厥疆畎"。

〔一二〕"其苗厭厭，其麃緜緜"，《詩經·載芟》作"厭厭其苗，緜緜其麃。"

〔一三〕"文止得三"，"三"當爲"八"字之訛

〔一四〕"淺也"，按，檢《文中子》文，"淺"字當作"捷"。

〔一五〕"而"字原缺，據康熙鈔本補。

〔一六〕"太原"，題原作"守原"，據康熙鈔本及正文改。

〔一七〕"邦之直也"，《詩經·鄭風·羔裘》作"邦之司直"。

〔一八〕"代"下原衍"以"字，據康熙鈔本刪。

〔一九〕"有杕之杜"，"杕"原作"秋"，據《詩·有杕之杜》改。

〔二〇〕"豫視"，原作"像視"，據《漢書·丙吉傳》改。

西北之文卷八

序十首

送張子遊太學序

不佞初備員太學，太學生徒纔四百。公卿[一]、大夫、元士之適子，牧守及倅諸子，郡國上茂材異等，歲貢天下之造士，皆學於此。學成得推擇爲吏，用誦多者課，能通一經皆復，賓興之士不與焉。盡兩舍無貲郎，當時太學之人榮而太學榮。秋負禮器往，比耦較射，摩挲碑版、鼓鐘、松檜之旁不能去。會先皇帝視學，擧春臣進講已，賜衣。象胥雜遝乎橋門，恨不見鄉邑人。棄外不復禮太學，衣博士衣而不冠，猶榮之也。

今上厭兵事憂旱，用疆吏請，聽民輸粟入太學，可數千，吾邑至二十三人，絃五子與焉。先是，絃五弟令聞早世，度不能衣冠見子，計貲郎可得官，初亦未知太學之人之榮也。長吏下記過門，門巷暴開，親友賀張子羊酒，絃五喜，趣張子如京。有司奏太學舍滿，上尋視學，賜諸博士弟子人一金。張子持進之絃五，絃五又大喜過望。里中以太學榮張子，張子受賀，顧安得以張子榮太學乎？以張子榮太學，庶幾重有太學之人爲可賀也已。

太學榮義不榮勢，一碑立而摹者驅車，一幡揭而從者傾市。貴者齒不先，賤者踵不後，載者、椽者、甑者、漆者，古守令割俸以資，平捐以接，所以榮太學者如此。而太學無傳人，何榮之與有？《王制》"太學在郊"，郊者，比閭族黨之推也。張子即未知太學，當知比閭族黨，由比相保，由閭相受，由族相葬，由黨相䦧，由此閭族黨至州而相賓，太學升矣。陳東之於太學，相保也；朱暉之於太學，相受也；何蕃之於太學，相葬也；郭元振之於太學，相䦧也。太學之人榮而太學榮。人有德行，有藝儀，有禮樂，先必有倫。太學堂曰"彝倫"。倫未明，致之教之罷之，倫明而比之，比之官也。漢四得官不與國子比，處爲造士，出爲公卿、大夫、元士，至於郡國鄉邑之長吏，下不失爲掌故，太學之人榮哉。太學之倫明，故太學之人榮也。

令聞病，往見張子侍醫藥，死以妻子累張子，張子明此榮，不明此不榮。叔父，父也。推父父則推子子。太學先生如諫議，朋友如儀曹，觀聽如呼韓、新羅，期門羽林之士，多正容以徵其論，張子不可不明矣。鄭人緩兄弟儒墨，儒死而右墨，緩而松栢之實弗善也。絃五方失左右手，張子迓續之爲人，則絃五愈益喜，喜有後弗棄基。出太學以省親，入太學以辭父，張子得爲李膺、歐陽詹，榮豈有既乎？何必守太學幸得官，即得官而治之長之，捉一金而擲之。今之貲郎豈榮於入粟入羊？況下而爲孝子齋郎者，富貴已矣。鄉有富賈，葦藩木楗以朝於晉，學士羞與比，榮辱之分也。《王制》"國子十八入太學"，漢擇民十八以上，敬長上，順鄉里，出入不悖以聞，民始與於學士之版，長於王子而明耳。由學明倫，由倫辨官，太學之倫明，即貲郎官宰相，次公久猶榮其人。張子勗哉！不佞不及見也已。

教諭劉佑君先生成進士序

曲沃劉佑君先生，署高平教諭。一年重屋安神，垣啓聖祠，樹之櫺，葺屋茨屋近聖人。一年募粲尊經閣，創進一亭，八阿，修一、廣一、崇二，兩廊六室十四楹。一年勸令出灰土，勸義民搆兩廡，碧瓦丹楹三十六。掖門當廡之隈，致齋更衣所爲兩，環涂百堵，高必厚，撓必堅。營省牲所其左，直南勸令起石坊，扃焉。中間迎祝聖人樂章，禮數用器、用實、用牲。石嵌之殿壁〔二〕，鑄爵範金，吻使腹〔三〕，作其而與其用等。教諭豈真足爲故爲哉！不苟可以爲而止，夫是其才全。兩年課弟子舉業，晨夜五七藝，妻子漏羹供食飲，文成秤量必平。以自識其所學，趣弟子再試太原，不大勝揖先生上？先生上捷南宫，同門取兩北人，此爲才。計孝廉二十三年，教諭五年，榜五教諭，知教諭之所爲或寡矣。謂有爲而累者道乎？先生學此有爲也。

弟子不悦學，有言聖人所馮神，或曰命也，命果不足以神，而不神則神矣。孰與聖人之道之神乎？神而不可不爲，舉孝廉，成進士，取其誦法聖人而止耳。乃今舉孝廉，成進士，未必其能學聖人，其學聖人而不舉孝廉、成進士，遂孰意不爲諉之於命不學也。大命有常，猶《尚書》命吉命凶；小命日成，猶《周禮》一命再命。三命而於車上僂，豈聖人之道哉？董子言天令之謂命，命非聖人不行，故言命有漸。仁義禮樂所由適於道之路，不悦學而諉命，非天降命不可得及，弗克由聖也。

先生學不至聖人，不可謂非聖人之道。踐石以上稱其孝，孫期之學也；兄弟從一竃掃除，伏恭之學也；爲親友直宿獄，陳元之學也；涖歷五州更數年，景鸞、趙曄之學也；曲沃之田百萬，焦瑕近寶而官日貧，俸散之三黨，鄭寬中、疏受之學也；興孝葺逆旅悉力，楊仁、翟酺、周防之學也；素木瓠葉爲俎豆，射菟首行禮，桓榮、劉昆之學也；遺子將門，人問字，不穿求一家之説，梁丘賀、翟牧之學也。飲酒略小節，果敢有氣，規朋友過篤於義，學爲戴德、楊政，固聖人之所與。聖人之所與，聖人之道也。然則舉孝廉、成進士，遲之二十三年不謂命，蓋有漸以致之矣。

命其固然，固然而得之，亦有固然而不得之，學漸忘也；道其同然，同然而先得之，亦可同然而衆得之學，漸進也。弟子事先生五年，欲知仲桓問任安，命乎，道乎？卜梁倚有聖人之才，而無聖人之道，不爲不神。學不舉孝廉、成進士，曰聖人欺我，則李蕭遠之言命，庶幾其爲聖人矣。不然，願弟子取大於先生也。先生舉孝廉、成進士，物莫足爲而不可不爲，夫樂通物非聖人也。聖人之道，何道乎？會於仁義而不去，應於禮樂而不強，齊於事法而不亂，同於民物而不辭。由事法民物爲仁義禮樂，由仁義禮樂爲道，由道爲命，三命滋益恭。《左氏傳》爲聖人之家法，惟其學，不惟其才，以爲神之據我欺我也。

上意嚮近學之臣，方之大道，夫是聖人當世者，上必無爲以用天下，下必有爲爲天下用，自此而有所爲，則誠有爲矣。願先生取大於聖人也。

壽總憲魏環溪先生

魏大中丞壽九月之二十九。戊午九月，振姬補病廣陽，以蒼頭空手爲祝。時中丞疏禁郡國壽儀，方以法正御史台，振姬懼不敢以一錢私。無私主敬，無欲主靜。主敬，新建之學也；主靜，容城之學也；蓋言仁也。子曰："仁者壽。"中丞近之矣。

以強固敬其身，以淡泊靜其心。心智於老謀。心久更事，無漫試之一技一官，視天下爲血氣之流通，雖政教壅塞，時勢艱難，爲閔惄而淡泊強固必行者，仁也。成王問鬻子以壽國之道，亦仁而已矣。新建、容城之所謂仁，子之仁也。《易》曰："安土敦乎仁。"不安，危矣。仁者退必憂危，進必憂聖。文中子曰："天下皆憂，吾安得不憂。"不憂，子之所以強仁也。國家地大物繁，人有懷土之心，安其危不欲有所興作，盜乘其間而致上之所難。中丞日進之以果敢有爲之言，不使賊求勝於上。上嘗改容，士大夫不敢安肆偷惰於其側。議政事之強弱，參刑論之輕重，察吏治之貪廉，問民隱之甘苦休戚，不爲己私惠私勢，問法當何如止耳？憂者安而危也，不憂者靜而安也。《書》曰："天壽平格，保乂有殷。"先正保衡殷法家，言則從，從則乂，乂則仁人之言溥哉！

商之興也，蘖言嘗於上，籛彭雖正教大夫，官教其士，進不得與六臣壽，蓋以樹雉養君小人耳。"既濟"君以之，"明夷"臣以之，必有剛強不屈之氣，而後有以自振於衰憊。籛彭七百六十七歲，老聃出關數百歲，兩人爲周柱下史，檢點服食言語，不使其身有痺痿不仁之處，天下危而示之以舌，宜周之危且弱也。

丞相御史皆秦官，史佚已爲周丞，意中丞自周昉乎？洛成史佚祝冊，封唐叔史佚成之。丞所以亂爲四輔，至秦爲法吏，與太史分署。漢初郡國計吏，以其副上丞相御史，丞相行其道，御史行其法，太史歲盡舉之。《尚書》以其言是非天下，而御史在朝廷左右，以法賞罰天下。周昌之出入卧內，至貴疆也。漢祖弄中丞之印，以趙堯代昌，堯不知其壽。張蒼壽百十六歲，張湯乃無命，蒼以仁行其法，湯以法廢其仁。用法不得法外意，上意所在則絀法，湯何嘗執法哉？法在必行，法有時而不行，安危寄之矣。周昌在內，孝惠安；在外，趙王如意危。昌之內外，漢之安危也。宋璟爲御史中丞，詔按揚州獄，辭；按幽州屈突仲翔獄，辭；詔副李嶠出隴西，又辭。小人初冀璟，壞其機牙，姦不得發。不然，法且陷璟，安得壽唐三朝，迄乎開元哉？

有法亂之弊，有法敝之弊。法亂當示以法，法敝當示以無法。作法者君也，執法者臣也，數不治而數變法，所變或不可行，終不得長久無弊之道。謂中丞之仁者能乎？不仁者能乎？民之鄙夭而不壽也，非法亡也，其執法者不仁也。老、莊淡泊無以異於聖人，卒流爲申、韓之法，以爲仁不足以治天下，則是不仁不足以亂天下，原於恣睢放蕩而不敬。孟子曰："徒法不能以自行。"法以行仁，原於強固而敬。不敬，以用法求静，無壽民矣。彼以虚虚天下之實，其用水火日月逆，故自壽；吾以實實天下之虚，其用禮樂刑政順，故民壽。民壽而潤澤在身，豐亨在國，誰議其不仁者？漢丞相知邊警，條列軍所罷吏及刺史不任職者，宣帝多其憂國。誰云中丞曠官，中丞何嘗隸兵哉？大臣不可以莫之憂也。

今羽檄無虛日，繕吏視爲故常取成事，上因倚辦左右，至使進而執天下之利器，法必有所不行。有勝負，有虛實，有功過，有賞罰，中丞當叩閽力爭，上紓天子拊髀，外抗敵人偏袒跳踉[四]之勢，仁者無不愛也。況今用兵五年，安危顧不覺乎？上蔡以覺言仁，尹和靖以愛言仁，程、朱不以爲仁，非子之仁也，以較不覺而不愛者有間矣。

曲梁之役，戮及楊干，諸侯中尉豈重於天子中丞哉？雖伐國不問仁人，要亦仁人所強也。《胤征》九月之始，《書》曰：“辰弗集於房。”以其醉没其黨，窮后伐虢九月之中。《傳》曰：“龍尾伏辰。”以其夢正其罰，薄收辰次午卯。是以天策焞焞，火中成軍，以誅醉夢之人，乃舉國醉夢，辰弗覺而卯當覺矣。《小雅》十月之辛卯，今九月二十九日之丁卯，差一日矣。九月剥，十月坤，剥而有夫不食之碩果，結根在核。核也者，仁也。果生於仁，究於剥。九者，究也。九變而爲一，由亥乃變，核變木，荄變草。草木變以生，晝夜變以克。故刻亦從亥，骸亦從亥，十月純坤曰“亥”。生克天人之所爲而自成今古。

畢萬受魏十世，文、武徙梁共十世，潘、龐、吕、新、芮、坦、辛、王，及伯夏、曼多、令狐、新垣、葉大夫之氏，天下雄魏。唐宰相畢魏等元忠之爲中丞，不如鄭公祖孫者仁耳。清明之交爲極盛，以今舉樂羊、舉吳起、舉陳平而戮楊干，勝於十縣之私。女樂二八之尤私焉者，天不可必乎。《書》曰：“冲子，[五]則無遺壽耇。”“無遺”，何也？其爲稽古稽天也。天人古今繫於仁者之身，壽矣哉。

振姬靜然不可以補病，其壽者仁者之爲之也，其不壽者不仁者之爲之也？於是親以爲祝。

己未壽再彭閻先生序〔六〕

瓜緜緜於昆吾之臺，閻其一也。昆吾本顓頊，起胃距昴，北直天街。太原南次韋顧，國閻。《商頌》"韋顧昆吾"，夏與禍福焉。周封仲奕於閻，仲奕，伯鹵之孫，《傳》以太原爲大鹵自此。一云昭王少子生，手有文曰"閻"，康王封閻城。晉取閻賜公子懿，閻始；更爲譽族，閻衰，與馮辛圈瓦事楚。楚有閻人無閻地，閻自別爲昆吾之封。上顓、譽，更氏宇文，賜閻慶爲大野氏。《書》大野徐淮，淮、濟相因而治。濟東南，河東北，沮入大野。閻久已南遷，而太原閻盛於唐。明自太原遷淮，纂就大野氏煮海，至參議公始貴顯。

先是，參議公校閩，乞子九鯉湖，震神字之再彭。聖人以堯退昆吾，神人以閻進大彭。乙卯忌，丙辰喜，龍尾伏辰，大中天策。策星下臨淮陽，郭偃占爲九月之吉，崇太原也。彭本韋顧，武丁兩薙韋顧，有彭地無彭人。吴越錢行唐宋百年，天爲顓頊祚彭。老彭起堯訖商，守藏史，官教其士，政教其大夫，壽七八百歲。昆吾之瓜瓞如此。參議公奇再彭先生，富貴皆其所自有，未知其壽耳。先生即不求富貴，官教政教，壽考無遺。薙可進堯也，汞可避商也，舟人舟可師譽也，圈公芝可佐漢也。在太原封瓜衍，在彭城甲瓜儀，禿暨、諸稽何羨豕韋、商伯哉？

先生喜讀書，謹事參議公進其誠，誠以安親爲上，國變守松楸盡思，不以學光耀榮華其身，進取視乎後之人。賢哉！取與極嚴，叩門不以難爲解，彼老彭兄堯舜之教，歷事夏、商，自秘禁方，能神仙，抑亦惑矣。

世傳老彭妻子百三人，浮漚泛泛相值也。先生孺人逝三歲，操孤鸞，驚別鶴，上下琴絃裂帛，全子百詩若璩之哀哀，孺人服除而後加一觴。迹其夫婦、父子，可以斷先生君親、朋友之義理焉。孺人出丁公文恪狀元季孫，先生敬爲濟陽君。濟陽君從祠祀，襲衣不敢見舅姑，病且革猶將事，平昔內言不出，家事卒無不理。顓頊之《內訓》曰："屬女德而弗忘，與女正而弗衰。"嫫母可求，況齊之姜乎？姜出丁公，筮有從風風隕者，東郭出而傾崔棠。孺人賢有德，先生之所刑于也。織女掌刀錢瓜菓，與星紀隔彭城，彭城月窟無橋，悲矣。

先生長孺人一歲，孺人前死四歲，先生前後上壽必展期，非振姬所知。父母棄振姬四十六年，卒皆五十有七，龍章象珥，無淚可揮。冢婦死三十有七，故振姬犬馬齒九月，往往於瓜圃逃生。先生自傷無妻，百詩則慶有父。有父不慶，鯉之哭其母無已。聖人適楚，見㹠子乳死母，少焉眴然棄而走，愛夫君形者也。百詩事先生誠矣。誠以顯親爲上，捧天子德音來京，金石獻賦此日，綌綈進瓜亦此日。吾聞瓜并蒂不可食，先生鰥而官教政教，敦杖蹷之乎頤。參議公之家學，以祖德爲父書；文恪公之宅相，以父書爲母訓。壽則擁篕垂魚，薦則翟珈瑱佩，可不謂顯焉。於時參議公安，先生亦安。先生晚坐紅鷗亭，羣鷗日來，圖荔枝與寓目。十里一堠，五里一亭，方移值扶荔宮門之間，荔冬挺而夏熟後瓜。芸瓜者父棓之，扶荔者子登之，昆吾之天道矣乎。

閻氏不辨其顓、嚳。於顓頊得一人，太原人也。竇公百八十歲，漢文問服食無有，幼從父學琴，逸樂所以益性命。於帝嚳得一人，太原人也。于伯隨百二十八歲，開元東封，兩孫掖以詣闕，精爽不昧，上賜袍笏有加禮。先生無妻有子，逸樂之情，精爽之力，壽命之原也。

九月萬物之辛生，至胃則爲顓頊分，無射不和感心，心可自辛乎？"蟋蟀在堂，歲聿其莫。"太原之《唐風》有然，且夫己未《春秋》托始也。魯隱知有父，鄭莊不知有母，以次留君親之義於天地。先生拒百詩一觴，是《春秋》前之己未，天下有無父之人則可也。然則閻家詩結青絲之縷，垂緑帔之巾，不免厚於婦人矣。

十月問壽少司馬李公

少司馬李公誕庚戌十月之十日，丁巳六十八歲。越五日戊午月食。或問卿士惟月。司馬生六庚，《易》"先庚三日"極亥，"後庚三日"極已，合爲今年之十月己亥，戊巳陰陽皆變。既望己未，《春秋》托始焉。曰：《春秋》月食不書，今十月亥氣升於望前之三日，司馬去一而用九，日月對乃食望，司馬隱日亦遠矣。曰：《詩》醜十月之日食，姬姓日乎，重光在辛乎？曰：木金讎也，食辛卯。辛卯黃帝曆元，初以十月爲歲首，十月日在尾，尾十至斗十百三十五分而終〔七〕。析木柏陵之所憑神，周興日在析木，水伏天黿，文之七九，武之六八，坤維於七九、六八之中。姜任世有其坤德，水木之精也。幽六年辛卯，卯酉日道四十八度，櫜弧張而周爲秦，《詩》至此無《雅》。幽之己未，平之己未，更六十年《春秋》作，《春秋》之元起於坤中。坤利牝馬之貞，幽初生馬化人，牝馬不貞，《詩》醜十月之交以此。

《詩》十月與周，《春秋》冬十月與魯。與魯以與周，聖人義不帝秦耳。秦以十月爲歲首。水，火妃也。漢初十月軍灞上，聚五星，三年十月日食，周以廢，漢以興，昔聖人深遠矣。鄭氏不得食限，曰周十月，漢八月也；劉氏不得緯度，曰秦十月，今七月也。《春秋》不書隱十月日食，頻書襄冬十月日食，去其冬，可乎？月與日交，十月在尾，在尾有食有不食，興廢非所敢問；歲與天交，十月在坤，日月星斗皆起於坤，剥至坤終，復自坤始，極自坤入，雲漢之氣至坤降天地，合於罔冥之宮。所以胎育元造，萌芽萬物，一於順而已矣。

順則厚重，厚重可以剛柔，故絳侯能安；順則謹慎，謹慎可以變化，故武侯能治；順則敬義，敬義可以內外，故宋廣平能守；

順則文章，文章可以暢四肢、發事業，故司馬涑水能通。不能通守，出無益於人國之治安，黄裳不吉，陰疑於陽不順。然在劉吕、魏蜀之間，通天、元祐之際，竭蹶母后敵國，釜不隔而囊則傾，坤道或未之盡也。

　　坤爲牛、爲腹、爲輿、爲釜、爲布，使伯仁捧腹，函劉景升千斤牛，出從慶封得輿，不如聲子償轅冽腹糞車之下。彦升一布，史雲一釜，順也。順受其正，天地合爲君子之一身，而身之是非、取與、進退、榮辱由乎我。我性我命，豈有不由我者乎？

　　十月爲亥，亥有二首六身，道得之該，時得之刻，木得之核，草得之荄，土得之垓。垓以上分京，分兆，分億，分萬，分千，分百，以十除之；垓以下分秭，分穰，分溝，分澗，分正，分載，分極，以十乘之。一之至九各爲位，而十不不爲位；一之至九各爲子，而十不爲子，坤道不自當位，不自立子，貳上位而類已子，內不事外，終其事而不與其成耳。司馬公得坤道，兄弟兩其五，生年兩其十，累官內外皆西南，文武爲憲，止於兩貳兵部，歸乃子其弟之子，以《春秋》世其家。

　　《春秋》以十乘《易》之數，去一而用九；《易》以二十乘《春秋》之數，去兩而用十。八卦體六十四限，每限六十八年，《易》以七十二卦爲用。其以六十四卦之爻積日者，二萬四千五百七十六，得歲六十八年，餘九十六日；其以七十二卦之爻積日者，三萬一千一百四，得歲八十六年，餘一百四十四日。故通期六十八年以虛積虛，歲實六十八年以實積實。逆其數爲八十六，《易》以二十乘《春秋》之數，去兩而用十八也。平丞相當六十八家居，詔起封侯不拜，不爲子晏謀；富鄭公以六十八致位，不自當位立子。其有當於乾坤之不用者，可以歲計乎？四其六十八年爲天地之交會，三其八十六年爲天地交限差數，差爲日月食限，交爲天地歲法，天地之交以乾坤。乾坤之交以坎離，坎離，日月也。天生水衍於地，地內其景於月；地生火麗於天，天外其景於日。望而對者精，朔而合者形，互而藏者宅，藏故莫之消長，食亦莫之損益。《參同契》以坎中乾，實離中坤，不敢治日月而能治水火，水火治而天地人相終始，故至人守庚，朱子譏其逆天道。聖人生庚戌，六十八爲《猗蘭操》，歸治《詩》、《易》、《春秋》。

《易》有七十二卦，去用而存體，《詩》得十四，《春秋》得十八。知其解者，古今興廢逆測之，性命長短順受之。司馬公體之，畢子問之，崔子受而書之，以爲公壽。

祝少司馬李公鄉居六十有三序

朝廷初峻六鄉之秩，侍郎次卿，卿次公。漢三公兼司馬，唐宋兼侍郎。侍郎三峻，司馬六鄉之卿。卿三宅，公三壽，以其政教爲道也。《周禮》二鄉一公，鄉一卿，州黨一大夫，雖有官而不在職，以其道爲政教也。年齒與道俱長，侍郎公卿多格人。《書》曰："天壽平格。"在朝公而在鄉老矣。

今侍郎李少司馬，卿材也。起都官爲文武憲，出入秦楚、巴蜀，兩贊司馬貳邦政，當作黑頭公。會天下兵休，告歸。歸時年五十八，家居五年，鄉人無大小皆往。父老、兄弟、師儒、朋友皆在坐，五倫之道；子弟習禮其家，六藝之道；見官長必循墻，僮僕不敢出聲，尊卑貴賤之道；善不善詢於里，近不違是，遠不匿非，是非好惡之道；節飲食，訊服用，規堰潊，町原坊，衆寡疾舒之道。人道賢者賓，鬼道親者祭，義道饑者食，仁道病者藥，吏道諸請事者不及私，無私焉公矣。若以私害公，求一事之幾於道，何可得哉？安鄉無危事，陰以兵法部勒，危事之權五，安鄉之俗六，侍郎自置安，遺子孫安，可謂見道也。政不在鄉而道在，父道近卿，師道近公，公卿惟其人而不惟其官。道先教，教先政，政先齒，三命以上不齒。抑於鄉道不貴，加於族道不親，陳司務、趙令長、王孝廉貴貴從事親親，振姬以下奔走焉。觀鄉而知道之易，是亦爲政矣。

政無兵取諸教，教無吏取鄉〔八〕。鄉官二千五百五十五，致仕公卿教萬二千五百家，鄉老可，公、孤、卿、大夫可，尚書、侍郎、州黨大夫可，牧伯、族間、比長、多士可，司務、從事、令長、孝廉進可復事於朝，退可賦事於社。兵可任，役可舍，讀法父可立，獻書王可拜，無官府之設，故無府史胥徒之役，以其道爲政教也。漢三老、嗇夫、百石，晉唐由吏部勳品，亦猶行古之道也；宋以徒胥役爲之，非卿士大夫矣。縣大而鄉小，黨正、族長爲今里正，閭胥、比長爲今保長，是府史胥徒之私人耳。強凌弱，無鄉社；富役貧，無鄉兵；不肖加賢，無鄉校；主盜養姦，無鄉約。鄉飲酒亂，鄉大儺犯，文犯法，武犯禁，悠悠天下皆私也。里正、保長一從府史胥徒爲無道，而鄉之人危矣。

上詔里正、保長講鄉約，天下不復用兵，是偃兵者造兵也。比閭、族黨、州鄉之教，伍、兩、卒、旅、軍、師之政也。鄉官爲之安，縣官以徒爲之危，非今里正〔九〕、保長危，胥役之私危也。侍郎可卿可公，可屬大事當一面，天下即未偃兵，豈憂秦、楚、巴、蜀哉？秦、楚、巴、蜀盜邊，當折箠笞之，和以止戈，畜以地水。司馬無專官，爲公乎，爲私乎？其不屬之胥役必矣。侍郎之在鄉，欲獨行其道，得乎道，通乎陰陽。陽教事而陰言能政，陰教事而陽言能兵，兵陰陽之危事而安言能壽。公壽國，卿壽鄉，侍郎壽其身，不與司務、令長、孝廉齒則從事有榮施。振姬未免爲鄉人也。

闔邑鄉紳公祝武公文

可治之地，更數人而不治，人不治也；能治之人，更數地而無不治，地無不治也。治具因乎事，治行視乎才，天下之才不以冥冥決事，故不以事大小焉。古者縣大於郡，上大夫受縣，下大夫受郡。才大難爲用，治蒲治荊，其以䵺牛之鼎烹雞哉。司農主軍事，九卿謫令長，才無事不辦，非故拙於用大也。從大視小不真，從小視大不盡，不足以論天下之才，亦久矣。

唐詔言高平重郡，郡大於縣，頃以縣吏之才求其治，商蚷騶河也。中更數人，雙鳧去，乘雁來，事日敝而險詖惰謾，未有以震之，求治難矣。

武公假令高平纔數月，簿書事一日，春事二十五日，祀事陰不出日，獄訟事陽不移日。一日校士，文事以興；一日賦民，民事催科征繕以無乏。日中桴鼓，遠近探丸之事靜，日暮雞鳴狗盜之事不敢發。至廟社壇爲鬼事，鄉三老、嗇夫、尉丞、馬鹽爲吏事，雖日不暇給，而條記所下，方皇聞雷車之聲，則捧其首以泣。蓋以治郡之才治縣也。

以其治姑蘇大郡治高平重郡，高平之險詖惰謾無大姑蘇者。能治之人遇可治之地，意常主於法之所必行，恩常周於威之所不用。形勢不得爲，非險詖惰謾常若游雷在其耳制其神明者然也。震之初九，陽動於下也，龍雷動，不越呼吸，嘆然以止，茁然以生。吏治亦貴自見其才耳，安能鬱鬱歲計數困難成之事爲乎？

子言政戒欲速，自謂期月而可，天下之才適於治，故其治不疾而速。治目欲逸，堂上下以其人而介子推治；治齒欲勞，星出入以其馬而巫馬期亦治。君歷州縣府四轉官，治狀不一已。治高平之民，任其勞，地顧爲之哉？乃受治者無一事，翕然仰上之威，奉法惟謹。高平可治之地，不同日而語姑蘇爾。朱子筮震之九四，震於地之所不便，所以用其才者良難。台州之事，何異君姑蘇之事，宜遂泥而未光也。束袴太原守，行間尺籍伍符，舍人兒與諸厮養卒無犯。虞候、典軍、主簿，才乃大常人，刻目小可以大也，畫鼻大可以小也，見其人不見其人之才，如是已矣。謫官多不喜事,事且使越樽俎代高平治事,如此得攝尺寸之柄,欲有所有其未足。其爲雲蒸霞變,誰識才之大小哉?

治某處乎才與不才之間,頗閱人。以彼其才,自郡守主軍市,代令長治軍,終朝而治;治民,數月而亦治。謂大才當晚成,必不其然。然則逸如平陽,一主吏可治齊;勞如鄭侯,一主吏可治秦。《震》之六二,"七日得",國家盡人才之用,是不在乎能治之人,與可治之地也。

壽澤守官公祖

歲首至也,月首朔也。是歲建子月朔,又五日冬至,老祖台之生也。生生自庸也,子孳也,子直女、虛、危皆生北宮,天地所從偶。《易》曰"復其見天地之心",復以生心,此祖台之生數。朔始也,至朔同日,章異日。《書》曰"平在朔易",易以生物,此祖台生吾澤民之生數。

生數紀曆,曆草生乎朔。生物之數紀律,執銅律以聽人聲。吹而和,候而應,自非然者,子月謹發天地之房而發焉。澤民仰其有生哉?治澤有年,民蒙蒙然生矣。隩,溫也;芝,香也;荔出,怒也;麋角解,就陽也。振姬,澤之不才子,憂在無生,感冬日之日,蚓下飲而鶡冠不鳴,得所生故也。澤民生於祖台,祖台生於天地心。天地之心孳孳,常務得民和,民望之如望歲。中數曰歲,朔數曰年。澤民得歲,祖台得年,其生也有自來也。

一陽生子,子爲黃鐘之本。陽律生呂,爲下生聲,生於日也;陽呂生律,爲上生音,生於辰也。天之日月星辰、地之山川草木、物之規矩度量權衡,留逆、開落、大小、長短、輕重、多少之不齊,自律以自子中建子月朔,合諸冬至夜半之子,天地之中一而畢,人心之中一而貫。《太初》以此起曆,九九八十一分;《太元》

以此起數，九九八十一首。陽數極於九，九復變而爲一，以是生生不窮，安見子美之盡矣乎？

必謂洛下閎非曆，子雲非經，經於子月。身欲寧，事欲靜，去聲色，禁嗜欲，是則未發之中，祖台之一以衛生也。仲冬助天地閉藏，酺用酒，勸民收斂積聚，馬牛逸取不詰，山林藪澤弛不禁，是則各設中於民心，祖台之一以蕃生也。有子衛生以尊天地之生，有子蕃生以育天地之羣生。得年不辱，得歲不荒，子美抑何盡之有？《太元》衍爲北學，以天三奇數爲節，三三相乘爲九，起於黃鐘律呂，《範》之數也；《經世》衍爲南學，以地四偶數爲節，四四相乘爲十六，起於兩儀四象，《易》之數也。節不中以至中一而已矣。

必謂子駿非《春秋》、孟堅非《書》、君實非《易》，康節、石齋皆閩人，《經世》不言五行，《麟書》不與疇範。康節即一年準十二萬九千六百年，總《易》先天；石齋用七十二卦準五百一十一歲之辰，諧《春秋》退天。不能不推《太元》天地之心。心者坤極生乾，始於冬至子半律曆之元，非是不生。

必謂學未之知政，程夫子伯淳治澤，以《詩》纘武，以《春秋》詰盜，以《書》修豫，以義理訓民。民以事至逢下，必告之孝弟忠信。農隙講武，晉城遂爲精兵。河東苦俵買轉運，先使富家儲蓄，或購粟邊郡待用，盡知民產厚薄，役無敢譁者。聚而教澤之子弟熙寧、元豐之賢書，應至數百，罪極刑纔一人。澤民之樂生冬日焉，歲焉。不可以其北學而易之。

今其民爲祖台之嬰兒而加諸膝，生生自庸。民功曰"庸"，非獨各子其子也。上意故恭生，生天地之心也。天地生有祖台，其爲望生也多，而謀生也良，久必不止爲澤民生。冬至日起牽牛，牽牛之旁，傅說嘗爲殷生，殷始知有學；和叔仲冬星昂，蕭何嘗爲漢生，漢始知有政。以今伐鬼方三年，從傅說學爲忍，既濟、未濟，民得一生；關中四塞爲盜區，若蕭何爲政主寬，三秦生得更生，民樂有生。如天地所以生物之心自子見，事從其朔耳。牽牛大星紀水，日月交會於子，昴、畢天街之間，陰陰陽陽，南直上黨，北盡白羊、樓煩冠帶引弓之國。今望祖台以生，蓋傅説之學精而蕭何政較畫一，南可北，北可南也。豈其兄堯舜之教，澤民私溟涬焉弟〔一〇〕之哉？

堯冬至驗星昴，月令昏東壁，中漢太初後訖未有定。振姬螙蜓不得成，心若縣於天地之間〔一一〕，所願祖台之生二萬一千餘歲，再見堯年之冬至而已。

壽澤守金公祖

漢收祭天金人，金氣始徧於天下。仙掌露靶金焉，爲其以利天下而堅剛以壽耳〔一二〕。堯舜之人仁壽。孟堅曰："藏於木者，依於仁也。"堯、舜、禹皆仁人，雨金於櫟，去秦漢之金人遠矣。孟堅以金木爲讎，未思也。五行之相生木金，六府之相制金木，相制近讎。義勝天下之仁，裁節威惠，補濟强弱，以義不以利，讎固如是，須乎不相讎而相生相制，金木之微氣常在天地，故壽也。

微而著者成形，形之稊壯自人爲之，水火不可加人功爲用。金木責之人，威也，儀也，貴卿大夫也。築執上，冶〔一三〕執下也。四分鐘鼎，六分金釜也。人與天地同壽耳。勉齋初疑《太極圖》，木稊次火也陽，金次水也陰，又以水木爲陽，金火爲陰。朱子自作兩項看，木非水不生，金非火不成。生成其天乎，人乎？在人者五，目視木，耳聽金，規之與矩、麥之與麻、李之與桃、雞之與犬不可去；在天者五，震巽木，兌乾金，燠之與寒、青之與白、酸之與辛、龍之與虎不可測。天不可測，人不可去，金木微而成著，亦有仁義而已矣，何讎之與有？

夫天三而地八，木之德仁；地四而天九，金之德義。仁義所以利也。色味利物，形質利我，燠寒利天，麥麻桃李之蚤晚華實，鷄犬之飛走利夫東作西成，其誰非仁義之相生相制矣乎？木寅數二，卯數八。甲陽木[一四]三，乙陰木八。金陽數庚申九九，陰數辛酉九四。故麒麟陽中之陰，《春秋》以是左仁；騶虞陰中之陽，《周詩》以是左義。東者多仁，西者多義，剛柔兩而仁義一，兩所以參一，所以貫也。一故能神，人之心、天之德、時之春。木可以包五行，萬物倚此爲立命之地，生則仁昭義立，制則仁育義正。慕容木而吐蕃木葉，休屠金而樂浪金源，其神其化，天地之微氣偏矣。

老祖台[一五]華誕二月，風生木與骨，木事在號令。修除耕耘樹藝，正津梁，深溝澮，墍屋行水，解怨赦罪，以此澤，澤有年歲。歲星東方，太白亦夾日而東，壽百姓，蕃百蟲。管仲之仁聞入骨，豈其父兄堯舜民、溟涬焉子弟哉？木以仁生，金以義化，麒麟、騶虞各長三百六十。東氣角，西氣齒，金蟲多甲而蜾，木蟲多鱗而羽。蟄氣生氣之出入，物莫不有理、有生、有命，從心而達耳目。理盡乎性，性至乎命，壽百姓何以異於蕃百蟲？物皆喜其撫，我忍言讎乎？孟堅曰："木之藏火，父隱子也；火之操木，子諫父也。"祖台不以父命廢主命，澤人不以子道誣臣道，堯舜之華胥如此。

生於母者，木浮而金沉；尊其母者，肝沉而肺浮。母没則制於父，制於繼父，義勝天下之仁，故祖台命不謂命。木不見水，金不見火，生有性而命不猶，命我命物，莫壽於理。漢武畫金日磾母[一六]，日磾出入必拜，朝廷之一命再命，壽其母，官其子，澤州守謂之何？木直不能不曲，金革不能不從。從其命，曲其性，澤之人登壽域，二月春和之氣也。

如弟姬者，羊大目而不明，金沴其木；豕大耳而不聰，木沴其金。生無以制之，堯舜不以壽易辱，弟辱人矣。辱人自太蒙之人，羊見人來，豕見人去，因以東華進木公。

再壽唐安壺山陳君珽序

　　先是，壺山七十歸唐安，余自燕壽以酒。更數年余歸，壺山數顛仆，篤其老不任病，病起，飲酒自若，唐安子弟畢賀焉。

　　蓋壺山醉唐安，詩書孝慈，父母兄弟，親師重友，設取與，鄉里爲有德。子弟德壺山進酒，壺山以氣自豪，爲官遷流滯自免，且老位不副其德，乃一混於酒。好劇飲，強病酒中據鞍疾驅，四視山水雲物以爲詩。會馬逸道仆皮面，冠朱殷之甓於其頂，頂平猶臥聽子孫讀書，喉棘痰壅涎溢，與書聲相上下。一日覽被，以手顛，疾呼諸孫。語吃，臂不能使手，伸脚掊户，户啓，壺山裸而僵，諸孫掖以伏枕，尋愈。《莊子》稱全於酒者，雖傷不死。壺山類數顛仆數免，至今安有其壽，全於酒耶？抑其全於德耶？壺山壽不卻其病，病以酒；壺山病不損其壽，壽以德。德有聞而潦倒酒，人辱其[一七]而壽益之病，抑已惑矣。壺山每大飲，同社友不敢過，過必中酒；及其病，唐安酒人不敢過，過必婦子譙呵。余兄弟從岸鳧、亮四探病，壺山聲嘎目出，塊然強以其形親，口輔沫濡肩胳，頰下盛鬚作囊。然老尚善飯，旁有壺香潔，間有遺以藥酒者。

　　唐安之泫，醉鄉也，士以一斝一石理詩書，出爲薦紳先生，多從步兵中散之勝，以是梵宮里社，所在翳醸糾酒。壺山氣蓋諸酒人，老就文學户曹，常醉，事亦不廢。同僚釀飲聽其詩，酒後耳熱，聲滿一室。牧守當之官，及郡國豪傑至京師者，每到門必賫酒，司徒、司樂重其德，不以小文責之。比歸，盡中山千日，和歌酒肆，自唐安西望王官，續《醉鄉日月》三卷，南距竹林百八十里，醉問地仙之居，自欲酒以延壽。酒可以延壽，累累糟邱在東，今其壽何如也？

　　壺山憶唐安少上壽，乃修眉大鼻，長脛臞身，爲鶴形壽徵，數顛仆數免，細行之累德在酒。余弟漢淵爲言，岸鳧、亮四〔一八〕因諫之，壺山大觥浮白，謂同社言否否，張竦雀飲封侯，陳遵牛飲亦封侯，非關酒也。酒旗醇醪之旌，女床窈窕之冶，爲病正等。法度士譬之瓶，藏水滿懷，酒終不入口。一旦統斷繫礙，爲賞所輠，孰與服匿䮻駷之一壺？盡日盛酒，真欲酒以延壽，重惑也。

酒三星常見，壽星不常見。壺山舉眼如豆，盛夏糟粕之氛蒸蒸然，極陽所也。張淵之賦曰："丈人極陽而慌忽，子孫嗜嗜於參隅。"丈人嚮壽星在南，子二星丈人東，孫二星子東，丈人慌忽多病，種德不可離子孫，豈酒也哉？若欲酒以延壽計，莫若酒泉，去泫六千七百里，壺山無從餕其醨。自酒泉度流沙三千里，達西王母壽域。會河江厭兵，壺山免，不識邊長老，外絕弱水懸度之阨，則壺山道阻，爲其與於顛仆之甚也。齊中郎病顛仆，藥先禁酒，《莊子》德生以補病，願壺山爲德星，不願爲酒船，唐安何趨之病爲？壺山悟，約兩存其言。《詩》曰："有酒如澠。"〔一九〕老人與唐安劇飲。《書》曰："德將無醉。"老人與社友勻飲。社友過，唐安人酒闌，各得所欲而去。

康熙癸丑六月，弟李棠馥、趙介、畢振姬、李棠馣頓首爲壽。

校勘記

〔一〕"殿壁"，原作"殿辟"，據鈔本改。

〔二〕"公卿"，原作"公鄉"，顯誤，下文作"公卿"，據改。

〔三〕"吻使腹"上似脫"鴟"字。

〔四〕"跳踉"，原作"跳跟"，據康熙鈔本改。

〔五〕"冲子"，《尚書·召誥》作"今冲子嗣"。

〔六〕鈔本題無"序"字。

〔七〕"尾十"，原作"二十"，康熙鈔本同。按《後漢書·郡國志一》李賢注曰："自尾十度至斗十度百三十五分而終，曰析木之次，於辰在寅，謂之攝提格，於律爲應鐘，斗建在亥。"即此文所本。蓋"二"本重字符，重上文"尾"字也。因傳訛爲"二"。因改。

〔八〕"鄉"以上似脱"諸"字。

〔九〕"里正",原作"里止",據康熙鈔本改。

〔一〇〕"弟",原作"若",據康熙鈔本並參《莊子·天地篇》改。

〔一一〕"若",原作"弟",據康熙鈔本並參《莊子·外物篇》改。

〔一二〕"堅剛以壽","以"字原脱,據康熙鈔本補。

〔一三〕"冶",原作"治",據康熙鈔本改。

〔一四〕"木",原作"本",據康熙鈔本改。

〔一五〕"台",原作"治",據康熙鈔本改。

〔一六〕"金日磾",原作"金日磾",據《漢書·金日磾傳》及康熙鈔本改。下文同。

〔一七〕"其"字後疑脱一字。

〔一八〕"四"字前原衍一"岸"字,據康熙鈔本删。

〔一九〕"有酒如澠",今《詩經》無此句,語在《左傳·昭十二年》:"齊侯舉矢曰:有酒如澠,有肉如陵。"

西北之文卷九

行狀一首誌銘九首墓表一首

明邱大將軍磊行狀代

吾友大將軍問石邱公逝久矣。以公起儒者，建大將旗鼓，盡瘁以終，稱完節。乃予獨自有感也。予與公生同里，長與家弟扣之司馬善，快哉塤篪伯仲之間矣乎，而罹此感也。先是，公被誣獄急，予使使問之筬輿前，備道公勞苦，如平生驩。已，左手把杯睪自飲，右手伸紙自爲誌，亡慮數十百言，付使卻寄。予時自姑孰以他事至金陵〔一〕，謀脫公，得公誌大慟。嗟乎！問石公無死友哉！扣之不及爲巨伯，既巨卿我矣，北郭之目未瞑，予將安辭？歸署，數漬酒摩紙背，弦絶露晞草短，則心儀公曲折，如見鬚眉。會案牘災，誌焚，以其神焰焰鬱攸之氣，乘雷火攫盡去，誌以火故往，火以誌故來，蓋有之矣。嗟乎！公坷壈踰二十年，從軍前拜大將軍印，受渾江、碣石、東海之任，介馬懸車而争，不能一得創大敵成南仲吉甫。至於太原之志者，人也，亦天也。弗吊遺謝人間數語亦亡，予負公實甚。獨念公壯猷偉伐，當顯銘鐘卣。傾側擾攘革易之際，度吏臣無知者，今又焚其誌不傳，其爲死友乎？清興，大司馬陸海佟公征東粤。佟公，公及門士，雅故相知，比於漁陽妻子之所托孤兒，苟從冶鐵坐府門，今日必復願事吳。如事偃，予不令騎狗過人久矣。公與予兄弟同里，扣之亡，予爲夷吾舌也。往從公誌儀曲折，公誌之焚與不，皆可狀，可狀可誌。以予所知，佟公誼至高，因使使求公誌東粤，既以存亡死生矣。

不死死者,生者事石銘鬼物,當奏事彭越頭下。嗟乎!問石公無死友哉!

公濟南鄒平人,曾祖震,祖木,累世農夫,有陰德。再傳至尚德公,即生公而稱贈公者也。三娶至韓夫人,乃舉公。公名磊,字符漸,更字問石。修幹,美鬚髯,頳面,掌平而柔,豪爽有風概。喜任俠,相者訾相當封侯,然火色不壽。小時絶慧,讀書目十行下,自經業外,又喜孫、吳《兵法》。應童子試里中,里中子弟出其下。每投筆,不肯竟學,曰:"丈夫安能事章句、弊精神於毫楮,彼磨墨盾頭,勒銘燕然者何人哉!"弱冠棄儒,游山海。當是時,關以東苦兵事,朝廷思共功名者,當事皆視偉公。所至坐賓舍竟日,語戰守、屯牧、關梁、阨塞要害之地,兵民多少、強弱,方略多可用。一時封事軍中國大計,皆以公聚米爲圖,朝廷乃得明見三韓之外也。當事自以能不如公遠,多舉公屬大事,當一面,而祖大將軍相與捧手戮力焉。自大敵攻當路塞,諸且渠當户、名王候月輒得氣,軍吏散降,海上城壘無固志。公聞聲效勝負,口畫便事,遂游戰場馬迹間。兵利乍不利,意思安閑,軍中更以爲勇,日尊貴,比劇孟,隱若一敵國。尋拜度遼專閫外,乘障出塞,簡繕城郭,諸戍軍翳醷化最下者,問死事家田宅,分甘絶少,無大小必以均,以是能得人死力。

初發難,人輳耕輕民,開口仰東南,懸生死之命於漕輓。公累世農夫,用焉種旗勸耕作,墾田如地網,且益成戊己之勳。得穀,道無脱巾者。遼用武地,劍槊之聲相聞,頻年女子知兵,俎豆事缺焉。公軍容不入國,親行飲射,廣教化,訓騶御,知禮義,至於律曆、兵刑、水利、屯田、算數,講課以其方。諸生以時雜還於學至千數[二],蓋邰祭雅歌投壺,説禮樂而敦詩書,受成獻馘,雍如也。公造次必於儒者,臨敵乃疾如發機,軍政不嚴而肅,師田俱舉,數歲當天下大難之衝。軍人士各甘其食,安其居,生其共，不至委封疆而失吾尺寸之地，遼以少安。嘗捧檄犒邊兵，日椎牛饗士，創病盡起，邊長老猶能道之也。別將守皇城島，無譁，援東牟最，從擊東方盜賊，破其衆。平度卒當戰道爲多，每幕府上首功對簿，口不言勝，軍中多其不伐，益用命，故所向有成。坐事以遼綿觀軍容，使歸於家。時商邱司農拜司馬，總制七藩援大梁，表公參副將軍，軍與賊夾河戰，先登。賊秦豫十年之逋寇，多殺吏卒，河以南置春磨寨，陷鞏洛而絶陳宋，豫斷爲三，大梁直氣吞焉。公畫爲連壁通樵採，賊來不與戰，去野掠無所得，梁僅存哉！然而四輪之國也，會救梁十餘壁，不進，城中乏食，守益堅。賊怒，決白馬之口水大梁，磨淪而旋入，不辨牛馬。公大呼集舟師，日夜洓渚之間，所活吏士、父老、子婦以人數至數十萬，他物稱是。諸得免者獻珍異，終已不顧，其急病高潔行類此。倉卒上下魚書，手批口答，敏如劉領軍。公餘興復不淺，往往鞍馬間爲文，壯掠遒勁，龍虎風雲走其下。又喜客，軍中賓舍日滿，然簡傲卿大夫，多易諸貴顯在己之右。俗借交爲奸狀，公初不以爲意，少貴顯而令貴顯多公，不能也。故公所造士多名臣，出更事如老吏。先後被公不能者乘豐、沛、南陽之運，即販繒、吹簫，給事食開國勳，而公流落不偶，旋起旋罷以死。李廣不侯，曹翰子道乞食，非以亭長江州罪，明矣。尚何言哉！

　　公來自汴，齊撫以桑梓屬公，表公兼二東都指揮使，以原官鎮歷下。會寇入都邑無主，公悉兵而南，棧道木閣以戴金陵。朝廷録公元功，進階後軍都督府左都督，充總兵官，佩鎮東將軍印，并督青、兗二州軍，錫鼓吹大車，辟署便宜。公得攝靈旗之柄，欲有所竟其志。時南北進退未決，誓爲國家圖興復，兵重處自請當之，撫百姓，結豪傑，叩囊底智，以其廟社君民之所倚重之身，出死力規天下。他帥銜其間己，坐公貳，以公度遼舊將軍，遼大姓多故識也。公祖背視之，涅目光如電，無有扣閽執旛者。嗟乎！

安平之譖九人，家令之仇十世，終縊殺之，棘扉而君不知其冤。道濟死，吳子蓴不足憚，始昭然於天下人耳目心口之間。嗚呼！丈夫遂由來以身許國之志，死即死耳[三]！其氣浩然而獨存。此誠知所處。等死，死或輕於鴻毛，陷公者今安在哉？世傳殷王之寶劍三：白馬、朱弓、彤矢，今當不復畏此鬼乎。初扣之除潤州，李掀髯北固，舉目感江之異，鬱鬱賷志以歿，距公逝先月餘，竟成冥契。慟哉！

公得年四十有七，生萬曆戊戌七月十二日，卒崇禎十七年甲申十一月二十六日。配王氏，同邑處士王彥輝女。子一，今年甫歲，公命名修齡，庶氏出，將門有將，殆班勇、王鎮惡其人，聘神池守備彭振女。女一，適名族。公天性豪宕任達，起家偏裨至大將，馬如羊而弗視，嘗謂男兒生以不成名，無以家爲，死兒女手。人有贈千金者，立以散姻黨、賓友之貧不能婚喪衣食與門下諸材官，一日都盡，橐中未嘗留一錢。朝夕堂上菽水，及食指米鹽襁褓缺，扣之代爲供。適周兵起，代公治大父、父喪事，世不多郭元振趣辦人五世諸柩，豈以平原母死內交乎？扣之與公相然信以死，果然。公諳形家言，自爲贈公卜地於城西十里，平野之高曠處，比淮陰信營葬，旁可容萬家。扣之亦效司空圖，卜地祖兆之西偏。憶公自爲誌有云，知己惟扣之。扣之亡矣，得使生爲友，死爲鄰，吁嗟滕公返其室，責在吾友。今葬公從贈公於新阡，去扣之兆不數弓，從公志也。日暮燐火合流乎壙，聽舒元興、王涯接飯說興亡事達曙，分爲兩，兩人誠伯仲云。予乃獨自有感也。去三十里而難作，雖妻子割宅居，眉間釜且冷，將葬穴尸鄉庪置，恐海島客笑人。嗟乎，問石公無死友哉！橋泣墓雖遠，能使受知者涕洟。今以一銘當一劍，佟公豈有愛焉。謹狀。

奉政大夫耀州知州程公暨宜人合葬墓誌銘

耀州何以爵奉政？府丞降也。崑崙自京口丞皖，皖留獄連崑崑崙坐降。崑崙才適於用，出言爲章，加民爲政，不能畢其志爲有用之才臣。責降降，而議陞不陞，崑崙已矣。以今責備崑崙之才難爲用，豈其情哉！

　　王季宅程，程內諸侯連畢陌，曰"畢程"。畢、程先後仕晉，畢姓凡十一氏，程卒如初。自嬰迄鄭祖伯休，趙爲程置祭邑，程後仕趙、仕樂，別祖中山廣平，亦猶畢陽仕楚。畢程之子孫在晉，狀程自河南遷晉，疑明道令晉城僑居，然譜載明道後微，自澤、潞至於閼與、馬首、梗陽、郰氏，何程之多也。墩篁綜四十四房，土斷江南、河南之支子遷客，別爲異望，西北程不詳，非其祖矣。姓，性也。姓其祖，性其祖也。崑崙司空，諱啓南府君，父比部都官，諱嘉績府君，各有傳。父子起書獄，禽獼盜賊，自出齊藩羨銀三十六萬，薙蓮妖，奏讞平江伯如實，先後怒逆璫棄官，不以富利勖其子若孫。

　　崑崙諱康莊，弱冠親師取友，北面天下之賢者，習爲爲文章世事，講求錢穀、兵刑、律令、簿書，將爲知己者用。丙子拔於鄉入監，會學使爲直指誣逮，詣闕與同輩告冤，不以旄頭刺胸杜口，下尺一還其師。比部葬服除，走位林慮，刊其死友詩以傳。倪司成、錢宗伯兒子畜之，蔡撫軍國士遇之。撫軍殉晉，哭柩下，越十年吊唁吳越老人。天下知與不知，無不悲其情。性其情才，情其性不才，吳章子弟更師，而翟門之賓客皆散，五步車過，千里雞黍久寒。貪冒陰賊之不才，斥爲無情，何可易崑崙性也。僻居，累檄不就。司空即世，伯叔子弟學未成，僅手指百，俯仰無不用其情。情所難遣，抹搦一切於其詩若文，忽歌忽哭，忽斷忽續，吞吐抑揚古今之得失，以盡其才，坐是連蹇無用。

　　甲午詔舉隱逸，撫軍上其名主爵。己亥通，守鎮江。鎮江，南徐。伯休爲宣王伐徐，奸宄接引通海。大將軍開幕，用別駕爲軍政正，下記立斷附城。賈船盛歌舞，藏盜魁其中，截江上下巡徽，水居以寧。軍舍鄉有秩譏逃人，見知株送兔，陸處以靜。將軍才別駕，別駕方與客校文，搔首金、焦、北固之上，乘小舟破巨浪，所在有崑崙。丁未同知安慶。沿江四百里，五舒出沒，潯陽越貨，掩賊無蹤迹，乃造快船求盜，嚴保甲以清盜源。撫軍用其式江西、江南。會舊承宿獄，坐崑崙違限，左遷通守丞，至今難爲也。府記多平視壓牒，牒下不如州縣之手記，州縣徇蔽，縱舍通守丞不行部，獄久不成。捕亡詰盜不滿品，先州縣坐，不坐必以賕免。長才失職，獄與盜何由清？軍興，知耀州之政，糧草責辦。兵從枕席上過。事已，比他省賤直估銷，吏自以家財補額。又供駐耀軍帥蒭茭，出馬牛，入養卒，田夫無所擾。環慶賊鬥於耀，守坐矢石之巔，臂三分垂城外。賊去復來，萃賊去來之隘，巨礮殪賊渠，殲其徒隘下，乃解。護軍於是多耀守之知兵也，議進守，僉共巡道事，不果用。

　　崑崙事護軍、撫軍，兩大將軍喜其才，顧崑崙性謹嚴，前不貰罪，後不買官，大吏雖喜莫爲助。受代宿獄同過，文吏退賊同功，糾過不免，叙功不録，才不才竟等，累詳求去。去後耀州立碑，更二年肖像祀之。《金石録》程止兩碑，使崑崙竟其用，北府東關，馳驅陝、洛無西顧，獨南征西塞碑哉！隴蜀若兵事，程包益州計曹，奏牧守益資穀便宜募賞，漢用其策，板楯數起之寇戢。不戢用程信功曹赴敵，募得二十五人，蜀無北向。惜也，不盡崑崙之用也。武鄉多有用之才，所以用其才者實難。程遐佐襄國略中原，勒不用而思右侯，司空比部亦然。崑崙不用，往往情見乎辭。天下之人，不敢掎摭崑崙，以其詩若文尊奉爲大家，崑崙不示其伯叔子弟。伯叔子弟壬子三舉於鄉，司空子一、崑崙子姪二。己未皋績成進士，而正而驤而爲則上而迺績。諸叔專制舉，崑崙之詩文獨傳，以彼其才，崎嶇潤皖役祔之役不我用，退而工其詩若文，位在制舉之業之上。不令伯叔子弟學，蓋自傷其情之歌哭斷續，不免廢書而泣也。悲哉！

　　崑崙卒康熙十四年某月十六日酉時，生萬曆四十一年五月十四日戌時，得年六十有七。死先爵，生先祿，聞畢程損祿增爵，貌匱而亡，爵祿不爲畢程用，免矣。不以耀州掩奉政，不以同知、奉政壓耀州，行狀權衡如此。至命婦不然。《春秋》諸侯五等，妻皆曰"夫人"；《禮》上大夫、卿、中下大夫四等，妻皆曰"世婦"。同知知州妻宜人，其命可以上下也。娶沁州劉夢周孫女。夢周先司空進士，內外大家。宜人入門事姑，事姑所事之祖姑，事祖姑孝，姑從官代爲婦，事姑又孝。崑崙從學，代爲子。生正，加膝上文袴，書語姊姒，戲爲羊舌、母師。羊舌事大夫妠，宜人納籍氏、孫氏。孫舉子驥。宜人前死四十年，婦先卒不書葬，葬不迎主於祠，其式幂程氏家廟，崑崙無繼室以死，情也。十月朔六日合葬，祖父之下子孫女婦例書。正，國學生，三娶進士魏令望孫女，繼韓貢士正女，又繼楊春耀女。驥，舉人，娶魏運興女，繼趙繼鼎女。女三，嫁爲士人張際亨、趙偉侯、杜其兢妻。孫四，生員凡三。其益，娶進士魏名大孫女，繼國學李廷機女；其觀，娶生員馮雲卿女，正出；其揚，聘生員李光春女；其顯，幼業儒，驥出。孫女要舉人趙偉品子田，正出。曾孫良翰，其益出。正里武鄉，以其銘屬振姬。崑崙、振姬齊年，兒時儀其人，竟死。余鬢斷而正髯當胸戟，其縿斑斑血土，語崑崙輒廢籍起，慚其家貌。程氏盛，畢氏衰矣。黃庭不死修崑崙，崑崙死不竟其用，才士亦有未盡耶！銘曰：

　　白雞走涅，涅下武鄉。黃流白璧，冠帶清漳。漳南望夫之山，漳北甲父之邦。孤兒趙於彼室，贊僕程於此食。祖馬祖兮策九方，母民母兮嬰八疾。武武庫之霜戈，文文當以丹筆。江聲有截，河流可揭。昔陽車輪，苦成弓冶。賓鱃釁川，銅鞮羊舌。羊舌之母，不生叔虎。關與母生，不纘其武。克纘克生，禮法爲程。春雨秋陽，湼水之平。銅宮之祠攸徂，魏榆之石與語。

給事中張公合葬墓誌銘錄《續垂棘編》

綠雪長姬十九歲，晚爲忘年[四]交至死。死屬振姬銘。姬走位哭，詣其弟，辭不得。迹公循吏三縣，孳孳務得民和以爲常，召拜諫官，驟諫，上用其言而未竟也。今年歲在廿，何以死哉！

公諱京，字穀臣，別號綠雪，冀山封翁長子。冀山諱所蘊，自所蘊六世祖徙河東，別爲河東之張，張故澤大家。冀山貧不能推擇爲吏，教授里中。公從里中讀父書，講《易》，承指畫語，深稽於古今得失。算數、書軍、刑律，及吏所爲荒政、水利、屯田，無不通曉。里中子弟出其下，因師事之。郡守王賓吾見而怪其美士，嘗目送曰："張子舉趾齊，面多顴骨，睞爛爛不眩，必爲骨鯁之臣。"辛酉，自諸生舉於鄉，年廿八，益竟學。數爲人哭時政，以高論從進士試，比諸封事，不中第。窮無以白其大人，選高陽長，勳貴坐賓舍二十四家，吏恭。客見初倨，私曰："高陽兄堯舜之教，吏敢有鬚耶？"與語，無不可干以事，客退，益恭。

先是，中貴主奸宄亡命，逢柱之間常滿，通飲食藉交合長，間以違法中異己者。而戚畹奪碓磑、穿溝壖自利，緡錢半輸之家。吏紬，因媚事爲奸狀，民益失職。公料民困不能償者，得請舒逋賦七年。饑請官粟，積萬餘人開口。東湼其左，西湼其右，從帥青龍華獻俘，得減死八千人，事聞。關南、瀛莫、安順、廣信苦兵事，爭之乎界，調雄縣最。走馬道軍所來，城瓦橋壘，浚河承矩淀水斗門，跂踦畢行，乘城七十日，守圉之具略備。敵秋來南攻，下霸中，道河間，雞不鳴，犬不吠，亞谷瓦皆震，而雄卒無事。保持新舊難民，無慮萬數。當是時，孤城以重相壓，微公幾危，衆雌而無雄而又奚卵焉？解嚴，中丞何非鳴上其能，當行取，後聞變歸，事在甲申以前。

清興，起公當塗。公至橞金椎，燃牛渚，催耕春穀，祝黃山鷄鴨。民以公解事質成，手批耳聽目視，不罰一錢。邑有割賜駙馬米麥一千石，行二百年，有司括其地，謀法負葵之田，公力請帶征兩稅，原田土斷以便民。盜起先登，縛渠帥壘門論死，餘賊捕不滿品，當塗平。初，當塗潰兵數獗，公私掃地赤立。公日夕遲事食豆粥，曰："父老之食粗而衣鶉者猶多矣，不忍視爲塗人。"三年乃給。大兵從枕席上過，即束袴唱籌，軍中一人兼兩人之食立辦，中軍皆目之。退召長老諸生，問所以安集百姓。有時避正堂受學，父事如封翁，以是所取所造皆大士。學成而政舉，順無不行，果無不徹，先以清簡無不化。三年封冀山翁如其官。趣治行，考選記勞，凡令三縣，兩膺行取，分較文武兩闈，祀之龍華社一，南來采石、湖陽、多福之祠，碑像贊者五。仁者講功，天下有司治行，宜在左右獻替者推公。己丑，拜工科給事中。

先皇帝求直言，念令長親民，嘉與條上民隱，進退天下之令長者。御史臺給諫，內外相形，寵異無與比。當是時，歲遣使者巡行，不以其言彊諫佐百姓之急，召按舉劾或不當，吏民不相得。中垣度不可撼，不復引故事封駁，諸言事碎，上益厭之。公待詔久，無所言，問以國家人政所疑，直視不語，一日奏彈三御史，直聲震天下。退侍冀山翁曰："三怨將作，累及老父。"下吏，一人銳頭數視以敏，一人頎危頤削，蹻高齒履鮮，一人齃鼻蠡脛艱於行，帶溢一束，皆少年有氣力，首尾一身，貴近多爲耳目者。公入，肩肩出於待辨者頂，目光攝人，士師聽其辭不能詰，視偉公曰："西方之神蓐收也。"以面多鬚主擊罰，故云。事久不解，怨家嗾誣公以所舊爲。上憐其直，終不屈，欲令自安便，即先下當塗舊令坐事奏。人曰："張敞從闕下亡歸，行用之矣。"戡以直言置他所，何用事，封還詔書。公去，高陽、雄遮留頓舍，當塗喜逆之境。人曰："循吏今亦可爲哉！"三虎夜來，人其謂之何？

亡何,上終用其言,逐三御史,及其他議罷巡方,至今左遷諸諫官不爲盡言,於是曉然知上之重言責也。事白,例當還職。會冀山翁老且死,遂嘗藥營葬不起。已聞國感,心傷其老難爲用,漆室之所憂者方深,病亦尋劇,歎曰:"起,起,草野臣夢登天哉!"

辛丑九月卒於家,年六十八。終偃蹇三世不遇。當夫君臣之交初合,蚤用公言,不過去三數人立定。巡方議罷而復,復之而罷之,無爲也。沂公識吕申國,以其奏請知之。公爲令,所請不少[五],得久留内,次第拾遺補闕,誼不爲中貴效顰。議獄、議兵、議餉,歌者之田且止,先皇帝何取約束更之爲?今上推前人遺意,十策之可行者某某。公雖老,幸急用之,至其擁少主守成深堅,賁育不能奪汲黯之戀,斯亦迫近之矣。公即不竟其用,居家堤西郭梁大陽墉,倡修文廟,葺張公死王事祠。自捐穀立義倉,朝夕鄉賢祠,奉父訓,子弟有成。敦延碩儒趙君日暉,以館賓作生死友,設醴致敬,七載如一日,以故仁度累試輒冠軍。計貲財三分之,不可乃八分之。公子,羽宸弟子也。鄉先生没而祀於社,名與實果孰多哉?封翁長七尺,公長八尺。姬初跽封翁受書,退讀公所著數種。緑雪即使竟其用,非久困阨,不能著書以自見云。

世次詳封翁墓誌。公配段氏,丈夫子三。長恕禎,即仁度,廪膳副庚子榜云云。以某年月日合葬繡屏新阡之原。初,緑雪喜形家卜地,垂死,以遷塋合葬示仁度。仁度幼不滿數尺,乃能盡力大事,仁而直者有後哉!姬雖長仁度,亦忘年交,勸仁度從治命。銘曰:

直而尸諫也鱛,仁而尸祝也杜。既襦且袴,自牖而户。衆人不忘其母,家人不異其父。父耶母耶,然而共正此墓也。

知縣張晦之墓誌銘

晦之令海寧客死,踰二年乃克葬,督子持恒之狀問銘,爲言貧故，因具知海寧曲折。宦惡減仲之產，不謂晦之官貧以死也。使晦之貧不能推擇爲吏，即爲吏，不必令海寧，可以不死。晦之死海寧，當非死令。令何足以貧晦之、死晦之哉？方伯之子，廷尉之姪，參政之弟，中丞之婿，生長世家貴厚，及其身光耀榮華。才志過人，先其叔舉孝廉，薄門族明經齋郎，蔭子不試吏，固嘗贅王師、振國恥，一紓父母之意。上功曰最。不以此時取富貴，海寧五兩之銅，長吏坐貧且死乎！

　　初，伯爲國鉢王師，澤州先下，軍中倚名族討賊，賊盡銳壁上黨。兵莫利先入，以晦之按定上黨民，大兵方乘勝遠鬬。諜聞賊間道會圍，晦之入收兵數千，嬰城二十四里。七晝夜其上，老弱負户而汲，鷄狗不聞聲。城下井堙壕潰如蘫室，發其機牙，募敢死士焚攻具，肉薄蟻附者顛，賊懼散走。諸城反，爲賊降之，爲國原之，上黨以完。上黨天下之脊，勝則郡守、中丞、留後、尚書，敗則以身劙夾板。晦之較孫揆無官，語田邑有母，方程千里無衆，倉卒以義討賊，上黨推晦之能兵。兵譯假監司拜撫軍，晦之幅巾歸里，不敢貪天功以爲己有，方伯老而參政累官在遠也。晚就海寧作令長，是爲上黨守、狼孟長也者。海上用兵，或以海寧方上黨，晦之謂勢有強弱，政有順逆，亂勢強，政以逆，弱勢敝，政以順，故奸與盜同棄而安與危殊施。海寧城可灌，潮惑寇來，汐防盜出。修城料止三十金，荒度堤三十里，工費仰給縣官。見丁九萬不苦役，戰船淺[六]，船料解。軍興，檄大木數百，記下某山樹可材，官舍、祠、亭、墳墓之樹禁勿剪。陰以兵法部署，政宜強也。田地山蕩丁口，歲征計兩額八萬五千，漕糧官丁，本折以石計三萬四千。先是，令貪多藉支，藉支不能詰胥盜，胥盜不能發豪隱，上下遁而逋賦多，連敗數官。催無出，斂無名，晦之度不能發爲代償。海寧推晦之能賦，政宜弱也。然海寧不加派一錢，掃上黨饗軍犒士之資，羊馬田園減半，孫孺人脱簪珥，屬兩兒奔命，此在兵法不見爾。居二年，坐欠漕糧，削一級，去官暴卒。晦之卒而吏民悲，爭出錢賻喪事。使晦之考註中上，未必不死。晦之即不死海寧[七]，或追錄上黨戰守，召拜任鷟、盧鈞所受官，家不貧亦死，等死，死貧。自晦之令海寧，乃以貧死，抑何損治兵治賦之能已乎？魏無知言下所舉者，能也；上所議者，行也。今有尾生、孝己之行，守一郡不能，令一邑不能，他何能之有？漢守令兼兵賦，盜起或親詣壘門，放散官錢不可治。晦之兩稱曰能，重以尾生、孝己之行而時失不可及之功，官貧以死，才不憚獨任，志不慕旅升，大行顧不得受大名乎？

　　晦之長七尺，少言，沈深有遠略。隆額，廣顙，豐頤，肩欲聳山，法爲持重堅忍，敢任事。自母郭太淑人背，哀毀如成人，事繼母楊太淑人、梁太淑人如母，事伯、叔父如父。方伯終八十，哭泣如慕，既葬如疑[八]，諸爲方伯執友如家人。生長世家貴厚，學殖無中落，日記數十百言，爭名當世之文章科第，如其家故物。彼汲汲於名者，猶汲汲於利，晦之官貧以死，無惑也。

　　晦之諱肇昱，七歲失母，十八補弟子員，娶孫中丞鼎相女，二十八舉於鄉，四十二喪父，五十一令海寧，五十四卒。生萬曆壬子七月二十二日酉時，卒康熙乙巳十月十九日未時，葬於戊申二月二十七日，旁先壠焉。曾王父曰朝器，朝器前三世由克敬始著，朝器生思烈，以子封贈皆有官。思烈八男，方伯諱光縉，起家進士，最大，世系伯叔詳墓誌，兄弟無白衣，大小試吏，貴顯富壽，子孫推方伯。方伯六男，晦之肇昱舉孝廉，最有名，故形家謂地靈在仲。然伯兄累官大府，監數郡，詔下西寧道參政，肇昇得贈祖父母、父母如其官。同母弟肇晟、異母弟肇昌、肇㬢，㬢即余婿恒之也。兄弟無白衣，先後註官，此四人者見在。晦之與殤弟蚤世，官不過令長，年不逮中壽，貧不衍生產世業矣，疑仲子數奇不驗。晦之四男，伯仲尤最有名。聽、貘短悍，廩於庠，記數十萬言成誦，觀其從父海寧，破產爲海寧滿額，間道數千里奉喪以歸，卜地營葬不遺力，踰南陽阡遠矣。禷、翀幼喪父，孫孺人教之，遺子一簪可以大。天之所與，方伯之子孫必復，復必於其仲子，則晦之爲不死；晦之死而諸子立有成，則晦之爲不貧。活千人者當封，晦之積行有大功，不食其報，非謂形家驗云。太史公傳人世次，形以世漸短，記性以世漸少，官以世漸卑，無以處夫精神大於身者也。子女皆孫出。孫男追驥，驢出。驢娶諸生王憲伊女，䭘娶孫大司農居相女孫，禷娶姬孝廉顯逢女，翀娶諸生王域瑞女。女四，長適重郡丞子城，次適趙僉憲子永昕，皆蚤世，又次適苗中丞孫繩之，季女字李縣令子超。驢女字王廷尉曾孫舜年，䭘女未字。語曰："轅折輻不撓，轅任槖，輻槖任。"晦之轅也，其家人者輻也。富不嗛廢飯，言創貧焉耳。貧何足累晦之哉！始晦之假守上黨，余阻之長平，欲緩其行，晦之行以捷聞。後晦之受官海寧，余會之澤州，欲持其行，晦之行以喪歸。余不幸言而中，海寧竹生道旁，謹食之時祀焉。上黨銅鞮高揭，長老當俎豆其功，相與哭平寇碑下。社曰"張社"，阡不可曰"張阡"。余走位哭爲銘，行耶，能耶，功耶？銘曰：

誌取《春秋》之義嚴焉。葬不葬卒，日不日名。過時而日，隱之也，於地謹也。稱父方伯，尊所自出也。子姓，與其有後也。母夫人改稱淑人，命也。妻不封孺人，稱孺人，未亡也。非大夫不賜族，非宗子不祖禰，非易名不私謚。墓溝而諱曰旁，親之也。婚戚有名有不名，略外以別內也。《春秋》治大夫以上，加諸郎吏，賢仲子也。何賢乎仲子？假守愈於守，舊令愈於令。何愈乎？守上黨而晉盜奔秦，盜奔然後父母安，天下之勢成乎上；令海寧而損上益下，上損然後人民定，天下之賦成乎下。國功曰伐，民功曰庸也。

岢嵐州學正李公暨史孺人合葬墓誌銘

康熙五年四月十七日，岢嵐州學正李公卒，年七十有七。明年十二月朔，葬邑南遊仙山麓，史孺人前死，祔焉。將葬，子涵潾始以狀問銘於余。死生亦大矣，達生之情者，不務生之無以爲，乃務死之無以爲哉！死之無以爲者，誌與銘也。葬日聽子孫爲之，不可謂不達。憶公自學正告歸，妻、長子先後死，悲焉以老。數見余，索生誌。生誌始於陶栗里，自言有生必有死，則不悲者，達也。李公悲妻子不年，兩陷而無所逃。里人有病，亦願聞衛生之經已矣。公今定死，無所發余之狂言，誌與銘何讓焉。

公諱鐸，字木音，號還真。世籍高平之西廂。有唐宰相夷簡，著戴也；金、元文簡公晏，晏子襄獻公仲略，莊靖狀元俊民，著甲也；明稍衰微矣，應詔以《易》試副榜，生一陽，一陽生承祖，承祖娶秦氏，生天佑及公。

公性孝友，喜讀書談世務，平日手容如抱鼓，頫頰肩肩，振若槁木之枝。終歲金峯山寺攻舉業，榻窊然陷爲臼。所學原於治生，邑子弟多從之游。見長吏每下堂，顯者開賓舍嚴客。以事爲鄉里排難，形就而氣和，辯皆動聽。雜而不能不任者，事也；細而不能不接者，物也；暱而不能不合者，勢也；揣而不能不見者，情也；事物情勢牿其生，不必爲而不能不爲也。家貧念仁之爲訓，偷樂而後窮；儉之爲訓，前苦而長利。夫婦行相勞勉，雖兵火饑荒之患，新舊不盡於前，而積斂無已。父病問後事，公起負囊置諸簣，發視，金也。自諸生食餼訾算，窮年之所有，一以治喪，不累兄天佑，大親而已矣。天佑有子不能教，公與子處之金峯同舍，不知其子姪。第五倫之私姪也，不勝其子也；謝安之愛姪也，不與其子也。子淘丙戌薦於鄉，姪子源副榜廩於邑，越雞不能伏鵠卵，魯雞固能矣。邑子弟學一先生之言，暖暖姝姝，私以爲悅，太重也。公十上棘闈不售，老就明經試訓永寧。公訓永寧子弟，初不異其金峯也；永寧子弟誦公，誼亦不異其金峯之子弟也。闌菑不生於石宕，其漸之滫，使者廣永寧爲中學，以公訓故。遷岢嵐州學正，致仕。公歸，子淘詣公車，巷門暴開，親戚持羊酒往賀。公去之金峯，理墻屋，教子若孫。余幼常耳屬金峰書舍，聲滿山谷，晨至公講堂課讀，莊莊乎士也，鄰舍兒尚未起。遲四十年，余髮白而公課金峰舍不衰，勞其生至此。

　　淘死，母哭之悲，亦死。公老爲妻子治喪，所傷無窮，而一不能待，故劍人之所施易，建鼓而求亡子，能不悲哉？公內熱，病良已，會吏部徵子淘謁選，大慟不起。兩兒不忍死其父，營葬爲盡力。公生於貧，及公之葬，家復貧。然則公果治生者，錢財不積，名譽不成，中民之士榮官，子不得官而父死。莊子言生有爲死也，勸公以其死也有自也。若是，勞者務也。嚮使公達生之情，妻亡而鼓盆以歌也，是漆園之妻也；子之亡而防嬴以去也，是延陵之子也。爲延陵、漆園妻、子，足矣。爲延陵、漆園之妻、子送死，菁不菀，目不盲，悲心既微，皆娍可以休老。公當不死，公即死而子孫師其儉。楊王孫之裸葬也，從其達也；屈子木之去芝也，謹其所未達也。禮貧不厚葬，惡同世俗之樂死焉者，載廣柳車，貫子母錢，貧其子爲觀美哉。貧其子爲觀美，自公喪其妻若子，教固已行矣。喪欲其速貧也，孔子有爲言之也。公治生，家不貧，非欲子孫常享哉！貧其子爲觀美，子亡人哉，父母死揭竿而求諸海也。夫不忍乎悲於我者之人，而不禁夫悲乎我之心，公過矣。然而顓孫之有子也，死賢其生也；端木之無孫也，貧亦賢其富也。衣襦斂，明器羨，邑子弟縞素於道。合兩棺爲槨六寸，以石毯其穴四匝，貧富不以儉其親。其生也得，其死也得矣。史孺人事姑孝，教諸婦有禮，處鄰人有恩，數親疏子弟服其訓有方。公仕學踰五十年無內顧，孺人之助居多焉。公生萬曆庚寅九月二十三日，孺人生萬曆壬辰五月初九日，卒於清康熙甲辰七月初一日，生後公二歲，死先公二歲，年七十三。三子皆娶於張，三女嫁爲士人妻。長淘，丙戌舉人，吏部試註推官，娶張仕聰女，繼趙某女，無子，先公卒。妾李氏。次涵，庠生，娶張廷俊女，繼龐繼緒女。次潾，增廣生，娶張國英女。長女適庠生馮麟徵，次適增廣副榜張元賓，次適某。孫六，淘嗣子楷，涵子柽、楠，潾子梅、梗、栱，皆未娶。涵女長適劉世祥，幼女二，潾女一，俱未字。朋友死，或望其門而歌，或撫其尸而哭，子犂、子來相與友，以生爲眷，以死爲尻，何可過悲。學者學其不能學也，行者行其不能行也，辯者辨其不能辨也。生，寄也；死，歸也。事死如事生，兩兒所以不忍死其父母爲已盡，子以爲未嘗死也。悲也，友以爲未嘗生也；不悲也，公返其真而我猶爲人。夫吾生之爲我有亦勞矣。銘曰：

蟻穴夫婦死鴟炙，黎邱父子死烏棘。吐子口吃，收子手赤。市南有急人之急，城南有食子之食。一枕游仙，天地畢，死生一。是惟學正之室，友過五步，弟子樹，凡三尺。

推官舉人李君墓誌銘

三汲生於辛酉九月初六日，卒於順治辛丑十二月朔四日。明年十二月朔二日，葬城南之祖塋。其父母爲營葬也，將葬，問銘於余。余方急病兒女，明年余仲子死，困極，不有吾子，人豈可易乎？其父數趨之銘，將於寒食即石而藏焉。余事三汲父子三十年，三汲蚤世，余爲亡友告困，其無辭矣。

三汲姓李氏，諱淘，唐宗人宰相夷簡後。祖狀元文簡公晏[九]、晏子襄獻公仲略，有名皇統、大定間。其在晉城，莊靖先生俊民成進士第一。入明，李氏稍衰，三汲四世祖副榜於鄉，率其子孫世受《易》，爲諸生。父明經，歷岢嵐州學正，棄官。三汲震，母夢大蛇入腹。生類好女，潔飾喜危坐，榻無凝塵，湛如也。與人接，溫裕以莊，不妄假言笑。里中張剌史診其生稟女脉。十五試冠邑子弟，邑子弟出其下。入學録科補增廣生，直指環晉之士，拔其尤八人，三汲居一。日記數千百言，所讀書若手未觸。其學長於應舉，蓋三汲之學多父教之，其所友皆父門人也。既長，爲積舉子業，風雨古寺伏讀，膝所擁窪然以坎。又接致負才得志立名之人，指畫程式，爲之求通於時，以是人喜延譽。文章有華質，可觀。丙戌舉於鄉，六試禮部不中，丁亥副榜，乙未收而復放。父母老，就試吏部，吏部環天下欲仕之士拔其尤，三汲第三，例得知州，部議改推官，不果。三汲決去求一第，父歸又強教之，三汲能奉其意，終不言病。娶張氏，生子未晬而夭，張亦前死，父爲之繼娶買妾，然竟無子。父於三汲婚宦謀至矣。三汲病不任婚，宦不能成，子姓以死，命乎？父狀悔其悮子也。三汲病且死，不忍家人父母知其篤，朔日書祝文請禱，已遂不起。志非不如古人，才非不如今人，而名卒不成。其諸名成志立，得其欲富貴於一時，或長子孫，其才與學愧三汲不少。而三汲止薦於鄉，不試於吏，不昌於後，又畣世不永於年，可謂困也已。

　　《易》之《困》，坎下兌上。子逢父母，然而在上掩我，有困焉。三汲困而父悔，《易》之義哉！《易》所謂"困"，非謂夫行自困者，謂夫行足以通而困於命者耳。古之人有極天下之困其志，能不移其名，能無累才大，不憂其難，學成不疑其廢者，蓋有以處之也。荆公論九卦足以自通乎困之時，處之之道甚設，子瞻謂坐而見制，不知《易》矣。余往從三汲問《易》，因究天地之剥復、鬼神之屈伸、男女物類之成毀、身家之盛衰進退存亡，《易》之學至於是備，三汲不省。三汲方以《易》爲舉子業，學《易》而不知《易》，是以一困於命，動而見病，至乃不能自存，不知所以處之之道也。三汲以株木爲困，無通乎困之時。今之通人從舉子業，仕宦始自州縣推官，坐困者衆，即成進士，官益顯，困亦益多。酒食、金車、赤紱豈可久長處此哉？胡仲虎讀《困》卦知安命，如其不可，奈何而安之若命，不可以爲通。李夷簡白發朱泚之詐，捕賊東都，起小吏爲宰相。晏父子更事金、元。告歸，詔以仲略侍晏守澤州，三進士皆通乎困。而俊民受《皇極經世書》，善《易》，以狀元歸不起，何困之能爲？故夫通乎困者，關朗知來而王栢占往，文中子喜退而許衡勸進，商瞿舉數子而溫公繼姪，衛元嵩主養生而景純順死。變動不居之謂易，變則通，通則不困。三汲之學《易》，得假以年，博求天下善《易》之人而正焉，以窮其得失，其才其志其名，當有以處之，富貴非所願。無子孫，而有子孫其行未之或困也。三汲學《易》而不知《易》。等死，死困難矣哉！余之困而不學矣。

《易》著蛇妖，五代范延光夢蛇。蛇女子祥，弗子，三汲母恉占夢，剌史恉醫。張良、崔浩如好女，爲帝者師，何晏服女子之服，豈待切脉哉？帝告巫陽，不告三汲。三汲讀《困》卦，利用祭祀，誤禱。父爲三汲置妾，誤卜。傳曰："同姓之生不不蕃。"〔一〇〕李爲李妾，兌上兌下，豈困乎？卜祝醫藥、占夢之書本乎《易》，不知《易》而一誤再誤，今其悔是哉！三汲死且葬，余與其父正之。

三汲年四十一，父諱鐸，母史氏。妻張氏，前三汲死，得祔葬。繼娶趙氏，妾李氏。無子，三汲取其甥爲子曰楷。弟涵、潾，受《易》。三汲爲諸生，得書。銘曰：

父母葬汝兮汝位，汝妻待汝兮幽隧。妻死結襝子死晬，一舉孝廉六不第。天官召試李其吏，男象女形不汝貴。澤無水困九五剕，二女同居揮手棄。死奉一鼻斷一臂，蛇不成龍蝶乃類。望門懷桑拊屍季，三汲之學志未遂，王陸塚中將問《易》。

雪訪王君墓誌銘

死生之理《易》有之。謝上蔡曰："氣盡也。"氣非有盡，散焉耳。氣聚乎此，則理命乎此矣。當其散也，父母奉以爲鬼神，鬼神乃精神魂魄。精神，父母之志也；魂魄，吾父母也。宰我聞鬼神之名，乃無愛其父母，父又生子，子又生孫，氣有盡而理無斷滅，較然不欺其志。心若縣於天地之間，不亡以待盡，況乎志於學而仁孝敬誠者乎？志，氣之帥也。鬼神二氣之屈伸，死生一氣之聚散，根於理而日生，豈有盡乎？雪訪王君學《易》，居心仁，事親孝，立身敬，與物誠，志強而氣弱，貧不推擇爲吏。其生也蕃，能以其學學諸子，纔見一子之成，而死生制之。死生，命也，氣也；貧富，天也，理也；子孫之成，學也，志也。生以父之精神，假子之精神，死以子之精神，接父之魂魄，抑可以爲繼志矣。

王故蘇人，潞城令景淵徙沍，八世至嗣岡君大化。七八木火之神生於東南，九六金水之神終於西北，《易》之理固爾。嗣岡君二子，其仲雪訪，諱就予，字我正。八歲失趙母，父客鄧，兄客單。十八讀四子書未周，嗣岡歸曰："兒深於痛，長於思，終日端坐，類有志者。"志乎知者速，志乎行者遲，鈍爲體，靜爲用，且當觀其晚成。去師南陽黃先生，一年辨志，歸補沍弟子員。辨志故敬業，敬業故敬身。立無跛，視無還，聽無淫，言無枝葉，自威儀動作，至父子、兄弟、夫婦、朋友，無不敬而行也。安雅歌擊節，志在流水，屋上漏下濕，左右圖書性理，莫不因其已知之理而益窮之。無意爲文，姻家累試命中，第曰："文勝理不如卿，理勝文不如我。"門人以是先行誼。傅有六材，教無八疾，是非其仁耶？事嗣岡君家益貧，數米以娛老，其志樂也。盜起，守視父病，以孺子委僕趣去，禠在畢陽，乳在李善，決與父同命。父死，甲車羽毛裂敝不克葬。推事父以事母，母胡，惟一女，資嫁。胡卒，合三喪，弔者不知其異母。推事父以事兄，歲饑，巨嫂會食，姪開口接含飯，不知其父久客也。是非其孝耶？族大以君，著約束，貸先貧，徭先富，族譜治人，宗法治鬼，爲家人之志；里中曲直輸平，訟不易一衣，盜不遺一布，爲鄉人之志。不誠未有能動者也。敬必直，仁必恕，孝必慈，誠必復。寡婦爲他人守財，不利人之所爭；門人背師回面，不修己之所怨。七子皆以《易》名。七，少陽數，卿大夫象，以二守一守其身，以二用一用其子，乃壽不過中人，家不盈擔石，終身不可奪志，以是不爲無其理者之行，聽子孫之復其始。《南華》有言，志強而氣弱。扁鵲不以易此矣。長子萃二，己酉舉孝廉，倍道視疾。召之前，曰："余之志也，夫文興七而衰，病間七而發。《蠱》終幹父，《睽》次《家人》。夫婦敬則於兄弟仁，兄弟仁則於父母孝，孝父母所以誠鬼神。死生之理實然學，周公敬死，乃命學，孔子敬死，乃言死。有志而未之逮。"比含猶視是。《易》恆其德，貞，婦人吉，夫子凶也。

　　生某年月日〔一〕，卒某年月日。元配張氏，省祭國廕女，前死。孝廉姊弟，依繼母龐忘亡。越雞不能伏卵，魯雞固能矣。鄉人指孝廉類母，大母見孝廉思婦，狀聽傳聞仁孝敬誠而止。爲妻夫不飲盜泉，爲婦姑不食他肉，爲姒娣不瀝餘羹，爲家鄰不剝棄棗。糠星樵火，旦春夜繐十五年。拜山南堂，初不肯備會稽市，若婦怨無終，意夫子臨事而變志，未可知也。《歸妹》筮而黃裳殞，《易》固易哉！生某年月日，卒某年月日。孝廉疑合葬非古。振姬鈇曰："夫婦之虹根生也，夫婦之劍冶化也。河大水深，風鳴上下。志之所不安，固即理之所不順。志不安，理不順，氣散而致死之，其學謂何？廣川言死生，水火一氣，父子也；橫渠言鬼神，陰陽二氣，夫婦也。子朱子曰'人之氣常與天地之氣接'，況吾父母乎？仁孝敬誠，一求諸《易》。"孝廉收淚，乃行。

張母生孝廉，萃二先後婦緱天錦、劉國俊女，子爲光，孫爲水，一氣所憑。雪訪之精神魂魄原未嘗死生，宜志士之不忘哉！某年月日，葬邢村之新阡，以張母祔。龐母存，以益生氣。銘曰：

塚中易，人間世。直内敬，方外義。夫婦賓，鬼神繫。子孫爻，死生契。人循理，地主氣。

署岢嵐州學正兼兩王君墓誌銘

己未二月既望，余入都僦報國寺屋。屋東達兼兩卧内，坐灶上相旁苦，且述岢嵐之署寒而身宿疾，力疾試禮部，寢劇，燈下支肩修目，猶握拳有千人之色，〔一二〕意其得當南宫也。邑四孝廉寓左右，兼兩、金沙別久，金沙兄事兼兩，兼兩語輒怒，頃接張孝廉仁度亦然。仁度舊主人也，自傷岢嵐困阨，不欲以兩教諭相形，直氣凌之。諸孝廉先後去，去後榜發得一。兼兩且行之余所，余心知其不平，急疾約余炊飯，出趣裝，飯熟遠矣。嗚呼，兼兩兩年才對灶數日，竟塵余飯哉！赴至，余方歸里，聞三月十一日抵署，十七日遽卒，距庚午三月十三日年纔五十。得與妻子弟決死生，妻子弟進藥其前，七日之間竟長逝，則其去余之速固宜也。

兼兩喜古詩古文，憂父雪訪貧多子，農商無貲産，攻舉子業至死。從書語識天下至計，講求尊主庇民之略有條理，氣爲才使，自以伸足萬里卒就之。十六試童子，主者大其才，當晚成。嘗輟耕讀，桑野樵牧之聲相聞，旁若無人。邑范使君試最，資給其家，自是連試第一。主者孫公好奇，從吾邑偉兩人，其一入爲掌院撫百越，貴重於邑無兩，兼兩始舉於鄉四十矣。父没，恨不見其成就。服闋，上公車再北，或爲少年所先，此兼兩之所以死也。

兼兩非英雄忌人也，欲勉强就父志，規取半通之綸，奉母收弟，恥以不潔淋頭。初不謂署岢嵐，岢嵐僻亂，山少穀，冬夏韞火，火中煨蕎麵佐饑。是以力疾就試，不謂其再北。孝廉雖塞井破釜，得失自其常，不死蓺皋比之上，而兼兩竟死，計出於無之也。

兼兩骯髒喜自負，常以學榮其身，不受人狎，不受人侮，終亦不受人憐。初授郡塾，有師道郡上舍，稍偃蹇直視，主復西嚮少之，投幘期期遶床，曰："建封鞭不我用，先生狎客如此哉！"去授仁度諸弟，仁度終不敢失色。一試不中，令以事檄王萃二，彼固有所悔而動也。兼兩歸，數反唇裂眥張目，旁爲灌夫，折項終不屈。令安得盡如范君憐其窮而數遺之，兼兩亦復不受。岢嵐守問晨夕，日有割鮮分衣，拜辭，爲語主者。主者方溢額鷙票，非學正、教諭方無郵，諸老人多以爲便，兼兩默然。妻若弟皆拊心，曰："此子陽之遺禦寇也，狐父食也。"比卒，主者坐法謀卸臧，不及兼兩。兼兩勇於爲人，廉悍易辱，狎則慙，侮則憾，憐則憤，且諱窮，嘔心悉力病死，自奪於功名。余猶爲憐蛇憐蚿，不知人甚矣。施氏學以文武進，孟氏業同而貧，因從請進趨之方，宮而刖。兼兩窮不至此，學成猶舉，舉猶以官教士，祿其妻子弟二年，比歸，猶與妻子弟相見。假使兼兩不舉，舉不受半職，既舉不第或道死，妻子弟不相見，亦能與命爭否也。兼兩不善處窮矣。兼兩從父治命，一以家產養母，教異母弟人一，事且耕且讀且賈，往年爲父母營葬，不遺餘力，雪訪不死矣。五十年殉一第，妻劉抱數歲兒護喪，諸弟會葬。夫若婦，氣不屈而累其親，可以死哉！仁度、金沙諸孝廉之官學者，當不忘其家也。

元配緱前死，妻黨訟兼兩家人，范使君勸息，余猶及聞之。數年再銘其父子，余老徒爲兼兩礪石也，悲夫。子一，纘聘庠生秦焜女。女三，長適庠生牛爌子鳳阿，次適蒳城令崔涵璽子棻，三字國學生張頤子雯。緱生長女，餘劉出。家世詳雪訪誌銘。卜吉康熙十八年十二日初六日，葬於雪訪新阡之昭次。銘曰：

黑牛白犢，父子盲矒。秋□埋書，書成累物。母老家貧，妻啼兒哭。負親之邱，揚旗奪纛。空空下天，嘉平卜六。騎狗誰家，炙雞吾屬。艸枯雪凍，楮錢風竹。鶴鳴子和，遺書課讀。

户部司務陳壺山墓表

唐安之在高平上梁也。隋徙江左諸陳於隴蜀，建安王叔卿起唐安，大業中爲都官郎、上黨通守，家上梁，著其房爲唐安，是爲南陳。南陳祖潁川長城，別於高平之東陳，東陳衰而南陳始大。唐興，宰相叔達、儒學京、良吏君賓，與孝友童子饒列傳。金明昌間，載狀元，墓距唐安里許。有明割上梁隸高平，下梁隸沁水。科舉幾三百年，高平舉卣，舉熹，下梁策，上梁璨，後先成進士。璨，壺山之從祖也。皆祖智，智生銀，銀生進、忠、孝，忠子璨，詳邑誌。進生瑞，瑞五子，其四諱惇。惇四子，長壺山伯昭，諱珽。

始壺山父棄儒學賈，兩娶李、楊。壺山三歲，李蚤世，王母寵鞠之。縹、珽、煥皆楊出。父久客外，不欲賈子長爲賈，次第責壺山教育。丁巳，壺山補弟子員，崇禎己卯舉孝廉。當是時，父棄賈，與楊老，縹、珽[一三]皆以壺山指畫入學矣。壺山危肩秀髯，劇飲任俠，喜讀書，豪爽有風槩。酒後耳熱，落筆輕義詩文論策[一四]，志昔南陳家世，繼踵唐安取進士。屢上春官不偶。父尋卒，縹、珽不肯竟學，煥幼，常中酒罵坐，壺山跪里門爲請。清興，試再刖，無以供母弟子孫之内外晨夕，署翼教諭，移國子學正，遷小司農。頒詔江南，假道太行諗母，縹、珽、煥前死，母子哭不忍別。栢詔書歸命京師，母楊訃至，與喪會唐安而葬。先是伯叔父死，露柩四十年，至是葬王父母坎下。弟、弟婦若干喪，葬父母坎下。甓甎瘞器血牲，不以委蛻忍速朽。弟諸孤不任喪，爲易斬衰，周衣食，畢婚嫁，忘亡推愛父以及伯、叔父，異母亡弟，各存其孤，孝哉！鄭儒緩使弟墨，其父右墨，緩御之至死。夫人私一官以加其父，父没勝母，伯叔兄弟要市一官，鬩於墻，子孫騎狗過人，死者餒，生者棄，慚壺山也多矣。

壺山服除，年七十，力致其官以老。老致其官者幾人？半通綸牽帶索，喘汗唾涕案前，逆風僵，順風仆，饑渴頓蹭不休，非盡大材晚成也。壺山禄不及親，決去。擁書煴火，子孫以次問難，服方領儒服者五，小兒能言授句讀。出從親友把臂，窮迫禍患，不以難爲解。庚辰饑，人相食，大賈挾高貲閉糶，壺山損囊底金，轉粟二百里外，分食以口數，三黨活而家中落，廉士失職至死。死之日，草土大小環哭，内外親奔哭，詩友酒人哭位，諸貰貸折券者哭巷，孤姪服賈哭於塗，弔客抆淚助悲哀。孝廉之不得志如此。

漢制興廉舉孝，東陳度遼將軍起孝廉，守五原，監護南單于。永和中上封事，詔爲陳將軍，除并、凉租賦一年。比卒，并、凉民哭其墓。唐拜叔達爲納言，武德昭令册祝多所裁定，帝以葡萄遺其母。而東陽公君賓尤孝，勞來邢、鄧流民，不期月還自業，貞觀詔有司録功最，卒虔州，使護喪歸。孝廉之得志如彼。得志表能，不得志表德。漢唐舉孝廉佐天下，子孫敬養閭巷刺草之氓，書國史以助賞罰，使民興能。後用科舉充孝廉，進士加孝廉之上，處不孝，出不廉。孝廉長積行之士不上聞，在官鮮孝子廉吏，聞孝廉名益厭，史亦刺譏其死。儒學如京，爲稅間架貸賈緡，曾不得與孝友童子比。《金史》狀元逸載名。以余所聞上梁、下梁兩進士行事，不少槩見，卣、熺死士之壠，樵採荒原莫與問，科舉不必孝廉故也。況乃科舉先以貲算乎。漢初貲算得官，文十算，景四算。本爲廉士，俯仰市籍終不得官，市籍以科舉得官，孰識所謂孝廉者？元朔議不舉孝廉者罪，孝廉不舉，舉而不能竟其志，史闕有間，鄉里之是非乃定，陳壺山真孝廉哉！

妻塚張、李，羨門啓，父母在上，伯叔父在旁，煐、炡、焕夫婦在下。故鬼大，新鬼小，南望狀元，西望進士，志一命以囑子若孫。表曰：

廉孝陳壺山墓，旌德也。張蚤世，李孺人以孝聞，姑楊抱三歲兒長成，死生不存之地，卒賴其力相收。唐安不名孝名慈，李蓋學於舅姑也。從舅姑及叔姒，而後逮其子若孫，宜爾子孫振振爲壺山德配云。壺山年七十有八，張孺人二十，李孺人五十有二，生卒詳誌。男四，均撰、均持、均掄、均捷，皆李生，庠生，均掄前死。孫男十，均撰出者五，均持出者四，均捷出者一。女婦嫁娶詳誌。師錫、豫錫庠生。諸孫皆父事兄事，學壺山學，不坐市門爲賈人。

焦母王氏祔葬墓誌銘

間嘗爲邑孝廉目，兼兩、萃二直而專，金沙、映斗直而易，兩人姑表兄弟，飲食言語偶不合，立而飫者豎目，坐而要者袒胸，少焉兄弟如初。專近狹，狹近彊直；易近和，和近柔直。韋兼兩而弦金沙，先後舉孝廉[一五]，射策好直，不可不學也。

會金沙丁母艱，以狀請銘，因知金沙之母、兼兩之父爲兄弟。兄弟爲嗣崗王大化子女，一人之身也。吾銘兼兩父敬，敬故彊直；狀稱焦孺人靜，靜專故柔直。晝生類父，夜生類母，金沙之與兼兩，類其性之所近以爲學，學家自多士大夫，吾知所以勒銘矣。

孺人母胡，胡兼兩父雪訪繼母，貴其女爲擇婿。焦薦孚昇妻李前死，求爲繼室。李有子二歲矣，比嫁之日，胡負相薦孚壽促，持女踵而泣。時薦孚有母曰秦，秦寡性嚴，坐兩甥男女膝上。前妻子固封，又方雅大族之甥，物有以恩自離者，亦有以義自破者也。夫云是，姑云非，焦家甥其甥者羣非之；姑云是，子云非，李家甥其甥者羣非之。非者不直，繼室繼母也。胡負孺人身爲繼，抑亦苦矣。

孺人十四歲嫁，嫁十九歲而寡，寡二十四歲而終，五十七歲如一日。婦不問新舊，妻不忘死生，母不異先後，家不計盛衰，身不厭憂勞疾厄，蓋其專也。《女誡》第五曰"專"。乙酉前爲人婦，米鹽櫛縰，婦道也。邱嫂長避事，植也瓮羹，似也提甕。專於姑而姑頷。兩甥不知爲養甥雛甥，嫁子娶婦，爲外生成宅相，秦雖嚴易喜。己丑前爲人妻，篝燈進酒，妻道也。薦孚剛不事帖括，繙閱古今子史，諳形家言，諸生五噫，諸生三餘。專於夫，而夫廬墓側，不知爲伏卵毀卵，嘔血營家，爲良人撿舊匣，薦孚雖死易慰。癸丑前爲人母，以簪置書，以果充丸，大男小男入於學，中男舉於鄉，母道也。固封生不知母，内外知固封異母。前母遺釵敝絮，長皆付還。前母委骨葬，皆營辦。專於子，而子舍諸婦，不知爲鍾夫人之禮、郝夫人之法。固封婦，鄭仁賢女；富暎斗婦，李少司寇藻女；貴暎星婦，李讓女。固封子勉祐，孫婦司兼三女；暎斗子勒祐，孫婦許光岳女，皆儒。富不可以財傲貴，貴不以勢驕儒。孫女馮景文之妻、楊繩曾之妻及三未字者化焉。爲三子賜一觴，爲諸孫加一匕，固封諸子孫易悦。易也者，和也。《女誡》第七曰"和"。孺人和而身殉之，家之盛衰者身也，憂勞疾厄非身也。始於姑婦、夫妻、子母，中於新舊、死生、先後、盛衰、憂勞、疾厄，無或非者，終其身繼室繼母良苦矣。詩曰"誰謂荼苦"，和則甘焉。《易》曰"苦節不可貞"，專則正而固焉。狀稱孺人端靜。靜，婦道也，妻道也，母道也。靜則專，專則直，家道成而身殉之，不直哉！孺人戒暎斗讓兄，讓則和，和則柔直耳。南陽婦人笑文叔爲柔直，雪訪師南陽黃師，孺人母南陽胡母，意其兄弟有學哉！萃二、暎斗抑何類父母之甚也！始孺人召萃二爲暎斗、暎星課讀，固封從而督之。癸卯暎斗領薦，己酉萃二領薦，内外中表列在目前。孺人不謂苦節之報，數勸子孫，勤學過此當不爲母憂，而孺人病侵劇。壽必主靜養和，靜以專，和以易也。

孺人五十七歲以死，生萬曆丁丑二月初七日未時，卒於清康熙癸丑十一月初一日寅時。先是，暎斗舉孝廉，雪訪不爲甥喜，聞萃二來，捐而出，及萃二售，雪訪遂死。後暎斗留試教職，孺人不爲姪悲，聞萃二來，卧而起，及暎斗歸，孺人遂死。兄弟爲子忍死亦狹矣，狹而不年，不柔也。焦之子孫竟肯學孺人，固未嘗死也。銘曰：

繼妻下隗，柸黎陽也。繼母從翟，屨高陵也。緋衣壽促，母持女也。閫門不閡，姪奉姑也。《柏舟》風急，夫同穴也。絳帷霜深，子分燈也。鳳來鶴去，隔夜臺也。林下堂前，絕素褥也。水以孝傳，車以隱傳。績以勞傳，飴以慈傳。又安用銘之，銘以待贈孺人焦母王氏之柩。

支離石銘

履無下乃踵決，頤雖隱而肩高，入貫胸穿耳之地，不剖其竅；在捉襟露肘之時，不折其腰。雷之爲鏨，洞洞矚矚；風之遇籟，寥寥調調。空所有無懷，靜爲用有巢。跂跂支離之行也蹣跚，傴僂疏屬之拘也岩嶤。

校勘記

〔一〕"姑孰"，原作"始孰"，據康熙鈔本改。

〔二〕"雜還"，康熙鈔本同，似當作"雜遝"，蓋形近而誤。

〔三〕"死即死耳"，原作"即死死耳"，據康熙鈔本乙正。

〔四〕"忘年"，原作"忌年"，據康熙鈔本改。

〔五〕"請"，原作"謂"，據康熙鈔本改。

〔六〕"戰船淺"，原奪"淺"字，據鈔本補。

〔七〕"海"，原作"晦"，據康熙鈔本改。

〔八〕"疑",康熙鈔本同,似當作"儀"。

〔九〕"晏",原作"宴",據康熙鈔本及下文改。

〔一〇〕"不不蕃",康熙鈔本同,"不"字當重,疑誤。

〔一一〕"生",原作"計",據康熙鈔本改。

〔一二〕"色",原作"邑",據康熙鈔本改。

〔一三〕"烓",原作"烅",據上文及康熙鈔本改,下同。

〔一四〕"輕義",康熙鈔本同,疑當作"經義"。

〔一五〕"孝廉",原作"孝兼",據康熙鈔本改。

西北之文卷十

文六首書十一首

捕風文

　　大清康熙十三年六月十四日，伯方畢振姬謹約田畯畦圃，升烟薦茶，裸告當筵，血殷當午。自念振姬退耕伯方，十有四年，伯方之以水旱告者五。水不没确田，旱不澤穩土，水不爲災，旱必稱苦，小旱可禳，大旱無補。自六月上旬逆數，由往歲八月大田；自六月上旬順數，至今秋八月清畝。無雨何苗，無苗何歲，無歲何民，無民何吏，無吏何備？

　　吏下所在祈雨，閉南門，開北樞，土龍巫覡，徙市通渠。牲醴爪髪，不敢寧居。玉杯繫露，靈艸雨書。應上公之尸祝，回溟神之旛驢。自六月上旬下雨，所在漸汔。雲上豐隆，雨來溯渾。地皆連阡，雷無虚日。靉靆朝浮，雷穿宿滴。贏者伯方，焦枯告急。越陌登壠，一乾一濕。披節尋根，半催半立。飄風南來，逢迎逆擊。摇蕩砲車之威，掀翻石尤之敵。噫氣怒號[一]，天晴風息。伯方寸草[二]，順風仆，背風僵；伯方四鄰，澤下尺，生上尺。老幼從而輟耕，鬼神自此廢食。六月雨不六月息，南風薰不南風泣。天何棄此伯方？風伯於焉溺職。

　　風過鏦鏦硡硡，萬馬千幢，魚鱗草莽，遼草青紅。掃碧落，貫鴻濛，騎羊角，刲竹宫。茅飛蔽土，棄脱漫空。天聲攸忽，不見形容。攫蓬指其國邑，拔樹索其犧艟。振姬瞿然起曰："必封豨之狡童也。"堯水九年，長隧大風。封豨爲虐，后羿闕弓。伯封故國，湯沐神叢。死而不祀，旱則紛呶。虞夏[三]鳴條，有湯乾封。趙馬韓布，周雲龓葐。雨師下瀨，風伯横衝。虹蜺抱日而颶，猰㺄連箕而終。太山之雲不雨，汶陽之稼一空。漢不烹羊，鄭不禜龍。伯方何罪，封豨何功。此鬱鬱而色變，彼調調而心通。自言太虚授笅[四]，造化煽銅。虞幕橐籥，后夔鼓宗。吹塵上下，入律雌雄。巽蠱之先庚後甲，觀畜之天上地中。勾折伯方之艸木，毟尾伯方之昆蟲。太息三嵕，窮門乃窮。人不薦於胗隧，我何祀夫祝融。韓退之官以憂旱，程明道學以捕風。人既餒乎鬼，土何利乎農。

振姬聞風嶽嶽，不能折角。頌尹穆如，悲豨不學。羿叛國非叛民，風主生不主殺。野荒民散則壇，社屋廟墟不臘。夔梳夔子之江油，泫嫁泫妻之靚髮。歎一足之游魂，憑四目之旱魃。寒風刀而熱風燒，舊雲捲而新雲壓。風固堯湯之伯封，伯方易世抑何覺。

且伯封夏后天官，君臣弱而盜發。伯封吉甫愛子，兄弟懷而鳥歸。楛矢貫盎，黍離霑衣。封豨脂脂，雖悔可追。翼軫多風，烏鵲南飛。南風聲死，師曠知微。南風塵污，茂弘心非。梵蝗螟螣，田鼠蟋蟋。無禾無麥，小嗛大饑。伯方故壘，酒熟牲肥。六月風息，五日風讆。樓雲爛熳，山雨霏微[五]。舊都舊國，言告言歸。必若驅車三峽，張幕五行。大兵赤地，積尸衝城。聚散龍鵠，來往蒼青。犯順梟噪，助虐孤鳴。董廉開口，蝭蟧褐胸。就伯方之遺黎，狃大旱之偃兵。兵旱仍而不已，堯湯怒而徂征。堯弓九合，湯網三年。含光宵練，赤羽青莖。自干鬼責，往即天刑。羿弋風而簇飲，畢零雨而傾盆。況參狼之注弩，兼商年之排營。祝巳封豨，卷舌以水。洗血斂衸虚，徐揕胸冷徹[六]。天收其聲，地藏其熱。雨暘燠寒，稻粱菽麥。田鼓鼉喧，村豕肪截。風不鳴條[七]，伯力懷德。振姬以是爲請，伯方自今爲節。尚饗。

祭二先王先生入名宦文

嗚呼！祀老師者，師之門人振姬者也。振姬辱師之門，受知最久，師豈有私哉？知有振姬，不以恩私振姬。不以恩私振姬，師之仁也。振姬不以私相干，弟子之義也。出入門墻之間而有私焉者，豈復知有振姬哉？

有以私相干者矣，如相慕之殷，終相背之戾。袁陽源、任彥升、陸敬輿、司馬君實諸求之於其門者，師死遂以易向。人固未易知，知人亦不易也。子房師自高平令河內，振姬亦自高平客河內，兵革相仍，客久，家無二日糧。歲時教訓文章之得失、時事之安危、封疆之利害、吏治之寬猛因革。每見必盡其所言，而問遺未嘗受一錢，子房師以此知振姬。歸食餼於鄉校，不言謝，而振姬未嘗不盡其情，恒竹師以此知振姬。

振姬送而子房師悲，振姬售而子房師喜，於懷傷河水之東，於蒲占鳥聲之急，於京師晤[八]子房之兄，於濟南識子房之婿，於太原見恒竹之子，既已存亡生死矣。所言別時腸斷，喜爲我來，妻子相累，壁上觀戰，不足榮辱我畢生者，墨瀋未乾，師豈無私哉？人以私我爲知，師以知我爲私，振姬所以報之至薄矣。變不衛師以肩，難不飲師以血，死不變姓名以負其子，祭不束生芻以過其墓。蒲山公爲門人，視王世充何如哉？有碑墮淚，有槐夕陽。植木於馬棧之廐，絮酒於名宦之祠。郴竹生花，山陽聽笛。起而爲師謀者，非有師於吾師。吾師所知之人與祀吾師之人，知者半，不知者半，知之淺矣，不知之深矣。師既知有振姬，振姬背師，累師知人之明，不知其私也[九]。載肉於俎，崇酒於觶，荔子丹而蕉葉黃，振姬涕滂，師之門人也。兒澍相隨拜於後，三十年前師所加諸膝者也。吾師知有振姬，而不私振姬，於今見之矣。使振姬私於吾師，今復豈以私干哉？所以愧夫相慕之殷也，而不戀夫相背之戾也。

祭父祀鄉賢文

是歲也七月，儒學廩增附生員爲父從祀公呈節，蒙學博先生州縣父母公祖取具鄉鄰公結，詳復學道公祖，准父從祀。署縣事父母初來，卜吉十一月二十二日，爲父致主鄉賢祠祀焉。

父年五十七歲終矣。父生五十七年，逮事曾祖母、祖父母、伯叔父母八九十老人凡六人。父母獨嗇於年，兒夫婦不生事，命也。父生五十七年即世，即世三十四年，鄉人鄉學清議之人喜言父，上之貴人乃重父。父自立命得祀於鄉賢，會食籩豆之末，上見二千餘年道德文章、忠臣義士、孝子悌弟有名一鄉之賢人，父歿未爲不年也。

有名一鄉之賢人衆矣，二千餘年文章道德、忠臣義士，有不孝不弟也？然則弟可祀於鄉也，賢也。兒既不能象父之賢，即世三十四年，鄉人清議之人，上之貴人，同舌而賢之，是皆鄉之賢者也。鄉之賢者以爲賢，則是二千餘年有名一鄉之人不以父爲不賢也。不以父爲不賢，不以父爲不可從祀，父自立命耳。

一門八九十歲老人，成父之賢，不假齡乎父年，父從祖父母死，母亦隨死，孝子傷生滅性爲賢矣。傷生滅性以爲賢，二千餘年有名一鄉之賢人不盡傷生滅性也。父同生伯叔姊妹多至於八九十歲，不盡傷生滅性也，父至此者，命也。

五十七年之間，盡力盡思以祖父母命爲命，曾祖母爲祖之母，繼母自爲父之母，伯叔父母之所懷，姊妹父母之所念，兒女父母之所見而憐焉者，推以及於鄉之人，與之同命，無往不盡其情。中更大兵大疫，死人如亂蔴，父哀死心未除，兒女親戚病且死，併日數米，不令兒女親戚鄉人死，懼兒女親戚鄉人之死不全也。兒女親戚累父死，父死重於鄉之人，豈不賢乎哉？

鄉之人見父之兒女而悲，思兒女之父母而喜。鄉之人喜，上之貴人賢人同舌而賢之，俎豆之宮牆之間，父自爲之哉！貧富足以養父母，死生限之貴賤，有以及父母朝廷制之賢否，有以加父母鄉里，摻之鄉里以父母爲賢。賢於朝廷之所貴，死生之所養，父生五十七年亦足矣。父生三十七年有子，五十五年有孫，更二年即世，踰三十四年有仲孫，有曾孫，有二女，六七十歲有敕命，有待贈誥命，所不逮者養耳。以今賢於鄉之人，俎豆之宮牆之間以爲養，喜可知也。

兒女不與鄉人喜，乃與鄉人悲，兒女之無成。有父爲鄉人祀養，如命何哉？父即世三十四年，兒五十五矣，且夕從父即世，生見父之從祀也喜。念賢者不必有後，死不見夫子若孫之有成，以是委命於父，亦已悲矣。

疏朗近八家，其間談自在，竟接竟轉，竟發竟收，毫不用筆用力而無境不到，無意不浹。漢唐來矜氣使力，幾經見此種家法？

奉主祠堂告祖文

孫等迎主新祠，奉安神位，四父以次配食，冢孫從焉。爲念祖德靈長，久當不歇，自祖訖於雯、雯諸新壠，吾祖一人之身也。一人之身合食新祠，則安。一人之身，三世大小三十一人跪起新祠埕下，則又安。一人之身聯房望，洽婚姻，籩豆有器，柜柢肥腯有田，奕世無乏絕，又安。

安則何以遲之至今？禮，士庶人不祀祖。振姬得祀，以官。振姬贈不上其祖，去官早也。振姬去官不祖，祖之支子以爲祖。依鑾建祠，禮宗子祀祖不以振姬之官論；依從周獻爵，禮家長祭酒不以鑾之宗子論。

往年神坐告成，會振姬去祖北上，從周病未能舉，澍復增建享堂東西廊屋，門廚與内簷牙參接。繕完，振姬適至，卜於吉日迎神，神其安此。嗚呼！祖棄從五十年，有孫三十一人，事生追遠無一命，詒謀孫而無孫，從周等不安。從周老，相周病，振姬自不知死所[一〇]，死不銜我之祖。曾孫釁且六十，他孫以遠不記憶。振姬自不及祖，又其怨恫之大不安也。

以今祠祀吾祖，三十一人知有祖，祖鳩其孫猶是一人之身耳。祠不上曾祖高祖，所以安祖位而使三世諸孫無僭禮。一遵程子祭法，季冬迎主合食，身所出，心所求，無祖孫一也。當其合食，祖母不可見。舊奉主岑樓西嚮，上戴神而母臨子孫，別申配繼妻妾之恩，祖靈益安，後世諸孫之祭亦安。

從周後振姬釁祭，振姬非奪嫡，從大夫也；釁非陵長，宗子也。若夫建詞陳器，疆田展墓，合族訓蒙，振姬不死，直以祖事爲身事，不累諸孫。敢告。

祭屈大夫文

嗚呼哀哉！命顢頷其或尼兮，讐貿首亦何爲？睍進退乎維谷，悵今昔之皆非。就費昌矣霧暗，放湘沅於沙吹。立談而爲人痛哭曰"激"，無從容而死曰"幾"。孰殺子產？天實爲之。人閱人而行暮，悲莫悲乎相知。欲陳辭於汗誅，豈其爲天罕洟？

憶夫畹蘭榮杏，置水引鏡。三令嚴邑，六監郡柄。道不違時，貧也非病。亦嘗濟汾登岱，渡江絶河，望海浮淮矣。始乘軒而揚末命，終戴綸而返商政。嶽邑潮聲，三門九徑。潢犢懸腰，桐吳沒脛。蛇阜箕颶，婿豬罌迸。饕鼎扚而俚睨，神牛亡而夒聽。紛乃有夫治狀兮，漠然徒見山空而谷静。田器理亂繩，婦饁開塵甑。外相當如蒼生，使君活我百姓。

若乃鑿枘無容，桂椒殊性。不葵不魚以哺嬰，一縑一力如懸罄。蹇吾法夫前修，憑不厭乎諑謡之醜正。征鳥裹回，蕭絢蒿萊，蒼鼠傲嗁,饑鵰喧豖。比弘正之投閒也軍亂,及國僑之謝事也身災。炖欝邑其佗儕兮,寧溘死亦已焉哉!則私幸夫天下之凡畏我者之喜,而公憤乎天下之凡愛我者之哀。囊城土薄,喜者未嘗不惜;盧竈烟寒,哀者有時而誠。是未得哀喜之正,乃吾意獨爲憐才。

嗚呼!竹青歸輵,石□委骸。罷春劈面,碑揭棠開。卒然思六翮於繕吏,資八翼於江隈。抑安見絃歌贅尨、俎豆崔嵬者哉?嗟來桑户,逝者季梁。馬棰黑月,槐火陰房。忍鼓琴而編曲,將望屋而繞床。忠未必信,善豈應祥?鹽蜉不得成,命若懸於雷霆之陽。至其論定也,或貴父爲□□;其愛遺也,或峴山爲桐鄉;其行危也,或伯宗爲展禽;其身誠也,或譙□爲薛方;其困屈以死也,或馬敦爲泣路之阮、陷閣之楊。鄉先生没而祀於社,況乎廣漢之故吏與林宗之雁行。嗚呼哀哉!尚饗。

公祭待贈孺人鄭太母田氏文

嗚呼!悲喜乘乎榮悴,死生極乎悲喜,事之榮悴觸於外,而哀樂動乎其内。爲物喜,爲己悲,人情所然。不能止其蘄生,其近死也。

太孺人止乎禮義,不知悲喜之情之所生,逮事祖舅祖姑,此樂山南。學於舅姑無他食,此樂公父。相夫子老而敬,此樂冀氏。生子女九,子英舉孝廉成進士,抱孫裙數易,此樂銅鞮羊舌。得年六十有三,起曾孫婦爲大母,親見家人五世,可不謂榮焉。榮故樂,樂故喜,喜而不溢,有禮義以止其情,喜者正也。祖舅舅老即世,中女中子尋亡,冢婦先殁,以情而言,悴矣心傷,悴故哀死,哀死故悲,悲者亦正也。

悲喜馳而莫之或止,樂毗陽,哀毗陰,衆以陰陽之患死其身,孺人豈未免乎衆人之情矣乎?天之所以制人,榮悴耳。人乃自悲自喜,移其情至於死,衆皆然矣。孺人婦姑母子之至情,情隨事遷既已,止乎禮義,不爲物喜,不爲己悲,抑何以死哉?

女死悲自内之外也，撫諸甥移而喜；婦死悲自外之内也，飴諸孫飴而喜。母與子一身而誰以移之？始子英舉於鄉，賀者在門，中子溢焉俎，悲自内喜自外者也。孺人不知孝廉爲何名，悲殤子死別而已。衆既樂其有子，爲孝廉喜。子英除令富平，捧檄便道省親，會太孺人病篤，視子英一開眼，萬無母子俱往理，而迎者在門，喜自内悲自外也。孺人不知富平爲何地，悲遊子生離而已。衆乃樂其子有官，爲富平喜，喜孝廉兄，不復悲孝廉弟，喜進士令富平，不復悲富平令之死母。衆人且悲，衆人且喜，悲喜一移於人，使我樂夫衆所慕榮者之喜，哀夫衆所憂悴者之悲。哀樂又移於我，非太孺人之悲喜。

不樂哀，不妄喜，正也。太孺人之悲喜，子英兄弟之悲喜已矣。子英喜，爲親喜，鶴雀十鍾，過富平去，衆謂富平得之喜；子英悲，爲親悲，草土百舍，從富平來，衆謂富平失之悲。富平之得失，曾何足以榮悴子英爲之悲喜也乎？以彼其才，讀秘書，處中行，計十年可兩制。母或織履市師，或中使迎母江東，已爲方進敬輿之母，乃十年不除，此子英之時蹇也。守令聞喪，例取原籍印結，請官受代，不得與於哭泣之位。韋景駿嘆無母，子英中道奔喪，此子英之數偶也。天以時數爲榮悴，能令人喜，能令人悲，悲喜假而天之榮悴乃真。除令也遲，奔喪也疾，天以子英與孺人，時數陰爲之地，有以移之，天豈榮悴孺人哉？榮寵其德，悴忍其性，榮悴假而人之悲喜又真。蓋守令至今難矣。

聞開釋母喜，去埽除母悲。母之累子，不喜淮陽；子之累母，不悲長信。事變極而物議多也。傾側擾攘兵間，會稽母覆燭喜，襄陽母乘城悲。加以寇深道險，上黨喜迎母，過太行悲；播州悲將母，易連州喜。甚者母北子南，母魏子蜀，封魚酢母喜，遺遠志母悲。舉不得爲悲喜之正，孰與教子成名、十年安養、投牒引柩、栽松伏柏？天以子英與孺人，非榮悴之、死生之衆人固不識也。然則北堂太孺人在,北邙太孺人在,北風太孺人亦在。太孺人即不在,封翁見在。衆人樂子英有父,子英悲不哀,喪致乎哀而止,不過悲乃正也。子英兄弟之悲喜,太孺人之悲喜已矣。尚饗。

上三省李部院

職姬官無善狀,求一言一事之幾於道而不可得。蒙老大人台下,赦其不嫻於教訓而重之以言,側身西望,感愧涕零。身爲濟南之鵰鴒,行蓄縮不踰濟,未及跪起床下,一奉顏色,間從憲橄占日月露雷之教,不敢作奸犯科以速官謗,折箠而笞之。振姬雖頑鈍無一割之用,誓以領脊塞封疆,盲不忘視,矮不忘起也。惟老大人鑒焉。

前委閱兵之役,查東省可備緩急者,獨高唐一營,步伍堅重不可動,其將無高唐檀子之略而一能軍。東昌臨德城,兵送迎奔命,行日夜不休。古今無苦役之兵不亂者,盜賊直須時耳。

東昌月餉兌支不給,漸致脫巾,弊在無餉;臨清效棘門兒戲,弊在無將;德營爲南北東西孔道,水路弛則津門、通惠之漕不達,旱路弛則清河、濟上之道不通,諸亡命影佔買閒,弊在無法。

武定古無棣,單外雜渤海之亂民,當徒駭之河患,兵法所爲四戰之地。彌望黃茅白葦,輕騎日夜可三百里薄城下,而城兵落落如晨星,備多而力分。今不爲增兵設防之計,恐劇賊秋來南也。老大人聚米爲山,必以此地爲重。

至於核餉執法,嚴吏胥之侵漁,禁官軍之私役,或亦治兵之一端也。職姬吹律不能聽軍聲,鞭貫終日而畢,視子玉之剛而犯上則有間矣。惟老大人鑒焉。理合具稟,須至稟者。

上三省李制台

職姬前後六辭藩篆,不報。以蚊負山,廢然無復治事之心而求進不已，知坐是殆矣。先是，大兵駐牧濟南，職自不意全。老大人憲節遠臨，乘馬戴星出入，得使糗糧芻秣之用不匱；朝夕牲脂轄，所費不貲，雖官民無擾。老大人之心與力爲已竭矣。所行不過數事，所棄不過數人，遂使奸邪之人易向，簡慢之人整齊，長老傳爲未見，何可學也？

國家興利除害，本以裕國救民，前後用人不效，欲裕國而民益擾，欲救民而國益絀。如今興屯治河之事，其大者矣。天下有不可驟興之利，屯政是也；有不可驟除之害，河患是也。兵佃爲屯，今以民佃民地而謂之屯，奸民竄匿其中，歲食屯本。倉卒取民田報墾，屯官以報多爲優，屯長以報多爲利，民有田而無賦，輸屯可也。民有賦而無田，勒以報墾，報墾之籍朝上，攤租之檄夕下。累歲攤租，不知報墾之地安在？而奸民中飽屯租，影射民地，欲裕國而民益擾。宇文融之括地，謬爲棗祇、韓重華，一也。

治河有上、中、下策，今出下策。與河伯爭尺寸之地，而河平終非人力。奸民竄匿其中，或以輸柳折柳，或以助役折役，折數既多，不能不重取之民；民力既盡，不能不求濟於國。採買雖有開銷，愚民未知其數，夫役屢傳賣放，蠹役因以爲奸。濱河列肆，歲捐金錢數十萬，民間所費倍是，始終填無涯之巨壑而不盡然，欲救民而國益絀。六塔河之無功，謬爲賈魯、耿壽昌，一也。

老大人明問所及，知爲處分已定。言其勞無百官負土之勤，言其誠無十日坐堤之義。耳目不自爲用，自處風波之中，譙呵日加，督責日下，往往伺察動静，遂令摇手不得，職不知死所矣。老大人所論宜悉，不足爲外人道也。東土易知由單，民間多有未見，甚或改竄赤曆，翻刻由單。赤曆與私收之曆不投，縣單與報部之單不投，則例遲頒，因有先派找派之説，任意多少，納户不知實數。正賦載有款項，而一切私加、私攤、私派，重複追徵，并不知爲何款，皆由單不發之所致也。懇老大人嚴示催發由單，給民照單辦納，事不勞而省於民者至多。須至禀者。

與鹺使張丹漪

知貙虎無前足，見魍魎輒迅走乎？盜起旋遯，弟妻子獨當其禍。亦知歷陽之湖兔者化爲空桑乎？亡婦其人也。知鮎魚乎？弟宦也甚而蝡蚋也。知玃父乎？多顧盼也。此羸者伶仃在道，劉表、朱晃之胤真豚犬耳。兔子媲，豕子豣，么幼寑憎，何以存之？亦知魯鷄伏卵與奔蜂蘿蠋之化乎？是其育而字也非其類。今長者受苦成之托，又何誘焉？亦知叩頭蟲乎？見人而禱，計窮矣。諺曰："狐有牙，不敢以噬；猨有爪，不敢以撏。"頃豪强無賴欲羣起魚肉澍兒，即鼷鼠性陰賊，狒狒披髮食人又何加乎？馬相愛則鼻之，弟非長者安望？承諭即當與主人言之，恐未得當，亦知有玁食金銀鐵乎？雖鼎鼐禹餐而但適口無畏也。弟長脊而泥，威夷也，乃者人指爲不祥，即東徙。惡梟之聲獨長者不以爲怪，尋當致命。不一。

答張青州伯將

客冬附候興居，已知大連哀毀之餘，受福簡簡。後弟牛馬中事奔走，親戚棄遠，每念老親翁巨創，雖深於痛，安絃而不鼓，其爲天倫之得如何哉？

冀州不弟，老親翁或鬩於墙。外言不入，弟不敢以疏間親。弟之愛婿，度不如老親翁愛弟之爲深且切也。兄弟一人之身也，一人之身忍相視爲途人乎？柳有堂，蘇有譜，張無一身之衣，以合愛也。段不弟，故不言弟，然取諸父母之懷中而克之。克者何？能也。能克在弟，封人可以錫類矣。

許孝廉讓産於兄，包徵君讓産於弟，韋玄成之讓鑒帶，王太保之讓佩刀，雖以通侯上公之榮且富而讓之。讓故美德，如從父母左手置諸右手。此非江陵之宅，彼非南頓之田，争而不讓，仁者不爲。在塗人且然，況在兄弟之間者乎。

家有冢君與少弟析處多年，一旦責取文券有無之故、資產多少之數，童子何知？所謂問道於盲也。聞兄弟分宅一區，中更對換明白，少者取少不取多，長者從治不從亂。老親翁手置新秦，縮取故物，計當日必有在事之人，以是永斷葛籐，言歸於好，何沒沒也？姜家之被燃爲曹氏之箕，少弟口尚乳臭，恐有不察其過者多矣。弟不能令親者親，愧見仁人。爲念中行偃未瞑，事吳敢不如事主？藐爾諸狐〔一〕，夫亦公之異母昆季，豈不爲之動心，待多言耶？遠道一芹，不盡欲語。

與張恒之子婿肇暻

敬長之謂順，加大之謂逆。華陰、河東，兄弟怡怡，稱爲楊太保、柳京兆之家訓焉。冀州不弟，亦何怪箕豆之相煎爲弗能鞠子哀也乎？六哥年少不天，正當悔衻之日〔二〕，家有督曰冢君，奉古所謂恭敬以事之。呂虔佩刀，有解而贈弟者也，安在異母非真兄弟也？令慈初知外事，可忍忍之，可置置之，所爭家逢毫末之間耳。景略母，性不視瘞錢，諸兒尋貴，所見者大也。況夫纖屨而隨翟方進，繼母恩同於所生，豈有不能格者哉？今謂名不可假，室有勃豀，小人復搆會其間，驚閭門而駭官長，卒爲仇我刺我者喜。幾何不取既朽之骨相辱哉？

貴賤何常之有？君行勉之。令尊前爲兩兒故正名，子以母貴也，兩君今爲老母故加厲，母以子貴也。趙無卹有將軍相，誰復記所自出者耶？六哥起敬起愛，能使母子兄弟之間無間言，所全者實多。青州於姬有恩，遲之至今而未報，姬惟寐忘之。其或竭絲髮之力，不使人移德於我，亦爲君家計耳。若以袁青州兄弟相爭而因以爲利，天地不容，因恐中行偃死視也。

令慈慮同穴之盟不驗，墓誌不信，今之諛墓者衆，府君孺人争有拭而視者乎？青青陵陂之麥，野祭爲辱，他非所論也。至於合葬非古，東望吾夫，西望吾子，古今不以爲薄，顧薄乎彼。夫爲人子而不憚於欺死父，尚何言哉？澍兒病幾殆，今幸平愈。弱女恐其不任勞，不習事，終望令慈撫之。奄歲事已，幸顧陳人一晤，言之惻然。

與劉父母竇生

人道治所來，談邑中異不一。穀畦藥欄之間，不辨絃鼓，固振百姓急矣。此嬴者，夫亦誰非旅人之父兄親戚，其忘之也。中間五閱月，誼不敢通一刺，深憚老父母嚴重，置水投書，泊如也。奈何從樓下枉邑中賢大夫聽乎？辱問視之筥輿前，天地何私？謂不長不材之物，當不其然。

舊俗，汦民事生産頗淳，傾側擾攘兵革之會，反者索起，中更殺略，愈益自負不肯變。自少年依冠胥役，不爲農而養死士之日久矣。往年捕盜不滿品，他死傷以谷量，即有緩急，此屬何憚而不爲？幸長者生枯壯弱，觀持田器爲良民。至於破山陰之雞，避下邳之虎，歸武陽之牛，解渤海之犢，何物銅馬青羊、狐鳴狗盜，不垂首蒲鞭綵線之下而執羈緤乎？微得諸亡命輟耕，心嘿之，惟無發也。托其陰重事處之太定，長者豈有意乎？

治姬宦久，減家之産不遂，欲自免，不果，以一婦人抱乳臭兒持門户。軍興委山谷，地主賣爲奇貨，殺掠殆盡，賴義使之力歸之。一婦人尋以憂死，不謂天之望姬深也。老父母急人之急，居常不以難爲解，寧不爲之動心，待多言耶？南望慈雲，不盡欲禀。

治亡命不數語而手辣心深，筆古。

上白護軍公祖

弟病廢之餘，一來從里人指授。平昔婚友婢僕，羞言其行，昫然視而去，窮迫禍患害相棄也。先是，老祖台於濟寧惠教，於太原惠存，於漢陽惠顧，中更數年之久，數千里之遠，加惠於病廢者無已，意至厚矣。使相移其節西，引領冬日之日，暖暖姝姝，撫而安此吏若民，獨弟也哉！急欲跪起馬前如子侄，會弟有魚菽之祭，不果。兩兒尋病，厲人夜燭以火，無僕無乘，坐是使相之門無弟也。邑侯當代，以冊告投，弟因附名其人候起居，冊註管收除在，一目瞭然。高平從無不完之賦，多不終之官。以不終之官治賦，賦或不完，利其官而官不全也。侯令非利其官也。賦在冊無不完，借手報退而哭泣聲相聞。少駁一詳，少更一手，少稽一日，使其歸盡人子之私爲一慟。仁人所以駁其部吏，恩禮備矣。

原諭附入，治弟非攘善者，課吏嚴而型民宜寬，使相當。與民更始已來，官有無名之費，民多無藝之求，過客病官而害民，胥役病民而害官。定律令，警官邪，杜三游，申五蠹，髖髀之處，非斤則斧，所薷不過一二事，所擊不過一二人，闊闊然治矣。內政必減差提，減提差則耳目一，耳目一則上令行；外政必禁派斂，禁派斂則室家安，室家安則國用足。文書有所稽遲，乘是而欺不能，欺則奸民慫；顏色有人假借，乘是而玩不敢，玩則亂民齊。

賦錢十而那移官用者二，侵盜私用者二，不以新賦抑舊賦，則完與欠清。丁口一而名色折民者三，工役勞民者二，不以見丁賠逃丁，則存與亡定。西路車夫爲累，車夫困而僱役中飽，不如不僱。責其所役之力，弛其所僱之錢，助役所有者少也。東鄙織造爲艱，織造壞而機戶爲奸，不如報機。悉其所發之價，寬其所解之費，官價所給者多也。馬監設而馬益瘠，監以馬爲他人之馬，折草折料，不如無監。無監則官養，不以驛累官。鹽商易而鹽益滯，商以鹽爲一家之鹽，京商土商，不如無商。無商則民便，不以引累民。民情所然，即奈何不爲之所也？使相方進退全晉之人，因革全晉之事，用人以理財，息事以寧人，度不爲今言利之臣。

治弟病廢之餘敢私言之，冀祖台一用其言也。不用其言，即使弟出入使相之門，窮迫禍患害相收，民其謂之何？一絲寸心，盃用捧手，豈其思慕七年之久，日近冬日棄我乎？側聞體中違和，治所章邱有醫王生洲，翼城有醫羅見田，弟皆得之病廢之餘。韓子有言，善治通於善醫。祖台急之《賦役書》全晉之命，便求印給一部。春末跪起馬前，不盡欲稟。

與徐督學公祖

治弟往讀老祖台會墨，曠然驚為天地之至文。歸以教子姪，子姪不肯竟學。濩澤原邰、董、韓、胥、箕之族貿焉，地僻也。盲不可使視，聾不可使聽，一旦表天章，奏天樂，孰識所為至文者？舍親剖以教楚，楚風一變，文益其質而非學不入，謂教無益乎？

三楚、壽春多學，五原、濩澤無文。姪鑒目眚二十年，瞳眊皆裂，其不能行也咄，非直地僻，天盲之矣。往往伏讀天地之至文，猶犁然當心，學殖落而教之久矣。盧綰曰："盲不忘視，聾不忘聽。"日視聽祖台之教，雖違質而教將入之。盲修聲，聾司火，使戴為小冠子夏，即一二戚施、篷篨、侏儒，囂瘖，濩澤之八疾，皆官師之所材也，獨盲姪乎？張籍盲〔一三〕，昌黎代為鈸其行。姪又較親於人，謂原伯魯不悅學而後及其後之人，濩澤無文，坐弟教之不先，無所逃罪。率稟。

送張九如年台

今日老年台啓行，知有一年別緒，皆欲盡之杯中。聞從者他道竟行，不知所措。眉間湖海之氣浩然，不使雙劍有遠韻，其如相念之深何哉？春日江行，雜花生樹，猬過鶯飛，北望太行之高有無耶，其終念弟焉不耶？

黔中養俸待遷，處事不過一耐，處己不過一忍，處己不過一真。軍民新集之餘，易於見德，胥役當無作奸犯科者。塞外非孝子順孫，苟不至於大害吾法而不可貸，斯貸之矣。

來日陸走荆襄，勿以洞逢爲試嶺上巨木，人以爲信，弟心識之矣。三札煩爲便致，相晤[一四]故人，知弟之蹙蹙而今求死不得者，非有他也。率禀。

答巢令王天章

有巢之爲僧者點詐，弟私爲長民者憂。親台行日，家人病且死，弟是以失祖餞，心遥遥隨行旌以南，巢故耳。讀手諭大喜，喜其民朴，可以展布仁人之治行，而上下相安。乃知有巢之點詐者，一僧耳，僧去有巢，其何足以害治哉？一薰一蕕，十年有臭。弟意巢人之點詐如僧者不少，如僧則真害治矣。蓄筆墨之形，供奔走之便，或以利誘，或以事困，或以威勢劫制，或以根株盤結。乘醉飽以丐恩，盛耳目以搆賄，往往獅噬一邑之人，肥其家族。長民者翻爲傀儡而自敗其治行，不覺此非點詐之僧之所能及矣。

袁豈凡不逆詐，備親台視聽，以方慮爲點詐之人之所紿。是以及之。點詐本不易辯，大約小忠小信，内奸險而外行若朴者是也。忠信不可不容，點詐不可不備。容之大，備之深，深不使小人窺測，正復制御百邪，使小人有寬閒之地，以遠其怨，仁人治行如此，弟自此無憂矣。因令婿走覲敢切言之。

别後妾死於子，在家無一僮，在道無一僕一乘，在囊底無一錢，四具呈呈老病。執事必驅我道路之間以死。等死，死外，執事何尤於我哉？坐爲點詐胥役不能厭其所求，而傀儡其上故也，獨憂巢哉！率復不盡。

與邱荆石父母

先是行旌抵澤，治姬方爲亡女營葬，哭則不歌，未敢從馬前祖餞，悵焉至今。

長安令極一時之選，天下楷模自此而投迹者衆。常得以閒應猝，事來有以制之，夫之事理在目前而或誘於他役，則其不見者多矣。被服輕靡，與夫宴會聲伎之樂，足以役其心於不急且費多，爲人所料勿然也。中翰直三院鴻筆，要路在前，又當謹以治職，其亦以此進之。

　　早晚請事高夫子，自不迷於所往。三公曠淡絕俗，俗病不可醫，然矯俗而厲於物與隨俗而同於人，等也。絕俗如三公，要當事事無役心於諸不及急之務耳。野人不知卿大夫所設施，爲慕三公之行之品，不以頌而以規。楊舍親儗居老文母治所，知市貴賤而非市儈，屬以起居長者，長者幸一示焉。臨政參伍以得其情，長安令之已事，亦有助也。

校勘記

　〔一〕"怒號"，原作"恕號"，據康熙鈔本改。

　〔二〕"寸草"，原作"才草"，據康熙鈔本改。

　〔三〕"虞夏"後原衍一"湯"字，據康熙鈔本刪。

　〔四〕"授筴"，鈔本作"授荚"，古人"艸"、"竹"頭多不分，此實應作"筴"，即策字。此用《王氏神傳》唐王珍遇東極真人王太虛，授以所注《黃庭經》之黃故。因改。

　〔五〕"山雨霏微"，原作"雨霏微"，據康熙鈔本補。

　〔六〕"胸"，原作"掏"，據康熙鈔本改。

　〔七〕"鳴條"，原作"鳴倐"，據康熙鈔本改。

　〔八〕"唔"，康熙鈔本同，似當作"晤"。

　〔九〕"知"，原作"如"，據康熙鈔本改。

　〔一〇〕"知"，原作"如"，據康熙鈔本改。

　〔一一〕"狐"，據文意似當作"孤"。

　〔一二〕"悔衬之日"，康熙鈔本同，"衬"字疑誤。

　〔一三〕"盲"，原作"肓"，據康熙鈔本改。

　〔一四〕"晤"，原作"唔"，據康熙鈔本改。

書十首

答澤守官公祖

夫民亢吏而爲姦邪盜亂者，惟兵與旱。姦邪盜亂，法死。吏本執有法，法行而姦邪盜亂不止者兵旱，吏無如之何，惟禮可以已之。禮敬父母、順長上，非獨形勢不得爲非也，制其神明者然也。

天下苦兵事，老祖台治所晏然。不幸數十百里之旱，蔬蔌、糠粃、畜牧不能當其一。刈穫未終，有鬻子女者。所屬偷生之民背父母，脅長上，嬉戲思亂，苟以穀賤爲樂，是樂禍反側子不治生也。開口遊食也，擁高貲踴貨也，逸居講張掠奪也，此輩孰非姦邪盜亂乎？至於車馬之往來，耕稼之早晚，子母之輕重，強竊之起滅，民未有知而樂禍致旱，無禮故也。法行則姦邪盜亂不生，禮立則法行。禮或薄而長僞，赭道路，講《孝經》，與兵旱之甚者，吏以言不以誠也。聞老祖台求雨，得壇下水深盈尺，城外浥塵而止，至誠之所感有然。平日以禮自謹，無事不可告天，旱久故憂民之深，非以塗民之耳目而俗吏之爲。張子肇暻誦禱雨文，聲淚俱下，中無逆天地、欺君親、謾妻子不可語者。三足鼎覆白茅，沛然周雲之籠葰，遼巢溯渾而爲雨，神明知之矣。此以誠感，彼以誠應。漢召史[一]莫之省憂，憂時救旱，禮存故也。

然其所以備旱者未舉，旱又將至矣。《書·洪範》"僭"則

"恒暘"〔二〕,《春秋繁露》"水干土則大旱"。黄帝占日月中三足烏見,旱赤地,天地至誠之道。民愚以爲肥蟥兩身,旱魃四目,真能封江爛石,從事於僞。於時靈山祀鎮,河伯祀水,應上公祀人,土龍祀類,祀事修而卒不雨。於時縣子徙市,左丘明勸分,公羊高大雲,董仲舒開北門,法皆表裏經傳,卒亦不雨。姦邪盜亂之民關其説,乃謀焚誣暴厇,掠食有穀之家以爲樂,是以樂禍之心致旱也。

可以禮諭,不可以法繩,旱前風多逆,此禮失也。《書》曰"巫風","淫風",不趨於"亂風"不止。民無禮,故風暴,旱後霜太早,此法敝也。《春秋》隕霜不殺草曰"可殺",隕霜殺菽曰"不可殺"。彌望晚田,可憐萎土,吏無法,故霜繁。旱已過而不及救,祖台憂民之深,求爲備旱而已矣。元光四將軍出塞,本始五將軍用兵,建安按反者妻子,建興殺軍吏不平,皆旱。當時吏不爲憂,汲長孺發公廩,武帝不爲矯詔,以誠感也。洪皓之割留近之。鐘由〔三〕詰崔琰緩急,民將安仰焉?欲徙市必貶倉,欲勸分必收責,欲大雲必下牲,欲開北門必省冤。趨民種麥,止計半年之食,有以禁民之盜亂。寬民貰貸,償以來歲之豐,有以制民之姦邪。酒醪糜穀〔四〕者衆,婚喪務嗇,禁釀則無遊食;犧牲害農者蕃,蜡酺月儉,謹祀則無諝張。穀賤勸民積貯,誓不括私粟,異日高貴不閉糴,人散勸民收養,示不追亡子,目前返側得自安。哀公問孔子曰:"旱如之何?"凶年乘駑馬。力役不興,祭祀不縣,聖人禮以諭民也如此。

禮大護饗先妣,雖婦人知桑林之旱,析城古旱林。《宋史》寶元、慶曆之間禱雨輒應,爲宫中數日不食,吏不敢荒也。宣和遣王黼降香,久之不雨,吏不誠而民去之無惑也。近世聚優,男女雜坐,墮珥遺簪,演劇宣卷,民叫囂無日夜,酗飲腥臊之氣徹天,徒使輕民藉交,罷民犯禁,姦邪盜亂所由起其致亂也,審矣。《尸子》傅湯之救旱，絃歌鼓舞者禁之，聖人法以繩民也如此。

如此者誠足以憂民之憂，憂可及止也。一吏之憂，不足以勝數千萬人之樂；而羣吏不誠之憂，遂無以先數千萬人之憂。晉、魏、宋、元濩澤姦邪盜亂皆起於兵旱，長吏不爲之隄防，迨潰敗不可收，憂方大耳。幣玉皆旱備，留以祈年。治弟犬馬齒不足數，對使完趙。先是，入澤不敢掃公門，爲念父老子弟杞人憂不忍置，因以誠感祖台。記恩附禀。

與潼商道胡戴仁

具禀後自傷放棄之人老且賤，老親台問我籧篨前，知我哉謀與敝邑寄孥也，知我不以難辭而謀人不忠，其不知我甚矣。

尊眷道治所來，主苯騧而食溱洧，昔人寄孥與賄矣。絕河踰山，謀從宅於高平避亂。避亂當謀入城，高平斗大一城，土著者長子孫，弟於其間無一椽，勢力弱也。客來即強有力，弛土著之民以鳩逐雀，邑之人環視，難矣。

亂後高平盜四起，皆起西北，探丸奪梃，死不旋踵。弟實偪處盜穴，無堡無寨，而無覘我者，中無可欲而妄意者鮮也。弟將慕義割宅，假鷦鷯之一枝，祖韡蔽嚴客，門外亦已疑之。抱咫尺之義以坑塯，陷人不忠之甚也。

東西光狼、換馬、秦、趙、周、齊之遺壘，鳥驚獸駭，而其南臧宮期思，其東廉頗大糧，其北任尚羊頭，皆非所以卜居。亂糜有定，安知後日無其事也乎？又東度遼故里，土人有售宅者，冶鐵所資，四分斤斧，已來勝國之廢宗窟居。因風吹火，密邇陵川、壺關、華山，而望青犢、銅馬之賊須時耳。其與我爭此土無偪也。沁水主封禺，道少曲，陽城入自顛輄，五合六聚，反者索起。州以兵取曰勋，軍以武定曰寧。比年張斗光、王漢三出汲郼橫水，釁磍氏，獅鄩三門，伏鄐虢，垣雍輆、關北直棱渠、綿上，達於交、祁，負險七八百里，亂國孰之何？必少水、武觀之瘠土也者，弟爲親台卜居澤、潞之郡善矣。上黨昭義一軍，舊嘗制河北諸鎮，面洛蹬梁，其人世濟其忠義。任敖、田邑、程千里、李抱真、孫揆、李嗣昭、李筠、張確皆以潞用人之傾側。闖逆跑城，塹夷濠決，潞人獨全其城以歸。□清潞城二十四里，宗房可擇而易之。

外多冶鐵機絲，夜自婦女賦功，不即冶鐵貨殖，利不以世數。澤隸河陽三城，上黨南蔽，昭無澤不敢東，莊無澤不敢西，西燕無澤不敢南，宗正無澤不敢北。太行天井，其此最險。左高都，右陽阿。省入一郡，田則負葵，書則盤谷，其中學者牛毛，公卿輩出，上萬言專百城者相望，宗房亦可擇而易之。

有亂問祝公道，無亂問劉義叟，親台之所有無易此者矣。必謂夜犬不可臥白兔，鄭昔謀胡，三千買鄰者忌焉。長子城堅，趙襄子所卜也。沃土連阡望有主，又無世祿之張目者，故宧亭榭軒敞，土壓棘生，得其堂構而加輯理，外擁負郭之田，內接高貴之市。雲南阮勤徙家即貳，鮑宣司隸世家適彼樂土，亦曰無豪易高也。近有姦宄駔儈法吏之責，距弟長平五十里，觴則藍台，遊則丹陵，天地神農，嬰兒精衛，客主可以娛老矣。弟爲親台謀者如此。親台不與人謀，遠與弟謀，亦欲弟之忠我也。

通商宜潞，讀書宜澤，力田則宜長子。以言亂所必爭澤，長子衝於潞；以言亂所易避澤，潞又便於長子。弟自爲謀，無易此者矣。弟自爲謀不如親台自謀，擇謹信有識見者親戚一人，來共面商。澤州、長子，弟當主約，必不負知我者托。先是，潞有奔走者今病，病已屬其相宅，三者幸擇之。謀之或臧，親台福也；謀之不臧，烏知今不異於古所云。謂弟謀之不忠，不受也。上元前三日又啓。

答雲南道李公祖

劉景升畜千觔牛，負重曾不如羸犉，孟德取以饗軍。弟如楚久不去，楚人舂我於市，且懼不免，何以負楚之重矣乎？然則大堤之曲，楚人知客當死，弟得免而不死，亦幸矣。夜登庾亮之樓，坐中不識爲誰而思去後乎？屠羊説去，不附其羶，不鄙其賤，不以爲楚之妖祥，何辱問焉？

老年台班荆坐語，其不返我入晉之轍，有命抑何在遠而不忘哉？江梅之佳，實自楚往，遠以相遺，夫子曰去其楚而可矣。

滇人邊楚，夜郎得漢寵自多，從者立馬，軍士環甲不敢動，沈黎、牂牁之利在鞭上。滇黔完而楚益實，亦猶楚之良也哉。旦夕璽書徵召，問道太行，見有南冠而囚者，楚之棼冒、楚之賁黄，白髮青衫如弟，是昔年班荆之客左擁而右扇之，能不惘然？顧弟老病寖衰，天奪子女以十數，莫敖之鬼餒而，爲猿，爲石，爲莎，爲蟲，去楚而五化，恐不及見也。率禀。

與河東道李公祖

往辱滇中惠問，十年之别未忘。覯之乎萬里之遠，窮迫禍患[五]，藉老祖台以自重。世之忌與疾者，疑爲長者私我，弟用伸眉其間。

張九如舍親屈指當到，邸報聞移守河中。河中鸛鵲東來，魚龍北上，朝廷自起股肱，而百姓乃憑託天地之大，何私於我哉？弟雖窮迫禍患[六]，不受人憐，亦不敢以私請也。

秋冬知監試太原，且終武闈之事，親友多就試，恐人持我以私，具禀數止。不謂祖台私我，踰十年未之忘，又遠道千里惠問，天地無私覆載耳。忌與疾者傳爲私我，不疑弟遂以私意相取用，自支於窮迫禍患之中。先是，弟讀書河中，起己卯訖壬午，日夜卿雲館下，不知飢寒勞苦之爲，我坐受窮迫耳，非有禍患也。李夫子私以相收，過此〔七〕一厄。比年禍患相尋，羣謂官久必富，忌與疾者皆從此出。人苟所在營私，無官亦富。弟生平不干請，不武斷，不抗錢糧，不利商賈，不聚淫朋狎僕，不近市肆城垣，飢寒勞苦，不異河中，豈知窮迫之有禍患哉？禍患由於官久私其官者也。

辱祖台歷言弟宦況，進無官邪，退無官謗，豈以其私也哉？還弟窮迫之人而事無禍患，亦以私相收矣。碁私我拙，藥私我病，弟得伸眉於後，忌與疾者縮項也，敢利其私也乎？一男京闈敗回，未敢私謁，數日當奉尚禀。河中讀書多規矩，至於胥役筆墨之形，暇日問其老者，以見弟不忘河中。芮令自諸生領教，愿謹非齊人，治所當折箠而使之，敢私言之。率禀。

答戴楓仲廷栻

人謂山西無人，人必不受。人謂山西無文，山西之人甘受之。山西人雖不文，抑何受不受之殊也乎？耳目手足同乎人，斥爲非人，拂然非之，文固如其人者也。文之出沒隱現，開闔起止，極天下之深微變化，怖其才爲不可測，駭其學識爲不可幾，意古之人爲古之文，非山西之人之文，則退然而色沮。夫人退然而色沮，極乎文之深微變化也，深微變化不出規矩準繩之中，亦猶耳目手足爲人已矣。古今無異人，古今無異文，於古見其文則知其人，於今見其人則知其文。文固如其人，何乃不文之甘受也？

選墨弟受而卒業，規矩準繩之文也。怖且駭者散文耳，極天下之深微變化，其中出沒隱現，開闔起止，莫不有規矩準繩。人謂山西無文，不甘受矣。有氣斯不累其才，氣生之謂人，所以目視耳聽，手持足行，氣無之不可達；有理斯不泥其學，不蔽其識，理勝之謂文，所以規圓矩方，準繩長短，輕重多少，理無之不可造。又何沮於古之人與今之文已乎？

如弟僻居山西之南鄙，遠不奉教仁台。澍兒往見其人選墨及其爲散文，今見其文，文誠如其人者也。以其人爲近古，深山大澤之冠服，龍蛇草木昭回其氣，是殆文之規矩準繩也；以其文爲近古，水流雲行，散徙不主常聲，乃天地之果蓏蔬實莫不有理，是殆人之耳目手足也。古之人古之文，弟不知其有與無，豈復退然而沮山西之人之文哉？

弟老謀改葬山壟，自往神木購板，道祁請見。頃從南風中哭死者，山西不能出一步。弟欲爲人，終未免乎山西之人，文可知矣。仁台何用見之，少問以序問仁台，受與不受？澍兒病不可教，久扇仁風，不及禀謝。率復。

答戴楓仲

客冬，弟築先大夫墳廬，祀竈歸，讀手教，除日無歲，入春跪起人床下，以其間讀大選，文章之能事備矣。作者曲折，往往遇之於語言文字之外，其世代盛衰，王澤深淺，其風俗美惡，其山水遠近支節，其人眉目性行、福命之厚薄長短，皆有以知之，知之也者能之也。弟不能，何言知？知其宗於親台所選耳。往讀選詩選文，能取他人情理如自其口出，自其口出又復情至理窮。不取他人之蹊逕爲往來，下筆能歌能泣，能熱能寒，成爲戴氏一家之文章，謂爲能矣。能之也者，知之也。所補三十藝，弟欲受而卒業，病廢無能之人，老乃就學問理會，不知之矣。私念困時文者四十年，質諸程墨，一字不通，弟固不知爲不知，庸詎知不知之非知耶？

選程墨在必傳，讀程墨在必售。三百年來闈牘專取經義，經義先兩《論》、《學》、《庸》，兩《論》、《學》、《庸》不能，後有可傳之文亦不售，迨不售而歸獄選者，知之淺矣。經義所難無如理學制度，理學昔人能精，制度今人能備。公玉帶《明堂圖》千門萬户，其誰知之？曰能之，即不能，待之甘泉鹵簿、扶風輂道，自知書生之所及知耳。周濂溪《太極圖》有無消息，天地動作於胸中，其誰知之？曰知之，不知無以爲學究，蒙然開口，謂程墨有不決之疑不售矣。乃選此爲傳之其人，名山之業不必售，庸詎知親台所知之非不知耶？

明初陳殷置輔，一以選賢建能爲大，五朝程墨劃然天開。景泰救正統以質，弘治進成化以古，隆慶約正德、嘉靖以則，三聖人起憂患，有以震厲天下之心而莫敢苟且。故得人皆知之者深。崇禎易萬曆、天啓以經，天下靡然向風，人皆死而言善，究莫知其是非勝負之所在，以趨於亡，經變而識緯譯滋亂。作者不謂不能也，未選議入若干，在選議去若干。去非文不可傳也、不必售也，入非文皆可傳也、必售也。必售正不必皆九朝之文，或以九朝之文爲墨，或以九朝之人爲程。高余冠，長余珮，崇論宏議，氣象萬千，孰與寒瘦酸辛說農說漁，以其梵唄稗野之言爲售哉？

程墨求其必售，作者讀者稱之曰能，而所選獲知言之明，以此疏之別紙，惟親台可否。弟不知春秋朝暮，遠辱親台叩擊，四十年無所覺，一旦列在目前，遂有以辨三百年之得失。孝廉鄉舉不如漢，進士制科不如唐，宋元驅進士爲學究，荆舒晚乃知之，金華義烏自謂能之。天下治亂安危於科舉之中，而科舉亦成敗利鈍於程墨之內。九朝之人之文傳爲程墨，而興能不逮於古。讀洪武開科舉詔，參開禧罷科舉論，理有固然，惟天下之静者能知之。序言以股殼鳴，不知其鳴也。

土功間止，謀爲上黨外乘。遼、沁誌不足徵，徵之親台，案有二誌，及劉和川《外史》，幸與寓目焉。閱過即繳，使知程墨不足以盡文章之能事，擇其可傳者傳之，多聞見以資識從，昔夫子嘗求知矣。

與曲沃劉佑君佐世

先是，仁台來自長安，重承惠問。當日里門暴開，鄉黨持羊酒賀喜，衣冠坐賓舍食飲，笙鏞間庭炬之下，去來迎送爲勞。乃遠憶故人，又其久病長阽而不死者，相厚豈有量哉？

弟禀後馬逸折臂，臂三分闌入胸，幾死原村南澗。四閱月强起，臂猶不能使指，日以左手餂筆，而右手作字不復爲我伸縮。久遂殢下便血，將五十日血絶，奄奄如死人，萬事都廢，亦但憶有故人耳。

故人子一日千里，父母在不以身許人，左右甘膬就養，因以其間問業，其樂何極？而弟驅一兒牧犢，起慚令狐公子。平日所嘗親慕者，欺我老，皆側目，猎言累至，嘆然杜口，因憶故人憶我之爲古處也。

屈指賤辰，萬勿記念，蓋受者厭矣。老子曰："吾無大患，爲吾有身。"使吾無身，德與怨無所繫，豈不釋夫欺我者之猎言，而忘夫憶我者之惠問矣乎？

遠使拮据路費，置備賜物，故人知君不易。弟始爲之不安者，終其身即欲謀一報使而不能，君所知也。且弟所言皆可弔，乃賀我耶？

牛子爨下之餘嵌，且斲而揮以絃，仁台成就之勞至矣哉！户外泥首，爲其不忘一也。此曲不患到人間，顧其志在高山，恐斥以爲山外無人者。琴未終而更張之，不復知有貞元之人之曲。弟老悖易吾言，幸成就之。粗果□楪附意。家人致問二哥，不及另啓。

與魏蔚州書

國家開邊三十年，兵不罷勞，民不怨屬，政皆由舊，資有勝國累世之積故也。自成化以後，言利之臣日朘月削，垂二百年以趨於亂。苛政斬艾其民，亦各欲其子孫之長享，豈逆爲新主資哉？蓋民窮久矣，屋廬田產既盡，乃捐其父母〔八〕、兄弟、妻子，民亂而兵不戢，天下之勢始去，爲新主之驅除地耳。海內既集，國家劃去勝國之苛政，斥莊店，禁開采，免保馬，蠲加派，止營繕匠役，除錦衣詔獄，逐中官勑使，罷訓練儲備四事。九邊民壯，省州縣起解以十萬數，三十八府王粮，歲免宗室侵冒以百萬數。兵車徜徉於天下，天下不知有兵。倚五岳，奠四海，用以驅策天下，其勢立也。衣租食稅，謹正鹽筴，不過鈔關、抽分、水衡、鼓鑄數事，而戎祀祿餼在其中，水旱、疾疫、蠲賑之數在其中。與民休息，塞天下望，天下謳歌宴樂，雖有變而民心不搖。今昔豈有異民？爲兩朝盪滌苛政之病民者，其意無日不在乎民也。軍興，問罪之師四出，垂二年矣，兵久連而不解。租稅、鹽筴、鈔關、抽分、水衡錢匱。天子焦勞於上，計臣義不能爲無項之供，於是議開采，議加派，勝國開采之地，加派之名色具在，按籍徵求，民何所避？顧民不知開采，知其屋廬田產耳；不違加派，違其父母兄弟妻子耳。民無屋廬、田產、父母、兄弟、妻子，即奈何其不亂也。亂則中使必出，刑獄必繁，訓練儲備必急，正恐問罪之師不在邊遠之三逆而在民，民其無如何矣。

夫三逆之逋誅，不足以煩國家憂，有叛將無叛民也。民不奉戴三逆，刦脅以從，日夜望王師之至，繫三逆而救民水火之中。今使民水深火熱而莫之知避，則是討逆之民苦於從逆之民，絕民望也。且從逆者閩、駱、滇、黔、梁、益耳，今爲閩、駱、滇、黔、梁、益從逆之民，困罷中國，海內空虛，兵不假一日休，餉不餘一歲蓄，苦哉斯民！其視閩、駱、滇、黔、梁、益，蓋抑遠也。

閩、駱、滇、黔、梁、益之逆何起乎？起於顧命之大臣。紛更先帝約束，招亡納叛，賄賂公行，城池兵馬、錢粮委賊殆半，內罷督撫、司道、標兵，益置提督，外事永昌、水西海上後服之人，前門拒虎，後户進狼。督撫喜事少年，苟見內外無事，以爲尺一之詔諭藩，若羣羊可以驅而往，驅而來，反者蝟起，兵連禍結，晁錯、孔巢父死不足以謝天下，顧天下民力竭矣，盜賊直須時耳。若開采加派，力竭而求進不已，言利之臣自此始也。

長者疾前事不忠，勇言天下利害，必本天子獎勵三軍，憂憐百姓之意。察內外諸臣推諉侵蔽，不稱任使之心，謂宜條陳大計，開廓上心，事勿避忌諱，臣能盡言，天子能受盡言，非古所謂主聖臣直乎？漢唐聖主璽書不朝之王，宣慰數叛之藩鎮，卒使蠻中大長稱臣罷兵，河中、淄青軍士流涕切諫而不肯前，處置當乎民心也。

先是，平南王欲傳子自代，退居遼東，天子嘉與平南之誠，不問吳、耿二逆。二逆表請徙封，重違其意，計封則尚、耿同日，計年則尚、吳皆老。使者冠蓋相望，弩矢先驅，觀望懷奸，行留逆命，吳逆子孫受戮，不死於君，竟死於父。懷光子上變，不免隗純。何哉？耿逆年少失圖，聽人寄鼻，以爲韓信死而彭越醢，計出於無聊也。國家宣力宗臣，爵爲真王，徙封大國，無故犯順盜邊，國家何負焉？若能委身聽命，悔罪罷兵，許以黔滇王，吳閩越王，耿不廢佐命之勛，代有分茅之胙，此與王逆巨魁手刃經略者不同。二逆一或聽命，專力西向討賊，不憚征繕，民其有瘳乎？即或至死不悛，所以惜兵愛民至意，足以諒於天下矣。

師直爲壯，請先言兵。天下有可以力并，有可以計圖。并以力不可久，久則頓弊而不振；圖以計不可急，急則僥倖而難全。國家得行兵之詭道，長於用奇，震蕩飄忽，拉朽摧枯，鞭弭所加，疾如雷電，此奇兵之道也。燕、雲、青、豫、關、隴，平原曠野，陸戰之地，吾長於奇故勝。民間久不知兵，輕卒銳師，郡縣驚潰，吾長於攻故有以用其奇也。今限以大江複嶺，阨以廣谷高山，阻以紆途繚徑。我乖險以出奇則難，彼恃險以制奇則易。豈有連百萬之衆，三面決勝，首尾萬里，二年蹊谷之間，財竭力絀，擁遏盤桓而不能進，可以用奇者乎？

不用奇則用正。以正兵踞吳楚之脊，駐劄袁、萍，遙通郴、桂，抄宜春，鈌醴陵，穿徹湘東，控引南贛，招納楊寡婦潰兵，形勢在我，吳逆無耿，耿逆無吳也。耿佀仙霞一嶺，二年不能窺衢，慮海上議其後耳。我若不吝高爵，許以興化世襲，海上賊必聽命。以海上賊臨耿，虔兵、建兵壓其西，衢兵躪其北，台兵略其東，惠潮兵譟其南，掎之角之，是以千鈞之弩潰癰也，無耿逆矣。如此我無東南之患。

吳逆於我深矣。相持二年，水戰不過岳陽，陸戰不過荊郢，此馬少也；糧道遠，無野掠也；吳逆以反爲名，將驕卒惰，難使也；田楊河隴，生苗内叛也；不則水西、爨僰之爲外患也。河西路近雲南，發間使入麗江，大者王以南詔、大理，小者王以鞠町、夜郎，諭令去吳，便宜從事，開釋叛將，各取功名。我從積弛之餘，轉戰於車不方軌、馬不并馳之山谷之間，疾風震電，士卒若注壑之水。水軍南下，置之死地，洞庭山谷連綿，使人自爲戰。水陸受兵，賊必西走，袁、萍之師截出衡、湘，決障水於千仞之上，湖南無吳逆矣。羈之縻之，可以徐圖，進止如此，我無西南之患。

東南饒信、南康以湖爲壑，可減戍卒之半；西南掇拾瀟湘，開諭交廣，南過辰、常，西通鄆、鄧，以荊爲門，可減戍卒之半。兵減糧亦減矣。荊郢之兵利騎，我出亦此，彼出亦此，宜選騎而步卒可汰；袁、萍之兵利步，我得亦便，彼得亦便，宜選步而騎兵可汰。兵汰糧亦汰矣。衢利土兵，土兵習道路，冒險阻，可以下婺、下嚴、下處、下嵊，南下青浦，所在客兵可移；皖利客兵，客兵控要害，通舟車，可以援澡、援蘄、援饒、援歙，西援武昌，援龍江，所在土兵可移。兵移餉亦移矣。行間閱實精勇，別爲中軍王卒，使老成知兵者將領擁護，其餘師衆使幕府諸將總統，以爲戰卒。其義從雇募名爲兵實役徒者，使汎守楚之岳陽東西蒲、來、潛、沔，閩之建陽南北處、撫、饒、信，爲戍卒。沙汰單弱逋逃，編緝部伍，押發均、房、鄖、竹、占、種，當興安，塞商洛，爲屯卒。屯卒食力，戍卒各食郡縣，我之聲勢聯絡，訛言不興，兵抽餉亦抽矣。此兵法之以正合也。

王逆竄入環、原，窺竊苑馬，東向可入榆林，西向可入甘肅，騎寇長驅，延、靈響應，靖寧、隆德、會寧、安定被掠，直抵臨、鞏、蘭、河，南入階、秦、上邽，近聞退踞平涼，蹂踐涇、邠州縣。賊若不滅，秦人不能安枕而臥。涼、益雖分，久持則合，形同憂而兵趨利也。以輕兵關隴、蜀之胸，駐劄上邽〔九〕、天水。以重兵拊環、原之背，固原若爲我有，宜斷涇、邠山路，東師起延綏，據花馬池，定邊、安邊等營不復受兵。西師起蘭膳，據金佛峽，崆峒、苦水、清江、安定不復受兵。環、原北面形勢扼塞之地，山勢橫亘東西，河道河橋二千餘里，利占漁鹽，人雜番漢，賊既不爲獨坐窮山之滿俊，我亦戒爲深入好水之任福。使竇融蹙王元，使寇恂降高峻，河西既通，高平自下。坐胡床陳祭器，有以梃强寇而鈹其命。橫山之謀，青陽之計，硝河之捷，古人從天而下，聲東擊西，神出鬼沒，王逆授首，蜀無能爲也〔一〇〕。我自此無西北之患，此兵法之以奇勝也。

寧夏魚米可食，大小池鹽可售，涼州馬可牧，李燧乞運八府之粟，文貴舟輓河渭之糧，抑亦迂矣。我據袁、萍，連南贛，吳、耿之勢不合；進守彝陵，川湖之勢不合；斷隴道，涼、益之勢不合。賊勢不合，天贊我也。奇正之勢在我，我之兵勢强；分合之勢在我，我之國勢亦强。連百萬之衆，佈勢疏而萬全曰"計"，趨勢疾而日振於矢石之下曰"力"，凡以爭先而處强也。

政强則勢强，政弱則勢弱。强政用兵，兩朝之驅策天下是也；弱政用民，勝國自成化以後日朘月削，斬刈其民是也。故籌餉不如籌兵，籌兵不如籌民。振姬不知閩、駱、滇、黔、涼、益從逆之民，中國討逆之民則知之矣。師之所過，搜索男婦，繫累俘掠，發掘倉窖，蹂踐田禾，牛驢轉餉踵軍，無日夜其間，軍士略賣人畜，相視吞聲。民無生氣，既不保其父母、兄弟、妻子，豈有屋廬田產哉？民，餉兵者也；吏，治民者也。吏緣爲奸，苟幸國家之多事，魚肉其民，三逆負國可問，羣吏負國難言。奸宄橫生，苞苴賄賂，訴訟不理，羣盜滿山，嘉平除夕罷市嗷嗷，可謂國有政乎哉？無政何民，無民何餉，無餉何兵，兵不戢而民益亂。兵吏上書益兵，計臣上書益餉，以勝國之弱政，壞兩朝之强勢，此昔人所嘆也。

漢、唐、宋之政盛，甌越、南詔、西夏叛而不亂；元之政衰，閩、越叛而亂。方其盛也，韓滉、陳立、史萬歲、韋皋、种世衡、王韶制之有餘。及其衰也，龐勛、黃巢起於南詔之役，張士誠起於閩越之役，齊萬年、万俟醜儂、姚令言起於涇原之役。此數起者民也，兵也，非賊也。勝國之征麓川，不謂不强，及兵去而滇、黔、交、駱之賊不止，亦民也。鄧茂七以開采反閩、越，李自成以加派反夏、原，此數起者民也，兵也，皆賊也，視今三逆瘦而已。平賊以兵，不以冗兵；養兵以餉，不以虛餉；措餉以民，不以亂民；治民以政，不以苛政。坐食不戰之兵曰"冗兵"，加派無名之餉曰"虛餉"，怨厲不服之民曰"亂民"，開采無稽之政曰"苛政"。苛政之病民者，弱政也，兩朝盪滌苛政之病民者，强政也。

宋儒有曰："處弱者利用威，處强者利用惠。"羣臣忌諱不言，國家又以兵爲機密不問，振姬欲長者盡言，亦以戒夫羣臣負國不忠者。除夕夜稟。

與魏無偽孝廉

別後歸里，十四月不遣一力稟謝，死罪有之。罪其來桑户而食王孫，竟忘也。且稟長者曲折，近於逃死，此時當附牛役一力，懼不敢行，耿耿焉已。閤家止倚澍一妾，彌留八月具棺，男女呱呱凡五，不知何以支晨夕，坐是曠焉，乏力耳。

青田言大亂之後，必有至治，幸長者身佐太平，遂其由來許國之誼，從此坐政事堂論道，拱而俟之。近矣。大兵孤峯之下，玉樹三叢，必年台能敬父母，必年台能諫父母。所事當長者宿德，自持在百無一措之地，猶欲進百無一試之言，曰"諫"。諫，臣事也。子由臣事備矣。其中閹押有術，是其父機智勇辨，將以蘇、張、少、龍比，非矣。子產、叔向諫有婉容，而韓厥、陳軫之明，終以子言爲進退，豈曰掩父哉？

長者慮事太密，持事太堅。所論刻爲害事，爭太嚴；所薦揚爲任事，謀太銳。密近繁，堅近拗，嚴懼其爲人所防，銳懼其爲人所用。自古君臣合德，兩無猜嫌。以身許國之誼，貫金石，盟鬼神，小人往往議其後，所居之地危於所遇之時，無術耳。顏淵適衛，聖人慮術，諸暴人術且無幸，而況無術，此人子所幾諫也。

執法有體，執政又有體，他不具論。山陰文端公以諫臣之體體國，國本議起，申王皆婉轉調護，亦以言者爲多事。菀枯之勢既分，中立之行具見。公以強諫持國是，數數封還御批，不顧人主之所暱身，欲捧重輪於泰山之上。鄞侯魏公，當不其然。吏部覆推閣臣，卒與太宰陳有年俱罷，上固難之矣。然文端去國本，安朝廷，不能奪宰相之所持，近古社稷臣也。術非臣所敢言，北人執法執政無術，而南人有術，彼以其術邀人主，而劫天下之公論。百年臣事，衣鉢相傳，車覆馬斃，富貴長享，固知長者不取，取夫文端則亦文端已矣。文端之不如長者得君耳。鄞侯魏公孰非得君者哉？軍中倚山人爲命，宮中以丞相爲安，一旦寄之觀察，遣之留守，小人驅之，亦惟無術，故至此。小人不敢逆正人，必先異同其所條陳者，且以諉罪抱案之小吏自解，必先異同其所舉劾者，排清議而以不黨堅上心，正人勢孤而言不能行，然後喉而擠且陷之爲大快。陳軫之子曰："物之湛者，不可不察也。"與道進退，與時消息，此亦許國之術也。

侵官離局，樂懷子之諫也[一]；營城漢中，以取黔中，張若之諫也。邢恕小人，司馬康爲所賣，累其父矣。上知蘇頲，故老人爲切言之。

程墨先上《學》、《庸》，大約以人傳文，故略附其人之事之言。所選南北人各半，非多北人之有文而多其無術也。文多收無完篇，或題無原墨，留其人焉耳。有明禮樂之征伐、國勢之強弱、人才之益衰、任議之得失、邊腹之安危、遇合之隆替，略其前錄。科場事一帙，後綴補遺一帙，以見文不足重，而明之所以存亡，非此也。着手四年，本爲家乘萬曆書，切無示南人，訾讒又從此起矣。古文見成，容錄出便寄，銅川先生欲寓目，其亦出之。人貢一絲，幸不我棄也。

庚申上總漕林北海

晚姬衰殘耕牧之人，過辱長者容接，客邸重施，臨行賦別。諸侯老食客，蹇驢破帽出城，日下崦嵫，鷄啼人倦，更盡河低就道，蓋感恩懷舊，自傷老無受教之日，故悲也。

委命廿一年，不能自振於孤寒之地，塵土三尺中不辨一人，獨長者數問視相勞苦如平生驩，其言不悲，非情也。然不釋夫天下之凡憐我者之悲，亦已惑矣。長者鳶肩燕額，正襟而談當世之事，白眼青天，鬚髯如戟，不以離別爲可憐，瞻視之間萬里，則不悲者，正也。晚姬已矣。

當今經文緯武，合下具有條理，事至批自出之見，肩獨成之謀，煩無不行，果無不徹，新息言老當益壯，長者真其人也。年老而棄，智老而長。張柬之踰八十，扶危定傾；文彥博踰九十，出將入相。自古經營治亂之臣，所爲不過數事，數事非精練少年之所爲。年既老而習於變，史所謂叩囊底智也。

　　大臣閣門養威重，不示人憐，本自堅其堅忍不拔之志。志定〔一二〕而懷安不試，卒與麥邱之人坐老，亦足悲矣。老人固無當有，無迺長者之出處持重，往日之效，今日之成。上意始終未厭，而瞻前顧後，晚姬悲其有志而無識也。

　　歸里旱荒憂盜，久疏禀謝。舊病浸以不支，氣結幾四閱月，腹中脹滿有聲，不吐不下，飲食惡心。日繙長者賜書，此轅固不通世事之老態也。敝邑新織氄硬，猶可着體，着體即長者起居，晚姬晨夕焉，抑何受教之遠也乎？

校勘記

〔一〕"召史"，康熙鈔本作"召吏"。

〔二〕"恒暘"，原作"怕暘"，據《尚書·洪範》改。

〔三〕"鐘由"，似當作"鍾繇"。

〔四〕"靡穀"，鈔本作"縻穀"。

〔五〕"窮迫"，原作"窮逍"，據康熙鈔本改。

〔六〕"窮迫"，原作"窮逍"，據康熙鈔本改。

〔七〕"過此"二字後原衍一"此"字，今刪。

〔八〕"父母"，原作"牛母"，據康熙鈔本改正。

〔九〕"駐劄上邽"，"上"字後原衍一"劄"字，據康熙鈔本刪。

〔一〇〕"無能爲"，原作"無聖爲"，據康熙鈔本改。

〔一一〕"欒懷子"，原作"奕懷子"，據《左傳·成公十六年》改。按，此"欒懷子"當作"欒鍼"，作者記憶有誤。

〔一二〕"志定"，"志"字後原衍一"志"字，據康熙鈔本刪。

郭 跋

　　高平畢亮四先生文集十二卷，康熙初，先生門人牛兆捷刊之至四卷而止。乾隆時修《四庫全書》，江蘇巡撫採此未完之本以進館臣，存其目於《提要總目》第一百八十一卷，不知爲全集三分之一也。牛刊四卷本加以圈點，旁批有似坊行時文之式。收藏家多病其陋，而以先生文章奧古之故，讀者往往昧其句逗，藉此尚易卒業。人士之尊仰先生者，仍珍重流傳，不以板式爲嫌也。然名爲全集，其實僅三分之一，則未有人辯之者。或且聞有十二卷抄本之說，而疑牛刻乃擇要簡本，蓋潦草惑誤，垂三百年矣。茲據舊抄足本刊入叢書，舊抄亦有圈點勘，與牛刻大致相符。知當時所據即是此本。今刻悉行刪去，祛俗歧，存雅道也。

　　《西北文集》之名，傅青主所題，其意旨具於青主序中。《四庫提要》糾其分別門户，識囿方隅。余昔撰《五朝古文別集類案》，曾於明代文章發北不逮南之論，而青主之序亦曰："東南之文歐、曾，西北之文不歐、曾，夫不歐、曾者非過乎歐、曾之言，乃不及歐、曾之言也。"青主何曾以西北誇東南耶？散體文字顯然有地理上之判別，蓋自元始。姚燧、元明善、馬祖常、孛律魯种所爲，迥異乎虞集、揭傒斯、黃溍、柳貫諸人。及明太祖定鼎金陵，首用金華諸儒，潤飾文治，而北體遂滅。成、弘後李夢陽、康海，有所不足於開國以來號爲臺閣體者，因遂溯其源流所自，而歐、曾亦見排詆。歐、曾既斥，則蒙古、色目人文氣復出。然而姚、元、馬、孛之爲之也，風土之自然也；李、康之爲之也，議論之矯之激也。姚、元、馬、孛志在八家，不覺其異乎八家耳；李、康高託秦漢，則僞雜不可勝言矣。且其目中初無歐、曾，又何有於姚、元、馬、字？以其生長西北，不能不受地理上指揮，遂無心隱承北統，而大江以南，旋有唐順之、王慎中之效法歐、曾，於是南北文章判別益著。清初李天生貽書朱竹垞，欲使北地、歷下二李先生與荆川、遵巖[一]兩分文柄，其亦青主之意乎？夫古文有南北之異，出於自然，非門戶也。元世南北兩方各有陽剛、陰柔之佳處，明世南爲真八家，北爲僞秦漢，遂覺北絀於南。迨傅青主、畢亮四兩先生崛起，山右北方真古文復出。青主之序《西北集》，固不啻自表生平也。抑嘗考之宜興諸儲，以工爲眉山蘇氏古文名於天下者也，清源縣令方慶尤著。方慶有五子，並傳父業，及官山右，延高平牛月三爲館師。月三即兆捷，畢先生之高第弟子也。時時以本師文集示儲家兄弟。其伯子大文由此心動，棄其家學而學焉。今所傳《存硯樓文集》奧博古健，大異乎江南之文。江南之論文者以爲別趣，而不知其出自高平。然則《西北之文》果不涉於僞雜，即江南豪士有傾心者矣。青主序文正言若反，滑稽疑耀，觀者自不能辨爾。

與畢、傅同時，有祁縣戴先生楓仲所爲古文，亦畢、傅之亞。往年常君子襄刊行其集，多溷入畢文，子襄未見此十二卷足本故也。今既刊畢集，他日繼刊戴集，自當整正矣。至於畢先生古今體詩，聞高平人家亦有抄本，俟再訪之焉。

民國二十五年夏，晉城郭象升跋。

校勘記

〔一〕"遵巖"，原作"遵崖"，據《明史·王慎中傳》改。

馬 跋

　　余與郭允叔君商刊《山右叢書》，五臺閻公資以鉅款。目錄粗定，余問允叔當以何種爲先？曰宜莫先於抄本，而抄本又擇其書之重要者。於是，首以高平畢亮四先生文集付刊。刊既成，余例得爲跋引，而允叔先有一跋，辨論西北名義甚晰，其所未言，余請得而竟之。

　　畢先生世籍高平柳村里，生於明萬曆三十一年癸卯，卒於清康熙二十年辛酉，壽六十九。舉明崇禎十六年鄉試第一，清順治三年丙戌成進士，官至湖廣布政使。傅青主撰集序仍以解元稱之，又曰"吾終惜解元，吾終惜解元"，病其名節不全也。高平前輩司君昌齡曾辨之曰："興朝佐命，半因勝國。公特明之舉子耳，非受恩食祿者比。君子出處各行其志，青主與公並行不悖，世人拘墟之見，非知兩先生也。"余以爲司君尚有所未敢盡言也。畢先生之仕清，蹕刻廉介，不名一錢，酷似永寧于公成龍。當是時，漢人在水火之中，滿政府自命入關救亡，而實以救之者亡之。以戰勝國治理亡國奴，其痛癢之關切與否可知也。于公不忍坐視而出山，而出山又無以明志，故以自古未有之清苦自處。對於滿則操守相形，使之生愧，對於漢則富貴不屑，使之解疑。畢先生之用心，蓋亦如此，而又有一節勝於于公者。方明永曆帝之流轉滇、黔也，制命強臣已不成其爲國矣，而清政府猶不釋然，命洪承疇深入窮追，務以翦滅爲期。承疇謂南征軍後路糧臺當設於湖廣，選擇衆司，謂先生最負才守，特題補湖廣布政使，使給轉運。先生顧念種族大義，惕然不安，一再請辭，不獲命，乃以刀自損其面，棄官匹馬逃歸。此于公所未曾行也。承疇荷一世惡名，而其人亦非無深心者。及大兵臨滇，永曆帝遁入緬甸，承疇忽委其事於吳三桂，告病不前。清政府知其意，袒故君也。以故功蓋天下，賞靳侯封。嗟乎！洪亨九尚存此一綫天良，豈非畢先生有以激發之耶？牛君兆捷作先生別傳，微及此事，而不敢暢言之。司君生乾隆時，文字之獄歲歲不絕，宜乎更不敢言矣。其所以爲先生辨者，但曰"仕清不妨"，而不言先生雖名仕清，仍不忘明，猶王猛沮苻堅伐晉也。吾聞當時士大夫有一公例，曰："爲漢族苦百姓出仕，可；爲滿洲新皇帝出仕，不可。"陸清獻公爲爾時第一醇儒，猶守此義，況先生乎？若夫青主之言，則又最上一義也。畢先生不能持最上一義，故青主以爲可惜，然而不失第二義焉，青主所以終敬之。允叔跋辨先生文章，余跋辨先生名節，皆以青主一序之故。青主誠天下第一流哉！

民國二十五年七月中旬，晉城馬駿跋。

梅崖文鈔
附梅崖詩話

〔清〕郭兆麒 撰
于紅 莫麗燕 點校

點校說明

郭兆麒（1741—1790），字冀一、麟伍，號梅崖，清代陽城縣（今屬山西）懷古里人。乾隆三十三年（1768）舉人，以大挑授樂亭知縣，政聲卓越。調密雲知縣。乾隆東巡，以事稱旨，擢滄州知州。梅崖才氣發越，制藝、詩、古文，如天馬行空，不受羈勒。詩於近體尤工，五律沉雄、挺秀，格律氣魄、煉字琢句一以少陵爲宗。乾隆五十六年（1791），與張隽三、陳金門、張禮垣結詩社。梅崖故后，鄉人仍傳誦其詩。著有《梅崖詩鈔》、《梅崖詩話》、《梅崖文鈔》。

《梅崖文鈔》收論、記、傳、銘、序、跋計五十一篇。《梅崖詩話》既有梅崖自己所作詩，亦有名人詩句鑒賞，同時也有評論寫詩之技巧及虛詞、對偶、典故之用法等，是其對詩歌評論理解的總結性著作。本次點校整理以民國年間刊行之《山右叢書初編》本爲底本，按郭象升《山右叢書初編書目提要》（1936年太原成文齋印）著録，此兩底本之原本爲"據舊本排印"者，但不詳此處所指"舊本"爲何本。目前國内各大圖書館所藏者，也未見有《梅崖文鈔》、《梅崖詩鈔》之鈔本或刻本。

按同治《陽城縣志》之《梅崖先生小傳》云"著《梅崖詩文鈔》"。但我們現在能見到的，除《山右叢書初編》中收入的《梅崖文鈔》、《梅崖詩話》外，目前國內外尚未見到《梅崖詩鈔》的任何版本存世。

三晉出版社2010年4月出版的《陽城歷史名人文存》第七册收入的延君壽輯《樊南詩鈔第一集》中收入了"郭兆麒小傳"和他的八十一篇詩歌作品，至於這些作品的來源，延君壽曾言："嘉慶甲午，余客澶淵官舍，其嗣君（郭兆麒子）縅以其全集，丐李載園刺史爲之序，因得發而讀，綿密之致，卓然可傳，數盡收之，以公同好。"此延君壽當時所抄録者，殆《梅崖詩鈔》之全詩集也。

梅崖先生小傳 同治陽城縣誌

　　郭兆麒，字麟伍，懷古里人。孝友耿介，博學工詩。年十四應童子試，時功令始加排律，蔣時菴學使擊節嘆賞，許爲"三晉詩人"。乾隆戊子舉於鄉，以大挑授樂亭知縣，政聲卓越。調密雲，縣孔衝繁，去古北口百里。會聖駕東巡，以事稱旨，恩獎賜緞，擢滄州刺史。所任皆水陸要衝，民刁盜熾，兆麒寬嚴交濟，舊俗更新，奸民滅迹。後因事罷官。著《梅崖詩文鈔》。

梅崖文鈔

楚成王論

《傳》載：楚太子商臣以宮甲圍成王，王請食熊蹯死，不許，卒弒之。君子曰："甚矣！"夫商臣之惡，抑成之有以取之也。商臣蠭目豺聲，成爲其父，而不早知之，固以異於子文之於越椒，向母之於叔虎矣。及立爲太子，乃圖所以廢之，廢之易易耳！古之決大疑定大難者，其謀預於善密，而其功成於能斷，不斷不密，禍滋甚焉。

霍光之廢昌邑王也，雖其立且八十日，一旦以太后命召而數之，昌邑從官至五百人，卒不能爲變，況於商臣之位未定，而其傅又止潘崇一人乎！且潘崇之傅商臣，成使之矣。崇與商臣日夜所以圖立者，未遂，出於弒逆之舉也。惟成也，猶豫不決，而使立職之言洩於江羋，然後二人者得相濟以速其奸。且江羋何人也？羋，成之妹，而婚與江。女子已嫁而反，則兄弟弗與席而坐，同器而食，而況得與廢立之謀乎！廢立，大事也，而成乃使江羋洩之乎！謀之而洩之，雖士大夫有所不免，而況於婦人女子乎？昔者鄭伯患祭仲，專使其婿雍糾誅之，糾洩其言而見殺於仲，君子不以爲雍糾惜者，謀及婦人，禍固然也。向使成之謀不漏於江羋，商臣與其傅逆謀雖成，猶將觀望遲回而不敢發，終成之身無劍刃之禍，未可知也。雖然，商臣，忍人也，崇鄙夫，濟之，一旦不得立，其心必不能降。成即倖免，未知職之死所矣！嗚呼！孰料其禍之及身且慘毒如彼哉！《易》曰："君不密則失臣，臣不密則失身，幾事不密則害成。"《書》曰："惟克果斷，乃罔後艱。"人無自艱，而自害哉！

論郤克

鞌之戰，晉郤克以師出，致魯衛之援，追北至齊，頃公僅以身免。君子曰："郤氏其汰乎！幸而後亡。"禮莫重於君臣之際，而仁莫切於父母之情，違是二者，必將及焉。夫克之忿，止於身而已。笑者，婦人也。齊則無禮，於我乎何傷？不能自克，卒以煩國。君寔有國，而擅兵以擾之，人孰威君？且齊晉等耳，誰非臣子？而曰："必以蕭同叔子爲質。"善哉！齊君之母，猶晉君之母也，晉君之母，亦齊君之母也。齊有人哉！克誠屈其言，不得已而聽之盟。藉使賓媚人者，無人服其心，克將不以師退耶？將待齊之背城借一耶？不然，又必得蕭同叔子而質之耶？是克快私仇之釋，而晉受不義之名也。嗚呼！其戰也，克尸之；其盟也，克專之。還玩二國之君於股掌之上，克之無禮不仁焉已甚矣！夫爲人臣有奸君之罪，而冒無厭之寵，其將何以自堪？終景之世，幸免於亂，至厲而攻殺其族，三卿五大夫一朝俱滅，此禍也夫。

伍胥論

伍胥者，始仕楚，繼仕吳，佐闔閭有功，夫差立，以讒誅。君子曰："伍子胥，忍人也。"忍將不堪，故讒亦誅，不讒亦誅。惟有德者，能以忠厚服人主之心。不行不義，德之基也。不爲已甚，厚之道也。夫子胥者，臣事吳久矣，自夫差爲太子時，已稔知其爲人矣。何則？胥於楚，君臣也。父兄爵祿於楚，祖宗血食於楚，一旦楚誅其父，逃之吳，日夜思報楚。其君殺其父，而仇之可乎？《傳》曰："殺人而義者，令勿仇。"又曰："父不受誅，子復仇可也。"二說者，皆非施於君臣之際。胥即痛其父不自克，屏居他國，終身不面楚，於義安矣！而卒鞭平王之尸，不已甚乎！其始至吳也，勸之伐楚，不聽，乃進專諸太子光，卒殺王僚。一家之際，骨肉之間，苟有變，仁人君子維持調護之，庶其有濟也已。爲其父報仇而推刃他人之父，無罪而致之死地，胥之出此，則誠何義哉！方是時，闔閭特利己之立，故終聽胥之說而從其請耳，且安知夫闔閭之弒而立也，果德胥以爲忠於我乎？不隱薄胥之所爲乎？藉使其一出於悔，必曰："人快其私，而使我被殺骨肉名，是愚我也。"不怒則疑矣。故胥之見殺，在夫差之世爲已後矣。彼夫差者，特以愎諫甚之耳。晁錯之誅也，釁由居守；而霍氏之族也，禍起驂乘。向使子胥不預弒僚之謀，不爲仇楚之舉，而加又有功於吳，使其國日以強大，則夫子胥者，吳之社稷臣也。夫差方高其義，而信賴之，猝有大故，恃之以爲安，伯嚭雖佞，且得而讒之哉！子胥之奔吳也，楚之追且至，江中父老，哀而渡之。父老而忍人也，胥其禽矣。然竟以是得脫而用吳以成其忍，死於鴟夷，可慨也夫。

季友論

公子友藥殺叔牙而立般。慶父亂，奔陳，卒定於僖公。《傳》言："成季有誅叔牙之功。"而吾以爲成慶父之禍也。季於莊公，君臣也，叔牙，兄弟也。至尊莫如君，至愛莫如兄弟。莊公疾，曰："吾即不起，當誰立？"牙曰："慶父可。"季曰："是將爲亂乎！"夫叔牙之亂未成也，當是時，季果力言慶父不當立狀，牙未必不悟。欲莊公不疑也，且欲全牙之生也，逃之可也。子般將終立，何論閔公？不然，而以他事誅牙，泯其迹，若不知有慶父之事者；又不然，而牙即誅，亦有所爲，安置慶父之法，將不得因緣以成其奸。羽父求太宰隱，不許，反譖於桓，以有鐘巫之禍。繆公之疾也，莊公馮出在鄭，而卒弒殤公者，馮也。叔牙死，共仲不自安。般雖立，不啻羽父在，與馮之出居於鄭。異矣！有共仲爲之羽父而不若莊之居鄭。般雖欲不爲隱與殤，得乎？且般之弒，季奔陳矣。魯人歸獄，因圉樂，而季之反也，不加討於共仲，使共仲得賊閔於武闈。武闈，猶黨氏也。其因卜齮，猶其使鄧扈樂也。叔牙以一言殺其身，而共仲以弒二君緩其死，且叔牙之罪較共仲孰著？季能討於叔牙而不能弭共仲之惡，弒般已甚，又聽其賊閔而奔莒，而後求諸莒以討其罪，然則季之失賊已久矣。晉靈爲無道，趙穿弒於桃園，趙盾行未越境而復。史狐書曰："趙盾弒其君。"況般與閔不若靈公之虐，而季乃效盾之爲乎？季早有以備共仲，宜無賊般之禍，禍般矣，當不至再禍閔，使般、閔卒不免，則季之過。而死一叔牙，復有一叔牙之惑也。雖然，季實賢且甚，乃心公室，間於兩社，其後子孫日以大，宜哉！

吾之說《春秋》，待賢者意也。或曰："當是時，共仲不可易誅也。"或曰："季之力不足也。"

韓信論

吾讀《史記》，至淮陰侯信辱於胯下，未嘗不歎其能忍恥，以功就名也。夫淮陰者，豈真不能手刃其人以雪此恥耶？彼以爲辱我者，少年耳。百煉之劍淬其鋒，將有所試焉。如以尋諸小物，雖其鋒未至立挫，其爲劍固已褻矣，故信之不殺少年，信之卒滅項羽也。雖然，使信以此心處功名之際，當自不及於禍，夫少年之辱信，與高帝之臣信，尊卑貴賤長幼之勢可知也。信之辱於少年，與臣於高帝，屈伸顯晦之不同，又可知也。信能忍小忿於窮蹙之頃，而不能弭覦望於功高之日；能甘恥辱於市井之徒，而不能受約束於君臣之際：爲信者，其有矜心乎！

夫人必有不忘貧賤之心，而後可以居富貴。方信之餓而食於漂母也，甚矣憊矣，且食且謂曰："苟富貴，當千金酬汝。"母曰："吾哀王孫而進食，豈望報？"夫漂母者，猶能卻千金之報，不忘貧賤之素。而信一旦誅項氏，其意怏怏，若沛公之酹我薄者，智反出漂母下矣。信之破齊也，以假王請，高祖怒，用子房言，遂王以齊。其後，高祖急於滅項羽，信等兵不至，使人言多與之地，信乃與彭越報進兵，信之矜心勝，莫過此矣！高帝之疑信而欲誅之，斷在此時矣！夫人臣爲其主立功，而以地與爵要之，已使其主不能堪矣。故其後雖無告變之言，亦及於禍。范蠡爲越謀吳，吳滅，勾踐裂地以封，去之海上。汾陽之復兩京也，賊破釋兵權，以聲妓自娛，人主知其無他志。信不知出此，痛自抑損，無忘困阨之辱如遇少年漂母時，卒以誅滅，宜哉！雖然，漢之并項氏，信之力居多，天下已定，不能免信以死，而激之變，信之目亦將不瞑也夫。

陳平論

陳丞相平之爲高帝六出奇計者，何其陋哉！彼以譎智之術，嘗試於傾側擾攘之時，故高祖用其謀輒有功，然非大臣之道也。大臣之事君也，以守經行道爲心。其所講明者，君臣、父子、夫婦之倫，一有不當，則危言正論以争之，不從，則以死繼之。其養其德性也，如春和之煦草木；其折服其邪心也，如炎火之炳飛蓬。使人主有所憚而不爲，然後可以夷禍難而靖國家。方高帝時，君臣、父子、夫婦之間，可謂危矣，强將跋扈於外，悍后把持於内，帝意又欲易儲而立愛。爲陳平者，宜取夫聖賢之所以積誠感動者，教高帝以仁義忠信孚於内外，明禮樂法度名分之大以正之。使夫帝之所爲，暴之天下而不疑，傳之子孫而無弊。而平也，進僞遊雲夢之策，憚高后之威，而畏吕嬃之讒，廢立一舉，向微留侯致四皓，是平無一策也，而可哉！高帝之視平，特用以濟一時之利害，而平自視，亦不能爲久遠之計。委蛇再世之間，區區用其術以求免於讒譏，而何足以定大事哉！或曰："勃之誅諸吕，平與有功，平何爲不足定大事耶？"平之功，因勃以成者也。使平能安劉氏，帝之語吕后也，兼言平而不專屬之勃矣！且諸吕之王，王陵不可，平曰："可。"幸而産、禄皆庸才，猝不能發大難。不幸諸吕中而如新莽其人者，平以假之羽翼而工之矣！又不幸周勃先吕后而死，平雖智，北軍可得而入耶？觀平之讓右丞相，固自以功不及勃，而曰："我多陰謀，終不能復起。"平爲人亦大略可睹矣。夫子稱齊桓公正而不譎，晉文公譎而不正。桓公所用者管仲，召陵、葵丘諸役，皆尊周室，明大義；而文公之臣，如舅犯輩，率導其君以苟且一時之利，故晉之霸業不如齊。吾於陳平亦云。雖然，平輾轉楚魏而卒歸於漢，終始全功名以保其身，平之智亦不可及哉！

李廣論

太史公傳李廣曰"數奇不封侯"，以爲廣惜。愚謂廣銳於立功名而不識進退之宜者也，故侯不可得，禍且隨之矣。夫君子之抱其才以用於世，有用我者而竭力以效其用，生死以之，宜也。我有用世之才，而世不我用，或用矣而不盡，雖强起爭之無益，祇取辱耳。廣自少以善射名，中實信於士大夫，而士卒樂其簡易。至匈奴號爲"飛將軍"，數避其鋒不敢近，而聲名亦足聞於後世矣。如以侯也，廣弟蔡，爲人在下中，不及廣遠甚，而得侯。侯，又足爲蔡重耶？則不侯，又足爲廣輕耶？廣嘗從亞父擊吳楚，軍賞不行，雁門之役，且重得罪。夫出死力以邀尺寸勳，而當事者格沮之而遏抑之，是亦不可以已乎，奈何其數自請於衛青擊匈奴時也。青，鄙人，武帝踞廁見之，而奴隸畜之矣。度青之當匈奴，其用兵出奇致勝之方，視廣不啻倍蓰。帝不遣廣而遣青者，青方有寵，不欲令戰功出廣下，廣即請行，安知青不陰忌廣之能而顯沮其成功？故徙廣出東道者，所以誤廣也。廣年已六十，平所斬獲首虜不少，然尚不能邀一賞於論功之餘；即令無失道之狀，又能因而侯之耶？嗚呼！廣可謂不知退者矣。馬援之據鞍也，有薏苡之謗，而子儀之釋兵也，爲聲妓之娱。向使廣屏居藍田時，從容射獵，以終其身，廣固無傷於不侯也。卒爲小人所誤，以自到而莫之救，哀哉！

申韓優於老莊論

　　學者生三代聖人之後，苟有心乎當世，則無務爲不可幾之論，以與天下相難。天下之患，莫大乎高道德之名，談性命之元。竊其似而亂其真，以清淨無爲爲治天下之本，而不知其將廢然而返也。古之君子，其學始諸格物、致知、正心、誠意以修其身，而後舉而措之國家天下，於是有禮樂、法度、刑政之施，綱舉目張，百姓革面革心，天下稱治。及其後世，風俗不古，盜賊充斥，自求治者，操之太急，以期旦暮之速效，而申韓之術由此興焉。説者以爲刑名不如道德，以是進老莊而黜申韓。吾意申韓老莊，皆亂先王之治，顧申韓之害小，不若老莊之害大也。天下不能百年無治亂，人心不可一日無是非。無治亂，是無氣數也；無是非，是無人心也。所貴乎人心者，謂能以是非挽氣數之窮。當其未亂，君臣、父子、夫婦、長幼上下之辨，昭昭然白黑分，不相奸瀆。一但蘖起微茫，事變中乘，蠹倫干紀，實繁有徒。爲之聲其惡，明其罪，庶其悛也。嚴刑酷罰，置諸斧鉞鼎俎之旁。嘻，甚矣！民不堪命矣。然賴其法而使怙終者不敢逞，然後穢惡除，穢惡除然後善類安，何者？治令密而是非存也。老莊之學，以爲天下不足治，剖斗折衡，求爲太古之無事。倡齊物之說，舉一世之是非而昧没之。彼其有輕棄天下之心將廢，而君臣父子之道、夫婦長幼上下之倫，冥然罔覺。以飲以食，三綱淪，九法斁，廉恥喪於日用，人道同於牛馬，嗚呼！此大亂之道也！不有申韓，吾烏知其禍所終極哉！嗟乎！天下固大可爲也，含生之衆，心知愛敬之良，未嘗絶也。古先聖王教化涵濡之澤，未嘗息也。有國家者，權本末緩急之故，明是非淑慝之防，皇極以鎮其浮囂，禮樂以化其偏陂，刑政以鋤其強梗，文綱日疏，民氣安樂。申韓之徒，方且爲盛世之罪人，夫安見其優於老莊也。

申生荀息論

晉獻公惑驪姬，用其讒殺申生，國以大亂。歷惠及懷，至文公而始定。嗟呼！驪姬信階之厲矣！彼申生、荀息者，又果獻之孝子、晉之忠臣乎？夫申生，太子也，儲位已定，宗廟社稷之靈將於是乎賴，一旦以姬氏故，欲殺之，父而欲殺其子，此人倫之至變而晉國之不幸也。曾子大杖不走，孔子譏之；《小弁》之怨，孟子以爲仁。申生當是時入自明也，不斥言姬氏，而但以獻胙六日爲詞，公未必不悟，即不獲已，爲蒯瞆之奔，不庸愈於陷其父殺子之名乎？且狐突之言，不欲申生爲吳太伯乎？舜脫浚井之厄，而魏顆不從亂命，歸胙之讒，與浚井同，而姬氏之惑與亂命何異？爲申生者，可以無死矣。申生死而重耳、夷吾滋無以自安，然後奚齊之立愈堅，而晉之禍愈不可解。荀息者，奚齊之傅也，息於公宜無不可正言者，抱尾生之信，區區以自致於君，彼豈亦度其事之有成耶？方其時，申生死，重耳、夷吾出在外，秦莫大與國，內有里平之徒乘間伺隙，以勢揆之，奚齊之不能一日自固，亦明矣，況乎其本不當立耶？古之大臣，受其君顧託之命，必深明其嫡長順逆，名分定，然後可以復人心。使獻公寢疾時，息爲從容言太子冤，故死者不可生，召重耳、夷吾，擇長且賢者立之，姬之言將不入，奚齊、卓子亦當其終身不失富貴。計不出此，而三怨繼作，輔以秦晉之謀，喋血衰麻，君臣俱死，嗚呼！荀息可謂狥私而遺公，拘小信而不知大體者矣。後之爲人臣子者，死而有益於國也。死而無益於國己，全小忠小孝之名，而使君父被天下之大惡以終，謂之何哉？

太宗納武氏論

唐太宗嬖武氏以致亂，不再世而國步淩遲，子孫塗炭。嗚呼！

英主猶若此，況其下乎？夫太宗非不念武氏之亂也，溺愛甚則蔽其明，姑息久則庇其奸。彼以爲女子婦人，終不足舉大事，故附會其説，以遷誅於疑似之人，姑以解羣臣之惑，杜天下之口，而不知其中實自欺也。且武氏狐媚久矣，太宗而英明善斷，毅然若晉文之於南威，漢武之於鈎弋，誅一女子而天下安，雖無讖書之言，不害爲屏色寡欲延年益壽之計，矧明明號稱女王武王者乎？太宗嘗誅羣雄定禍亂，甘心於建成、元吉矣。夫力足以制敵國，而不能以制内變。能忍於兄弟之親，而不能忍於後宮之才人。貞觀之治，至是亦少衰哉！常人之情，苟其所隱忌者，偶觸於所見聞，則怒且疑。曾太宗之智而其心獨不悟爲女主者，當即武氏其人也。武氏日侍左右，而動於其色，終不欲信讖言而求小過以除之，噫！亦惑之甚者矣。卒也鴆王后，殺高宗，遷廢盧陵王，而殘遂良、無忌等，唐之不亡，亦幸耳！彼太宗者，亦不意其禍之烈至此極也。嗟夫！自古女色亂人家國，何代無之，雄才大略如太宗，而使武氏得以肆其毒，而披猖其鴻業，而又非其心實不知有武氏之號者，故溺愛之害大也。

小智論

天下之禍變積於無形之中，而出於所備之外。轉移而不可常，盤錯糾紛而莫可窮詰，雖善趨避者，防於已然，不能防於未然。非不欲防也，變之中又有變焉。不得其道以靜鎮之，則利害有權而吾心無主，故往往坐困。古之稱大智者，有高於天下之識而有小於天下之心。其所周詳者，愚夫愚婦之所共知。自床第燕私不敢忽，一話一言不敢輕，其審機也微，其慮患也預。是故其應天下事也，若觀火，若治絲，若江河之注於海，若駿馬之騁於康莊也。夫心之爲用，易發難收，斂之且不遑，奈何其持之也。嗚呼！吾悲夫小智者之以聰明自誤也久也。遇一事則曰："我能是。是無足爲我難者。"其才華足以佐其佻薄之具，其學問足以資其執拗之習，彼其坐井觀天，以爲天下之人，皆莫我若也。君相戒輕獧之失而不悛，師友進藥石之言而不聽，一旦變故中起，他人所引避不前者，而甘心蹈之，身敗名滅爲天下笑。故街亭之役，殺馬謖者馬謖，非武侯也。荒谷之縊，敗莫敖者莫敖，非羅與盧戎也。《傳》曰"人皆曰予智，驅而納諸罟獲陷阱之中，而莫之知避"，其是之謂乎？嗟夫！天下大矣，事會多矣。君子不必有逃禍之心而手足皆安，小人何嘗無擇福之智而危機常伏。夫其師心自用即終免於禍，猶非有道之所取也。且師心自用而果免於禍，則亦計之得者矣，雖然，有是理哉！

論鬼

世俗所謂鬼者，即之無形，聽之無聲，然則無鬼而已。或有若見其形，聞其聲者，率怪誕恍惚不可信。即有之，吾知其爲鬼也。夫鬼者，何以云怪誕恍惚而已矣？鬼之爲鬼，吾知之，不鬼者之爲鬼，吾惡乎知之。然則怪誕恍惚者，鬼耶？

保陽菊記

余需次保陽，館舍寂寥，日益無事，性愛菊，得數十本，置之階除，時觀玩以自適。保陽地不產名菊，南北種佳者絕少。園丁畦叟，業是爲生，培植灌溉之勤，動逾半載。及其花時，爲有力者攫取殆盡，故雖有佳種，支離不中蕊而賤其值以市於人。余之僦斯土也，菊凡再花矣。菊猶是菊，而吾猶是吾也。以吾視菊，其枯稿似之，淡泊似之，而菊與吾若舊相識矣。噫！造物無私，萬物皆育。春夏之交，紅紫爭妍競秀而菊不與，吾惜其花之已後也。然風霜高潔，百卉俱盡而菊巋然獨在，吾尤感其雖後而不能勿花也。夫菊者，不爭榮，榮莫久焉，於保陽乎何擇？筆之以貽好事者。

穆家峪登高記

穆家峪去九松山不數里，九松山乃有松數十百株，而穆家峪諸山環顧無可蔭者。重陽後七日，得峪旁高埠上有孤松如車蓋，與友人張菊知，名錦，邑誌有傳。步其巔，席地列坐。秋風四起，空谷響應，鴻雁拍拍沙渚間，北望塞上羣山，龍蟠虎踞，王氣所鍾，煙嵐改色。山下大道平如掌，秋柳疏黃可愛，車馬冠蓋，雷轟雲屯，驛使往來，不絕人煙，村落雞犬相聞。蓋大聖人居中御外，聲靈丕播，太平百年，生齒殷繁，登陟之餘，甚可壯也。先是，九日爲菊知初度辰，余以詩約擬登高，效龍山故事不果。至是酒酣，菊知爲余言：「天子勵精圖治，清蹕巡方，未嘗倦勤。吾與子不能爲行秘書，侍輦鑾而備顧問，又不能效羽林虎賁之士，荷戈執戟，奔走前驅，徒以尸位苟祿，山林當笑之矣。若其藉口白雲，假途青嶂，進無補於時，退無得於己，逃名藏拙，亦無取焉。」既聞菊知言，爲蹶然興，罣然望，各浮大白立盡。會日暮，逡巡下山，策馬去。

遊白龍潭記

白龍潭在密雲之東北，連峯疊嶂，巨石亙數里，淨如拭石。上三潭水淙淙如瀑響，傳有龍神其中云。乾隆己亥，上以三輔旱，命廷臣走禱，甘霖輒大沛，出內帑萬金，廟而祀之。落成之日，躬詣行禮，賜額、賦詩有加虔。甲辰秋九月，上由木蘭旋蹕，某與友人張菊知同役道路，舍九松山下，得時時握手爲詩酒歡。工稍竣，訪於土人。九松山，距潭二十里許。取道戒僕馬亂流行村落間，御路故在焉，而草穢不治。蓋雨暘以時，年豐人樂，不以事祈禱而勞警蹕也。既至潭所，水澄澈可愛，中有洞門隱隱，窈然深，黝然黑。余與菊知跪禮焉，莊視良久，有物如蚯蚓寸許遊水際，既没復出，凡再三，其色白。寺僧爲言神龍變化現相，不可端倪，遊客亦有不見者，見則稱瑞。今其是耶？非耶？僧言可信耶？不可信耶？潭左右山多青松。晨霜既肅，雜樹黃紅，怪石壘壘，皆有蘚苔，石可化羊，其兩工之説與吾晉名山號最多。

往昔家居析城、王屋間，與菊知足迹殆遍靈藪奧區，如兹兹者，所在多有，其中未嘗無神物焉，以興雲雨而澤蒼生，顧第去長安遠，不得聖人目睹而寵異之，潭固有幸不幸耶！

妹停傳

妹停年十六，未嫁亡。麒爲童子時，讀書在傅，里有賽社，不得一就觀，囑以母命召。當是時，妹始六歲，趨而往，道謂麒曰："兄所爲者，先生則誅不及矣，而以諱吾母可乎？"歸，具以實告，母責以逃學，奪之食。妹竊病之，所得棗栗則以分。稍長，女儀既嫻，婦德斯講，及病且死，痛與母訣，以母之遂衰也，淚澪澪下，飯三含而不瞑。久之，家人告以若兄已成立，若妹且長，即若不侍無傷，乃瞑。妹殁之九年，麒客於外，不得養老母，居常自念生平骨肉長逝者幾人，妹爲不幸，最早夭，其存者窮愁顛躓，又不能時相聚，蓋可悲也！爲之傳以書感，他日將刻石識其墓。

仲兄傳

仲兄諱兆龍，字乘六，早亡。亡之十四年，麒客河東臨晉，常夢見之，既益追悼不已，乃書其軼事。兄少穎異，善讀書，塾師器重之。年十三，攻《治安策》，不數遍輒能成誦。家有藏書數百卷，手自校讐函諸櫝。事吾母，深得歡心。母嘗有痰疾，减飲食，兄退而涕泣，亦不食。麒時幼稚在旁，戒勿令母知也。叔母李病且死，遺一女，未笄，愛之，諸子侄侍，屏弗與言。夜分，召兄謂曰："吾死而善視若。"兄泣而受命。後，女且病，惶恐走諸醫，竟夭死，頓足痛呼，恨不終叔母命也。麒年十四，補博士弟子員，稍怠於學。兄顧而嘻曰："若今不讀書，及吾年，悔且晚。"遂導以爲文章屬詞賦，知音韻反切之學，至於今，勿敢忘。自兄之應童子試，有文名，連黜於學使者，方痛自刮磨進取，然竟以不列於庠，鬱鬱賫志以歿。歿之日，弔者皆失聲。兄平生性仁厚，接於物，未嘗有厲色。兄無子，卒年二十四。始吾從兄同學時，少仲兄六歲。觀其所爲文，吾夫子亟稱之，然多不能盡解，聽其言，少甘語，蓋未嘗一日不戒麒怠荒也。天不假年，卒以無禄，傷哉！況爲兄弟間者耶！

田秀厓傳 名克岐，見《六硯草堂詩集》註

田秀厓，寒士也。然有心計，多才思。十四五歲時，以家貧，出門爲人傭算，不合，則辭歸。就童子試，冠其軍，遂攻舉業，應制科。尋以書記展轉客人廡下，雖闒冗，未嘗廢詩書。筆墨之暇，留心繪事，尤工山水，得米黃遺意，窮益不自聊。從余遊，乃更爲文章，學歌詩，皆駸駸可造就。然體素癯弱，學稍苦則委頓。丁酉有湖北之行，越二年，以疾歸，卒於家。秀厓生平歷郡州縣幕，所得貲以養母，恐不贍。及客夢澤，主賓相得歡甚，瀕行，贈遺以千金計，歸購山田數畝、書齋一，置花木魚鳥其中，意甚樂也。然竟以不永年，惜哉！由是觀之，生而嗇不庸愈於死而豐乎！使其尚在，所習日以精老，客湖海間，當有知之者。

楊西筠先生傳

楊西筠先生既歿之十九年，門人某官畿輔，以天子幸木蘭，馳驅在道，與同年張清豐語，屈指吾陽詩人及某所以業詩之由，

则慨然念先生不置，而痛其子孙之微，旧业之尽，后将湮没而无闻也。曰："嗟乎！如先生者，安可以无传？"传先生而无其人，则责将安辞？先生讳维时，字正斯，西筠其号。少以能诗闻，受知泽州王司空，以青衿入太学，试京兆，不第，乃绝意科名，肆志山水间。嗣因坠马伤足，蹇於行，益键户不出，为诗酒以自娱。某年十四入郡庠，先生奇之，导以诗为讲，去其是非，得句则称赏不去口，其乐为后进从臾如此。先生工诗，六十年无虑数千百篇，同里明经卫周辅，慕先生之名而乐从其遊，出赀以先生诗授梓，皆先生所手订者，得十之二焉。嗟呼！自古文人学士，积毕世丹铅著书立说为文章，其能以手集付剞劂，生前行於世者，亦罕矣，顾先生犹及见之，第未告竣耳！先生生平，忠厚长者，晚年卧镜山堂，朝夕手一编，洛诵之声闻於外，盖老而不衰，卒年七十四。二子：曰璠，曰璨，皆诸生。孙四人，如栋者，亦入邑庠。自先生之殁未数年，璠与璨相继以死，诸孙惟如栋在耳。卫周辅者，不知其若何所为，锓先生诗板依然无恙否。而余以薄宦匏繫沧海上，去吾阳二千里，消息不时至。呜呼！三十年来，人事变迁，抚今追昔，岂不伤哉！既与清丰语，乃为之传。他日访先生之孙如栋，而裒集其散亡，以复於清丰先生者，庶其有传也夫。

吕益斋先生传

先生好学而能文，尤矜廉隅、厉志尚，年七十二，以明经终。少日应科制，不第，则绝意仕进，授徒讲业，益务博极羣书，出虚怀以相折衷，遊其门者甚众。家故贫，先生乃绝口不言贫，布衣蔬食，咏歌以自乐。与人居，终日温温，如不能语，语必为谆且尽，时论归之。往余家居，与先生同里，又以戚故，往来过从无虚日。每於酒间，出诗文相示，一字未安，则反覆辨质。兴酬，縱談古人成敗得失及學者持己立身之道，以謂士先德行後文藝，不當僅以文人才子自命，抵掌擊節，鼓三下不休。及余來官畿輔，數作手書見貽，勉以清慎勤惠爲居官之要。其目曰："戒暴怒，慎語言，禮耆宿，勵後進，勤農桑，恤煢獨，省刑罰，敦節儉，禁左道。"累累數十言，不能悉載，皆切中余病，而仕宦所當佩服者。嗚呼！先生雖不獲遇於時，長爲明經以終老。彼觀其用心，非漫不關當世之務者，己不及爲而拳拳望效於人，而或且以道學迂之，誣矣。余之就先生別也，先生酌余，慨然自傷感，以爲髯白齒衰，恐旦暮入地不相見，屬余銘其墓。壬寅，余攝隆平篆，會先生卒而葬期迫，竟不果銘。先生姓吴氏，諱與橋，字松伍，號砥山，一號益齋，世稱益齋先生。一子名履和，增廣生，讀書績文，亦能世其家。

田楚白墓誌銘

吾友田楚白卒，余既序其遺詩以傳，傳不傳未可期。顧世無知楚白者，於其葬也，乃更哭而銘之。嗚乎！君蓋溫溫篤實君子也，在吏部退齋公時，君數見愛重，侍左右。退齋公爲君從祖，立朝持大體，平生不妄許可人，而田氏子弟十餘輩獨器君。衛荀二曰："楚白事其父孝謹，待其弟讓，田廬服食器用不爭。"荀二與君居相鄰，交以髫卯，言良信。其接於物也，寬而有度，能容忍，不論議人長短。其於所友善，數眷眷同憂患，爲籌畫處置，即有屬未嘗辭。蓋不獲遇於時，早罷科舉業，築室種樹以詩老。田氏吾陽巨族，自前明來，簪纓累累相望，世以文學顯，功德在朝廷，其子孫宜有達者。以君之才，使其得志當世，出入掖垣，簪筆視草，當以鼓吹風雅，鳴國家之盛。惜也，困於諸生，而使爲山林草野芒鞻布襪以終其身。然君疇昔故安之，其形諸詩也，未嘗擊唾感慨，爲抑鬱無聊不平之氣，哀弦促管之音。蓋其天性敦厚積於仁孝者，藹然三百篇之遺意。世徒見其詩之工而不知其所爲詩者，本原有自來也。先是湖湘石石田爲君傳，美其詩，惜其不遇而嘆服爲人。石田既生傳君，謂余曰："楚白必壽，蓋其和平淡泊，不爲外物精暴，而又強飯健步。"今年五十七矣，嗚乎！孰知其止於是乎。君諱玠，增廣生，娶某氏，子三人。卒以乾隆年月日，葬以年月日。苟二初與余交以君故，家貧親老，近客甌閩間。石田試禮部不第，留京師。君之卒也未訃，二人者固以君無恙也。悲夫！銘曰：廬陵有言，非詩窮人，窮而後工。傷哉楚白，其詩其人，其工其窮。蓋鍾子期死，吾誰與歸？涕滂沱於高山流水之中。

賈漢奎墓誌

君姓賈氏，諱爲煥，字漢奎。辛巳，余訂十子社，兄事之。其明年壬午，君舉孝廉。又十年壬辰，成進士。又十三年癸卯，余授永之樂亭令，而君爲選人來京師。甲辰春，輿疾出都門，時天子南巡，某役在涿鹿，鄉人道涿者，爲述君病狀，迫公事，起居未能也。然君竟以是年月日卒柏人邸舍。嗚乎！君蓋學豐而命嗇者。世居吾陽之福民里，祖、父皆有文名，九歲而孤，母田太孺人躬紡織以鞠君，勉於學，嗣補博士弟子員，舌耕爲色養，汲汲不逮。爲文章春容涵演，醇然後肆，鄉前輩器重之。自吾社攻舉業、應制科者，率就正之。既雋兩闈後，苦心研究《左》、《國》、《史》、《漢》諸書，貧且甚，不以輟。嘗館某公署，不合，以母喪辭歸，某爲謝焉，固請終不往。曰："貧，吾分也，奈何苟且依違爲哉！"余之任樂亭也，君遺書勸興學校、課農桑，無介介於地之遠近、事之煩簡。及來京師，約得選不時，則迂道五百里相過觀視吾所以治樂者。其留心吏術如此，當以文學經濟出爲良有司，而孰知其不果施於世耶？豈君之窮固有命耶！將斯人不得食其福耶！君年五十一，以甲寅九月二十日生。君夫人先君五年卒。子二，長萬璽，入邑庠；次尚幼。先是君客京師，萬璽意君斧資不繼，貸金北上，遇君柩於路，號慟扶歸，路人爲哀之。嗟乎！父子之際，天性相感，君以喪歸，而萬璽爲君子，適會若奔焉，是豈偶然也哉！君生平所讀書及所爲文章，故在也，不得於其身，將在其子若孫矣！

王母柳恭人合葬墓誌銘

辛丑秋，余以公事道柏人，訂交邑尉王立夫，得悉其家世，而登堂爲其母恭人壽。今年八月，立夫以書及訃來，則恭人歿，將合葬其父西谷公，而請銘於余。按狀：西谷公先世，山左新城人，有宦甘省者，以兵戈塞道，家於蘭。公曾祖某，起家寶應令，守尊義府。祖某，教習，知縣。父某，由渭陽教諭知直隸遼州，卒於遼。公反櫬無力，遂籍焉，以廬墓終。公少而穎異，長益好學，治《春秋》、《左》、《史》，應制舉，不第，以國史館纂修敘縣令，病未赴。嗣以軍功敘觀察，補刑曹正郎。生平多隱德，賑人貧饑，恤人患難，戚等稱忠厚長者。先娶金恭人，繼娶徐恭人、劉恭人，最後娶柳恭人。余交立夫時，所登堂爲壽者也。柳恭人歸公時，年甫十七歲，奉舅姑孝，疾病侍湯藥，未嘗假手僕婦。西谷公之居刑曹也，每讞獄，恭人輒携其子立於旁，勸以爲囚求生爲子孫地。以故西谷公多所平反，事無冤抑。公嘗值，同舟戴鑒山携公帑千金，不戒於竊，慨然出數百金，恭人脱簪珥衣物足之，鑒山得免吏議，全其官。由此觀之，公爲人長厚，積善行，恭人内助與有力焉。公初艱於嗣，三恭人皆無出，既柳恭人生子三：光昱、光晟、光泉，昱、泉皆先恭人卒。晟即立夫，仕爲柏人尉。公諱某，字某，西谷其號，官刑部廣西司郎中。恭人姓柳氏，生康熙年月日，以乾隆年月日終柏鄉官署。先是，公父誠亭公牧遼州日，金恭人、徐恭人先後歸皐蘭，卒且葬焉。嗣公家於遼，爲其父廬墓以没，而劉恭人亦先逝，昱與昇又皆早世。立夫時尚幼，不及詳當年事，每涕泣爲余言，恨不返皐蘭兩恭人柩合葬於遼之新阡。兹於年月日爲公及恭人治窀穸之事，而諸恭人者，將次第祔焉，以終厥志，庶幾孝子之行歟！銘曰：王氏居新城，凡三播遷，皆以仕宦，故不果歸。或戎馬道梗，或斧貲以艱。至於今家遼者，人稱清白吏。子孫不衰，其終有後矣。

朱觀察碑

皇帝澄敘官方，整飭吏治。内外臣工，即嚴既憚，罔有不格，以供厥職。於是三輔清河道缺，督臣以疏請，内出手詔曰："朱莞星可。"官吏人士聞之，咸手額相慶。

公爲北平守，以他事被吏議解職。然上心器公廉，得公居官狀，遂有是命。公嘗守登州，以與大吏不合，稱病去，久之，涖北平。會駕謁祖陵，返道山海關，召見，奏對稱旨，温語賞異之。公之聞清河命也，方以疾卧北平，枕上驚起坐，感激流涕，日夜圖所以報國者，無何竟不起。嗚呼！天既生公，以爲蒼生福，何乃未老而奪之算耶？

上方信任公，公亦以事業自期許，胡以不克竟其施於當世耶？公在北平逾年，鎮静恬淡，不侈聲色。每春秋行部，僕從無多，道旁居民不知爲太守過者，然永之人蒙其庥而食其福者，多矣。公生平有識見，多膽略，大事至以身肩之，接人以誠，馭下以禮，庶幾古大臣之風。使其多歷歲年，克既厥施，所以彰聖天子知人之明者，豈可量哉！

書文文山集後

吾讀《文山傳》，心竊艷之。人情莫不好生惡死，樂富貴傷貧賤，況生而富貴爲狀元宰相者耶？而卒以死節，難已！始公少時，蓋嘗務豪華、蓄聲伎，酣歌笑舞以適人生之樂，一旦國家多故，則掃刮除去。識者謂公之志節見於此時矣。嗟夫！公之處此，抑更有難焉者。夫弱宋末帝之勢，區區在濱海一隅中危如卵累，雖三尺童子亦知其不可爲，而公抱恢復之志，始終不懈。當其以郡中豪傑及諸洞蠻勤王也，或沮以公之行如驅羊搏猛虎，公奮然曰："國家養士三百年，猝有變，無一人一騎至者，吾甚恨之，請以身殉，或者其有濟也。"濟不濟，公計之熟矣。明知其不濟而猶然竭死力以前之，公之志也。夫及五坡之潰，左右執以見宏範，諭之拜，不屈。諷以書召世傑，不屈。厓山事敗，勸之降，不屈。宏範乃以公北。當是時，公聞世傑死，少帝死，秀夫與八百人者俱死，恨不即死也。天鑒忠臣之烈，道不食者數日，不死，服腦毒，又不死，留燕三年，亦未即死，然公未嘗須臾忘死也。嗚乎！公即終不死，以黃冠爲道士，心迹固已明於天下，不待元之殺以成之也。公業已久不屈，元且有天下三年，而竟以死公，悲夫！向使三年中變心易慮，不能堪一死以全其身，當亦人情之常，而公之視三年如一日，卒以從容就義。蓋尤依古所未聞者，此公之所爲極難也。公生平爲文章，俯仰雍容，自患難來爲變徵之音，使人泣然出涕、髮上指而心不寧者久之。公不以文重，而世之尚論者，讀公之文，穆然想見公之爲人，庶幾其興起焉。乃知生死禍福利害之際，君子之處此有行吾義焉而已。義激於一時，自匹夫匹婦皆能之，其歷久不渝，非讀書養氣，萬萬不能也。嗚乎！余向者以公嘗爲狀元宰相矣，孰知狀元宰相之不足以重公，而公別有其千古者耶！

書顏氏家訓後

吾讀《顏氏家訓》，慨然嘆持身之難也，曰："嗟乎！人生當如是矣。"公少孤，鞠於兄，卒以卓然樹立，不失令名晚成。是書授其子若孫，不可謂非能寡過者矣。按訓所載，自日用、人倫、身心、學問、名物、象數，古今得失成敗之故，瞭然如指掌。公生平爲人，蓋可想見也。嗟夫！五代亂離之故，南北分裂，民齒兵刃之危，士有流亡之懼，苟且偷活、取容當世以成功名者，多矣，而公砥節礪行，不忘以禮檢其身，倘所謂造次顛沛必於是者歟！顏氏系出伯禽子淵，父子師事仲尼，代有文學。公之後世常山平原以抗賊聞。公此書，可謂無忝前人，式開後人者也。余家藏是本有年矣，居間用以自警，因以導子侄觀焉，故筆而識之。

書趙武靈王事

武靈王之欲大簡襄之烈，伐中山至燕代，卻林胡、樓煩，西取雲中、九原，南襲秦者，豈不雄哉？方其聽政之初，五國相王，王獨否，月致三老年八十以禮；召先生故臣議天下，五日而畢；變服騎射，以教百姓；非其高世主之略與！既而以詐使入秦，卒爲所覺。事雖不成，甚可壯也！向使秦竟不知王用，所略燕代、林胡遠近之國，衷精兵長驅，得失之機，或未可逆料。王始以吳娃故愛其子，廢太子章，終有沙丘之禍，大業不就而身死亡，此與夫授首於婦人者，奚異哉！

讀衛世家

宣公奪太子伋之妻姜，而伋母弟昭伯頑烝之。姜妻太子，則太子婦入於宣，則君母然，遂生戴公、文公。宋桓夫人、許穆夫人，皆知禮義遠於惡。懿公滅戴公、文公，繼有衛國。天將醜宣公之德耶？衛之內亂未有如是之甚者。天下無無母之國，以所生姜母也，以名分王母也，文公何以稱焉以告於諸侯？昭伯之惡不足誅，而姜其不入於宣之廟矣。孔子刪詩而存之者，帷闥之私，流惡無窮，及於子孫，可懼也。

跋蘇子瞻手書醉翁亭記刻石爲祁暉吉

乾隆三十年，客有自滁來者，爲余言醉翁亭遺搆爲好事者增葺，邀賞無虛日，獨太息以爲記。亭古石出蘇氏手書，爲官滁者取去，以榻本易他石，其列於亭者，非蘇氏之舊也。後將不可得，余爲悵然者久之。蘇氏去今七八百年，而滁去吾澤千餘里，不能一至，石雖存，當漫滅不可辨，況乎爲有力者取去置之園亭池館中，棘莽荒榛，日以侵蝕，如客言，是終不可得也。嗚呼！客往矣，余聞是言，且十有五年矣，孰知乃今得親見之吾友暉吉家耶。暉購是石時，問所從來，與余聞客言合。石爲數凡十一，其一半破滑甚，字畫淺，蓋年深榻墨多使然，信乎其滁州舊物也。夫物無不敝之時，而人有所以不朽之理。頑者，石也，至今傳且輾轉於南北，以傳官滁者之取之也，爲余言之客之過而惜之也，皆傳是石也，石之爲之耶，人之爲之耶？暉吉以二萬錢易之而寶貴之，其於古人幾矣。

題沈梅村雜憶詩後 《有正味齋集》有送沈梅村序一篇。

梅村可謂有心人矣，一身去家數千里外，試於禮部，十年不得式，從挑典需次縣令，僦居囂塵之湫隘中，公退之暇，筆墨自娛。先人墳墓，下逮姑姊妹、妻子、友朋，歌詠之中，三致意焉，梅村於是爲有心人也。他日銅章墨綬，親民疾苦，切切以君國爲念，梅村不得辭其責矣。余與梅村同年好又班相次，讀其詩，重其爲人，而願與共勉之也，故爲之書。

爲方野橋題內照

夫人姓岳氏，忠武王之後，歲進士帝徽公六女，年二十一歸廣陵方野橋，柔順婉娩，稱賢内助，以故野橋遊四方，得精其業。庚子冬，野橋來客長平妹氏家，與余訂交。酒間，每及堂上人有歸思則以事覊未果，而曰："夫人善事姑，賴以少安。"無何，野橋得家書，則夫人訃至，爲十月二十五日也。野橋既悲悼不已，念夫人生平所以孝其父母者，其賢不可没，乃爲追摹小像，登諸軸，寓書來陽，丐一言爲題。余與野橋約爲兄弟，兄野橋則嫂夫人，爲語野橋夫人殁，實愴老母心，君其不可以遊矣！

爲王立夫書先人千文墨本後

凡物之靈在天地間者，其聚其散，皆非旦暮偶然之事。金玉貝犀、彝鼎圖器，好古者之觀玩，得之則喜，失之則懺悒而不自禁，況於先澤之貽子孫之世守者耶？方合陽公令寶應日，政和化理，擘窠大書周興嗣千文勒石學宫，其墨本藏諸家以貽後人。無何，失所在。輾輾流落於他人之手，幸未淪灰燼以没，而世無真賞識者，或愛惜阿堵，不肯出千金購買。閲百餘年，至立夫而後珠還璧返，物有所歸，豈數存其間耶？抑精光固不可磨滅也？立夫爲合陽公元孫，往來秦晉間，購是本者有日，書館市肆迹殆遍，一旦得之太原賈人家，卒符所願。祖宗之靈，實默相之，與吾以多，立夫之爲孝子仁人也。立夫才大而遇嗇，應制舉，不第。母老家貧，仕爲柏人尉。其文詞可喜，其書法亦淵源家學。余以公事道柏人，立夫飲余酒，讀某所爲王刺史傳，并悉斯本得失之由。清白吏其子孫，而子孫所爲無忝前人者，蓋約略可睹矣！

感昭君事

昭君，漢宫人耳，不以金賂畫工，卒嫁單于，而詩人至今嘆焉者，豈以其色耶？吾讀《列女傳》，古之賢婦人，蓋嘗以德不以色，其言語行事，丈夫無以過。而傳昭君者，藉藉有餘恨焉。信乎孔子之言曰："未見好德如好色者也。"然昭君亦倖以嫁單于傳，不然，漢宮中且更無昭君其人耶？色之果不爲昭君重也。夫色如昭君，其傳尚一人一時之倖，色不如昭君，其又可倖其必傳耶。

書王涯事

王涯爲相，不以一釵狗其女竇氏之請，而馮球爲郎吏，以媚其妻。何人之所見，如此其懸殊也？涯明於小而暗於大，球也溺愛而蔽於私。使涯處盈滿如處釵，而球以正家者保身，皆當不及於難。甚矣！小人之愚也。

跋祁怡亭記先人遺像册

怡亭之先人歿十餘年，其生前不及像以傳，然怡亭時時於夢中求之。世無工畫者，思追摹其髣髴不可得，乃記其衣冠笑言以列於册。嗚乎！曾母噬指，丁蘭刻木，子於父母，蓋天性。骨肉之恩，久而忘焉，其於爲人，如木彊石頑而蟲蠢動也。梧桊、盤匜、書策、几杖、琴瑟，手澤所存，觸於目，感於心，僾然愾然，皆將見之孝子之行與。讀怡亭記者，雖所交遊，未嘗一晤其先人，已竊得其形似而繪其精者，矧於怡亭之疇昔色養而親遇之夢寐者乎。是心也，數十年不衰，以光大其緒業，君之先人不亡矣。

書昌黎答陳商書後

今猶古也，唐距我朝千數百年。昌黎之才，縋幽鑿險，何所不可，而其言若此者？夫工瑟以鳴，必無求於世，而後可；必非求齊，而後可。求於世而求齊，瑟其不可以入矣。善用瑟者，以瑟之神，易爲竽之貌，人竽而我亦竽，顧第有高下耳。人見其竽也，我以爲瑟也，浸假而變竽於瑟，此善用瑟而真能變竽者也，必欲操瑟往，罵者至矣！其故蓋不在客。況於所爲瑟者，非真上下鬼神而律吕軒轅乎？嗚乎！世之工瑟者，未必無其人也，其上下鬼神而律吕軒轅，未必無是理也，然卒不遇於王門，而枯槁以終其身，可悲也夫！

書湘潭羅沄谷拜墓詩後

獻賊之難，蹂躪楚蜀，間道出湘潭。當是時，沄谷之先，率其鄉丁壯百餘人，先衆犯難，不克，卒死於兵。湘之人遇禍者，惟羅氏最烈。賊去始能收葬，百年來纍然在墓者，皆出死力拒賊之殘骸餘魄也。嗚乎！傷已！今其子孫，咸能讀書以世其家，而沄谷者，以時展拜，慨然有動於其中，作爲詩歌，悲鳴嗚咽，吾又以多沄谷之爲孝子仁人也。向使沄谷之先見用於世，得將兵數萬人，當必立功疆場之上，即不勝，以死繼之，垂光史册無疑也。惜其不幸死於流賊之手，太史或不書，然鄉之人至今義而哀之，其子孫又復詩而傳之。沄谷之先爲不死矣。沄谷與其鄉石泉友善，予與石泉遊，因以識沄谷而讀其詩，於是乎書。

書所聞

巨猾有欲其妻過薦紳家者，詭言妻病不自聊爲，肩輿出遊，以交於貴人之妾媵，陰使覘紳家舉動豪侈僭踰否，口實焉以爲括金地。客謀主人曰："君第辭以事勿許，即不能卻來，令婢僕無多侍，婦女衣布素，撤錦繡、珠玉、金翠之飾，文犀、瑪瑁、圖畫、彝鼎玩好之物不列於庭，戒無妄言笑。酒數行，殽蔬取具而已。夫無所見則歆羨之緣淡，無可持則要脅之計疏，無所戀則德怨兩忘而扇構不作矣，違是說也，必悔之。"主人謝焉。嗟乎！猾乃善用其妻矣，客言似也抑過，意君子不以不肖待人，雖然，富貴者不既難哉！

書昌黎上宰相書後

昌黎此書頗有議之者，抑當日萬不得已而出於此，儒者治生爲急，豈梧腹槁項，固宜坐以待斃也。孔子稱顔回簞瓢屢空，然回也田負郭，顧第不給耳。若乃卓錐無地，朝不計夕，此其情事，誠可悲者。且公所三上書，今皆讀而知之。在當日，固以暴白人大賢君子不得志於世，而望有力者之引手一救，何足多異？彼昏暮乞憐而驕人白日，其於公賢不肖相去何如哉？

傷晚菊

菊於四時之花爲最後，其色黃者上，白次之，有隱逸之目，見愛於晉徵士陶潛。余所居客署壘土爲臺，置數本其間，背秋涉冬，木葉盡下，數本者，枯槁獨立，心竊慕之。居無何，白者紫，黃者紅，察之則華，益久被霜，益多而爲之也。夫菊世稱傲霜者，天時之變，霜固可畏者歟。衆葩不能爲菊，不後菊開，故亦不待霜盡。幸而能爲菊矣，然卒因以改色。嗚乎！晚節之難，其不爲紅紫者，鮮矣夫！

原　夢

人之有夢也，可解不可解者也。不可解，故亦不必解，而治其有是夢之人。前史所記夢兆吉凶、禍福之事夥矣，類其時爲之說者，以己意附會之，及其既驗，則遂神其事。蓋左氏喜言夢、言鬼神、言卜筮，而遷就其辭，以與其人之事合，識者譏之。宋玉招魂，以爲掌夢者實見夢於人，其説尤妄誕不可信。或曰："夢生於思，思冰則寒，思火則熱，夢亦如之。"夫金鐵、草木、鳥獸、蟲魚、鬼神、龍虎、戰鬥之事，怪怪奇奇，恍惚變幻，非耳目所及見，心神所及思，而人往往夢之，何也？吾聞人身之氣，有客而盛焉者，則夢以類應之。是故上盛則夢飛，下盛則夢墮，肝氣盛則夢暴怒殺傷，肺氣盛則夢恐懼哭泣，饑則夢取，飽則夢與，即孟軻氏氣壹動志之説也。善養氣者，持其志，無暴其氣，真氣者爲之主，則客氣不得入，而志以清寧。故曰："至人無夢也。"氣失其主，志以不獲寧，而逐逐者多夢矣！吉凶、禍福，人事之適然者，又從而附會之，遷就之。不治於其氣之所爲，而斤斤然執夢以爲辭。嗚乎！是真夢者見也夫。

人鬼辨

人鬼者，陰陽之分也。陽故多正，而陰故多邪。陽則爲君子，陰則爲小人。小人之爲陰邪，足以害君子。故鬼常接於物而爲厲。今夫人之身其無鬼乎？自人而自鬼之亦厲，其人而已矣！故衆則人，獨則鬼，動則人，靜則鬼。其於日用、食飲、起居，醉者之爲鬼；夢者之爲鬼；貪者、淫者、樂而忘返者，不待智者而知其爲鬼也。故君子人其人，慎其入於鬼者焉。

水喻爲馴仲論文

瀕河之地多石，若虎蹲、若羊觸、若棋布而斗列，有力者不能轉也，轉且不勝。漲大發，奔騰砰硠，聲若怒雷，水石相搏，無小大，皆趨下流。故氣盛然後物舉之。《詩》曰"揚之水，不流束蒲"，言弱也。

對醫者言

余既以不得遇客於外，輾轉憔悴，益不思食飲，腹中往往作痛。念此身之爲父母有也，及時不藥且病，召醫者而問焉。醫者曰："夫諱疾而忌，滅身之道也，願聞所以致是者。陰則以甘溫，陽則以苦寒。不得疾之所由致，而藥安投？雖參苓且害。"予曰：

"夫人生於氣，氣動於心，心有養則氣以平。禍福利害之來，知其有命也。不可以力求，亦不可以倖免，則安之而已。夫然後心有真樂者存，不憤、不怒、不憂、不懼，然後不狂、不癲、不眩、不脹、不噎，外至者無從入矣。今吾則異乎是，吾之體靡焉，吾之氣削焉，而吾心與外物者相攻擊。始也，動物之來吾前，吾與之爲水火焉，心驚而不寧者久之，吾心先自動也，故物得抵隙而進。喜、怒、哀、懼、愛、惡、欲環生於中，小小者皆足以撓我，是故耳失其聰，目失其明，手足無所持行，食焉而不知味，寢焉而不安席。蓋腸一日而九廻，凡吾之病，心病也。心病故氣病。"又曰："夫藥，草也，善用之而已。用以藥氣，草之氣與人之氣相宜相制，而病以除。然以藥心，心有知物也，以無知之草藥之，不受奈何？惟子審所以藥心者。"語未竟，醫者起，謝曰："吾藥人多矣！先生之疾，吾弗之能藥矣。若爾先生自有藥，先生之心非耶？"走而退，徐察吾腹，痛則止。

自題小像

其身頎而長，其面黧以黑，其貌瘦以癯。其爲人也，寡文而多質，好直而惡訑。其遭際也，絆驥足於長路，而辱修鱗於泥塗。故其慘淡憔悴，白晝欲寢，醉則仰天大笑而歌嗚嗚。咄哉丈夫也，天地父母之軀，曾不能以萬古而爭此須臾。

禿筆銘

嗚呼！是爲黑頭公耶，而何濡其首？而何挫其鋒？而不知曰："功成身退，請從此辭。"

布被銘

庇萬人則不足，謀一身則有餘。愧黔婁生之貧過矣，方公孫弘之矯何如？然而猶未見道也：若其幕天席地，莊蝶蘧蘧，則此被爲多設，而又何自小與？

告外祖母陳太孺人墓文

年月日，外孫某既官直隸以王事，故不得假歸里門，貽書家人，用薄奠告於外祖母陳太孺人之靈。某幼生而癯弱，父嘗遠客，母教以讀書，甚嚴。自七歲就傅，太孺人愛憐之，數勸令勿過督責勞苦，或值母怒施箠楚，請於太孺人得釋。某母事太孺人，孝始終不衰，歲率肩輿迎留數十日始歸，諸甘旨滫瀡之物必進。某以母命往，率預分甘。壬申，太孺人且病，某隨母侍湯藥，日夕在左右，方彌留時，諄諄囑以讀書取功名，曰："他日作官，當墳前祭我。"某時年最小，雖愚無知識，淚涔涔下，未嘗不念其言之悲也。自太孺人之歿二年，某補博士弟子員。又十三年，食廩餼。又二年，登鄉書。又十有四年，今辛丑會試，榜後始從挑典，得縣令。計星霜三紀中，某兩遭大故，某父已不及見某鄉薦，某母雖見某鄉薦而不見某膺一官，得沾微祿，享一日之養也。嗚乎！痛矣！緬維太孺人疇昔之言，依依在耳。今三十年始一有進，而內之無益於二親之養，外之又不得如太孺人之命，親拜於墓所，某之罪也。用滋悚懼，敢佈微忱。

告主文

年月日，孫男兆麒以挑典得縣令，引見勤政殿訖，吏部籤直隸。保定爲直隸省會，去京師三百里許。而部檄限以二十日抵省，乃於閏五月三日徑至保定，謁大吏，就抵舍，計旋里省墓尚需時日，謹致書家人以清酌庶羞告吾祖宗父母之靈。維吾家世守儒素，累葉清貧，韜光斂采，鬱而不發，詩書之澤，久且未衰。沿及麒身，登戊子鄉書，試於禮部，十四年三薦而不售，豈固命耶！文章有遺憾也。大挑之典，由皇上特恩以疏，選途壅滯，今已三舉矣。進士自榜下錄用，外部選例需十年，而揀發舉人試用，各省不過五年，皆可題授。朝廷待士如此其厚，無更戀身家理，故假歸之說，所不敢從，非忘先人田廬墳墓也。惟是在外需次，歲費以數百金計，家無素蓄，取貸於人，債多則庶俸不足償，重貽吾祖宗父母憂。又麒媳婦、兒男，食指七人，向賴奔走館穀，支撐存活，今外内拮据，不得不挈來就食。而姨母諸兄弟姊妹艱難者，得實俸後，量力資給，此榮彼枯，甘受陰譴。嗚乎！樹欲靜而風不寧，子欲養而親不留，此兩言者，古今同慨。麒於養則已矣，尚何云云哉！自今日以往，當夙夜勤慎，以勵清操，止足之戒，初終不忘。數年間蘄得國家覃恩，封典告歸，以表於墓。所私願如是，仰祈靈扶。

祭城隍文

樂濱海黑子，其俗剽悍好鬬爭，往往犯罪，罹於法。誰非赤子，誰無身家，生堯舜寬大之朝，而刑辟不免，誠可矜憫。夫民則何知，抑守官司教化者與有責焉。令承乏兹土，其於教化不敢知，自朔望率師儒、僚屬視學行禮外，宣讀我聖祖仁皇帝聖諭十六條，告父老子弟環觀而敬聽之，農時履畎畝，遣吏持花酒以勞吾民，堅明約束至再至五，庶其有梭乎？抑神之有以庸吾民於遵道遵路也。令始署隆平篆時，會兹邑缺，天子以大吏奏俞其請。既就道，用古者入鄉問俗之義，廉得吾民所以好鬬爭者，則私心自矢，令在職，民犯法，歲計其有無輕重，以志吾不能教化之過。今星霜一週，蹈法者固亦罕矣。其匹夫匹婦，小掠而死者，有之，其以挺刃傷人，嬰桎梏觸刑辟而死者，未有也。起視四野，二麥屆熟，禾黍連阡陌，雨暘以時，獄訟不興。令自惟樗材薄德，方日飽官廚，無所事事，非神之靈默相吾民，安能風俗之隆，於刑措不用也？過此以往，其敢忘神賜？

瘞秋海棠文

此斷腸花也，昔之女子以情死，情之所鍾，可以生死，人而聖賢豪傑爲能止焉，而不過非無情也，得其正者尚矣！自衣冠士大夫，不能爲聖賢豪傑，夫烏知非抑鬱無所告語，而自甘憔悴以死者乎？《詩》三百篇，孝子、孤臣、棄妻、寡婦之什，吾夫子蓋矜之。嗚乎！《關雎》作而江漢無淫亂之俗，王道行而室家鮮怨曠之憂，人情也。聖王以爲田於女子乎何過。秋風颷作，落英在地，命童子瘞之，爲之銘曰：有石而望，山頭不歸。有鳥而哀，比翼雙飛。汝魂乘化，秋與期，情焉死，怨者誰？

梅崖詩話

余嘗有句云："落日下高樹，涼風鳴早蟬。"一時爲諸人見賞，復出《庚辰七月一日作》云："涼意起深樹，秋心驚暮蟬。"友人張菊知評云："落晚唐做作矣。"

張菊知《壬午下第九日詩》云："一醉今朝如不醒，吟魂願化菊花魂。"自是快人本色語。又作《雁字詩三十章》，多可喜者，如"填成雲錦回文字，補作媧天煉石銘"、"書到萬年無筆塚，影過三峽倒詞源"、"秦政火餘存典冊，魯麟獲後續春秋"，此等何減古人。

余兄弟乙酉再就鄉試，抵并日，偕友人衛荀二，夜飲酒家，竟醉。時七月既望，有句云："月明赤壁吹簫夜，人醉黃公賣酒壚。"至今猶想其一時興會。

張菊知作《桃月源》劇，余題句云："一閉煙霞復幾春，荒唐此事認難真。心頭別有仙源路，免被桃花浪笑人。"時壬午春，余年二十有二。次年癸未冬，友人田楚白見而悅之，以此訂交。楚白長余十七歲，昔人所謂忘年者與。

田楚白與余論詩，專宗少陵，嘗有詩，今忘其發端二語，云："在野日挑薇蕨少，沖天徒羨鵠鴻遙。百年歲月過強仕，五畝園廬豈避囂。欲釣長鱗無巨餌，衣虛空負聖明朝。"

梅詩作者如林，余獨愛東坡"竹外一枝斜更好"，和靖"雪後園林纔半樹"，精神骨格，和盤托出矣！乙酉春正五日，謁退齋先生，與坐論詩。余舉所愛以對，先生舉陶句云"梅柳夾門植，一條有佳華。"始信二公極力洗發，猶有這個在。

西筠楊先生正斯詩至數千篇，門人衛周輔鈔其十之一二付梓以行。今記其一云："三至邯鄲謁呂祠，風塵碌碌鬢如絲。愁多好夢從來少，願借先生枕片時。"

向閱趙秋谷先生《談龍録》，謂"詩中要有人在"，因非王漁洋先生《奉使祭告南海》詩"遊子哭窮途"之句。及讀《并門集》"開卷便道行路難"等語，亦未辨是鎖院衡文之命官，則秋谷詩中，亦可謂無人矣。

鄉張麋田先生，家故貧，鬻米其爲業，未嘗多讀書，然能爲詩，《題仙人洞》有"窗外風雲龍虎穴，門前芝草鹿麋田"之句，因以知名。陳説巖、韓長洲諸先生皆爲延譽，贈詩勒麋田碑陰。

昔人評子美《岳陽樓》詩，謂若無"吳楚東南坼"句，則"乾坤日夜浮"幾疑詠海矣！不若襄陽"氣蒸雲夢澤，波撼岳陽城"爲切當不泛。然子美直是氣象大，力量雄，非孟詩可及也。

詩以道性情，正須有身分在。如"中原莫道無麟鳳，自是皇家結網疏"，"開窗卻羨青樓娼，十指不動衣盈箱"等句，豈復有詩品耶！

陶靖節詩，不將於六朝爲渾古，直有"三百篇"遺意。梁鍾嶸評詩不列上品，何也？

"滴殘夜雨心仍苦，卷盡秋風葉始舒"，《庚辰詠芭蕉》句也。

昔年甲申始交楚白、荀二，雪中小集城東之拱辰閣，立春正月五日也。酒酣，即景賦詩，余得"一番花信梅邊得，五日春風雪裏還"之句。楚白歎賞，以爲獨得驪珠，遂與荀二罷筆。

詩中虛字用得妙時，直使全篇精神踴躍而出，老杜"劍外忽傳收薊北"一詩是也。又通首力量，每從一句轉來，一句音節，每從一字煉出。試取杜集讀之，雖其格法變化不一，要無能出此者，謂詩分前後兩解，弗敢知也。

甲申十二月一日夜，亡友衛俊升、田光國招飲，鼓三下不休，二子頗爲道其幽愁抑爵之況。余曰："姑飲酒。"少間縱談古人楊椒山，皆失色。光國拍案言曰："何限人間不平事耶？"淒然泣下。余時大醉，不覺痛哭失聲，罷酒散去。詩云："青燈白酒漏珊珊，擊唾悲歌天地間。不獨傷心如二子，樽前一痛爲椒山。"

余舊作《閱秋》詩有"霜凝老樹翻風紫，日出寒山捲霧紅"之句，友人栗盎臣亟賞之，作《日出寒山捲霧紅疊韻詩》四篇。

詩須興會淋漓時援筆疾書，自有一種天然音節，少頃，推敲略易數字而已。不然，則東坡所謂"畫竹者，節節而爲之，豈復有竹乎？"

李賀詩，字字求奇，不知一生嘔出幾斗心血。如"女媧煉石補天處，石破天驚逗秋雨"，其極力用意乃爾。杜詩何嘗不奇，如《洗兵馬》"安得壯士挽天河，淨洗甲兵長不用"，《夢李白》"魂來楓林青，魂去關塞黑"等語，殊極現成，不費力，即此已可泣鬼神矣！

世傳呂純陽詩，多後人附會之作，故爲神仙門面語以驚人耳。余獨愛其"數著殘棋江月曉，一聲長嘯海山秋"、"深夜鶴透秋空碧，萬里西風一劍寒"等語，信非吃煙火人所能道。

田退齋先生有宏與山莊，余甲申春雨晨獨遊，題詩兼贈退齋云："屐齒沾花露，松風帶雨聲。獨遊仍載酒，春曉一聞鶯。野性狃雲水，荷衣恥聖明。深源如不出，嘆息奈蒼生。"見者或以爲夤緣，是可笑也。

徐文長破帽殘衫拜孝陵，與老杜麻鞋見天子，詩意淒楚，正復相似，皆有所謂言下有淚也。

友人栗盎臣嘗語余："古今詩文，以忠義顯者，當彙成一帙，以爲風化之助。"余意欲舉莽、操、卓、懿之流，條其惡，亦成一帙。然且未遑，姑俟諸他日耳。嘗有《曹瞞》詩云："赤壁曾經百戰來，雄心末路半成灰。綺羅不殉西陵骨，寂寞春風銅雀臺。"《秦檜》云："兩宮北狩痛難聞，和議輕將天下分。奸肉腥臊何可食，黃龍遺恨岳將軍。"《賈似道》云："禍結襄陽固有因，蕪湖荔子重逡巡。潰師一死何堪贖，假手終歸姓鄭人。"

詩要是有爲而作，忌死於句下。作詩必此詩，定知非詩人也。如老杜《詠螢火》詩末句云："滄江白髮愁看汝，來歲如今歸未歸。"有此二語，不覺上六句粘煞螢火矣！

　　嚴滄浪論詩謂"如鏡中之相，水中之月"，此正參禪家語也。詩固有一種高渾變化不可摸擬者，然或直抒胸臆，亦未可厚非，但其用意，須得溫厚和平之旨，不然直灌夫使酒而已。大率用賦不若用比興，比興意有含蓄也，故三百篇"人而無禮，胡不遄死"、"乃如之人兮，懷婚姻也"、"大無信也，不知命也"等語，楊升菴亦嘗非之。

　　癸未，夢有維揚之遊。甲申，復夢西子湖，作詩云："年來擬繪壯遊圖，月滿揚州問酒爐。昨夜依然過江去，六橋花柳是西湖。"

　　賈漢奎爲煥壬午登甲榜，後兩試禮部，不中，鬱鬱不自得。丁亥春，館余鏡山堂，有句云："歌哭竟何事，年華又早春。"漢奎母老家貧，可以悲其志矣！

　　鄉前輩王子正先生諱平，工畫，能詩，有句云"谷鳥爭鳴樹，山雲亂入樓"、"林喧羣鳥集，巖響亂泉飛"、"石染雨痕翠，楓沾霜氣丹"、"雪深山失路，溪凍水停流"、"雲壑風吹猿嘯疾，霜林雨滴葉聲乾"。先生故入武庠，客魯山，人無知之者。

　　陳說巖相國廷敬著有《午亭文編》，五言近體酷似少陵，如"晉國強天下，秦關限域中。兵車千乘合，血氣萬力同。紫塞連天險，黃河劃地雄。虎狼休縱逸，父老願從戎。"《漁洋詩話》亦載此詩。餘如："晚潮移岸艇，明月動江樓"、"夜舫覺潮響，春燈聞棹歌"、"舟航通水國，燈火宿春河"、"倦客夢回枕，午雞聲近村"、"天低泰岳觀，雲淡魯連臺"、"海日遼西路，天風薊北門"、"海風常欲冷，江雨急無聲"。此類多不能悉載，惟七言間有出入耳。

明詩駕宋元而上之，直可追蹤李唐，就中如李于鱗、王弇州諸家，益復角力爭雄。人謂其論有過刻處，然究屬正宗，以視鍾、譚何如？高季迪七古，大有似太白處。使人讀之，但見才氣縱橫楮墨間，苦未化耳。所謂詩有性情，必有學問者，豈過論哉？

　　詩中對偶句，情景比附，固也。然須寫情時，景自在，寫景時，情并到，乃爲上乘。如"捲簾白水，隱几青山"，景也。玩"惟"字"亦"字，情可知矣。"愁鬢"、"歸心"，情也；說到"三湘秋色"、"萬里月明"，景顯然矣！餘可類推。

　　又有一聯中，上下句分寫情景者，亦須寫情句接得景，順寫景句，喚得情起。記《升菴集》載戴石屛句"春水渡旁渡，夕陽山外山"一聯，俱用寫景，原自無妨，若如原句"塵世夢中夢"，便情景不屬矣。

　　五七言間有起結用對偶者，更須不見痕迹。起如"風急天高猿嘯哀，渚青沙白鳥飛迴"，沖口而出，音節自佳，全無堆垛之態。結如"一臥滄江驚歲晚，幾回青瑣點朝班"，又"關塞極天惟鳥道，江湖滿地一漁翁"，以頓挫出之，殊不覺其字字屬對。又有起結全用對偶者，其法亦準此，今不悉載。

　　詩須筋搖脈轉，着一閒字不得其妙。有以虛字作實字用者，實字作虛字用者，轉接變換，意到筆隨，非氣盛不能藏虛字於實字之中，非神流不能運實字於虛字之內，此種可以意會難以言傳。姑取顯者論之，藏虛字於實字，有實接法在，"緱山碧樹青樓月"是也；運實字於虛字，有頓挫法在，"回首可憐歌舞地"是也。須知激宕沉雄，在思力音節上論，原不拘虛字實字多少之分也。

　　凡詩中說愁說喜，開口用字，便須露春光幾分，非一句道盡之謂也。其法或用比、用興，即景生情。使人讀之，想其甫下筆時，便有低徊不盡，含毫邈然之致。一到正面，卻不肯老實說來，恐或意盡，須於言下含蓄，有弦外餘音方妙，沈佺期"盧家少婦"

一詩是也。

趙秋谷《談龍錄》載："阮翁酷不喜少陵，每引楊大年'村夫子'語以見意。"余謂阮翁詩主才調，十之八九而以神韻出之，故淺者悅其豐秀，深者愛其超朗。老杜詩何嘗無才調神韻，但不以此見長耳。或謂杜詩實苦乏神韻，曰阮亭神韻使人易見，老杜神韻使人難知。

往與楚白諸人談詩，余謂去聲字爲功於詩大不淺，上、入聲次之，以其最能振調。時亡友衛俊升頗以爲英雄欺人。余因隨舉《癸未自題〈揚州夢〉劇》"南渡大江倚長劍，元龍氣撼海門秋"之句，謂："大江，'大'字，所謂去聲振調者，設易作平、上、入三聲，何如？"俊升歎服。

詩忌意淺、字俚、句弱、調浮、氣熟、格碎、品雜，免此數者，則思過半矣。詩之有讖，如"明鏡不安臺"，"曙後一星孤"等語，昔人所稱信不誣。然白香山年十八，《病中》云"年少已如此，此身豈堪老"，後卒年七十五，是安可概論耶！但顯然不祥語，戒勿犯可耳。

太白七言近體不多見，五言如《宮中行樂》等篇，猶有陳隋習氣，然用律嚴矣，音節亦稍稍振頓。七言長短句則縱橫排奡，獨往獨來，如活虎生龍，未易捉摸。少陵固嘗首肯心醉矣。

詩中用典過多，昔人有譏點鬼簿、獺祭魚者矣。其法只在能化，使人不覺其用典方妙。能化有反用、虛用、暗用、借用等法。最下則正用、明用、實用。如以古人明比我，不如竟將我作古人看，"寂寞江天雲霧裏，何人道有少微星"是也。以我論古人，不若反將古人來形我，"遠媿梁江總，還家尚黑頭"是也。低手用典，如唐人"滿座馬融吹笛月，一樓張翰過江風"之句，學此等不成，直堆砌填塞而已。

樂府、歌行、古詩，自然不同，樂府質而奧，古詩淡以遠，歌行發揚蹈厲，無之不可。歌行間用樂府語，不失爲鶴立雞羣，樂府雜用歌行語，則虎皮羊質矣！古詩之於近體，亦然。

文貴濃淡疏密，詩亦有之，最忌用意太碎，筆便掉轉不靈矣。如老杜"聞道長安"一詩，前六句只完得首句之意，第七句"魚龍寂寞秋江冷"，參用此體，轉身有力。"蓬萊宮闕"一詩，亦與此同，他可類推。又有句句用意者，須看其承接變化，愈接愈妙，老杜尤慣用此法。

詩有一種皮膚似元白而氣味在盛唐間者，如《漁洋詩話》載天啓中朝鮮使臣余尚憲詩《早春》云："王灘流水繞江涯，江上松林是我家。昨夜夢尋烏石路，山前山後早梅花。"

竹枝詞風之變也，質而不俚，斯爲本色。

讀盛唐詩，五言如"風勁角弓鳴，將軍獵渭城"，七言如"黃河遠上白雲間，一片孤城萬仞山"等，皆用字、用句出口咬定，便自響確不浮也。

元人《月泉吟社》載第一名羅公福詩，不見佳處，平平而已。如"老我無心出市朝"，有此一語則"東風林壑自逍遙"不待言矣。作者只爲下六句好雨種秧也，寒泉澆藥也，雲壟放犢也，柳橋聽鶯也，春早入夢也，一切田園雜興，俱隱括於首二句中，而不覺其錘煉之疏也。蓋亦一時風氣如此。

"春雨細和霧，暗風飄入樓。花飛楊柳岸，人遠木蘭舟。歸雁一行曉，亂山千點愁。夢迷江路迥，仿佛是汀洲。"丙戌春，從兄翼修《別後》詩也，讀之增天涯芳草之感。

明唐子畏詩，除解落籍後，益復狂放無聊，後人不宜襲其窠臼，恐有以此賈禍者。

詩有自出名字者，如"有客有客字子美"、"達哉達哉白樂天"、"甫也諸侯老病客"、"夜臺無李白"等句。又有直稱他人姓名者，如"飯顆山前逢杜甫"、"惟有山東李太白"等句。其來亦有自，《三百篇》"吉甫作誦"、"家父作誦"、"仲山甫永懷"、"張仲孝友"、"寺人孟子，作爲此詩"，是也。

昔人評雪詩，推鄭谷句云："江上晚來堪畫處，漁翁披得一簑歸。"余謂"堪畫處"三字不免落套，但説"漁翁披得一簑歸"，畫意在此矣。

詩只一片説去，自成章法，此種似不著意，然戛乎難矣！漁洋在廣陵見成都費密詩，擊節賦云"成都跛道士，萬里下峨岷。虎口身曾拔，蠶叢句有神。大江流漢水，孤艇接殘春。十字須千古，胡爲失此人"，是其證也。五六自註："二句即密詩"。

張菊知錦始就童子試，日且暮，尚未呈卷。文宗蔣時菴先生詰之，菊知以試詩，請得"霜葉紅于二月花"題，竟以此補博士弟子員。時試場未有用詩例，以故先生頗奇之。余贈詩云："蚤年妙句吟霜葉，半世前身賦玉樓。我欲太平無一事，酒星同問五湖秋。""前身"句見《菊知集》自註。

李笠翁詩，字句多近曲詞，不當求之開寶、慶曆間。就中如"仍收此曲歸天上，徒累其身葬世間"，頗復横甚，然集中不多得，亦非正派。

詩中用字如"吴楚東南坼"、"拔劍斫河水"、"青天削出金芙蓉"等句，亦奇辟，亦老辣，亦現成。不善學之，終落小家數，如"鴉閃殘陽金背光"，做作殆甚矣！

余辛巳冬十一月《紀夢》詩："夾道燒紅燭兩行，玉鞭驄馬夜飛霜。那知一入盧生夢，不是龍鐘郭九郎。"今已六年，于兹夢亦不可常得也。

詠古詩，不涉議論，領神言外者，爲上乘；大開眼孔，獨抒見解者，次之；最下，一切套語是也。然套語亦不能無，"人世幾回傷往事"一聯，"映堦碧草自春色"一聯，推而論之，皆套語也。但看其通首章法運化何如耳！

張菊知作《鵲橋仙》劇，自序云："嫦娥長寡，織女短姻。"余嫌其語涉輕薄，作《解嘲詩》二章云："妙舞霓裳環珮輕，白榆陰下譜新聲。仙宮萬古超塵劫，玉露玄霜徹骨清"。"一水盈盈風浪稀，鵲橋佳會是耶非。人間春夢何時醒，天上虛傳織女機。"

丁亥中秋，同兄殿元觴月鏡山堂，酒酣，得絶句云："長風捲盡秋雲白，一笛吹殘海月明。天上人間對尊酒，滿空飛下步虛聲。"

張菊知語余："尤悔菴不直錢虞山，而王漁洋亟稱不置，欲以此定二人優劣。"余謂："士得一知己，可以不恨。蔡邕之于董卓，豫讓之於智伯，死且以之，況僅僅道其文章乎？漁洋嘗有句云'紅豆莊前人去久，花開花落幾春風'，亦爲虞山作也。"

吾鄉屯城張東甲者，人傳其詩《詠風不鳴條》云"柳線輕飄綠，花珠暗掃紅"，《詠秋蟬》云"音催梧葉老，響破柳煙愁"，亦自輕倩可喜。

太白"鳳凰臺"不及"鸚鵡洲"。然"煙開蘭葉香風遠，岸夾桃花錦浪生"，亦近艷矣！故崔顥《黃鶴樓》遂爲絶唱。

晚唐詩雕琢太多，便覺脂粉污人，其弊只是愛好。如許渾《凌歊臺》用"三千歌舞"等字渲染成章，於《宋祖實錄》未合，楊升庵辨之詳矣。余謂少陵"九重春色醉仙桃"，亦不免用字輕佻。"香霧雲鬟濕，清輝玉臂寒"、"碧知湖外草，紅見海東雲"、"綠垂風折筍，紅綻雨肥梅"等句亦只是愛好，但通篇骨格自勝，使人不覺耳。

金主詩："一統車書盡混同，中原豈有別疆封。提兵百萬西湖上，立馬吳山第一峰。"絶好音節，求之唐以後，正不多得。

新安呂力園，似寢食杜陵者，其《聞笛》云："寂寞燈前漫舉杯，乍驚別院一聲開。誰將猿臂深山裏，橫吹龍吟夜雨來。他日春梅空自落，無邊秋柳盡銜哀。何須重奏關山月，腸斷江南人未回。"

長洲尤太史悔菴著《西堂雜俎》諸集，余愛其《明史樂府》，不減香山，集中當以此爲上。

少陵短於絕句，王昌齡諸家乃稱濫觴。然詩亦戒太用意，太用意則傷巧，如"玉顏不及寒鴉色，猶帶朝陽日影來"，何嘗不佳，顧少陵不爲耳。

初唐七言長篇未變陳隋之習，以其意纖詞縟，致使格卑而氣靡耳，故七古當以少陵爲法。

張籍、王建樂府多質實語，其佳處在是，其短處亦在是。

客有南遊湖湘間者，余作詩《寄題二妃祠湘累詞》云："蒼梧竹上淚痕留，不見香魂帝女遊。明月自彈湘水瑟，悲風長滿洞庭秋。""當年遺恨入江潭，九畹風吹夜月寒。閶闔孤魂招不得，何人競渡哭蘅蘭。"

余嘗出遊賦詩，有"鳥啼春水岸，人到落花村"之句。張菊知舉施愚山"孤城春水岸，歸鳥夕陽村"似之，云："阮翁亟賞愚山句，惜不及見梅崖此詩也。"

平陽靈石有衛公紅拂遇虬髯客遺跡。余乙酉過其地拜衛公像，有斷碑題詩云："殺人投逆旅，下馬遇名姝。何事孤寒士，能攜女丈夫。片言金石契，長嘯海山孤。千古思豪傑，猶傳舊酒壚。"

壬午客并邸，識洪洞楊、鄭兩先生，旬月間，得其爲人。後彼此下第，余夢二君會晤詩云："昔時同上酒家樓，鹽驥傷心老未休。一別音徽汾水雁，二年風雨析山秋。塵埃苦恨無知己，清夢時能訪舊遊。莫向江蘺惜遲暮，漫將吾道付滄州。"乙酉再就鄉試，聞已修文地下矣。場屋中埋沒英雄，可勝道哉！楊諱秉仁，鄭諱天錫。

丙戌孟夏，與田楚白、衛荀二諸友遊析城諸山。登山最高峰，俗名"斬龍臺"。下瞰中州，皆平莽地，黃河如匹練，若有若無，現於遠煙宿靄中。苟二得句云："目眩疑無地，身輕欲到天。"余因飛白大書"欲到天"三字於石壁，題曰"樵谷五子"，命工鐫之。樵谷，楚白號也。

《漢書》"曲突徙薪無恩澤，焦頭爛額爲上客"，絕似樂府歌行語。

余丙戌秋重陽後一日，《登城南澤河岸山虎頭山》詩云："浩浩此天地，茫茫成古今。百年同俯仰，萬感集登臨。雕鶚搏扶意，魚龍寂寞心。醉從烏帽落，歸把菊花簪。"友人栗蓋臣擊節賞，云："惜題目不稱耳！"

杜詩"語不驚人死不休"，"驚人"二字，須善體會。眼前景，口頭話，從性情中流出，正復娓娓動人。若一味作險話破鬼膽，便易入惡道矣。

唐詩："揚子江頭楊柳春，楊花愁殺渡江人。數聲風笛離亭晚，君向瀟湘我向秦。"首二語情景一時俱到，所謂妙於發端。"渡江人"三字已含下"君"字、"我"字在，三句用"風笛離亭"點綴，乃拖接法。末句"君"字、"我"字互見，實指出"渡江人"來，且"瀟湘"字、"秦"字回映"揚子江"，見一分手時便有天涯之感，作者於此聲淚俱下。謝茂秦易作"君向瀟湘我向秦，楊花愁殺渡江人。數聲風笛離亭晚，揚子江頭楊柳春"，何也？

友人喬菊如作《古木臥平沙》詩，有云"棲遲老歲月，潛伏混龍蛇"，此豈專賦古木耶？

徐凝《廬山瀑布》詩只是太用意，太着迹，較不如太白落落大方耳。東坡少之云："天遣銀河一派垂，古來惟有謫仙詞。飛流濺沫知多少，不與徐凝洗惡詩。"何異酒徒罵座耶？

亡友衛俊升嘗過余出詩云："短燭淚已盡，篝爐火尚紅。幽衷來百感，譙鼓入三通。貧久骨還傲，愁多心轉雄。翻憐屈夫子，饒舌問蒼穹。"俊升瓶無儲粟，多愁善病，然才氣縱橫，稜稜志節，見於詩者如此。惜天不假年，賫懷以没也，悲夫！

趙子昂《岳墓》詩警句云："南渡君臣輕社稷，中原父老望旌旗。英雄已死嗟何及，天下中分遂不支。"子昂元人，而其詩如此，亦不爲習氣囿矣！

子昂宋宗室而仕於元，昔人有題其畫云："兩岸青山多少地，可無一畝種瓜田。"此語直令子昂入地矣！余嘗於并州市肆見其《畫馬題詩》云："汗血名駒逐電飛，沙場深入幾時歸。不關薇蕨西山盡，自愛秋風苜蓿肥。"

淵明詩多見道語，如"采菊東籬下，悠然見南山"，景與意會，自成妙處。唐人雖專尚聲調，用律最嚴，然諸家亦有道着處，如子厚《南澗詩》、右丞《輞川作》，進乎技矣！宋人則直以道學氣爲之耳。

杜詩"兔絲附蓬麻，引蔓故不長。嫁女與征夫，不如棄路旁"，又"在山泉水清，出山泉水濁"，樂府必如此等，始臻妙境。

白香山《長恨歌》云："楊家有女初長成，養在深閨人未識。"初不言壽邸事，爲尊者諱，固應爾。然詩人立言，本以温柔敦厚爲正，香山此歌但叙其事，而義自見。若如李義山"如何四紀爲天子，不及盧家有莫愁"，便覺輕薄，失詩人意矣。

同宗侄種德，客睢久，因家焉。每一念至胸中，輒數日作惡，形諸詩歌不能已。己嘗有句云"酒醒紅葉三更雨，夢渡黄河一夜秋"，懷種德詩也。

丙戌春，余經旬廢筆，田楚白簡詩云："驚人試一鳴，傾耳早春鶯。若待花開日，紛紛百鳥聲。"余得詩遂復，稍稍拈句，數日成帖，楚白爲點定。

文文山患難中詩。如《虎頭山》"故園春草夢，舊國夕陽愁"，《十二月二十日作》"黄河漫故道，白骨委荒邱"，《立春》"天翻地覆三生劫，歲晚江空萬里囚"，《庚辰四十五歲》"千載方來那有盡，百年未半已爲多"，《上元感舊》"風生江海龍遊遠，月滿關山鶴淚高"，《遣興》"燕子愁迷江右月，杜鵑聲破洛陽煙"，《見艾有感》"故園丹心老，中原白髮新"，多不類其平時作，所謂窮而後工耶！

前董衛鐵峰先生，官侍御，晚年詩酷肖樂天。嘗記其一云："入夢匆匆出夢遲，邯鄲枕上老垂垂。我頭莫怪渾成雪，汝鬢何緣漫有絲。高綰雲鬟亦不惡，少簪花朵尚相宜。他年携爾歸山去，應免悽惶放柳枝。"

仵濟川，睢州人，從宗侄種德遊，覽余懷種德諸詩，贈余有"只因客鼓河汾棹，聞道山藏郭泰身"句。"濟川能文章，重意氣"，種德云。

介休城西，家林宗墓在焉。乙酉過之，謁拜，作詩云："苔鎖豐碑字儼然，中郎文筆豈虛傳。下車來拜先生墓，汾水秋風似漢年。"

丙戌秋，有詩一卷，以示田楚白，頃失所在。楚白爲余言，君詩中如"一徑落葉滿，四山秋雨多"、"曉寒聞過雁，殘醉起披衣"、"窗風鳴墜葉，山雪值開門"、"野渡寒添雨，邊鴻夜帶霜"、"長夜不肯曉，孤燈相對愁"、"半庭霜月白，一夜朔風高"、"綠醅愁盡初開甕，黃葉雨多深閉門"、"斗酒頹扶人似玉，洞簫吹徹月如霜"、"庭多落葉無人掃，門近秋山爲客開"，此類頗復可喜。然余已一字不復記憶矣。

唐人《金山寺》詩"板閣懸秋月，銅瓶汲夜潮"，宋人以"流"字易"秋"字，"退"字易"夜"字，直點金成鐵矣。

"翠雨香泥濺綠苔，辛夷開了海棠開。春風吹遍閒庭院，簾幕重重燕子來。"一字不着情上，然道是寫景，不得。

太白《蜀道難》、《烏棲曲》等作，昔人謂可以泣鬼神。詩中如此種界境，煞是難到。惟情至然後文至，以文生情，乃如隔壁聽琵琶耳。

"桃腮柳眼損春嬌"，自是詞中語，"流水青山送六朝"，何嘗不艷？要不失爲詩耳！第才調用事，宗少陵者，往往病之。

"種桃山下野人家，桃實秋來大似瓜。長把桃葉桃根護，不貪顏色看桃花。"詩有經濟見地，與"六橋無地種桑麻"同意。溫李有其香艷，無其壯雅，故命意立言，貴有身分。

詩寓規諷，及其本教，宜隱不宜顯，宜厚不宜薄，歸於溫厚和平而止。如云"萬方頻送喜，無乃聖躬勞"，此即脫胎衛風"大夫"、"夙退"二句。少陵一生尤擅場，"不信樓頭楊柳月，玉人歌舞未曾歸"，少露矣，亦非泛涉筆者。東坡用以譏切時政，便有烏臺詩案，癖吟者不可不知也。

東坡酒氣拂拂，從十指間出，可謂善形。醉後書齋中獨坐，簾靜風微，香煙自直，便覺詩思湧現，因成一聯："吟情滾滾寸楮上，酒氣拂拂十指間。"

唐人詩，托于征婦怨詞者多，有皆作婦人女子口中心中語，寫出一種楚楚可憐情致，此等亦多以才調取勝。其最高則以音節，其又高則純乎意味，以神韻行之矣。"妾夢不離江上水，人傳郎在鳳凰山"，才調也。"紅粉樓中應計日，燕支山下莫經年"，音節也。"夫戍蕭關妾在吳"，直小兒子語，以音節則輕，以才調則滑。求其意味神韻兼擅他美者，還當以"盧家少婦"爲第一。

太白詩"白髮三千丈"、"燕山雪花大如席"，語涉粗豪，然非爾便不佳。"十月吳山曉，梅花落敬亭"、"江城五月落梅花"，用語皆活相，又不大段修飾，乃其天分過人處，後人不能步其塵。如少陵言愁斷無"白髮三千丈"之語，只是低頭苦煞耳！故學杜易，學李難。然讀杜後，不可不讀李，他尚非所急也。

"春水魚舟系晚霞，江春步步問梅花。畫圖還是揚州夢，廿四紅橋賣酒家。"戊戌計偕，題維揚友人冊子，癸未夢遊廣陵，曾作雜劇記之，故三句云云。

少陵"春酒杯濃琥珀薄，冰漿椀碧瑪瑙寒"，鋪張富貴氣象，特避寒儉。然用來"琥珀"、"瑪瑙"，終不免西洋賈客貨貝册子耳！"蘭陵美酒"二句亦用"玉椀"、"琥珀"，亦不覺其可嫌，識者辨之。

詠梅詩"遙知不是雪，爲有暗香來"，一脱稿時，當自雋絶，今日亦成厭套矣。陶靖節"梅柳夾門植，一條有佳華"，終是妙句渾成，人不能驟擬也。

唐人詠貴妃詩多矣。"六軍誅佞幸，天子舍妖姬"，恁自質實。"不聞夏殷衰，中自誅褒妲"，回護得體。"楊家有女初長成"，不言壽邸事。餘若海外九州，直是搶白唾罵語，而太白《清平行樂》，一再用飛燕事，略無忌諱，何也？

故鏡山堂別業，余少時讀書處，有櫻桃一株。花時，與諸同人觴詠其下無虛日，曾有絶句贈喬藻斯云："買醉東風酒數巡，小臺煙月坐花茵。青山別後相思夢，長記櫻桃樹下人。"又熟時題句："早熟仍多味，羣花未許同。不須貪飽食，葉底愛深紅。"是時辛巳，余年二十一。不數歲，盧江王明府來令吾邑，以其半爲書院，更曰"仰山"。樹爲官物，無人護之者，遂以摧壞死。回思往事，忽忽如夢，可慨也！

"我招明月飲，大嘯復狂歌。醉眠一片石，舉手謝嫦娥。"亦辛巳《鏡山堂》詩，題園東粉牆間，今爲諸生號舍。詩多不能悉載，具見《書堂草》。

詩中用字妙處，能將死景寫活，舊事翻新。如"水田飛白鷺，夏木囀黃鸝"本係成語，加"漠漠"、"陰陰"四字，寫雨中村居景象，何等幽寂？"蕭蕭馬鳴"係經語，少陵加一"風"字，作"馬鳴風蕭蕭"，寫軍中景象，何等淒壯？道是拾古人餘唾不得。

北人號南人曰"吳儂"，南人號北人曰"傖父"，其勢常水火。

北人多質，南人好文，相濟則各得，然六朝金粉何與於唐虞三代之盛？故與其文也，寧質。古今樂府詩歌所陳《大堤》、《采蓮》、《長干》、《子夜》等篇，浮華輕薄者取焉，聖人刪《詩》而存鄭衛，此意也夫。

禮部試進士，稱綾餅宴，蓋唐故事，見盧懷讓詩，云："莫欺零缺殘牙齒，曾喫紅綾餅餤來。"

古詩音節，在可解不可解之間。使人讀之太易，是向廚下老嫗覓生活者。讀之過難，則亦聱牙佶屈，不可言詩矣！大率五古難於七古，七古可以氣勝，五古專以神行也。

五古上自漢魏無迹可求，唐以後稍涉議論矣。就中如香山一味真率，不宜輕學，恐蹈畫虎不成之誚。

放翁派源本香山，明白顯易，然浸以靡矣。余嘗效其體云："半畝園林數尺牆，讀書多暇即焚香。事非著要休關白，人遇知交每放狂。積久詩逋仍未了，拖餘酒債且粗償。更憐春夢呼鶯覺，取次看花到海棠。"稿成以示楚白，頗復見許，然終不欲登之集中也。

戊戌計偕，僑寓永光寺，江左程楠村出《斷橋小住圖》索題，成五言絕句一篇，嗣得七絕二，以塞其請，五絕未錄也。楠村與同寓者，旬日僅識而已，意以北人不知詩，及得余作，咄咄歎服者久之。其同鄉數輩，以楠村説項，持册子來請，日三四至，遂不暇給，逡巡卻謝，未幾出都矣。詩附記於此："雁齒小紅橋，東風送玉簫。桃花湖上水，幾夜又春潮。"

昔歲，同湘南石可儀中翰諸人遊九仙臺，一時題詩，得古近體若干首。衛作聖明經劂石以垂永久。余詩"中流一片石，萬古九仙臺"一聯，楚白評云："當為一時諸作之冠。"然余另有五律一首，意與前輩陳午亭作相較質，要其結構變化深老，故不及也。可儀詩云："巨石撐天地，長川流古今。憑欄飛鳥過，落日眾山深。人事不可極，神仙何處尋。此生幾兩屐，一片白雲心。"

琴川與余論詩，舉閨秀落花句，云："雨裏驚殘蝴蝶夢，風前吹斷杜鵑魂"，太苦煞矣！然不害爲驚語。詩忌意盡而興敗，使人不耐咀嚼耳！偶記舊作附後："誰倩遊絲系落暉，無情有恨尚依依。曾經羯鼓催都老，忍逐曉風吹亂飛。畫閣倦欹春女繡，緑苔扶起酒人衣。年年留得餘香在，伴惹韶光莫浪歸。"

亡友賈漢奎，少孤，母紡織，勉之讀書。壬午舉於鄉，提壬辰南宫試，需次縣令十年。比來京師爲選人，以疾歸，卒柏鄉邸舍。乙巳，余自樂亭量移檀州，會潮河秋漲，有橋役，宿泰山宫，夜夢與語如曩時歡。越日長子緘代役，漢奎復見夢，并貽余詩："病中驅馬出長安，淚灑西風八月寒。不見故鄉諸父老，功名徒作鏡花看。"按：漢奎以甲辰正月興疾出都，而詩稱八月，緘兒述其夢中所見，乘白馬過南天門，旋没火光中，豈其鬼故有靈，猶往來長安道耶？

白香山云"李娟張態亦尋常，大都要祇人擡舉"，此評妓詩也。其説通於用人取士。十室必有忠信，葑菲無以下體，吹求無已，安得女皆苧蘿溪盡浣紗哉？